전차를 모는 기수들 1

대산세계문학총서 165

전차를 모는 기수들 1

Riders in the Chariot

패트릭 화이트 지음 ― 송기철 옮김

문학과지성사

대산세계문학총서 165_소설

전차를 모는 기수들 1

지은이   패트릭 화이트
옮긴이   송기철
펴낸이   이광호
주간   이근혜
편집   박김문숙 김필균 김은주
펴낸곳   ㈜**문학과지성사**
등록번호   제1993-000098호
주소   04034 서울 마포구 잔다리로7길 18(서교동 377-20)
전화   02) 338-7224
팩스   02) 323-4180(편집)   02) 338-7221(영업)
전자우편   moonji@moonji.com
홈페이지   www.moonji.com

제1판 제1쇄   2021년 2월 8일

ISBN   978-89-320-3816-2 04840
ISBN   978-89-320-3815-5 (전 2권)
ISBN   978-89-320-1246-9 (세트)

이 책은 대산문화재단의 외국문학 번역지원사업을 통해 발간되었습니다.
대산문화재단은 大山 愼鏞虎 선생의 뜻에 따라 교보생명의 출연으로 창립되어
우리 문학의 창달과 세계화를 위해 다양한 공익문화사업을 펼치고 있습니다.

차례

전차를 모는 기수들 2

클라리 다니엘과 벤 휩시에게*

이사야와 에스겔이 나와 더불어 식사한지라
내가 그 두 선지자에게 물었으니,
하느님이 말을 걸어왔노라고 어찌 그리 확신에 차 단언할 수
있었으며, 행여 곡해되어 기만을 낳는 구실이 될까
걱정스럽지는 않았던가.
이사야가 답하길, "유한한 신체의 지각으로
하느님을 보지 못하였거니와 무엇도 듣지 못하였으되.
그럼에도 나의 감각은 만물에서 무한자를 발견하였으며,
그 진실한 의분의 목소리가 하느님의 목소리임을 납득했고
여전히 확신하는바, 나로서는 그저 기록할 뿐 그 귀결이야
아무래도 상관없었느니……"
이어서 내가 에스겔에게 묻기를, 어찌 인분을 먹을 수 있었으며
그토록 오래도록 오른쪽으로만 또 왼쪽으로만 누워 지낼 수 있었던가.
이에 그가 답하길, "그저 무한자를 향한 인식으로
다른 이들을 이끌고자 하였을 뿐. 이는 북미 대륙의 족속들이
행하는 바로서, 단지 순간의 안락이나 만족을 위해
자신의 성정과 양심에 반하는 이가 과연 진실하랴?"*

— 윌리엄 블레이크

---

* 영국의 시인이자 화가인 윌리엄 블레이크(William Blake, 1757~1827)의 시 「기억
에 남을 몽상A Memorable Fancy」의 일부이다.

일러두기

1. 이 책은 Patrick White의 *Riders in the Chariot*(Viking Penguin, 1989)를 우리말로 옮긴 것이다.
2. 본문의 주는 모두 옮긴이의 것이다.
3. 강조하기 위해 원서에서 이탤릭체와 대문자로 표기한 것을 본문에서는 고딕체로 표기했다.

1부

1장

"저 여자가 누구였죠?" 얼마 전부터 사스퍼릴러에 정착해 풍족하게 살고 있는 커훈 부인이 물었다.

"아." 석든 부인이 대꾸하며 웃음을 터뜨렸다. "헤어 아가씨 말씀이 시구나."

"사람이 좀 유별나 보이는데." 커훈 부인의 말에서는 조심스러운 기대감이 느껴졌다.

"글쎄요." 석든 부인이 대답했다. "헤어 아가씨가 좀 **남다르다**는 건 부정할 수 없겠네요."

우체국장을 맡고 있는 석든 부인은 그러면서도 더 이상 뒷말을 덧붙이지 않았다. 그리고 바싹 마른 스펀지를 꾹꾹 누르기 시작했다. 석든 부인은 설령 몹시 수다스러운 기분에, 자신 있는 주제인 날씨 이야기를 근엄하게 꺼낼 때조차도 객관적으로 접근하길 선호했다.

커훈 부인이 직접 보자니 헤어 양은 조그맣고 주근깨가 많은 여자로, 신고 있는 스타킹이 당장이라도 둘둘 말려 내려갈 것만 같았다. 솔직히 말해 커훈 부인은 우체국장의 신중한 태도에 살짝 짜증이 좀 나면서도 무한정 그러고 있을 수만은 없었는데, 전쟁이 끝났으되 아직은 평화가 공고하지 못한 시절이었기 때문이다.

우체국을 나선 헤어 양은 희뿌연 태양 아래 축축하게 깔린 쐐기풀 냄새를 맡으며 멀어져갔다. 여물기 시작한 진주알 같은 빛살, 어린 양의 솜털 같은 아침이 천년왕국[1]을 약속하는 듯했다. 그러나 고드볼드 가족이 사는 오두막과 도로 사이로는 완전히 불타버린 블랙베리 덤불이 녹슨 철조망과 엉킨 채 축 늘어져 있었으며, 그 모습을 보자면 적들이 완전히 물러났다는 사실을 아직도 믿기 힘들었다. 헤어 양이 지나갈 때 철조망 몇 가닥이 치맛주름에 파고들더니, 팽팽히, 팽팽히, 점점 팽팽히 섬유를 잡아당겼다. 치마 뒤쪽이 완전히 늘어나면서 그녀의 모습이 반쯤은 사람, 반쯤은 우산처럼 보였다.

"그러다 찢어지겠어요." 길가에 나타난 고드볼드 부인이 주의를 주었다. 아이인지, 염소인지, 아니면 그냥 신문인지를 찾느라 밖으로 나온 모양이었다.

"아, 찢어질 수도 있죠." 헤어 양은 대답했다. "조금 찢어지면 뭐 어때요?"

그런 건 아무렇지도 않았으니까.

고드볼드 부인은 몸집이 상당한 편이었다. 그녀가 의아하면서도 반갑다는 듯 길 쪽으로 미소를 보냈다.

"나, 웜뱃[2]을 봤는데." 헤어 양이 소리쳤다.

---

1) 기독교에서 제시하는 이상의 왕국. 그리스도가 재림한 후 천 년 동안 다스린다는 세계를 뜻한다.

2) 유대목에 속하는 동물이며 오소리를 닮았다. 오스트레일리아의 태즈메이니아 등지에서

"그럴 리가! 이 근방에서? 못 믿겠는걸요!" 고드볼드 부인이 대꾸했다.

헤어 양은 웃음을 터뜨렸다.

"어떻게 생겼던가요?" 고드볼드 부인도 소리쳐 묻고는 함께 웃었다.

여전히 풀밭을 향한 시선으로.

"나중에 들려줄게요." 웃으며 다짐하면서도 헤어 양은 한결같은 걸음으로 멀어져갔다.

더 이상은 설명되지 않더라도 상관없었다. 어차피 그들이 벌써 알고 있는 것들에 비하면 그런 짧은 순간은 아무것도 아니라는 사실을 잘 이해하고 있기 때문에, 두 사람은 굳이 얼굴을 쳐다보지 않아도 상관없었다. 그렇듯 특별한 관계를 지난날 언젠가 이미 굳게 맺은 적이 있었다.

헤어 양은 철조망에서 풀려난 치마를 하늘하늘 흔들며 계속해서 걸음을 옮겼다. 손등으로 울타리 기둥을 두드릴 때마다 아버지에게서 물려받은 혈석 반지가 소리를 냈다. 그녀는 그러지 않았다가는 밑도 끝도 없이 이어질 것 같은 기나긴 문장들에 쉼표를 찍고자 이처럼 사물을 두드리곤 했다. 이제 허전함을 메워주는 똑똑 소리가 들렸다. 정적 속에서 갑자기 푸드덕거리는 날갯짓 소리도 들려왔다. 그녀는 노래인지 뭔지 모를 소리로 나직이 흥얼거렸다. 사스퍼릴러에서 재너두[3]까지 굽이치며 이어지는 도로—나이 든 이들은 여전히 오솔길이라고 불렀지만—를 따라 발밑에 밟히는 대지가 이른 봄의 아침 공기 속에서 거뭇고 질척하게 느

서식한다.

3) Xanadu: 사무엘 콜리지(Samuel Taylor Coleridge, 1772~1834)의 시 「쿠블라 칸Kubla Khan」에서 유래한 지명으로서 비유적으로 이상향을 뜻한다. 본 작품 안에서는 메리 헤어가 상속받은 대저택의 이름이기도 하다.

껴졌다. 꿈결 같은 풍경 속에서 만물 하나하나가, 특히 헤어 양 자신이, 일종의 완벽함에 기여하는 것만 같았다. 무엇 하나 더할 여지가 없을 만큼 충만했다.

그래도, 시도는 해보려던 참이 아니었나?

헤어 양은 도로 한가운데에 가만히 서 있었다. 아까는 우체국 안에 그렇게 서서, 그저, 그러니까, 다른 사람들이 기대할 법한 표정을 지어 보였다.

"이건 좀 특별한 일인데요, 석든 부인." 그녀는 아까 이렇게 말했었다.

헤어 양의 말버릇을 절대 이해하지 못하는 이들도 있었으나, 우체국장인 석든 부인은 조금씩 익숙해지던 터였다.

"어디, 이야기해보세요." 하도 써서 굳어버리다시피 한 조그만 풀 통과 종이 몇 장을 훌륭하게 추스르며 석든 부인이 말했다.

그리고 가만히 기다렸다.

"그러니까……" 헤어 양이 운을 뗐다.

지긋지긋한 펜을 찾을 수가 없었다. 그녀 자신의 살결처럼 까칠까칠한 전보용지도 보이지 않았다.

"나, 어떤 사람이랑 연락이 됐어요. 과부예요. 멜버른에 산대요. 광고에서요." 여기까지 이야기한 그녀가 용지를 찾아냈다. "재너두에 가정부를 들여야 하거든요."

"어머, 그래요, 진짜 반가운 소식이다!" 석든 부인은 이렇게 말했고, 진심이기도 했다.

"딴 데 가서 이야기 안 할 거죠?" 헤어 양이 덧붙였다.

그놈의 다루기 힘든 펜이 어찌나 짜증스럽게 느껴지던지.

"당연하지요, 자기도 참. 그럴 리가!" 석든 부인이 말했다. "신용이 없다면 우체국장 자리가 뭐가 되겠어요?"

헤어 양은 곰곰이 생각했다. 우체국에 비치된 펜으로 꾹꾹 종이를 눌렀다.

"그럼 죄다 이야기할게요." 그녀가 마음먹었다. "그렇지만 일단 전보를 써야 해요. 멜버른에다가."

석든 부인은 기다리는 법을 알았다.

헤어 양이 전문문을 적어나갔다.

"그 여자 말로는 자기가 점잖은 숙녀래요. 능력도 많고 세련된 사람이라나."

"어머, 정말 그랬으면 좋겠네!" 다른 가능성 때문에 얼굴을 붉히면서도 석든 부인이 소리쳤다. "요즘 같은 때에, 게다가 같은 지붕 아래 살 사람인데!"

헤어 양은 험한 불모지 같은 전보용지를 개간하듯 힘겹게 채워나갔다.

"난 안 무서워요." 그녀가 말했다. "아무것도요. 다른 사람들이 무서워하는 것들도."

"당연히 여러 가지가 다 그렇지요." 석든 부인이 맞장구쳤다. 그녀도 공적인 자리에서 별별 지독한 일들을 겪었음이 분명한 사람이었다.

석든 부인은 가만히 기다렸다. 헤어 양은 사시사철 벗지 않는 낡은 모자를 쓰고 있었다. 지푸라기가 아니라 고리버들─게다가 조잡할 정도로 올이 굵었다─로 만든 모자였는데, 그걸 걸친 모습은 마치 한 그루 해바라기 아니면 당장이라도 폭삭 내려앉을 바구니 같았다. 우체국 카운터에 서 있자면 배꼽처럼 움푹 들어간 모자의 정수리 부분을 그대로 내려다볼 수 있었다. 헤어 양은 그 정도로 키가 작았다. 보이는 거라 곤 모자, 그리고 거기서 뻗어 나와 힘겹게 펜을 붙들고 있는 손이 전부였다. 펜은 마치 반항이라도 하는 듯했다. 석든 부인은 가만히 서서 저 모자가 대체 어디서 난 물건일지 생각해보았다. 누구도 헤어 양이 그것 말고 다른 모자를 쓴 걸 본 기억이 없었다.

"이게 다 내 먼 친척인 유스터스 클루 씨 덕분인데요." 간신히 서명을 마친 헤어 양이 말문을 열었다. "유스터스 씨는 아주아주 여러 해 전에 이곳에 왔던 분이에요. 부인께서는 기억 못 할 거예요. 친척들을 만나보라며 이따금 자기 자식들을 오스트레일리아에 보내던 유행 말이에요. 그때는 놀랄 만하게 보였지요. **오스트레일리아**로! 두 차례 전쟁의 영향에다, 그래, 식량 지원도 있었고. 어쨌든 유스터스 씨는 그 당시에 여기로 찾아왔어요. 밴조다운스에 사는 패니 아주머니를 통해 나랑 연결되는, 어머니 쪽 친척. 아, 정말 대단했는데! 독신자 숙소가 가득 찰 정도였으니까요. 그 사람들은 거의 하루도 안 쉬고 샹들리에를 밝혔어요. 시드니에서 유행하는 음악들을 틀어놓고서 무도회를 벌이곤 했죠. 어머니는 나보고 손님들이랑 잘 어울려야 한다고 했어요. 그렇지만 난 그냥 머리를 질끈 땋아 묶은 젊은 처녀였는걸. 재너두로 오는 사람들을 하나하나 쳐다보기도 바쁜데 어떻게 어울릴 엄두까지 냈겠어요? 그중에 젊은 여자가 한 명 있었던 게 생각나요. 잊을 수가 없지. 헬렌 앤틸이라는 사람이었고, 아주 조그만 거울들로 장식한 드레스를 입고 있었어요. 우연히 어머니가 하는 이야기를 엿들은 적이 있는데, 아무래도 앤틸 양을 초대하지 않는 편이 나을 뻔했다더라고요. '다른 여자들도 죄다 초대하지 말걸.' 아버지가 대꾸했어요. '아예 젊은 사내놈들도 죄다.' 아버지는 자기 딴에 어떻게든 농담을 던져야 직성이 풀리는 분이었어요. '이제 맘 편히 푸딩이나 먹읍시다.' 그리고 덧붙였죠. '브레드소스[4]도.' 아버지는 통째 구운 새고기에 브레드소스를 곁들여 먹는 걸 좋아했는데, 요리사들 가운데 한 사람이 특별 비법을 선보이곤 했었지요."

"어떤?"

"**다진 양파**를 곁들이는 거였죠!" 헤어 양이 소리쳤다.

석든 부인은 발을 바꿔 기댔다. 그녀는 인생 대부분의 시간을 가만히 기다리는 데 바쳤다.

"그렇지만, 글쎄, 여기 다녀갔던 유스터스 씨는 어째서인지 우리 부모님을 실망시켰던 모양이에요. 뒤이은 세월 동안 보상해주었지만요. 아, 맞아, 여건이 괜찮았던 덕분에 자기가 살던 저지섬에서 나한테 용돈을 보내주기도 했어요. 우리 어머니가 살아 계실 때부터요. 다행스러운 일이에요. 그때쯤 아버지가 하시던 사업에 탈이 났거든요. 나야 무슨 문제인지 하나도 이해 못 했지만."

목소리가 잦아들었다. 헤어 양은 이것이나 저것이나 똑같이 진저리나는 우체국 펜을 또 한 자루 집어 들었다. 하지만 그녀의 몸짓은 여전히 무의미했다.

"어쩜!" 석든 부인이 말했다.

"아, 그래요." 헤어 양이 한숨지었다. "**부인**께서는 알고 있을 거라고 생각했는데. 어쨌든 난 그렇게 꽤 여러 해 동안 용돈을 받아왔어요. 갑작스럽게 저지섬이 점령당하기 전까지는 말이에요. 그런 식으로."

남아 있던 잉크를 헤어 양이 정말로 엎질러버렸으나 석든 부인은 상관없다는 눈치였다.

---

4) 빵가루와 양파, 향신료 등을 섞어 만드는 걸쭉한 소스. 주로 칠면조, 닭 등 새고기에 곁들인다.

"독일군한테?"

"아니면 어떤 놈들일라고요?" 헤어 양이 망설임 없이 대꾸했다. "눈앞이 깜깜했죠. 그동안은 친척이랑 어떤 식으로도 연락을 주고받을 수가 없었으니까요. 정확히 7주 전 금요일 아침에야 겨우 소식을 몇 통 받았어요. 그분은 무사하다더군요. 여건은 좀 나빠진 모양이지만, 여전히 나한테 소소하게라도 도움을 주는 게 자기 의무라고 생각하더라고요."

그렇듯 먹구름이 물러갔음에 석든 부인은 적당히 호응해주었다.

"그래서 그 점잖다는 숙녀를 가정부로 들일 수 있게 된 거구나."

"이 여자도 거의 합의한 상태고요."

헤어 양은 한 번씩 현실적이고 엄격한 일면을 보일 줄도 알았다.

"졸리 부인이라고 하더군요." 그녀가 한마디 덧붙일 때, 창문을 통해 아침 햇빛이 환하게 내리비쳤다. "이 사람이 재너두에서 행복하게 지낼 수 있다면 좋으련만. 시드니는 멜버른이랑은 다르고, 여긴 변두리에다 풀만 무성한데."

"마음만 먹으면 누구나 행복해질 수 있는 것을……" 석든 부인이 넌지시 말했으나, 그게 상황에 들어맞는 격언인지는 알 수 없었다.

두 사람 사이를 가로막은 카운터에는 파리가 몇 마리 죽어 있었다. 둘은 어느새 어색하게 파리 시체를 헤아렸다.

"그건 그렇고." 석든 부인이 한차례 심호흡하며 물었다. "그 왜, 멋들어진 드레스를 입었다던 여자는 어떻게 된 건가요? 이름이 헬렌 앤틸이라고 그랬나?"

"아, 그 사람은 떠났어요." 헤어 양이 대꾸했다. "모두들 떠나가잖아요."

헤어 양은 오른쪽 다리를 흔들어대기 시작했다. 이야기에 빠져드느라 축축하고 물렁해졌던 그 얼굴은 다시금 바싹 말라 생기를 잃었다. 평소 뭔가를 말하는 그녀의 입가는 흡사 중풍을 앓았던 것처럼 뻣뻣했다.

"그 사람은 떠나갔고, 우리가 이름도 모르는 사람을 만나 결혼했고, 집에서 지내며 아이들을 낳고, 남편을 먼저 땅에 묻었어요. 나도 한번은 그 여자가 창밖으로 뭔가를 가만히 바라보는 모습을 본 적이 있었고요."

석든 부인이 마치 자기도 그 모습을 본 것처럼 눈길을 돌렸다.

바로 그때 누군가 저벅거리는 소리를 내며 다가오는 바람에—사실 그 사람은 사스퍼릴러에 새로 정착한 커훈 부인이었다—헤어 양은 셔터를 내려 닫듯 이야기를 끝냈다.

"고마워요." 그녀는 석든 부인에게 인사를 남겼다. 애초에 스치듯 만나고 바로 헤어질 수도 있었건만.

이렇게 해서 헤어 양은 사스퍼릴러로부터 재너두까지 이어지는 바로 이곳, 의회에서 도로라고, 어쩌다 대로라고까지 부르기 시작한 오솔길에 가만히 서 있었다. 일순간 의혹들이 밀려와 그녀를 돌처럼 가만히 굳어 버리게 했으나, 주위가 넘실대는 바람에 아리송한 가능성들은 머릿속에서 사라졌고 헤어 양은 이내 발걸음을 떼었다. 내리막길에서 자갈을 흩날리며 달리자 육체가 그녀 자신과 함께 마구 흔들렸지만 내면의 자아는 오히려 기분 좋게 평온해졌다. 그 같은 관계의 변칙 때문에 별수 없이 뒤죽박죽이 된 그녀는 좀더 생각하고자 다시금 멈추어 섰다. 그녀만의 비밀 혹은 진짜 본성이라 할 만한 것은 여러 가지 이유로 지금껏 다른 사람들에게 거의 노출된 적이 없었다. 그녀는 잠자코 서 있었다. 골똘히 생각에 빠진 채로. 어쩌면 본능이 마음대로 날뛰도록. 주위에 실제로 사람이 있는 게 아닌데도, 결국엔 되풀이되고 마는 것들에 대하여 화가 치밀었다. 그녀는 신경질적으로 나뭇잎들을 후려쳤다. 무성한 나뭇가지를 분질렀다. 다른 이들은 덤불 사이로 난 길을 따라 자동차를 몰며 창밖을 살피면서도, 그 껌벅거리는 눈을 통해 무엇 하나 가슴속에 받아들일 줄을 몰랐다. 초록의 탑들은 단 하나도 정복되지 않았고 거대한 암석들도 속을 드러내지 않았다. 불청객들이 차를 세우고 나와 물을 찾아 몰려는 일도 있었다. 그럴 때마다 그녀는 그들이 차갑고 검고 비밀스러운 바위 사이 웅덩이에 소름 돋은 몸을 담그며 진저리 치는 모습을 가만히 지켜보았다. 반면에 그녀, 헤어 양은 언제나 눈을 들어 탐색하고 손가락을 움직여 만져보는 인간이었으며, 굳이 침례를 치르지 않고도 지극히 완벽한 황홀경의 해방에 이를 수 있었다.

어느덧, 한순간, 그녀는 성난 사람 같았다.

실상은 꿈결을 표류했지만.

굳이 실질적 소유권을 따지지 않더라도 그곳의 땅과 나뭇가지와 돌은 하나같이 헤어 양에게 속했다. 그 모든 것을 속속들이 꿰뚫어볼 수 있는 사람도 오직 그녀뿐이었다. 그녀는 자기만의 영토를 느릿느릿 계속 지나갔다. 걸음을 멈추며. 자주 멈추며. 조금씩 활기를 찾던 하늘은 이제 선명하게 푸른빛을 띠었다. 마음 상태를 따라가는 시선에는 그다지 흥미롭게 보이지 않았으나, 작달막한 토착 식물들은 그 순간 유순하게, 어찌 보면 나른하고 우울하게 움직이고 있었다. 어느덧 길이 굽이져 다시 오르막으로 이어지는 지점이 나타났다. 완만해 보이는 비탈은 좀더 험준한 계단 모양의 언덕으로 이어졌고, 온갖 양치류와 이끼, 융단처럼 부드럽게 부패해가는 낙엽, 점점 곧고 크게 자라나는 듯한 나무들이 눈에 들어오기 시작했다. 그 현란한 꼭대기 부근을 너무 열심히 올려다보고 있자면 여지없이 머리가 어지러워질 지경이었다.

이 모든 것의 소유주인 그녀는 자신의 합법적인 소유물에 다가갈 때도 정식으로 난 길 ─사람들이 가문의 문장을 연구한답시고 길 사이에 놓인 문을 자물쇠로 굳게 닫아놓기도 했거니와─을 이용하는 대신, 그녀와 고드볼드 부인의 아이들이 항상 이용하는 지름길을 택했다. 아니면 아직까지 헤어 양 혼자만 알고 있는 더 짧은 지름길도 하나 있었는데 거길 지나려면 사실상 굴을 뚫고 헤집으며 허우적거려야 했다. 그렇지만 그 길은 기름지고 부드러운 양토와 벨벳 자락 같은 부엽토 위로 나 있었으며, 새싹과 버섯의 내음이 피어오를 그 표면 속으로 잠시나마 푹석 무릎을 파묻으면 즐거울 것 같았다.

그것이 그녀가 원하고 선택한 바였기에, 헤어 양은 이제 다시금 헤집으며 허우적거리는 중이었다. 살짝 생채기가 났으나 어차피 그 길에 발을 디딜 때부터 예상한 일이었다. 거의 먹음직스러울 정도로 싹눈이 돋아난 거친 덤불이 몸을 때렸다. 사스퍼릴러[5] 덩굴은 채찍처럼 달려들었다. 그녀는 그것들로부터 자줏빛을 들이마셔버릴 수도 있을 것 같았다. 온갖 양치류, 또 다른 양치류가 들러붙었다.

마침내 그녀는 스타킹을 흙빛으로 물들인 채 무릎을 꿇고 쓰러졌으나 단념하거나 어디가 아파서 ─친지들과 이웃들도 슬슬 뇌졸중을 걱정하는 나이가 되었지만─ 그런 것은 아니었다. 그저 숭모의 표현으로 무릎을 꿇는 게 자연스러울 뿐만 아니라, 때로는 자발적인 투박함이야말로 강렬한 믿음 자체를 가장 잘 표현해주는 법이기 때문이었다.

그렇게 그녀는 커다란 모자챙으로 햇볕을 가린 채 무릎을 꿇고 쉬면서, 얼룩점이 가득하고 투박한 손가락으로 부드러운 땅을 후벼 팠다. 재너두까지 이어지는 굴속에서 한참 꿇어앉아 있는 그녀를 다른 누가 보

---

5) 소설의 배경이 되는 가상의 지명이지만, 여기에서는 향료나 음료로 사용하는 덩굴식물의 이름. 흔히 '사르사'라고 부른다.

았다면 평소 생각했던 것보다도 훨씬 기괴하고 흉측하다 느꼈을 것이다. 유스터스 말고도, 어쿼트 스미스 집안의 사람들을 포함해 몇몇쯤 남아 있을지 모르는 그녀의 먼 친척들이라면 어땠을까. 어차피 모든 걸 망각 하기로 한 그들은, 티 없이 고상하던 그들 핏줄에 나타난 조악한 변종을 알아보더라도 그저 외면했으리라.

　이전에 헤어 집안은 오래도록 어쿼트 스미스 집안을 깎아내리는 데 여념이 없었고, 어쿼트 스미스 집안도 마찬가지로 거침없이 헤어 집안을 비난했다. 세월이 흐른 뒤로는 별달리 옥신각신할 문제도 남지 않았지만 말이다. 누구나 알다시피, 윈야드의 와인 중개상이었던 헤어 노인한테는 노버트 헤어라는 아들이 하나 있었는데, 노버트만 없었더라면 헤어 집안 도 어디서든 흠 없는 부르주아 가문이라는 소리를 들을 수 있었을 것이 다. 어쿼트 스미스 집안 역시 당연히 누구 못지않게 그 사실을 잘 알고 있 었다. 그리고 자기들 이름에 먹칠하는 격이라는 것도 모르고서, 노버트와 결혼해버린 그네들 가문의 엘리너를 언제든 일깨울 준비가 되어 있었다.
　엘리너는 멈블저그에 자리 잡은 어쿼트 스미스 집안의 일원이자 더 들리 경의 딸이었다. 더들리 경은 지난 세기에 여왕을 대표하여 뉴사우 스웨일스에 도착한 인물로 기억될 터였다. 세월이 지나 많은 이가 더들리 경을 잊은 후에도 자손들만은 그를 실크해트[6]와 승마술로 유명한 모범 적 인물로 계속해서 입에 올리곤 했다. 더들리 경의 딸 엘리너가 다른 형 제들보다 화제에 오를 일이 적었다면, 그건 모두 그녀의 조심스러운 기질 과 병약한 몸, 그리고 가히 이단적이라 할 결혼 때문이었으리라. 세 사람

---

6) 남자가 쓰는 딱딱한 원통 모양의 정장용 서양 모자.

의 자매가 더 있었으나 끝내 살아남은 사람은 엘리너뿐이었다. 그들 셋은 하나같이 사랑스럽고 품위 넘치던 이들이었음에도 자기 짝을 만나기도 전에 조그마한 고딕풍 교회 바깥쪽에 서 있는 유칼리나무 아래 묻혔다. 딱히 영혼을 칭송하기 위해서라기보다는 그저 유물론적인 전통을 지키기 위해 더들리 경이 멈블저그에 세운 교회였다.

정말이지 견고하고 정말이지 고색창연하며 정말이지 **영국적인** 더들리 경의 교회는 멈블저그에서 그 자체로 결코 무너지지 않을 위치를 선언하는 것만 같았다. 그리고 엘리너는 집을 나와서 그토록 끔찍한 일을 벌이고야 말았으니, 와인 중개상인 헤어 노인의 아들 노버트와 결혼해버린 것이었다. 면식이 없던 사람들조차 그 소식에 충격을 받고서 어쿼트 스미스 집안의 사람들을 동정할 정도였다. 어쨌든 엘리너는 자기 몫의 재산을 챙겨 나와 분가했으며, 시시한 사람들 여럿이 비웃음을 보냈다.

누군가는 헤어 노인한테서 존중할 만한 구석을 발견해내기도 했다. 그의 재산이 상당한 수준에 못 미친다고 의심할 사람은 아무도 없었으니까. 하지만 세상도 달라졌거니와, 몇몇 귀족 양반이 정착하면서 턱도 없는 희망을 자극하지라도 않는 한 헤어 집안으로서는 좋은 신부를 맞을 수 있으리라고 딱히 낙관하기가 힘든 상황이었다. 상식적으로 말해 어지간한 여자라면 헤어 집안의 사람과 결혼하느니 다른 선택을 하는 게 차라리 나았을 것이다. 그러니 현실적인 판단에 따라 조용하고 재빠르게 엘리너 어쿼트 스미스의 선택을 받아들이지 않았다면, 그녀의 유별난 남편 노버트 헤어 쪽에서 오히려 굴러온 복을 걷어찬 셈이 되었으리라.

노버트 헤어는 결코 어설프게 타협하고 마는 일이 없었다. 그는 다른 누구도 생각하지 않을 일을 골똘히 궁리하거나 몸소 행동에 옮겼다. 한번은 잿빛 말을 타고서 재너두의 대리석 층계참까지 냅다 달렸는데,

겁을 집어먹은 말이 싯누런 똥을 한 무더기 싸놓았더라는 이야기도 들렸다. 노버트는 비록 모두를 실행에 옮기지는 않았으나 혼자서 늘 많은 계획을 세웠다. 중국식 불탑 꼭대기에 서재를 만든다거나, 모스크 모양의 마구간을 만든다거나, 부르고뉴식 에스카르고[7]를 조리하기 위해 달팽이를 사육한다거나, 메들러[8]를 키운다거나, 집 안에 걸어두려고 직조한 비단에 자기가 쓴 시를 적어 넣는다거나. 이 와인 중개상의 아들은 그 남다른 기질로 보건대 다방면의 교육을 받다가 말곤 했던 게 분명했다. 한번은 카툴루스[9]를 주제로 논문을 쓰려고 오랫동안 궁리하다가 어느새 그의 시에 정나미가 떨어졌다는 사실을 깨닫고 그만둔 적도 있었다. 사실 노버트 스스로 많은 글을 쓰기도 했다. 아무라도 좋으니 도망치지 못하게 앞에다가 세워놓고서는 커다란 소리로 읊어대곤 하던 풍자시와 형이상학적 토막글들. 한 편의 통글보다는 그렇게 잡스러운 토막글을 쓰는 데 재주가 있는 듯싶기도 했다. 또한 그는 이탈리아에서 온갖 대리석 모자이크 조각을 들여왔다. 목욕탕, 거기 모인 수많은 님프, 포도나무, 커다랗고 사악해 보이는 검은 염소 따위를 묘사할 재료들이었다. 모자이크 작업을 위해 이탈리아 출신의 장인을 두 사람이나 초청했으며, 그들은 계약과 동시에 정기적으로 비노[10]를 대접받기로 했다. 그들은 자기네 예술성을 뽐내며 자기네 와인을 즐겼는데, 그러다가 어느 쪽인지는 끝내 밝혀지지 않았으나 어쨌든 둘 중 한 사람 때문에 아일랜드 출신의 여자 하나가 임신하는 사건이 벌어지기도 했다. 당시는 **그런 계급**——노버

---

7) 대표적인 달팽이 요리 방식. 버터, 마늘, 파슬리 등과 함께 조리한다.
8) 주로 유럽에서만 자라는 장미과의 식물. 모과와 비슷한 열매를 숙성시켜서 먹는다.
9) Catullus(?B.C.84~?B.C.54): 로마의 시인. 사랑과 실연을 노래한 서정시로 유명하다.
10) 이탈리아산 와인.

트도 머지않아 그런 계급이 되었는데—에 속하는 오스트레일리아 사람들이 자기들 역시 꿀리지 않고 산다는 걸 보여주기 위해 출신지로 돌아가곤 하던 시기였기 때문에, 노버트와 엘리너도 당연히 외국에 나가 있는 일이 잦았다. 그렇게 헤어 집안의 사람들은 해외에 나가야 했는데, 조심스러운 엘리너조차도 그 와중에 이런저런 소문들이 조금씩 새어나가는 것을 어쩌지 못했다. 노버트가 페루자를 지나는 동안 결투를 벌인 적이 있다느니, 런던에서 독한 술에 취한 채 사람들 앞에 완전히 고꾸라진 적이 있다느니. 하나같이 그의 성격에 꼭 들어맞는 일화들이었다. 하지만 노버트의 가장 웅대한 자기표현은 뭐니 뭐니 해도 역시 시드니 외곽 사스퍼릴러에 세운 터무니없는 저택이었으니, 많은 이가 그 앞에서 군침을 삼키며 이를 갈거나 씁쓸하게 경직된 미소를 지어야 했다. 노버트는 자신의 아방궁을 재너두라 이름했고, 유공성의 노란빛 암석으로 갓 세워놓은 토대를 유심히 관찰했으며, 초대받은 숙녀들이 오후에 베일을 쓰고서 한가로이 거닐 때면 그들 앞에서 그럴듯한 시구를 암송했다.

정교한 건물은 허둥지둥 서둘러서야 결코 세울 수 없는 법이며 재너두 또한 예외가 아니었다. 거기에는 상당한 시간과 인내가 투입되었다. 모두가 점차 지쳐 나가떨어졌다. 그럼에도 재너두는 끝내 완공되어 우뚝 섰다. 한 겹의 주름 장식 혹은 한 쌍의 철제 문양 안쪽으로, 외국에서 들여온 쥐색 기왓장을 이어놓은 지붕 아래로, 황금빛, 온통 황금빛. 뒤편으로 줄지은 마구간과 독신자 숙소. 그리하여 윈야드의 와인 중개상인 헤어 노인의 아들, 노버트는 마침내 자기 딴에나마 스스로의 정당성을 입증했다. 그는 툭하면 저택 위로 기어 올라가, 희미한 자수정 빛 유리로 된 진짜 돔이 작게나마 얹힌 꼭대기에 올라앉았다. 그리고 차가운 새고기를 먹어치우며 무명 시인의 시구를 한 대목 읊조리거나 지그시 자기 소유지를 내려다보며 홀로 시간을 보냈다. 잠시 누그러진 것 같은 눈빛으로 보건대 어쩌면 그 너머—그의 명령에 따라 잘 관리되는 정원 너머, 더 나아가 원래부터 거기 있던 초라한 잿빛 관목 너머를 바라보고 있었는지도 모른다. 시공 속에 내린 닻이 그를 사로잡아 어딜 봐도 똑같은 잿빛의 초라한 관목에 애당초 스며 있던 냉소를 인식하게 만들었더라면, 그러한 목표는 결코 달성될 수 없었으리라.

뒤편으로 밀려났었던 관목들은 노버트 헤어가 옹고집으로 일구어낸 정원으로 순식간에 얽혀 들기 시작했고, 여러 해가 지난 지금 그의 딸은 재너두로 이어지는 잔가지 가득한 굴속에 무릎을 꿇고 있었다. 그녀는 원래부터 그 자리에 있던 다른 야생의 존재들과 마찬가지로 얼룩덜룩해진 꼴을 하고서 주위를 주의 깊게 세세히 관찰하는 중이었다. 거의 모든 것이 그저 살아 있다는 이유만으로 각자 변화하며 자라나고 있었다. 나뭇잎들과 뒤섞이고 퍼덕거리며 번득거리는, 나뭇가지처럼 곧고 뻣뻣하게 놓여 있는, 혹은 짓뭉개진 어느 개미의 지독한 악취와 함께 올라오는, 그녀 자신의 상념들처럼 말이다. 끊임없이 중대한 작업—땅에 묻힌 식물이 싹을 틔우도록 이끌어준다든가, 아기 새가 껍데기에서 벗어나도록 해준다든가, 동물의 탯줄을 끊어준다든가—에 착수하느라 상처와 더러움이 가실 날 없는 두 손에 이제 죽어가는 개미들이 걸려 있음을 그녀는 다소 고통스럽게 관찰했다. 아버지로부터 물려받은 혈석 반지에서 개미 한 마리가 스르르 미끄러졌다. 유품으로서라기보다는, 다만 그 같은 장치가 공식적으로 재너두에 대한 그녀의 소유권을 인정하는 물건이기에 지니고 다니는 것뿐이었다.

그녀도 오래전에 한두 번은 아버지의 손에 있는 그 반지를 가지고 장난치려 해본 적이 있었다.

"이건 장난감이 아니다." 아버지는 경고했었다. "재산을 존중하는 법부터 배워야겠구나."

그래서 그녀는 그 말을 따르기 시작했다.

어머니 역시 자기가 좋아하는 자수정 반지들을 끼고 있었다. 어슴푸레한 빛깔을 선호하던 사람이었다. 너무 가벼워서 거의 무게가 느껴지지 않을 것 같던 양모 숄 몇 개 말고는 도통 기억나는 옷들이 없었다. 소녀는 어머니가 몸에 걸친 옷가지와 반지들을 때로는 험하게 만지기까지 하고도 제지받지 않았다. 엘리너 헤어는 너무 여린 사람인지라 품위의 수준을 벗어나는 문제가 아닌 한 아이를 심하게 꾸짖지 않았고, 다만 아내이자 어머니로서 올바르게 처신할 수 있기를 몹시도 간절하게 소망했다.

"우리가 딸아이한테 사랑을 충분히 못 주는 건 아닐까 걱정이 많아, 노버트. 나는 건강이 안 좋아서. 당신은 관심이 없는 것 같아서."

"아, **사랑**이라니!" 아버지 쪽에서는 이렇게 대꾸하며, 그것을 영원토록 산산이 조각내기에 걸맞은 웃음을 지어 보였다.

"당신을 괴롭히려던 건 아닌데." 그의 아내는 회녹색의 커다란 양모 숄 아래로 신경통을 다스리기 위한 뜨거운 물통을 품고서, 내면으로 가만히 침잠해버리기 전에 푸념했다.

"그 아이가 자꾸 커피 잔을 엎지르니 당신이 좀 따끔하게 말려주었으면 좋겠군." 노버트가 말했다. "특히 손님들 무릎 위에다가 그러지 좀 말도록. 달리아 가지를 꺾어대는 것도, 내가 책을 읽는 동안 층계참에서 쿵쾅쿵쾅 오르내리는 것도 마음에 안 들어. 뭐라도 제대로 생각하려면 어느 정도는 조용해야 한다고."

"그래, 올바르게 굴어야지." 그녀도 동의했다. "아이는 다른 사람들의 마음도 헤아릴 줄 알아야 해."

그놈의 올바름, 특히 아내의 올바름이야말로 노버트의 울화통을 터뜨렸다.

그렇게 아이는 타고나길 둔감했을망정 나뭇잎처럼 얌전히 움직이는 법을 익혔고, 몇몇 단어는 너무도 취약하기에 일부러 회피할 줄도 알았다. 예컨대 유리처럼 깨지기 쉬울뿐더러 더더욱 값진 그 단어, **사랑**. 아, 결국 그녀는 풀 먹인 듯 뻣뻣하고 주눅 든 태도로 그럭저럭 조심조심 해낼 수 있었다. 회랑의 미로, 넓고 서늘한 초록빛 방들, 석재로 이루어진 황금빛 벽, 관목 사이로 난 굴속들을 그녀만의 비밀스러운 방식으로나마 사랑하는 법까지 배웠었다.

이제 헤어 양은 좁은 굴속에서 최대한 몸을 세워 허우적거리고 물러났다가 큼지막한 고리버들 모자를 방패로 삼아 밀어붙이고, 적잖이 몸을 떨며, 헐떡거리며, 우스꽝스럽게, 그녀의 고귀한 사랑 속으로 빠져들었다.

자꾸만 들러붙는 잔가지로부터 몸을 떼어내니 남은 길에는 차분한 초록빛 나무들이 200미터 정도 이어져 있었다. 나무라 불리기에 손색이 없게끔 거의 다 자라난 석류, 야생 능금 한두 그루, 가느다랗게 새로 핀 꽃들, 후줄근하지만 마음을 편안케 하는 소나무 몇 그루. 오르막이 계속해서 이어지는 통에 헤어 양의 호흡이 점차 가빠졌고 장딴지 근육은 찢어지는 듯했다. 이제 안팎에서 모든 것이 저 위쪽으로 그녀를 이끌고 있었다.

헤어 양은 언제나 그렇듯, 비로소, 그렇게 집에 돌아왔다. 그리고 나무들 너머 잔디밭이 시작되는 곳으로 걸음을 재촉했다. 잔디들은 명백히 다소 방치된 것처럼 보였으나, 재너두를 쳐다보려면 꼭 좋아서가 아니더라도 꼼짝없이 거기로 시선이 고정되었다. 눈앞에 나타나는 형상을 지켜보고자 몸을 세웠을 때 헤어 양은 거의 부스러져버린 상태였다.

2장

그녀는 이른 시간에 아래층으로 내려가는 게 좋았다. 아직 어둑어둑한 시간에 잠자리에서 일어나 균형을 잡지 못해 여기저기 부딪힐 때도 있었다. 그렇게 아래로 내려가 자리에 앉은 다음 가만히 귀를 기울이고 있는 게 좋았다. 그녀의 발소리마저 잦아들 무렵 저택 안에서 들려오는 소리, 화로에 올려놓은 찻주전자가 내는 소리. 겨울에는 몸을 녹이는 동안 풍겨오는 석유 냄새에 코를 찡그렸고, 여름에는 후덥지근했던 간밤에 시달린 몸을 회복하곤 했다. 나중에는 주위를 매만지며 걸어 다녀보기도 했다. 때로는 물건들의 위치를 바꾸어보았다. 술잔이나 발판을 비롯해, 튀어나온 황동 장식 때문에 옷이며 살갗에 걸리기 일쑤였던 상감세공 테이블까지. 하지만 대개는 물건들을 존중하는 마음에서 그냥 내버려두는 경우가 많았다. 슬그머니 커튼을 끌어당긴 다음 자욱하기 그지없던 아침 풍경이 어느새 한없이 투명해지는 모습도 내다보곤 했으니, 세상은 그것을 바라보는 사람의 눈에 달려 있는 법이다. 그러고 있자면 회색빛 나무눈에서 나온 진으로 단단하게 몸체를 두른 듯한 헤어 양의 입가도 부드럽고 다정해졌다.

헤어 양은 대개 이른 아침에 몸 상태가 가장 좋았다. 하지만 이런 날은 예외였다. 그녀는 커튼을 홱 잡아챘다. 커튼이 흉측하게 찢어졌다. 기다란 혓바닥처럼 늘어진 황금빛 양단. 그러나 그녀는 개의치 않았다. 우체국장 여인에게 속을 털어놓은 지 벌써 여러 날이 지났다. 이제 내일이면 가정부가 재너두에 도착하리라.

"가정부라니!" 이렇게 외친 그녀는 뼈마디들을 더듬으며 그 연약함을 확인했고, 그것들은 과연 연약했다.

가정부 하나가 평범한 여느 사람보다 버거울 리 없었으나 헤어 양으로서는 바로 그 점이 무엇보다도 두려웠다. 졸리 부인이라는 이름의 사람. 그 여자의 숨소리를 듣고, 군청색 옷 안으로 밀어 넣은 엉덩이를 보아야 할 터였으며, 믿어지지 않지만, 다른 곳에 사는 딸들과 조카딸이 소식을 전하려 육필로 주소까지 적어 보내온 편지가 가구 위에 놓여 있게 되리라는 점도 자명했다. 두렵고도 두려운 일이었다.

급기야 헤어 양은 가끔 그랬듯 아무도 없는 곳에서 울음을 터뜨리고 있었다. 서러움 때문이라기보다는 그럼으로써 마음이 누그러진다는 사실을 알고 있기 때문이었다. 그런데도 두려웠다. 태생적으로 그녀는 자기가 인간을 좋아할 수 없음을 진작 깨달았다. 차라리 생김새만이 문제라면 좋으련만, 절대 일어난 적도 없는 일들을 쑥덕거리고는 정말로 그랬다는 듯 믿어버리는 그들의 습성은 또 어떻던가. 가식은 사람들의 공격성을 무디게 만드는 법인데 아이들은 아직 가식적이리만큼 성장하지 못했기 때문에, 그런 아이들이야말로 최악의 상대라 할 만했다. 다만 관심을 받지 못하고 그저 공기처럼 얌전하게 주위를 맴돌며 자라난 어린아이들은 예외였다. 헤어 양은 자신들이 받지 못할 것을 굳이 기대하지 않는 이들이 무엇보다도 좋았다. 그녀는 또한 동물과 새와 식물을 좋아했다. 그것들을 대할 때면 지대하고도 애처로운 사랑을 베풀었으니, 기대받지 않는 사랑은 더 이상 애처롭지도 않기 때문이었다.

예컨대 한번은 채 솜털도 나지 않은 아기 새가 그녀의 무릎 위로 떨어진 적이 있었다. 그녀는 자기 나름의 신비로운 방법으로 새를 보살피고, 가슴에 품고서 몸을 데워주었으며, 믿기 어려운 이야기지만 입으로 짓이긴 음식을 부리에 넣어주었다고도 한다. 아기 새는 비둘기로 자라났다. 고드볼드 부인의 아이들 몇몇도 그 새를 보았다. 다 자라난 비둘기는 당연히 하늘로 날아가버렸으나, 헤어 양의 이야기에 따르면 종종 그녀를 찾아왔다고 한다. 때때로 그녀는 새에게 말을 걸기도 했다. 헤어 양이 새들과 이야기를 한다니, 고드볼드 부인의 아이들을 제외하면 모두가 헛소리로 치부했다. 하지만 누구나 그 방법을 배울 수 있다고, 정말로 원한다면 무엇이든 배울 수 있지만 간절히 원하지 않는 것들이 너무도 많을 뿐이라고도 그녀는 주장했다.

인간을 사랑하는 법을 배우는 것처럼. 점점 쇠약해지는 몸 때문에 전보로 불러들인, 재너두로 다가오고 있는 저 가정부와 같은 인간을.

"아냐, 이건, 안 돼!" 차가운 아침 공기 속에서 그녀는 저항하고 훌쩍였다.

연이어 저택에 그 소리가 울렸다.

자기가 얼마나 부유한지 과시하고 싶어 안달 난 대부분의 지주들이 벌써 벽돌로 저택을 짓기 시작했을 때 노버트 헤어는 석재를 활용하겠노라 마음먹었다. 그에게 벽돌이란 딱 봐도 추악한 것이었다. 벽돌은 눈곱만큼도 그를 즐겁게 하지 못했으니, 아름다움의 구현, 그가 누릴 즐거움의 절정이 아니라면 재너두가 달리 무엇을 보여줄 수 있었겠는가? 호화롭기 그지없는 열망조차 겸손과 도덕으로 위장하는 사회 속에서 **즐거움**이란 그야말로 경악스러운 단어다. 그 시절, 땅을 소유한 그 어떤 점잖은 부자가 과연 자기 저택을 **필요**와 **실용** 이상의 것이라 인정할 수 있었을는지. 건물의 재료란 오롯이 그 **유용성**만으로 평가받던 때였거늘. 하물며 **찬미**도 아닌 **즐거움**이라니, 어디까지나 쉬쉬해야 마땅한 일이었다. 오직 악명 높은 불한당 노버트 헤어만이 **유용성**이란 점잖기는커녕 굴욕적인 말이라고 숨김없이 인정했다. 그에 비해 다른 이들의 생각은 정말이지 견딜 수 없을 만큼 맥없을뿐더러 딱 오스트레일리아 사람들다운 것이었다. 확실히 노버트의 가장 야심 찬 포부를 보여주었던 아방궁인 재너두를 묘사하자면 **눈부심**과 **우아함** 정도의 표현은 동원해야 했다. 그는 결코 신실한 남자가 아니었으나 그의 인생에서도 취향과 개인적 기질에 신실함이 타협을 이룬 시점이 있었다. 노버트는 진실의 합치에 공헌하고자 재너두를 세웠으며, 그 저택은 애초에 주인의 **즐거움**을 위해 창조된 것이었지만 동시에 **눈부심**과 **우아함**도 갖추었다. 한결 많은 이가 그것 앞에 솔직한 심정으로 탄복할 수도 있었으리라. 그 같은 감탄의 원천을 건전하다고 느낄 수만 있었더라면 말이다. 사정이 그런지라 당시의 부유한 신사들은 그 어느 때보다도 벽돌의 **실용적** 자질에 대해 열성적으로 목소리를 높이고 있었다. 그리고 그들의 불그죽죽한 저택에 딸린 탑들이 당시에 용인되던 양식만 따른다면야, 누구도 단순하고 견실한 양치기들을 어떤 식으로든 **번드르르하다**는 이유로 비난하지는 않으리라고 굳게 믿었다.

당연한 이야기지만 노버트는 양이나 치고 있을 사람이 아니었다. 그랬더라면 가족들의 얼굴에도 조금이나마 더 오래 웃음이 머물렀을 텐데. 그는 와인 중개상이었던 아버지의 막대한 재산을 물려받았다. 노버트가 결혼한 후 얼마 지나지 않아 고맙게도 헤어 노인이 세상을 뜨고, 유독 톡톡 튀는 조카의 기질을 의식하지 못할 정도로 남을 잘 믿던 노인의 장사꾼 형제들도 그 뒤를 따랐던 것이다. 노버트 헤어는 모든 것을 물려받았으며, 그렇기 때문에 자신이 독서와 여행을 통해 간접적으로 이해했던 바와 같은 시골 지주로서의 삶을 영위하는 일에 수월하게 착수했다. 식민지에서 그런 짓을 벌이자면 부닥쳐서 포기하기 마련인, 논밭이니 양이니 하는 실질적 문제에는 전혀 구애받지 않고서도 말이다. 그는 자신의 비위에 맞는 정교한 무대를 원했으며 실제로 세우고야 말았다. 열망하던 장미 정원, 낙엽수, 이국적인 정원, 크림으로 은주전자를 채워주던 혈통 좋은 저지 품종 젖소들을 방목할 목초지, 그가 손수 기교를 부리며 몰던 말—무조건 회색 말, 무조건 사두마차에 묶어서—들을 수용할 마구간. 그렇게 환경과 여건이 갖추어지자 그는 이내 거기에 걸맞게 살아가는 데 탐닉했다. 젖소에게 물약을 먹이는 일이나 말에게 생기는 물집(노버트 헤어가 이를 모를 리 없었다)에 대해 조언하며, 최고 등급의 시네라리아[11] 품종을 모아들이며, 딸의 교육 문제에 간섭하며, 담벼락을 허물며, 새 떼를 뒤쫓으며, 당연히 과거의 다른 누군가도 떠올리곤 했을 몇몇 생각을 끄적여놓기 위해 위층으로 내달리며.

좌절감과 편두통을 피할 길이 없었음에도 재너두에서의 생활은 결코 너저분하지 않았다. 다소 부적절하게 심긴 외래종 나무들의 그늘 밖으로, 또한 목걸이처럼 얽힌 장미 화단(꽃들의 빛깔을 유지하기 위해 조그만 양산을 씌우느라 정원사 보조가 사실상 온종일 매달려야 했다) 밖으로, 아름답고 나른한 그 저택이 우뚝 솟아 있었다. 그들은 저택을 둘러 둥나

---

11) 카나리아제도가 원산지인 국화과의 관상용 식물. 색색의 꽃이 핀다.

무를 가꾸었으며, 헤어 가문의 영광이 최고조에 달했을 때도 그것은 천박할 정도로 화려해지지는 않은 채 마치 오른쪽 목 위에 두른 깃털 목도리처럼 한결같이 눈을 즐겁게 해주었다. 봄에는 그 정향 같은 진한 향내가 커다란 초록빛 방으로 흘러들었다. 밀려드는 등나무 향과 한눈에 들어오지 않을 정도로 아득하게 늘어선 금장 거울들 때문에 대리석 계단과 공작석 항아리마저 흐릿하게 보일 정도였다.

헤어 가문에서 관례적으로 친지 대접을 받던 이들조차 그 아름다움 앞에서는 반감을 품었다. 밴조다운스에서 온 테드 어쿼트 스미스를 포함해 엘리너 쪽의 친척들은 말할 것도 없었다.

어디까지가 유리고 어디부터가 빛인지 분간할 수 없는 재너두의 응접실을 굳은살이 박인 손으로 가리키며, 한번은 테드가 물었다. "버트는 재산을 몽땅 날려버린 모양인데, 그럼 이 개수작들은 다 어떻게 되는 거지?"

테드의 여동생인 애디가 혼자 킥킥거렸다.

그들과 사촌지간인 엘리너는 쭈뼛거릴 뿐이었다. 남편과 오랜 시간을 함께하다 보니 어릴 적부터 음울했던 엘리너는 한층 더 음울해졌다.

"그래도 내 생각엔 노버트가 무척 조심스럽게 재산을 투자한 것 같은데." 그녀가 어렵사리 말문을 열었다. "그리고 집이란 원래 그 자체로 투자물이라 할 수 있거든."

평소 노버트 헤어의 아내 노릇을 할 때는 엘리너도 낙관적인 의견을 밝히는 일이 거의 없었다. 둘의 관계에서 그녀까지 낙관적이었다가는 무슨 일이 벌어질지 몰랐으니까.

한번은 발끈한 남편이 그녀를 보고 케케묵은 사회의 대변자 노릇을 한다며 비난한 적도 있었다.

"그렇지만 노버트, 사람들은 그쪽을 더 좋아하거든." 당시 이 가엾은 여인은 자기 딴에 격한 태도로 항변했었다. "예상치 못할 일이 너무 많으면 그만큼 속상할 일도 많단 말이야."

누가 뭐라 한 것도 아닌데 엘리너는 미안하다는 듯 자수정 반지를 사촌들 앞에 내보이며 슬픔에 잠긴 표정을 지었다. 화제를 건강 문제로 돌리고 싶다는 듯 슬며시 기침을 해 보이면 사촌들도 그녀의 속내를 알아채곤 했다. 그녀의 건강이 얼마나 안 좋은지 정말로 알고 싶어 하는 사람은 없었으나, 그런 행동은 적어도 적당히 대화를 이어줄 화제 정도는 던져주었다.

엘리너를 가리켜 젠체하는 속물이라고 비난하는 사람들이 제법 있었지만 사실 그녀는 속물이 아니었다. 그녀는 강해 보이는 사람들에게 행여 자기 약점을 들킬까 봐 두려웠기에 친지들한테도 따로따로 방을 제공해 서로를 차단하려 들었다. 그녀는 완벽하게 비현실적이었으며, 그 같은 비현실성으로 어딘가 연결된 동류의 사람들에게 잠시간은 영향을 미치기도 했다. 그렇지만 공작새의 빛깔처럼 현란한 재너두를 무대로 그녀가 전혀 눈에 띄지 않았던 건 아니다. 그녀의 초라한 역할이 남편의 야단스러움을 완벽하게 돋보이도록 해주는 효과도 있었다. 그녀가 자기 역할을 수행하는 데 유일하고도 극심한 걸림돌로 작용하는 것은 바로 딸의 존재였다. 처음부터 딸의 탄생이라는 사건을 제대로 포용하지 못하고, 그 중요성을 인생이라는 연극과 연결 짓지 못한 것도 사실이었지만 말이다.

지지부진한 시도가 몇 년간이나 실패로 이어진 끝에야 엘리너 헤어는 이 작은 여자아이를 가지는 데 성공했다. 딸아이한테는 메리라는 이름이 붙었다. 천만다행히도 어머니 쪽은 뭔가를 제대로 생각하기에 너무

지쳐버린 상태였고, 아버지 쪽은 아들이 태어났다면야 끝내주는 이름을 찾아 붙여주느라 관능적인 흥분을 느끼며 고전 명작들과 앨프리드 테니슨[12]의 작품들에 빠져들었겠으나 딸이 태어날 가능성은 완전히 배제하고 있었다. 그렇게 태어난 메리는 이름에 걸맞지 않게 순전한 개신교도가 되었다.[13]

헤어 부인은 이내 이성적인 친절을 보임으로써 메리라는 존재로부터 도피했다. 메리가 소위 유년기라는 시기를 보내는 동안 그것이 그 아이를 다루는 일련의 매서운 매질이었던 셈이다.

"우리 아가는 어떻게 하면 엄마 아빠한테 빚진 걸 최고로 잘 보답할 수 있을지 꼭꼭 마음에 새기려무나." 헤어 부인은 무엇보다도 이런 식의 화법을 즐겨 구사했다. "여기 가져다 놓은 온갖 예쁜 물건을 좀 봐. 되는 대로 장난치다 망가뜨리라고 있는 게 아니라, 곁에 두고서 즐기라고 있는 것들이야."

수없이 듣게 되는 질문에는 이렇게 대답하면서 말이다. "우리 아가를 왜 이 모양으로 만드셨는지는 하느님 아버지만 아실 일이지."

그녀만의 얕고 감미로운 여울에서 물장난하는 동안, 의례적인 증언으로서 그 이름을 부를 때가 아니고서야 헤어 부인이 하느님을 향해 두 눈을 드는 일은 전혀 없었다. 그녀는 주님을 받아들였으나—누가 감히 그러기를 부정하겠는가?—어디까지나 도덕과 사회 체계의 창조자로서만 이해할 뿐이었다. 그 같은 상태였기에 사람들은 그녀가 예복을 수선하거나 타락한 여자아이들을 돕기 위해서라면 언제나 지갑 속에 손을 넣을 수 있는 사람이라고 믿었다. 그리고 그녀의 이름은 황동 테를 두른

---

12) Alfred Tennyson(1809~1892): 빅토리아 시대의 계관 시인.
13) 영국의 여왕이었던 메리 1세는 수많은 개신교도를 처형했다.

명패로 만들어져 그녀가 늘 앉곤 하던 교회 좌석 한끝에 누구나 확인할 수 있도록 놓였다.

어린 딸은 어머니의 태도를 진지하게 받아들이는 듯했으나 정말로 영향을 받은 것은 아니었다. 그녀는 마치 조그맣고 호기심 많은, 속이 훤히 비치는 물고기 같았다. 그리고 본능적으로 자기가 살아갈 수 있을 것 같은 깊이를 찾아, 어머니의 상냥함이라는 멀건 물속에서 어디에도 매이지 않고 떠돌았다.

아버지의 태도는 어머니의 태도보다 견디기 힘든 것이었다.

한번은 딸의 면전—정확히 말해 그녀는 응접실 벽감 안쪽에 서서, 손가락을 매혹하는 소파의 에메랄드빛 비단결을 어루만지고 있었다—에서 평소에도 사납던 그가 한층 무섭게 모자를 집어 던지며 소리쳤다. "내가 이따위 **빨간 머리** 딸년을 얻게 될지 누가 생각이나 했을꼬! 세상에나, 엘리너. 이 아이는 흉측해! 흉측하다고!"

이는 정말이지—듣기에도 그랬거니와—최악의 발언이었다.

엘리너는 평소보다 다정하게 메리를 보며 손짓했고, 아이가 다가오자—달리 어쩔 수 있었겠는가?—머리띠를 매만지며 한숨짓다가 말했다. "투박하다고 표현할 수도 있었어, 노버트. 또 모를 일이잖아? 하느님께서 특별한 목적이 있어 메리한테 투박한 외모를 주셨을지."

미숙해서였든 본래 희망차게 태어나서였든, 처음부터 메리가 아버지를 싫어했던 것은 아니다. 그녀는 맹물 같은 웃음을 지어 보이기로 마음먹었지만 이는 자기 꼴을 훨씬 추하게 만들 뿐이었고, 덕분에 부모는 한층 더 열불이 났다.

누구도 그녀에게 친구가 필요하리라고 생각하지 않았기에 메리에게는 쭉 아무런 친구도 없었으나, 그녀는 그러고도 웬만큼 잘 지낼 수 있었다. 막대기, 조약돌, 잎맥만 남은 나뭇잎, 새, 벌레, 나무 구멍, 재녀두의 지하실과 다락방만이 곁에 있었을 뿐. 조랑말도 한 필 있었지만 그녀는 말을 타고 다니기보다는—그랬다가는 아버지와 함께해야 할 테니까—그냥 말과 함께 있는 쪽이 더 좋았다. 그리고 조랑말이 콧구멍을 떨거나 근육을 실룩거리고 다양한 무언의 주장을 표현한다는 것을 배움으로써, 말이 원하는 것 대부분을 베풀 줄 알게 되었다.

한번은 방치해둔 방목장을 점검하기 위해 어쩔 수 없이 아버지와 함께 말을 타고 나갔다가 그만 땅에 떨어지고 말았다. 메리는 열이 오른 몸을 조금씩 떨며, 바보같이 끙끙거리며, 강낭콩처럼 혹은 태아처럼 몸을 말고서, 수풀 속의 둥지를 손으로 파내기 시작했다. 그 모습이 아버지의 눈에도 띄었다. 그러나 득달같이 영문을 묻는 아버지에게 아이는 이렇게 대꾸했을 뿐이다. "이제 개가 된다는 게 어떤 기분인지 알겠어요."

아버지는 주근깨 가득한 딸의 얼굴 위로 떠오른 표정에 매스꺼움과 충격을 동시에 느꼈고, 당장 일어나라고 명령한 후 차라리 다시는 그 사건을 떠올리지 않겠노라 마음먹었다.

알코올, 절망, 다가오는 죽음 따위가 그렇잖아도 가벼운 이성의 통제를 더욱 느슨하게 만드는 순간에라야 말이지만, 드물게나마 메리 헤어와 그 아버지 노버트 헤어가 양극단에서 접근하다가 동시에 똑같은 이해의 접경에서 만나는 시점이 있었다. 이럴 때 메리의 두 눈에 비친 아버지의 모습은 마치 고통스러워하거나 절망하는 한 마리 동물을 꼭 닮은 것만 같았다.

이 무렵 일어난 어떤 사건을 메리는 평생토록 기억하며, 머리로 이해하지 못할 바에야 직관으로라도 해명하려 애쓰게 될 터였다. 그녀는 테라스에 서 있었다. 시간은 저물녘이었다. 그날 오후 일찍 아버지가 버래너글리까지 몸소 행차하려 했기 때문에 그들은 사스퍼릴러를 휘감는 도로와 좁은 길을 따라 마차를 몰고 나왔었다. 마침내 테라스에 홀로 남아 부모에게 해명할 걱정 없이 눈앞의 온갖 것을 바라보고 만지고 냄새 맡을 수 있게 되었음을 느끼며 그녀가 얼마나 안도했던가. 그녀의 기억 속에서 테라스 위 항아리들은 폭포처럼 쏟아지는 작고 희뿌연 꽃들로 넘쳐났는데, 이들은 평소에 어둠 속에서 마치 이지러진 달빛처럼 희미하게 빛나곤 했다. 하지만 그 시각에 꽃들은 금빛으로 빛나고 있었다. 어쩌면 붉은빛. 너무도 황홀한 나머지, 빨간 머리인 그녀조차 자기 또한 붉은빛이라는 사실을 부끄러워할 필요가 없었다.

그때 아버지가 바깥으로 나왔다. 사람들이 개인적인 의견을 묻고자 보낸 새 브랜디를 시음하던 그의 입술은 방금 마신 한 모금 덕에 아직 촉촉하게 빛나고 있었다. 눈부신 햇빛 탓에 두 눈이 나약해 보일 정도였다. 아버지와 딸은 그렇게 불안하리만치 훤히 드러난 상태로 그 자리에 서서 서로를 마주 보았다. 아버지 쪽에서 혼란스러우면서도 결연한 모습으로 다가왔다. 딸을 어루만지는 손. 그답지 않았다. 마냥 기분 좋은 손놀림도 아니었다. 아버지의 손이 딸의 머리칼 사이를 쓰다듬었다. 그녀는 두 마리의 얼룩 스패니얼을 떠올렸다. 느릿느릿 함께 걸으며 어울리지만, 미련해서 제 몸도 제대로 추스르지 못하던 녀석들. 아버지는 잠시 자제력을 잃고 바보처럼 굴며 그러한 스패니얼이나 메리 자신과 같은 수준으로 전락했을 따름일 테니, 그녀는 아버지의 손길에 가만히 복종했다.

아버지가 한 말이 너무도 실없고 혼란스러웠기에, 메리는 그가 무어라 말했으며 무엇에 대해 말했는지 죄다 기억하지는 못했다. 그저 한순간 그가 머리를 가로저었다는 점, 눈으로 햇살을 내쏘는 듯했다는 점, 찡그리며 웃음 지었다는 점, 차가운 목소리였다는 점, 그녀에게 하는 말이되 그녀의 관심을 받으려는 뜻은 없는 것 같았다는 점만을 기억할 뿐.

아버지는 이렇게 말했다. "메리, 전차를 모는 기수들이 누구냐? 응? 대체 그걸 누가 알게 되는 거지?"

글쎄, 누굴까? **그녀**가 이해할 문제는 분명코 아닌 듯싶었다. 그때는 이해하고 싶지도 않았다. 그럼에도 하늘에 석양이 깔리며 어마어마하게 이어진 빛의 자취 아래에서 부녀는 그렇게 계속 서 있었다. 어쩌면 그 두려운 상황에 겁을 집어먹어야 했을지도 모르나, 메리는 그러지 않았다. 그녀의 형태는 바뀌어 있었다. 어리석고 불안해진 아버지에게 비친 그녀는, 격동하는 불그레한 빛이 무시무시한 빛살을 이룬 모습 그 자체였다.

그러자 노버트 헤어는 인상을 쓰기 시작했다. 이미 오후가 지나 한층 나른해진 빛을 뚫고서 버래너글리로부터 사스퍼릴러까지 마차를 몰고 오는 동안 이는 더욱 분명해졌다.

"저 바깥쪽 앞에 있는 암말이 영 시원찮군." 그가 투덜거렸다. "바깥쪽 앞에 있는 말을 갈아야겠어. 절름발이도 전혀 아니면서 절뚝거리고 있잖아."

노버트는 매사에 그러하듯 말 역시 완벽하길 요구했고, 대상이 인간이 아닌 한 보통은 그것을 관철했다.

그가 메리를 쳐다보고는 다시금 짜증을 냈으나 그녀는 그저 조그맣고 못난 여자아이일 뿐이었다. 그러니 아버지한테 시선을 향할 뿐, 아무것도 기대할 게 없는 사람처럼 그저 웃음 지을 수밖에 없었다.

하지만 아버지는 술에 취했을 때면 남성적인 자만에 취해 비뚤어진 말들을 가혹하고도 무심하게 내뱉었으며, 덕분에 메리는 오히려 일종의 궁극적인 계시를 삶에게 기대하게 되었다. 세월이 흘러 아버지의 위상이 기억에서조차 희미해질 무렵 그녀의 정신은 마치 여우처럼, 혹은 그저 벌레처럼 더듬거리는 방식으로 숨겨진 진실을 찾아 나아갔다. 히멜파르프나 고드볼드 부인과 함께 나눈 어떤 유대감, 어쩌면 어느 검둥이[14]와 주고받았던 짧은 교감 또한 수수께끼를 해명하기보다는 더욱 아리송하게 만들었다면, 이는 환히 비치던 최후의 빛이 앞을 볼 수 없는 눈부심과 마찬가지였기 때문이리라.

그사이에 재너두에서의 생활을 힘겹게 한 것은 초월적인 문제들이 아니라, 긴장감을 즐기면서 재산을 투자하는 사람들이 곧잘 겪는 경제적이고 사회적인 문제들이었다. 헤어 집안의 사람들은 절대 돈 이야기를 꺼내지 않았다. 헤어 부인이 생각하기에 그런 행동은 취향이 빈곤하기 그지없는 사람들이나 하는 짓이었다. 반면 그녀의 남편에게 돈이란 관심 둘 필요가 없으면서도 늘 그대로 남아 있길 절실히 바라게 되는 대상이었다. 그는 신기루임이 드러날 풍경 속을 거니는 여행자나 다름없었다. 와인 중개상이었던 아버지와 장사꾼이었던 삼촌들에게 운 좋게 유산을 물려받은 그는, 그저 정직할 만큼은 우둔한 동시에 현실적일 만큼은 이해력이 있는 개인으로서 정열을 다해 선친의 사업을 경영하며, 자기가 보는 전망이 실재하는 것이라고 절대 확신했다. 하지만 이를 진지하게 따져보자면 한없이 불안해질 따름이었고, 어쩌다 취기나 불면증에 내몰려 금전적인 미래를 떠올리게 될 때도 있었다. 그럴 때면 파로스산 대리석 벽난로나 조만간 수요가 생기리라 자신했던 보닝턴[15]의 작품을 주문해달라고 런던에 있는 중개인한테 편지를 부침으로써 현실감을 사들이

---

14) blackfellow: 오스트레일리아로 들어온 백인 이주민들이 토착민인 애버리지니를 경멸하며 이르는 표현. 아프리카계 흑인인 니그로이드와는 인종상 거리가 있고, 오히려 백인인 코카소이드의 조상으로 보거나 오스트랄로이드라는 독자적 인종으로 분류한다.
15) Richard Parkes Bonington(1801~1828): 낭만주의 운동에 많은 영향을 미친 영국의 화가.

곤 했다. 그런 식으로 방어벽을 견고히 둘렀던 것이다.

재너두에서의 생활은 그렇게 이어졌고, 어느덧 그 집의 딸이 젊은 처녀가 되었다는 점도 분명해졌다. 빨간 머리칼을 묶어 올리면 드러나는 목덜미는 주근깨 없이 푸르스름했다. 하지만 그녀는 그것 말고는 예쁘다할 구석이 전혀 없는 데다 비정상적일 정도로 조그맣기까지 했다.

어머니가 잠시도 가만있지 않고 한숨지으며 이렇게 말하기 시작했다. "이제 우리 불쌍한 메리를 위해 무슨 일을 해줄지 생각해볼 시점이야."

그러면서도 그녀는 자기가 꺼낸 말이 천박하게 들리지 않을까 곧바로 걱정했다.

아버지는 아예 관심을 가질 필요가 없다고 느꼈다.

"일어날 일이라면 알아서 일어나겠지." 그가 뾰족하고 잘생긴 치아를 드러내며 하품했다. "그럴 것 같지 않은 인간들도 열에 아홉은 어떻게든 그런 일을 치르지 않나? 우리는 어쩌다 그렇게 되었지?"

"우리는 점점 서로가 좋아졌잖아." 그의 아내가 조심스레 말하며 얼굴을 붉혔다.

남편은 크게 웃어젖혔다.

아내는 그 소리를 듣고 싶지 않았다.

그다지 오래 지나지 않아 유스터스 클루가 세계 일주를 계획하고 있으며 뉴사우스웨일스에 사는 친지들도 방문하리라는 소식이 들려왔다. 헤어 부인은 이에 흥분된 반응을 보인 반면에 그 남편은 냉소적인 관심만 보일 뿐이었다. 어쿼트 스미스 집안의 영국 쪽 일원이라는 점 말고는 클루에 대해 알려진 바가 거의 없었으나, 텅 빈 백지야말로 무엇보다 새하얀 법이다. 헤어 부인도 **들은 적**이 있긴 했다. 친척인 유스터스가 **끝내준다**느니, 젊지는 않아도 아직 중년은 또 아니라느니, 유복하다느니, 외숙 가운데 한 사람이 트럼핑턴 경의 영애인 라비니아 레스브리지와 결혼했다느니 하는 소문들을 말이다.

"클루 씨는 무슨 일을 하시는 분이에요?" 메리가 어머니에게 물었다.

"정확히는 모르겠구나." 헤어 부인이 대답했다. "그저 어디엔가 살아 있겠거니 생각하는 정도였거든."

그러니 모든 게 솔깃하게 들릴 수밖에.

마침내 도착한 유스터스 클루는 자기가 듣고 보는 것들에 대해 놀라지 않았다. 영국인이자 어쿼트 스미스 집안의 일원으로서, 식민지에 정착한 사람들의 삶 특히 노버트 헤어의 삶이 어떨지 얼추 짐작하던 바가 있었기 때문이다.

"전문가들이나 어쿼트 스미스 집안의 사람들이 자네한테 뭐라 하든 간에, 번식의 9할은 운이야." 노버트 헤어는 처음으로 만찬을 함께하는 자리에서 이렇게 선언했다. "그리고 내가 운을 논할 때는, 당연히 나쁜 운을 말하는 거라고."

"**유익한** 화젯거리가 얼마나 많은데!" 대합들을 쳐다보며 그의 아내가 불만스럽게 소리쳤다.

메리 헤어는 자기의 먼 친척을 빤히 쳐다보았다. 관심 어린 가정교육을 받지 못한 그녀는, 덕분에 적어도 빈틈없이 관찰하는 법을 훈련한 셈이었다. 적당한 선을 넘어 지나치게 유심히 살피기는 하지만 그러다가 종종 무언가를 발견해낼 때도 있었다. 이제 그녀는 어머니의 말대로 이 남자가 청년도 중년도 아니라는 사실을 확인했다. 메리 헤어에게 유스터스 클루가 늘 서른다섯 즈음으로 보인다는 점도 그럴 만한 일이었다. 그녀 또한 나이를 짐작하기 어려운 사람이니, 어쩌면 그와 친구가 될 수도 있겠다고 기대했다. 그러나 대체 무엇을 어떻게 해서? 일단 그는 그녀의 아버지와 성별이 같았다. 또한 아름답게 관리한 그 살짝 처진 콧수염과 접힌 부채처럼 기다란 골격의 두 손은, 유스터스 클루라는 개인 너머로는 아무것도 의식하지 않는 것 같았다. 만일 그에게 개—우아한 이탈리안 그레이하운드[16] 정도—가 한 마리만 있었더라면 그녀는 확실한 방법을 여럿 동원해 그를 우군으로 만들었을 텐데.

그러나 현실은 그렇지 않았으니 메리는 그에게 그저 아몬드나 건네고 있을 뿐이었다.

유스터스 클루가 손을 펼쳐 받아 든 바로 그 아몬드. 이제 그는 손뿐 아니라 마음까지 조금씩 열면서, 자기가 친구 한 명과 중북부 이탈리아를 여행하던 이야기를 모두—유스터스는 언제나 특정한 한 사람이 아니라 좌중 모두를 대상으로 삼았다—에게 들려주기 시작했다.

"라벤나를 잠시 경유할 때였습니다." 유스터스 클루가 조심스레 말을 골랐다. "그 자체로 흥미로운 곳은 아니었지만, 모자이크며 주파디 페세[17]가 괜찮았어요. 그런 것들이 없으면 안 되는 거잖아요? 그다음에는 유럽에서 가장 오래되었다는 식물원이 있는 파도바로 향했습니다. 솔직히 정원이라는 게 다 그렇듯 특별히 장대하거나 고상하지는 않았는데, 원예학적 취향이 별나게 섬세한 곳이라는 건 느껴지더라고요."

헤어 부인은 대개의 사람들이 그러하듯 사교적으로 몇 마디 대꾸하며 반응해주었다. 하지만 그녀의 남편은 자꾸만 세게 눈을 깜박이기 시작했다.

"파도바에 있을 때 오브리 퍼커리지라는 가엾은 친구가 드러누웠는

---

16) 몸이 가늘고 긴 사냥개 그레이하운드를 실내에서 키울 수 있도록 조그맣게 개량한 견종.
17) zuppa di pesce: 해산물을 주원료로 한 이탈리아식 수프.

데, 복통에 고열까지 있는데도 우리로서는 원인을 진단 못 할 병인 거예요. 묵던 곳도 하필 나중에 알고 보니 최고로 케케묵은 알베르고[18]였지요. 불행히도 안내서에 이상한 정보가 적혀 있던지라."

헤어 부인은 여전히 사교적으로, 다만 살며시 더 감상적인 표현들로 반응했다.

"그래서 그 남자는 죽었나?" 노버트가 물었다.

"음, 그건 아닙니다." 유스터스 클루가 대답했다. "그런 뜻은 아니었어요. 불쌍한 오브리가 그저 끔찍하게 앓았다는 이야기를 하려던 것뿐인걸요."

"아하." 헤어 씨가 말했다. "난 그 친구가 죽었나 했지."

유스터스 클루는 자기 친척의 남편 되는 이 사람이 독주를 과하게 마시고 있다는 사실을 깨달았다.

메리 헤어는 유스터스 클루의 이야기에 매료되었다. 이야기 자체보다는 그의 얼굴로부터 이야기가 흘러나오는 방식이 좋았다. 그녀는 그것들을 한 더미의 스러진 낙엽으로, 그러면서도 단정하게 아우른 다음, 마치 지폐처럼 짝을 지었다. 이는 동시에 그녀를 슬프게 했다. 그녀가 말하는 것들 대다수는 바깥으로 드러나며 스러져버릴 뿐이었다. 살아 있든 죽어서 그녀의 마음속에 자리 잡았든 무척 빛나는 것일 수도 있었는데. 그녀는 유스터스 클루도 과연 자신의 말들이 얼마나 스러져 있는지를 알고 있을지, 또 그 점 때문에 괴로워하고 있을지 궁금했다. 서로 다른 존재 사이의 어색함을 어떻게든 일단 넘어설 수 있다면, 그리고 소통의 암호를 해독할 수만 있다면, 두 사람은 공유할 수 있는 게 많았다.

---

18) 숙소를 뜻하는 이탈리아어.

"그 친구분이 언제 몸을 회복해서, 그래서 그 구식 알베르고라는 데를 떠나서……" 일단 도움의 손길을 뻗어보려고 그녀가 물었다.

하지만 유스터스 클루는 더 이상 내키지가 않았다.

그는 그저 먼 친척이 낳은 못생긴 아이를 쳐다보고서는, 이곳에 머무는 동안 가능하면 그쪽으로 눈길을 주지 않으리라고 혼자 다짐했을 뿐이다. 그녀의 짧고 뭉뚝한 손은 특히나 혐오스러웠으며, 뻗친 머리칼은 핀으로 수습할 수 없을 지경이었다. 그는 속으로 몸서리쳤다. 디저트 접시의 문양에 집중하면서도, 그는 그녀가 얼마나 끔찍하게 조합된 인간인지를 의식했다. 그따위 흉물 덩어리가 실체를 갖추어 존재한다는 사실 자체가 그를 향한 인신공격 같을 정도였다.

"유스터스가 피곤한 모양이야." 헤어 부인이 그를 대신해 변명했다. "나만 해도, 꼭 다른 게 아니더라도 낯선 집에 도착하면 힘이 푹 빠지더라니까."

유스터스는 예의가 완벽했으므로 당연히 좌중에게 미소를 지어 보인 다음 괜찮다는 뜻으로 나직하게 몇 마디를 덧붙였다.

어쨌든 그는 일찌감치 물러났으나 헤어 부인의 말마따나 가족의 일원이었기에 독신자 숙소로 향하지는 않았다.

메리는 자기 친척이 그 집에 함께 머무는 동안에도 그녀의 인생이 변하지 않으리라는 사실을 이내 깨달았다. 왜냐하면 그녀는 그를 그렇게 자주 볼 수가 없었고, 그는 언제나 무언가—그는 학구적인 성격 같았다—를 읽거나, 쓰거나, 담배를 태우거나, 생각에 잠기거나, 오스트레일리아의 식물군을 연구하겠다며 덤불 사이를 거닐고 다녔기 때문이다.

한번은 그녀 쪽에서 먼저 말을 붙인 적도 있었다. "괜찮으시다면 저도 함께 가고 싶어요. 아무도 본 적 없는 곳으로 데려다 드릴 수도 있어요. 다만, 바닥을 기어가는 것도 거리끼지 않아야 해요. 가끔 뱀이 나타나기도 하고."

유스터스는 무척 친절하게 웃어 보일 줄 알았다. 그가 대꾸했다. "그거 좋은 생각이구나. 좋아. 그 생각을 왜 좀더 일찍 못 했지? 그래. 언제 한번 함께 가자. 조만간 여유가 있으면."

왜긴, 유스터스에게는 사교적인 임무도 있었기 때문이다. 자기네 양에 대해 이야기하는 신사들이, 그리고 대개는 그들의 환상 속에나 존재하는 신화적 공간으로서의 고국에 대해 이야기하고 싶어 하는 숙녀들이 그의 주위에 모여들었다. 양 따위를 진지한 문제로 받아들일 일은 결코 없었던 이 방문객은 마침내 이 수많은 사람 때문에 당황하고 말았다. 그는 영국의 지인들과 함께 오직 이탈리아인들만이, 실제로든 이상적으로든 전 세계에서 유일하게 이해할 만한 인종이라고 언제나 생각했다.

헤어 부인은 내내 메리를 위해 무언가를 해주어야 한다고 의식하다가 마침내 무도회를 열기로 결정했다. 그 자체로 딸한테 어떤 영향이 미칠지는 제대로 생각해볼 겨를도 없이 벌인 일이었다.

메리가 조심스럽게 물었다. "유스터스 씨가 춤에 관심이 있을 것 같나요? 너무 정중한 분이라 그렇다 아니다 말씀을 안 할 텐데."

하지만 어머니의 마음은 벌써 재봉사한테 가 있었다. 그리고 하녀들이 마지막 순간까지 지시를 잘 따를지, 굴 파이는 얼마나 필요할지 생각하고 있었다.

무도회가 열린 밤에도 사람들은 모두 메리 헤어를 외면하려 들었다. 메리의 기분을 배려하고자 그녀의 외모에 신경을 쓰지 않는 동정심 많은 사람들도 있었던 한편, 자기 기분을 망치지 않고자 그 심란하기만 한 모습에 굳이 시선을 주지 않는 잔인한 사람들도 있었다.

메리는 젊은 여자였기에 은빛에 가까운 하얀 드레스를 입었고 무도회는 그녀에게 승리의 순간 혹은 희생의 순간이 될 것 같았다. 그녀는 어머니가 상자에서 꺼내준 보석들을 몸에 걸친 채, 치마에 달린 얇은 부속을 의심스레 매만지며 하릴없이 서 있었다. 진주를 이어 만든 조그만 브로치, 어머니가 더 이상 두르지 않는 진주 옷깃 등은 생동하는 살결 대신 벨벳 위에 걸려 있느라 그 광택을 거의 잃다시피 했다.

그렇듯 그녀는 어떤 젊은 녀석의 말마따나 끝내주는 차림으로 있었으나, 정작 자기가 입은 진주 옷깃 때문에 끝장난 사람은 메리뿐이었다.

확실히 그 옷깃은 목에 너무 딱 붙었다. 그렇잖아도 꺼칠한 메리의 피부는 날씨나 감정 상태에 따라 늘 군데군데가 빨갛게 얼룩지곤 했다. 그녀는 드레스에 달린 화려한 부속들을 두 손으로 붙들고서, 자신이 내보이지 말았어야 할 온갖 어색한 행동거지를 상기했다. 후에 이날을 회상하며 사람들이 수군거렸듯, 메리의 꼬락서니 가운데서 가장 기괴한 부분은 아마도 반쯤 시든 채 허리께에 꽂혀 있던 조그맣고 우스꽝스러운 꽃다발이었으리라. 당장이라도 부서지려는 푸크시아, 악취 나는 제라늄, 패랭이꽃, 캐모마일 등등이 하나같이 부스럭거리며 바닥에 떨어지고 있었다. 그건 정말이지 괴상할뿐더러 최악의 실패였음에도 그녀는 자기가 익히 아는 것을 한번 만지지 않고는 배겨낼 수가 없었다.

끊어졌다 이어지길 반복하는 음악 소리와 유리잔이 쨍그렁거리는 소리 속에서 저녁이 깊어갔다. 사람들에게 잊혀버린 이 못생긴 소녀는 분명코 우울했을망정 끝내 불행하지 않았으니, 그 신비감, 빛 덩어리와 기다란 그림자, 남녀의 얼굴들을 비추던 색다른 기운, 자기 집인데도 알아보지 못하는 척하는 하인들이 은쟁반에서 건네는 레모네이드 잔 덕분이었다.

그곳에는 중요한 손님들이 무척 많았다. 지주들이며 전문가들, 그 부인들까지—죄다 부유하며, 그렇기 때문에 사교계에 받아들여진 이들이었다. 유숙객들도 있었다. 치아가 건강하고 살색이 벽돌처럼 붉은, 본국 출신의 진취적 젊은이들로 독신자 숙소가 가득 찼다.

그리고 끊임없이 계속된 춤. 또다시 춤.

메리 헤어는 금박 장식장이나 마호가니 가구 뒤쪽 익숙한 구석에 처박히더니, 옥수와 공작석으로 만들어진 동굴 속에 숨어 아무런 열망 없이 그저 바깥을 내다보는 데 푹 빠져들었다. 거기에서 보면 춤추는 사람들이 내키는 대로 한껏 거만하게 마치 (시드니가 제공할 수 있는 최상의) 음악의 너울을 타는 것만 같았다. 때로 그들은 예상치 못한 소용돌이에 휩쓸려 갑자기 몸을 못 가누기도 했다. 사실은 즐기는 듯했지만 말이다. 매끄러운 음악의 깔때기 속으로 몸을 젖뜨리며 그들은 저항 없이 빨려 들었고 투명한 치아 위로는 웃음과 대화가 아슬아슬하게 흔들리고 있었다.

특히 헬렌 앤틸이라는 젊은 여자가 있었는데, 아름답고 자신감 넘치는 사람이었으나 몇몇은 그녀를 보고서 **호사스럽다**고 수군거렸다. 그녀는 동양에서 건너온 듯한 작은 거울들을 수놓은 드레스를 입고 있어서, 빛이 반사되다 보면 거기에 이따금 사람의 형상이 비치기도 했다. 그녀는 또한 손 모양의 불규칙한 산호 한 쌍이 신비로이 짝을 이룬 부채를 들고 다녔다. 공작새의 깃털로 만든 부채였다. 하필 공교롭게도.

그럼에도 앤틸 양은 당황하지 않는 모양이었다.

메리 헤어는 가만히 바라보며 자기가 이 같은 것을 사랑하는 게 아닐까 생각했다. 부드러운 나뭇가지, 대리석의 감촉, 기운차게 활동하는 순종 말들의 길쭉하고 무구한 다리와 자연히 사랑에 빠졌듯 말이다. 헤어 부인조차도 처음에는 다른 참석자들의 반응에 불안감을 느끼다가,

결국 방어적인 모성 본능을 넘어 앤틸 양의 모습에 넋을 잃고 감탄했다. 그리고 회색빛 안개 같은 시폰 치마를 강박적으로 질질 끌며 인상을 찌푸린 채 재빨리 집 안을 수색하기 시작했다.

"유스터스는 어디에 있니?" 헤어 부인이 메리를 보고서 다급하게 물었다.

"아까부터 못 봤어요." 메리가 대답했다. 어머니의 관심이 자기한테 쏠리자, 그녀는 자기 어머니와 그런 이야기를 해야 한다는 사실이 얼마나 이상한지를 깨달았다.

헤어 부인이 다시금 얼굴을 찌푸렸다. 딸을 제물로 올린 그 순간부터 그녀는 쭉 메리가 자기 본분을 다했으면 하고 기대했다.

"그 사람이 혼자 있지 않도록 네가 신경 써야 해. 다른 사람이 아무도 없으면 네가 곁에 있어줘야 하고. 사실 젊은 여자 쪽에서 정말로 마음이 있다면, 남자가 원하는 게 바로 자기라고 확신할 줄을 알아야 하는데." 그런 다음 헤어 부인은 상황이 얼마나 난감한지를 깨닫고서 한숨지었다. "하여간 남자들은 슬쩍 이끌어주질 않으면 무얼 원하는지도 모른다니까."

"그렇지만 난 남을 **이끄는** 게 싫어요." 메리가 대꾸했다.

"**질질 끌고** 다니라는 소리인 줄 알겠네!" 어머니는 단념했다. "말하자면 팔꿈치만 살짝 건드려도 기적이 일어난다는 이야기잖니."

"유스터스 씨는 누가 건드리는 거 싫어해요."

헤어 부인은 너무 육체적인 방향으로 빠진 대화를 관두기로 했다. 그녀는 그렇게 순교자가 됨으로써 스스로의 십자가를 인내할 터였다. 그리고 오직 자기 자신만이 그 같은 순교의 원천을 알고 있다고 믿었다.

멋들어진 드레스를 입은 앤틸 양의 모습 때문에라도, 틀어진 마음 때문에라도, 헤어 부인은 오히려 힘을 얻고서 자기 친척을 계속 찾아다 녔다.

사실 유스터스 클루는 그날 밤 모두가 그에게 기대했던 바를 최대한 고상하게 수행했다. 그는 투자가들이 늘어놓는 온갖 통계를 정중히 들어주었다. 영성까지는 아니더라도 그들의 감성에 요구되는 모든 물질적 편의로부터 배제된 채 오스트레일리아 땅에서 인생을 소진하라고 선고받은 그 부인들에게도 귀를 기울이며 공감했다. 그들의 딸들과는 또 얼마나 춤춰주었던가. 적어도 그는 음악의 위력에 저항 없이 몸을 맡겼고, 최선을 다해 낯빛을 유지했다. 그러나 그때쯤엔 딱딱하게 굳은 몸을 추스르면서 고딕풍 독일 교회들의 판화들을 훑어볼 겸, 노버트 헤어의 서재가 있는 위층으로 올라간 다음이었다.

엘리너는 그곳에서 그를 발견했다.

"유스터스." 그녀가 소리쳤다. "어떻게 앤틸 양을 그냥 본체만체할 수 있는지 나로서는 상상이 안 되는구나. 사랑스러운 아이가 그렇게나 화려하게 춤을 추는데 말이야. 네가 그 아이한테 춤을 청하는 걸 봐야 내 마음이 편해지겠다."

그리고 그녀는 그의 손목을 붙들더니 확신에 차 **이끌었다.**

유스터스 클루는 원체 예절 바른 인간이었기에 그렇듯 온화한 강요를 차마 비틀어 내칠 수가 없었다. 그저 이렇게 대꾸할 뿐이었다. "그러게요. 앤틸 양은 정말 매력적이더라고요."

그렇게 메리 헤어는 어머니가 자기네 친척을 아래층으로 데려오는 모습을 지켜보았다. 메리가 알 수 있는 건 그를 **데려왔다**는 점, 그가 단지 **움직였다**는 점뿐이었으리라. 하지만 그녀는 주저 어린 행동들을 관찰하는 데 정말로 많은 시간을 보냈었다. 예컨대 새들의 행동 같은 것 말이다. 이제 그녀의 친척 유스터스 클루는 음악과 앤틸 양에 사로잡혀 있었다. 드레스에 달린 거울들이 반짝이며 주위를 반사하던 그 모습이란. 유스터스는 허우적거리기는커녕 파트너를 붙들고서 누구보다도 정확하게 몸을 돌렸다. 메리는 혼자 서서 그가 어떻게 붙들려 있는지를 바라보았다. 그는 흡사 누가 사탕 같은 낯빛을 하고서 빤한 질문들을 던졌다. 연극의 재미에 대해, 경마와 날씨에 대해. 짧은 방문이었음에도 그는 지역에서 중요시하는 화제들이 무엇인지 놀라울 정도로 잘 간파하고 있었다.

하지만 앤틸 양은 여전히 자신이 없어 보였다. 함께 돌고 또 도는 동안, 그녀가 파고들던 춤사위가 이상한 느낌을 풍겼는지도 모른다. **뭔가**가 있다고, 빠뜨린 게 있다고 그녀 쪽에서 확신할 정도는 아니었다. 그녀 자신의 문제였을까? 죽이지도 않은 새가 죽을 수도 있었나? 그럼에도 두 사람은 계속해서 빙글빙글 돌았다. 파트너가 우스꽝스럽게 들려주는 경험담과 값비싼 옷에 매달려 있는 동안 앤틸 양의 모습은 꺼질 듯 깜박거리는 것 같기도 했으나, 대부분의 관객은 빛이 거울들에 부딪힌 탓이라고만 생각했다. 그녀가 지닌 것과 같은 그런 식의 화려함은 불안에 직면하지 않는 법이었다.

그러다 잠시 음악이 멈추었고, 나중에 모두가 동감했듯 유스터스 클루는 무척 이상한 처신을 했다. 문득 양해를 구하더니 무서우리만치 새하얀 손수건으로 얼굴을 닦고는 밖으로 걸어 나가버린 것이다. 앤틸 양은 무시당했다는 느낌을 받았으나 모욕감까지 느끼지는 않았다. 오히려 나이 든 투자가들과 예민한 하급 변호사 몇몇을 비롯해 그녀에게 달려들던 독신자 숙소의 모든 사내가 뜻밖에도 모욕을 당했을 뿐.

유스터스 클루는 테라스 쪽으로 자취를 감추었다. 정신 나간 메리가 말라빠진 꽃을 떨구며 그를 따라가는, 정확히 말해 달려가는 모습을, 술렁이던 숙녀 한두 명이 알아차리긴 했다. 하지만 그들은 자기네가 목격한 한층 불가해한 성격의 장면 때문에 모두들 정신이 없었다. 게다가 그들은 마음속에 바람처럼 싹트는 불합리한 혼란을 숨기도록 단단히 교육받아왔다.

메리는 테라스에 나와 있는 유스터스를 찾아냈는데, 집에서 나오는 은은하고 흐릿하면서도 편안한 빛 덕분에 완전한 어둠 속은 아니었다.

"아." 그녀가 입을 뗐다. "원하시면 비켜드릴게요."

실은 물러나고 싶지 않았겠지만.

"아니야." 그가 대답했다. "일부러 그럴 필요 없단다. 어차피 유리로 만든 것 같은 집이야. 어딜 가도 숨을 수가 없는걸."

"그건, 음, 다른 집들은 안 그런가요?"

그는 웃음을 터뜨렸다. 거의 자연스러울 정도였다.

"다르지 않아." 그가 대답했다. "다르지 않은 것 같구나."

"얼마나 싫어하시던지." 그녀가 말했다. "앤틸 양이랑 춤추는 거요. 유감이에요."

유스터스가 부들부들 몸을 떨기 시작했다. 측은한 마음이 아니었더라면 메리도 그 모습에 깜짝 놀랐을지 모른다. 하지만 그녀는 이따금 자기 아버지조차도 남자답지 못한 모습을 보인다는 걸 이해했다.

유스터스는 아무 말도 없었다. 그저 가만히 선 채 몸을 떨었을 뿐이다.

메리가 담쟁이덩굴을 매만졌다. 고통스럽게.

"잊을 수 없으시겠지요." 그녀가 덧붙였다.

"아무것도 기억할 수 없는 순간이 언젠가는 오는 법이야." 감정과 이성이 뒤섞인 목소리로 유스터스는 대답했다.

그러자 메리가 그의 손등을 건드렸고, 그도 손을 빼내지 않았다. 물론 자신의 살갗을 본 메리는 그녀 자신이 한 마리 개나 다름없다는 점을 곧바로 알 수 있었지만, 그렇게라도 그녀가 받아들여졌다는 사실에 감사했다. 사실 그 이상을 기대하지도 않았고 다행히 그녀 스스로 자기를 여자라 생각해본 적은 그때까지 단 한 번도 없었으니까.

잠시 후 유스터스는 혼자 남겨진 여느 사람들처럼, 점잖지 않게 콜록거리며 서성거리기 시작했다. 오히려 어색할 정도로. 하지만 옆에 있는 메리를 물리치지는 않았다.

"아, 이런." 그는 한숨을 내쉬고 웃었다. 하지만 그 웃음은 거칠었고 그답지 않았다. "너는 무너져버린 적이 있니? 갑작스럽게? 난데없이?"

"그럼요." 그녀가 소리쳤다. "그렇고말고요! 그것도 자주. 정말로요."

메리로서는 그가 그 사실을 반드시 알아주어야 했다.

하지만 그는 입을 벌려 하품하고 있었다. 그녀의 대답을 듣지 못했는지도, 어쩌면 들었으되 스스로 두른 꽉 닫힌 원 바깥에 무언가 존재한다는 사실을 믿지 않았는지도 모른다.

그럼에도 메리는 그가 길들여졌음을, 앞으로 그녀가 비록 고요하게나마 그의 곁에서 걷고 그를 바라볼 것임을, 또한 그가 꺼리지 않을 것임을 알았다. 재너두에서 열린 무도회가 끝나고 오래지 않아 유스터스는 내내 계획했던 대로 세계 여행을 재개했다가 결국 저지섬을 쉼터로 삼았다. 가정부 한 명과, 마침내 이름나게 된 도자기 수집품들을 지니고서.

남편은 용납했을지 몰라도 헤어 부인은 자기 친척이 어떻게 손님들을 모욕했는지 절대 잊을 수 없었다. 무례라고까지는 말 못 해도 아예 불가능한 역할을 자기가 유스터스 클루에게 기대했더라는 사실은 쉬이 잊어버리고서 말이다. 그녀는 만년에 역류하는 기억의 물결 속에서나 재너두에서 무도회를 열었던 진짜 이유를 이따금 떠올렸을 뿐이다. 그것은 마음속에 거의 명징하고 완전하게 차오르곤 했으나, 언제나 진저리 치며 삽시간에 물리치게 되는 뒷맛을 남겼다.

메리가 유스터스 클루의 행동에 크게 낙심하지 않았다면, 이는 이미 인간이라는 동물에 대해 별달리 기대하는 바가 없기 때문이었고, 덕분에 모두들 기대했던 노선에서 그가 일탈했을 때도 그녀만은 놀라지 않았다. 그녀가 감지하기에는 그 순간에 그의 본성이 내보인 볼품없는 나약함이야말로 진실에 한층 근접한 것이었다. 따라서 그녀는 자기의 먼 친척을 이해하고 동정할 수 있었다. 아버지는 그녀가 알아보고 이해하는 것 때문에 메리를 미워했으나 그녀는 그런 아버지를 역시 이해하고 동정했다. 어린 시절 그녀는 주인의 속내를 들여다보았다가 두들겨 맞는 개들을 보곤 했다. 메리는 물론 개가 아니었고, 아버지도 그녀를 때리지는 않았으나 그 대신 상들리에를 향해 총을 쏘아 갈긴 적이 한 번 있었다.

변화 없는 날씨가 이어지던 여름날 저녁이었다. 예보된 폭풍이 서쪽에 있는 납빛 산마루에 아직 무겁게 걸려 있었으며, 대기에 가득한 날개미들은 어쩌지 못하는 생의 마지막 단계에 이르러 날개를 윙윙거리며 유리창과 살갗으로 달려들고 있었다.

마구간 근처 어딘가에 있던 늙은 마부를 제외한 하인들은 아직 야외에서 돌아오지 않았고, 재너두에 있는 가족은 차가운 새고기를 저녁으로 다 먹은 직후였다. 새고기에는 열심히 준비한 달걀 소스가 곁들여졌는데, 황혼의 열기 속을 헤집던 날개미들은 필연적으로 거기에 이끌렸다. 날개가 있건 없건 그 불그죽죽한 몸들은 기름 두른 새고기의 바로크적이라 할 몸통 위에서 꿈틀거리며 죽음을 맞았다.

"징그러운 것들!" 성가신 온갖 벌레를 향해 헤어 부인이 소리쳤다.

부모가 좀처럼 대답을 요구하는 것 같지 않았기에 메리는 의견을 표명하지 않고 아삭한 셀러리 줄기를 계속해서 먹었다. 아니, 그냥 시끄럽게 우적거렸다고 해야 할지도 모르겠다. 그리고 열이 올라 꺼끌꺼끌해진 몸을 자꾸만 긁어댔다. 견딜 수 없는 상황에서 그녀 혼자만 그럭저럭 편안했다.

다른 이들로서는 그 상황을 참기가 힘들었다. 식당 안이 암갈색으로 어두워졌다.

그러자 노버트 헤어가 식탁 위에 남은 새고기의 다리를 잡아 뜯더니 열린 창문 밖으로 던져버렸는데, 고기는 다년생 플록스 화단 안으로 떨어졌다. 뜻했던 바를 줄기차게 그르치고 마는 것도 그의 불운 가운데 하나였다.

그는 계속해서 먹고 있었다. 사실 입속이 가득 차 있었다. 양 볼은 부풀어 있고 두 눈도 흰자위만 보일 정도였다.

"노버트!" 그의 아내가 소리쳤다. "하녀들이 무슨 소릴 하겠어?"

그녀는 자기가 랜턴을 들고 나가 플록스 틈바구니를 뒤져야 한다는 것을 잘 알고 있었다.

노버트 헤어가 이번에는 빵 한 줌을 뜯더니, 삶은 새고기에 이어 밖으로 던져버렸다. 고기 베는 나이프와 포트와인 병까지 함께 집어 던졌다.

그는 조금 더 자유로워진 기분이었다.

아내가 울음을 터뜨렸다.

"글쎄." 그가 혼잣말했다. "그래도 스스로를 놓아버리는 것까지는 도저히 불가능해. 완전히 그럴 수는 없단 말이야."

아내는 계속해서 흐느껴 울었다.

"제 잘못이에요." 딸이 그런 순간에 그들이 원하던 한마디를 툭 내뱉었다.

"만일 우리가 누구 잘못인지를 따져야 한다면 말이다." 아버지는 소리 질렀다. "당연히 삶은 새고기 탓이란다."

완전히 미쳐버린 것 같은 모습이었다.

그는 아직 무르익지 않은 어떤 생각을 물고 늘어지는 중이었다.

그러다 마침내 제대로 떠올린 것 같더니 책상으로 가서 권총을 꺼내 들었다.

식당과 접문으로 분리된 재너두의 응접실에는 무척이나 아름다운 샹들리에가 하나 걸려 있었다. 유럽에 있는 어떤 저택이 분할될 때 사들인 그 샹들리에의 수정 과실은 이제 지구 반대편 오스트레일리아 땅에 들어와 있었다. 그 멋진 물건은 때로는 불타듯, 때로는 몽롱한 오팔빛으로 어렴풋이 드러나 주변을 뒤덮으면서도, 한없이 만연한 맥없는 생각으로부터 벗어나도록 언제나 유혹하고 있었다. 메리 헤어는 항상 은밀한 애정을 숨기려 애쓰면서도 남몰래 그 샹들리에를 사랑했다.

이제 총알을 장전한 아버지가 다가오더니 그대로 샹들리에를 쏘아버렸다.

투명한 수정 갈래 밑에 서 있는 그 모습은 몹시도 조그맣고 우스꽝스러워 보였다.

"와사삭! 와사삭!" 그가 소리쳤다.

그리고 총을 갈겼다.

"오, 하느님! 우리를 구원하소서!" 다시금 그가 소리쳤다.

이어 또 총을 갈겼다.

잠시 후 수정이 폭우처럼 쏟아졌다. 헤어 부인은 정확히 따져볼 수도 없을 노릇인 피해를 발작적으로 계산해보려 했다.

"자!" 노버트 헤어가 외쳤다. "어디 보자!"

"이리 와! 난 네 아버지를 더는 못 견디겠다!" 어머니가 이렇게 선언
하더니, 의사가 왕진했을 때나 돈을 융통하려는 사람이 있을 때 이용하
는 좁은 방으로 딸을 데려갔다.

헤어 부인은 방문을 잠그고서 울부짖었다. "뭘 잘못했다고 이런 꼴
을 당해야 하는지 모르겠어!"

딸은 자기야말로 어머니가 감내해야 할 더 심각한 문제라는 사실을
알았기에 여전히 말이 없었다. 아버지가 무슨 일을 벌일지 귀를 기울이
는 편이 더 흥미로웠던 것도 사실이다.

총소리는 잦아들었으나 판자가 부서졌고 실내가 흔들렸으며 온 집
안이 노버트 헤어의 격정에 휘말렸다. 그는 분명 어마어마하게 뛰어다녔
던 모양이다. 갑작스럽게 정적이 찾아와, 숨 막히리만치 켜켜이 날리는
깃털들과 겹겹이 쌓인 무관심 속에서 모든 움직임이 멈춘 상태가 될 때
까지 말이다.

"무슨 일이 벌어진 것 같니?" 헤어 부인은 자기가 꺼내놔야 할 것
같은 질문을 던졌다.

"아무도 안 보고 있으니 재미가 덜했던 모양이에요." 딸이 감정 없는
목소리로 대꾸했다.

"맞는 말이야." 어머니는 자기 딸이 진실을 지적했다는 사실에 깜짝
놀라며 맞장구쳤다.

메리는 아둔했기에, 평범한 사람들이라면 대개 고상한 취향이나 정
신적인 평화를 유지하기 위해 회피하는 진실을 오히려 똑바로 볼 줄 알
았다.

"제가 밖에 나가볼래요." 마침내 메리가 말했다. "어떤지 한번 보

죠."

"어쩜 그렇게 용감하니!" 어머니는 진심으로 감탄하며 소리쳤다.

"용감하긴요." 딸이 대꾸했다.

하지만 그녀는 자기가 의심할 나위 없이 죽어가고 있음을, 불타버리고 있음을 설명할 수가 없었다. 생명 그 자체가 소멸해버렸으리라는 점을.

메리는 커다란 집이 텅 비어 있다는 걸 확인했다. 마침내 날씨가 변했고 그 결과 차가운 바람이 방 사이로 불어오며 문틀 사이에 끼어 있던 개미 사체들을 흩뿌렸다. 부풀어 오른 커튼 때문에 고리가 팽팽해져 있었다.

그때 아버지가 마치 자기 방에서 책이라도 읽고 있었다는 듯 아무런 소리 없이 내려와 물 한 잔을 따랐다. 아수라장이 된 집 꼴만 아니라면, 층계 아래 막 도착한 아버지의 눈빛만 아니라면, 그 상황은 얼마든지 무해하게 이어질 수도 있을 것 같았다.

그는 자기가 마련하는 비극 속으로 딸을 집어삼키고자 애쓰며 시선을 보내고 있었다. 바라보고, 또 바라보고. 그렇게 끈질기게 이어지지 않더라도 소름 끼칠 시선이었다.

메리는 아버지의 손에 아직도 권총이 들려 있다는 것을 미처 알아차리지 못했다. 그리고 그때쯤 판단 착오를 깨달았을 아버지는 권총을 자기 머리에 대고 그대로 쏘아버렸다. 총알은 빗나갔다. 회반죽 한 조각이 천장의 몰딩에서 부스러졌다.

그 소리를 끝으로 그는 완전히 진이 빠져버려, 손 닿는 곳에 놓여 있던 크고 좁다란 안락의자에 곧바로 쓰러졌다. 딱히 의도했던 것이 아니었는지, 혹은 그 장면에 이르러 그가 흥미를 잃었는지 모를 일이나, 그 모습은 어색하고 우스꽝스럽기만 했다.

하지만 그 순간에 메리는 아버지가 실낱을 끊어버리도록 그냥 내버려두고 싶지 않은 모양이었다. 그녀는 불편한 의자에 앉아 있는 그를 똑바로 쳐다보지 않을 수가 없었다. 그녀의 존재 자체라는 죄악을 아버지가 용인했음에도, 그녀의 시선이라는 죄악까지 용인한 적이 있는지는 의문이었다.

물론 그녀는 그랬으리라 기대하지도 않았다.

메리는 다가가서 바닥에 떨어진 권총을 집어 들더니 처음에 있던 자리에 가져다 놓았다. 그게 순수한 마음에서 비롯한 행동이었는지 혹은 물려받은 악의적 본능에서 비롯한 행동이었는지, 노버트 헤어로서는 완전히 진이 빠진 나머지 자문해볼 수도 없었다.

그는 자기 조끼를 내려다보며 가만히 앉아 있었다.

"모든 인간은 타락했다." 그가 말했다. "태어나는 순간부터 부패하기 시작하는 거지. 전적으로 순수한 건 태어나지 않은 영혼뿐이야."

메리는 그한테서 몸을 돌려 작은 책상 위에 난 홈집들을 만지작거리며 서 있었으나, 그로서는 그녀를 괴롭혀야만 했다. 그가 물었다. "말해봐라, 메리. 네 생각에 너 역시 태어나지 않은 영혼 같은 거냐?"

"그런 소리는 못 알아듣겠어요." 그녀가 대답했다. "아직은요."

그리고 뒤돌아 아버지를 바라보았다.

"거짓말쟁이!"

그는 결코 그녀의 시선에 대해, 즉히 상처받기를 거부한 점에 대해 그녀를 용서하지 않았으리라.

"아, 그래요. 원하신다면 제 팔을 비틀어버릴 수도 있겠지요!" 아버지의 비난이 정말 육체적인 고통으로 이어졌기에 메리는 부르튼 입술로 더듬거렸다. "하지만 진실이란 건 그냥 제가 이해하는 거예요. 말로는 못

해요. 난 말재주가 없으니까. 그래도 난 알아요."

추상적인 개념들은 메리를 두려움에 떨게 했다. 무언가—예컨대 이끼라든가—를 만지거나, 불타는 나무의 냄새를 맡을 수 있었더라면.

그는 여전히 의자에 앉아 있었고, 조금씩 누그러지기 시작하는 모양이었다.

그래서 그녀는 아버지가 더 심한 굴욕에 빠지지 않도록 그냥 밖으로 나갔다. 손을 뻗으면 그녀를 향해 꾸벅꾸벅 졸며 헤엄치는 별들이 하늘에 떠 있었다. 그녀는 걸으면서 울었고, 터져 나오는 빛을 삼키며 울었고, 거칠고 끈적끈적한 손등으로 볼을 매만졌다.

세상을 떠난 아버지가 사스퍼릴러의 패스페일럼[19] 아래 묻히고도 많은 시간이 흘러 태양과 불이 돌들을 쪼개고 그 균열 안팎으로 도마뱀이 오가게 되었을 무렵에야, 헤어 양은 아버지가 자살을 가장하던 그날 밤에는 스스로 부정했던 어떤 지혜를 습득했다. 그녀는 엉킨 갈색 양모 스웨터와 낡고 뻣뻣한 치마 등 가장 끔찍한 옷차림으로 이따금 덤불 속으로 터벅거리며 들어가 걷다가, 뭔가를 받아들이게 될 때까지 기대하고 귀를 기울이며 앉아 있곤 했다. 그러고 있자면 부드럽게 자라나는 햇가지나 기다랗고 교묘하게 엉킨 덩굴 고리 속에서 이런저런 생각들이 싹트는 한편 그녀의 끔찍한 팔다리는 돌처럼 딱딱하게 굳었다. 발밑을 흘깃 내려다보면 어떤 희생물이 몹시 고통스럽게 남긴 털이 눈에 띨 때가 많았다. 설사 메리의 도마뱀 같은 눈에서 눈물이 떨어져 갑주 같은 피부를 따라 흘러내렸더라도 더 이상 바보 같아 보이지는 않았으리라. 물론 인

---

19) 오스트레일리아와 뉴질랜드에서 흔히 찾아볼 수 있는 여러해살이풀.

간의 이성이라는 기준에서 보자면 그녀는 완전히 미친 데다 완전히 경멸스러운 존재였으나, 그 점이 대체 무엇을 입증한단 말인가? 이성이란 마침내 제 머리에 총을 겨누는 법. 언제나 빗나가지만도 않거늘.

황폐한 저택의 테라스에서 저녁 무렵 이따금 불의 전차를 기다리다 보면 메리 헤어는 아버지가 그녀의 탈바꿈을 과연 어떻게 받아들일지 궁금해졌다. 아버지는 아마 더욱 심한 혐오감을 품었으리라. 비록 그 자신이 수상쩍은 몽상가였음에도. 또한 적어도 같은 자리에 함께 서 있었던 어느 순간에만큼은 그가 숨겨진 모습을 드러내는 걸 그녀 또한 실제로 보았음에도. 행여 이제 그녀가 경험 면에서 아버지를 앞질렀다면, 이는 시간과 침묵과 자연의 암시 덕분이었으리라.

그녀는 폐 속에서 펄떡거리는 호흡과 부푼 혈관 사이로 요동치는 피를 느끼며 그렇게 기다렸다. 졸리 부인이라는 사람이 도착하기로 한 바로 전날 밤에도 기다렸다. 아니나 다를까, 평온한 들판처럼 새하얀 하늘을 바퀴가 가르고 나아가기 시작했다. 꺼칠한 뺨으로도 말들의 숨결을 느낄 수 있었다. 자기도 모르게 몸을 일으킨 그녀가 짧따란 양팔을 벌리자 쫙 편 손가락 사이로 바람이 지나가고 아버지가 물려준 혈석 반지의 금붙이가 트럼펫의 금빛에 공명했다. 누군가 도착하기로 한 날 전야에, 이처럼 두려운 기운이 그녀를 죄어드는 것이 과연 처음인지도 그 순간의 그녀로서는 답할 수가 없었을 것이다. 그녀는 기억하지 못했다. 오직 현재의 괴로움만을 의식할 뿐이었다. 그녀로부터 멀어져가는 정신의 고통. 산산이 조각난 몸의 파편들 위로 떠오르던 음산한 파도.

그녀는 나중에 땅바닥에서 일어난 다음 무엇이 그렇게 마음을 멍하게 하고 몸을 아리게 했는지 알아내려 애쓰지 않았다. 이미 차갑고 검은 밤이 찾아왔기 때문이다. 그 대신 그녀는 떨림을 멈추고자 손가락 마디

마디를 멍이 들도록 문지르고는, 저택 안을 더듬어 길을 찾아가기 시작
했다. 살벌한 금박과 양단으로 장식된 발판, 미끄러운 거북딱지, 그리고
아무런 반응 없이 싸늘하기만 한 대리석을 지나.

3장

그다음 날은 졸리 부인이 도착하기로 한 날이었고, 헤어 양은 전날 밤의 경험이 되풀이될까 봐 무서워서 아침이 훤히 밝을 때까지도 감히 집 밖을 내다보지 않았다. 그럴 만큼 기운이 나지 않았던 것이다. 평소처럼 그녀는 어둠 속에서 일어나 스웨터를 당겨 입느라 여기저기 부딪히며 뛰어다녔다. 그리고 이날 아침에는 미리 톱질을 해둔 자그마한 통나무들과 모아놓은 잔가지들로 부엌 화덕에 불을 붙였다. 가정부가 지내야 할 곳으로 정해둔 방을 가볍게 비질하기도 했다. 그러나 무르익은 햇살이 바닥을 비추는 모습을 볼 때까지는 커튼을 걷지 않았다. 그런 다음에는 더 이상 아무것도 기다리지 않고, 그냥 바깥으로 나가 이런저런 단조롭고도 경건한 의식들에 곧바로 참여했다.

흔들리는 빛을 펜던트로 삼고 이슬을 가슴 장식으로 삼은 아침이 고요하게 반짝였다. 무섭게 날을 세우고서 높이 자라난 풀들이 아직껏 물기를 머금고 있었다. 이따금 그녀는 그것들을 위해 나중에 햇빛이 더 잘해줄 수 있는 일을 대신해주기도 했다. 하지만 헤어 양은 이내 포기했다.

그녀 나이에는 벅찬 일이었다. 그 대신 빵 부스러기를 흩뿌리면 새들이 내려와 발밑에서 깡충대고 까닥대거나 어깨에 발톱을 올렸고, 어떤 녀석은 고리버들 모자를 부여잡기도 했다. 그녀는 커다란 녹슨 가위를 가지고서 괜찮겠다 싶은 크기로 빵 껍질을 잘랐다. 치마가 곧게 뒤쪽으로 불거지도록 몸을 숙이면 그녀는 유칼리나무에서 내려온 한두 마리 푸르고 커다란 비둘기들처럼 당당하게 격식을 차린 모양새가 되었다. 모두가 주둥이를 흔들거리며 움직였고 그녀 또한 예외가 아니었다. 함께 어우러지면서. 새들의 의례 속에서.

그 밖에도 헌신적인 활동들이 순서대로 이루어졌다. 헤어 양은 물을 길어 통에 담았다. 새카맣고 유연하며 양옆에 황갈색 줄이 난 뱀 한 마리가 며칠 전 저택의 돌 틈에서 튀어나온 적이 있었다. 그 화려한 뱀을 보자 그녀의 눈이 반짝였다. 그러나 그녀가 가만히 서 있는데도, 뱀은 이 알 수 없는 여인에게 부여된 가히 성직자적인 권위가 어느 정도인지 알아차리지 못한 채 곧장 저택의 주춧돌 틈으로 돌아가버렸다. 그날부터 매일 아침 우유를 한 접시씩 준비했지만 뱀은 다시 나타나지 않았다. 그녀는 기다릴 테고, 결국엔 당연히, 완전한 이해에 이르게 될 터였다.

차차 아침이 흘러갔다. 바람이 일어나 사물들을 에며 그녀 앞으로 불어 내려왔다. 그러자 그녀는 한차례 극심한 공포를 집어삼켰다. 정말로 몸이 불편해서가 아니라, 잠시 후 오후에 겪어야 할 정신적 고통 때문이었다.

그 여자를 응대해야 하니까.

헤어 양은 안으로 들어갔다.

적어도 그녀는 자기 집을 가지고 있었다. 자기 집을 보여줄 수 있었다. 물결무늬 비단의 미묘한 암시뿐 아니라 장려한 저택의 대리석과 황금이 그녀를 대변하는 목소리가 될 터였다. 그래서 그녀는 곳곳을 더 밝게 조정하며 여기저기를 오갔다. 빛살이 칼날처럼 카펫을 그으며 피어올랐고, 어떤 방들의 그늘 속에서는 이전에 없던 금빛 기둥들이 솟아올랐다.

과거에 자주 사용한 적이 없는 어느 작은 방—실은 아버지의 자살이 실패로 돌아갔던 그날 밤 그녀와 어머니가 문을 걸어 잠그고 숨어 있던 방—에서 그녀는 부채를 집어 들었다. 거북딱지를 잇대고 홍학 깃털로 장식한 그 우아하고 아름다운 부채는 어느 겨울 아스완[20]에서 아르메니아 상인이 그녀의 어머니에게 준 물건이었다.

헤어 양은 부채를 손으로 잡았으나, 거울에 비친 자기 얼굴을 보고서는 감히 부채를 펴보지 않았다.

공포가 싸늘한 돌풍으로 되살아났다.

시간이 다 되었다. 그녀는 온종일 좀처럼 허기를 느끼지도 않았기 때문에, 공복감보다는 빛의 변화를 통해 시간을 확인했다. 진즉 멈추어버렸기에 재너두에서는 시계 소리조차 들을 수 없었거니와 그녀는 더 이상 태엽을 감겠다고 신경 쓰지도 않았고, 거의 습관에 의지해서 생활해나가는 것처럼 보였다. 그 대신 필요한 게 있다면 빛이 언제나 모든 것을 말해주었다. 이제 길고 차갑게 틈을 보인 창문들 사이로 늦은 오후의 희뿌옇고 쌀쌀한 빛이 스며들었다.

헤어 양은 이리저리 뛰어다니며 아무것에나 손댔다 관두길 되풀이했다. 다른 사람들을 관찰하며 배운 대로 옷매무새를 손봐보기도 했다. 남들이라면 토닥거릴 부분을 냅다 때리다시피 할 뿐이었지만 말이다. 머리는 어떻게 손볼 수가 없었지만 어차피 어김없이 모자를 쓸 테고.

---

20) 이집트 남동부에 위치한 도시. 나일강의 물을 조절하는 거대한 댐으로 유명하다.

버스를 타고 온 졸리 부인은 사스퍼릴러 우체국이 있는 모퉁이에서 하차했다. 헤어 양의 눈에는 딱 봐도 그 사람이 졸리 부인일 수밖에 없었다. 겉에는 덕지덕지 천 조각을 덧댄 검은 외투—기워놓은 솔기밖에 안 보일 정도였다—를 걸치고 있었는데, 나중에 알고 보니 안쪽에 입은 옷은 헤어 양의 짐작대로 군청색이었다. 자기를 고용하게 될 사람에게는 미리 상복을 입고 온다고 알려주었지만 모자는 심지어 대담할 정도로 밝고 푸르렀다. 모자챙에는 정말이지 무모한 게 아니라면 과감하다 할 만한, 간결한 연보랏빛 베일이 달려 있었다. 그러나 그녀는 갈색 포트와인을 움켜쥔 채로, 저쪽에서 먼저 알아보아주길 기다리며 신중하면서도 활달하게 숙녀다운 자세를 취했다.

이런 세상에, 헤어 양은 이제 정말 피할 수 없음을 인정하고서 한숨을 내쉬었다.

졸리 부인은 자갈이 잔뜩 덮인 거리에 서서 애매하게 사람들을 바라보며 미소를 짓고 있었다. 입가 한쪽에 보조개가 있고 치아 상태가 완벽했다.

"저기요." 마침내 헤어 양이 먼저 말을 붙였다. "그 사람인가요? 그러니까……" 목을 가다듬으며. "재너두에 오시기로 한 분?"

졸리 부인은 살며시 헉하고 올라오는 숨을 억눌렀다.

"맞아요." 자기 치아의 모양새를 느끼며 그녀가 무척 천천히 대답했다. "제가 어떤 분 성함을 들었던 것 같은데요. 헤어 양이라는 숙녀분이셨는데."

졸리 부인의 눈길에서 어마어마하게 주제넘은 기운을 느낀 헤어 양은, 자기가 누구인지를 밝히는 건 잠시 미루기로 마음먹었다.

하지만 졸리 부인의 새하얀 치아—확실히 그렇게 하얀 이는 본 적이 없었다—는 점점 눈에 띄게 안달하는 모양새였다. 뺨에서 실룩거리는 보조개도 나타났다. 혹자는 어머니 같다고 할 그녀의 표정이 무거운 의혹 탓에 점차 의심스러워졌다.

"내가 헤어예요." 헤어 양이 말했다.

"아하, 그러시구나." 졸리 부인은 그 말을 믿지 않고서 대꾸했다.

그리고 상황을 모면하기 위해 치아를 내보이려 애썼다.

하지만 오후의 매섭도록 차가운 바람 속에서는 그 어떤 수작도 먹히지 않았다. 바람은 졸리 부인의 연보랏빛 베일을 눈에 들어갈 정도로 흔들고 검은색 외투까지도 세차게 후려쳤다.

"맞아요." 헤어 양이 확인해주었다. "내가 헤어라고요."

졸리 부인은 자기가 듣는 말을 좀처럼 믿을 수가 없었다.

"댁이 만족하면 좋겠네요." 상대는 계속 말을 이었다. "재너두에서 지내면서 말이에요. 커다란 저택이지요. 실제로는 일부분에서만 생활하고 있지만요. 괜찮다면 변화를 줄 겸 이제 좀 움직여보도록 하죠."

졸리 부인은 여정을 위해 새로 산 신발을 신고서 인도자와 함께 돌길을 걷기 시작했다. 실용적인 끈이 달린 검은 신발이었다. 그럼에도 발목이 아파 견디기 힘들 지경인 데다 바닥에 깔린 자갈들은 송곳니처럼 밑창을 찌르며 괴롭혔다.

"그럼, 차는 안 가지고 계신가요?" 졸리 부인이 물었다.

"네." 헤어 양이 대답했다. "차는 없어요."

고드볼드 가족의 오두막을 지나는 지점에 이르자 졸리 부인의 외투에 블랙베리 덤불이 들러붙었다.

"우리는 한 번도 차를 안 가져봤어요." 헤어 양이 설명하고 있었다. "아버지 시절에도요. 당연히 자동차들이 막 나타나기 시작할 때였죠. 그 대신 말들이 있었어요. 아버지는 말에 푹 빠져 계셨거든요. 회색 말들이

끄는 사두마차를 혼자서 모는 모습이 정말 장관이었는데."

졸리 부인은 무엇 하나 믿을 수 없었다. 전철을 떠올린 그녀는 울음을 터뜨릴 뻔했다.

"우리 집에서는 말이죠." 그녀가 말했다. "각자가 자기 차를 가지고 있어요."

"아." 헤어 양이 대답했다. "없어요. 차는 없어요."

두 여인의 숨소리가 한 번씩 고통스럽게 섞여 들었다. 두 사람 다 이런 접촉을 거부하고 싶은 심정이었다.

"어머니로서 만족스러운 일이랍니다." 발목이 뒤틀림을 느끼며 졸리 부인이 이야기했다. "아이들, 그러니까 딸 셋이 각기 풍족하게 정착하는 것 말이에요."

"아무려면요." 헤어 양이 맞장구쳤다.

하지만, 믿을 수 없었다. 하나도.

두 사람은 재너두로 이어지는 오솔길, 의회에서 대로라고 부르기 시작한 그 길을 따라 걸어 내려가고 있었다. 고용주인 헤어 양은 길 끝에 도착해 울타리를 넘어 동반자를 안내했고, 지름길 가운데 조금 긴 편이되 굴곡은 덜한 길로 접어들었다.

어렴풋이 책임감을 느끼며 헤어 양이 앞서 걸었다. 졸리 부인은 이따금 무언가 찢어지는 소리를 들으며 뒤따랐다. 덤불 속에서의 침묵은 끔찍할 정도였다.

그 길에서는 떡갈나무와 느릅나무의 새로 난 푸른 잎들이 관목들을 감싸며 한데 모여 지나치리만치 날카롭게 솟아났다. 꽃 피운 야생 능금과 자두가, 얼키설키 엮인 채 진절머리 나게 찔러대는 검은 잔가지들 사이사이에 꾸밈음표처럼 섞여 들었다.

졸리 부인이 한마디 꺼냈다. "라일 실²¹⁾로 짠 스타킹을 신고 오길 잘 했네요."

그녀의 연보랏빛 베일은 그다지 화사하지 못했다.

"갈고리 씨앗들이 조금 걸릴 텐데, 쉽게 빠져요." 헤어 양이 어깨 너머를 돌아보며 설명했다.

그녀는 마음속 깊숙한 곳에 스스로도 기억할 수 없는 끔찍한 무언가가 도사리고 있는 것만 같아 불안해졌다.

두 사람은 계속해 걸음을 옮겼다.

"이제 금방 닿겠네요." 헤어 양이 격려했다.

"저기예요!" 그녀의 목소리가 도착을 알렸다.

졸리 부인은 대답하기는커녕 올려다보기조차 힘겨웠다.

그들은 오르막을 올라 다가갔다. 낯선 이의 발밑에서 베란다의 격자 바닥이 전에 없이 속 빈 소리를 내며 울렸다.

그러나 무엇보다도 속 빈 것은 저택 자체였다.

헤어 양이 현관을 열었다. 두 사람은 안으로 들어갔다. 그리고 한참을 가만히 서 있었다.

"뭐……" 결국 졸리 부인이 먼저 입을 열었다. "참한 숙녀를 마지막으로 앉혀둔 지 한참 되었다는 건 한눈에 봐도 알겠네요."

재너두 어디에서도 이를 부정하는 목소리는 들려오지 않았다. 온통 차가운 석재의 한기가 그 말에 동의했다.

"집이 뭔지는 마음먹기에 달린 거고, 기준이 낮다면 더 나빠질 것도 없어요." 헤어 양이 말했다.

---

21) 고급 면사의 일종.

"더 좋아질 것도 없고요." 졸리 부인이 어두워진 목소리로 덧붙였다.

방금 전에 한 말을 적당하게 설명할 수 없는 건 두 사람 다 마찬가지였다. 각자가 보이는 대로 보았던 것이랄까, 오히려 헤어 양은 자기가 잊고 있던 무언가를 막 떠올리기 시작했다. 관자놀이의 핏줄이 요동치고 있었다. 눈가죽이 음흉한 이방인이, 실재하는 문을 손가락으로 건드리고 안쪽으로 들어선 것만 같았다.

"저기는 응접실이에요." 헤어 양이 말했다. 긴장된 몸이 그녀를 조여왔다. "식당은 접문 너머에 있고요."

게다가 정말이지 살벌하게 조여왔다.

무자비할 정도로 햇볕이 내리쬐는 봄날, 늦은 오후의 한순간에 그들은 우두커니 서 있었다. 가구들 사이사이로 하얀 빛이 내리비쳤고, 붕대를 감은 기억이 거기서 진단받기를 기다리고 있었다.

"이런 건 한 번도 본 적이 없어서요." 최대한 옷으로 몸을 여미며 졸리 부인은 혼란스러워했다.

시간이 갈라놓지 않은 곳에서 빛은 제 할 일을 끝마치고 있었다. 캐비닛과 조그마한 테이블 등이 일거에 갈라져버리는 것만 같았다. 쪽매붙임한 단단한 조각들과 상감세공 한 문어까지 아뜩해졌다.

두 여인은 본래의 속내를 실낱처럼 붙들고 따라가느라 이리저리 헤맸으나 끊임없이 엇나갈 뿐이었다. 그때 덧문이 덜거덕거리기 시작했다. 잔가지로 덮인 꼴이 된 오뷔송[22] 태피스트리 위에 있는 오래된 알등지며 먼지며 흰곰팡이며 벌레 번데기 따위가 은근한 암시를 보내오며 꺼림칙한 발길을 옭아맸다. 역사에 남을 폭풍이 불어왔을 때 돌벽 틈에서 점판

---

22) 프랑스 중부의 상업 도시. 15세기부터 태피스트리 제조가 성행했으며, 이후로도 왕실에 공급하는 직물들을 생산했다.

암이 뜯겨나가는 바람에 식당 한구석으로는 느릅나무가 들어와 있었다. 검은빛의 가지들은 베어놓았다. 일찍 돋은 나뭇잎들은 인간이 만들어낸 한층 활기 없는 색채들을 마치 칼처럼 찔렀다. 군데군데 드러난 푸른 하늘은 취한 듯 나풀거리고 펄럭이는 작은 넝마 조각들 같았다. 곳곳에서 비가 쏟아졌었고, 이제 썩은 이빨 같은 색깔이 된 대리석 위로 벽을 따라 다른 곳에서도 빗물이 새곤 했다.

"개들이 오줌을 누었던 곳에서도." 헤어 양이 이렇게 지적하고서 한숨을 쉬었다.

"뭐라고요?" 졸리 부인은 의아해하며 물었다.

그러나 그녀의 고용주는 대꾸—입 밖으로 꺼내고 싶든 아니든 머릿속 생각은 자기 거니까—하지 않았다. 따라서 그 가정부는 나중에 필요해져서 다시 끄집어내게 될 때까지, 자기가 들었다고 믿은 내용을 마음속 선반에서 숙성시키기로 했다.

마침내 헤어 양이 헛기침을 하면서 역시나 탁한 목소리—그녀는 정말로 기진맥진했다—로 말했다. "이제 댁이 쓸 방을 안내할 차례 같네요."

잘 갖추어진 조명을 지나 위층까지 완만한 곡선으로 이어지는 계단을 오르는 동안, 그 아름다움은 저택 소유주의 목을 비트는 듯했다.

"종종 여기에 앉곤 했어요." 그녀가 말했다. "음악에 귀를 기울이고서, 춤추는 사람들을 지켜봤죠. 아, 저 아래는 정말 황홀했는데."

위층까지 곡선으로 계단이 이어지면서, 닫힌 문들 앞을 지나, 복도들은 마치 굴처럼 뚫려 있었고 저 멀리서는 쥐들이 찍찍거리는 소리가 들려왔다.

"당연히, 여기 있는 방들 가운데 꽤 많은 수를⋯⋯" 헤어 양은 이렇게 말했고, 다시 무미건조하게 손을 흔들었다. "여러 해 동안 열어본 적이 없어요. 왜 그래야 했느냐고 하면 이유는 딱히 없지만요. 어머니가 돌아가신 다음의 일도 아니에요. 어머니는 전쟁이 막 벌어질 때쯤 돌아가셨어요. 네, 두번째 전쟁, 그러니까 2차 대전 이야기죠. 1차 대전 시기에 돌아가신 분은 아버지였고. 어머니는, 음, 난 어머니가 자기 의자에 앉아계신 걸 보았는데. 그렇지만 지금이 가족사를 이야기할 시간은 아니죠. 그것도 이렇게 계단에 서서."

"저도 아이를 둔 어머니예요." 졸리 부인이 대꾸했다. "여건이 비슷한 사람에 대해 듣는 건 늘 반가운 일이고요."

그녀의 반지가 난간 연철에 부딪혀 쩽그렁거렸다. 호흡은 가쁠지라도 그녀는 단호하게 행동했으며 앞으로도 그럴 셈이었다. 코르셋을 입고서 계단을 따라 올라갈 수 있을지 자신이 없었다. 그녀는 어머니이자 숙녀로서 품행에 걸맞게 행동하려 했다. 그저 두 가지 직책이 상충하지 않기만 바랄 뿐.

"여기예요." 헤어 양이 말했다. "내가 준비해둔 방이에요. 잠자리도 마련해두었고요. 사람들마다 잠자리라는 걸 각기 다르게 생각하는 것 같긴 하지만요. 그럼." 그녀는 말했다.

문이 열리기는 할까?

졸리 부인은 열리지 않길, 그 대신 그들이 그냥 돌아가 층계참에서 멀뚱히 서로를 쳐다보게 되길 바랐으나, 어차피 그것도 만족스러운 해법은 아닐 것 같았다.

문은, 어찌 보면 심지어 기다렸다는 듯, 쉽사리 열렸다.

"그래요." 졸리 부인이 말했다. "어떨지 두고 보죠."

그리고 웃음을 지었다.

그녀의 창백하고 음울한 눈빛은 어느 정도 너머를 더 멀리 내다볼 줄 몰랐고, 그녀가 여전히 충격에서 벗어나지 못했노라 떠벌리면서도 제정신을 회복할 수 있었던 것 또한 그러한 태도 때문이었으리라. 헤어 양은 자기가 고용한 가정부의 인상이 다정하기를 원했으나, 그런 보조개로는 남자 하나 홀리는 게 고작이리라고 생각했다.

졸리 부인은 대체 어디서부터 시작해야 할지 몰라서, 자신의 드러난 양팔을 주무르며 서 있었다. 그것들이 아직 최종적인 형태를 갖추지 못했다는 듯이 말이다. 축 처져버린 회백색 실크 스웨터—직접 짠 옷이었다—와 봄볕을 받은 희뿌연 팔의 대비가 마치 푸른빛으로 얼룩진 것 같았다.

스스로 줄기차게 지적해왔듯 졸리 부인은 참한 숙녀였다. 누군가 그점을 의심한다는 직감이 오면 자기의 신조를 거듭 설파하곤 했다. 일단 양파는 절대 손대지 않는다고 못을 박았다. 어떤 이유로든. 하지만 색설탕 알갱이를 뿌린 푹신한 스펀지케이크나 버터 샌드위치라면 사족을 못 썼다. 파스텔 색조는 숙녀와 어울리지 않을 수가 없었다. 아이슬란드양귀비도 마찬가지. 셔닐사[23]도 마찬가지. 다른 숙녀와 함께라면 버스 정류장이나 울타리에 앉아서 실없이 잡담하는 것도 좋아했다. 멋진 모자를 쓴 채 자가용을 타고 특별한 목적지 없이 드라이브하면서 하층민의 얼굴들을 내다보는 것도 좋아했다. 그럴 때면 그녀의 고결한 신분에 어울리게 살짝 고개를 까닥임으로써 믿기지 않는다는 심정을 표현했다.

그럼에도 졸리 부인은 믿고 싶은 심정이었기에 영화들을 보러 가기

---

23) 표면에 모충처럼 고운 잔털이 붙은 실.

도 했다. 이런저런 기억과 계획은 포장지와 함께 땅바닥에 내버리고서 극장에 앉아 사탕—단단하지는 않은 걸로—을 빠는 건 부드러운 벨벳을 향한 탐닉이었다. 그러나 단단한 사탕이라면, 그건 유감이었다. 뜨겁고 축축한 캐러멜 냄새는 그녀를 거의 미치게 했다. 그래도 그녀는 자리에 앉았으니, 가장 기묘한 일들조차도 삶에서는 일어날 수가 있는 법이었다. 눈가에 잔주름이 있는, 가죽 바지 차림의 호리호리한 젊은 녀석은 그냥 몸을 뻗어 손을 얹은 것뿐이었겠으나—그 모습에 그녀는 사탕을 찔러 넣었다. 또한 전체적인 조화나 분위기가 다르긴 해도 애바와 래나[24]는 그녀의 딸들 가운데 둘일 수도 있었다. 모든 것 중에서도 최고는 어머니에 대한 영화였다. 그녀는 부당한 것들이 기다리고 있으리라는 점을 몸으로 알았고, 징벌은 말할 것도 없었으며, 그래서 종국에는, 그 원천으로부터 솟아오르는 월리처[25] 오르간 소리가 그녀가 생각하는 극치를 완성시킬 뿐이었다. 그녀는 복스후마나[26]에서 장미와 제비꽃의 미묘한 향기를 맡고 자궁을 때리는 조그마한 망치를 느끼면서 확실히 충족감을 느꼈으며, 밤 10시에 거실에서 그녀가 건넨 두 잔째 차를 받다가 죽은 남편을 잊을 수 있었다. 그 같은 부당함이 가볍지 않았음에도 그녀는 살아남았고, 그보다 더 심한 충격들까지 받아넘기기에 족한 현실과 몽상을 다 겪은 것처럼 보였다.

헤어 양은 자기가 가정부를 두려워하는 것 같다는 사실 자체가 두려웠다. 그녀가 말했다. "댁이 여기저기에 익숙해지면 좋겠네요."

---

24) 미국의 영화배우인 애바 가드너(Ava Gardner, 1922~1990)와 래나 터너(Lana Turner, 1921~1995).

25) 미국의 악기 제조사. 20세기 초에 영화관에서 주로 쓰이던 오르간을 만들었다.

26) 파이프오르간의 음색을 조절할 수 있는 음전 가운데 하나로, 사람의 목소리와 유사한 소리를 만들어낸다.

"전철이 그리워요." 졸리 부인이 대꾸했다.

그녀의 목소리와 눈빛 속에, 전철이 덜그럭거리는 소리가, 보랏빛 불꽃의 구슬픈 연기 기둥이 있었다.

"어, 저런." 헤어 양이 말했다. "난 전철에 관심을 가져본 적이 없는 것 같은데."

"토요일 저녁도 그리워요." 졸리 부인이 말했다. "머를네 집이나 도트네 집, 엘마네 집에 들르던 시간이지요. 엘마가 제 막내딸이랍니다. 기관차에서 화부 일을 하는 남자랑 결혼했는데, 그렇다고 점잖은 사람이 아니라는 건 아니에요. 제 딸들은 신사가 아닌 남자는 생각해본 적이 없는 아이들이거든요."

"그런 아이들을 놔두고 올 수 있었다니 놀랍네요." 헤어 양이 제대로 나오지 못하는 작은 소리로 말했다.

"어머." 졸리 부인이 대꾸하며 대걸레를 잡았다. "무슨 말인지 이해하실지 모르겠지만, 삶이라는 게 그런 거거든요."

그리고 걸레를 양동이에 넣고 휘돌리더니 꺼내서 끄트머리를 쳐다보았다.

"죽음이라는 게 그럴 수도 있고."

헤어 양은 겁을 먹었다.

"그게 꼭 내 잘못인 것처럼……" 졸리 부인이 말했다. "자기 의자에 앉아 가지고서는."

"의자에 있는 게 더 자연스럽게 느껴지는데." 헤어 양은 조심조심 말했다.

비슷한 모습으로 죽은 어머니가 떠올라서 스스로 안정이 되었다.

"저로서는 당신과 당신 어머니의 모습을 상상만 해봐야겠네요." 졸리 부인이 이렇게 말하더니 웃음을 터뜨렸다. "여기 있는 세간들 사이에서 지내는 모습 말이에요. 생쥐 한 쌍처럼."

"어, 페그도 있었고, 윌리엄 해드킨도 있었어요."

"페그는 누구?"

"정확한 이름은 기억이 안 나네요. 제대로 들은 적이 있는지도 모르겠어요. 늘 나이 들어 보이는 여자였죠. 언제나 이 집에 있었고요. 이런 저런 문제들이 닥치고 하녀들이 떠나버린 다음에도 페그는 여기 남아서 친구가 되어주었어요. 그렇지만 역시 지금은 죽어서 없어요. 어머니가 돌아가신 다음의 일이죠. 그때부터 난 완전히 혼자가 되었고요."

"또 한 명 지금 이야기한 신사분은 누구였는데요?"

"윌리엄은 마부였어요. 가는귀가 먹은 사람이었죠."

헤어 양이 잠시 말을 쉬었다.

"**조금 모자랄 뿐**이라는 소리를 듣는 사람들 있잖아요. 뭔가 다른 방식으로 세상을 이해하는 사람이라는 뜻이죠. 윌리엄은 정말로 아는 게 엄청 많았어요. 귀가 완전히 먹은 것도 아니었고요. 나는 그 사람 좋아하지 않았지만."

"그 해드킨 씨라는 분, 그분도 돌아가셨나요?"

"아니에요. 그냥 어디론가 가버렸어요."

"세상에나!" 졸리 부인이 말했다. "하긴! 그럼 당신네 사람들은 모두 무얼 먹고 살았던 거예요?"

"이것저것." 헤어 양이 대꾸하고서 하품했다. "뭐, 빵이라든가. 빵은 정말 훌륭하죠. 난 끝을 잡고 뜯어서 그대로 먹는 게 좋아요. 계속 그렇게 하는 거예요. 그리고 새들한테도 나누어주죠. 손쉬운 일이에요. 그렇지만 물론, 친척한테 약간 용돈을 받기도 했어요. 유스터스 클루라고, 전에 편지로도 이야기했었죠. 그렇게 큰돈은 아니고 전쟁 중에는 끊기기도 했어요. 이런, 깜박했구나. 염소가 있었지. 염소가 한 마리 있어서 젖을 짜기도 했어요. 맞아, 그걸 잊었네."

"염소한테 무슨 일이 있었길래요?"

"제발 나한테 물어보지 말아요!" 헤어 양이 소리쳤다. "나도 모르니까!"

"알았어요!" 졸리 부인이 대꾸했다. 이번에는 그녀가 겁을 먹을 차례였다.

그런 저택에서.

사실 헤어 양은 두렵다기보다는 서글픈 상태였다. 질문들에 대답할 수가 없었다. 질문들은 그냥 머릿속으로 소용돌이치며 뒤틀렸다. 그녀는 탁한 물과 걸레가 엉망진창으로 뒤범벅되고 있는 양동이를 바라보았다. 걸레를 쥔 여인의 사위 세 사람은 자기네가 살아갈 상자 같은 집을 벽돌로 지었다고 했다. 어찌나 유치한지. 그녀의 사위들도, 벽돌집들도, 어린애들 장난감처럼 폭삭 무너질 터였다. 무너지지 않는 것은 오직 기억뿐.

그래서 헤어 양은 코웃음—게다가 그녀는 졸리 부인이 지켜왔다—을 치며 재너두의 복도로 나가버렸다.

그러나 기억은 또한 고통스럽기도 했다. 그것들은 금실로 만든 가장 값비싼 커튼이 오래되어 넝마가 되듯 너덜거렸다. 거기에서는 언제나 회색 혹은 한밤처럼 검은 색깔의 나방들이 숨 막히는 가루를 흩뿌리며 쏟아져 나왔다.

"모피를 잘 보관해두어야 한단다, 메리." 헤어 부인은 말했었다. "이제 여름이 왔으니까, 신문지로 조심스럽게 감싸서. 그다음엔 목 부분을 당겨서 캔버스 가방에 넣어. 안 그러면 내가 불안해질 거야."

헤어 부인은 임종을 맞을 때까지 젊은 시절처럼 의례를 차리며 대체로 행복하게 지냈다.

그러면 페그가 성냥개비같이 야윈 다리로 달려와 잇몸만 남은 입 사이로 말했다. 그녀의 여주인은, 글쎄, 어떤 이유로든 그런 행동을 허용했다. "그래요, 음. 신경 쓰이게 나방이 꾀는 걸 누가 좋아하겠어요. 그러니 저한테 주세요. 아니, 아가씨, 제가 알아서 할게."

페그가 캔버스 가방을 보여주면 옷들은 사실 목이 축 늘어져 있었다. 과연, 그 딸이 보자니, 거위 털은 모두 죽었고 페그가 눈속임으로 넣은 종이 뭉치들이 속을 채우고 있었다. 그래도 어머니는 다소 진정되었다.

젊은 시절 눈에 띄게 성숙하고 조신했던 헤어 부인은 말년에 윤기 나는 한 마리의 상아색 말이 되었다. 그녀는 반 시간 동안 가만히 앉아 있다가 갑자기 고개를 벌떡 쳐들거나 날듯이 움직였다. 페그가 가져다준 시나몬 토스트 조각들을 씹던 기다란 상아색 치아, 길쭉하면서도 세련된 얼굴이 더욱 그런 인상을 풍겼다. 나중에 그녀는 차와 토스트를 먹어 꾸르륵거리는 배를 쓸어내리며 가만히 앉아 있곤 했다. 그럴 때면 중국풍으로 기묘하게 이지러지는 불빛이 한 마리 상아색 말의 세련된 초상에 더욱 잘 어우러졌다.

헤어 부인은 땅딸막한 딸의 팔에 기대고서 그나마 남아 있는 정원을 따라 걷기도 했으나 그리 많은 것을 알아보지는 못했다. 그리고 사교계에서의 성공과 보로메오 제도[27]를 즐겨 기억하곤 했다.

한번은 딸에게 이렇게 물어본 적도 있다. "메리, 그로토[28]가 어디에

---

27) 이탈리아 롬바르디아주 북부에 있는 마조레 호수에 위치한 작은 섬들.
28) 본래는 이탈리아어로 동굴을 의미하며, 정원에 구축해 성상 등을 모시는 인공적 동굴

있더라? 네 아버지가 조개껍데기로 만들어놓았잖니. 조개가 아니라 수
정 덩어리였나?"

딸은 그저 끙 앓는 소리만 내고 말았으니, 어쨌든 그밖에는 달리 도
리가 없었기 때문이다.

한번은 헤어 부인이 이렇게 하소연하기 시작했다.

"난 내 딸이 대사와 결혼하길 바랐단다. 내 딸은 긴 다리가 아름다
울 테고, 부채를 들고 다니며 다른 사람들의 대화까지 지배할 거라 생각
했어. 결국 지배하게 되는 건 아무것도 없구나. 자기 자신 것조차도. 그
렇다고는 하지만……" 그녀는 좀더 힘 있게 말을 이어나갔다. "만약 그
랬더라면 넌 나랑 같이 정원을 산책하지도 않았을 테고, 난 혼자 어떻게
든 걸어보려고 애쓰다 몸 한 군데를 부러뜨렸을 거야."

딸은 다시 한 번 끙 소리를 냈으니, 달리 어쩔 수가 있었겠는가?

그때 그녀의 어머니가 잔디를 두드리기 시작했다.

"끔찍한, 끔찍한 풀 다발 같으니!" 그녀는 덥수룩한 잔디가 뭉텅이로
흔들리도록 지팡이를 내리쳤다.

"그러지 좀 마세요!" 딸이 애걸했다. "제발!"

그렇듯 무기력한 변덕은 어쨌든 금세 전환되었다.

"그렇다고 내가 너한테 헌신하지 않는다고는 생각하지 말렴, 메리."
어머니가 이렇게 주장했다. "난 말이지, 이제 모두를 사랑한다고, 진짜
로, 진지하게 말할 수 있어. 네 아버지까지도."

언제나 맹탕 같은 열정만을 품었던 헤어 부인으로서는 아마도 그편
이 더 쉬웠으리라.

양식을 뜻하는 말로도 많이 쓰인다.

"낙심조차도 결국엔 어떤 의미를 지니고 있는 것 같구나." 그녀가 석양을 바라보며 말했다.

기운만 있었더라도 딸의 팔을 꽉 움켜쥐었을 것을.

그 대신 이 두 사람, 낙심한 딸과 종국에 낙심 덕분에 살아나갈 수 있게 된 어머니는 안으로 걸어 들어갔다.

몇 달이 지나 너무도 자연스럽게 의자에 앉은 채 죽어 있는 여인의 형상을 바라보며, 그 딸은 관습적인 방식으로는 애도할 줄 몰랐기에 그대로 울부짖고 말았다. 아마도 격정을 못 이긴 것이었겠으나, 죽은 어머니가 그런 격정을 고맙게 여기거나 이해하기는 힘들었으리라. 그러므로 차라리 그녀는 하늘의 발연한 진노로부터 비롯했다고 스스로 의심쩍어했던 삶을, 어린 양치류의 갈색빛 온화함을 애도한 것이었다.

페그가 그 자리에 있다는 사실이 다행이었다. 무슨 조치를 취해야 할지 아는 사람은 그녀뿐이었으니까. 그녀가 윌리엄을 사스퍼릴러로 보냈고, 우체국장 여자의 연락을 받은 남자 몇 사람이 시신을 수습하러 왔다. 비가 내리는 날이었으며, 홀에서는 오래도록 축축하게 묵은 레인코트 냄새가 났다.

그것이 메리 헤어와 그녀의 어머니가 맺은 마지막 거래였다.

페그가 이렇게 말했기 때문이다. "메리 아가씨, 오히려 기분만 나빠질 바에야 굳이 장례식까지 갈 것 없어요. 거기 나간다고 누가 아가씨를 붙들겠어요? 아가씨랑 나랑, 둘이서 여기 난로 앞에 앉아 커피나 내려 마시고 빵이나 한 조각씩 먹자고요. 뒤치다꺼리는 교구 신부님이 알아서 할 거예요. 신부님이란 그러라고 있는 거니까."

페그는 나이 든 여자였으나 유년과의 연결 고리를 완전히 끊어버린 사람은 아니었고, 덕분에 투박한 겉껍데기 속에 숨어 있는 진짜 모습들을 알아볼 줄도 알았다. 그녀는 훌륭한 친구로 곁에 남아주었다. 메리는 그런 페그를 사랑했다. 그리고 자기 주름살을 매만지며 앉아 있다가 이 하녀의 평온한 얼굴을 바라보곤 했다. 바깥세상의 모습을 그저 막연하게만 기억하면서도 온갖 장난을 잊지는 않은, 쇠테 안경을 쓴 나이 든 수녀의 모습.

그런 곳에서 지내자니 페그는 별별 일들을 다 손에 잡았다. 언덕에서도 자전거를 타고 다녔는데, 놀라운 솜씨로 꼭대기까지 올라가기도 했다. 그렇게 금방이라도 망가질 자전거를 타고서도. 풀을 먹인 빛바랜 드레스에서 그저 쓱싹거리는 소리만 내면서도. 청소와 빨래 솜씨는 누구보다도 뛰어났지만 요리는 엉망이었다. 잼을 만들거나 밀랍을 추출하는 일도 즐겼고, 몸에서 이런저런 냄새가 날 때가 많았다. 뜬금없이 침대 아래에서 밀랍 먹인 옷가지들을 들고 나타나기도 했다. 쇠테 안경을 쓰고서. 오래전에 연푸른빛이 되었다가 급기야 거의 하얘진 드레스를 입고서.

"나한테 읽어줘, 페그." 그녀한테 마님이 되는 메리 헤어가 이렇게 명령할 때도 있었다.

"직접 읽으면 되잖아요!" 페그는 이렇게 대꾸하며 웃었다. "대체 뭘 읽어드려야 하겠어요?"

"페그가 읽어주면 이해가 더 잘된단 말이야. 어서, 페그!" 메리 헤어가 애타게 졸라댔다. "앤서니 호던[29]의 카탈로그를 같이 읽자."

"이런, 하여간 별난 사람이야!" 페그는 또 한 번 웃음을 터뜨릴 수밖에 없었다.

그녀는 눈 주변이 희끄무레했다.

---

29) 시드니의 백화점. 1800년대에 건설된 이래로 증축을 거쳐 한때는 세계에서 가장 큰 백화점이기도 했으나 1980년대에 철거되었다.

여주인이 좋아하지 않는데도, 페그는 너무 크지 않은 목소리로 성경을 읽는 것을 가장 좋아했다. 복음서를 읽느라 늘 바쁠 정도였다. 이 하녀는 사도 서간이 너무 건조하다고 생각했고, 계시록까지는 다 읽지 않았다. 사실 그 닳아빠진 책의 결말에 대해 논하고픈 생각도 없었다.

"아가씨도 이 책을 공부해두셔야 해요." 페그는 성경을 올려다보며 이렇게 말하곤 했다.

희끄무레한 눈꺼풀 때문에 페그는 언제든 시선을 숨길 줄 몰랐으나, 순수함이 그녀를 지켜주었다.

"페그도 참, 그러지 마!" 여주인이 겁먹은 듯 거부했다. "나한테는 아무것도 아니라는 걸 아는데도."

"이 책은 만인을 위한 거란 말이에요." 페그가 신실하게 항변했다.

"꼭 그렇지만도 않아. 나한테는 필요 없으니까."

"읽어보려고 하지도 않았으면서. 한 번이라도 찾아볼 생각이나 해본 적이 있어요?"

"찾아봐야 할 게 있다면 내 방식대로 내가 원하는 시간에 찾아보면 되지. 난 다르잖아." 메리 헤어는 고집을 부렸다.

"그래요." 페그가 한숨을 내쉬었다. "다르면서도 같은 사람이지."

그녀로서는 그 점이 그렇게 경이로울 수가 없었다.

두 여인은 여러모로 다르지 않았으나, 페그는 자기 여주인처럼 자주 교만에 사로잡히지 않았다. 메리 헤어는 페그를 사랑하면서도 자기 자신의 교만 또한 사랑했다. 그것이 그녀의 위대한 자부심이었으며, 설령 누구 하나 그 같은 보석을 알아보지 못한다 해도 그녀는 계속해서 스스로를 장식할 터였다. 그런 식으로 탁월함을, 어쩌면 아름다움을 이뤘다고, 그렇게 기대해볼 만큼 메리는 우쭐거렸다.

하지만 페그는 넘어가지 않았다. 그녀는 모래가 섞인 듯한 특유의 목소리로 이렇게 말하곤 했다. "갑자기 성질을 부리고 있는 건 아니겠지요, 메리 아가씨?"

그리고 유리나 물, 투명한 모든 것이 그렇듯 페그도 언제나 옳았다.

메리 헤어가 페그의 방으로 들어갔다가 자기 친구의 죽음을 목격한 순간은 이전보다 더 절망적이었다. 옷단장을 마친 직후에. 건조한 아침에. 페그는 한때 환한 빛이었던 옷을 입고서 침대에 다시 누워 있었다. 사람들이 꺾어 가져가려 하는 향기로운 허브 가지들, 로즈메리나 라임이나 레몬버베나처럼 거기 연약하게 누운 모습이었다.

잠시 후 여주인은 조심스럽게 하녀를 건드려보았다. 그리고 마침내, 확실히, 혼자가 되어버렸음을 깨달았다. 그녀는 오랫동안 시선을 떼지 않고서 방 한구석에 우두커니 머물렀으며, 아침이 한참 지난 시점에서야 윌리엄 해드킨을 기억해냈다.

윌리엄은 메리 헤어가 결코 호감을 가져본 적이 없는 부류의 인간이었다. 다른 하인들이 모두 소풍을 나가 있고 아버지가 총질을 해대던 그 밤에 윌리엄이 귀먹은 몸으로 마구간에 머물렀기 때문이리라. 그 문제의 밤에 메리의 감정이 어찌나 요동쳤던지, 윌리엄의 귀가 먹었다는 것도 그녀로서는 도무지 믿을 수 없는 일이었다. 그러나 헤어 부인이 아직 살아 있던 시절에 그는 충직한 태도로 그들을 태우고서 아직 남아 있던 마차를 가볍게 몰고 나가곤 했다. 박봉을 받으면서도 말이다. 물론 그는 늙었고 많이 먹지 않았으며 많은 걸 필요로 하지도 않았다. 헤어 부인의 죽음 이후로는 피부가 약해졌다며 면도마저 포기했으나 그 밤송이 같은 수염은 언제나 같은 길이를 유지하는 것 같았고 허연 협곡 같은 수염 사이로 흐르는 침 줄기도 여전했다. 그는 또한 다른 늙은 남자들과 마찬가지인 냄새를 풍겼다. 헤어 양이 그에게 호감을 느낄 수 없었던 또 다른 이유이기도 했다. 늙은 남자들은 늙은 여자들보다 대체로 더 심한 냄새를 풍기는 법이다.

여주인이 페그의 죽음에 대해 이야기할 사람은 당연히 윌리엄밖에 없었다.

"음, 그렇구먼." 그가 말했다. "하긴 죽을 것 같더라니. 아무것도 안 남은 여자였지."

마구는 더 이상 쓸 일이 없는 물건이었으나, 윌리엄은 거기에 기름을 칠함으로써 솜씨가 무뎌지지 않도록 했다.

"나는 생각해볼 엄두도 안 냈던 거 같아요." 메리 헤어가 입을 뗐다.

"댁네들이야 죄다 그런 일에는 명수잖수." 윌리엄 해드킨이 가죽을 어루만지며 말했다.

"무슨 뜻이죠?" 헤어 양이 물었다.

그녀는 몸을 떨기 시작했으나 화가 난 것은 아니었다.

"지난날을 최대한 돌이켜보건대 말입니다." 윌리엄이 대답했다. "댁네는 망상이 몸에 밴 족속들이었어요."

"우리 가운데 상상력을 지닌 분들이 몇 사람 있긴 했지요. 지금 하는 소리가 그런 뜻인지는 모르겠지만."

"성냥 없이도 저택에 불을 지르고!"

"그 정도면 됐어요, 윌리엄." 메리 헤어는 자기 부모한테서 배운 대로 말했다. "페그한테 가봐야 해요."

"알았수! 알았다고!" 그가 말했다. "닦달하지 마시구려!"

그는 일어서서 마구에 뚫린 구멍들을 바라보았다.

"그렇게 우리를 못 견디면서도 왜 여기 남아 있었는지 모르겠네요."

여주인이 말했다.

"그냥저냥 있었던 거지." 그가 대답했다. "왜냐하면 익숙하니까. 뭐랄까, 세상에는 그런 식으로 돌아가는 일들이 얼마든지 있다우."

그의 여주인은 언제나 진실을 가장 먼저 알아보는 이였기에, 정말이지 할 말이 아무것도 없었다.

하녀가 죽고 나서 몇 주 뒤, 메리 헤어는 윌리엄 해드킨과 최후이자 최악의 만남을 가졌다. 수탉 한 마리를 막 잡은 그와 우연히 마주친 것이다. 흉측하게 떨어져나간 머리가 보였고, 몸만 남은 수탉이 자기가 쏟은 핏속에서 어기적거리며 마지막 남은 생명력으로 춤추는 스텝을 윌리엄이 낄낄거리며 바라보았다.

메리 헤어는 꼼짝없이 서 있었다. 신발에까지 피가 튀는데도 도저히 움직일 힘이 나지 않았다.

윌리엄은 그저 지켜보았다.

"이런." 그가 웃음을 터뜨리며 말했다. "질긴 묵은닭이긴 하지만 드셔야 하외다."

그리고 계속해서 웃었다.

"보쇼." 그가 말을 이었다. "내가 요전번에 했던 말이 무슨 뜻인 줄 아는지? 수탉은 하도 익숙해져서 대가리 없이도 춤을 출 줄 안다니까."

"내가 보기에 당신은 살인자나 마찬가지예요." 메리 헤어가 비난했다.

"뭐라! 댁 잡수라고 닭을 잡는 게?"

"닭을 잡을 방법이야 수도 없이 많죠."

"그건 댁이 알아두어야 할 문제고."

"어떻게? 내가?"

"댁네 아비한테 물어보든가."

메리 헤어는 완전히 창백해졌다. 그리고 마부가 다른 일을 하러 간 뒤에도 한참 동안 장작가리 옆에 서 있었다. 거기 남아 죽은 닭의 아랫 볏을 쳐다보고 있었다.

말없이 생각을 정리했던지, 머지않아 윌리엄 해드킨이 재너두에서 사라졌다. 이제는, 마침내, 자유로워지리라고, 모든 게 좋아지리라고, 메리 헤어는 두려워하며 중얼거렸다. 그러나 염소를 기억해내자 그녀의 정신이 제자리로 되돌아왔다.

그 염소는 페그가 죽기 전에 이미 나타났다. 어디서 나타났는지는 결국 밝혀지지 않았다. 새끼를 밴 이 묵직하고 하얀 암컷은, 까다로운 기색으로 나뭇잎과 풀을 가리며 여자들을 따라다녔다. 암컷 염소가 낳은 새끼는 수놈이었으나 죽은 채로 태어났고, 페그는 어미 염소의 젖을 짜주어야 한다고 말했으며, 이후로 메리 헤어가 계속해서 그 일을 맡았다. 아예 젖 짜는 임무를 위해서 살아갈 정도였다. 이윽고 그녀의 마음은 염소의 마음처럼 평온한 지혜에 이르렀고, 그녀가 저녁에 철벅거리며 나가 염소의 젖을 짜느라 둘만 남아 있자면 그 하나 된 그림자는 정말로 견고해 보였다. 도가 지나치다 보니 메리의 사랑은 판단력을 벗어나기 시작했으며, 그 동물에게 무슨 일이 일어날지도 모른다는 생각에 점점 제정신을 잃어갔다. 그녀 자신이 염소보다 오래 살지도 모른다는 사실에서 귀결되는 재앙이 닥칠 수도, 어쩌면 그저 염소가 떠나기로 마음을 먹을 수도 있는 일이었다.

따라서 땅거미가 질 무렵이면 이 여주인은, 부엌에서도 보이는 들판 끝자락의 살짝 기울어진 헛간에 염소를 집어넣으러 달려갔다. 매일 밤 나뭇가지를 쌓고 애정의 손길을 쏟아부으며 자물쇠를 잠그고 나서도,

행여 마귀의 농간 때문에 그녀의 사랑이 사라지지는 않았을까 몇 번이나 헛간으로 돌아오고 또 돌아왔다. 하지만 그 자리에는 염소가 있었다. 등불을 감싸면 어둠 속에서 하얀 얼굴이 반짝이며 어른거렸다. 호박색 눈이 그녀의 공포를 달랬고 기다란 입술은 그녀가 보기에 공감하듯 우물거리고 있었다.

여주인이 가장 가혹한 시련을 겪던 그날 아침에도 염소의 얼굴은 멈추지 않고 계속 떠올랐다. 염소는 뼈만 남은 채로, 시커먼 연기가 되어버린 헛간의 폐허에 묻혀 가루가 되어버렸는데도 말이다.

그 같은 대참사를 눈으로 보고서 어떻게 계속 살아나갈 수 있었는지 메리 헤어 스스로도 정확히 알 수가 없었다. 그러나 그날 아침은 평온했다. 그녀의 얼굴 위로 나뭇잎이 떨어져 있었다. 대지가 부드럽게 무릎에 닿았다. 그녀는 곧장 덤불 속으로 들어섰고 아무도 그녀가 거기에 가 있다는 사실을 몰랐기에 무척이나 오랫동안 누구의 간섭도 받지 않고 머무를 수 있었다. 그렇게 이삼일 동안 그곳에 있던 그녀는 여기저기 긁힌 뻣뻣한 몸을 이끌고, 좀처럼 느껴본 적이 없던 허기를 느끼며, 그렇게 멍해져야 했던 고통스러운 이유를 애써 상기하며 돌아왔다.

메리 헤어는 곧장 그릇 속을 뒤져 퀴퀴하고 딱딱한 빵 조각을 찾아냈다. 그리고 주저앉아 빵을 씹으며 생각해야 했다.

설령 나 자신의 대부분이 벗겨져 나가더라도 그 중심에 무엇이 있는지 마침내 찾아내겠어.

사는 동안 한 번도 그토록 명쾌하게 이치를 따진 적이 없었노라 느꼈고, 그래서 그녀는 부드러워진 빵을 크게 한 덩어리 이어 삼켰다.

졸리 부인은 이러지도 저러지도 못하는 상태였다.

그것은 거미줄이었는지도 모른다. 그녀는 그것들을 끌어 내릴 터였다. 밧줄이었는지도 모른다. 사슬이었는지도 모른다. 그렇다면 없는 손재간으로나마 들어내고, 휘두르고, 떨쳐내려 애쓰며, 내동댕이치지는 못하더라도 후려칠 터였다. 하지만 결코 자유로워질 수가 없을 것 같았다. 회색 타래가 마치 죄의식처럼 들러붙었다.

"제정신인 사람이 있기나 한지!" 그녀는 이따금 소리쳤다. "그래도 언제든 그만두겠다 미리 통보해줄 수 있으니까. 내일이든, 모레든, 어느 요일이든."

어느 모로 보나 합리적이지 못하다며 졸리 부인을 비난하려 할 사람은 아무도 없었으리라. 설령 거미줄에 걸린 채, 머리핀을 꽉 물려놓고, 위쪽 틀니를 물컵에 담그고, 그녀가 답을 더듬거렸을지는 몰라도 말이다. 마지못한 말마디들을 놓아주기 위해 입술을 앙다물고서 고개를 돌릴 때, 그녀는 비밀을 지키고 있었던가 아니면 그저 사탕 때문에 애먹고 있었던가?

다른 무엇이 불확실해지든 간에 적어도 그녀는 조신한 숙녀로 남았다.

거울들이 복도 아래로 그녀를 따라오기 시작했고, 마지못해 어느 순간 그녀는 한 줄로 이어진 계단에서 도망치기를 그만두었다. 뚜렷한 이유는 없었다. 두 다리가 가볍게 걸음을 이어받았고, 여전히 튼튼하고 단단하며 윤나는 종아리는 숫제 불거져 나왔다. 꼭대기에 닿을 때까지 코르셋 아래에서 가슴이 털렁거렸다.

"누구한테나 일진이 사나운 날이 있어요." 졸리 부인은 이렇게 말하기를 좋아했다.

말하자면 그녀의 한쪽 눈가—어머니치고는 창백하고 음울한—에 눈물이 고이곤 할 때 말이다.

"댁이 재너두에서 행복하지 못한 것 같아 정말 안타깝네요." 헤어 양이 말했다. 부엌 식탁에서 감자튀김으로 아침을 해결하고 있을 때였다.

"행복하지 않다는 게 아니에요." 졸리 부인이 대답했다. "물론 조금씩 기복은 있지만, 늘 행복해요. 그냥 저 같은 숙녀가 기대하는 건 조금 다른 것들이라서 그렇지."

헤어 양이 감자튀김을 짓이겼다.

"어떤?"

"음, 그러니까……" 졸리 부인이 설명했다. "가정이라든가, 진공청소기라든가, 아이들의 목소리라든가."

"난 그런 거 몰라요." 헤어 양이 대꾸했다. "이런 게 내 인생이에요. 여기가 내 집이고."

그리고 와삭와삭 감자튀김을 먹었다.

"당신도 이따금 힘들 때가 있잖아요." 졸리 부인도 물러서지 않았다. "이해하기를 꺼려서 그렇지."

헤어 양은 와삭와삭 감자튀김을 먹었다.

"사랑하는 사람이 떠나버리면, 당신 일부를 잃어버린 것 같은 느낌이 들잖아요. 이해해요?"

헤어 양은 그렇지 않았다. 그녀는 자신이 졸리 부인과 맞붙으려면 익숙해져야만 할 단단한 암석의 핵심을 잘 알았다.

"당신의 일부도 그 사람과 함께 떠나버린 것 같겠지요. 그래도 그 사람을 따라가지 않았다면, 그건 역시 다른 사람들에 대한 의무감 때문일 거예요. 언젠가 점성술 책에서 읽은 적이 있는데……" 여기서 졸리 부인은 행주를 집어 들었다. "저는 의무감이 무척, 정말로 무척이나 드높게 발달한 사람이라더군요."

"댁이 누구를 따라가고 싶어 하든 난 상관없어요." 헤어 양이 대꾸했다. "지금 그런 이야기를 하고 싶은 거라면."

"제가 지금 죽은 남편 이야기를 하고 있다는 건 알고 계시겠지요." 졸리 부인이 말했다. "그리고 당신이 아무리 애써도 제 기분에 생채기를 낼 수는 없을 거예요."

그 표정!

"이런, 세상에나. 아침 식탁이잖아요." 헤어 양이 한숨지었다.

졸리 부인은 끝내 웃음을 터뜨렸다. 웃고 또 웃다가 다시 웃어댔다.

"뭐가 그렇게 즐거워 그러는지 난 안 물어볼 거예요." 헤어 양이 선언했다.

"사람들 참 재미있다니까!" 졸리 부인은 웃어젖혔다.

그녀의 목에 거의 갑상샘종처럼 매듭이 맺혔다. 아래로 더 내려가면 찬사인지 혐오인지 모를 남편의 시선이 아마도 머물렀을 골짜기가 패어 있었다.

감자튀김을 모두 먹어치운 헤어 양은 평소처럼 접시를 엉망으로 뒤섞었다.

졸리 부인은 웃음을 그쳤다. 무척, 정말로 무척이나 참을성 있게 그녀가 말했다. "더러운 여자. **당신**은 그런 사람이에요!"

그리고 물러서서 지켜보았다.

"습관은 그냥 습관일 뿐이에요." 헤어 양이 말했다.

"더러운 건 더러울 뿐이고요." 졸리 부인도 대꾸했다.

"졸리 부인, 서로 다른 두 사람이 같이 지내려면 습관을 존중해줘야죠. 나는 들짐승들과 새들과 어울리며 힘겹게 그 점을 배웠어요."

"저는 새가 아니에요. 들짐승도 아니고." 졸리 부인이 반박했다. "저는……"

"됐어요. 나도 댁이 누군지는 아니까. 제발, 이제 그만해요!" 헤어 양이 간청했다.

"당신은 저를 몰라요." 졸리 부인이 말했다. "다른 무엇도 아는 게 없듯이."

"그래요." 헤어 양은 인정했다. "가끔 맞는 말을 하는군요."

"저는 제가 누군지 알아요." 졸리 부인이 말했다. "그래서 더 애석하지만 말이지요. 죽은 남편은 내가 누군지 안다고 생각했지만 실은 그렇지 않았어요. 그저 알고 있다 생각했을 뿐이지. 아, 그래요. 남편은 모르는 게 없었어요. 야간 강좌를 듣고 우표를 수집했지요. 기꺼이 할부로 백과사전을 구입해서 안락의자 옆에 있는 오크 책장에 넣어놓고."

졸리 부인이 와락 울음을 터뜨렸다.

헤어 양은 최대한 가만히 앉아 그저 지켜보았다.

"제가 한 일은 그저……" 졸리 부인이 소리쳤다. "그이한테 깨끗하고 안락한 가정을 마련해주는 것뿐이었어요. 그렇지만 남편한테 차 한 잔을 건네던 밤에, 당신이라면 내가 죄를 저질렀다고 하겠지요."

헤어 양은 가만히 바라보기만 했다. 재너두의 부엌은 주위를 삼킬 듯 크고 낡고 어둡기까지 한 부엌이었으나 헤어 양은 절대 잡아먹히지 않았다. 이제 무척 밝은 기분이 들 정도였다.

"그러니까 부인 남편이 자기가 댁 때문에 죽었다고 따지더라는 말인가요?"

졸리 부인은 차마 말을 제대로 잇지 못했다.

"그렇게나 매정한 소리를!" 그녀가 소리쳤다. "이 집도 그래! 당신은 저 케케묵은 가구들처럼, 자기 생각이 째깍거리는 소리까지 들을 수 있지. 난 떠날 거예요. 떠나고말고. 그렇지만, 이따위 상황에서는, 아직 아니야."

그러다 갑자기 부인은 말을 멈추었다. 순간적으로 감정을, 아니, 원한다면 무엇이 되었든 통제할 수 있게 된 것 같았다. 헤어 양이 생각하기에 졸리 부인은 소위 현실적인 여자의 전형이었다.

"그래요!" 졸리 부인이 말했다. "이제 다 끝났어요!"

그리고 입을 앙다물었다.

하지만 헤어 양은 아직 끝나지 않았다. 그녀가 두려워한, 꼬리를 물고 이어지는 생각이 막 시작되었을 뿐. 그렇게 생각에 사로잡히지만 않았더라도, 문제를 야기한 졸리 부인한테서 차라리 한발 물러섰을 것을.

"댁이 하는 소리를 들으니 뭔가 떠오르는 게 있어요." 그녀가 말했다. "자기 죽음 때문에 나를 탓한 사람이 딱 한 사람 있었거든요."

"누구기에?"

졸리 부인은 헤어 양이 엎어놓은, 역겹고 숨 막히는 접시들을 손으로 집었다.

"우리 아버지."

"그러고 보니 당신은 아버지에 대해 별 이야기를 안 들려줬어요." 졸리 부인은 천천히 그 사실을 깨달았다.

"거의 다 괴로운 것들뿐이지만, 이야깃거리야 많지요." 헤어 양이 말했다.

"그렇지만 다른 사람도 아니고 당신 아버지인데."

"오래전 일이에요. 누구보다도 끔찍하게 죽었고요. 저수조에 빠져서."

"어디라고요?"

"저기 바깥이에요. 들판 너머. 지붕에서 떨어진 빗물을 모으는 곳이 있는데, 당시에는 그냥 열어두었지요. 나중에는 모기 때문에 막아버렸어요."

"당신 아버지가 거기 빠졌다는 거예요?"

"음, 댁한테 다른 이야기를 들려줄 사람들도 있을 테니, 차라리 내가 처음부터 설명하는 편이 나을 것 같네요. 아버지는 불안정한 사람이라는 소리를 들었지요."

"당신도 그 광경을 봤어요?"

"그게 정확히 어땠을지 가끔 상상해보긴 하죠."

노버트 헤어는 광명의 순간을 경험했었다. 음악 속에서 한두 번씩 문들이 열리거나, 그 자신이 이탈리아 거리의 한 골목으로 돌아가거나, 아찔하고 숨 막히게 추락했다. 갈라진 돌들로 이루어진 고딕풍의 숲에서 너무도 앞뒤 없이 마주친 환상은 점차 뿌옇고 불확실해졌다. 비록 그는 값싼 수단으로 구원을 얻을 수 있다는 생각에 회의적인 편이었으나, 가끔은 재너두의 소유지 너머 능선을 바라보기만 해도 해방감이 찾아왔다. 그러나 자기 경험의 원천이 무엇이든 간에 그는 스스로 영광을 성취한들 다만 일순간뿐임을 깨달았고, 옳든 그르든 이를 실패라고 이해하게 되었다. 그는 이따금 듣는 사람들이 뜬금없이 여길 만큼 불편한 웃음을 터뜨렸으며 덕분에 주위 사람 대부분은 노버트 헤어가 미쳤다고 굳게 믿기에 이르렀다. 덜떨어진 꼬마만은 아니었던 그의 딸 메리 혼자서 아버지의 딜레마를 감지했다. 허락되었다면 심지어 그것들을 이해했을지도 모른다.

하지만 생각만으로도 당찮을 뿐이었다.

온 세상이 풀 밑에서 1년 중 어느 때보다도 생생하게 살아 숨 쉬는, 푹푹 찌는 여름날 아침의 일이었다. 짓이겨진 풀들이 압도적인 냄새를 풍기고 비둘기들은 무정하리만치 부드럽게 구구거리는 가운데, 정말로, 선명하게, 노버트 헤어의 생각들 속에서 메리 헤어의 존재가 불쑥 솟아올랐다. 두 사람이 서로에게서 벗어나려 온 정신을 쏟지만 제대로 시작조차 할 수 없던 그런 순간들 가운데 하나였다. 노버트 헤어가 들판으로 구불구불 이어지는 장뇌수 아래로 난 길을 따라가는데, 그 앞에 자기 딸이 뿌리박은 듯 가만히 있었다.

"메리, 너 이 녀석!" 바싹 마른 하얀 소금기 속에서 가느다랗게 입꼬리를 늘이며 노버트 헤어가 소리쳤다.

그로서는 그 이상 감정을 드러낼 필요도 없었다.

물론 메리 헤어는 대꾸할 수 없었다. 그녀는 잔디 한 줄기를 배배 꼬며 서 있었다.

구깃구깃한 낡은 모자 아래로 빛이 농간을 부려 그녀에게 일말의 아름다움이라 할 만한 것을 드리웠다. 그 촌스러운 아름다움은 망가지고 그을린 데다 재빨리 사라져버리기까지 했다. 그럼에도 아버지는 용납하지 않았다. 어쩌면 여러 해 동안 그 같은 가능성 자체를 부정해왔던 것인지, 그렇듯 멀찍이서도 무척이나 또렷하게 그가 말했다. 어떤 소리는 먼 곳에서도 고요하게 전달되어오는 법이다. "흉측한 것이 꼭 배 속에 있어야 할 태아 같구나. 너무 빨리 찢고 나왔던 건지."

어느 때보다도 하얀 빛살이 내리쬐고 그 갈고리가 서로를 증오스럽게 붙드는 가운데 두 사람의 감정은 소용돌이치고 있었다.

메리는 몸을 따라 녹아내리는 땀줄기를 느낄 수 있었다. 아버지의 긴장된 입매와 연골까지 팽팽해진 목이 그녀의 눈에 들어왔다.

"너는 우리가 여기에 종지부를 찍을 수 없다고 생각할지도 모르지! 그렇지만 결정지을 사람은 나다!"

그녀는 외면한 채 떠나버리면서도 자기가 정말로 이 소리를 들었는지 결코 확신할 수가 없었다. 어쩌면 그저 들었노라 믿고 싶었는지도 모른다.

그러나 짓이겨진 풀들의 잎살에서 악취가 솟아오르고 있었다. 그녀는 장막처럼 드리운 나뭇잎들 밑에서 분명코 질식하고 있었다.

아버지의 엄청난 목소리가 돌을 타고 증폭되어 울릴 때까지.

다시 돌아간 그녀는 소리가 저수조에서 들려왔음을 알아차렸고, 그 안에서 아버지가 발헤엄하고 있는 모습을 발견했다. 길고 검고 축축한 앞머리가 눈 위로 늘어져 있었다. 한기와 공포에 사로잡힌 채 끊임없이 절망적으로 물을 꿀떡꿀떡하는 아버지의 눈빛—무척이나 파리하게 저 멀리를 내다보는—은 목소리만큼이나 끔찍했다. 가뭄이 계속되는 동안 정원사가 양동이 가득 쏟아부은 물이 얼마나 차가운지는 손을 한번 담가보고서 바로 상기할 수 있었다.

그건 그렇고 그녀의 아버지.

"뭐—라도 가져와봐라, 메—리!" 그녀의 꿈이 또렷하게 표현하고 있는 장면 같았다. "아무—라도 좀!"

이는 또한 어리석게 들려오는 말이기도 했다. 그는 억지로 내던져진 한 마리 스패니얼 같았으며, 우스꽝스러운 짓을 하다 물에 빠진 꼴이 그로서는 정말로 개 같은 비극인 셈이었다.

그럼에도 그녀는 달려갔다. 그리고 막대기를 하나 붙들었다. 색이 빠진 낡은 빨랫줄 기둥이었다. 그녀는 아버지 위쪽에, 멀찍이 떨어진 저수조 가장자리에, 빛을 받으며 섰다.

노버트 헤어는 그런 각도에다 그렇게 높은 곳에서 막대기를 겨눈 채 서 있는 그녀가 진정 괴물처럼 보였는지, 아까보다 더욱 겁을 집어먹은 것 같았다.

이제 그는 완전히 물에 잠긴 파리한 입으로 어린애처럼 울부짖고 있었다.

"누가—좀!" 그가 소리쳤다. "메리! 하지 마! 내가 불쌍하지도 않으냐! 하느님 제발! 뛰어가보란 말이야!"

뻣뻣하다고는 해도 막대기가 하나 옆에 있어 다행이건만, 그녀가 보자니 아버지는 시퍼레진 손으로 자꾸만 그것을 물리쳤다. 그는 수면 아래로 사라졌다가 다시 나타났고, 죽은 사람 같은 앞머리가 이마에 자꾸만 철썩 달라붙었다.

무엇이 그녀를 그렇게 만들었든, 메리 헤어는 마침내 가슴 아래로 드레스를 그러쥐고는 달려갔다. 그녀의 존재는 둘로 나뉘어 있었다.

인적 없는 아침 공기를 뚫고 그녀는 내달렸다. 아침은 축축한 손으로 그녀를 짓눌렀다. 그녀는 한차례 넘어져 자갈길에 몸을 찧었다. 저택은 멀찍이서 들려오는 메아리마저 찾아오지 않을 껍데기였는지도 모른다. 장미꽃의 색깔을 보호하기 위해 세운 조그맣고 취약한 양산을 정원사 보조는 방치해놓고 있었다.

메리 헤어가 윌리엄 해드킨과 젊은 남자 한 사람을 데려왔을 때, 아버지는 스스로의 잘못된 판단에 발목을 잡힌 게 분명했다. 후회는 아무 소용도 없었다. 노버트 헤어는 이미 저세상에 가버린 뒤였으니까. 개구리 한 마리가 물속으로 퐁당 뛰어들었다. 나뭇잎이 펄렁거리며 떨어지더니 수면 위를 떠갔다. 결국 그들이 시커먼 물 밑에서 시체를 끌어냈을 때, 그 흐릿한 눈동자는 구조에 실패한 이들을 공포에 질린 채 바라보는 듯했으며, 딸은 그런 표정이 얼마나 자기 표정과 닮았는지를 처음으로 깨달았다.

노버트 헤어가 재너두의 저수조에 빠졌다는 소식이 그 후 사스퍼릴러에 퍼져나갔다. 시체를 끄집어낸 이들은 그가 물에 뛰어든 게 분명하다고 장담했고, 다른 사람들까지 어쩌면 그럴지도 모르겠다고 생각하기 시작했지만 말이다. 그렇지만 그건 생각조차 못 할 일은 아닐지라도 지나치게 무정한 노릇이었으리라. 따라서 모두들 제대로 된 장례식을 치르기 위해서라도 그 문제를 그냥 묻어두거나 아예 쉬쉬하게 되었다.

남편을 잃은 과부를 보고 사람들은 비탄에서 회복되기 힘들 것이라 짐작했다. 비탄이 아니라면 충격이었을지도?

"당신 어머니가 너무 가엾어요!" 졸리 부인이 말했다. "이제 와서 생각해도. 벌써 돌아가신 분인데도. 누군가의 아내이자 어머니였던 사람만이 진정으로 동감할 줄도 아는 법이에요."

"그런 사람들이, 정확히는 그런 사람들만이 개를 이해할 수 있다고 믿는 사람들도 있고요."

"뭐라고요?" 졸리 부인이 물었다.

"아무것도 아니에요." 헤어 양이 대꾸하고서는 잔에다 대고 웃음을 터뜨렸다. "우리 어머니에 대해 이야기하고 있었잖아요. 내 생각에 어머니는 자기를 불쌍히 여긴 거예요. 필요 이상으로."

"당신은 무감한 사람이군요!"

"무감해졌지요. 완전히 무감각해진 건 아니지만." 이 부스럼투성이 여인은 잠시 무언가를 생각하다가 다소 누그러진 목소리로 덧붙였다. "아니면 벌써 죽어버렸을걸."

"글쎄요, 저는 절대 아니에요!"

"오, 내가 진짜로, 진짜로 사랑하는 것들도 되게 많아요."

"당신 기독교도인가요?"

"아." 헤어 양이 한숨을 내쉬었다. "지금 한 질문을 내가 정확하게 이해했다고 쳐도, 나한테 할 말은 아닌 것 같네요."

"저는." 졸리 부인이 말했다. "꼬마 적부터 성공회 교당에 다녔어요." 그걸 입증하겠답시고 누군가를 쪼아댈 테고.

"그럼……" 가정부는 집요하게 말을 이었다. "누구든 당신 신앙 교육 때문에 골머리를 썩이지는 않았나요?"

헤어 양은 당혹스러워서 대꾸할 말을 찾지 못했다.

"그러니까 당신이 믿을 수 있다면 말이지만. 당신도 **무언가**를 믿지 않나요? 안 그래요?"

헤어 양은 머뭇거렸다. 그리고 느릿느릿하게 말했다. "난 믿어요. 내가 대체 무언지 설명할 수 없듯이, 내가 믿는 게 무언지도 댁한테 설명할 수는 없어요. 난 제대로 된 재주가 없어요. 뭐랄까, 말하는 데는 말이에요. 아, 그래요. 나도 믿어요! 내가 보는 거, 내가 볼 수 없는 거를 믿어요. 난 천둥 번개를 믿고, 젖은 풀, 조각난 빛과 적막을 믿어요. 좋은 것들이 이렇게나 많잖아요. 세상에는. 어느 곳에나."

"그렇지만 그 너머에 뭐가 있는데요?" 졸리 부인은 버럭 소리쳐야 했다.

"그런!" 헤어 양이 울부짖었다. "그런 소리! 나한테 그딴 것 좀 묻지 말았으면 좋겠네요."

헤어 양이 일어나 휘청거리며 몸을 떠는 바람에 졸리 부인은 겁을 먹었다. 그 얼룩점으로 가득한 얼굴이 어찌나 혐오스럽던지. 그 얼굴로 발끈할 모습이라도 상상해볼라치면!

"당신한테 너무했다면 미안해요. 다 제가 먼저 시작해서 그런 거죠." 가정부는 시선을 거두고서 목소리를 조절하며, 무척 분명하게 말했다.

"어, 아니에요." 헤어 양이 심호흡했다.

그리고 떠나버렸다.

졸리 부인은 몸뚱이가 털썩 쓰러지는 소리가 들려오지 않을까 기대하며 귀를 기울였다. 차라리 헤어 양이 죽어버리면 좋겠다 싶었다. 자명하고 견고한 모든 것이, 또한 알려지고 보장된 모든 것이 더 우세해야만 하니까.

그래서 졸리 부인은 오븐으로 달려가 케이크를 구웠다. 기념일은 아니었으나 무언가를, 굳이 선택하자면 비할 데 없이 뛰어나며 무어라 글씨가 쓰인 분홍빛 케이크를 굽고 싶었다. 어머니조합과 숙녀협회에서도, 선후배 모임에서도, 분홍빛은 언제나 인기가 있었고 인기가 있다는 것은 곧 안전하다는 뜻이다.

졸리 부인은 노래하며 케이크를 구웠다. 분홍빛처럼 더욱 활기가 도는 찬송가를 부르는 게 좋았다. 심지어 가사도 모르는 노래를 흥얼대곤 했다. 노래하며 케이크를 구웠다. 그리고 분홍빛을 바라보았다. 그녀는 길쭉한 분홍빛 얼굴과 힘없는 곱슬머리의 예수 그리스도를 그 말씀과 지혜 속에서 사랑했다. 그러면 모든 게 괜찮았다. 모든 가정과 어린아이가 구제받았다. 모두가 케이크로 인해 정화되었다.

재너두의 거대한 부엌은 금이 가 시커멓게 벌어져 있다시피 했다.

졸리 부인은 노래하며 케이크를 구웠다. 차곡차곡 그녀만의 건축물이, 그러니까 당연히 멋진 샌드위치의 형태가 솟아올랐다. 둥그렇게. 하지만 그녀가 찬양하는 것은 사각의 벽돌집이었다. 사람이 들어가 사는 집. 그녀는 마치 샌드위치에 꽂는 깃발 모양 꼬치라도 되는 것처럼 마음속으로 숙녀들과 아이들—신사들은 많지 않게—을 배치했다. 산뜻한 프록을 입고 반지를 끼고 손가방을 든 어린 여자아이들. 앞머리를 올려 세우고 케이크를 너무 먹어 이빨을 망친, 주근깨 난 사랑스러운 남자아이들. 졸리 부인은 노래하고 찬송했다. 보험료만 납부했다면야 파괴든 구원이든 매한가지인 법.

케이크에 설탕을 입힐 시간이 다가왔다. 맛있는 과자 냄새가, 또 가족 윤리에 대한 믿음이 이 여인을 강인하게 만들었다. 그러니 그녀는 분명코 떠나지 않고 남게 될 터였다. 불안한 점은 다만 그로 인해 그녀가 잠시간 흔들리게 된다는 점뿐이었다. 그리고 저 형편없는 얼간이와 함께 지내야 한다는 점.

아, 이런, 그럼에도 그대는 웃어야 하네!

헤어 양이 돌아왔을 때 졸리 부인은 활짝 웃음을 터뜨렸다. 새하얀 치아가 부엌에 깊은 틈을 만들고 있었다.

"웃기는 이야기라도 들려주려고요?" 여주인이 물었다.

"그럴 수만 있다면야!" 졸리 부인은 몸을 흔들었다.

헤어 양이 방어적인 웃음을 지어 보여야 할 때까지 말이다.

"어머, 그래, 제가 나빠요!" 졸리 부인이 소리치며 웃었다. "전 그런 사람이라고요!"

그녀는 헤어 양을 바라보았다. 숨이 가쁘지만 않았어도, 카드로 만든 먼지 가득한 집을 여주인의 머리 위로 죄다 훅 불어 무너뜨린 다음 확신 어린 균형 속으로 걸어 들어갔으리라.

4장

헤어 양으로서는 자기가 졸리 부인을 두려워하기 시작한 시점이 정확히 언제인지 분명치 않았다. 아무래도 장식적인 글씨가 정말이지 터무니없이 예쁘게 상단에 적힌 분홍 케이크를 그 가정부 쪽에서 들고 나타난 아침부터가 아니었나 싶긴 했지만 말이다.

'나쁜 여자를 위해'

"정말 예쁜 케이크네요!" 헤어 양은 공포 엇비슷한 감정을 느끼며 소리쳤었다.

"막내딸 엘마네 남편, 그러니까 화부 일을 하는 우리 사위가 저한테 먼저 그런 이야기만 안 했어도, 제가 굳이 예술적인 사람이라고 내세울 일은 없었을 거예요." 졸리 부인이 대답했다.

하지만 그녀는 면치레로 헛기침을 했다.

"농담은 신경 쓰지 말아야 해요." 그녀가 덧붙였다. "숙녀 둘이 함께 지낸다는 건, 유머 감각을 키워야 한다는 뜻이기도 하니까."

고용주를 쳐다보는 그녀의 뺨에 희미하게 보조개가 잡혔다.

"어, 완전히 동감이에요!"

헤어 양은 웃음을 터뜨렸으나, 뒤꿈치로 부엌 판돌을 차느라 오른쪽 다리가 뻣뻣해졌다.

그러자 졸리 부인이 눈을 내리깔았다.

그래, 헤어 양이 두려움을 느끼기 시작한 것은 졸리 부인이 눈을 내리깐 순간부터였다. 물론 그녀는 자기가 고용한 사람을 두려워하지 않았다. 물리적인 위해까지 느낀 것도 아니었다. 너무 나이 들었고, 너무 추하고, 너무 가난하고, 어떤 이의 삶에서든 너무 하찮았으니까. 그럼에도 그녀는 무형의 대상에 대한, 다시 말해 그녀 자신의 더 중요한 부분에 대한 일종의 위험을 감지했다. 시간과 고립이 이러한 부분을 만들어냈고, 그때까지 그녀는 그것이 실제로 파괴될 수 없으리라 느껴왔었다. 역사나 전쟁조차도 그녀의 내적 존재를 위압하지 않았다. 아버지와의 관계, 윌리엄 해드킨과 겪었던 가벼운 마찰, 가엾은 염소의 죽음을 제외하면, 그녀는 사악함을 경험할 일이 거의 없었다. 신문도 절대 읽지 않았다. 읽어나가는 게 아니라 살아나가는 것이 그녀의 인생이었다. 졸리 부인이 재너두에 소위 덕목이라는 것들을 선사하기 전까지만 해도 세상은 헤어 양이 부여한 축을 중심으로 삼아 돌아갔다.

글씨를 먹어치우고 며칠이 지나도록 헤어 양의 머릿속에서는 분홍 케이크가 사라지지 않았다. 조그맣고 고통스러운 털 뭉치며 깨져버린 제비의 알이며 염소의 것이었을 두개골을 찾게 될지도 모를 저 사악한 덤불처럼, 그녀의 마음이 안으로 들어서길 거부하는 막다른 생각의 골짜기가 존재했다. 그럼에도 그녀는 그것을 이해할 것 **같았고** 또 그래야만 했다.

졸리 부인이 과연 얼마만큼을 알고 있는지는 헤어 양으로서는 판단하기 어려운 문제였다. 어차피 그녀는 눈을 내리깔고서 속내를 숨기곤 했으니까. 언제나 대화 사이에 가림막이 놓여 있었다. 헤어 양은 그 점이 무엇보다도 끔찍했다. 자기 가족들을 위해 졸리 부인이 쌓아 올린 벽돌 무더기, 자꾸만 늘어나며 자리를 잠식하는 적벽돌들, 옷차림에 구애받고, 셔닐사와 실키오크[30]가 선사할 안락한 잠자리에 들기 전에 고기 국물을 닦아낼 것 같은 그녀의 사위들, 하나같이 건장한 사내들. 또한 너무 착하고, 너무 깨끗하고, 너무 다정한—사실은 너무 나쁜—어린아이들.

오직 믿음으로만 그처럼 극히 실체적인 대립에 저항할 수 있을 것 같았다. 헤어 양은 자신의 믿음을 가졌고, 그것을 되살리기 위해 덤불 속으로 도망쳐 들어가 수정처럼 반짝이는 실줄을 집어 들고 자갈밭을 넘어 그것을 따라갔다. 웅덩이 하나하나가 각기 유의미한 비밀을 드러내고, 그녀 자신의 비밀도 물론이었다. 마침내 그녀는 새로워졌다. 다른 길을 통해 되돌아오며 그녀는 온갖 잎맥 속에 놓인 그 손길을 알아차렸고, 거룩한 그 입속에는 꿀벌을 집어넣었다. 그녀가 더 이상 눈을 들어 저녁 하늘을 바라보지 않았다면 이는 아직 완전히 기운을 되찾지 못했기 때문이었다. 아침은 보다 연약한 영혼들을 위한 것, 거기서 그녀는 상당히 깊은 이해에 이른 채로 감사하며 거닐었다.

혼란스럽게 답을 찾던 그 같은 아침, 정신을 차려보니 헤어 양은 자기도 모르게 검은 살색의 남자에게 전에 없이 가까이 다가가 있었다. 그가 버래너글리 어딘가에 산다는 이야기를 고드볼드 부인의 아이들한테서 들었는데, 사스퍼릴러 주위의 도로에서도 한두 번인가 이 남자와 맞

---

30) 그레빌레아속에 속하는 거대한 나무. 오스트레일리아에서 흔히 찾아볼 수 있으며 목재로 많이 이용된다.

닥뜨린 적이 있었다.

고드볼드네 맏딸인 엘스의 **짐작**에 따르면, 그 남자는 애보[31]라 불리는 원주민 녀석 내지 그 비슷한 사람이었다.

어쩌면 시리아 사람, 아니면 인도 사람, 혹은 집시 부류일 수도 있다고 그레이시가 외쳤다.

모디는 그레이시가 아무것도 모른다고 소리 질렀다.

어쨌든 케이트는 토요일에 그 검둥이가 술에 취해 쐐기풀밭에 누워 있었다는 사실을 분명히 알았다.

엘스가 여동생더러 조용히 좀 하라고 했다.

과장 없이 제대로 된 정보를 덧붙인 사람은 모디뿐이었다. 그 아이는 자전거 램프를 만드는 공장—버래너글리 바로 외곽에 있는 로즈트리 공장—에서 일했는데, 그곳은 그 아이들의 아빠가 싫증을 내고서 그만둘 때까지 한동안 출근하던 곳이기도 했다. 모디는 그 검둥이가 다른 사내들을 따라 무언가를 쓱싹 해치우는 모습을 보았다. 남자가 도시락 주머니와 함께 크고 네모난 판자때기를 짊어지고 갔으며, 모디는 그게 무엇에 쓰는 물건인지 궁금했다고 말했다.

고드볼드 부인한테는 아이가 여섯 명 있었는데 죄다 딸이었고, 재너두 주변 덤불에서 몇몇이 강아지를 끌고 가거나 새를 간호하는 등 자기 일에 열중하는 모습이 눈에 띄곤 했다. 고드볼드네 딸아이들은 다방면에 박식했다. 몸도 발바닥도 단단했고 정신 상태 또한 대체로 상식적이었다.

헤어 양이 알고 있는 검둥이에 대해 아이들이 더 자세히 알지 못한다는 점은 상당히 놀라운 일이었다. 헤어 양 자신은 은밀한 생활의 가치

---

31) 오스트레일리아의 원주민인 애버리지니를 줄여서 이르는 표현. 이후의 번역에서는 '원주민'으로 표기한다.

를 존중했기에 그 점에 딱히 놀라거나 불만이 있지도 않았지만 말이다. 그녀는 좀처럼 사람들을 만나지 않았고, 어쩌다 그래야 하는 상황에서도 어떻게 말을 걸어야 하는지 몰랐다. 그저 스스로 거의 빛과 그림자가 되어 나뭇잎들 사이로 가만히 그들을 응시하는 편이 더 좋았다. 그러고서야 비로소 진정으로 자기 본령 속에 머물 수 있었다.

따라서 헤어 양은 이따금 그 검은 남자가 재너두 앞으로 난 길을 따라 걷는 모습을 가만히 지켜보았다. 언젠가 한번 그녀는 그의 두 눈을 통해 내면으로 들어갔었고, 첫눈에 친숙한 마음속 내용물을 알아보았다. 나중에 다시 그녀가 그 안으로 들어갔을 때 두 사람의 영혼은 안심시키려는 깃털로 서로를 쓰다듬었다. 둘 다 갑자기 겁을 먹었기에 그 순간은 무척 짧았지만 말이다. 그 뒤로 둘은 서로를 피하려 들었다. 그러다 졸리 부인이 헤어 양을 시험에 들게 한 뒤 얼마 지나지 않은 어느 날 아침, 그 검은 남자가 정말로 말을 걸어왔다.

전후 사정은 이랬다.

헤어 양은 달걀을 곁들인 베이컨 요리 한 무더기를 남겨놓은 채 재너두 아래쪽 도로의 굽이돌이에 있는 덤불 끝자락으로 빠져나왔었다. 그녀는 밖으로 나와 마루터기에 혼자 서 있다가 누군가에게 따라잡혔다는 사실을 깨달았다. 돌멩이들을 지나 다가오는 발소리가 들려왔다. 그리고 검은 남자는 거의 그녀가 서 있는 데까지 올라와 있었다.

낯선 남자는 그런 상황이 어색하지 않게 느껴지는 모양이었다. 그는 뼈밖에 없는 몸이었고, 그렇듯 자신 넘치는 태도만 아니라면 휘청거리는 것처럼 보였으리라. 퉁퉁한 입술이 살며시, 여유롭게 열려 있었으며, 치아는 딱 봐도 훌륭한 상태였다. 목소리가 쾌활하고 딱 부러지는 것이 예상과는 달랐다. 마치 진즉 벼르고 있었던 것처럼 그는 곧바로 말을 걸어왔다.

"물이⋯⋯" 그가 입을 떼며 손가락질했다. "당신 위로 차오르고 있네요. 그거 알아요? 네? 당신 지금 수렁에 서 있다고요."

헤어 양은 그제야 자기 발밑을 내려다보았다.

"물이⋯⋯" 그녀가 거의 숨이 막힌 소리로 그의 말을 되풀이했다.

"조금 있으면 완전히 알게 될 거예요." 남자의 목소리가 경고했다. "신발 위로 넘어 들어올 거니까."

말을 마친 그는 지나가버렸고 그녀는 길가에 우두커니 서 있었다. 근래에 그녀는 그곳에서 사람들의 행렬을 목격할 수 있었다.

물론 신발에는 문제가 없었다. 온화한 아침이었고 전반적으로 대기가 잔잔했다. 나뭇잎들이 한데 뭉쳐 있었다.

남자가 길을 따라 걸음을 옮겼고, 돌멩이들이 꾸준하면서도 부드럽게 그의 발밑에서 와글거렸다. 지나치게 마르고 축 처진 몸이었지만 그녀가 보기에 그 어깨는 평온했다. 적어도 그 순간만큼은. 날씨뿐 아니라 인간 또한 변함없이 차분할 수 있는 것인지 의문스러웠다.

그녀는 감사의 마음으로 보답하며 남자의 뒷모습을 지켜보았다. 깨달음을 얻은 이들인 그 두 사람은 육체라는 외피 속에 고요하게 둘러싸여 있었다. 그들은 말을 통해서는 소통할 수 없음을 알았다. 그 대신 선함의 징표를 주고받았으며, 이는 서로가 잃어버릴 수 없도록 언제까지나 존속할 터였다. 닫힌 눈꺼풀 뒤편으로부터 둘은 상대가 진실의 사도임을 알아차렸다. 그리고 그 정도면 충분했다.

그때 낯선 사내가 예고했던 대로 헤어 양의 신발 위까지 정말로 물이 올라왔으나, 그녀는 조금도 개의치 않았고 바로 물러서지도 않았다.

그녀가 집에 도착했을 때는 졸리 부인도 교당에서 돌아와 있었다.

"오, 아름다운 찬송가!" 부인이 소리쳤다. "설교는 또 어땠고! 신부님도 훌륭하셨지."

"만족스러웠다니 다행이네요." 헤어 양은 말했다.

"무슨 끼니 때우고서 하는 말 같네요. 신앙은 그런 게 아니에요." 가정부가 단언했다.

"그건 뭐라도 될 수 있어요. 사람들 각자가 뭘 원하느냐에 달린 거지."

"뭐, 불신자들도 있는 법이니까요. 그나저나 뭘 하느라 그렇게 바쁘셨는지 제가 좀 알아도 될까요?"

"난 덤불 속에 있었어요." 헤어 양이 털어놓았다.

졸리 부인은 그 완벽한 치아를 혀로 훑었다.

"그러니까, 일요일에?"

"어떤 요일이든 마찬가지예요." 헤어 양이 대답했다.

"그렇지만 일요일은 허수아비들을 위한 날이 아닌데." 졸리 부인으로서는 참을 수가 없었다.

"그렇겠지요." 헤어 양이 오히려 소심하게 반응하기 시작했다. "기독교인들을 위한 날일 테니까."

졸리 부인은 듣지 않았다.

"아는 사람하고는 아무도 안 만났어요?" 자기 마님에게 묻는 말임에도 태도는 몹시 차가웠다. 세상에, 마님이라니! 그따위 임금을 받으며, 그녀는 자선을 베푸는 셈이었다.

"그래요." 헤어 양이 어떤 의미에서는 솔직하게 대답했다.

그러나 한편으로 거짓말일 수 있어 마음에 걸렸다.

"정확히는……" 그녀는 누가 따지지도 않았는데 고쳐 말했다. "살빛이 검은 남자를 만났는데."

"흥! 어디 더러운 원주민 놈을! 저라면 원주민 족속 따위는 가까이 오지도 못하게 할 거예요. 덤불 속이라니! 하나같이 탐탁지 않은 놈들! 그것도 덤불에서! 당신, 그러다 골치 아파질 거예요. 올바른 말 같지 않더라도 제 이야기 명심하세요."

그녀는 웃음을 지어야 했으나 스스로에게 지어 보이는 웃음은 아니었다.

"원주민들이 아주 **더러운** 사람들이라는 말은 들었어요. 술주정뱅이에, 문란하다고." 헤어 양도 인정해야 했다.

그럼에도 더러운 기분을 느낀 사람은 헤어 양 자신이었다. 졸리 부인이 그녀를 더럽혔다.

졸리 부인은 두르고 다니던 모피를 부엌 의자 등받이에 걸었다. 그녀의 설명에 따르면 가족한테서 선물로 받은 은여우 모피라나. 부인의 모피는 여지없이 추억을 상기시키는 물건이었다.

헤어 양은 비참한 기분이 들었다.

졸리 부인도 차츰 그 점을 알아차렸다. 그녀가 찬장에서 냄비를 잡아채더니 유별나게 절거덕거렸다.

"그래 그 원주민 녀석 이름은 뭐래요?"

"몰라요." 헤어 양이 말했다. "그렇지만 궁금하면 고드볼드네한테 물어볼 거예요."

"고드볼드네라니, 그건 또 누군데요?"

"어린애 몇 명이 있어요. 그 아이들 어머니와 친구 사이거든요."

"그런 말은 못 들었는데! 그러니까, 당신한테 친구가 있다고요?"

"그래요."

"괜찮은 숙녀분인가요?"

"우체국 아래쪽에 있는 오두막에 살면서 빨래를 맡아 하지요." 이 말에 졸리 부인은 크게 심호흡했다.

"대저택에 살면서 이 모든 걸 가진 당신 같은 숙녀가 그렇게 격에 맞지 않는 사람들과 어울릴 거라는 생각은 들지 않는데요. 뭐랄까, 비난하는 건 아니에요. 그런 건 제 소관이 아니잖아요? 그저 저로서는, 오두막에 사는 여자와 어떤 식으로든 어울려본 적이 있다는 말은 도저히 못 하겠군요."

그러나 헤어 양은 이미 너무 골몰해서 다른 소리를 알아듣지 못했다.

"아, 그래도 그 사람은……" 그녀가 무척이나 조심스럽게 말했다. "그런 여자는 또 없을 거예요."

헤어 양은 계단에서 들려오는 발소리에 자기가 어떻게 귀를 기울이곤 했던가 떠올렸다. 시간이 흐르고 익숙해져 그것이 한결같은 소리임을 의식하게 될 때까지, 발소리들은 무척 단호하고 상당히 육중하며 누그러지지 않을 것같이 느껴졌다. 위층 방에 누워 있던 이 여인은 이내, 문이 열리길 기다리느라 겪는 정서적 동요를 거의 감당할 수 없게 되었다.

두번째 전쟁을 겪던 겨울 동안, 사람들—적어도 그 가운데 한두 명—은 이제 나이를 먹어버린 헤어 양이 과연 어떻게 되었는지 궁금해졌다. 이는 별 악의 없는 의문이었고 그러하기에 금방 유야무야되었다. 그러던 어느 날 고드볼드 부인의 딸아이인 그레이시가, 한때는 재너두의 잔디밭이었으나 이제는 자기만의 사냥 구역으로 삼은 땅 위에 내려앉은 서릿발을 뚫고 달리다가, 창문에서 어떤 형체를 발견하고서는 엄마에게 쪼르르 달려가 이야기했다.

화장대 거울이 창문을 가로막고 있어 **제대로** 확인할 수는 없었지만, 그레이시는 나이 든 헤어 양의 모습을 일부나마 알아본 것만 같았다. 헤어 양의 모습은 기괴했다. 그레이시 고드볼드는 결코 유령 따위를 본 적이 없었으나, 그때부터는 만일 유령이 존재한다면 안개처럼 부옇고 지저분한 모습이리라고 생각하게 되었다.

그레이시의 어머니는 신실한 사람이었기에, 모자를 쓰고 수수한 외투를 걸친 다음 딸아이가 들려준 이야기를 당연하다는 듯 확인하러 갔다.

고드볼드 부인은 이후에도 자기가 재너두의 방과 층계를 지나며 어떤 기분을 느꼈는지 아무한테도 이야기하지 않았다. 천성이 조심스러운 그녀는 말수 또한 적은 편이었다. 어쨌든 그녀는 그토록 방대한 벌집 같은 저택의 잔해 속을 들여다보며 소리친 끝에 마침내 생존자가 있는 방에 당도했다.

호화롭지만 너덜너덜해진 침대 위에 헤어 양이 누워 있었다.

그녀가 말했다. "고드볼드 부인, 맞죠? 며칠 동안 어딘가 많이 아픈 것 같았어요. 그렇지만 그냥 참고 넘길 수 있는 일이라면 좋겠다고 생각했어요. 난 요란 떠는 것도 싫고 의사들도 안 믿는데, 왜냐하면, 음, 동물들을 보라고요. 어, 이런, 그렇지만 숨이 막혀오고, 서리가 내리기 시작하면 진짜로 끔찍하게 추운 거 있죠."

"이해해요." 고드볼드 부인은 대답했고, 정말로 그렇게 생각했다.

부인은 타고난 성품대로, 단순하지만 마음이 진정되는 일들을 시작했다. 그리고 헤어 양을 편안하게 만들어주었다. 저녁에 그녀는 오래전 헤어 가문이 빈에서—그랬던가?—가져온 수정 대야에 물을 받아 헤어 양을 씻겼다. 벽돌을 데운 다음 담요로 감싸기도 했다. 그런 다음 하얀 법랑 그릇에 담긴 우유 약간, 갈색 달걀 한 알, 커다란 덩어리에서 떼어낸 빵 한두 조각을 자기가 사는 오두막에서 가져왔다. 그날 저녁에도, 이후로 며칠 동안에도.

그렇게 고드볼드 부인은 그 겨울 폐렴에 시달린 헤어 양을 보살폈다. 부인이 먼저 이야기하지 않았기에 다른 사람들은 대부분 이 사실을 몰랐다. 고드볼드 가족은 가망 없이 밑바닥 생활을 하는 사람들이었을 뿐더러, 어쨌든 그렇게 나이 들고 지저분한 데다 정신까지 나간 헤어 양을 그 누가 만나 말을 붙인 적이 있었겠는가?

그래도 그녀는 다시 모습을 드러냈다. 한참 머뭇거리면서 가구에 몸을 기대고, 마치 한 마리 개처럼 텅 빈 계단에서 익숙한 소리에 귀를 기울이기 시작했다.

"이봐요, 아가씨." 고드볼드 부인이 말했다. "곧 밖에 다시 나갈 수 있을 거예요."

"아." 헤어 양이 말했다. "그러면 숨을 쉴 수 있게 되겠네요."

하지만 재빨리 곁에 있는 여인의 어딘지 납작하고 핼쑥한 얼굴을 살폈다.

"아쉬운 기분도 들 것 같아요." 그녀가 한마디 덧붙였다. "부인이 더 이상 날 찾아오지 않을 테니까."

고드볼드 부인은 뜻 모를 소리를 살며시 내뱉었다.

두 사람은 안개가 걸리기 시작한 재너두에서 함께 창밖을 응시했다. 한 무리의 단단한 조각상이 없었더라면 그 순간 눈앞의 세계는 덧없고 우울하게만 보였으리라.

헤어 양이 보기에 고드볼드 부인은 선함을 보여주는 가장 확실한 증거였고, 이는 분명코 변하지 않았다. 겉모습만 보자면 부인은 너무 육중했으며 틀림없이 몇몇 사람에겐 보기 싫을 만한 꼴이었다. 너무 투박하고 납작한 얼굴, 두꺼운 팔, 큼직한 가슴, 밀랍처럼 창백한 살갗, 구리 솥에서 올라오는 증기 때문에 커다랗게 열린 모공. 하지만 고드볼드 부인이 넉넉해 보이는 용모라는 걸 부정할 사람은 아무도 없었다. 그녀는 두껍게 반짝이는 트레머리를 했고 두 눈은 한결같은 회색빛이었다.

그녀의 생계에 대해서라면 할 말이 끝도 없었다. 그녀는 세상이 열리는 새벽 시간을 너무도 잘 알았고, 밤에 뜨는 별들의 모습을 즐길 때나 그저 잠시 쉬는 형편이었다. 또한 젖을 뗀 아이의 팔에 목을 감긴 채, 젖에 굶주린 다른 아이와 배 속에서 안달복달하는 또 다른 아이한테서 좀처럼 벗어날 수 없는 것 같았다. 그녀는 문질러 닦고, 씻고, 빵을 굽고, 수선하고, 남편이 자빠져버린 저녁에는 그를 바닥에서 침대까지 끌고 가곤 했다.

"그러다 쓰러지겠어요." 헤어 양은 충고했다.

"그런 건 익숙해요." 고드볼드 부인이 대꾸했다. "게다가 전 튼튼하거든요. 어릴 적에 우리 가족은 들판에서 일하느라 수 킬로미터를 걸어 다니곤 했어요. 소택지 안에 있는 땅이었어요. 제가 태어나기 전부터 말이에요. 평탄한 땅이었던 건 분명하지만, 그렇다고 쉽게 해치울 만큼 만만하다는 건 아니니까." 그녀는 웃음을 터뜨리며 말을 이었다. "형제가 아홉이었는데, 남녀 안 가리고 다 같이 스케이트를 타기도 했어요. 모든 게 부서져버릴 것 같던 혹독한 겨울 내내, 물에 잠긴 땅을 몇 킬로미터나 스케이트로 가로질렀지요. 산울타리 위 잔가지들을 꼭 유리처럼 깨뜨릴 수 있을 것 같았어요."

자기 이야기에 심취해 그녀의 눈이 문득 빛을 발했다. 그녀 자신의 견고함이 유리 같은 잔가지에다가 뭔가 알 수 없지만 바람직하고 도달 불가능한 자체적 속성을 부여하는 듯했다.

한번은 열에 들떠 정말로 고통스러워하던 헤어 양이, 자기를 간호하던 고드볼드 부인에게 속을 털어놓았다. "난 내가 쓰러져서 저 많은 유리에 몸을 다칠까 봐 무서워요. 부인 손을 잡을 수 있게 해줄래요?"

"그래요." 상대 쪽에서 허락하며 손을 내밀었다.

할 수만 있다면 자기 결혼반지며 모든 것과 함께 손을 잘라 내주었으리라.

"황금……" 헤어 양이 웅얼거렸다. "안달하느라 재갈을 씹고 있어. 한 번이라도 그 말들을 본 적 있어요? 난 아직 없어요. 그렇지만 이따금, 그 수레바퀴들이 견딜 수 없이 내게 부딪쳐오는걸."

고드볼드 부인은 여전히 동상처럼 가만히 앉은 자세였다. 그녀의 말들이 큼직한 엉덩이로 한없이 꼬리를 흔들며 대기하고 있었다. 어쩌면 당연히도, 그녀의 전차는 차축이 훌륭하고 견고한 황금 바퀴를 달고 있었다. 이 병든 여인의 선견력은 조금도 형체를 갖추지 못한 채 기껏해야 모호하고 맹렬한 고통의 경계이자 뒤죽박죽된 빛으로 남아 있는 듯했다.

"절대로." 헤어 양이 호소했다. "절대. 절대로. 난 그걸 발견하지 못하게 되어 있는 모양이에요."

그러고서 간신히 자기 몸을 꼿꼿하게 비틀어 일으켰다.

"이제 자요. 너무 많이 말해서 아가씨한테 좋을 게 없겠는걸." 간호하던 부인이 충고했다.

고드볼드 부인은 밖으로 나가버리려는 눈치였다. 적어도 그녀가 보기에, 두 사람이 공유하고 있던 무언가를 헤어 양 쪽에서 망가뜨렸다는 듯이 말이다.

"어, 그렇지만 난 아프단 말이에요." 헤어 양이 울먹였다.

고드볼드 부인은 그저 정적이 흐르도록 가만히 있었다. 그런 다음 무척이나 서서히, 조심스럽게 제안했다.

"아가씨를 위해 기도할게요."

"좋을 대로 하세요." 헤어 양이 한숨을 내쉬었다. "기회를 잡으실 수 있다면 좋겠네요. 그렇지만 내가 알기로, 나뭇잎들은 앞에 물기가 들러붙어 있을 때 가장 좋아요."

말을 마친 그녀는 까무룩 잠들었으며 고드볼드 부인은 한참 동안 그 옆에 계속 앉아 있었다. 저녁은 완벽하게 고요했다. 어둠 사이로 끼어든 평온한 빛이 미묘한 균형 사이에서 거미줄 한 낱에 잠시 머물렀다.

헤어 양은 몸을 회복한 후 어느 날 자기 친구를 한번 떠보기로 마음먹었다.

"난 내가 몸져누운 동안 우리가 비밀 같은 걸 나누었다고 생각하는데요."

고드볼드 부인은 대답하고 싶지 않았으나 그래야 할 압박을 느꼈다.

"비밀이라면?" 그녀가 외면하듯 물었다.

"전차에 대한 거."

고드볼드 부인은 얼굴을 붉혔다.

"글쎄요." 그녀가 말했다. "아프다 보면 실없는 생각에 사로잡히기도 하는 법이니까요."

헤어 양은 이 말에 속지 않았고, 그녀의 친구가 사랑과 노동이라는 자기 인생의 형벌을 짊어지러 우체국 아래편 오두막으로 돌아간 후에도, 오히려 두 사람이 계속해서 비밀을 공유하게 되리라 굳게 믿었다.

어떤 비밀이 존재한다고 졸리 부인 또한 확신했다. 그녀에게는 절대 들어가도록 허락되지 않았을 입구들에 대한 직감을 통해서 말이다. 그녀가 그러길 원했다는 뜻은 아니다. 오, 세상에, 아니지, 절대 그럴 리 없고 말고.

"제가 보기엔 이상한 사람 같은데요." 자기 고용주가 병석에 누워 있던 이야기를 끝마쳤을 때 졸리 부인은 이렇게 말할 수밖에 없었고, 어쩌면 그 가운데 일부는 퍼뜨리고 다닐 가치가 있어 보였다.

헤어 양이 웃어 보였다. 얼굴이 완전히 달라져 있었다.

알아차리기 힘들 정도지만 졸리 부인은 슬며시 우쭐했다.

"그나저나 그 여자는 어떻게 될까요?" 그녀가 물었다. "어린애들을 죄다 데리고 그런 오두막에서 말이에요. 거기에다 남편, 그 사람 남편은 또 어떻고요?"

이 정도면 손가락으로 상처를 후벼 팠나?

"어, 남편은 나타났다 사라지곤 해요. 여러 번 자기 부인을 때렸고, 한번은 이빨을 여러 개 날려버린 적도 있어요. 뭐랄까, 술주정 때문에 감방에 들어가기도 했고."

그리고 헤어 양은 마지못해 한마디 덧붙였다. "어, 그래요, 그 남편이라는 사람이!"

그녀가 다소 불안하고 기괴하게 고개를 좌우로 흔들기 시작한 모습을 보자니 졸리 부인은 상당히 만족스러워졌다.

"사악한 것들이 너무도 많다니까." 마침내 이성을 잃은 헤어 양이 소리쳤다. "사람들은 잊어버리지만."

"저는 절대 잊어버릴 수 없어요." 졸리 부인이 단언했다. "그건 언제나 우리 곁에 있거든요. 일간신문 속에도 있고, 뒷마당에는 말할 것도 없고."

"난 잊고 있었는데." 헤어 양은 깨달았다. "**댁** 때문에 떠올리기 전까지는."

"그렇지만⋯⋯" 졸리 부인이 달걀흰자를 들고 무언가 조심스러운 작업을 하며 말했다. "그 여자는 왜 그런 남편한테서 벗어나지 않았을까요?"

"그 남자와 함께 사는 게 자기 직분이라고 생각하니까요. 게다가 그 남자를 사랑하기까지 하거든요."

헤어 양은 그 경이로운 단어를 힘겹게 발음했다.

"나중에 그 집 앞을 지날 일이 있으면 충고라도 한마디 해줘야겠네요."

"주제넘게 그러면 안 돼요!" 헤어 양이 무언가 부서지기 쉬운 것을 보호하느라 소리쳤다. "얼마나 섬세한 사람인데."

"시트에서 물이나 짜는!" 졸리 부인이 되받았다.

이제 헤어 양은 그녀의 가정부가 궁극적으로 모든 사람을 재단하는 게 아닌지 의심스러울 지경이었다.

"신앙인이라면 모름지기 자기 믿음을 통해 위안을 이끌어내야지요." 졸리 부인이 단언했다.

"고드볼드 부인을 못 믿을 사람은 거의 없을걸요." 헤어 양이 한마디 덧붙였다.

그러나 한층 맥이 빠졌다. 말하는 데 능숙한 건 졸리 부인 쪽이었다. 셀 수 없이 많은 꼬마 아이는 말할 것도 없고 세 딸과 사위들까지 포함한 가족들이 팔랑크스[32]를 이루고 있었다.

"하나하나가⋯⋯" 마침내 졸리 부인이 말했다. "저로서는 도무지 익숙하지가 않군요. 지금까지는 전혀 다른 사람들과 함께 지내왔더니."

---

32) 고대 그리스의 중무장 보병들이 채택했던 밀집대형.

헤어 양은 그 말을 믿었으나 동시에 두려워했다.

"플랙 부인도 공감하더라고요." 졸리 부인이 말을 이었다. "근래 들어, 지금껏 이해하거나 받아들이리라고는 생각도 못 했던 일들에 제가 맞닥뜨렸다는 사실을 말이에요."

"플랙 부인?"

"제 친구예요." 체로 설탕을 거르며 졸리 부인이 대답했다. "버스에서 만난 숙녀지요. 교당 밖에서도 다시 만났고. 남편을 잃었다지요." 그녀가 덧붙였다. "그 왜, 몇 해 전에 버래너글리에서 일을 받았다가 지붕에서 떨어졌다는 기와장이 있잖아요."

"그런 이름은 못 들어봤는데."

"사는 환경이 원체 다르잖아요." 졸리 부인이 경멸, 혹은 위세를 담아 말을 이었다. "플랙 부인은 마일드레드 거리에 살아요. 편의 시설을 다 갖춘 집이 있고요. 남편이 기와장이로 일하면서 거래하던 사람들이 있다 보니 시설들을 정말 제대로 갖춰놓을 수 있었던 거예요. 아, 하마터면 빼놓을 뻔했는데 플랙 부인네 부친은 부유한 점주였어요. 직접 가게를 운영했고, 자연히 딸한테도 풍족하게 유산을 물려주었다지요."

"자연히." 헤어 양이 호응했다.

혼자서 플랙 부인의 허깨비 같은 형상을 떠올려볼 법도 했으나, 헤어 양은 굳이 그렇게까지 위험을 무릅쓰지 않았다. 그리고 그 이름은 언급되지 않는 수수께끼로 남았다.

확실히 졸리 부인 역시 이제는 수수께끼가 되어버렸다. 그녀는 정해진 시간이면 문 앞이나 가림막 뒤편에 나타나 기침을, 그러나 무척 조심스럽게 하곤 했다. 그녀는 눈을 내리떴다. 아니면 치뜨기도 했다. 그러고서 지켜보고 있었다. 졸리 부인의 눈빛은 창백하고 음울했다.

"재떨이를 찾던 중이에요." 졸리 부인이 해명했다. "제 딸들은 다들 당연히 담배를 피워요. 재떨이는 비워봐야 하지요."

그런 다음 그녀는 물러났다. 이번엔 극히 조심스러웠으며 말이 없었다.

그러고서 다시금 나타나는 것이었다.

"뭐라도 필요한 거 없어요?" 졸리 부인이 질문을, 어쩌면 속삭임을 던졌다.

도대체 뭘 필요로 할 수가 있단 말이지? 헤어 양은 의아해하곤 했다.

"없어요." 그저 자인해야 할 것 같았다.

그녀는 자기가 가장 좋아하는 의자에 가만히 앉아 있곤 했다. 낡았지만 제대로 된 의자였다.

"어떤 사람은 이런 일에 빠져들고, 다른 사람은 저런 일에 빠져드는 법이에요." 졸리 부인은 이렇게 말하며 손가락을 만지작거렸다. "자, **우리**는 거실마다 제노바[33] 벨벳을 갖추고 있어요. 그렇지만 플랙 부인은, 그러니까 제가 전에 이야기했던 그 숙녀는, **소박한 요소**를 좋아해요."

그러나 플랙 부인에 대한 이야기는 곧바로 중단되었다.

"뭐라도 필요한 거 없어요?" 졸리 부인이 재차 물었다.

헤어 양의 표정은 몇 가지 용인될 만한 욕구를 서툴게 모색했다.

"없어요." 그녀는 부끄럽게 인정해야 할 것 같았다.

한번은 졸리 부인이 이렇게 알려주었다. "저한테 편지가 한 통 왔어요."

그녀는 테라스로 헤어 양을 따라 나왔다. 저녁 무렵이었다. 구름은 거대한 수레가 되어 불안정한 하늘을 지나 진홍빛 최후를 향해 육중하

---

33) 무역의 중계지로 번영했던 이탈리아의 항구 도시. 일찍이 직물 산업이 번창했다.

게 움직이고 있었다.

"부인한테 온 편지는 본 적이 없는데." 헤어 양이 대답했다.

졸리 부인은 거의 주저하지 않았다.

"아." 그녀가 대답했다. "편지는 우체국에 있어요. 언제든 저한테 오는 편지는 전부 우체국으로 받고 있거든요. 말하자면 방침 문제라고 할 수 있겠지요."

헤어 양은 먼지 쌓인 주전자 주둥이를 지나가는 딱정벌레를 지켜보고 있었다. 그녀로서는 정말로 방해받고 싶지 않았으리라.

"앱스 부인한테서 온 편지예요." 졸리 부인은 이야기를 이어나갔다. "그러니까 큰딸인 머를 이야기를 하는 거예요. 예전에는 아이처럼 예민했는데, 그래서 그런지 머를은 제 엄마한테 유독 약하게 굴어요. 그래도 나중에는 운이 따랐지요. 원하는 건 무엇이든 들어주는 남편을 만났으니까. 물론 자기 하는 일 수준 안에서 합리적으로 말이지요. 우리 사위인 앱스는 세관에서 중역을 맡고 있는데, 그렇게 오랫동안 근무했으니까 조만간 보상이 있을 거예요. 존경받는 일이라고는 말 못 하겠네요. 없어서는 안 될 일이라고 하는 게 더 온당하겠지요. 그러니 머를이 세관에 있는 높은 양반들과 어울리거나 그 사람들을 집에 초대해 물소 요리를 대접해도 이상할 건 하나 없어요. 치퍼라터라든가. 둘이 먹다 하나 죽어도 모를 크로키라든가.[34] 뭐 그런 거. 어쩌면 치킨알라킹[35]처럼 든든한 요리를 하나 곁들일 테고. 저는 제가 뭐 큰소리나 치는 사람은 아니라고 분명히 자신할 수 있는데, 머를은 정말 너무도 멋있게 일 처리를 잘해요.

---

34) 치폴라타와 크로켓을 엉터리 발음으로 말하고 있다. 치폴라타는 향료를 넣어 만든 작은 소시지이며, 크로켓은 으깬 감자에 고기를 섞고 빵가루를 입힌 다음 튀긴 요리이다.
35) 화이트소스로 조리하는 닭고기 요리.

그래. 그 아이는 자기가 만든 물소 요리에 대해 한 번도 아니고 여러 번 편지에 적어 보내더라니까요."

헤어 양은 가만히 딱정벌레를 관찰하고 있었다.

"머틀은 이제 편지를 쓰지요." 가정부가 말을 이었다. "정확히 하자면, 음, **말**로 표현하지는 않아요. 머틀은 절대 **말**로 표현하는 성격이 아니니까. 그래도 아버지가 그리도 비참하게 세상을 뜬 후에, 제 어미가 자립해서 살아가려고 택한 조치들이 그 아이한테 그다지 기껍지는 않았으리라는 점을 이해해야 해요."

졸리 부인이 헤어 양을 쳐다보았다.

"물론 전 그 아이한테 절반도 내막을 이야기하지 않았어요. 그랬다가는 머틀이 야단을 떨었을 테니까. 그렇지만 그러느라 제가 처하게 된 입장을 당신도 이해하게 될 거예요. 제가 언제나 다른 사람의 불행을 가엾게 여기는 사람이라는 사실을 알게 되면 말이에요."

졸리 부인은 헤어 양을 바라보았다. 바람이 불어오기 시작하자 가정부는 싫은 기색을 숨기지 않았다. 그녀는 길을 따라 발걸음을 서두르며 어서 상점에 도착하기만 바라는, 그런 사람이었다.

"댁이 알아차릴 수 있을지는 모르겠는데, 세상에 불행하지 않은 사람은 없어요." 헤어 양이 딱정벌레의 움직임을 도와주며 말했다. "그렇지만 불행에는 대개 보상이 있지요."

졸리 부인은 깊이 숨을 들이마셨다. 진절머리 나는 테라스에서 바람이 그녀의 머리그물을 비트는 것이, 밤 내음이 그녀를 위협하는 것이 싫었다.

"보잘것없는 임금이나 받으면서……" 그녀가 반박했다. "조신한 숙녀가 보상을 찾아내기까지 해야 한다면 너무 가혹한 일이네요."

"사람들은 어쩜 그런 소리를 다 할 수가 있는지!" 헤어 양은 적잖게 놀라움이 섞인 목소리로 소리쳤다. "내 부모님도 시간제로 사람을 부렸어요. 그분들이 말싸움을 벌이는 동안에도 너무나 평안하게 앉아 있을 수 있는 사람들로요. 일종의 천막 안에 들어가 있었던 거죠. 알겠어요? 비가 올 때마다 말이에요."

"당신네 부모님이라니, 가여운 사람들!" 졸리 부인은 참지 못하고 내뱉었다.

그 바람에 헤어 양의 말이 끊겼다. 그녀는 딱정벌레한데서 손가락을 거뒀다. 어차피 그녀로서는 벌레를 도울 수가 없었다.

"댁은 왜 자꾸 내 부모님만 지겹게 들먹이나요?"

대리석 같은 하늘이 가슴을 에는 듯했다. 그것은 또한 철석같이 견고했으나, 연보랏빛과 장밋빛으로 포개진 층들이 검은빛과 쪽빛의 하늘에 이미 줄처럼 섞여 들었다. 달은 한 마리 나방의 흐릿한 화석이었다.

"누가 먼저 그분들을 입에 담았기에?" 한층 고약하게 불어오는 바람을 맞으며 졸리 부인이 웃음을 터뜨렸다. "전 늘 **어떤 분**의 기분을 배려했어요. 특히나 그 **어떤 분**은 괴상하기 짝이 없는 죽음을 목격한 사람이거든요."

헤어 양은 팔목이 떨어져나간 아르테미스—카노바[36]풍의—상과 방치된 항아리들 사이에서 흡사 돌처럼 굳어버렸다.

"저기, 제발 나 좀 혼자 놔둘래요?" 그녀가 요청했다.

"제가 하고 싶었던 말이에요." 졸리 부인이 단호하게 말했다. "무한정 당하기만 할 사람은 아무도 없는걸. 그리고 저는 초빙을 받았다고

---

36) Antonio Canova(1757~1822): 고대 조각을 충실히 연구하며 신고전주의를 꽃피운 이탈리아의 조각가.

요." 그녀는 말을 이었다. "초빙이 아니라 제안이라고 해야 할지도 모르겠는데, 어쨌든 건강이 그다지 좋지 않은 친구가 제안을 해왔고, 전 그 친구 곁에 있어주어야 해요."

헤어 양은 산개구리처럼 꿀떡거리고 있었다. 그것은 오싹한 우발 사태가 아니라, 폭로의 한 방식이자 충격 그 자체였다.

"그래서, 만일 댁이 정말로 그럴 작정이라면……" 그녀가 웅얼거렸다.

졸리 부인은 자기가 보기에 나약하게 느껴지는 사람이라면 집어삼켜버릴 수도 있었다.

"당신이 전부터 혼자서 못 지내는 사람이었다면 모를까……" 그녀가 이렇게 일깨우며 웃음 지었다. "독립적이지 못하다면 우린 스스로를 오스트레일리아 사람이라고 칭하기 정말 힘들었겠죠. 안 그래요? 제 딸 아이들은 전부 다 여차하면 퓨즈를 수리하거나 집에 페인트를 칠하거나 목공 일과 씨름할 줄도 알아요."

졸리 부인은, 논쟁 자체가 불가능한 그런 사람들이 취하는 당당한 태도를 가장했다.

"어쩌면요." 헤어 양이 대답했다.

말을 다 뱉고 난 그녀는 작고 꺼칠꺼칠한 소녀가 되어 남겨졌다. 자갈을 덮은 야트막한 물처럼 그녀의 미소가 갈피를 잡지 못했다.

"그럼……" 졸리 부인이 한숨을 내쉬었다. "뭐, 그런 거죠. 더 할 수 있는 말이 없군요. 무엇도 변치 않을 수는 없고, 우리도 역시 각자의 길을 가야 하고."

말을 마친 그녀는 숨을 억누르듯 심호흡했다.

어쩌면 갑자기 겁에 질렸는지도 모른다.

"제발 좀 놓아줘요!" 그녀가 상당히 커다랗지만 여전히 절제된 목소리로 외쳤다.

"아가씨!" 그녀가 더 크게 말했다. "당신 때문에 손목을 다치겠다고 요!"

하지만 헤어 양 입장에서는 닥쳐오는 검고 어두운 돌풍을 견딜 수가 없었으며, 그녀가 졸리 부인의 두려움을 충분히 알아차릴 수 없었다면 이는 스스로의 공포에 잠식당한 까닭이었다. 적어도 그 시점에 헤어 양은 자기 자신으로부터 내몰려버린 상태였다.

졸리 부인은 밤이 쇠사슬처럼 자기를 둘러싸는 기분이었다. 자신의 양심이라는 뱀과 씨름할 만큼의 자유만을 남겨둔 채 말이다. 그렇게 두 여인은 모래투성이 테라스에서 그 문제를 철저히 따지고 있었다. 바람인지 무엇인지가 가정부의 머리그물을 찢어놓았고, 그녀는 빛나는 치아 사이로 쉿 소리를 냈는지도, 어쩌면 비명을 질렀는지도 모른다.

일주일에 몇 차례인가 오후가 되면 졸리 부인은 베일이 달린 모자와 장갑을 착용하고서 사스퍼릴러에 있는 친구의 집으로 갔다. 단순히 갔다기보다는, 한 걸음씩 **나아갔다**고 해야 하겠다. 언덕을 올라 거리로 들어서는 길이 멀지는 않았으나 단순히 걷는 것도 힘겨운 여정이 되기에 충분했다. 포장된 보도는 어쩌나 단단하게 소리를 내며 울리던가. 졸리 부인은 만족스러워질 때까지 땅을 구르며 발길질했다. 건물이 늘어선 지역을 통과하는 버스를 보기만 해도 온몸에 피가 다시 도는 듯했다. 소 홍두깨와 양 벌집위가 마음의 양식이 되고 철물이 가슴을 울리듯 말이다. 그렇게 졸리 부인은 로포스테몬[37] 나무 아래를 지나 마일드레드 거리까

---

37) 도금양과에 속하는 상록수. 오스트레일리아에서 찾아볼 수 있다.

지 발걸음을 옮겼다. 5분 거리에 할인 판매점이 있고 모퉁이 가까이에 의사가 있는, 그야말로 훌륭한 위치였다. 졸리 부인은 그렇게 걸음을 옮기며 벽돌집 창가에 있는 참한 숙녀들을 향해 미소 짓기도 했다. 바느질 감 한두 솔기의 위치를 바로잡아주었을지도 모른다. 그러다 보면 어느새 도착할 준비를 할 시간이었다.

플랙 부인네 집을 이룬 벽돌이 최고급품 같았다면, 또한 타일이 유난히 훌륭하고 밝게 빛나는 것 같았다면, 이는 세상을 떠난 남편의 사업 덕분이었으리라. 거기에 카르마[38]라고, 유약을 발라 구운 문패가 붙어 있었다. 플랙 부인의 건강 상태를 감안하건대 그녀는 집을 단정하게 유지하고자 너무도 많은 것을 무릅썼다. 고작 몇 실링인가를 지불하고서 노인한테 잔디 정돈을 맡기고, 같은 일을 더욱 싸게 맡아줄 좀더 나이 든 사람을 거의 찾을 뻔했던 것도 사실이지만 말이다. 목요일이면 힘센 여자 한 사람이 와서 몸을 굽히고 펴야 할 일들을 죄다 처리해주기까지 했으나, 아무래도 조만간 중단될 것 같은 계약이었다. 두고 봐야 알겠지만.

졸리 부인은 플랙 부인의 집에 달린 빗장을 정말 좋아했다. 투박하게 말뚝을 이어 만든 대문도 좋아했다. 오렌지트라이엄프 품종 장미를 둘러 심은 산울타리도 좋았다. 장갑을 끼고서 플랙 부인의 벽돌집 표면을 매만지자면 몸이 떨려올 정도였다. 그 편안한 소리는 그녀의 머리부터 발끝까지를 선망의 구덩이 속으로 휩쓸었다.

플랙 부인으로 말하자면, 자기 친구를 다음과 같은 반응 이상으로는 좀처럼 환대해주지 않았다. 예컨대, "흐음!"

---

38) KARMA: 업보와 숙명을 가리키는 불교식 표현. 작품에서는 플랙 부인이 살고 있는 집의 이름이다.

혹은, "맙소사!"

아니면 기껏해야, "달력을 안 보긴 했다만 알 것 같더라니."

그러나 졸리 부인은 그런 반응의 의미를 죄다 이해했다. 허공에 몸을 문지르고 있다는 점만 빼면 그녀는 한 마리 고양이였는지도 모른다.

플랙 부인을 묘사하자면 상당히 누르께한 인상, 좀더 정확히는 물소 가죽 같은 은근한 담황빛이라고 할 수 있었다. 그녀의 설명에 따르면 담즙에 장애가 있어 여러 해 동안 애를 먹었다고 했다. 심장 질환에다가 담석과 정맥류에까지 시달렸다고도. 과부라는 사실이 알려지지 않았다면 꼭 자기 심장 문제에만 매여 사는 사람처럼 보일 정도였다. 그렇듯 갖가지 증상에 시달리고 신경을 빼앗기면서도 그녀는 느릿하고 확실한 태도로 돌아다녔으며, 자기가 없는 자리에서 일어난 온갖 일에 정통했다. 거리낌이 없는 사람들 몇몇은 심지어 플랙 부인이 어디에나—침대 아래, 심지어 보풀이며 요강에—편재한다고 주장할 정도였으니까. 그러나 대부분의 사람들은 플랙 부인의 존재감을 너무도 경외하는 나머지 그녀의 위신에 의문을 제기하지 않았다. 그녀가 쓴 모자는 너무 수수했고 그녀가 전하는 이야기는 너무 사실 같았다. 경솔함이 발붙일 데 없는 곳에서 진실은 다만 암시될 뿐인바, 그녀의 이빨은 큼직한 데다 한마디 한마디를 더욱 묵직하고 끔찍하게 만들기에 정말이지 충분했다.

자신의 친구와 함께 있자면 졸리 부인의 입에서는 이런저런 발언들이 쏟아져 나왔다. **자신의 친구.** 이 단어는 무척이나 불안한 동시에 마술적이었다. 플랙 부인은 플라스틱 호스로 오렌지트라이엄프에 물을 뿌려주다가 시선을 들곤 했다. 아니면 자기 집 거실에 앉아 있다가, 찻잔에서 피어오르는 예언적 김 뒤에서, 말을 내뱉기 전에 먼저 시선을 보내오곤 했다.

"가엾은 인간." 그녀는 이렇게 첫마디를 뗐을지도 모른다. "우리가 둘 다 아는 사람이니 굳이 이름까지 언급할 필요는 없겠다. 어떻게 긴 세월 동안 그 여자가 빵 한 조각과 고깃기름 몇 방울로, 또 갑부까지는 아니어도 부유한 친척들 도움만으로 살아남았는지 모르겠어. 사람들은 그 집 부인이 세상을 떠나자 딸이었던 그 여자를 시설에 보내버렸는데, 그랬더니 그 여자가 소리 지르고 또 소리 지르며 양손으로 철책에 꼭 매달리는 바람에 사람들도 마지못해 다시 받아들일 수밖에 없었던 거야. 본전도 못 건지고 까발려지기만 한 거지. 난 언제나 우리 집에 어떤 구속도 걸림돌도 없어서, 더 나아가 융자도 없어서 천만다행이라고 생각한다니까."

"어머." 졸리 부인은 끼어들 수밖에 없었다. "나도 아이어머니예요!"

플랙 부인이 말을 멈추더니, 그을린 건포도를 끔찍하게 책망하는 듯한 태도로 스콘에서 집어냈다.

"나야 그런 경험은 아무것도 내세울 게 없지." 그녀가 분명히 밝혔다.

그러고서 이맛살을 찌푸리더니 얇고 창백한 입술로 힘없게—그녀가 병약한 몸이었다는 점을 기억해야 하겠다—나마 웃음을 짓기 시작했다.

꼭 물소 요리에다 치즈 과자를 꽂아놓은 것 같다고 졸리 부인은 생각하다가 곧바로 무례를 반성했다.

"그런 뜻은 아니었어요." 그녀는 부스러기 몇 줌에 손을 뻗으며 급히 대꾸했다. "그러니까, 돌려 말할 생각은 아니었다고요." 그리고 이어서 물었다. "부인은 정말로 완전히 홀몸이에요?"

"어머, 그럼." 플랙 부인이 한숨지었다.

그런 순간이면 독특하고도 미묘한 성격의 무엇인가가 생겨났으니, 오직 경험과 결부된 인식으로만 파악될 수 있을 어떤 상태였다. 본질적인 두 존재를 자유로이 어우러져 유영하도록 놓아둔 가운데 공감이라는 촉매가 개체성의 겉껍데기를 부서뜨리는 것만 같았다. 그토록 갈피를 못 잡는 수동적 상태에서는 생각의 역할이 제한될 수밖에 없었겠으나, 만연하는 무정한 침묵에다 정신적인 작용을 연관 짓지 않기란 어려웠다. 그렇게 가만히 앉아 있자면, 두 여인의 정신은 하나가 되어 마치 좀나방 같은 색채로 방 안을 흠뻑 물들였다. 바닥을 완전히 덮은 윌턴카펫39) 위로 작은 한숨이 한 번씩 터져 나왔다. 배 속에서 꿀렁거리는 소리가 애초에 흠결 하나 없는 베니어판 위에서 울렸다. 눈길은 서로에게 소통을 위한 부질없는 매개가 되기를 거부했다. 그것은 한편으로 철저한 야합을 뜻하지만 않았더라면, 완벽한 영혼의 소통이 될 수도 있었으리라.

먼저 원상태로 돌아오는 쪽은 대개 졸리 부인이었다. 한차례 휩쓸린 마음속 공간을 어떤 이미지들이 재정비했다. 예컨대 플랙 부인의 건넌방에 있는 연푸른빛의 플라스틱 화장대―그녀는 그 물건을 가장 좋아했다―같은 가구들.

졸리 부인의 얼굴이 마치 굳어진 청홍색 깃이불처럼 점차로 무척 단단하게 주름졌다.

"혼자라고 하더라도 이렇게 아름다운 집에 사는데요." 웅얼거리는 듯한 목소리였다.

"혼자라는 게 다 똑같은 건 아니잖아." 플랙 부인은 보통 이렇게 대꾸하곤 했다.

그리고 웃음을 지어 보였다.

그렇게까지 슬픈 건 아니었다. 슬프지 않다는 사실을 두 사람 모두

---

39) 영국 윌턴에서 18세기 중엽부터 생산한 카펫. 자카르 직기를 이용해 만든 고급품이다.

알고 있었다. 그들이 소망하는 드라마의 대단원이 도래할지도 모른다는 점을 둘은 이해했다. 정말로 소망하기만 한다면.

차를 마시고 더욱 만족스러워지자 그들 자신의 힘에 대한 확신과 더불어 서로에 대한 이해도 깊어졌으니, 신중하고 취향을 아는 두 숙녀가 칼날을 준비해 더 나약한 인간 앞에서 예리함을 가다듬으려 한 것도 당연한 수순이다. **하찮은 사항**과 용수철들 위에 놓인 세계로부터 초탈한 채로, 그들은 타인들이 애써 일하고 있는 상자들의 뚜껑을 들어 올린 다음 그 안을 똑바로 들여다보고, 삶은 달걀이라도 되는 양 두개골을 열고, 아직 쓰기도 전인 편지를 읽고, 관련자들의 두려움을 낳을 비밀의 냄새를 맡을 수 있었다. 마침내 그 숙녀들은 작업에 착수했다. 언제나 청동으로 된 송가를 주고받을지라도, 그들이 택한 방법은 강철이었으리라.

"예를 들어 의사들을 생각해보라니까." 플랙 부인은 이렇게 말했을 것이다. "의사들도 그저 인간일 뿐이야."

"말 잘했어요!" 끼어드는 건 졸리 부인의 몫이었다.

"그런데도 사람들은 의사라면 뭔가 다르게 행동해야 한다고 기대하지."

"꼭 그런 건 아닌데도."

"대부분은 그렇지 않아. 졸리 부인, 난 모퉁이에 있는 의사한테 가서 정기적으로 주사를 맞아야 해. 그런데 그 의사가 주사를 놓으면서 나를 너무 가까이 끌어당기는 거 있지. '이럴 필요가 있는 건가?' 당연히 속으로 자문해봤지. '고작 주사를 한 방 놓으려고 숙녀 몸에 밀착하는 게 의학적 관례라고?' 졸리 부인, 그 남자 숨결은 뜨겁고 악취까지 풍기더라. 글쎄, 난 빙빙 돌려 말하는 성격이 아닌데, 그게 만일 **내** 숨결이었다면 난 그 사실이 알려질까 봐 창피했을 거야."

"쯧쯧! 의사들이란! 게다가 어떤 때는 그런 손길로 몸을 검사하는 데도 숙녀들이 가만히 있어야 한다는 점을 생각하면!"

"하, 검사라! 난 결코 그런 건 받아본 적 없고, 앞으로도 그럴 생각 없어. 전혀, 절대!"

"물론 여의사도 있긴 해요."

"아, 여의사!"

"여의사가 신사들을 진료하는 경우를 생각해볼 수 있어요?"

"모르겠어. 그렇지만 나를 진료할 일은 절대 없을 거야. 여자 의사에 대해서라면 나도 내 나름의 생각이 있거든."

졸리 부인은 내막을 듣고 싶었으나 예의상 묻지는 못했다.

"아, 그렇다니깐." 플랙 부인은 한숨짓고서 말을 멈추었다.

두 사람 다 그녀가 금방 되살아날 것임을 알았다. 그것은 다만 기쁨을 드러내는 몇몇 무지한 자를 바라보던 입회자들이 헛기침하며 눈살을 찌푸리는, 잠시 움직임을 멈추고 쉬어가는 숨 돌림일 뿐이었다. 졸리 부인은 그 점을 일찍이 깨달았었다.

"목요일 밤에 말이야." 플랙 부인은 확실하게 되살아났다. "칼릴 부인네 딸인 루린이 감리교회 밖에서 세 번이나 눈에 띄었대."

"공공연하게 그랬다고요?"

"풀밭 위에서."

"다른 사람이랑?"

"허! 칼릴 부인네 루린이라니까!"

"그렇지만, 신사랑 그랬다고?"

"세 명이었어. 전부 다른 사람이었지. 극장 사이로 들락날락하면서."

그러자 졸리 부인은 웃음을 터뜨릴 수밖에 없었다.

"하여튼 젊은 여자들이란. 안 그래요?"

"당연히 그러면 안 되지." 플랙 부인이 답했다. 그녀의 창백한 입술은 이따금 두 줄의 접착테이프가 되곤 했다. "그런 여자들은 쫓겨나야 해. 그렇지만 법정에서…… 하긴, 사스퍼릴러에서 뭘 기대하겠어?"

"지금 법정이라고 한 거예요?"

"난 출두하지 않으려고 했어." 플랙 부인은 대꾸했다. "극장 아래 블록에 있는 나도공단풀⁴⁰⁾에서 경찰 멜빵이 발견되지만 않았어도 말이야. 이름이 적혀 있는데도 자기 게 아니라고 부정할 수야 없을 테니."

"잃어버린 물건일 수도 있잖아요."

"잃어버린 물건일 수도 있지."

"아니면 버린 물건이거나."

"아니면 버린 물건이겠군. 갓 다듬은 가죽에 적힌 가격이 아직 지워지지도 않았지만. 졸리 부인, 아니야. 맥패컷 순경은 나도공단풀 근처에 자기 물건을 깜박 놓고 가거나 내버리기에는 너무 면밀한 사람이야. 거기까지 가게 된 사정 때문에 평소보다 정신머리가 흐트러졌던 게 아니라면 말이야."

이 말에 졸리 부인은 거위처럼 쉭쉭거리기 시작했다. 붉으락푸르락하던 얼굴은 이제 보랏빛이 되었다.

"세상에!" 그녀는 앉아서 쉭쉭거렸고, 더 많은 걸 알게 될 것 같기도 했다.

하지만 플랙 부인은 팔짱을 끼어버렸다. 그러고는 누르께한 팔꿈치를 하얘지도록 붙들고 있었다.

---

40) 아욱과에 속하는 한해살이풀.

"우리가 이런 화제를 파고들던 건 아니었잖아." 그녀가 이렇게 말했다. 어쩌면 추궁이었으리라.

반쯤은 본능적으로, 자기 친구가 무언가 말하고 싶은 게 있다는 점을 느낄 수 있었기 때문이다.

이 같은 상황은 사실 졸리 부인이 테라스에서 여주인에게 다가갔던, 그리고 상당히 끔찍한 무언가에 엮여 들었던 그다음 날에 일어났다. 조심스레 떠올려보건대 그날 일은 정말이지 얼마나 끔찍했던가. 그녀는 한 번씩 자기 손목을 매만져보았다. 친구를 방문하느라 출발할 때만 해도 무척이나 경쾌하고 활기차게 모든 이야기를 털어놓을 작정이었다. 어쩌면 중대한 결정을 내리게 되는지도 몰랐다. 하지만 결국 그럴 수 있는 거였나? 혹은 그럴 심산이긴 했나?

"재너두에 사는 그 가엾은 인간 있잖아." 플랙 부인이 대화를 이끌기 시작했다. "병들고 모자란 그 여자를 생각하면 안쓰럽더라."

"그래도 그 여자의 경우라면 아예 끝장난 거죠."

"인정해야겠네. 별별 인간들이 다 있긴 하지."

"그 여자는 벌써 끝장났다고요, 플랙 부인. 수없이 많은 사람이 끝장나버렸어요."

졸리 부인은 얇은 입술을 따라 아무리 재빠르게 혀를 놀려도, 속이 내비치는 멋진 장갑을 비틀어 아무리 단단한 매듭을 만들어도 모자란 기분이었다.

플랙 부인이 이리저리 시선을 옮기는 통에 그녀의 친구는 누군가 뒤에 있는 듯 불편한 기분이 들었다.

"물론 우리야 우리들 문제를 생각해야지." 플랙 부인이 동감했다.

"우리 문제를 생각해야지요."

"**그 여자**를 끝장내거나 하는 일 없이!"

"말도 안 돼!" 졸리 부인이 웃음을 터뜨렸다. "그래도 그 여자는 어려움을 각오해야 할걸요. 지붕 아래 판잣집에 사는 여느 젊은 여자들처럼. 난방기가 망가지곤 하더라도. 아니면 콩을 까면서. 깍지를 체에 거르면서. 쇠살대에 약칠을 하면서. 다시 또 약칠을 하면서."

"졸리 부인, 분통스러운 모양이네?"

"분통스럽다니, 아니에요. 그냥 되새기는 것뿐이지."

"나는 살면서 말이지, 한 번도 분통스러워해본 적이 없거든." 플랙 부인이 선언했다.

다시금 유체 이탈과 결합의 감미로운 과정을 경험하고자 두 사람은 한참을 그렇게 앉아 있었다.

하지만 시간은 계속해서 흘러가고 있었다. 졸리 부인이 본디 자기 것이었던 건강한 육신을 되찾아 부산히 일으키더니, 조신한 장갑 짝을 한데 부딪쳤다.

"그럼." 그녀가 말했다. "정말 즐거웠어요, 플랙 부인. 이제 가엾은 우리 숙녀한테 돌아가봐야겠네."

그러고서 코를 훌쩍이고, 웃음을 지으며, 눈을 한 번 깜박였다.

그러면 그녀의 친구는 그 어느 때보다도 위엄과 격식을 갖추었다. 그 고전적인 몸짓은 마치 프리즈[41] 속에서 빠져나온 듯했다.

"혹시라도 자기가 결정을 내리게 된다면, 이걸 **자기**가 앉을 자리로 생각할 거야." 루비 반지를 낀 두 손가락을 볼록한 의자 쿠션 위로 올리며 플랙 부인이 말했다.

---

41) 건축물이나 기구의 안과 밖에, 그림 혹은 조각 형식으로 붙이는 띠 모양의 장식물.

졸리 부인은 대꾸하기는커녕 쳐다볼 엄두조차 나지 않았다. 하지만 말뜻은 알아들었다.

"그이가 아침에 차를 한잔하고서 곧잘 앉던 의자야." 플랙 부인은 이런 상황에서도 속을 털어놓을 정도였다. "그이는 그 편안한 시간을, 이른 아침 차를 좋아했어. 정말로 믿음직한 친구가 아니고서야 아무도 저 의자를 그렇게 사용할 수 없겠지."

하지만 졸리 부인은 마음이 흔들려서 결정을 내리지 못했다. 입을 움직이는 것도 몸짓을 하는 것도 자기 몸 같지가 않았다. 서로 다른 두 조종자가 각기 줄을 붙들고서 그녀를 조종하려 다투는 것 같기도 했다.

그녀는 간신히 대답했다. "앞으로 깔끔한 답을 찾는 데 도움이 될 편지를 기다리는 중이에요. 부인은 어째서인지도 알겠지요."

"그게 어째서인지는 자기만 알 일이고." 플랙 부인이 이렇게 말하며 미소 지었다.

졸리 부인은 운명의 손아귀 속에서 갈등하느라 지친 채로, 순응하듯 겸손하게 고개를 들었다. 그리고 복도를 따라 배웅을 받으며 「두 어린 공주님과 그 개들」 앞을, 사별한 남편이 과거에 청혼길 기다리며 플랙 부인이 직접 털실로 만들었다던 블러드하운드[42] 앞을 지났다.

헤어질 무렵 두 숙녀는 날씨가 맑을지 흐릴지 어림해보는 것 말고는 거의 이야기를 나누지 않았다. 졸리 부인은 단련된 듯한 자세로 묵묵히 고개를 세우고서 이내 거리를 따라 내려갔다. 그녀는 마치 영성체를 받은 뒤 제단에서 물러가는 사람처럼, 면죄받은 그녀의 상태를 집집의 창문 뒤에 있는 숙녀들 모두가 알아주리라고 의식하고 있었다. 우정을 통

---

42) 벨기에가 원산인 대형 사냥개. 슬픈 표정처럼 처진 눈과 기다랗게 늘어진 귀가 특징이다.

해 정화되었음을 의심할 나위가 없었기 때문이다.

플랙 부인은 더 이상 화제에 오르지 않았으나 언제나 그곳 재너두에 함께 있었다. 헤어 양은 그녀의 존재를 느낄 수 있었다. 금속성이라 할 빛 속에서, 말라붙어 너덜거리는 월계수 더미 뒤쪽에서, 판자가 푸석하게 썩는 바람에 아주까리가 피어난 방구석에서, 갈색 벽지가 취한 듯 늘어진 장식 줄에 걸려 있거나 길쭉하고 흐느적거리며 벽에서 떨어져나간 층계참에서, 플랙 부인은 끔찍이도 끼어들었다. 이제 자기 소유지가 안전한지에 대해서 헤어 양은 훨씬 심각하게 두려움을 느끼기 시작했다. 동거자이자 가정부인 여인, 혹은 기껏해야 불안정한 자산만이 문제가 아니었다. 아직까지는 졸리 부인을 매개로 삼긴 했으나, 플랙 부인은 실재하는 돌 틈 사이로 교묘하게 침입했다. 이따금 재너두의 주인은 울룩불룩한 침대 위에서 잠을 깼다가 요란한 소리를 듣느라 귀를 세웠다. 어쩌면 그저 흩날리던 먼지가 잔뜩 내려앉으면서 엄청나게 털썩거리고 둔탁한 소리를 냈던 거였을까?

어느 쪽이든 간에 결국 헤어 양을 두렵게 하는 일이었다.

어느 날 밤 그녀는 딸꾹질을 시작했고, 그 고통스러운 소리가 재너두의 대리석 홀에 울려 퍼졌다. 여기저기 서성일 때마다 팔이나 팔꿈치에 밀린 유리가 쨍그렁거렸다. 응접실 어딘가에서 반짝이는 조각이 박살 났다.

"골치 아픈 아가씨, 무슨 짓을 하는 거죠?" 졸리 부인이 소리쳤다. "딱 2분만이라도 당신을 그냥 내버려두면 안 되나 봐요?"

부인은 이미 가까이 다가오고 있었다. 결정적인 순간에 등장할 터였다. 이제 저 위에서 그녀의 무심한 발걸음이 또각또각 대리석에 부딪쳤다. 손에 든 등불이 어둠 속에서 조그만 꽃다발처럼 흔들렸다. 마침내 그녀가 빛나는 노란 다발을 쥐고서 응접실에 등장했다.

"이것 참, 안심할 수가 없는 사람이라니까." 이 믿음직한 가정부는 은빛으로 반짝이는 물 주전자의 깨진 조각들을 찾아내며 말했다.

"어차피 내 물건들이잖아요?" 헤어 양이 덤비듯 내뱉었다.

"아, 그럼요!" 가정부는 웃었다. "당연히 당신 물건들이지요."

"아무도 나한테서 빼앗을 수 없겠지요?"

"당신이 죄다 산산이 조각내지만 않는다면야. 이 집도 마찬가지예요. 이렇게 다 때려 부수고 나면 어쩔 셈인데? 버냐버냐[43] 밑에서 빗줄기 헤아리며 야영이라도 하려고?"

"딸꾹질이 나요." 헤어 양이 말했다. "아니 났었다고 해야겠다. 이제 괜찮아진 것 같네요."

졸리 부인이 노랗고 조그만 빛의 다발을 흔들었다.

"당신은 두려움에 사로잡힌 거예요. 딸꾹질하며 살아가는 오만 사람들한테 쓰레기나 내던지면서 당신네 재산을 축적할 수 있었던 거잖아요."

졸리 부인이 명랑한 웃음으로 공격해오자 어둠이 어지럽게 흔들리고 있었다. 헤어 양은 딸꾹질을 그쳤는데도 무척이나 고통스러웠다.

"졸리 부인." 그녀가 입을 열었다. "댁네 **친구**라던……"

입에 담을 수 없는 그 말이 꼭 천둥처럼 울리는 것 같았다.

그러나 졸리 부인은 철로 된 코르셋 안에서 숨을 씨근덕거리며 허리를 숙이더니 바닥 위로 쓸어 모은 물 주전자 파편들로 마치 얼음 같은 음악을 연주했다. 헤어 양의 말을 듣지 못한 모양이었다. 아니었더라도 헤어 양으로서는 어떻게 말을 이어나갈지 알 수가 없었다.

---

43) 오스트레일리아에서 자라는 남양삼나무과의 상록수. 약 40미터 높이까지 자라나며 거대한 열매를 맺는다.

플랙 부인이 집에 침입했는데도 그녀는 무엇 하나 감지하지 못했으니까.

그때 졸리 부인이 자세를 바로잡았다.

"날 떠나지 않을 건가요?" 헤어 양이 물었다.

여인은 서 있었다. 입술에 부르튼 부분을 발견한 것 같았다. 그야말로 난처한 일이었다.

"내 말은, 이렇게 어두운 데다 두고서 말이에요." 헤어 양이 해명했다.

"이전에도 여기서 지냈잖아요. 안 그래요?" 이제 졸리 부인의 목소리에는 상당히 가시가 돋쳤다. "딸꾹질하면서. 그 전에도. 그리고 그 전에도."

짜증이 난 기색이었다.

"어, 맞아요." 헤어 양이 말했다. "앞으로도 그러겠죠. 그럴 수 있다면. 덧문을 열어야겠어요. 달을 잊고 지냈었네요. 잠깐 앉아 있을 거예요. 조용히."

널판 같은 달빛이 이내 흘러들었으며, 졸리 부인이 돌아간 뒤에도 헤어 양은 한참 동안 거기서 몸을 흔들었다. 그녀는 자기가 생각했던 것보다 훨씬 오랫동안 떠돌이처럼 맴돌았고, 암흑의 기슭에는 절대 맞닥뜨리지 않으려 놀라운 의지력을 발휘해 몸을 피했다. 그러나 다른 형체들은 위협적이었으며, 그 가운데 몇몇은 마지막 순간에 선한 것임이 드러났고, 몇몇은 주저 없이 악한 것임을 구별할 수 있었다. 안개 긴 정적 속에 두 여인이 있었다. 베일처럼 늘어뜨려 얼굴을 가린 그들의 머리칼이 무엇보다도 헤어 양을 괴롭혔다. 두 사람이 나누는 이야기가 그녀에게는 들리지 않았다. 전체적으로 표정을 읽을 수 없다면 그들의 진의도 식별할 수 없다는 사실을 그녀는 깨달았다.

어슴새벽에 정말로 눈앞에 나타난 졸리 부인이 차가운 손에서 조그만 방향타를 떼어냈다. 그녀가 화를 내며 헤어 양이 탄 배를 흔들자, 솟아 나온 부분마다 이슬방울이 뚝뚝 떨어졌다.

"댁은 정말로 날 싫어하는구나." 헤어 양은 인간 내면의 악함을 들여다보며 말했다.

그녀를 구해낸 사람의 얼굴이 격분해 떨렸다. 치아를 잃고서 나이를 먹은 그 입은 분명코 순수함을 표해야만 했으나, 내뱉은 말들은 잇몸 사이에서 거의 서슬 퍼렇게 떨렸다.

"전 그냥 당신 건강을 걱정하는 거예요." 졸리 부인이 불만스럽게 툴툴거렸다. "뭣에 홀려서 이런 일을 떠맡았는지 모르겠지만, 저도 책임이 있으니까요."

그렇다면 악은 또한 선이라고, 헤어 양은 이해했다.

"그렇지만 댁은 아직 나를 괴롭히는 기쁨을 끝까지 누리지도 못했는걸." 그녀는 이렇게 내뱉고 말았다.

"넋 나간 사람과 너스레 떤답시고 한숨도 낭비하고 싶지 않네요." 졸리 부인이 헤어 양을 계단 쪽으로 짐짝처럼 이끌며 대꾸했다.

아침 식사 시간에 그들은 둘 다 아무 일도 없었다는 양 행동했다. 부산한 아침이었다. 헤어 양은 빛이 환히 비치는 듯한 기분이었다. 새로이 깨닫게 된 것들이 그녀 자신으로부터 넘쳐났다. 그녀는 자기가 발견한 사실들을 떠벌렸다.

"난 알아요." 그녀가 감자튀김을 집어 먹으며 말했다. "내가 재너두를 잘못 생각하고 있다는 걸요. 겁을 먹은 거죠. 이제 혹시나 그게 사라져도 겁먹지 않을 거예요. 내가 겪은 경험은 사라지지 않고 남을 테니까."

"경험이라!" 졸리 부인이 소리쳤다. "그래 **당신**이 무엇을 경험했길 래?"

"여러 해 동안, 여기에 사람들이 있을 때, 난 테이블 밑에 앉아 있었어 요. 사람들 다리 사이에 앉아 엄청나게 많은 일이 벌어지는 걸 봤지요."

"넓은 집에서는 항상 수많은 일이 벌어지지만, 그런 일들을 지켜보는 건 하인들뿐이에요. 당신은 엄마 아빠가 앉던 쿠션에 앉아 있었겠지."

"나야말로 하인들 중의 하인이었어요. 정말로 못생긴 꼬마였죠. 난 아예 없는 사람이나 마찬가지여서, 하녀들이 나한테 자기들 편지를 읽어 주기도 했어요. 친구를 만나러 외출하기 전에는 나한테 물건을, 자기네 커다란 분홍 모자를 가져오라고 시키기도 했고요."

졸리 부인은 헛소리를 견디지 못하고 한숨을 내쉬었다.

"감자튀김이나 먹어치우시지요." 그녀가 충고했다.

"그렇지만 내가 말하려던 경험은 그런 게 아니에요. 예를 들어 물을 생각해봐요. 물만 가득한 데 댁이 혼자 있다 보면, 댁도 물처럼 되는 거 예요. 거기 빠져들게 되죠."

졸리 부인은 일어나서 그릇을 싱크대에 던져 넣고 있었다. 접시들은 위험하리만치 세게 떨어졌으나 어쨌든 깨지지는 않았다.

"이런 것도 내가 뭔가 기여하는 거라 칠 수 있을지 모르겠지만……" 헤어 양은 말을 이었다. "난 계속 찾아내야 해요. 아마 누군가 나한테 말해줄 거예요. 동시에 보여줄 거예요. 선과 악을 어떻게 하면 분명히 구 별할 수 있는지."

아직 음식을 씹고 있던 졸리 부인의 얼굴은 마치 혹덩이처럼 되어버 렸다. 그녀는 절대 대꾸할 생각이 없었고, 이는 음식물로 입안이 꽉 차 있기 때문만은 아니었다.

"나야 계속 이 집을 사랑할 수밖에 없지만, 어쩌면 재너두는 그 자체로 악한 건지도 모르겠네요."

"그렇대도 상관없잖아요!" 번거롭게 남아 있던 빵 껍질을 꿀꺽 삼키며 졸리 부인이 소리쳤다.

"플라스틱으로 만든 물건들과 비슷해요." 헤어 양이 덧붙였다. "플라스틱은 나쁘거든! 나빠!"

이제 헤어 양은 분명히 더 강해진 기분이었고, 졸리 부인은 그 사실에 화가 났다.

곧이어 이 탐구자는 자기가 깨달은 지식 덕분에 잠시나마 강해져서 밖으로 나갔다. 물론 그녀는 자기의 부족한 한계를 깨달았고 그것은 언제나 그랬듯 손끝을 얼얼하게 했다.

졸리 부인이 하루하루를 체크하며 무언가를, 어쩌면 일련의 고문을 준비하고 있다는 점은 아주 당연할 뿐만 아니라 이내 분명해졌다. 그 가정부는 매 순간 달력 앞에 서 있었다. 헤어 양이 시간은커녕 날짜에 대해서도 절대 곰곰이 생각을 안 하다 보니, 가정부 쪽에서 문제를 바로잡고자 식료품점에서 가져온 달력이었다.

"내가 여기 이렇게 오래 있게 되리라고 누가 짐작이나 했겠어." 한번은 부인이 큰 소리로 말했다.

"**내가** 짐작했어야 하는데!" 헤어 양은 웃었다. "어쨌든 놀랍긴 하네요."

"제가 양심이 있는 사람이라 그렇죠." 졸리 부인이 넌지시 말했다.

"그런가 봐요."

"그리고 저는 안내를 받길 기다리고 있어요."

"할 수만 있다면 내가 안내해줄 텐데." 헤어 양은 정말로 진지하게 말했다. "그렇지만 다른 사람한테 말하면 안 돼요."

그러자 졸리 부인은 곧잘 하던 버릇—그것도 그녀의 양심 때문이었다—대로 의미 없이 움직이며 먼지를 일으켰다.

"뭐랄까." 헤어 양이 말했다. "이제 난 댁이 친구한테 가버린다고 해도 괜찮을 정도로 강해진 것 같아요."

졸리 부인은 웅얼거리고만 있었다.

그녀가 구시렁거리길, 우정에는 때로 무모한 모험이 뒤따르는 법이었다.

"우정은 두 자루 칼이에요." 헤어 양이 계속해 말했다. "둘을 문지르면 서로를 날카롭게 벼릴 텐데, 종종 하나가 미끄러져 엄지를 벤단 말이지요."

이제 졸리 부인은 식당의 커튼을 찢어버리고 싶을 정도로 울화통이 치밀었고, 헤어 양은 더 이상 신경 쓰지 않았다. 헤어 양도 그 순간만큼은 자기가 우위를 점했음을 느꼈다. 어쩌면 이따금 득세하는 사악한 무언가를 그녀가 속에다 품고 있었던 건 아닐까? 인간적인 어떤 요소를. 이제 그녀는 자신이 저 나무들과 덤불과 생명 없는 사물들 사이에서 자아를 잃어버렸을 때, 혹은 그 욕망이 분명하거나 정직하던 동물들의 마음속에 들어갔을 때의 일들을 향수 어린 기분으로 상기했다.

이후에 졸리 부인이 자존심을 되찾게 된 사건이 있었는데, 그때도 헤어 양은 낙담하며 어쩌면 뭔가를 깨달았을망정 완전히 기겁만 하지는 않았다.

아직 시간이 일러 제법 상쾌하던 어느 날 아침, 가정부는 뜰에 나와서 듣는 이가 불편할 정도로 너무 심하게, 또 너무 오래 쿵쾅거리고 있었다. 소리를 듣는 이는 좁은 부엌방 안에 서 있었다. 평소라면 사과 향기를 맡으며, 가끔은 쥐들이 찍찍거리는 소리를 들으며, 그리고 언제나 툭 튀어나온 낡은 나무 블라인드 사이로 부서져 들어오는 빛살을 받으며 평온함을 만끽하던 시간이었다. 하지만 뜰에서 들려오는 미심쩍은 소리를 듣고 있자니 심장이 마구 두방망이질했다. 마침내 돌에다 삽을 긁어대는 소리가 들려왔을 때, 그녀는 짧지만 재빠른 걸음을 놀려 내달리고 자빠지며, 한없이 이어지는 널돌 위를 넘어 퀴퀴한 물 냄새를 지나, 뜰로 들어설 수 있는 문간에 남부끄럽고 꼴사나운 몰골로 도착해야 했다.

"아." 그녀는 곧바로 소리쳤다. "그걸 죽이다니!"

야단스러운 아침 공기 속으로 첫소리를 내며 목청을 긁는 소리가 살아남아 갑작스레 섞여 들었다.

"그럼요!" 졸리 부인이 내뱉었다.

본인도 알았지만 그녀는 도저히 뜰에 있던 사람 같지가 않았다. 머리칼은 꼬리처럼 뻗치고 점잖은 원피스가 산만하게 구겨져 있었다. 하지만 예상치 못한 상황에서 절로 솟은 용기 덕분에 그녀는 혼란스러운 상태를 즐기고 있었다. 선 채로 삽을 내려다보던 그녀의 웃음은 분명코 기괴해 보였겠지만 동시에 만족스럽고 순수했다.

그녀는 삽이 아니라 뱀을 보고 있었는지도 모른다. 뱀은 두 토막이 난 몸을 아직도 씰룩거리고 있었다.

"그걸 죽였어!" 헤어 양이 서럽게 따지고 들었다. "완전히 날 믿고 따르게 하지는 못했어도, 가끔 우유를 내주면 마시기도 하고, 어떨 땐 내가 옆에 서 있어도 가만히 있어주었는데. 나 좀 아픈 것 같아."

헐떡이면서.

"댁이 그 뱀을 그렇게 죽인 거야."

"죽였다기보다는⋯⋯" 졸리 부인은 삽에 몸을 기대며 말했다. "나

뻔 것들의 세력을 없앤 거죠."

"나쁜 게 뭔지 누가 결정하는데요?" 헤어 양이 물었다.

적어도 그녀는 상황을 감당할 만큼 기운을 되찾았다. 그리고 그 뜰에서, 아버지의 입에 담기 어려운 죽음은 물론이거니와 가엾은 염소의 희생까지 얼마나 많은 일이 일어났던가.

그녀는 몸을 숙이더니 조각나 흐느적거리는 뱀의 사체를 집어 들었다.

그러자 졸리 부인이 새된 비명을 내지르며 머리칼을 움켜쥐었다.

"그러다 물릴 거예요!" 그녀는 울부짖고 있었다. "죽은 뱀도 사람을 문다잖아요."

주근깨로 덮인 헤어 양의 끔찍한 두 손이 터무니없이 연약해 보였다.

졸리 부인은 킥킥거리고 싶은, 아예 피식피식 웃고 싶은 기분이었다.

"어쩜 난 용감하기도 하지!" 그리고 계속 킬킬 웃으며 자문했다. "어떻게 이런 일을 다 했을까?"

그녀는 자기 고용주가 어떻게 시체를 처리하는지도 쳐다보지 않았다. 그저 승리에 취해 녹초가 된 상태였을 뿐.

그러나 거의 순식간에 우울증이 다시금 밀려들기 시작했다.

졸리 부인은 심지어 자기가 조신한 숙녀이자 어머니라는 사실조차 잊고서 며칠씩이나 우울해지기도 했다. 헤어 양 쪽에서 참지 못하고 말을 걸어올 때까지 말이다. "엘마는 플라스틱을 그냥 믿고 쓰나요?"

떼를 쓰기도 했다. "졸리 부인, 머를이 세관에서 높으신 양반들한테 물소 요리를 대접했는데 화이트소스가 눌어붙어버렸다던 이야기 좀 들려줘요."

그녀로서는 정말로 흥미가 동했고, 바니시를 칠한 책상에 앉아 밀크티를 마시며 업무를 보는 관료들의 모습을 본다면 정말로 재미있을 것 같았다.

한번은 이렇게 묻기도 했다. "그러고 보니 아직 들어본 적이 없네요. 앱스 씨는 콧수염을 기르나요?"

아니면, "화부와 만나는 게 무서워해야 하는 일인지 모르겠네?"

졸리 부인은 우울한 상태였기에 대꾸도 하지 않았고, 헤어 양은 인간들의 잔인함을 모방할 줄 아는 스스로에게 반쯤 수치심을 느꼈다.

"이제 보니 내가 나쁜 사람이로군요." 그녀가 제법 큰 소리로 한숨을 내쉬었다.

온 집 안은 언제나 소리의 여운으로 가득했다. 두 여인이 덧문 닫는 일을 깜박하면 바람이 집 안을 부리나케 통과했다. 이는 이제 거의 늘 벌어지는 일이었으며, 덕분에 낙엽이 양단을 어지럽히기 시작했고, 한번은 소풍객인지 판매원인지가 장식용 접시에다 점심 도시락 포장을 버리고 가기까지 했다. 입체적인 기억들이 없었더라면 헤어 양은 당황하고 괴로워했으리라.

졸리 부인은 이렇게 말했다. "저한테는 버거워요."

이리저리 날리는 종이들이라면 공처럼 뭉쳐놓을 수 있었다. 헤어 양은 실제로 종이를 뭉쳐 눈에 띄지 않을 만한 곳에 던져버렸다.

하지만 시종일관 분명히 무슨 일이 일어날 것만 같았다. 졸리 부인은 영감이 오기를 기다렸고 헤어 양은 해명을 기다렸다. 그리고 기다리던 일은 어떤 형태로든 대개 벌어지기 마련이다.

가정부 입장에서는 물질적인 상징들이 계속해서 부재한 탓에 결국 종교적 신념이 뒤흔들리고, 그 결과 지연이 초래되었는지도 모른다. 그녀가 늘 고집하던 적벽돌이 사실은 재너두의 석재만큼이나 바스러지기 쉬운 건 아니었을까? 차분한 마음가짐으로 받아들이기에는 지나치게 거대하고 믿기 힘든 폭탄과도 같았기에 그녀는 그 같은 가능성을 숫제 외면해버렸다. 하지만 폭탄이란 **본디** 실제로 떨어지기 전까지는 믿을 수 없는 법이다. 의심하든 의심하지 않든 부인은 떨리는 믿음의 베일 뒤에서 기도서를 펼치고는, 전에 못 보고 지나쳤을 효과적인 기도문들을 찾아내려 헛되이 애썼다. 심지어 고별하던 장면을 기억해낼 때까지 죽은 남편의 모습을 떠올려보기도 했다. 굳어버린 눈썹. 마치 돌이라도 되는 양 영원히, 마지막 한마디를 물고 있던 입술. 그제야 그녀는 멈추었다. 가슴앓이가 심해졌고, 가끔은 아침 내내 큼직한 물컵 안에 틀니가 남아 있었다.

하지만 졸리 부인을 고통에 시달리게 하던 진짜 이유는 다름 아닌 그녀의 고용주였다. 이 점이 분명해지자 이번에는 헤어 양이 시달려야 할 차례였다.

가정부는 콧노래를 흥얼거리며 일부러 저택 주위를 돌아다녔다. 지금까지 한 번도 열어본 적 없던 문들을 열고 들어간 끝에 자수정 빛 유리로 된 작은 돔에까지 올라가기도 했다. 그 밑에서 그녀는 수북이 쌓인 오래된 닭 뼈를 발견했고 통풍이 불량하다는 사실도 알아차렸다. 그녀는 또한 언제나 옷장 속을 뒤졌는데, 수 놓인 옷들이 이룬 기다란 숲을 통과하면 금속 구슬은 차가운 비가 되어 그녀의 손등에 보슬보슬 내렸다. 보금자리를 꾸린 쥐들이 내려다보는 가운데, 그녀의 콧구멍은 덩굴손을 이룬 깃털과 표류하는 솜털 때문에 엉망이 되었다. 필요하다면 자물쇠를 비틀어 열면서까지 서랍 안에 가득한 편지를 해석하고자 했으나, 고작 몇 마디 말을 알아낼 수 있을 뿐이었다.

믿음직한 납 탄환을 장전한 진짜 무기가 있는 것도 아니요 깔끔하고도 무자비하게 끝장을 볼 칼이 준비된 것도 아니었기에, 졸리 부인은 점점 완전히 자포자기했다. 그토록 쇠락한 장엄미를 풍기는 굴길들이 그저 순수하고 공허한 무대로만 이어질 수야 없는 노릇이었다. 이렇듯 궁극적인 의혹에 직면한 졸리 부인은 어느 날 아침 상감세공 한 테이블 옆에 서 있다가 무언가를—언제나 그 자리에 있었으나 평소에는 상념에 빠져 있느라 몰라보았는지도 모른다—발견했다. 그것은 아스완에 있는 호텔에서 아르메니아 상인이 선물했던 홍학 깃털 부채였다. 타는 듯했던 붉은빛을 잃은 그 부채를 졸리 부인은 살짝 펼쳐보았다. 부서진 거북딱지, 누더기가 된 양피지, 해묵어 저절로 풀이 죽은 깃털 따위가 남은 심란한 물건이었다. 그녀는 가만히 서 있었고 부채는 마치 그녀의 마음처럼 반쯤 펼쳐졌다.

바로 그때 헤어 양도 분명하게 이를 알아차렸다.

그녀는 한결같이 고리버들 모자를 쓴 채로 문간에 나타났다. 졸리 부인이 부채를 발견한 일이야 그 자체로는 하찮은 사건이었다. 헤어 양과 어머니의 관계는 사랑이라기보다는 하나의 의무였다. 하지만 이제 그 딸은, 벌어질 대로 벌어진 그 부채가 다른 무언가를 매개할 경첩 구실을 할 수도 있음을 깨달았다.

"내려놓아주었으면 좋겠네요." 그녀가 부탁했다. "오래된 거라 까딱하면 망가질지도 몰라요."

"아름다운 부채로군요." 졸리 부인이 히죽거렸다.

반쯤 속내를 내비친 그녀는 반쯤 마귀 같고 반쯤 아이 같았다.

"무도회에서 가지고 다니기에……" 그녀가 한마디 덧붙였다.

춤추는 사람들에게 그녀가 쟁반 가득 얼음을 가져다주던 때의 기억들이 화려하게 맴돌았다.

"내려놓아달라고 부탁할게요." 헤어 양이 무력하게 애걸했다.

"그 사람들도 참 어떻게 스완즈다운[44]을 입고서 춤을 추었는지 몰라." 졸리 부인은 웃고 있었다. "나방들이 그 속에 들어갈 때까지. 밤새도록. 그러다 아침이 밝을 때까지."

순간 소름 끼치는 일이 벌어졌다. 처음에는 느릿느릿, 편하게 신던 작업화를 재너두의 응접실 바닥 위로 망설이듯 미끄러뜨리며, 졸리 부인이 춤을 추기 시작한 것이다. 얼굴만 보아서는 그저 무리하게 표정과 팔과 자세를 연출하고 있는 것만 같았다. 하지만 용기가, 어쩌면 그녀한테 들러붙은 마귀가 뚜렷이 드러났다. 뺨 근육은 더 이상 씰룩거리지 않았다. 희푸르고 강박적인 입술이 마치 도자기 같은 미소를 딱딱하게 짓고 있었다. 그녀는 분명히 미끄러지듯 움직이며 삐거덕거리고 있었다. 그렇게 단단한 외피 속에 숨지 않고서는 저지를 수 없는 일이었으리라. 그럼에도 그녀는 자기 자신이나 마님의 손에서, 혹은 그 통제에서 벗어나 움직였다.

그녀의 **마님**이라! 이는 언제나 그녀를 웃음 터지게 했다. 이제 그 어느 때보다도 더.

응접실 밖으로, 식당 안으로, 부드럽게 미끄러지며. 아예 빙글빙글 돌면서.

졸리 부인이 고개를 뒤로 젖혔다. 목이 팽팽해졌다. 웃음소리는 목구멍을 통해 터져 올라오고, 단단한 혹 안에서 빠져나왔다.

"무도회에서! 무도회에서!" 졸리 부인이 노래했다.

갈라지는 소리가 났다. 빙빙 돌고 콜록거리면서. 먼지 날리는 소동이

---

44) 백조의 솜털처럼 부드럽게 보풀을 세운 직물.

었다.

"나한테 얼마나 상처를 입힐 생각이든, 난 끄떡없어요." 헤어 양이 소리쳤다. "쳐다보지도 않을 거야."

하지만 그녀는 고리버들 모자를 쓰고서 뒤를―앞장섰을 수도 있나?―따라갔다. 짧고 뭉툭한 다리로 터덜터덜 비틀거리고 있었다.

"젊은 남정네들은 죄다 끈질기게 달라붙고 있었지." 졸리 부인은 멈추지 않았다. "재너두의 따님과 춤추려고."

동시에 그녀는 손에 든 부채로, 눈빛으로 회롱했다. 그 두 눈은 너무도 어린아이 같아져서 연민을 머금을 줄 몰랐다. 장차 어머니가 될 아이들의 창백하고 음울한 눈.

"콧수염을 기른 젊은 남정네들이 전부 다 말이야. 매끈하게 면도한 남자들도 마찬가지고." 어쩌나 새된 목소리였던가. "그리고 힘없이 축 처진 친척 남자!"

졸리 부인은 헐떡이며 말을 이었다. "오, 맙소사!"

홍학 깃 다발이 부채에서 떨어져 날렸다.

헤어 양이 뒤따랐다. 아니, 앞장서고 있었던가? 어느 쪽이든 간에, 그녀는 터덕거렸다. 그리고 훌쩍였다.

졸리 부인이 추는 춤은 비록 비꼬는 듯한 모양새였으나, 방과 곁방을 따라, 복도를 통해, 층계참을 가로질러, 위험한 계단 위로, 곧장 과거로 이어졌으며, 캘리코[45]를 걸치고 무표정하게 연지를 바른 모습은 그보다 기괴하게 느껴질 수가 없었다. 헤어 양이 따라가고―어쩌면 앞장서고―졸리 부인이 춤추면, 왈츠에 발을 맞추는 모든 춤꾼이 때로는 음

---

45) 하얀 무명실로 촘촘하게 짠 베.

란하게 파트너의 가슴에 밀착하며, 때로는 금박 입힌 의자를 억지로 불안정하게 덜거덕거리며 재너두로 돌아왔다. 점잖은 젖가슴들과 조그마한 사과들, 산호처럼 또 희석된 잉크처럼 도드라진 정맥들, 분을 바른 뺨들과 고통스럽게 찡그린 얼굴들, 그리고 신사들, 또 신사들. 졸리 부인이 치명적인 춤을 선보일 때만큼의 통증을 버틸 수 있는 에나멜가죽 구두란 없었다. 시드니의 어떤 음악도 그 샹들리에 아래에서만큼 찬란하게 부서지지는 않았다. 그렇게나 깊은 상처를 헤집는 대화는 다시 없었다.

이리저리 발끝을 끌고 느릿하게 어슬렁거리는 동안 이 춤꾼은 몇 번이나 난간 너머로 굴러떨어질 뻔했다. 헤어 양은 심장을 졸이고 졸리 부인은 숨을 죽였다. 아라베스크[46] 동작은 분명 매혹적이었으나, 허공과 음악으로부터 휙 돌아 죽음의 위협을 향할 것만 같았다. 저택의 여주인은 차라리 그 한 걸음을 지켜보고 싶을 정도였다. 그것은 오히려 따가닥 소리를 울리며 힘겹고도 비통하게 애쓰는 길쭉한 미인들한테 훨씬 어울렸다.

거대하고 요란하며 눈부신 방들에서, 거울과 기억 속에서, 그것은 끔찍하리만치 애처로웠다.

헤어 양은 마침내 정말로 다그쳐야만 했다.

"그만! 제발 좀 멈추라고요!" 이렇게 소리치자, 행동을 마음대로 조종하던 줄들이 다행히도 그녀의 손을 들어 올려주었다.

그러자 춤추던 여인도 움직임을 그쳤다. 졸리 부인이 멈춘 것이다.

"고마워요." 헤어 양은 숨을 삼키며 말했다. "너무 많은 일을 하루에 다 감당할 준비는 안 되어 있단 말이에요."

---

46) 한쪽 발로 선 채 반대쪽 발을 뒤로 뻗어 균형을 잡는, 발레의 기본자세.

묵직한 모자챙에 가려 그녀의 모습이 거의 보이지 않다시피 했다.

졸리 부인은 깜짝 놀랐고, 마침 숨이 막히지 않았더라면 그녀의 어조는 마치 비난하는 것처럼 느껴졌을 것이다.

"당신한테 이끌려서 그런 춤을 춘 거예요. 당신 때문에 우리 둘 다 목이 부러질 뻔했지만, 꼭 내 처지를 탓하지 않더라도 어지간해서는 남을 비난하고 싶지 않군요. 그리고 우리 둘 다 자기를 온전히 통제하지 못할 때가 있다는 걸 알잖아요. 그렇다 해도 말이지만."

"통제하지 못한다고요?" 헤어 양이 물었다.

무척이나 조심스럽게.

가정부는 자기가 도를 넘은 게 아닌가 고민했다가, 오히려 좀더 밀어붙여보기로 마음먹었다. 그녀로서는 차라리 기회였다.

"저녁 무렵 테라스에서 무슨 일이 있었는지 당신은 기억 못 할 거예요." 졸리 부인이 서둘러 말을 이었다. "무슨 말을 했고, 무슨 일을 했으며, 어쩌다 실신했는지."

"테라스에서 언제요?" 헤어 양은 재차 물었다.

조심스럽게.

"정확한 날짜까지야 기억 못 하죠." 졸리 부인의 치아가 딱딱 부딪혔다. "그때 나눈 이야기를 곧이곧대로 옮길 수도 없는 노릇이고. 그렇지만 제 손목에 며칠이나 자국이 남았는걸요."

"내가 댁을 **다치게** 했다고?"

"그럼요! 바로 정신을 잃지만 않았어도 진짜 크게 다쳤을지 몰라요."

"그리고 내가 **아무것도** 기억하지 못한단 말이군요."

"말하자면 그런 셈이지요."

두려움이 파도처럼 헤어 양을 집어삼키려 했다.

"내가 댁한테 아무 말도 안 했어요?" 그녀는 이렇게 질문할 수밖에 없었다. "무슨 중요한 말이라도?"

"중요한 게 뭐냐에 따라 다르겠네요."

"말해봐요." 헤어 양이 부탁했다.

졸리 부인은 어떻게 해야 할지 갈피를 잡을 수 없었다.

"말해요. 졸리 부인." 여주인이 다그치고 있었다.

그러자 졸리 부인은 작전을 바꾸었다. 한편으로는 차라리 쿠드그라스[47]를 가할 때가 되었다 생각했고, 또 한편으로는 살짝 겁을 먹었기 때문이다.

"전차에 대한 이야기였는데."

그녀는 한마디 덧붙이듯 툭 내뱉었고, 두려웠음에도 감히 그 결과를 지켜보았다.

"거짓말 따위는 듣기 싫어!" 헤어 양이 소리쳤다.

"다른 사람들이 거짓말이라고 매도할 때 진실은 가장 진실한 법이지요." 졸리 부인이 우쭐거리며 대꾸했다.

"사악한 사람, 마녀 같으니!" 헤어 양이 상대를 책망했다. "난 알았어! 내내 알고 있었다고!"

"해 질 녘에 택시 기다리듯 전차를 기다리는 사람은 사악하지도 악랄하지도 않고?"

"아, 댁은 나빠요! 나쁜 사람!" 헤어 양이 다시 한 번 힘주어 말했다.

"그리고 당신은 병든 사람이에요. 차라리 의사를 부를 걸 그랬지만, 어쨌든 전 그러지 않았어요. 그래요, 감을 믿었으니까."

---

47) coup de grâce: 자비로운 최후의 일격을 의미하는 프랑스어.

"절대 의사를 부르면 안 돼요. 절대로! 절대 안 돼!"

"전 이제 여기에 없을 거예요." 졸리 부인이 말했다. "오랫동안."

"댁은 자기 좋을 대로 생각할 테고, 그건 더 나빠요."

"제가 무슨 생각을 하는지 당신이 뭘 안다고 그러나요?"

"댁이 들려준 만큼은 알아요."

졸리 부인은 움켜쥐었던 앞치마를 손에서 놓기가 힘들었다.

"만일 우리 둘이 닮은 거라면……" 그녀가 중얼거렸다.

헤어 양은 그따위 가능성을 인정할 수가 없었고, 그녀만이 선택받았다는 증거를 찾아 멀찍이 떨어졌다.

"정말로 내가 뭐라고 했던 거예요?" 그녀가 달래듯 물었다. "그날 저녁에? 테라스에서?"

하지만 졸리 부인은 우울해지고 있었다.

그렇게 완전히 진이 빠지지만 않았더라면 헤어 양은 좀더 제대로 위험을 감지했을 것이다. 문간 쪽에서 벌집을 짓는 말벌들이 비명이라도 지르듯 윙윙거렸다. 가정부는 여느 때처럼 슥 사라져버렸다. 저 멀리 바람 부는 사막이라 해도 말벌들의 비명에서 느껴지는 것처럼 공허할 수는 없었으리라.

하지만 자라나는 풀들로 초록이 무성한 봄날 아침이었다. 눈앞의 세계는 신록 아래에서 살아 숨 쉬는 듯했다. 더 이상 빛은 순금처럼 빛나는 태양으로부터 퍼져 나오지 않았다. 빛은 그저 초목들 표면에서 초록빛으로, 희뿌연 노란빛으로 스며 나왔다. 헤어 양이 만연하는 초록 속으로 들어서자 화살촉 같은 풀 끄트머리가 몸을 찔렀다. 온갖 것이 그녀를 노렸다. 하지만 그녀는 분명코 그보다 힘겨운 일을 겪어냈다. 그래서 묵묵히 앞으로 나아갔다.

공격적으로 들썩거리는 날카로운 풀밭을 지나 초목 더미가 늘어진 채 냄새를 풍기는 조각난 그늘 사이로 헤어 양은 내려갔다. 그녀는 예전에 과수원이 있던 자리로 향했다. 어느새 몇 년 동안 한 번도 그곳을 찾지 않은 기분이었다. 그렇게 방치했음에도 성대한 축전은 방해받지 않았다. 서로 얽힌 수사슴 같은 나무들이, 군데군데 품위 있게 고개를 든 순결한 꽃들과 어우러져 신선한 광택을 과시했다. 자두나무도 있었는데, 아무도 그렇게 큰 나무는 본 적이 없었을 것이다.

자두나무는 분명 그해에 영광의 정점에 이르렀다. 그 빽빽한 흰빛은 풀빛에 아랑곳없이 하늘색을 그대로 되돌려주었다. 게다가 태양은 저절로 되돌아와 자두나무 위에 반짝반짝 빛나는 깃발을 내걸었다.

헤어 양은 사향 같은 냄새를 풍기는 풀밭 사이를 계속해서 뚫고 나갔다. 그녀는 자기만의 파도 속에서, 자기만의 나무가 이룬 섬을 향해, 더 이상 구조받길 빌지 않지만 의식을 잃지도 않은 채 두 팔을 뻗고서 끝없이 헤엄칠 수도 있었다.

그때 나뭇가지 아래에서 그가 나타났다. 보아하니 그곳에 앉아 있었던 듯했다.

"어……" 그녀는 짧게 내뱉고서, 무릎까지 올라오는 풀숲의 파도 속에 멈추어 섰다.

그 남자는 나무 바깥쪽에 서서 그녀를 기다렸으나, 그녀로서는 한 번도 본 적이 없는 사람이었다.

"여기 와 있었습니다." 그가 말했다. "나무를 봤어요."

"그래요." 그녀도 대답했다. "내 나무예요. 훌륭하지 않나요? 몇 년 동안 신경 쓰지 못했는데."

그녀는 누군가 알아주었다는 생각에 기뻐서 살며시 응얼거리는 소리를 냈다.

그 남자는 알아주는 것 같았으며, 적어도 거부하지는 않는 것 같았다.

그래서 마음이 편안해졌다.

못생긴 남자였고 헤어 양의 눈에는 이상해 보이기까지 했다.

"여기 그늘에 앉을래요? 그러고서 이 나무를 좀 누려볼래요?"

헤어 양은 거절당해도 개의치 않을 만큼 따뜻하게 빛나는 만족감으로 가득했다. 그녀는 너무도 당연하다는 듯 언제나 거부당해왔다.

하지만 남자는 제안을 물리치지 않았다.

"나는 히멜파르프라고 합니다." 그가 또박또박, 하지만 기묘하게 말했다.

"어, 그런가요?"

동시에 두 사람은 그들을 위해 가림막이 되어줄 나뭇가지 아래로 지나가고자 몸을 숙였다.

2부

5장

두 사람은 마치 그들을 위해 나무뿌리 위에 마련된 것 같은 두 개의 바위에 앉았다. 그리고 앞으로 펼쳐질 더욱 너른 경험 때문에 현실로부터 밀려나게 될 친숙한 형태들에 마지막 눈길을 보내듯 물질세계를 빤히 뒤돌아보느라 잠시 서로를 신경 쓰지 못했다. 꽃으로 덮인 그들만의 천막 안으로 들어서니 얼마나 많은 과실나무가 군데군데 회색빛으로 벗겨지고 망가졌는지를 확인할 수 있었다. 위태롭게 생명만을 부지하는 나무들이지만 병약함에 비해서는 푸르렀으며, 강렬한 빛을 침울하게 무시하면서도 열에 들뜬 금색을 띠는 조그맣고 쪼글쪼글한 오렌지들을 매달고 있었다. 자두나무 아래에서는 모든 것이 눈과 마음 앞에 무척이나 비일상적으로 노출되어 있었고, 계속성의 흔적이 없었더라면 그것들은 마치 희망에 의문을 제기하는 것처럼 보였을지도 모른다. 이를테면 그녀가 보금자리에 놓아둔 술잔 속에 들어가 있는 새, 한배에서 태어나 풀숲에서 태엽 장치처럼 움직이는 새끼 토끼들, 태양에 노출되어 돌처럼 굳어가길 거부하는 도마뱀의 눈꺼풀 등만 없었더라면 말이다. 자두나무 가지들이 점점 또 점점, 귀가 먹먹해지도록 그들을 집어삼키며 활기차게 노래하듯 흔들리는 소리만 빼면, 그곳은 완벽하게 고요했다.

이제 메리 헤어는 자기 곁에 있는 상대가 과연 격식을 차려 대해야 하는 사람일지 궁금해하며 그쪽으로 몸을 돌렸다.

"이런 게……" 그녀가 입을 뗐다. "나는 정말 재미있어요." 양손은 뜻하는 대로 그녀를 도와주지 않았다. "그러니까, 이 모든 게……" 어색하게 고갯짓하며. "내가 이해하는 것들이지요."

그녀는 자신이 아무래도 가망이 없을 만큼 무능하다는 사실을 깨달았다. 그녀의 혀는 조그맣고 뭉툭한 데다 딱딱하게 굳기까지 했다.

그런데도 남자는 고개를 끄덕였다. 그가 진지하게 반응하고 있음을 그녀도 알아차렸다. 그래서 그녀는 흉측한 갈색 모직 스타킹을 신은 무릎을 편하게 폈다.

"머리로야 가능하지만, 우리 같은 사람들은 아직 무언가를 제대로 감상하기가 힘들답니다." 남자가 말했다. "정말 최근까지만 해도 우리는 게토[1] 안에 갇혀 있었거든요. 벽 건너편, 우리가 겪는 세상 맞은편에는 사실 나무와 꽃이 자라났는데."

헤어 양은 어려움에 맞닥뜨리자 살며시 인상을 찡그렸다.

"이 말을 꼭 해야겠네요. 난 제대로 배우지를 못했어요. 아버지는 조급한 분이셨죠. 그리고 또……" 끔찍하게 힘들었으나 그래도 그녀는 해야 할 이야기를 털어놓았다. "사람들은 날 모자란 사람 취급해요. 그렇지만 난 엄청 많은 걸 이해할 줄 알아요."

[1) 중세 이후에 유럽 각지에서 유대인을 강제로 격리하던 유대인 거주 지역. 여기서는 나치스 독일이 인종주의에 근거해 유대인의 기본권을 박탈하기 위하여 설정한 게토를 가리킨다.

남자는 심지어 놀라는 것 같지도 않았는데, 어쩌면 지나치게 심각했는지도 모른다.

"내 말은……" 그가 말을 이었다. "내가 유대인이라는 뜻입니다. 수세기 역사를 통해 겉모습보다는 내면을 보는 데 익숙해졌지요."

"어." 헤어 양이 말했다. "세상에는 그런 사람들이 있어요!"

그리고 잠시 말을 멈추었다.

"가끔은 정말 무서워요." 그녀는 이렇게 웅얼거렸다.

껄끄러운 정적이 두 사람 주위로 내려앉았다.

그러자 헤어 양은 손을 뻗어 어색하게나마 그녀의 자두나무에서 잔가지를 낚아채는 데 성공했다.

"이거." 그녀가 손을 보여주며 말했다.

그녀는 뭉툭하고 못생긴 손가락으로 꽃을 쥐고 있었다. 다른 많은 사람처럼 이 남자 역시 그녀를 보고서 역겨워하지는 않으려나?

남자는 앞으로 몸을 기울여 꽃을 보았다. 헤어 양은 남자와 그렇게 가까이 있어본 적이 없었다. 그녀의 아버지는 가끔 친밀하게 굴던 순간에조차 어쩔 수 없이 거리를 두곤 했으니까. 노버트 헤어는 자기 아이를 껴안게 될 수 있는 접촉은 애초에 피하려 들었다. 그러니 이 시점에 그녀가 남자를 골똘히 관찰하는 건 당연한 일이었다. 남자의 옷깃 바로 위에서, 목에 난 털이 작은 소용돌이를 이룬 모습이 보였다. 제법 뻣뻣하고 이전에는 검은빛이었던 그 털의 복잡하고 풍성한 모습은, 모든 생명을 향한 그녀의 사랑을 자극했다. 훌륭한 친구가 굳이 숨기려 들지도 않던 비밀을 목격한 것만 같아서 그녀는 죄책감을 느꼈다.

남자는 자두 꽃에 과할 정도로 관심을 보였다.

"질 무렵이 다 됐군요."

"이제 시작인걸요." 헤어 양이 남자의 말을 바로잡았다. "앞으로 많은 사람이 따분하다고만 생각하는 시기가 올 거예요. 덜 익어서 조그맣고 가느다란 송이. 통통하고 얼룩덜룩한 자줏빛 열매를 맺기 전에 말이에요. 그렇지만 벌레들도 꼬이지요." 그녀는 그 사실을 떠올렸다. "자두에 벌레가 가득할 거예요."

헤어 양은 계속해서 그의 땀구멍을 관찰하고 있었다. 그렇게까지 일부러 숨겨야 할 것 같다는 느낌은 들지 않는데도 남자는 볼품없는 얼굴을 그녀 쪽으로 좀처럼 드러내지 않았다. 그의 얼굴은 돌 같았으나, 해가 저문 후에도 열을 잃지 않는 여름날 석상의 온기를 담고 있는 게 분명했다. 그녀는 특히 그의 커다란 코에 사로잡혔다. 심한 짓이겠지만 그래도 한번 건드려보고 싶을 만큼 유순해 보이는 코였다.

"정말로 꼼꼼하게 자연을 탐색하시네요." 남자가 이렇게 말하며 웃었다.

"난 탐색할 필요 없어요." 그녀는 대꾸했다. "이쯤 되면, 다 아는 거지!"

페그가 곁에 있다면 뽐낸다고 할 것 같아서 그녀는 얼굴을 붉혔다.

두 사람 다 이제 그럴 필요가 없다는 걸 알았으나 남자는 여전히 잔가지를 바라보고 있었다. 꽃을 부드럽게 붙들고 있는 그녀의 두 손은 자연스러워 보였고, 그 모습에 남자는 어떤 동물들을 떠올렸다. 주인이 굳게 신뢰하는 개, 낯선 사람이 지켜보는데도 깔개를 다시 핥기 시작한 고양이. 주근깨 가득하고 어색한 그녀의 두 손이 몹시도 믿음직했다.

"제가 당신 이름을 제대로 못 알아들었나 싶어 걱정이군요." 그녀는 아까와 달리, 어머니 아니면 가정교사 같은 말투로 이야기하기 시작했다.

"히멜파르프." 그가 대답했다.

"오, 세상에!" 그녀는 볼멘소리로 외쳤다. "그런 이름은 한 번도 못 들어본 것 같아. 조금 더 쉽게는 안 되나요?"

"모르데카이."

"더 심해요!" 그녀가 소리쳤다. "훨씬 어렵다고요!"

그리고 곤혹스러우면서도 간절한 눈빛을 보냈다.

"나는 무척 다양한 이름으로 불리곤 했습니다. 화가 나서 그러는 사람들도 많았어요. 그렇지만 결국에는 아무런 이름도 필요가 없어지더군요." 그가 말을 이었다. "올바른 원래 이름까지도."

헤어 양은 제대로 이해하지 못할 이야기로부터 도망치고 싶어서 무릎을 내려다보았다.

"내 이름은 되게 단순해요." 그녀는 용기를 냈으나 먼저 이름을 말하기는 부끄러웠다.

그래도 마침내 그녀가 이름을 일러주자, 남자도 즐거워하는 듯싶더니 제법 흥미롭다는 태도로 물어왔다. "달을 가만히 바라보면 토끼[2] 모양이 보인다는 사실을 알고 계십니까?"

"아니요, 한 번도 본 적 없어요. 그렇다고 전혀 놀랍지는 않지만." 그녀가 솔직하게 대꾸했다.

"제물로 바친 동물이지요."

"무슨 뜻인가요?" 그녀가 물었다. 헐떡임 같기도 했다.

"어떤 나라 사람들은 토끼가 스스로를 제물로 바쳤다고 믿습니다."

"어, 안 돼!" 그녀는 소리쳤다. "믿고 싶지 않아요. 직접 찾아 나서지 않아도 어차피 너무나 많은 칼을 마주하게 되는데."

---

2) 헤어 양의 이름(Hare)에는 토끼라는 뜻도 있다.

"토끼가 자발적으로 희생했다고 생각하는 편이, 끌려가서 뿔을 붙들린 채 매매 우는 염소를 제물로 삼는다는 쪽보다는 덜 고통스러운 게 사실이지요."

"염소라니! 제발 나한테 그런 이야기 하지 말아요! 그게 다 무슨 소리인지 정말 아무것도 못 알아듣겠단 말이에요."

남자는 곧바로 자연스럽게 입을 다물어 헤어 양을 진정시켰으나 그녀는 이렇게 말했다. "난 이제껏 유대인을 만나본 적이 별로 없는 것 같아요. 아마도 한 사람. 아버지한테 도움을 주던 어른이었어요. 피아노 조율사였거든요. 유대인들은 정말로 유별난가요?"

"완전히 다른 세계를 산답니다."

"그게 마음에 들어요?"

"선택의 여지가 없습니다."

"이해해요." 그녀가 말했다. "나도, 마찬가지로, 유별나거든요."

그는 웃음을 터뜨리더니, 그녀가 떨어뜨린 시든 자두꽃 잔가지를 집어 들었다.

"둘 다 유별나다니, 덕분에 수학적으로나 도덕적으로나 우린 동등하겠네요." 그가 말했다. "기쁘게 생각합니다."

비꼬는 기색은 아니었다. 그래서 그녀도 기쁜 기분이 들었다. 이 유대인은 그녀를 비웃을 사람이 아니었다.

"내가 일하는 공장에서는 말입니다." 유대인이 그녀를 보며 말했다. 그는 자기가 이야기했던 것보다도 높은 벽 뒤편, 그 안쪽으로 이미 되돌아갔다. "저를 세상에서 가장 유별난 사람 취급한답니다."

"그럼요!" 그녀가 소리쳤다. "**그 사람들**은 언제나 그딴 식으로 구는걸. 공장에서는 무얼 만들어요? 가까운 데 있는 공장이에요? 상상도 못

하겠어요. 이야기해주세요."

"버래너글리에 있는 공장입니다. 여러 가지를 만들지만, 주력 상품은 자전거 전조등이고요."

"나는 그런 거 싫은데!" 그녀는 굉장히 격하게 반응했다. "그렇지만 당신은 가까운 데 살아요? 그랬으면 좋겠어요."

"사스퍼릴러에 삽니다." 그가 답했다.

"그래요?"

"우체국 아래쪽에."

"당신 집이 있어요?"

"그런 셈이지요."

"그래요, 그래. 나도 조그만 갈색 집을 알아요. 어, 집이 있으면 더 좋아요! 집 안에 숨을 수도 있고."

비로소 기억해내며. 그러고서 그녀는 덧붙였다. "어느 정도는요."

덜되고 정신 나간 이 여자가 그의 손가락을 고문대에 올리고서 동시에 깃털로 간질이는 건 아닐까, 유대인은 의심스러웠다.

"나도 집이 있어요." 그녀가 조심스럽게 말을 이었다. "저기 아래쪽에요. 과수원 너머. 어쩌면 나중에 당신한테 보여줄 수도 있겠네요. 어쩌면요."

이 유대인은 졸리 부인이나 그 비슷한 부류라면 절대 알아보지 못할 근본적인 수수께끼와 영광을 이해하는 게 분명했기 때문이다. 그래, 영광. 왜냐하면 쇠락이라는 것은, 그것이 인류의 부패를 가리킬 때조차도 반드시 끝을 의미하지만은 않았으니까.

"나는 자유 시간이 별로 없습니다."

남자는 불편한 기색이었다. 거절하는 것은 아니었다. 오히려 그는 스스로 욕망할지 모르는 무언가에 저항하려 하고 있었다.

"나도 알아요." 헤어 양이 말했다. "그 공장에 대해서는. 그렇지만 당신도 가끔 숨을 돌려야 해요. 식물이라도 숨은 쉬어야 한다고요."

그녀의 숨소리가 끊어질 듯 이어지면서도 당당하게 들리기 시작했다. 이전에는 어떤 사람한테도 그런 식으로 말해본 적이 없었다. 예상치 못했던 생각의 씨앗이 마음속에서 싹텄고, 그녀는 지금까지 타인들의 비밀로만 남아 있던 것을 머지않아 파악하게 될지도 모른다는 느낌을 받았다.

"당신네 과수원을 여러 번 침범했습니다." 유대인이 고백했다. "당신의 나무 아래 앉기도 했고요."

"그게 시작이에요." 여인은 넌지시 말했다.

어릴 적 그녀는 잔가지에 걸린 어린 새를 구해주라고, 또 불구가 되었거나 겁에 질린 동물들의 걸음을 도우라고 배웠다.

"그러니까 여기 또 올 거죠? 네?" 헤어 양은 그녀 자신을 위해서라도 이번 만남으로 끝이 아니길 바라며 매달리다시피 물었다. "나한테 이것저것 이야기해주었으면 좋겠어요. 당신 인생에 대해서. 그렇게 해주지 않을래요?"

그녀는 몹시 갈망에 차 있었다. 그녀를 빠져나가려는 말들을 두 손으로 덫에 가두려 했다.

"내 인생엔 사소한 일도 큼직한 사건들도 어마어마하게 많았습니다. 당신은 이해하고 싶지도 않을 텐데." 유대인의 대답은 조금 전보다 냉정하게 들렸다. "당연히."

"어, 그렇죠." 그녀도 동의했다. "이해할 수 없는 일들이 늘 너무 많아요. 그래도 상관없어요. 왜냐하면 사소한 일, 그러니까 정말로 중요하지 않은 일은, 드러날 거예요. 아주 분명하게요. 사람들은 대개 그것 때문에 앞을 제대로 못 보죠." 그녀는 숨이 막혔다.

생각과 말이 갑작스럽게 헤어 양의 목을 조여왔다. 행여 그가 그녀를 바보 천치로 보지 않았으면 하는 마음이었다.

그러자 그 유대인은 그녀 때문에 느낀 일시적인 혐오감에 대해 스스로 부끄러움을 느꼈다. 그러한 후회는 이전에 경험했던 비슷한 기억들과도 무관하지 않았으니, 그는 얄팍한 이유로 으레 감정이 흔들리는 바람에 같은 민족을 속으로 배척한 적도 있었다.

"길고도 복잡한 이야기입니다." 그는 이렇게 고백하면서 나무둥치에 맥없이 몸을 기댔다. 그러는 바람에 그도 모르는 사이 나무껍질이 목덜미에 자국을 남겼다. "어쩌면 당신에게 몇 자락 들려드릴 수도 있겠지요." 그는 말을 이었다. "나중에라도."

하지만 이상한 일이었다. 그는 바로 그때 그 자리에서, 자신한테 벌어졌던 모든 경험의 가장 내밀하고도 끔찍한 세부 사항까지 여인에게 털어놓기 시작했다. 그렇게 자세한 이야기까지 털어놓고 있음을 스스로 의식했는지 아닌지는 모를 일이나, 아마 이야기가 완연히 시작될 때까지는 본인도 모르고 있었으리라. 그러나 물론, 그렇듯 후덥지근하고 미동 없는 공기 속에 있다 보니 이는 마치 동물 혹은 그조차도 안 되는 대상에게 말을 건네는 것과도 같은 느낌이었다. 그는 지극히 수동적인 수준의 생명체를 대표하는 버섯들을 바라보던 시간을 떠올렸다. 그녀는 또한 완벽하게 잠잠해질 수 있는 인간이었다. 살아 있는 것을 발로 짓밟고서 죄책감을 느끼듯 남자가 그러한 태도로부터 움츠러든 것도 나중의 일이었다.

그 순간에는 그도 정적 속에서 벌들만이 윙윙거리는 가운데 나무 밑에 앉아, 나른하고 고통스러우면서도 예리하게, 이미 자신의 기억 속으로 곧장 들어섰다. 전에는 좀처럼 용납하지 않던 일이었다.

헤어 양은 이야기에 귀를 기울였다.

"정말요?" 이야기가 막 시작될 때뿐이었지만 이렇게 웅얼거리기도 했다. 혹은, "어머, 저런! 아니, 정말로?"

그녀는 그들이 함께 경험하고 있는 어려운 기류를 가라앉혀보려고, 어쩌면 다가오는 공포와 뒤엉켜 싸워보려고 두 손을 다 동원해 애를 썼다.

모르데카이 히멜파르프는 1880년대의 어느 해인가에 독일 북부 홀룬데르탈에서 부유한 상인 가족의 아이로 태어났다. 아버지인 모셰는 러시아 혈통이 섞인 모피 거래상이었고, 그쪽에 살던 일족 다수는 모르데카이가 아직 어린아이였던 때에 독일을 지나갔다. 아저씨들과 아주머니들은 그들이 이주하는 사연을 대개 닫힌 문 뒤편에서 늘어놓았는데, 무엇이 되었든 부당한 인종차별에 대한 소식을 전해 들은 어머니는 나직하고 고뇌 섞인 신음으로 반응했다. 아버지인 모셰가 그 문 반대편에서 아들의 머리를 쓰다듬어주거나 심지어 작은방에서 맥주 한 잔을 들이켜기까지 했다 해도, 이는 그가 매몰차서가 아니라 오히려 세심한 남자이기 때문이었다. 그는 어떤 가혹한 위기가 앞을 가로막아도 그런 일이 아예 벌어지지 않았다고 믿는 쪽을 택하는 성격이었다.

어린 모르데카이는 밀물처럼 왔다 썰물처럼 가는 동족들의 행렬을 지켜보았다. 모스크바나 페테르부르크에서 온 친척들은 더 이상 그다지 부유하지도 화려하지도 않았다. 감정에 휘둘리는 그들의 골치 아픈 부인들은 일말의 허세 찌꺼기를 붙들고 있었으며, 머프[3] 안에 숨긴 주머니에

---

3) 모피에 헝겊을 대서 만든 일종의 방한용 토시.

서 놀라운 것들, 칠보세공 한 물건들, 화려한 것들을 여전히 꺼내 보일 수 있었다. 본인들의 설명에 따르면 이 현란한 떼거리는 자유와 평등과 미래를 찾아 미국으로 향하는 중이었다. 모르데카이는 자기가 사는 안전한 독일식 현관 안에서 단철 창살 사이로 그들이 떠나는 모습을 지켜보았다.

물론 이보다 겸손한 러시아인들도 있었다. 똑같은 수모를 겪고 왔으나 옷차림은 한층 어둡고 칙칙한 사람들이었는데, 어머니는 그들을 맞아들여 정성스레 보살폈고 아버지도 평소보다 유쾌하게 그들을 대했다. 특히 갈리시아[4] 출신의 랍비가 한 사람 있었다. 얼굴은 떠올리지 못해도 모르데카이는 랍비의 두 손이 어떻게 생겼으며 그 손길이 어땠는지를 기억했다.

러시아에서의 집단 학살 때문에, 어머니의 먼 친척이었던 그 랍비에게는 입고 있는 옷가지와 살아갈 신념밖에 남지 않았다. 그가 닿을 곳이 어디였는지는 모르나 랍비는 홀룬데르탈의 홀츠그라벤에 있는 그 집에 잠시 머물렀다. 어머니는 사적인 방문객이나 곤궁한 친척을 맞을 때 이용하던 조그맣고 어두운 방으로 그를 데려갔다. 평소처럼 검은 옷을 입은 어머니는 자리에 앉아서 아들의 머리칼을 쓸어주었다. 하지만 아이가 보기에 자기를 바라보고 있지는 않은 것 같았다. 구석진 방 안에서 아직은 그가 알아들을 수 있는 말을 주로 이용해 외국인 랍비에게 말을 걸던 어머니는 점점 지극히 밝은 빛을 발했다. 아이는 어머니의 내면에서 빛나는 등불을 계속해서 지켜보고 싶었으나 섬세한 충동이 이끄는 대로

---

4) 폴란드 남부에 위치한 지방. 과거에는 우크라이나와 폴란드에 걸쳐 있던 땅이었다. 역사적으로 유대인 공동체의 전통이 강한 지역이었으나, 그 구성원 대다수가 제2차 세계대전 때 학살당했다.

그냥 눈을 내리깔기로 했다. 그러다 그는 두 사람이 자기를 주목하고 있다는 사실을 깨달았다. 기하학적 무늬의 카펫 가운데 쪽으로 어머니가 그를 내밀었다. 그러자 랍비가 그를 매만졌다. 랍비의 두 손은 마치 여자의 손 같았고 아이의 이마에서 어떤 흔적을 찾고 있었다. 그는 소심한 아이의 축축한 머리칼에 손을 올려놓았다. 자기 친척과 계속 외국어로 이야기하면서 말이다. 내심 저항감을 덜어낸 아이는 물살 같은 이야기에 젖어 들고 구름 같은 경외심에 매달렸다.

마침내 아버지가 그 어느 때보다도 쾌활하게, 빛나는 커프스를 흔들고 단정한 콧수염을 새삼 매만지며, 눈에 띄는 머리칼에서 멋지고 오래가는 포마드 향을 풍기면서 나타났다. 당연히 웃음—모셰는 무의식적으로든 어쩔 줄 몰라서든 자주 웃는 사람이었다—을 머금고 들어온 아버지는 아내와 그녀의 친척이 나누는 대화에 끼어들었다. 그 때문에 대화의 양상이 달라지긴 했지만 말이다.

결국 아버지는 아무래도 그답지 않은 독일어로 말했다. "이런, 모르데카이, 영락없는 꼬마 차디크[5] 녀석!"

그리고 악의 없이—그러기에는 너무 쾌활한 성격이었기에—계속해서 웃어댔다. 부인이 그의 감각에 다소 문제가 있는데도 굳이 마음 쓰지 않았다면, 그건 모두 남편이 속으로는 좋은 남자라는 사실을 자주 확인했기 때문이리라.

모셰 히멜파르프는 진보적인 취향의 세속 유대인이었다. 성공은 모셰의 깔끔하게 손질된 손을 붙들고 앞장섰으며, 이를 유지하기 위해 그는 어디서나 신중함으로 무장했다. 그의 얼굴만 제외한다면 모셰한테

---

5) 히브리어로 의로운 사람을 뜻하며, 주로 유대교 공동체의 지도자를 가리킨다.

는 무엇 하나 과도하게 느껴지는 부분이 없었다. 유대인들을 한데 모으던 저 관대한 정신의 사람들도, 이 때문에 문득 신경이 쓰이거나 자신들이 이상한 짓을 하고 있는 게 아닌가 싶을 때가 있었다. 하지만 그들의 유대가 이 때문에 약화된 것은 아니었다. 해방을 깊이 이해할 뿐만 아니라 진정으로 이교도[6]들을 사랑했던 모셰로서는 용납할 수 없는 일이었다. 확실히 모셰가 옳았다. 그는 서유럽에 보편적 형제애로 가득한 계몽 시대가 밝아온다고 주장했으며, 그와 면식이 있고 인습에 얽매이지 않는 유대인들은 모두 그를 지지할 준비가 되어 있었다. 유대인들과 이교도들은—적어도 간헐적으로—서로의 눈물 어린 눈을 가슴으로 받아들이고 있었다. 낡고 어두운 시절은 지나갔다. 물론 동유럽은 여전히 문제였고 가끔 개탄스러운 사건들이 벌어지기도 했다. 모두가 그 점을 알았으며 개인적 차원에서는 영향을 받았으나, 집을 청소한답시고 단번에 깨끗이 쓸어버릴 수는 없는 노릇이었으니까. 그사이에 서유럽의 유대인들은 희생자들을 돕고자 기금을 모았으며 모셰는 언제나 그 모든 모금에 가장 먼저 참여했다. 그는 막대한 종교적 사업을 추진하기에 넉넉한 금액이든, 아들에게 건네는 독일 시인의 작품들이든, 문명화하기로 결정한 이방인들에게 선물할 와인이나 담배든 가리지 않고 베풀길 좋아했다. 그가 앞뒤 잴 것 없이 너무도 흠뻑 좋아하는 사람들에게 말이다.

좀처럼 좌우를 따지지 않으면서도, 또 굳이 그 종착지를 확인하려 들지 않으면서도 변천하는 길들을 따라 걸을 수 있는 사람들은 행복하다. 모셰 히멜파르프는 그런 사람 가운데 하나였다. 가족사처럼 하찮은 빌미가 아니고서야 좀처럼 그를 대놓고 비난할 수 없었던 이유는 그 스

---

6) 유대인이 비유대인을 지칭하는 표현.

스로 언제나 처신을 조심했기 때문이다. 확신에 사로잡힌 광신도들과 달리 그는 격식을 준수하며 공동체에서 자기 의무를 인식했다. 모르데카이는 아버지가 비슷비슷한 지역 행사나 종교 행사 때마다 쓰던 실크해트들을 기억했다. 영국의 모자 장인에게 주문 제작한 모셰의 모자들은, 거기에 어울리는 사람이 가질 법한 고상한 완벽함을 반영하는 것이었다. 모셰 히멜파르프에게는 적어도 그만한 자격이 있었기 때문이다. 설령 그에게 그런 자격이 없었다 해도, 그것은 반동적일 정도는 아닐지언정 까다로운 별개의 기준에 따른 평가였고, 그래봐야 번지르르한 모자들은 헛되고 공허하고 한심하리만치 덧없는 물건 취급만 받으면 되는 것이었으리라.

하지만 모셰는 그 자신의 결핍들에 이끌려, 또한 태도에 품위가 있으며 부티와 담배 냄새를 풍기는 지인들, 대개는 자기와 성격이 비슷한 그런 남자들과 함께 실러 거리에 있는 시나고그[7]에 찾아가길 계속했다. 그들은 종교적이기보다는 합리적이고 경건한 사람들이었기에 종교적 규율을 준수하느라고 초췌해지지 않았다. 만일 공개적으로 비난을 받았다면, 그리고 그에 대해 반박할 용기가 있었다면, 이들은 유대인의 영혼이 마침내 해방되었다고 지적했으리라. 벽들이 무너지고 숨 막히는 방들이 벌컥 열렸으며 의례의 사슬은 헐거워졌노라고.

그러나 실러 거리에 있는 시나고그의 이 세속 유대인들도 여전히 바람 같은 기도의 영향력에 사로잡힐 때면 동요하곤 했다. 작은 소년은 아버지 곁에 서서 그 모습을 지켜보았고 자기도 같은 방향으로 실려가길 기다렸다. 소년은 아버지의 탈릿[8] 끝에 달린 술을 매만지거나 부드러운

---

7) 유대교에서 공적인 의식을 치르는 회당. 공동체를 결속하는 역할을 한다.
8) 유대인 남성이 기도할 때 어깨에 두르는 숄. 대개는 양쪽 끝에 몇 개의 가로줄 무늬가 있다.

주름에다 얼굴을 파묻곤 했다. 그리고 아버지가 가슴속에 가두어둔 모든 죄에 대해 가슴을 두드리길 기다렸다. 그러고 나면 그의 가슴은, 그가 서 있는 유대인들의 숲속에 딱 어울리는 우울한 환희로 벅차올랐다. 사람들은 모두 무척 부드러운 양모로 목을 감싸고 있었다. 그들 가운데 몇몇은 자줏빛에다가 뚱뚱해 보였으나, 소년은 편안한 마음으로 어머니가 있을 것 같은 반대편 자리를 흘긋 쳐다보곤 했다. 하지만 어머니의 자리는 격자 뒤편에 있었다. 마음의 눈을 뜨지 않고서야 그녀가 온화하고 묵묵히 앉아 있는 곳을 볼 수가 없었다.

남자인 모르데카이에게 어머니는 마치 조각 같은 형상으로 남았다. 삶과 유행이 사실상 그녀에게 끊임없이 전개되는 일련의 정체성들을 구축할 만큼 영향을 미쳤든 어쨌든 간에, 모르데카이는 어머니를 하나의 이미지로 기억했다. 검은 옷. 망사와 고래수염을 넣었으며 조그맣고 점잖은 프릴로 변화를 준 높은 옷깃. 온정 어린 생각들의 흔적이 남아 있는 넓고 노르스름한 이마. 속세의 거짓들을 유감스러워하면서도 부드럽게 압도하는 두 눈. 비통함 하나를 제외하고는 은밀한 불안과 종교적 의심들을 모두 극복한 입.

어머니의 성격을 물려받았다는 사실이 훗날 밝혀지기 전에도 모르데카이가 처음부터 어머니와 더 가까운 사이였다는 점은 분명했다. 그렇게나 쾌활하고 친절하며 너그러운 아버지로부터 지대한 영향을 받지 않았다니, 그의 가족을 가볍게 알고 지내는 사람들로서는 놀라운 일이었다. 어머니는 아버지와 반대로 침울하고 딱딱한 인상이었고, 그 주위에는 대개 그녀의 동족들인 음울하고 무뚝뚝하며 열광적인 정통파 유대인 광신도들이 많았다. 물론 소년은 사람 좋은 아버지를 사랑하고 존경했으며, 도리에 따라 아버지와 웃고 떠들었고, 괴테나 다른 시인을 꼽아서 그들의 작품이 얼마나 아름다운지 진지하게 귀를 기울이기도 했다. 모셰는 아들에게 만족하며 값비싼 선물을 건네곤 했다. 이를테면 시계나 황동 망원경, 혹은 가죽으로 장정한 전집들 말이다. 어머니의 영혼이 고독하게 침묵함으로써 아이는 학구적이고, 평범하지만 명랑하고, 이따금 너무 활기차게 구는 소년이 되었다.

히멜파르프 부인은 독일 북부 마을에서의 번지르르하게 잘 정돈된 삶과 결코 타협하지 않았다. 르네상스풍 저택의 채색된 물방울 장식, 혹은 양식적인 장엄미를 풍기는 비더마이어풍[9] 맨션 곁을 아이와 함께 걸으면서, 그녀의 의심 섞인 시선은 인간이 그런 식으로 무한을 한정했다는 증거들을 거부했다. 모르데카이가 기억하기에 어머니는 오직 어두운 중세풍의 어느 거리에 있을 때만 그녀를 포위한 물질적 환경의 억압에서 벗어나는 듯했다. 그러한 때 그녀 자신의 존재는 기이하게 흐릿해지고, 형언할 수 없을 것 같은 말들이 그녀의 입 밖으로 조심스럽고도 간신히 빠져나오고, 더러운 물웅덩이를 스치며 험한 자갈 위를 서둘러 건너는 그녀의 발은 마치 가볍게 춤추는 듯했다. 그녀는 냄새가 많이 나는 끔찍한 집들을 여러 곳 방문해서 선물을 건넸다. 질병에 걸리지는 않았는지 혹은 신에 대해 얼마나 이해하고 있는지 아이들을 검사하기도 했다. 심지어 병자들이 방치한 바닥을 문질러 닦느라 페티코트 위로 치마를 끌어 올린 다음 무릎을 꿇을 때도 있었다. 갑갑한 골목을 따라 자리 잡은 가난한 유대인들의 어두운 집 안에서 어머니는 갈리시아 유대인다운 정신을 표출했다. 모르데카이가 기억하기로 이는 다른 곳에서 좀처럼 보기 어려운 모습이었다. 작은 방에서 어머니가 친척들 내지 극빈한 랍비를

---

9) 19세기 초 독일과 오스트리아 등지에서 유행한 간결하고 실용적인 미술 양식. 당시 시사만화에 등장한 실리적 주인공들의 이름에서 유래했다.

맞아들이거나 다른 여러 동족들에게 편지를 쓸 때가 아니라면 말이다.

어머니는 이곳저곳에 흩어진 일족의 한 사람이었다. 이는 그녀의 슬픔이자 자부심이기도 했다. 그녀는 방문객이라도 된 양 필기구를 챙겨 진홍빛 플러시[10] 천을 씌운 원탁에 앉기를 즐겼다. 모셰가 아끼며 고집하던 오르몰루[11] 책상이 있었는데도 말이다. 그럴 때면 아이는 플러시 천으로 만든 방울을 가지고 놀다가 이따금 편지들을 쳐다보았으며, 좀더 자라났을 때는 어머니가 우표를 제거해도 된다고 허락해준 봉투들을 정리하곤 했다. 어느 비 내리던 오후에 그는 어머니가 폴란드, 루마니아, 미국, 심지어 중국과 에콰도르로 보낼 편지들을 봉하는 모습도 보았다. 마침내 아무것도 줄 것이 남지 않을 때까지.

세월이 한참 흐른 뒤에야 모르데카이 히멜파르프는 흩어진 일족들이 어머니의 비밀스러운 인생에서 많은 역할을 하고 있었음을 깨달았다. 그들이 도처에 존재하기에 어머니는 마음속으로 온 세계의 구원을 굳게 믿으며 앞당기려 했는지도 모른다. 결코 확실하지는 않더라도 은연중에 드러나던 그 같은 확신 덕분에 어머니는 다른 여자들, 독실한 척하는 숙녀들 여럿 사이에서도 뭔가 달라 보였다. 그런 여자들은 언제나 어머니의 집에 들르면서 슈트로이젤쿠헨[12]과 커피를 즐기고, 자선 활동을 조직하는가 하면, 출생이며 결혼이며 죽음 따위 소식들을 전하고, 꼴사납게 수다를 떨다가 때로는 내키는 대로 굴기까지 했다. 그러다 늘 한 지점으로 돌아갔지만 말이다. 여인들은 믿음이라는 본능에 내몰려, 또한 그들의 하느님이라는 꿈에 중독되어 갈색 벌 떼처럼 똘똘 뭉쳤다.

---

10) 벨벳과 유사하지만 촉감이 그보다 거칠고 질긴 옷감.
11) 구리와 아연, 주석 등을 섞어 금빛을 낸 합금. 가구를 장식하는 데 널리 쓰였다.
12) 다양한 재료를 오돌토돌하게 올린 독일식 곰보빵.

세속 유대인임에도 타산적인 이유로 신앙을 존중한 모셰는, 호화로운 저택—가게 위층에 살던 히멜파르프 가족은 모르데카이가 아직 기억하지 못할 시기에 이사했다—의 호두나무 가구에 둘러싸인 저 하느님의 존재를 의심치 않았다. 모르데카이는 어린 소년일 때나 심지어 자신감 넘치는 젊은이가 되어 종교 자체보다 그 필요성을 회의하게 된 이후에도 이를 당연하게 받아들였다. 종교는 마치 겨울철 외투 같아서 봄이 지나 여름이 오자 답답하고 쓸데없는 것이 되었으며, 온기가 어디에서 자연스럽게 발생하는지도 조금씩 분명해졌다. 하지만 젊은 모르데카이가 그 낡고 쓸모없는 외투의 영구한 본질을 위해 자신이 지켜낸 존경과 사랑을 오해하는 일은 없었다. 그것에 대해 생각할 때면 자기애의 극점에서, 뜨거운 육체적 열정에서 밀려오는 향수에 녹아들었다.

그동안 작은 소년은 사람들이 그에게 입으라고 건넨 외투를 따뜻한 현실로서 몸에 꼭 두르고 있었지만 말이다.

그가 아직 여섯 살이었을 때, 어머니는 중요한 문제를 다룰 때면 늘 그러던 대로 무심한 척 말을 꺼냈다. "모셰, 우리 애가 가르침을 받을 때가 됐다는 거 알고 있어?"

"아아!"[13] 자기 나름의 농담을 즐기는 성격이었던 아버지는 두려움을 표현하겠답시고 얼굴을 찡그렸다. "우리 아들한테 벌써부터 부담을 주고 싶어? 그것도 하필 히브리어로?"

"그럼." 그녀가 진지하게 대답했다. "우리 모국어인걸."

---

13) 작가는 작품 안에서 인물들의 인종적 혹은 문화적 배경을 드러내기 위한 장치로, 독일어나 이디시어로 된 발화 일부를 원어로 표기하고 있다. 이후 이런 부분은 역주를 통해 표시한다. 여기서 모셰의 탄식은 "Yoy!"로서, 이디시어로 놀라움이나 비통함을 나타내는 표현이다.

모세는 이따금 자기가 어쩌다 그런 아내와 결혼하게 되었는지 의아해질 때가 있었다. 그럼에도 그녀는 그가 사랑하는 사람이었다. 결국 그도 아내의 계획에 동의했다.

지인들의 자식은 멜라메드[14]였던 에브라임 글뤼크 씨의 수업에 주로 참여했다. 그러나 어머니의 유별난 믿음 때문에, 모르데카이는 칸토어[15] 카츠만에게 히브리어를 배우게 되었다. 아이는 놀라운 속도로 언어를 익혔다. 짧게나마 구를 쓰고 기도문을 암송하기 시작했다. 그리고 오만해졌다. 아이는 한쪽으로 고개를 돌리고서 자기가 이미 너무 잘 알고 있다고 중얼거리거나, 부끄러운 정신적 자만심에 취해 일부러 요란하게 기도문을 읊었다.

한번은 칸토어가 참지 못하고 말했다. "모르데카이, 유대인이 오만하게 군다면 그건 그만큼 눈에 흙이 들어갈 때가 되었다는 뜻이다. 필시 그리될 꼴대로 말이다."

칸토어는 잔소리 심한 부인과 결혼해 사팔눈 아이를 몇 명 둔 변변치 않은 사내였다. 자랑스러운 것은 그의 목청밖에 없었다. 그마저 남김없이 쏟아내고서 그는 완전히 텅 빈 것만 같은 모습으로 죽을 것 같은 미소를 지으며 의자에 털썩 쓰러지곤 했다. 모르데카이는 특히 나팔절이나 속죄일[16] 제의가 절정을 지난 뒤면 그를 떠올렸다. 그럴 때 칸토어는 무리한 노력을 하고 있었던 것 같기도 했다. 학생들 뒤에 앉아서 힘없이 웃을 때 그의 허옇게 닫힌 눈꺼풀은 미동조차 하지 않았다. 그는 변변찮

---

14) 유대교 지역 공동체에서 어린이들에게 히브리어나 기도문 등을 가르치는 교사.

15) 유대교에서 찬송을 선창하고 어린이들을 교육하는 등 다양한 역할을 담당하는 종교인.

16) 나팔절은 유대교 역법에 따른 신년제로서 나팔을 불어 기념한다. 속죄일은 나팔절에서 열흘째 되는 날로, 가장 엄숙하게 제의를 올리는 날이다.

은 사람이었고, 제자들은 생전에 그를 존경했던 것보다 사후에 오히려 그를 추모하고 사랑했다.

소년은 열 살 때 김나지움에 들어갔다. 그리고 바르미츠바[17]가 되기 전에 영어를 우선으로 그리스어, 라틴어, 프랑스어까지 공부했다. 그는 상을 받기 시작했다. 유명한 상이든 아니든 간에 모두 모셰의 아들 모르데카이가 남달리 총명하다는 사실을 분명히 보여주었다.

"있잖아, 말케." 아버지는 내심 더욱 가치 있는 상을 기대하며 말했다. "우리 마르틴은 틀림없이 뭔가 중요한 사람이 될 운명인 것 같아."

그한테는 자기 아들을 독일식 이름으로 부르는 터무니없고 맞갖잖은 버릇이 있었다. 그의 아내는 아이의 성공에 감사한다는 점을 분명히 밝히면서도, 괴로운 표정으로 아픔이 느껴진다는 듯 양 눈썹을 함께 꼬집었다.

"아."[18] 그녀는 소리쳤다. "그래." 그리고 어느새 기침을 쿨럭거리고 있었다. "우린 처음부터 그 아이가 바보가 아니라는 걸 알았잖아."

기침 때문에 그녀의 몸이 어찌나 들썩였던가.

"그렇지만 말이야." 그녀는 마침내 말을 이을 수 있었다. "그런 건 다 부차적인 문제야. 난 그저 사람들이 모르데카이를 신실한 인간으로 기억할지가 궁금할 뿐이니까."

아내의 시종 엄격한 태도 때문에 모셰의 즐거움은 쭉 이어지지 못했으나, 그는 사랑이 식은 다음에도 존중을 잃지 않았다. 그는 무심한 듯해도 항상 상냥한 방식으로 아내가 많은 짐을 감내하도록 했는데, 그것이 그녀에게 어울린다고 생각했기 때문이다. 육체는 연약할지언정 그녀

---

17) 유대교의 성년 의례를 치른 사람. 율법에 따라 남자는 13세, 여자는 12세에 의례를 치른다.
18) "Ach." 독일어 혹은 이디시어로 탄식하는 소리.

의 내면은 부정할 수 없이 강인했고, 덕분에 그녀는 씩씩하게 이를 견딜 수 있었다.

모르데카이가 자라난 후에도 어머니는 아들과 단둘이 있을 때면 종종 누그러진 태도를 보였다. 어머니는 은밀히 즐거워하며 제법 수선스럽게 굴었고, 그러한 어머니의 모습 때문에 이따금 그의 아들은 부끄러워할 때도 있었다. 품위를 타고난 사람이 보이기에 부자연스럽다고까지는 못 해도 불필요한 듯한 무언가를 느꼈던 것이다.

"모르데카이 벤 모셰![19]" 그녀는 웃음이 반쯤 섞인 소리로 이렇게 외쳤다.

마치 틀림없는 정체성을 심어주려는 것처럼.

그녀는 아들 앞에서 독일어로, 대개는 이디시어[20]로 넌지시 자기 생각들을 드러내는 버릇이 있었다. 그리고 그는 어머니가 웅얼거리는 소리를 따라잡는 법을 배우면서 그것들로 일련의 고리를 연결해냈다. 친척들과 성인들에 대해서도 많은 이야기를 들을 수 있었다. 어머니는 감정적으로 고취된 상태였다. 그녀가 차린 유월절[21] 식탁은 곧 소박한 도그마를 구현한 것이었다. 안식일 의식 때 그녀의 솜씨는 특히 비범했고, 그녀가 손으로 달래주자 점점 밝아지며 높아지는 촛불을 보노라면 그녀의 남편조차 다시금 하느님을 숭배하고픈 진정한 소망을 느끼게 될 정도였다.

홀츠그라벤에서 그들 가족이 기념했던 축제 가운데 가장 훌륭했던 것은 단연코 초막절[22]이었으니, 아버지로서도 영적인 부담이 가장 덜한

---

19) '모셰의 아들 모르데카이'라는 뜻의 히브리식 표현.
20) 고지 독일어에 히브리어, 슬라브어 따위가 결합된 언어. 유럽과 미국의 일부 유대인들이 사용한다.
21) 기원전 13세기에 유대인이 이집트를 탈출한 것을 기념하는 축제.
22) 유대인의 3대 절기 중 하나로 추수를 경축한다. 초막에 머물며 절기를 축하하던 습관

축제였기 때문이다. 적어도 모르데카이의 생각에는 그랬다. 축축한 낙엽과 독버섯 냄새를 머금은 상당한 크기의 삼각 정원이 있었으나, 그들 가족은 어째서인지 본능적인 이끌림에 따라 발코니 격자 아래에 임시 초막을 대신 마련했다. 홀룬데르탈의 도시림 위에 뜬 초막절 별자리 아래에서 즐기는 식사는 그렇게나 빨리, 자주 준비될 수가 없을 것 같았다. 아버지의 다소 얄팍한 마음속에서 시트론과 종려나무[23]라는 상징이 행복하게 흔들렸다. 모셰에게 중요한 건 몹시도 처량한 속죄가 아니라 수확을 기념하는 저지대[24]라는 점이 이미 명백했기 때문이다. 그러다 보니 어머니가 추가로 짊어지는 종교적 의무 때문에 그들 부부 사이에는 곤란한 기류가 흘렀으며, 아버지의 의혹대로라면 이러한 기류는 이윽고 아들에게까지 전해지는 것 같았다. 속죄일의 고난 때문에 기진맥진한 채로 시나고그에서 돌아오던 길에, 아버지는 소년의 뺨을 꽉 잡고서 그 눈을 들여다보며 아이가 과연 어느 쪽에 이끌릴 것인지 의문을 품었다. 희망과 두려움이 각축하는 가운데 모셰는 한숨을 내쉬었다. 그리고 기운을 되찾고자 커피를 입술 사이로 넘길 때 좀더 큰 소리로 다시 한숨지었다.

모두의 염원이 바르미츠바에 집중되었다. 소년은 위태로우리만치 자신감 넘치는 태도로 의식에 임하고 있었다. 그는 부모, 아저씨, 아주머니, 사촌 들이 준비한 여러 가지 바람직한 선물들과 함께 성구함과 숄을 건네받았다. 그는 채택된 주제에 대해 조각처럼 정연한 논리로 낭랑하게 주장을 펼쳤고, 덕분에 의식이 끝나기도 전에 아주머니들은 서로서로 축

에서 유래한다.

23) 유대교의 율법에 따라 초막절에는 시트론 열매, 종려나무 가지, 딸기나무 가지, 버드나무 가지를 함께 묶어 흔든다.

24) 『구약성경』에서 신은 예레미야에게 유대인들이 되찾게 될 땅으로 저지대를 함께 약속했다.

하를 나누었다. 예쁘장한 두건과 들러붙은 머리칼 아래로 열에 들뜬 소년의 얼굴—그들 하나하나의 얼굴을 조금씩 닮은—을 집어삼킬 듯 쳐다보고 있었는지도 모른다. 모르데카이는 넋을 잃은 나머지 자기 목소리 말고는 누구의 목소리도 제대로 들리지 않았다. 연단에 서 있는 그의 뒤편 어딘가에서 이제는 정신적 책임감을 내려놓은 아버지가 눈물을 완전히 숨기지 못한 채 서성이고 있었다. 히멜파르프 부인의 친척 가운데 몇몇은 가엾은 말케의 남편 모셰를 알아보고서 아이러니한 웃음을 억누르지 못했다. 그러나 은빛으로 반짝이는 율법 두루마리 덕분에 충분히 경건한 분위기로 이내 다시 돌아왔다. 의식이 끝난 후 맛있는 식사가 준비되었고, 사람들은 정식으로 봉헌된 소년을 어루만지며 추켜세웠다. 소년은 승리감 덕분에 자랑스럽고, 수줍으면서도 의기양양하고, 냉담하면서도 격정적으로 들뜬 상태가 되었다. 자신의 진짜 기분—본인이 그것을 알고 있다면 말이지만—을 설명할 수가 없었다.

바르미츠바가 된 소년이 앞으로 어떤 길을 걷게 될지 과연 누가 분명히 장담할 수 있었을까? 자축하고 있는 아버지는 당연히 아니었고, 어쩌면 그의 어머니가 영혼의 미묘한 대화나 그녀 자신의 손끝을 통해 설명할 수 있었을는지도.

모르데카이는 편안하지만 볼품없는 집 안에서 친지들이 원을 이룬 가운데 천사들의 날개로 보호받고 하느님의 사랑으로 빛을 받았으며, 그의 민족과 종교와 부모가 정해준 본보기를 받아들였다. 하지만 그는 어머니가 두려워하고 아버지가 동경했던 바깥세상을 점점 더 강하게 의식하게 되었다. 그 창백하고 과묵한 어린 소년은 앙상하고 신경질적인 젊은이로 자라났다. 윗입술 가에는 검은 수염이 망설이듯 듬성듬성 돋았고, 입술 자체도 너무나 빨리 여물었으며, 커다란 코는 거만함을 드러내는 듯했다. 거울을 쳐다볼 나이였고 모르데카이는 규칙적으로 그 표면을 들여다보며 스스로의 수수께끼를 해결하려 애썼다. 그는 살빛이 누렇고 근육이 탄탄한 육감적인 사내가 되었다. 어떤 이에게는 흉물스럽고 다른 이에게는 도발적이었으리라. 그 외의 모습을 발견해낼 수 있는 사람은 아직 아무도 없었다.

"말해봐, 이 못생긴 유대인 놈아. 유대인으로 사는 건 어떤 기분이지?" 친구인 위르겐 슈타우퍼는 이렇게 물었다.

물론 재미로 하는 소리였다. 그들 사이에는 우정과 웃음이 끊임없이 넘쳤다. 숲은 사이좋게 서로 팔꿈치를 부딪치며 나아가는 청년들의 살결을 얼룩덜룩하게 물들였고, 그들의 신발창은 두꺼운 낙엽을 밟아 미끄러졌다.

"이야기해보라고!" 위르겐이 자꾸만 웃으면서 닦달했다.

위르겐의 머리칼은 독일인의 금발치고 유별나게 옅은 색이었으며, 고등어 빛깔의 두 눈 안쪽 얕은 곳에서는 애정이 드러났다.

"아, 마치 100개의 다리로 달리는 기분이랄까." 히멜파르프가 대답했다. "다리가 아예 없어진 것 같기도 해. 뱀처럼 말이야. 아니면 전갈일 수도 있고. 어느 쪽이든, 기독교인의 죽음으로 특별히 이루어진 것이지."

그러고서 둘은 더욱 큰 소리로 함께 웃어젖혔다. 홀룬데르탈의 도시림에서도 유독 사람들의 발길이 뜸한 길을 친구인 위르겐 슈타우퍼와 함께 걷노라면, 이 젊은 유대인으로서는 일요일이 안식일보다도 포근하게 느껴졌다.[25]

"들려줘." 위르겐이 물었다. "유월절 제의에 대해서도."

---

25) 유대교에서는 토요일을 안식일로 지킨 반면에 기독교에서는 일요일인 주일을 안식일과 동일시했다.

"기독교 어린이를 죽이는 제의?"

"역시 그랬군!"

위르겐이 얼마나 웃어댔던가.

"아이를 도륙 내서 그 피를 마시고 브뢰첸[26]으로 저며서 부모한테 보내는 이야기 말이지?" 모르데카이는 어떻게 농담을 받아쳐야 하는지 잘 알았다.

"아아, 세상에!"[27] 위르겐은 웃음을 터뜨렸다.

그 치아는 또 어찌나 번쩍거렸던가.

"우리 히멜푸르츠[28]!" 그가 소리쳤다. "사랑스러운 얼간이 녀석!"[29]

두 사람은 서로를 때려주며 그르렁거렸다. 둘의 몸이 한데 부대끼고 있었다. 침대처럼 푹신한 나뭇잎 위에서 뒤엉켜 싸우는 것만으로는 부족했다. 그러다가 그들은 헐떡거리며 드러누운 채, 색이 바랜 초록 사이를 올려다보며 미래를 논했다. 우정의 끈이 계속 이어지리라는 점 말고는 아무것도 가늠할 수 없었다. 둘은 입을 다물고서 서로에 대한 애정의 무게에 한숨을 내쉬곤 했다.

"그렇지만 나는 막스 삼촌 때문에 여지없이 기병대 장교가 되어야 해. 그리고 네가 언어학 교수가 되면, 아무래도 우리가 다시 만날 가능성은 없을 것 같은데." 위르겐 슈타우퍼는 판단했다.

"그럼 너는 말달릴 준비를 해야겠네." 모르데카이가 대답했다. "어디가 될지는 모르지만, 내 덕분에 명성을 얻게 될 대학 주위를 빙빙 도는

---

26) 독일어로 '작은 빵'이라는 뜻이며, 주로 아침 식사 때 곁들인다.

27) "Ach, Gott!" 작가는 위르겐 슈타우퍼의 일부 발화를 독일어로 표기하고 있다.

28) 본래 '하늘색', 혹은 '천상의 빛깔'이라는 뜻인 히멜파르프의 이름 'Himmelfarb'를 '하늘의 방귀', '천상의 방귀'라는 뜻의 'Himmelfurz'로 비꼬아 부르고 있다.

29) "Du liebes Rindvieh!"

거야."

"마르틴, 절대 심각해지질 않는 것도 나쁜 버릇이야. 절망적인, 정말로 절망적이고 잔인한 버릇이라고!"

위르겐 슈타우퍼는 누운 자리에서 주먹을 뻗어 친구를 툭 쳤다.

"좀더 고상한 직업을 택하지 않다니, 너도 참 구제 불능이야."

"그래도 난 말이 좋아." 위르겐이 해명했다. "내가 좀 바보 같은 것도 사실이지만."

히멜파르프는 친구에게 입을 맞출 수도 있었을 것이다.

"좀 바보 같다고? 그냥 타고나길 멍청이겠지!"

완전히 지치지만 않았어도 한차례 다시 몸싸움을 벌였겠으나 그들은 가만히 누워 여름날의 광휘와 그들 자신의 충족감에 귀를 기울였다.

이따금 이 젊은 유대인은 친구의 집에 손님으로 초대받기도 했는데, 친구의 부모가 민족에 개의치 않고 방문을 허락하는 개방적인 사람들이었기 때문이다. 위르겐의 아버지 게르하르트 슈타우퍼는 천생 출판인이었다. 책을 사랑하기까지 했고, 명백한 성공 때문에 만족하기보다 부당한 실패 때문에 더 고통스러워하는 성격이었다. 젊은 시절 무명 배우였던 그의 아내는 은퇴해서 연극적 기예를 갖춘 결혼 생활을 했다. 슈타우퍼 부인은 그들이 막 함께 연출한 장면이 연극의 성공에 엄청나게 기여한다고 손님을 납득시킬 수 있는 사람이었다.

"마르틴은 **내** 옆에 앉을 거야." 슈타우퍼 부인은 상황에 어울리는 손길로 소파 위를 토닥이며 강조해 말했다. "이제 우리가 **편한** 사이니까 말인데……" 손님 쪽으로 살며시 몸을 기울이며 이렇게 단정을 짓기도 했다. "네가 뭘 하고 있었는지 나한테 말해줘야 해. 만약 그게 **불미스러운** 일이었다면 말이야. 난 다른 이야기는 아무것도 듣고 싶지 않단다. 이렇게나 **눅눅한** 오후에는, 분별없는 짓으로 네가 내 간담을 **서늘하게** 해줘야 하지."

그런 다음 슈타우퍼 부인은 침착한 미소를 지어 보였다. 그리고 어떤 대사든 **개선**되리라는, 또한 매 장면이 감정을 **고양**해야 한다는 의견을 상기시켰다.

하지만 손님으로 온 청년은 자기 재능이 부족하다는 사실을 잘 알고 있었다. 구름 위에 떠 있는 여주인의 곁에 앉은 탓에 그는 뻣뻣한 자기 몸의 희생자가 되고 말았다.

반대쪽에 있던 슈타우퍼 씨는 이 대단치 않은 젊은 손님의 환심을 얻기 위해, 신문 기사들과 책들을 쏟아내며 그의 입장을 들어보려 했다.

"데멜[30]의 작품을 찾아 읽어본 적 있나?" 슈타우퍼 씨는 이런 식으로 묻곤 했다. 혹은, "마르틴, 베데킨트[31]에 대해 어떻게 생각하지? 자네의 솔직한 의견을 정말로 듣고 싶어."

그 심각한 남자에게는 그 문제가 대단히 중요하다는 듯.

쑥스러워하던 청년은 만족감을 느꼈으나, 생각처럼 빨리 빠져나와 친구에게 돌아갈 수가 없었다. 훗날 돌이켜보건대 모르데카이는 그들 부부의 관심 덕분에 우쭐해졌었다.

"뭐랄까." 위르겐은 부러움 섞이지 않은 태도로 이렇게 말했다. "넌 존경스러우리만치 지성적이야. 난 그냥 마구간이나 지키는 독일 꼬마지만."

하지만 이 유대인 청년도 그 나름의 이유로 자기 친구를 동경했을

---

30) Richard Dehmel(1863~1920): 독일의 시인. 새로운 형식의 서정시 속에 사회주의적 의식을 담아내려 했다. 후에 쇤베르크가 그의 작품 「정화된 밤」을 음악으로 표현하기도 했다.

31) Frank Wedekind(1864~1918): 독일의 극작가. 표현주의 문학의 선구자로 평가받는다. 첫 작품 「사춘기」로 당대에 커다란 파문을 일으켰다.

것이다.

위르겐에게는 가벼운 난시와 여드름에 시달리던 형이 하나 있었는데, 그는 버터 바른 빵 조각을 먹으며 자기 방에서 신비롭게 등장하곤 했다. 슈타우퍼 부인의 설명에 따르면 콘라트는 자기 힘보다 웃자라서 몸을 튼튼히 해야만 했다. 콘라트는 그 자신의 에고가 움직이는 궤도 바깥쪽에 무엇이 있든 상관하지 않고서 이곳저곳을 드나들었다. 분명치는 않았으나 특히 자기보다 어린 청년들—어쩌면 그중에서도 유대인만을?—을 경멸하는 모양이었다.

"네 형은 방에 틀어박혀 맨날 뭘 하고 있는 거지?" 모르데카이가 위르겐에게 물었다.

"공부하고 있어." 동생 쪽에서는 관심을 더 보일 의향이 없다는 기색으로 이렇게 대꾸했다. "형은 괜찮아." 그리고 덧붙였다. "조금 건방질 뿐이지."

그러고 있자면 콘라트 슈타우퍼가 캐러웨이[32] 씨앗을 뿌린 브뢰첸을 질겅질겅 씹으며 자기 방에서 나왔다.

"뭐야." 그가 모르데카이를 보고서 말했다. "여기 또 왔잖아! 왜, 아예 하숙이라도 하려고?"

모두들 당황하면 그는 자기가 친 장난에 만족해 슬며시 웃음을 터뜨렸다.

아직 어린, 마우지라는 이름의 여동생도 있었다. 땋은 머리가 마치 동물의 꼬리처럼 알른거렸다. 한번은 그녀가 모르데카이의 허리에 팔을 두르더니 온 힘을 다해 밀어붙이며 그를 내동댕이치려 했다.

---

32) 독일에서 특히 식용으로 널리 이용하는 작물. 주로 씨앗을 향신료로 사용한다.

"내가 더 힘세!" 그녀는 이렇게 주장했다.

입증하지도 약을 올리지도 못했지만.

그녀는 모르데카이의 셔츠 가슴팍 앞에 서서 웃었다. 브이 자 옷깃 안으로 드러난 맨살이 그녀의 숨결 때문에 화끈거렸다.

넓은 응접실에서 보낸 저녁들은 그중에서도 가장 불온한 시간이었는데, 그런 저녁이면 리본과 띠를 두른 소녀들이 목에서 쾰니시바서[33] 향기를 풍겼다. 뻣뻣한 코르셋을 벌써 입은 여자들이 있었고, 이따금 기병대 장교의 아들들이 섞인, 몇 안 되는 진지한 청년들도 있었다. 정말이지 비범한 이 사관후보생들은 언제나 자기가 해야 할 일을 잘 알았다. 덕분에 그들보다 나이 어린 소년들은 투박하고 찢어지는 자기 목소리를 창피하게 느끼고 뭉쳐 있는 잔털마다 숨어 있는 여드름을 거울 앞에서 상기해야 했다.

어느 날 저녁 나이 든 사람들이 카드놀이를 즐기러 서재로 들어간 후 정말이지 대담한 녀석 하나가 망측한 게임을 생각해냈다.

"방에 있는 사람들 중에 누가 가장 마음에 들어?" 각자 순서대로 이 같은 질문을 받았다. "어째서?" 대답 못 할 질문이 연이어 뒤따랐는데, 하나같이 피할 수 없는 데다 지극히 사적인 내용으로만 귀결했다.

사춘기를 맞은 얼간이들의 당나귀 같은 목소리와 키득거리는 웃음 때문에, 곤혹스러운 분위기는 점차 범위를 넓혀갔다.

"마우지 슈타우퍼, 넌 누굴 좋아해?" 마침내 누군가 질문을 던졌다.

마우지 슈타우퍼는 머뭇거리지 않고 답했다.

"마르틴 히멜파르프."

---

33) Kölnisch Wasser: '쾰른의 물'이라는 뜻으로, 일반적인 향수보다 향분이 적고 수분이 많은 화장수. 오드콜로뉴라고도 불린다.

젊은 처녀 몇 명은 코르셋을 고정한 고래수염이 몸을 조이지만 않았어도 한바탕 웃음을 터뜨렸을 것이다. 이들은 그 상황이 우스워 몸을 흔들며 숨을 쌕쌕거렸다.

"어째서, 마우지?" 막스 삼촌의 아들인 프리츠가 물었다.

그의 왼뺨을 가로지른 흉터는 부자연스러울 정도로 선명했다.

"왜냐면……" 마우지가 말했다. "내 생각엔, 재밌는 사람 같거든."

"에이, 어서!" 쇠테 안경을 쓴 꼿꼿한 인상의 처녀가 파리하고 얇은 입술을 장미 모양으로 실룩이며 재촉했다. "영 시원찮은 대답이야. 벌칙을 줘야지. 자를 세워서 손바닥을 쉰 대만 때려야겠다."

마우지는 비명을 질렀다. 그런 짓을 견딜 수야 없는 노릇이었다.

"한 번 더 기회를 줄 수도 있어." 사관후보생 제복을 멋지면서도 얄밉게 차려입은 프리츠가 거들었다. "**어째서** 히멜파르프가 좋다는 거냐?"

그는 그 이름을 유난히 이국적이고 우스꽝스럽게 발음했다.

마우지가 새된 비명을 질렀다. 그리고 많은 머리를 허공에 흔들었다.

"그야……" 그녀는 소리치고, 실실 웃고, 가느다란 다리를 배배 꼬고, 그러쥔 모슬린 속에서 땀을 흘렸다. "왜냐하면……" 그들이 그녀한테서 간신히 끌어낸 목소리는 쥐어짜듯 날카로웠다. "보고 있자면 꼭……" 그녀는 아직도 망설였다. "뭐랄까, 검은 **수사슴** 같단 말이야."

가족을 챙기는 한 노처녀가 마침 그 순간에 스카프를 되찾으러 왔다가 직감적으로 거기 머무르기로 마음먹지 않았더라면, 난리판에 장식용 청동상들이 굴러떨어졌을지도 모른다.

그와 동시에 모르데카이는 간신히 화장실이 있던 쪽으로 나갔다.

다시 나왔을 때는 콘라트 슈타우퍼가 문을 열어보고 있었다.

"오!" 콘라트가 거의 배 밑에서 올라오는 소리로 흠칫하며 탄식했다.

그는 무척 창백하고 멍해 보였으나, 어쩌면 할 말을 미리 연습하던 중인 것 같기도 했다.

"멍청한 독일 놈들이 너무 많지." 콘라트가 숨소리 섞인 목소리로 힘겹게 말했다. "독일 놈들은 죄다 짐승이라고."

"우리도 독일 사람이잖아요?" 모르데카이가 넌지시 물었다.

"누군가를 재단하는 사람이라면 당연히 자기 자신은 배제하는 법이야." 이 활기찬 청년은 이렇게 대꾸하며 웃었다. "이제껏 몰랐단 말이야? 아, 이런!" 그는 한숨까지 내쉬었다. "오늘 밤에는 더 이상 아무 일에도 상관 안 할 거야. 방으로 올라갈래."

모르데카이는 콘라트를 어떻게 이해해야 할지 알 수가 없었다.

그는 그날 이후 콘라트를 여러 해 동안 다시 보지 못했다. 듣자 하니 이날 일 때문에 슈타우퍼 부인은 그들이 이 젊은 유대인과 관계하며 연출했던 희극의 막을 내려버리기로 결정했다고 한다. 위르겐은 점점 더 그를 피하기 시작했다. 넌지시 떠보려고만 해도 그는 땅을 발로 후벼 구멍을 파거나, 이해해달라고 중얼거리며 친구의 시선이 닿지 않는 곳을 멍하니 쳐다보곤 했다.

모르데카이는 이렇듯 질식할 것만 같은 상황에서 숨 쉬기 위해 줄곧 발버둥질했다. 어두침침해진 눈가와 피부색을 보고는 어머니가 강장제를 처방해주었고, 고작 반병을 마시고도 그는 마리안네라는 창녀와 동침하러 갔다. 마을에 있는 오래된 골목의 박공지붕 아래 사는 여자였다. 처음에는 두려웠으나 이내 새로운 안도감이 그의 몸을 가득 채웠다.

"이 유대인!" 마리안네가 잠시 일을 멈춘 사이 그를 살펴보며 말했다. 그녀는 넉넉한 성격이라 모르데카이에게 화대를 청구하지도 않았다. "그 사람들이 한 조각을 싹둑 잘라간 덕분에 자기가 더 뜨거워진 것 같아."

그녀의 고객은 완전히 나가떨어진 채 그녀의 커다란 베이지색 유두를 빤히 쳐다보면서, 자기가 혼자 탑승한 그 허술한 쪽배를 어떻게 조종할지 과연 본능에 따라 깨칠 수 있을까 생각해보았다.

그렇게 육체에 탐닉하자니 부모의 집에서 행하는 의례들을 견딜 수가 없어졌다. 예컨대 그는 어린 시절 내내 안식일마다 순수하고 완벽한 무아지경에 이르렀고, 심지어 신부[34]가 정말로 문지방을 넘어오는 모습을 보게 되더라도 놀라지 않을 정도였다. 그러나 이제는 그것이 선량한 아주머니들과 못생긴 사촌 여자들이 그한테서 죄책감을 포착하기 위해 덫 놓듯 질문을 던지는, 시간의 황무지로 돌변해버렸다. 악몽에서 그를 깨울 향료 내음과 일몰을 기다리고 있자면 기도문과 음식이 매한가지로 목을 조여오는 것처럼 느껴졌다. 부드러운 손길로. 그리고 그는, 결국에, 스스로 거부하고 있던 모든 것을 사랑했다. 그러기를 선택했다기보다는 그의 미래를 조종하는 알 수 없는 사람들이 그렇게 조율한 결과였으나, 그에게는 최초의 자기 면죄처럼 느껴졌다.

자비로움이 빚는 시험이야말로 여전히 가장 가혹한 고문이었다. 어떤 때는 누더기만 걸친, 씻지도 않은 초라한 사람들이 시나고그에서 초청을 받아 집에 왔다. 그의 아버지가 의무감 때문에, 혹은 자축할 필요 때문에 안식일 식탁에 불러들인 사람들이었다. 그 자리에서 마르틴 모르데카이는 그들에게 역겨움을 느낀다는 사실을 속죄하는 심정으로 최선을 다해 친근히 말을 걸고 가장 맛있는 요리를 권하곤 했다. 그중에서도 한 사람은 유별났다. 살색이 쪽빛으로 물들고 체구가 작은 염색업자였다. 그의 손바닥은 지울 수 없는 보랏빛으로 얼룩져 있었다. 어느 날 저녁 염

---

34) 유대교에서는 안식일을 의인화해 신부나 여왕을 맞아들인다고 이해하기도 한다.

색업자가 모셰의 훌륭한 깔개 가운데 하나를 넘어가다 쓰러졌고, 그가 당한 그 구체적인 불행은 그 자체로 모르데카이의 양심을 건드렸다. 청년은 어떤 면에서는 자기한테 책임이 있다고 느꼈다. 그 늙은이의 구질구질한 외투에 손이 주르르 스칠 때 모르데카이는 넝마 뭉치 같은 무언가를 움켜쥐었고, 덕분에 그도 완전히 자빠지지는 않을 수 있었다. 정작 모르데카이는 섬뜩함과 욕지기가 목까지 올라왔지만 말이다. 남자는 이전에 심각하게 넘어져 다친 적이 있었는지, 신사적 행동에 감사한다고 굽실거리면서 이 구원자의 등 곳곳을 어루만졌다. 그리고 병자의 목발이라느니 빈자의 수호자라느니 하는 간지러운 칭호를 가져다 붙였다.

모르데카이가 방을 빠져나와 몸을 씻고 나오자 어머니가 들어와 문간에 섰다. 부드러운 감정을 억누르고 일부러 잔뜩 메마른 목소리로 할 말이 있었기 때문이다. "속상한 모양이구나, 우리 아가야. 아직 100분의 1도 제대로 겪은 게 아닌데."

그녀는 생각에 잠겨 아들을 바라보았다.

그리고 좀더 부드럽게 아들을 달랬다. "지금은 어서 손부터 말리렴. 그런 다음에 우리 있는 데로 돌아오도록 해. 그 가엾은 남자가 계속 의아해하도록 가만둬서는 안 되니까."

사랑으로 가득한 이 여인은 누구보다도 가까운 이를 위로하고자 연민을 발휘하고 싶었으나 그러지 못했다. 그녀는 적잖이 자기가 하는 말이 남의 상처에 소금을 뿌린다는 사실도 알았다.

집 안에는 애매한 기류가 가득했고 사람들은 당황한 태도를 보였다. 아들은 그게 차라리 재미있게 느껴졌다. 키두시[35]로 안식일을 시작하는

---

35) 유대교에서 안식일이나 그 밖의 축제 전날 저녁에 포도주로 신을 찬미하는 기도.

동안 그는 한쪽 어깨를 추키며 입을 씰룩거리곤 했다. 결백한 상대들을 겨냥해 기도문에 조롱을 덧붙이기도 했다. 가장 사랑하던 것을 부서뜨리지는 못했으나, 너무도 심술이 난 나머지 의례를 대신할 고통스러운 짓거리를 애써 계속할 지경이었던 것이다.

표면상 자기 의무를 다하자마자 모르데카이는 밖으로 뛰쳐나가버렸다. 불빛이 새어 나오는 창문들을 들여다보고, 행인들과 스치면 건방지다고밖에 생각할 수 없는 과장된 태도로 사과하며 거리를 맴돌았다. 이제 삶에 대한 분노로 가득한 그는 거리의 냄새 때문에 미칠 것 같았다. 창녀들의 집 창턱에 있는 쿠션에 몸을 기대고서 그들의 젖가슴을 만져 보려 했다. 창백하고 순종적인 독일 여자들의 하얀 살결을 향한 욕구를 도저히 채울 수가 없었다. 스투코[36]를 짓누르거나, 정원의 덤불 안에서 몸부림치며 웅덩이 곁에서 초목이 썩는 냄새를 맡았다.

빠른 속도로 냉담해지지 않았더라면 그는 스스로의 역겨움에 잠식당했을지도 모른다.

그러나 모르데카이는 강철처럼 단호해졌다. 헝클어진 머리를 딱 붙여 정리했다. 콧수염을 길렀다. 그리고 공부했다.

그 어느 때보다도 분열적인 순간을 경험하고 난 모르데카이는 아무 것도 의식하지 않는 순수한 상태가 되어 오로지 책에만 몰입했다. 사실상 지푸라기라도 부여잡듯 매달린 셈이었다. 그 무엇이 과연 낱말들보다 견고하고 합리적일 수 있단 말인가? 절망하여 허우적거리는 영혼들의 무리가 쓴웃음 지으며 들끓는 것을 집어삼킬 듯한 흐름, 낱말들은 그 같은 흐름 속에 오직 순열과 조합으로만 녹아들었다.

---

36) 건물 외벽을 벽토 질감으로 치장하기 위해 바르는 미장 재료.

대학에 입학한 후 이 젊은이는 가장 좋아하는 언어, 즉 영어를 공부하는 데 지적 활동을 집약했다. 그 부드럽고 마치 빵 같은 질감은 그에게 만나[37]가 되었다. 하지만 그러한 의지와 의도에도 불구하고 어느새 그는 자기가 어린 시절 칸토어 카츠만한테 익혔던 그 완고한 언어를 갈망하고 있음을 깨달았다. 히브리어는 본래 익숙했던지라 한 번씩 집중해 공부하기만 해도 한결 능란해질 수 있었다. 그는 배움을 위해서만이 아니라 그 쓸쓸한 즐거움을 느끼고자 밤늦은 시간까지 히브리어를 읽곤 했다.

1910년대에 모르데카이 히멜파르프는 영어 박사 학위를 받았으며, 머지않아 옥스퍼드 대학에서 연구를 이어나갈 수 있으리라고 통보받았다.

아버지인 모셰는 기쁨을 주체하지 못했다. 주위 사람들이 그 사실에 감탄해서만이 아니라, 영어에 대한 그의 존경심, 그리고 공식 행사에서 입고 싶어 하던 고급 옷, 신발, 실크해트 때문이었다. 그가 또한 자신이 기질적으로 영어와, 또 뭐가 되었든 그 매력과 얼마나 동떨어진 인간인지를 감지했더라면 어땠을까. 이제 그의 아들은 선민 쪽으로 옮아가게 될 터였다. 이미 벌어진 그들 관계의 틈은 필연적으로 더욱 넓어질 수밖에 없었다. 그 노인은 머릿속으로 이미 희생적인 유대인 아버지가 되어 철도 플랫폼에서 기관차의 증기 속에 서 있는 자기 모습을 그려보고 있었다. 기쁨과 아픔이 뒤섞인 눈물이 벌써부터 솟구쳤다. 모셰를 가장 감동시키고 매혹했던 것은 돌이킬 수 없을 만큼 희미해진 것이었기 때문이다. 출발하는 열차, 이교도들의 얼굴, 아들과의 관계, 그리고 입 밖에 내기는 커녕 감히 상상이라도 할 수 있다면 말이지만—모셰는 시온주의 운동을 아낌없이 지원하고 있었다—실현 가능한 미래로서의 이스라엘 탈환.

---

37) 모세의 인도를 받아 이집트에서 탈출한 유대인들이 광야를 지날 때, 날마다 신이 내려주었다고 전하는 음식.

청년의 어머니에게 소식을 전한 사람도 바로 모셰였다. 그러니 아마도 고통은 덜했을 것이다.

양말을 꿰매고 있던 히멜파르프 부인은 처음에 아무 대답도 하지 않았다. 오히려 근시 특유의 인내심을 발휘하며 양말만 계속 들여다볼 뿐이었다.

"말케, 난 당신이 이해하리라 믿어." 그녀의 남편이 강조하며 말하기 시작했다. "학자로서 경력을 쌓기로 마음먹으면 그게 우리 아이한테 얼마나 어마어마한 득이 될지 말이야."

아내는 양말을 가까이 대고서 들여다보았다.

"이봐?" 그가 물었고, 이어서 자기 생각을 온당하게, 그러나 내몰리듯 곧바로 확인시켰다. 딱히 고함을 친 건 아니지만 거의 그래 보였던 게 사실이다. "우리 유대인들도 이제 세상이 변했다는 걸 알아야 해!" 이제 모셰는 정말로 몸을 떨고 있었다. "우리한테도 이제 온갖 기회가 열려 있다고!"

"아, 모셰! 모셰!" 여인이 한숨을 내쉬었으나 남편한테는 그런 행동이야말로 가장 짜증스러웠다.

"그건 대답이 아니잖아!" 그가 다그쳤다.

"그렇지만 당신과 다른 사람들 때문에 그 아이는 달라질 거야." 아내가 대답했다. "난 좋은 유대인을 알아보아주십사 하느님께 기도드려."

"오늘날엔 더 중요한 게 있어. 세상이 좋은 인간을 알아보아야 한다는 거지."

집으로 들어온 아들은 두 사람이 나눈 이야기를 죄다 들었고, 이제 그는 부모의 생각을 듣게 될 때마다 늘 그렇듯 냉소적이되 애정 어린 즐거움을 느끼며 귀를 기울였다.

"아, 모셰." 그의 어머니가 다시금 한숨지었다. "당신이 잊어버린 거야. 좋은 사람, 나쁜 사람, 그저 그런 사람으로 누군가를 구별하더라도, 유대인들의 기준과 사람들의 기준은 여전히 다를 거야."

"왔구나!" 아버지는 마침내 아들이 곁에 있다는 사실을 알아차리고서 숨을 씨근거렸다. "분명히 선언하는데, 넌 옥스퍼드에 갈 거다. 민족적이라 하기에도 무엇한, 철학적인 이야기를 네 어머니가 늘어놓기 시작하는구나. 유대인들 따로 있고 사람들 따로 있다니! 난 내가 사람이길 바란다! 넌 어떠냐?"

"둘 다라면 좋겠어요." 젊은 아들이 대꾸했다. "가끔은 제가 그 둘 중 하나라도 속하는지 모르겠다 싶을 때가 있지만요."

본래 하려던 말과는 동떨어진 대답이었기에 모르데카이는 웃음이 나왔다.

"그럼 이미 그렇게 되고 만 거야!" 어머니가 소리쳤다. "거봐, 모셰! 어디까지 가야 이게 다 끝이 날 수 있을까?"

괴로워하면서도 그녀는 꼼꼼하게 기운 양말을 계속해서 돌려보고 당겨보았다.

"제가 목이라도 긋길 기대하시는 건 아닐 테고!" 이번엔 아들이 겨우 웃음이라고 쳐줄 만한 표정으로 치아를 드러내며 턱을 세우고서 말을 이었다.

"최고로 좋은 뜻에서 한 말을 완전히 딴 뜻으로 알아듣는 꼴이라니!" 아버지는 투덜거리는 게 당연하다고 생각했다.

"아, 그렇지만 전 정말로 감사드립니다!" 그 아들이 예의 바르게 재빨리 대답했다. "저한테 해주신 모든 것. 모든 배려. 아버지는 부모로서 좋은 분이셨어요. 그리고 제가 그 은혜에 보답하려 할지에 대해서는 의심하실 필요가 없어요."

이에 모셰 히멜파르프는 소리 내어 울기 시작했다.

"그리고 어머니." 모르데카이는 거의 소리치다시피 했다. 아버지의 감정 상태 때문이었고, 또 언제나 벗어나고 싶었던 형이상학적 덤불 속으로 그 어느 때보다 그를 깊이 옭아매는 어머니의 몇 마디 말 때문이었다. "누군가가 보이는 모범은……" 그는 횡설수설하고 있었으며 목소리조차 그 자신이 가장 경계하는 신파적 절정으로 다가가고 있었다. "그러니까, 누군가의 본보기와 행실은 당연히 인종을 가리지 않고 모두를 구원할 거예요. 구원의 너머에 있는 사람만 빼고요!"

"우리가 너를 위해 꼭 기도해야겠다." 구겨진 채 버려진 양말 한 짝 위로 고개를 숙이며 말케 히멜파르프는 부드럽게 말했다. "가엾은 우리 아들!"

방에서 뛰쳐나가고 한참이 지나 모르데카이는 당시의 상황을 몇 번이나 다시 그려보았다. 아버지의 우아하지만 노쇠하고 무력한 손목에 나 있던 검은 털들. 실제였는지 상상이었는지 모르지만 어머니의 누런 관자놀이에서 두근거리던 맥박. 이야기할 때나 백일몽에 빠질 때나 기도할 때나 그가 온갖 나뭇결, 균열, 홈집을 찾아냈던 화려하고 애달픈 가구들.

이제 그는 기도하려 해도 그럴 수가 없었다. 일종의 영적 기억상실에 시달렸고 이는 분명하게 계속되었다. 시험장에서 한참을 괴롭게 끙끙댄 끝에 마침내 이탈리아어가 머릿속으로 밀려들었던 적이 있음을 떠올리며, 그는 당시와 같은 일종의 탈출구가 현재에도 찾아와주기를 갈망했다. 당장이 아니면 몇 주라도, 필요하다면 몇 달이라도 기다렸을지 모른다.

그러나 그런 일은 일어나지 않았다.

무엇보다도 이따금 솟아오르는 연민이 그의 날 선 냉소를 무디게 했다. 교외에서 열린 장터를 떠나는 아버지의 모습을 보았던 어느 저녁에 그랬듯 말이다. 안목 있고 평판 좋은 사람으로 알려진 양조장 직원 골츠, 그리고 무슨 일에 종사하는지가 분명한 이름 모를 두 여인이 아버지와 함께 있었다. 가지치기한 나무 덤불 아래에서 바라보니, 희푸르게 명멸하는 불길이 비틀거리는 기독교인들 세 명과 광대 같은 유대인 한 명의 얼굴에 부딪쳤다. 나이 지긋하고 존경받는 유대인의 부자연스러운 방종은 명멸하는 빛의 움직임 때문에 한층 정신 나간 꼴처럼 보였다. 그는 또한 소리를 지르고 왁자지껄 변덕스러운 노래를 부르며 길을 앞장서서 움직거리고 들썩거렸다. 동행자들 또한 약속이라도 한 듯 함께 흥청거려야 하는 지경에 이른 모양이었다. 양조장 직원이 잠시 걸음을 멈추더니 덤불에 고개를 처박고서 토악질했다. 다른 이들은 마치 반죽처럼 끔찍한 얼굴로, 노래든 입바람이든 나오는 대로 버릇처럼 입을 벌렸다. 있지도 않은 압박을 팔로 밀어내려 하기도 했다. 입맞춤을 흉내 내듯 입술로 허공을 빨기까지 했다. 망나니들은 그렇게 전진했고, 그들의 행실을 재단하고 있는 사내 곁을 부딪치듯 스쳐 지났다. 그는 멈춰 서서 쭉 그들을 지켜보았다. 그들 살결에 난 땀구멍, 머리칼이 솟은 모근, 이빨 위에서 금빛으로 반짝이는 얼룩까지 알아볼 수 있었다. 남자가 만일 그들이 떠드는 소리를 제대로 알아듣지 못했다면, 한참 동안 격하게 이어진 괴로움이 소리들을 모두 휩쓸어버렸기 때문이리라. 남자 자신의 아버지이기도 한, 저 늙고 우스꽝스러운 사티로스가 사라져버린 후에도 말이다. 그 자신의 욕망도 실상은 다르지 않았고, 그 또한 비슷비슷한 땀투성이가 여자들의 더러운 얼굴에 숨을 내뿜었으며, 냄새 나는 드레스를 더듬거리곤 했었다. 그렇기 때문에 눈앞에서 벌어진 광경이 더욱 익숙하면서도 견디기 어려웠다.

하지만 이 젊은이는 그날 밤 잠자리에 들려는 아버지를 단 하루일망정 용인할 만큼은 세상을 살았다. 그는 잠시 의자 뒤에 서 있었다. 뼈만 앙상한, 수치스러운 목덜미가 보였다. 쇼헷[38]처럼 능숙하게 다룰 줄 아는 그의 칼을 내리꽂아버려도 될까? 그런 생각이 마음속에서 요동치기 시작했다. 하지만 칼은 너무나 어설픈 흉기였다. 따라서 그는 그저 허리를 숙였고, 모셰는 자기가 동정이 아닌 감사의 인사를 받았다고 이해했다. 자기를 위해 이루어진 모든 일에 감사할 줄 아는 아들을 보며 이 늙은 유대인은 순식간에 넘치는 자부심을 주체하지 못했다.

머지않아 모르데카이는 옥스퍼드로 떠났다. 이즈음 전쟁이 날 것 같다느니, 독일 황제의 성질을 예측할 수가 없다느니, 프랑스 국민들이 독일의 이상을 존중하길 거부한다느니 하는 소문들이 나돌았다. 그러나 젊은 모르데카이로서는 그의 인생 경력에서 그토록 중대한 단계를 국제 정세가 못 본 척하리라 생각하기는 힘들었다. 아주머니들 가운데 한 사람의 배려로 마련한 타탄 무늬 트위드[39] 여행 모자를 쓰고, 수수하지만 훌륭하게 마름질한 톱코트를 입고, 그는 말쑥한 모습으로 열차 승강장에서 표를 확인했다. 모두들 그 자리에 모여 있었다. 모셰는 자기가 직접 아들에게 새로 마련해준 수 놓인 가죽 행낭에 매료되었다. 중요하고 영예로운 순간마다 늘 그랬듯 다락에서 꺼내 온 것 같은 옷을 걸친 어머니는 이제껏 힐끔거리는 게 고작이었던 세속적 세계의 모습에 그저 혼란스럽기만 했으리라. 그들의 아들로 말하자면, 부모들이 그에게 물려주었노

---

38) 유대교의 율법에 따라 정해진 방식대로 가축을 도살하는 사람. 이 과정을 거친 육류는 합당한 음식을 뜻하는 코셔로 인정받는다.

39) 타탄은 여러 가지 색을 서로 다른 굵기로 엇갈리게 배치한 영국 특유의 체크무늬이며, 트위드는 굵은 양모로 거친 감촉을 표현한 모직물이다.

라 확신하던 정체성을 자기가 이제 내던진다는 사실 하나만으로도 그저 너무나 안도하고 있을 뿐이었다. 마침내 열차가 출발했다. 그리고 같은 날 느지막이, 그가 갈아탄 배는 안개 속으로 향했다.

모르데카이 히멜파르프는 옥스퍼드에서도 여전히 학구적이기로 유명했다. 처음부터 책에만 빠져들기로 마음먹었음에도, 자기가 사람들의 삶에 영향력을 미친다는 사실을 곧 알아차릴 수가 있었다. 셈족40)다운 기품은 다른 이들에게 호감을 심어주었다. 그는 여유작작한 태도를 개발했다. 남자들은 그가 주목해주기를 바랐고, 여자들은 앞다투어 그의 마음을 사려 했으며, 그는 언제나 상대가 성공했다고 믿도록 반응했다.

성공적으로 그한테서 열정적인 흥미를 이끌어낸 처녀는 아마 단 한 명뿐이었으리라. 서로가 배우자로 바람직할지 부모한테서 조언을 얻을 생각은 없었으나, 그들은 연인으로 지내는 동안 결혼을 언급하기까지 했다. 캐서린은 몰락한 백작의 딸이었다. 아버지는 쾌락을 추구하는 사람이었고 어머니는 이른 나이에 죽었기에, 그녀는 관례보다 자유롭게 자라날 수 있었다. 캐서린은 연약하고 창백했으며 취향도 거의 단순했고 절묘하리만치 순수하게 감정을 표현했다. 분별 있게 굴기로 마음먹었더라면 천사로 통했을지도 모른다. 그러나 캐서린은 그러기를 원치 않았다. 그녀를 잘 알고 인정하는 분방한 무리들이든, 그녀를 오해하고 혐오스러워하는 얌전한 사람들이든, 모두가 심심치 않게 그녀를 입방아에 올리곤 했다. 그녀는 출신과 재산을 믿고서 그 같은 인식들을 어느 정도 무시할 수 있었으며, 오히려 방탕하게 굴 때마다 전보다 더욱 순수해지고 결백해지는 것만 같았다.

---

40) 노아의 맏아들 셈의 자손이라 전하는 인종. 유대인, 아랍인 등이 여기 해당한다.

그들은 세련되게 관능에 탐닉했고 그럴수록 이 젊은 유대인은 자기가 그녀를 사랑한다고 애써 믿으려 했다. 함께 불태운 격정 때문에 두 사람은 어느 정도 눈이 멀었던 것이리라. 그러하기에 호텔 침실에서 인도 왕자와 일을 치르다 절정에 이른 듯한 자기 연인이 발견되었을 때 모르데카이는 당연히 상처를 받았다. 캐서린은 스스로 딛고 있던 한 조각 발판이 얼마나 좁다란 것인지 그제야 비로소 깨달은 게 분명했다. 그녀가 자기 고모와 함께 기약 없이 해외로 나간다는 소식이 순식간에 퍼졌기 때문이다.

그녀의 연인은 피렌체에서 날아온 편지를 받았다.

　사랑하는 M.

　내가 초래한 그 지독한 실수를 당신이 과연 용서할 수 있을지 모르겠다. 그러리라 기대하지는 않아. 다른 사람들이 나를 보며 거의 아무것도 기대하지 않는다는 사실을 알고 있기에, 나 역시 누군가에게 좀처럼 무언가를 기대할 수가 없거든. 그렇지만 본국을 떠난 영국 부인들로 가득한 이 답답하고 조그만 마을에서, 이렇듯 비에 젖은 밤만큼은 감상적으로 굴고 싶어. 가슴속에 당신을 새겨두지 않았다면 나는 절망에 빠지고 말았을 거야. 아직도 당신을 곁에 둘 수는 없지만, 이렇게 감정이 급락할지라도 난 알고 있어. 진실이 당신에게 보여주었으리라는……

편지는 '감각적인 갈색빛이 생동하며 어우러진 토스카나의 작은 녹색 언덕'에 대해 무리하게 문학적 수사를 동원하며 이어졌으나, 모르데카이로서는 더 이상 읽어나갈 의향이 없었다. 그는 편지를 아무렇게나 구겨 쓰레기통에 던진 후 타이를 느슨하게 풀었다. 이따금 글로 적힌 소식을 접하긴 했어도 이후로 캐서린을 다시 볼 일은 없었다. 그녀는 자기 기질에 순응하며 삶을 꾸려나갔다. 성년이 된 후에는 마구간을 개조한 집들이 모여 있는 핌리코의 빈민가에서 하마터면 권투 선수에게 목을 졸려 죽을 뻔했고, 늙은 다음에는 2차 대전 공습 때 퍼트니에 있는 주정뱅이 구호소에서 죽었다.[41]

모르데카이는 젊은이다운 분노, 그리고 어머니에게 물려받은 절제를 동시에 발휘하며 학업으로 돌아왔다. 그러나 애인한테서 받은 불쾌한 편지를 찢어버리고 얼마 지나지 않아 그의 아버지가 훨씬 더 심란한 편지를 보내왔다.

아들에게

내가 힘들게 내린 중대한 결정에 대해 더 이상 미루지 않고 소식을 전하련다. 요점만 이야기하마. 나는 얼마 전부터 로마 가톨릭 사제한테 가르침을 받다가 지난 목요일 오후에 세례까지 받았고, 너에게 이 사실을 전할 수 있어 행복하다. 마음속 짐을 덜어버렸어. 난생처음으로 나 자신이 온전히 자유로움을 느낀단다. "난 기독교도야!"

유대인 문제를 연구하느라 인생을 허비한 끝에 생각하건대, 나로서는 이것만이 유일한 해결책 같다. 꼭 집어 **실용적** 해결책이라는 말을 쓰고 싶은 건 아니지만 마음속에서는 이 말밖에 떠오르질 않는구나. 줄 건 별로 없는데 받을 건 너무나 많아! 바보만 아니라면 누구에게든, 온갖 이득이 엄청나다는 점이 명백할 수밖에 없기 때문이지. 하지만

---

41) 핌리코와 퍼트니는 모두 영국 런던 인근의 지명이다.

우리 민족의 운명을 진지하게 마음에 새긴 일원으로서 나 역시 이러한 이득들을 강조하고 싶지는 않다. 그저 좀더 많은 이가 우리의 완고하고 무익한 방식을 반성했으면 할 뿐이다.

내가 가끔 느끼는데 마르틴 너는 신앙의 위기를 겪고 있다. 그렇다면 더욱이, 네가 결정할 준비만 되면, 그런 분별력이 널 바람직하고 안전한 길로 인도할 것 같구나. 친애하는 네 어머니한테는 거의 가망이 없는 것 같아 두렵단다. 말케는 유대교라는 독선의 덤불 속에 언제까지고 붙들려 있는 쪽을 택할 테고, 내가 취한 합리적 조치 때문에 그저 끊임없이 고통스러워하겠지. 그래도 난 우리 부부의 영혼을 마침내 어떤 기적이 엮어주기를 계속해서 기도하련다.

여름철이기도 하거니와 시시콜콜하게 우리 가게 이야기를 늘어놓는답시고 널 괴롭히지는 않으마. 국제 정세가 어찌 돌아갈는지를 화제로 삼지도 않을 셈이다. 그랬다가는 괜히 놀랄 일만, 또 어쩌면 내 아들아, 괴로워할 일만 생기겠지.

언제나 너를 사랑하는 아버지가

아버지의 편지를 다 읽자 이제껏 살면서 경험한 적 없는 공허감이 밀려들었다. 설령 그 자신이 이미 완전히 말라비틀어졌다 해도 거기에는 여전히 전통이라는 기름과 향신료로 충만한 수많은 사람, 특히 그의 부모가 존재했다. 이제 아버지의 유리병은 부서졌고 모든 미덕이 바닥나버렸다. 기억의 한구석을 다시 찾을 일은 결코 없을 것만 같았다.

젊은 유대인은 이처럼 개인적으로 처참한 상황을 맞고도 공부를 계속하기 위해 스스로를 밀어붙였다. 동료들은 그가 그들 뒤에 있는, 눈에 보이지 않는 누군가를 곧잘 바라보는 것 같다고 생각했지만 말이다. 그는 배교한 아버지에게 적어도 자기의 기분 정도는 전달할 답장을 보냈으니 이 때문에 아버지는 분명 극심히 실망했을 것이다. 시원찮다기보다는 아예 냉담한 반응을 편지로 표출했기 때문이다.

어머니에 대해서라면 모르데카이는 감히 생각조차 하지 않았고, 급히 그녀에게 편지를 써 보내면서도 아버지의 행동에 관해서는 일언반구도 담지 않았다.

침탈당하지 못하리만큼 찬란했던 그의 운명이 이런 식으로 위협받는 건 처음인 듯했다. 점점 더 위축되는 그 자신의 영혼 때문이자, 이전에는 그저 근린공원에 서 있는 조각상이나 다름없다 여겼던 사람들 때문이었다. 이제 그 조각상들이 살아 움직이기 시작해버렸다. 게다가 단단한 역사의 한 덩어리라 믿어 의심치 않았던 무언가에서 거대한 균열이 드러나기 시작했다. 마냥 굳어 있던 시간이 녹아 흘러가고 있었다. 지인 가운데 몇몇은 벌써 짐을 꾸렸다. 그들은 필시 전쟁이 닥칠 것이라 내다보며, 너무 늦기 전에 독일인으로서 조국에 봉사하러 자신들과 함께 돌아가는 게 젊은이의 임무라고 상기시켰다.

유대인도 아니요 그렇다고 독일인도 아닌 히멜파르프는 어머니에게서 편지가 도착할 때까지도 이 문제를 곰곰이 검토하고 있었다.

사랑하는 모르데카이에게

차마 여기에 옮기지 못할 소식을 네 아버지가 편지로 전했을 것 같구나. 내가 네 이모들과 함께 있다는 사실을 너도 알게 되겠지. 이 상실감에서 벗어날 때까지는 여기서 지낼 거야. 이모들은 나한테 과분하리만치 친절하고 사려 깊단다.

아, 모르데카이. 어떤 면에서 내가 남편을 망쳐버린 것 같다는 생각을 떨칠 수가 없는데, 이러다 어쩌면 아들까지 망쳐버리는 게 아닌가 싶어 두렵구나.

모르데카이는 고개를 돌렸다. 차마 어머니를 볼 수가 없었다. 어머니는 예복을 찢는 것[42]을 견뎌낼 수 없었던 듯했다.

어머니의 편지 덕분에 아들은 적어도 우울한 망설임에서 벗어날 수 있었다. 모르데카이는 어느새 북해를 배로 건너고 있었다. 적어도 겉보기에는 고향으로 돌아가는 사람처럼 보였다. 그의 의지가 그를 지탱했던 한은, 그러나 딱 그만큼만 말이다. 그의 긍지가 마치 철심처럼 내세웠던 무언가는, 실상 다른 사람들이 투박한 손가락으로 잔인하게 비틀고 꼬고 심지어 끊어버리려 위협하는 실낱에 불과했다. 그렇게 바닷바람은 그 젊은이의 뼈대로 만들어진 허술한 선실 안팎을 드나들었다. 멋졌던 그의 살색은 상앗빛을 잃고 더럽게 검누런 색이 되었다. 같은 배의 승객들은 그에게 말을 붙였다가도 이내 갑판을 가로질러 몸을 피했다. 범속한 그들로서는 감당할 수 없는 상대임을, 다시 말해 그에게서 환각 혹은 광기까지 감지했기 때문이다. 하지만 몇몇 승객은 좀더 단순하게 설명하는 쪽을 택했다. 그 빌어먹을 유대인은 그냥 취한 거라고 말이다.

취했든 깨었든 간에 모르데카이는 놀랄 만큼 정확한 시각에 홀룬데르탈 역에 도착했다. 낯선 이들의 얼굴은 역 건물의 골조 안에서 그들이 영원하리라 확신하는 듯했다. 모르데카이의 아버지만이 검고 딱 붙는 외투를 입고서 홀로 세월의 흐름을 인정했다. 아버지가 콧수염 아래로 더듬더듬 환영한다는 인사를 건넸다. 지나치게 곤혹스러워하는 것 같기도

---

42) 유대인들이 가족의 죽음과 같은 비극적 상황에서 슬픔을 표현하는 몸짓이다.

했다. 빈곤한 냄새가 질병을 연상케 한다는 이유로 아버지가 싫어하던 지포라도 함께 역에 나와 있었다. 모르데카이의 이모인 지포라가 메마른 목소리로 말을 걸어왔다.

이모와 아버지는 서로 뒤로 빼는 기색이었다.

"그나저나……" 모르데카이가 말했다. "두 분 사이에 한 분이 더 계셔야 할 것 같은데요."

그는 반응을 기다렸다.

"대답 좀 해보세요." 마침내 그가 말했다. "어머니 말이에요."

그리고 대답을 들으려 했다.

끝내 붙잡히고 만 생쥐처럼 이모가 울음을 터뜨렸다. 홀룬데르탈 중앙역의 대들보 사이에 갇힌 그 소리는 끔찍하게 울려 퍼졌다. 호기심 많은 행인들이 걸음을 늦추더니, 어떤 반응을 보여야 할지 머뭇거리며 이제부터 밝혀질 사연에 귀를 기울였다.

"그래!" 지포라가 소리쳤다. "네 어머니가. 토요일 밤에. 그렇지만 모르데카이야, 너무나 갑작스러웠단다."

아버지가 그를 꼭 붙들고서 설명하기 시작했다.

"모르데카이, 네 어머니가 우리한테 숨기던 병이 있었던 것 같다."

이모는 새삼 비통함이 북받쳤다.

"아아악![43] 모세! 악성 종양 따위는 없었어요! 에렌츠바이크 선생한테 직접 들었다고요. 그런 기미조차 없다 그랬는걸."

이모가 너무도 극렬하게 슬픔에 잠긴 나머지, 아버지의 슬픔 따위는 순식간에 맹탕처럼 느껴질 정도였다. 그러나 그가 느낀 절망은 다른 종

---

43) 'Oÿ-yoÿ-yoÿ!' 비통함을 나타내는 이디시어 표현.

류의 감정이었다.

"에렌츠바이크 선생이 장담했다, 모르데카이." 아버지는 항변했다. "고통스럽지는 않았을 거라고. 통증도 없었다고. 마지막 순간까지 말이 야."

"고통스럽지 않았다니! 고통스럽지 않았다니!" 이모의 목소리가 요란하게 울려 퍼졌다. "고통도 여러 가지 방식으로 오는 법이야! 의사야 환자한테서 몸에 일어난 문제만 책임지는 거고."

아버지는 아들의 팔꿈치를 붙들었다.

"이 여자 말은 공정하지가 않아! 왜냐하면, 당연히 원한을 품고 있으니까!" 모셰가 소리쳤다.

모르데카이는 이해했다. 사실 그의 어머니는 그저, 사망한 것뿐이었다.

그들은 그렇게 걷다가, 다른 여행자들이 더 이상 들고 다닐 수 없게 되어서 내버렸을 카네이션 반 다발 위를 지나 합승 마차에 탔다.

모르데카이 히멜파르프는 전쟁이 발발하기 직전 몇 주 동안 아버지의 집에 머물렀다. 아버지는 아들에게 이런저런 선물을 가져다 바쳤으나 용서를 구하지는 않았다. 모르데카이는 친족들과, 또 바르미츠바로 그를 받아들인 공동체와 다시 왕래하기 시작했는데, 공식적으로 그는 여전히 유대인이었기 때문이다. 하지만 그가 다가가기만 해도 어른들의 목소리는 말라붙는 것만 같았고, 그가 방에 들어가면 젊고 수수한 여자들은 눈을 내리깔며 얼굴을 붉혔다. 그는 자기가 외톨이라는 사실을 받아들였다. 단지 아버지의 배교나 그 자신의 정신적 위축은 그들이 의혹하는 진짜 이유가 아니라는 점, 그리고 대부분의 인간이 영적인 명을 받기에 앞서 같은 기간의 시련을 견뎌야 한다는 점을 알아차리지 못했을 뿐이다.

유대인이 아닌 친구는 아무도 남지 않았다. 위르겐 슈타우퍼는 말을 타고서 유럽을 가로질러 진격하길 고대하며 어딘가에 매여 있었다. 마르틴 모르데카이는 애써 떠올리려 노력하지도 않았다. 사춘기가 되어 남자다운 골격으로 깎아내듯 다듬어졌던 친구의 얼굴도, 권력에의 의지로 통하는 미네젱거[44]의 기사도 정신이 드러나던 고등어 빛깔의 두 눈도 말이다. 모르데카이는 출판인이었던 슈타우퍼 씨가 심장병으로 죽었다는 소식을 들었다. 그의 아내는 뒤끝 있고 예측하기 힘든 중년의 여인이 되고 말았다. 모자를 눌러쓴 그들의 큰아들만을 전차 출입구에서 언뜻 볼 수 있었다. 콘라트 슈타우퍼는 분명 모르데카이를 아예 기억하지 못하거나 적어도 모르는 척하고 있었다. 그는 부러 천박한 표정을 짓고 있었는데, 그다지 확신은 없어 보였다. 아무도 읽어보았다는 사람은 없었으나 소문에 따르면 콘라트 슈타우퍼는 시집도 한 권 낸 작가였으며, 이제는 고향에서 발행하는 급진적 신문에 파괴적인 논평과 기사를 기고하고 있다고도 했다.

그러나 슈타우퍼의 모습도 머지않아 과거와 함께, 또 히멜파르프가 감히 온전히 자기 것이었노라 말할 수 있었던 삶의 일부와 함께 사라졌다. 그에게든 다른 누구에게든 전쟁은 갑작스럽게 발발하지 않았다. 즉 그것은 화산처럼 터지는 대신에 그들 위쪽과 안쪽으로 천천히 배어들었다. 어떤 사람들은 자기네가 접한 전망에 질겁했으나 대다수는 마치 연인을 맞이하듯 노래했다. 그 연인은 그들의 갈비뼈를 부러뜨리고 피부에 멍을 지게 만들겠지만, 그 타액은 또한 그들을 중독되듯 취하게 하고, 그 열정은 차마 용납할 수 없는 욕망들을 해방할 터였다.

---

44) 중세 독일의 음유시인들. 기사들의 연애담을 즉흥적으로 지어 읊었다.

개인사에서 겪은 장면 장면의 사건들 때문에 히멜파르프는 회의적이고 냉정한 사람이 되었으며, 그로서는 처음으로 경험한 전쟁에서 생각보다 미약한 영향을 받았다. 더없이 어리석게도 그는 전쟁이 자기의식의 가장자리를 차지하고 있을 뿐이라는 사실을 깨닫고서 부끄러움을 느꼈다. 그럼에도 바람직한 독일인이었던 그는 복무를 자원해 보병대에 들어갔다. 그리고 두 차례 부상을 입었다. 훈장을 받기도 했다.

한번은 폐허가 된 프랑스 어느 마을에서 빗물과 진흙에 잠긴 채, 어릴 적 친구인 위르겐 슈타우퍼를 조우하고서 반쯤 기쁨에 가까운 감정을 누리기도 했다. 번쩍번쩍한 소위가 꾀죄죄한 유대인 이등병을 껴안았고―해가 떨어질 무렵이었으며 주위에는 아무도 없었다―분위기만 좀더 따라주었다면 둘은 순수한 분위기 속에서 오페라 듀엣을 소화했을는지도 모른다.

"아, 이럴 수가!"[45] 소위가 소리쳤다. "마르틴! 누구보다 오랜 내 친구, 사랑하는 마르틴! 이렇게 해 질 녘에! 포도 덩굴 아래서! 승리의 진격 끝에!"

유대인은 그 길의 다만 얼마가 되었든, 어떻게 하면 자기가 뒤따라 기어오를 수 있을지 궁금했다.

"마음이 푸근해지는군." 슈타우퍼 소위로서는 아무리 노래해도 충분치가 않았다. "생각지도 못한 곳에서 소중한 친구를 다시 보다니."

노련함인지 확신인지 모를 무언가가 이 헬덴테노어[46]를 빛나게 했다. 펠트와 판지를 오려 만든 그의 황금빛 외장에서 마지막 빛이 흘러나

---

45) "Ach, Gott!"

46) Heldentenor: 영웅적인 테너라는 의미의 독일어. 주로 신화를 다룬 웅장한 오페라에서 남자 주인공을 맡는다.

왔고, 아수라장이 된 거리에 함께 있는 동안에도 그는 꼿꼿한 자세를 유지했다. 심지어 그 곁에 있는 지친 하급자는, 그한테서 윤나는 구두와 세숫비누의 냄새가 풍긴다는 사실을 깨달았다.

"그나저나 넌 좀 어때, 마르틴? 나한테 아무 말이 없잖아." 장교는 어조를 바꾸어 불만을 표했다.

조심성을 되찾게 되자 그는 번들거리는 입술을 필요 이상으로 훑었다.

"나야 잘 지내지." 유대인이 답했다. "그러니까, 나의 아치들은 무너져버렸어."

위르겐 슈타우퍼는 어찌나 쩌렁쩌렁하게 웃던가. 그의 치열은 완벽했다.

"농담은 여전하구먼! 마르틴, 이 멋진 녀석! 그렇지만 건강 조심하라고. 거의 다 왔군."

"어디에?" 유대인이 물었다.

장교는 손을 내저었다. 그의 빛나는 태도는 단순한 무례 정도야 용납할 수 있었다. 따라서 그는 여전히 웃음을 잃지 않고 모르데카이의 무례도 너그러이 봐주었다. 그리고 과거만 돌아보는 게 아니라 그닥지 않게 잘못 내렸던 판단까지 어깨 너머로 뒤돌아보면서, 그가 속한 중대에 의탁하고 있는 장군과 재회하기로 한 진흙탕을 따라 걸었다.

평화란 때로 전쟁보다 폭발적이다. 소시지 끄트머리와 시큼한 청어 대가리를 뒤지고, 더 이상 가지지 못하는 즐거움을 노래로 표출하고, 굶주리며 온기를 필요로 한 끝에 그네의 부모들로서는 짐작하지도 못할 애욕의 조건에 내몰려 살아가는 사람들 다수가 그렇게 생각한다.

인간이자 짐승인 자들의 떼거리는 허우적거리고 가라앉으면서, 밟고 또 밟히면서 마냥 휩쓸려갔고, 유대인 히멜파르프도 거기에 끼어 있었다. 설령 저항할 의지를 느꼈다 하더라도 그는 그 같은 의지를 행사하지 않았으며, 오히려 그 자신한테도 비슷하게 돋은 터럭들의 뻣뻣한 마찰을 느끼며 애써 위안을 찾았다. 제대하고 첫 주에는 전쟁 경험으로 인한 섬망 상태와 어색한 포옹들 때문에, 아버지의 집에서 당연히도 그를 기다리던 침대로는 돌아갈 수가 없었다. 게다가 그런 환경에서는 너무 큰 소리로 웃어버리거나, 식당에서 방귀를 뀌거나, 본질적으로 불합리한 짓을 저지르게 될지도 몰랐다. 모셰가 재혼했기 때문이다. 아버지는 크리스텔 슈미트라는 젊은 여자를 데려왔는데, 말뚱처럼 생긴 머리망 속에 묵직한 금발을 넣고 다니며 목에는 비너스의 목걸이[47]가 있었다. 그나마 상냥하고 야무지긴 했다만.[48] 그 밖에 대단한 특징은 없었다. 그들은 미사가 끝난 자리에서 만났다. 여자 쪽은 어느 정도 호기심으로, 하지만 무엇보다도 굶주림을 견딜 수 없어서 제안을 받아들였다. 나이 먹은 남자 쪽에서야 자기에게 허락된 육체를 마지막으로 탐닉할 수 있겠다는 생각 때문에 일말의 자제심마저 내려놓았을 것이다.

몇 달 후 모르데카이가 비넨슈타트 대학에서 영문과 부교수직을 맡게 되면서, 사실상 아무 잘못도 없었던 새어머니와 그는 둘 다 아이러니한 상황을 벗어나게 된 데 안도했다. 이제 히멜파르프 박사가 된 아들은 그를 어정쩡하게 축복하는 늙은 아버지와 헤어졌다. 아버지는 아들이 아무래도 애매한 이유 때문에 변변찮은 대학이 있는 곳, 다시 말해 벌이가 좋지 않은 지역으로 가게 되었다는 사실을 어렴풋이 알고 있었다. 검소한 유대인 몇몇이 모르데카이를 아마도 그들과 비슷한 부류일 다른 사람에게도 소개하겠노라 힘주어 말했다. 그는 기꺼이 감사를 표하며 이를

---

47) 목에 하얀 반점이 생기는 피부 질환.
48) Trotzdem, nett und tüchtig.

받아들였고, 젊은 날 만났던 역겨운 염색업자도 거리 한구석에서 언제까지나 되풀이할 기세로 그의 팔을 자꾸 움켜쥐었다.

"비넨슈타트에 훌륭한 사내가 한 명 있지. 인쇄업자인데, 사별한 내아내한테 형부 되는 사람의 사촌이야. 그 사람이라면 자네를 친절하게 맞아줄 거야. 굳이 상기시킬 필요도 없겠지만, 우리 모르데카이 선생, 자네가 어린 시절에 익히 그랬듯이 말이야. 그 사람한테 자네를 진심으로 추천하겠어. 이름은 리프만이라고 하지."

히멜파르프는 그 염색업자의 손에서 좀처럼 빨리 벗어날 수가 없었고, 그는 뒤에서 계속해 소리쳤다. "훌륭한 사내라고! 이름은 **리프—만**이야!"

성질 급한 사람 하나가 그를 배수로로 밀쳐버리지 않았더라면 그는 이름 철자를 하나하나 불렀을지도 모른다.

머지않아 히멜파르프는 비넨슈타트로 떠났다.

그 마을은 비록 좀더 작긴 했으나, 마치 같은 붓으로 그려낸 듯 그가 태어났던 마을을 여러모로 닮아 있었다. 그 푸른빛과 회색빛, 그리고 풍파에 시달려 얼룩진 금박은 대낮의 잠에 빠져 함께 유영했다. 맑은 개울가에 거주하는 사람들의 입에서는 말도 드문드문 나왔다. 그들의 얼굴은 자기들만이 항상 옳다는 믿음과 능숙한 호의를 담아 보조개를 지어 보였다. 그러나 비넨슈타트에서 히멜파르프는 단조로운 나날들과 그 위선적 분위기 때문에 다소 움츠러들었다. 그가 맡은 학생들은 성실한 젊은이들답게 존경 어린 태도로 그의 지도를 완벽하게 따랐다. 몇몇은 심지어 히멜파르프가 본인이 가르치는 내용 이상의 지식을 숨긴 사람이라고 생각했다. 강의가 끝나면 그들은 개인적인 차원의 계시라도 희망하듯 열의에 찬 침묵 속에서 어슬렁거렸다.

엄밀히 말해 그는 사랑받는 사람이 아니었으나, 이따금 남이 닿을 수 없을 만큼 멀찍이 틀어박히지만 않았어도 사랑을 받을 수 있었을 것이다. 그는 홀룬데르탈을 떠나기 전 주위 사람들이 억지로 건네준 소개서들을 갈기갈기 찢었는데, 그따위 것들을 이용해봐야 틀림없이 우스꽝스럽고 재미없는 일이 될 뿐이라고 생각했기 때문이다. 그는 연구실을 훌륭한 상태로 유지했고 늦은 밤까지 슈펭글러[49]를 읽었다.

처음에는 설명할 길이 없었으나 몇 개월이 지나지 않아 어떤 이름이 그를 사로잡고서 괴롭히기 시작했다. 마치 누군가 똑같은 세기로 끊임없이 버저를 눌러대는 것처럼 짜증이 났다. 심지어 그는 자기 입으로 그 이름을 소리 내어보기에 이르렀다. 그리고 그제야 떠올렸다. 바로 그 끔찍한 염색업자가 이야기했던, 비넨슈타트에 산다는 친척의 이름이었다. 덕분에 이 문제는 전보다 더욱 어처구니없고 짜증스러운 일이 되었다. 그로서는 그런 식의 연결 고리를 전혀 만들고 싶지 않았기 때문이다. 문제의 근원을 인지한 후로는 그 이름이 떠오를 때마다 폐 속 깊은 곳에서 연기를 뿜으며 그냥 웃어버렸다. 그는 새 담배에 불을 붙이곤 했다. 그리고 손가락에 얼룩이 생기고 있음을 알아차렸다. 그 손가락이 살며시 떨린다는 사실도.

어느 날 오후에 갑작스럽게 그는 리프만을 찾아 인쇄소로 가야만 한다는 사실을 깨닫고서 일어섰다. 마을의 오래된 구역에 나 있는 자갈길을 걷느라 발밑에서 절그럭거리는 소리를 듣고 있자니, 행복까지는 아니어도 더없는 안도감이 밀려왔다. 세상의 이목과 점잖은 기준으로 보기에는 지나치게 풍성해서 날개처럼 뻗친 머리칼이 잔잔한 바람을 받아 부풀었다.

---

49) Oswald Spengler(1880~1936): 독일의 역사가이자 철학자. 문명을 하나의 유기체로 인식한 『서양의 몰락』과 같은 저서를 남겼다.

히멜파르프는 그렇게 리프만의 집에 당도했다. 인쇄 일을 손에서 내려놓을 게 분명한 저녁 시간을 택해서 찾아온 길이었다. 확실히 1층은 인적 없이 조용하게 잠겨 있었다. 집 옆으로 난 길에서 그는 문을 하나 발견했는데, 아무래도 살림 공간과 이어지는 것 같았다. 사춘기 소녀 하나가 안쪽에서 나오더니 그렇다고 알려주었다. 하지만 소녀의 아버지는 아직 시나고그에서 돌아오지 않았다. 곰곰이 생각할 줄 아는 성격의 그 소녀는 잠시 뜸을 들이더니 그를 향해 안으로 들어오라고 말했다. 그리고 그를 인쇄기 위쪽 계단, 가족들이 살고 있는 곳으로 이끌었다. 그는 덧문이 밀려 있는 방으로 인도되었다. 거기서 어떤 젊은 여자가 꾸러미에서 막 꺼낸, 종이칼처럼 보이는 물건을 시험해보고 있었다.

"아, 그래요! 이스라엘 아저씨!" 여동생이 데려온 방문자가 염색업자에 대해 말을 꺼내자 여자는 이렇게 말하며 웃음을 터뜨렸다. "우린 벌써 몇 년째 그분을 못 뵈었어요. 언제가 마지막이었는지 기억도 안 나네요."

상냥한 성격이었기에 망정이지 하마터면 그녀는 얼굴을 찌푸릴 뻔했다.

여자는 그 대신 자기가 방금 받은 종이칼을 내보였다.

"친척한테서 받은 물건이에요." 그녀가 설명했다. "야니나[50]에서 돌아오는 길에 사 온 거래요. 그런데 저한테는 쓸모없는 물건 같네요." 그녀가 안타까워하며 이번엔 정말로 얼굴을 찌푸렸는데 그 모습이 무척 희극적이었다. "연극에 나오는 공작부인이 아니고서야, 누가 책이며 편지를 뜯는답시고 진짜 종이칼을 다 쓰겠어요?"

그들의 웃음소리가 한데 섞여 부자연스러우리만치 커다랗게 울렸다.

---

50) 그리스의 호반 도시 이오안니나Ioannina의 세르비아명.

"분명히 다른 용도가 있겠지요?" 방문자가 웃음을 잃지 않은 얼굴로 물었다.

"아, 맞아요. 당연하죠." 여자도 맞장구쳤다. "이거 진짜 **날카롭다**니까요!"

칼끝으로 꾹꾹 찌르자 엄지 아래가 완전히 하얘졌고, 그 모습을 본 두 사람은 한층 더 환히 웃음을 터뜨렸다.

전에는 한 번도 그런 적이 없었기에 그들은 수줍음을 느꼈다. 두 사람 모두 평소답지 않았다.

그럼에도 마음은 들뜬 상태였다. 둘 다 숨이 가빴다.

여자가 다시 이야기를 시작했다.

"참, 아버지는 금방 돌아오실 거예요." 그냥 생각나는 대로 꺼낸 말이었다. "그럼 우리 커피라도 한잔하죠. 제가 이 집 큰딸이에요. 레하라고 해요." 그런 다음 그녀는 여러 형제자매의 이름을 술술 읊었다. "이스라엘 아저씨가 우리 가족에 대해서는 이야기를 안 했던 모양이죠? 당연한 이야기지만 그분은 별로 아는 게 없어요. 아뇨, 어머니는 돌아가셨고요."

그 집은 박공지붕을 올린 집들 가운데 하나였고, 그들이 있는 방은 커다랗고 예스러웠다.

"저를 보고서 지독한 수다쟁이라고 생각하실 것 같네요." 그녀가 머리칼을 뒤로 넘기며 말했다. "다른 사람들은 죄다 제가 말을 못 하게 소리를 막 지르거든요. 여기가 마음에 드세요? 그러니까, 비넨슈타트 말이에요."

"네." 그가 대답했다. "그런 것 같습니다."

"무슨 일을 하시는지 알려주세요." 그녀가 부탁했다.

그래서 그는 이제 완연히 자연스럽게 이야기를 들려주었다.

레하는 통통하고 꽤나 촌스러운 소녀였다. 여건만 허락한다면 그녀가 얼마나 행복하고 편안해질 수 있는 사람인지는 이미 분명했다. 히멜파르프는 그녀를 바라보는 동안 자기도 모르게 생소한 태도로 고개를 갸울일 수밖에 없었는데, 그로서는 신중하려는 의도였으리라. 그녀는 환심은커녕 주목조차 끌려 하지 않으며 편안한 표정을 지었다. 하지만 그는 어느새 대가를 기대하지 않으면서도 그녀의 기분을 맞추려 애쓰고 있었다. 행여 너무 요란하게 몸짓하거나, 복잡하게 생각하느라 짐짓 신실한 척하는 것처럼 보이지 않도록 조심하면서 말이다.

"영문학이라……" 그녀가 눈가를 찡그리며 중얼거렸다. "전 항상 어휘력이 약해요. 글을 충분히 읽어야 하는데 억지로는 그러질 못하겠더라고요."

"제가 책을 좀 빌려드리겠습니다." 그가 약속했다.

두 사람은 서로가 빤한 이야기만 하고 있음을 알았으나 그런 건 별로 중요하지 않아 보였다.

그러고 있을 때 그녀의 아버지가 집에 들어왔다. 마르고 조그맣고 나이 든 유대인이었다. 절름발이인 데다 아무래도 겉으로 드러나지 않는 질환을 몇 군데 앓는 것 같았지만, 어쩌면 아내와 사별하고 완전히 회복되지 않은 상태일지도 몰랐다. 히멜파르프가 방문하게 된 경위를 듣는 도중에 그는 넋을 잃고서도 몇 번이나 되풀이해 외쳤다. "불쌍한 이스라엘! 불쌍한 이스라엘!"

목소리로 판단하건대, 친척의 신세에 가망이 없다는 사실이 그에게 선한 마음을 품게 한 듯했다.

"알려드려야겠소만, 이름과 걸맞지 않게 이스라엘한테는 자식이 없소.[51] 일찍이 안 좋은 일을 좀 당해서." 인쇄업자는 방문자가 내막을 얼마나 알고 있는지는 생각해볼 겨를도 없이 말을 이었다. "그렇지만 이스라엘은 다른 문제들에 헌신했어요. 그 씨앗은, 뭐랄까, 다양한 방식으로 뿌려졌지."

그 인쇄업자는 다시 내면으로 침잠하고 싶은 게 분명했으나, 무뚝뚝하게 예의를 차리는 듯하면서도 자연스럽게 먼저 말했다. "선생이 언제든 우리를 찾아와 함께 안식일을 보낸다면 좋겠소. 선생네 댁처럼 편히 여기시구려. 함께 토론하고 싶은 책 구절도 있소. 일반적인 관점에서 선생의 의견을 듣고 싶소이다."

어디까지나 의례적으로 덧붙인 제안이었겠으나 인쇄업자의 누런 살빛은 자애로움으로 희미한 빛을 발하고 있었다. 그의 눈빛은 너무도 순수해서 다른 사람들의 눈과 마주치는 것을 피하지 않았으므로, 결국 히멜파르프는 상대의 선량한 성품이 자신의 내면에 만연한 무질서를 알아채지 못하기를 바라며 눈을 내리깔 수밖에 없었다.

인쇄업자가 계속 말을 이었다. "히멜파르프 박사, 선생이 우리를 보면 훤히 알아볼 수 있을 문제가 많소. 우리는 닫힌 원 안에서 살고 있지. 그게 우리의 심각한 약점이라오."

히멜파르프는 있는 힘을 다해 목청을 꽉 조이지 않았더라면 이 심각한 집주인의 말을 소리쳐 부정함으로써 상대를 깜짝 놀라게 할 뻔했다. 다행히 그런 일은 막을 수 있었다.

대화를 조금 더 계속하고 있자니 어느새 레하가 커피를 가지고 돌아왔다. 레하는 뻣뻣하게 깍지 낀 그의 손을 쳐다보고 있었다. 히멜파르프

---

51) 이스라엘은 『구약성경』의 인물인 야곱의 다른 이름이기도 하다. 그는 열두 명의 아들을 두었고 이들은 고대 이스라엘 12부족의 조상이 되었다.

는 그 모습에 그녀가 난처해하며 당황하고 있음을 알아차렸다. 그는 재빨리 그것들을 풀어버렸다. 그의 뼈마디에서 흰 기운이 사라졌다. 그 순간의 레하를 보아서는 그 모습을 알아차렸던 것인지도 아리송했다. 그녀는 김이 살짝 올라오는 가운데 몸을 숙인 채로 웃음 지으며 커피를 따르고 있었다. 확실히 전쟁 전의 진짜 커피 냄새였다. 케제쿠헨[52] 조각들이 옆에 딸려 나왔다.

히멜파르프는 리프만의 제안대로 안식일에 그 집을 찾아갔다. 처음에는 조심스러웠으나 열망 때문에 방문을 계속하다 보니 머지않아 습관처럼 익숙해졌다. 리프만의 가족 모두가 히멜파르프를 당연하게 받아들이는 것 같았기에, 함께 보내는 안식일이 마침내 그에게도 완전히 자연스러운 일이 되었다. 식탁에서 사람들이 안식일 요리를 건네줄 때, 혹은 그도 함께 노래하길 기대할 때, 히멜파르프는 유대인으로서의 삶이 결코 끝나버리지 않았다는 느낌을 받았다. 그 같은 행복은 이따금 어색하게 느껴질 정도였다. 하지만 아리를 빼고는 아무도 그의 기분을 알아차리지 못했다.

아리는 리프만의 큰아들로서, 다른 사람의 비밀, 특히 약점을 알아채는 눈치가 전문가 수준이었다. 작은 두건 같은 모자를 쓴 그의 머리는 둥그런 모양이었고 광대뼈를 따라 검은 구레나룻이 소용돌이처럼 돋아 있었다. 그는 반쯤 눈을 감고서 웃음을 머금은 채 염소처럼 널찍한 이빨 사이로 감사 기도를 웅얼거리곤 했다.

시나고그에서 한번은 아리가 모르데카이 히멜파르프를 돌아보더니 굳이 목소리를 낮추려 애쓰는 기색도 없이 말했다.

"저기 저쪽에 있는 친구 보여? 머리를 타래처럼 꼬아놓은 녀석 말이

---

52) 독일식 치즈 케이크.

야. 정말 단순한 치지. 말하자면 **선량한 유대인**이랄까. 만약 저 아브람이 라는 녀석의 할아버지가 가면을 쓰고 녀석한테 가서 자기가 선지자 엘리 야라고 말하면, 놈은 그 말을 믿을 거라고."

아리는 모르데카이가 웃으리라 기대하지도 않으면서 혼자 웃음을 터뜨렸다. 그는 철저하게 초연한 인간이었다. 그러나 나쁜 청년은 아니었 다. 자기가 속한 조직의 일원인 다른 젊은 유대인들과 함께 터벅터벅 들 판을 지나며 노래를 부르기도 했다. 그는 자기 가족들도 사랑했으며 두 팔로 여동생들의 목을 두르고서 테이블에 앉아 있곤 했다.

모르데카이는 마침내 자기가 아리까지도 좋아하는 것 같다고 믿었 다. 안식일 식탁에서 그는 빵 껍질을 즐겨 먹었다. 손가락 아래 쌓인 부 스러기는 그를 겸허하게 했다.

"뭐지?" 레하는 이렇게 물었을 것이다. "잉어 좋아하지 않아? 아니 면 혹시 비어소스[53]를 좋아하나?"

그가 안심시키려 반응하고 나서 조용해지면 레하는 자기 접시를 만 지작거리곤 했다. 그러고서 무언가를 찾으려 했다. 모르데카이의 어머니 처럼 레하 역시 근시가 있었다. 처음에 레하는 장님이 장님을 이끌고 간 다며 모르데카이한테 농담을 던지지 않을 수 없었다. 모르데카이 역시 나쁜 시력을 물려받았음이 분명해지면서, 비넨슈타트에 도착하기 직전부 터 안경을 쓰게 되었기 때문이다. 안경은 어쩐지 기묘하게 그의 얼굴에 놓여 있었지만, 점점 확신을 머금는 표정 덕분에 그 얼굴에 깃든 타고난 방어 태세는 흔들리지 않았다.

젊은이는 더 이상 이방인이 아니었기에, 저물녘 인쇄소 2층에 앉아

---

53) 독일에서는 맥주를 재료로 한 비어소스에 졸인 잉어를 즐겨 먹는다.

있든, 치렁치렁한 숄을 쓴 채 시나고그에서 그의 친구 리프만과 팔꿈치를 맞대고 서 있든, 안식일을 변함없는 즐거움으로 삼게 되었다. 그해의 축일들에 맞추어 성궤[54]의 덮개가 바뀌면서 그의 영혼도 다른 색조를 띠었다. 그는 다시금 믿음을 얻었다. 숄에 달린 술에다가 입술을 가져다 대는 행위는 순수한 기쁨을 마시는 것과도 같았다.

뜨거운 열기가 가라앉은 가을, 개방된 장소들을 남모르게 무서워하는 레하 리프만을 설득해 모르데카이는 이따금 비넨슈타트 북쪽까지 이어지는 황야를 함께 걷곤 했다. 그리고 10월의 어느 일요일, 다른 곳보다 안전해 보이는 모래 구덩이에 앉아 쉬고 있을 때 그는 그녀에게 자기 아내가 되어달라고 청혼했다.

처음에 레하는 아무 말도 없이 모래 알갱이를 손으로 가르고 있었고 그 모습은 어쩐지 서글프거나 불쾌해 보이기도 했다.

솔직히 말해 그 모습은 잠시나마 모르데카이의 자신감을 당혹스럽게 했다.

이어서 그녀는 무척 느릿느릿, 부드럽게, 말을 떼었다.

"좋아." 그녀가 승낙했다. "그래, 모르데카이. 나도 그러고 싶었어. 처음부터 그러길 원했어. 물론, 당연히 알고 있었지만."

만일 그녀의 말에 깃든 순박함이 아니었더라면 그렇게 솔직한 태도는 오히려 자기도취적이거나 뻔뻔하게 들렸을 것이다.

"어머, 세상에!" 그녀가 울기 시작했다. "난 정말 열심히 애써야 해. 용서해줘." 그리고 계속 울면서 말했다. "내가 이런 식으로 행동해야 한다는 걸 말이야. 바로 지금. 다른 의미로도 당신을 실망시킬까 봐 난 무

---

54) 예루살렘의 정면을 향해 시나고그의 정면에다 만들어두는 궤짝. 율법 두루마리를 보관한다.

서워."

"레하, 내 사랑!" 그는 오히려 가볍게 대답했다. "고루한 지식인은 세상 사람들 눈에 **우스꽝스러운** 꼴인걸."

"아, 그렇지만 당신은 이해 못 해." 그녀가 힘겹게 말을 이었다. "아직은 말이야. 나도 나 자신을 표현 못 하겠어. 하지만 우리는, 그러니까 우리 가운데 몇몇은, 겉으로 말은 안 해도 당신이 우리한테 영광을 가져다주리라고 믿거든."

레하가 모르데카이의 손가락을 가져가더니, 또다시 거의 슬픈 눈으로 멍하니 그 뿌리 쪽을 바라보고 있었다. 그리고 손등에 솟은 핏줄을 어루만졌다.

"날 부끄럽게 하는구나." 그가 말했다.

그녀의 이야기가 놀랍게 느껴졌기 때문이다.

"당신도 알게 될 거야." 그녀가 말했다. "난 굳게 믿고 있어."

그리고 이번에는 당당하게 웃으며 그를 올려다보았다.

이에 그는 그녀에게 키스—그녀는 너무도 유순한 데다 눈앞에서 만져졌기에—하고 싶었으나, 동시에 자신의 청혼 때문에 듣게 된 그 이상하고 발작적이기까지 한 단언을 잊어버려야 하겠다고 마음먹었다.

"레하! 레하! 당신이 부디 알아준다면 좋겠는데!" 그가 고집스럽게 외쳤다. "난 최고로 보잘것없는 사람이야!"

이렇게 말해도 그녀는 단념하지 않고 그의 머리를 팔로 감싸 안았다. 이 세상 그 무엇이든 가질 자격을 얻었다 해도 그를 놓지 않을 것처럼 말이다. 하지만 그녀는 자기가 맡게 된 배역이 단역임을 의식하며 겸손하게 그러고 있었다.

두 사람은 말과 손길로 서로를 위로한 끝에 마침내 자리에서 일어나고서 놀라움과 수줍음을 함께 느꼈다. 날이 저무는 가운데 하이데[55]의 몹시 음습하고 외진 구덩이에서 황동 트럼펫들이 그들의 이름을 부르고 있었다.

나이 든 여인들과 여동생들과 사촌 여자들이 수군수군하는 가운데 하루하루가 굴러가듯 흘렀고 마침내 신랑은 후파[56] 아래서 신부를 기다리며 서 있었다. 모두가 기대했던 바겠지만 그녀는 마치 숨결처럼 부드럽게 다가왔다. 이윽고 두 사람은 고루한 벨벳 덮개 아래로, 비넨슈타트에 있는 오래된 시나고그의 거룩함과 먼지가 뒤섞인 독특한 냄새를 맡으며, 이스라엘의 씨앗으로서 독일 땅 한구석에 떨어진 배달원들이며 체구가 작은 점원들이 모여 있는 가운데 함께 섰으나, 이제 더 이상 어설픈 육체에만 얽매여 있지 않았다. 외피를 덮은 경이로운 후파는 선택받은 한 쌍을 위해 정말로 열려 있었다. 두 사람은 그들 자신으로부터 푸른색의 영원 속으로 빨려 들어갔고, 그들의 영혼은 처음엔 쭈뼛거리다가 이윽고 함께 퍼덕거리고 있었다. 그동안 두 장의 손수건은 그 상태의 진리에 의해 자연스럽게 조화를 이루어 하나의 억세고 하얀 혀로 한데 감싸이고 끊임없이 더 팽팽해지면서 가까워질 때까지, 바람 속에서 서로의 형태와 방향을 다투며 펄럭이는 것만 같았다.

신도라면 치러야 할 단조롭고도 감동적인 의식들을 치르는 동안 신랑과 신부의 육체는 계속해서 덮개 아래 서 있었으나, 하나로 결합한 두 영혼은 잠시간 주변으로부터 자유를 누렸다. 젊은 남편이 아내의 손가락에 부드럽게 끼워 넣고 있는 금반지를 알아보려고 나이 든 남녀들이 어

---

55) 독일 북부에 넓게 퍼져 있는 사질의 평지. 방목지나 공원 등으로 이용된다.
56) 유대교 율법에 따른 결혼식에서 사용하는 일종의 천막. 커다란 덮개 천을 네 개의 기둥으로 받친다.

찌나 목을 늘여 빼던지. 그 늙고 칙칙한 남녀들 주위를 사랑과 역사가 다시금 둘러쌌다. 그들의 입술은 기쁨이 넘치는 와인을 맛보았으며, 잔을 깨뜨리기에 앞서 가볍게 떨려왔다.

신랑이 유리잔을 가져갔으니, 어떤 행복도 그대로 반복될 수는 없으며 모든 것은 새로이 다시 체험되고 정화되어야 하는 법. 그렇게 신랑은 준비된 잔을 들고 서 있었다. 그것은 참을 수 없을 만큼 완벽하고 무구하지만 동시에 취약했다. 잔은 어느새 파사삭 갈라지며 부서졌다. 잠시 정적이 흐르는 가운데 벽돌 바닥에서 파편들이 반짝이고 있었다.[57]

유리잔이 부서지자 울음을 터뜨리는 하객들도 물론 몇 사람 있었으나, 그들도 이내 가슴 깊숙한 곳에서 올라오는 기쁨의 환성을 지르며 다른 사람들과 합류했다. 방금 함께 연출한 장면 덕분에 그들은 진정으로 기쁨에 겨웠다. 모두에게서 희망이 되살아났다. "마잘토브!" 나이 든 사람들이 잇몸만 남은 입으로 소리쳤고, 기대감을 머금은 여자아이들의 격앙되어 째지는 목소리가 발작적으로 울려 퍼졌다.

신랑만은 홀로 다른 상태로 접어든 것 같았다. 이제 기괴하고 음울하게 느껴지는 후파 밑에서 안절부절못하는 그의 모습은 침울해 보일 정도였다. 사실 시간은 너무 빨리 또 멀리 모르데카이를 몰아갔기에 그의 면도한 턱에서는 듬성듬성 수염이 새로 돋았으며, 생각에 잠긴 그가 찌푸린 얼굴로 턱을 살짝 떨구자 결혼복 위로 비죽배죽 올라온 하얀 키텔[58]의 목깃이 새로 돋은 수염 가닥에 쓸리고 있었다. 그래서 그는 찡그리며 콧

---

57) 유대인의 결혼식에서 유리잔을 깨뜨리는 의식은 중요한 절차이다. 인간의 즐거움 이면을 상기하는 절차로 신랑이 유리잔을 밟아 깨뜨리면, 하객들은 '마잘토브'라는 인사말로 축하의 환호를 보낸다.
58) 유대인 남성이 입는 펑퍼짐한 가운. 결혼식을 거행할 때도 이 옷을 걸친다.

수염 한 가닥을 깨물었다. 그리고 섬세하게 준비된 첫번째 메시지, 필멸이 마지막으로 쏟아져 내리기에 앞서 붕괴하는 대지에 대한 메시지를 들었다.

나중에 장인어른의 집에서 모르데카이는 포옹과 조언을 받느라 너무도 여러 차례 빙빙 돌았고, 그러느라 이 이성적인 사내는 잠시나마 감성적인 무언가에 굴복하고 말았다. 그는 들려오는 이야기 가운데 대부분을 제대로 알아듣지 못하면서도 갈라지고 부르튼 입술로 도저히 그답지 않게 웃음을 돌려주었다. 그리고 이따금 두 눈을 비벼 양초의 흐릿한 잔상을 지워냈다. 내내 대꾸한다기보다는 웃어 보이면서 말이다. 게다가 황금빛 수프에서 모락모락 올라오는 김과 거위 지방 냄새 때문에 공기에서는 기름기가 느껴졌다.

모르데카이 쪽의 하객이 없다는 사실은 결혼식이 빚어낸 안정되면서도 관능적인 분위기 속에서 그한테도 비극적으로 느껴지지 않았다. 눈치 있게도 그의 아버지는 몹시 냉담한 태도로 자기 침대를 벗어나지 않았다. 병들고 자기 몰입이 심한 이모들은 자매의 죽음에서 전혀 빠져나오지 못하고 있었다. 하지만 과거에서 온 사람이 단 한 명 있었으니, 그가 신랑에게 팔을 둘렀을 때 모르데카이는 홀룬데르탈 출신의 염색업자를 알아보았다.

"암시했던 걸 자네가 제대로 이해하리라고 믿어 의심치 않았지." 끔찍한 사내가 신랑의 귓속에다 침을 질질 흘리며 말했다. "우리 기대가 옳았음을 보여줄 줄 알았단 말이야. 자네 마음은 이미 감화되고 또 달라졌었으니까."

하객들이 주변에 떼 지어 모여들면서 그들을 밀치는 바람에, 모르데카이는 그저 힘겹게 염색업자의 비듬투성이 외투만 그러쥘 수 있었다.

"감화되고 달라졌다고요?" 그는 맞받아 웃으면서 자기 웃음소리가 소심하고 멍청하게 들린다고 생각했다. "유감스럽지만 이 말은 해야겠네요. 나는, 언제나 그랬듯, 나 자신입니다!"

"그야 그렇지. 그래서 그런 거야!" 염색업자가 대꾸했다.

떠밀려 서로 딱 붙어 있느라 모르데카이는 그때까지 병약하게 느껴지던 염색업자의 몸에 이제껏 전혀 짐작하지 못했던 온기와 힘이 감돌고 있음을 깨달았다. 이전의 만남들에서 느꼈던 역겨움은 절반도 느껴지지 않았으나, 사실 모르데카이는 벌써 와인을 여러 잔 마신 다음이었다.

"그렇지만 당신네들은 완전히 수수께끼에, 비밀스러워요!" 두 사람의 거리는 가까웠으나 주위의 소음 때문에 소리를 질러야 말이 통했다.

"비밀은 없다." 염색업자가 이렇게 말하는 듯했다. 되받아 소리치는 것 같기도 했다. "초연함은 비밀이 아니야. 고독도 비밀이 아니고. 초연함이 있을 때라야 비로소 진정한 고독도 가능한 법이지. 아무리 각오를 한 마음이라 해도 정신이 불안하면 산만해지는 거야."

"그래도 이런 건 도덕적이지도 못합니다!" 모르데카이가 소리치며 항변했다. "이런 경우에는! 공동체에 대한 부정이잖아요. 은둔자도 아닌 사람한테."

"사람한테 의지한다는 건, 그 사람이 공동체 전체를 반영할 빛이라는 거지. 텅 빈 방에서보다도 훨씬 더 밝게."

그들은 사실 서로에게 커다랗게 소리를 지르고 있었으나 다른 사람은 아무도 듣지 못했고, 이는 차라리 다행이었을 것이다. 그때 인쇄업자가 친지 몇몇을 사위에게 소개하려고 다가오는 바람에 모르데카이 히멜파르프와 염색업자는 갈라졌다.

그의 안내자를 자처한 이가 사람들 속으로 빨려 들듯 사라지자, 히멜파르프는 보랏빛 줄무늬가 뚜렷한 손으로 심지어 결혼식에까지 나타난 그 절름발이 염색업자로부터 자기가 결코 벗어날 수 없으리라는 사실을 받아들였다. 그는 염색업자의 볼품없는 형체와 그가 걸친 외투의 변치 않는 질감을 기억하게 되었다. 그들이 만나기 한참 전에 거울들이 그에게 그 눈초리를 알게 해주었다. 이제 통찰의 순간에 이르러 모든 암시가 하나로 맞춰졌다. 그가 새로 맞은 아내나 그 자신의 운명과 마찬가지로 염색업자의 이미지는 언제나 히멜파르프와 함께했다. 이제 그는 엮여버린 상태였다. 그래서 그는 하객들의 질문에 산만한 대답만을 되풀이했다. 마음속으로는 아내가 사랑에 대해 가르쳐준 무언가를, 그때까지 그가 염색업자에게 느낀 역겨움이었던 무언가와 조화시키려 애쓰면서 말이다. 한쪽에 비추어 그는 다른 쪽에 숨겨진 사랑의 불꽃을 발견하고 그러모아야 했다. 아니면 민족의 실재뿐 아니라 그 자신의 동기까지 부정해야 했다.

히멜파르프는 사람들이 그한테서 듣는 대답이 실은 전혀 대답이 되지 않는다는 사실을 그런 상황에서 아무도 깨닫지 못한다는 점 때문에 아연했다. 아니면 레하가 무언의 신뢰를 표현하며 그를 쳐다보는 게 분명했기 때문이었는지도.

처음에 이 젊은 부부는 장인과 함께 지냈으나 머지않아 작지만 제법 고풍스러운 집을 발견해 이사했다. 천장은 높되 너무 좁은 방들과 몹시 가파른 계단이 딸린 이 집은 교외에 자리한 집이다 보니 적어도 집세는 저렴한 편이었고, 덕분에 이들은 도첸트[59] 부인을 보조할 서툰 솜씨의 여자를 하나 고용할 수 있었으며, 그 대신 이 도첸트는 담배를 끊었

---

59) Dozent: 부교수 내지는 대학 강사를 가리키는 독일어.

고, 전차를 타는 대신 연구실까지 걸어가는 등 소소하게 절약을 실천했다. 친척 여자들은 이들 부부가 완전한 행복을 누린다고 이야기했으며 실제로도 그 말은 거의 사실이었다. 그들의 작고 폐쇄적인 원 안에서는. 마을 변두리에서는. 반복되는 사건들 속에서 변주를 꾀하기보다는 변화와 움직임 속에서 다채로움을 추구하는 이들이라면 그런 생활이 단조롭고 제한적이라는 사실을 알아차렸으리라. 하지만 히멜파르프는 발 디딘 길에서 벗어나기를 바란다는 기미를 전혀 내보이지 않았다. 그들이 비넨슈타트를 잠시라도 떠날 일이 있다면, 코셔[60]를 제공받을 수 있는 슈바르츠발트의 편안한 어느 펜션에서 매년 같은 달을 보낼 때뿐이었다. 내키지 않는 기색으로 다른 학술 도시에서 열리는 학회에 참여하느라 히멜파르프 박사가 며칠씩 자리를 비우는 경우도 있었다. 결혼 후 몇 년이 지나 그는 아버지의 부고를 전보로 받고서 딱 한 번 홀룬데르탈로 돌아갔다.

모두가 하나같이 솔직하게 말한 그대로, 모셰는 젊은 후처 때문에 죽었다. 그럼에도 회개하면서. 종국에는 평안하게. 그리고 말을 더듬는 사제와 감기 걸린 복사가 주재하는 가운데 땅에 묻혔다. 장례에 참석한 몇 안 되는 친구들이 어찌나 신식이던지 장례식 분위기는 시종 가벼웠다. 대부분 친절하고 흥미롭고 경건하고 온당한 표정들이었으나, 지루해하거나 순환장애를 앓는 몇몇 조문객은 대놓고 발을 구르거나 옆구리를 찰싸닥거렸고, 유독 냉소적인 사람 한 명은 점잖은 농담이 얼마나 순식간에 진부해질 수 있는지를 보여주기도 했다. 모두가 장례식을 어서 끝내고 싶어 안달이었다. 하지만 한 줌씩 흙은 뿌려야 했다. 조문객들은 죽은 유대인이 실상 오랫동안 모르고 살았던 주님의 어머니를, 의심스럽지

---

60) 유대교의 율법에 따라 선택하거나 조리한 음식. 넓은 의미에서는 식기나 식사 예절까지 포괄한다.

만 형편상 그 곁으로 불러들였다. 그렇게 사람들은 흙을, 또 물—눈물, 솟구치는 눈물보다 깊은 슬픔을 느끼던 아들의 눈물은 더욱이 아니었다—을 뿌렸다.

그 아들은 은빛의 오후 풍경에서 노란빛을 바라보며 서 있었다. 그는 진중한 방식으로 무얼 해야 하는지에 대해서는 아무 생각도 없이, 무덤 옆 엉뚱한 쪽에 서서 흙과 돌 사이를 이리저리 서성였다. 조문객 가운데 몇몇은 내심 불쾌해하면서도 확연히 유대인다운 그의 태도에 매료되기도 했다.

사람들이 지켜보자니 모르데카이 히멜파르프는 이따금 휘청거리고 있었다. 그를 짓누른 무게 때문이었다. 씨름하지 않는 한 믿음은 결코 진짜 믿음이 아니기 때문이었다. '오, 완벽한 바위여, 그 부모와 아이들을 용서하고 가련히 여기소서……'[61] 그래서 모르데카이는 바위와 씨름하며 아버지를 위해 기도했다. 콧수염에서 향긋한 냄새를 풍기고 가죽으로 장정한 전집을 보여줄 때 가장 행복해하던, 흐르는 모래처럼 종잡을 수 없던, 어쩌면 그저 세속적이었던 남자를 위해.

히멜파르프는 고향 마을에 쓸데없이 오래 머무르지 않았다. 다행히도 아버지의 사업은 2년 전쯤 만족스럽게 정리된 상태였다. 인생의 1장을 망각할 준비가 되어 있던 과부는 외국의 온천에서 위안을 찾겠노라고 말했다. 홀츠그라벤에 있는 집이 남겨졌기에 이는 아들이 상속하고 적당한 세입자를 찾게 될 때까지 폐쇄하기로 결정했다. 그는 최대한 빨리 그가 일구어낸 삶으로 돌아가고 싶어 안달이 났으며 재산이 늘어나도 생활은 표면적인 부분만 달라질 뿐이었다. 그의 아내는 결코 세속적인 관

---

61) 유대인들이 장례식에서 외는 기도문.

행들에 자기를 맞출 수가 없었고, 그 또한 아내와 학생들과 책들에 여전히 푹 빠져 있었기 때문이다.

히멜파르프 박사가 존 올리버 홉스[62]의 소설들을 주제로 훌륭하고 학구적인 소논문을 써서 발표했다는 점은 비넨슈타트에서 널리 알려진 사실이 아니었다. 공동체의 숙녀들에게 박사의 부인이 넌지시 그 사실을 밝힌 적은 있지만, 그런 건 사람들한테 흥미로운 정보가 아니었다. 하긴 그럴 리가 있었겠는가? 소논문은 박사한테도 대수롭지 않은 업적으로 남고 기껏해야 문학의 샛길을 탐구하는 연구생들이나 거기에 흥미를 느낄 것 같았다. 그러나 그가 비넨슈타트에서 몇 년 동안 조용히 집필한 보다 거대한 연구 『독일의 문학 및 생활과 19세기 영국 문학의 관계』는 수준이 달랐다. 약칭 『영국 문학』은 대중의 관심까지는 아니더라도 학계의 주목을 끌었으며, 학계에서는 저자인 히멜파르프가 머지않아 일반에까지 영향력을 미칠 규범적 권위자가 되리라고 인정했다. 그러자 오래지 않아 박사 부인과 어울리는 숙녀들 사이에서 그들이 들은 소문에 대해 즐거운 논쟁이 시작되었다. 즉 과연 어떤 대학에서 어떤 식으로 히멜파르프 박사에게 영문과 학장을 제안하겠느냐는 것이었다. 어쩌면 히멜파르프 박사 부인—이 대목에서 숙녀들은 금빛으로 빛나는 웃음을 지었는데—이 그들까지 빛나게 해줄 수 있을지도 모른다는 점에 대해서는 엇갈리는 수다들이 오갔다. 하지만 승진 문제에 대해 질문을 받자 박사 부인은 미래를 좌우할 질문을 받기라도 한 듯 아무래도 긴장한 기색이었다. 그녀로서는 남편의 걸출한 재능이 약속하는 미래가 그저 필연적으로 펼쳐지기를 기다리고 싶었다.

---

62) John Oliver Hobbes(1867~1906): 미국의 소설가이자 극작가.

그래서 그녀는 직접적으로 답하기를 꺼렸다. 아니면 애써 시시한 말을 중얼거리기도 했다. "언제든 때가 오면. 우리네 인생이야 이제 막 시작됐는걸."

그리고 방문객들에게 케제쿠헨을 또 한 조각 건넸다.

어떤 의미에서 그보다 합리적인 대답은 찾을 수가 없었을 것이다. 그녀가 부정할 수 없이 통통해지고 도첸트 역시 멋진 몸매가 두툼해진 데다 머리까지 반백—본디 검은 머리인 사람이다 보니 이상할 것도 없는 일이었다—이 되었으나, 그들은 그저 결혼 생활로부터 충만한 양분을 공급받아 여물어가기 시작하는 단계라고도 볼 수 있었기 때문이다. 교외에 있는 그 조그만 집에서. 떡갈나무 그늘 아래서. 또한 근면한 시골 하녀가 뒤뜰에 세운 장대를 타고 올라가곤 하던 콩나무의 작은 그림자 밑에서. 특히나 햇빛 속에서 위층 창턱 위로 깃이불이 축 늘어지는 아침이라면, 한결같은 평온함이 주는 감동을 부수고 싶은 사람은 히멜파르프 부부 본인들은 물론이요 아무도 없었다.

하지만 히멜파르프 부인은 호흡곤란 증상으로 어려움을 겪기 시작했고, 그 탓에 긴장을 풀고 있을 때면 살짝 불편을 느끼는 것처럼 보이기까지 했다. 마치 행복에 대한 그녀의 확신은 지켜나가기가 너무도 어려운 것임을 보여주는 듯했다. 그녀를 찾아온 사람들 가운데 몇몇이 아무래도 떡갈나무가 너무 가까워서 그런 것 같다고 진단했다. 집 주위에 나무가 많다 보니 산소가 부족해지고 아무래도 천식이 아닌가 싶은 발작들을 초래한 것 같다는 이야기였다. 그보다 당돌한 여자들은 히멜파르프 부인한테 자식이 없어 신경이 과민해졌다고 믿기도 했지만.

그런 여자들 가운데 하나는 빈민가에 사는 잡화상의 아내로서, 교양 있는 사람의 기준에서 보자면 무례한 편이지만 친척 관계 때문에 부인과 왕래하는 사이였다. 그녀는 노골적인 말밖에 할 줄을 몰랐다. "레할라인, 아무도 이제 아이를 가질 때가 된 거야. 그 뭐냐, 랍비들의 과업은 책에서 시작되고 끝나는 게 아니라고. 차라리 유순하고 편안하고 가족적인 유대인이 나아. 그런 사람은 철자와 씨름하는 대신 집 안을 아이들로 채울걸."

이 말을 듣고 함께 있던 나머지 두 여자—그중 한 여자는 『서동시집』[63]을 낭독하기로 유명했는데—는 잡화상의 아내와 거의 억지로 맺고 있었던 관계를 청산해야 하겠다고 마음먹었다. 심지어 그녀한테서는 땀 냄새와 캐러웨이 씨앗 냄새까지 났다.

그래도 레하 히멜파르프는 이렇게만 대꾸할 뿐이었다. "리프케, 한 사람의 과업이 과연 무엇일지 우리 중에서 누가 단정하겠어?"

히멜파르프는 이 대화를 우연히 듣고 나서 아내를 더욱 사랑하게 되었다.

그들은 영속적인 증거가 없는 것처럼 보이는 사랑도 소멸하지 않고 이어질 수 있음을 보여주었고, 그러기 위해 노력하는 동안 오히려 한층 친밀해졌다. 어느 책에 바쳐진 헌정사를 도서관에서 발견하고 감동을 받은 사람이 아니고서야, 아무도 히멜파르프 내외가 서로를 얼마나 좋아하는지 제대로 알 수 없었을 것이다. "나의 아내, 레하에게, 그녀의 격려와 도움이 없었더라면……" 그러나 말이라는 것은 의혹하는 영혼에게 살아 있는 증표처럼 확신을 주지 못한다. 잡화상의 아내가 그렇게 단순한데도, 어쩌면 그 같은 단순함 때문에 알고 있었듯이 말이다.

히멜파르프는 어느 저녁 안식일 양초에 불을 붙이는 아내를 바라보

---

63) 괴테가 만년에 페르시아의 시인 하피즈의 작품을 접하고 영감을 얻어 발표한 시집.

며 이렇게 말할 수도 있을 것 같았다. 이 세상 하고많은 사람 가운데 레하야말로 가장 의혹이 없는 사람이라고. 본래부터 통통하고 노동에 어울리는 레하 히멜파르프의 두 손이 그러한 순간에는 촛불 속에서 깜박거리며 투명해지는 것만 같았다.

그때 그녀가 아픔을 못 이기고 놀란 소리를 나직하게 내뱉었다.

"촛농 때문에 그래! 생각지도 못했는데 갑자기 뜨거운 게 떨어져서."

그녀는 신성한 순간을 훼손하게 된 이유를 해명해야 하겠다고 느낀 듯 가까스로 또렷한 말을 빠르게 소곤거렸다.

그때까지도 촛불은 똑바로 잠잠히 타고 있었으나, 사랑스럽고 초롱초롱해야 할 안식일의 빛은 시들시들해서 거의 병약해 보일 정도였고 거울에 비친 두 사람의 얼굴은 마치 부드러운 촛농이 흘러내리는 것만 같았다.

히멜파르프는 다른 의례를 엄수해야 했기에 그 시점엔 아무 말도 하지 않았지만 나중에 아내에게 다가가 이렇게 말했다. "여보, 레하. 내 생각엔 당신이 너무 의기소침한 것 같아."

그러더니 버티려는 그녀의 손을 잡아 그를 가장 가까이 느낄 수 있도록 재킷 안으로 이끌었다.

"그럴 리가?" 레하가 소리쳤다. "우리가 함께하는 생활이 이렇게 행복한데도? 게다가 머지않아 학장이 될 텐데. 그러리라고 모두가 굳게 믿고 있어."

그는 당혹감과 애정을 동시에 느꼈다.

"그런다고 해서 당신 친척인 리프케가 만병통치약이라던 아기가 생기는 건 아니잖아."

레하는 히멜파르프를 쳐다보지 않았다. 그리고 이렇게 말했다. "우리 삶이 달라지리라는 걸 미리 내다보아야 해."

"냉철하게 이야기해야지." 그가 대답했다. "우리가 이해 못 하는 문제들을 말이야. 그렇지만 현실적인 우리 생활, 적어도 당신의 생활을 위해서라면, 난 편안하고 즐거운 그 모든 걸 얻고자 하겠어."

"어쩜, 세상에나!" 그녀는 잘라 말했다. "난 아무것도 아니야. 난 그냥 당신의 발판이라고. 아니면 쿠션!" 그리고 웃음을 터뜨렸다. "어때, 이래도 내가 쿠션이 아니야?"

레하는 그 어느 때보다도 풍만한 모습으로 오히려 행복하게 그를 바라보았다. 하지만 히멜파르프는 아내가 의식적으로 애쓰고 있는 것만 같았다.

그녀가 그의 허리에 팔을 두르고 웃옷 위로 얼굴을 누이며 말했다. "우리 생활에서 아무리 사소한 부분 하나라도 바꾸고 싶은 마음 없어."

하지만 그녀는 곧바로 거의 레시터티브[64]처럼 들리는 엄청나게 중대하고 급박한 목소리로 이렇게 이야기하기 시작했다. "마리헨이 마을에서 가져온 사과가 있어서 월요일에 그걸로 젤리를 만들기 시작해야 돼. 우리 어머니가 가끔 이야기하던 오래된 책이 한 권 있는데 그 책에 적힌 대로 하면 절대 망치지 않고 젤리를 투명하게 만들 수 있거든. 어머니가 남긴 쪽지들을 찾아보면 그 책 제목도 알 수 있을 것 같아. 당신 퇴근길에 룻코비츠 씨네 책방을 지나니까 거기 들러서 그 책이 있는지 좀 확인해주면 좋겠다. 모르데카이, 그래줄 수 있겠어? 그 사람은 낡은 물건들로 산을 하나 쌓았다니까, 당신 마음에 드는 것도 뭐든 하나 얻어 걸릴 거야."

그녀가 진심 어린 눈빛으로 그를 올려다보자 그는 감동과 평온을 함께 느꼈다.

월요일에 히멜파르프가 출근 준비를 하는데 레하가 책 제목을 건넸

---

64) recitative: 오페라나 종교극에서 대사를 전달하는 데 초점을 두어 말하듯이 노래하는 형식.

다. 그때쯤 그는 아내가 전에 했던 말을 벌써 잊은 상태였다.

"책 사 오는 거 잊으면 안 돼!" 그녀가 재차 강조했다. "젤리 만들기를 시작도 못 할 테니까. 당신이 그 책을 찾을 때까지 기다릴 거라고. 룻코비츠 씨네 서점이야. 그 책 잊지 마!"

정말로 중요한 일이라고, 그녀는 표정으로 강조했다.

히멜파르프는 집을 나서며, 자기 아내가 그토록 단순하고 사랑스러운 피조물이라는 사실에 안도했다. 만일 그녀의 말이 이따금 한층 심오한 문제들을 암시하곤 했다면 이는 의심할 나위 없이 순전한 우연이었다. 정작 그녀 자신은 의식하지 못하는 우연 말이다.

룻코비츠는 차분하고 나이 지긋한 유대인이었는데, 별별 물건이 넘치는 그의 가게는 비넨슈타트 대학 뒤편으로 내리막을 이루는 거리들 가운데 한쪽에 위치했다. 히멜파르프는 귀가하기 전에 그곳에 들르기로 한 약속을 기억해냈고 아내가 특별히 요청했던 책을 찾아 책 무더기와 선반을 뒤졌다. 말하나 마나 그는 그 책을 찾아내지 못했으나, 그 대신 흥미롭고 재미있는 다른 책들을 발견했다.

"알겠어요, 룻코비츠 씨. 댁은 마술을 사고파시는군요!"

일부러 그는 이 심각한 인상의 서적상에게 어울리지 않을 법한 발랄한 목소리로 말을 붙였다.

서적상은 어깨를 으쓱하더니 무척 딱딱하게 대꾸했다. "오래된 카발라 서적들과 하시디즘[65] 저작들 몇 편입니다. 프라하에 있던 소장품에서

---

65) 카발라는 유대교와 역사를 같이하는 신비주의 교파로서 중세에 유럽 각지로 퍼져나갔으며, 하시디즘은 18세기에 폴란드 등지에서 발생한 신비주의적 유대교 부흥 운동이다. 여기서 카발라는 '전승'이나 '구전'이라는 의미를 담고 있는데, 전설에 따르면, 모세는 신의 계시를 받은 후 문자로 표현할 수 없는 부분을 카발라로서 전했다고 한다. 기원후 1세기에 종교 운동으로서의 카발라를 형성하는 데 지대한 역할을 한 랍비 아키

가져온 것들이고요."

"귀한 것들인가요?"

"가치를 알아볼 사람들은 있지요."

서적상은 조심스러운 성격이었다.

히멜파르프는 그 글자들에 흥미가 생겼고, 칸토어 카츠만한테 처음 배웠던 그 언어는 혀로 넘어가 굴러갔다. 그는 필연코 소리 내어 책의 내용을 읽기 시작했다. 스스로의 목소리를 통해 들려오는 소리가 환기한 향수 덕분에, 자신이 물려받은 유산을 능란하게 구사할 수 있었던 것이다.

그리하여 그는 들었다.

"나는 밤중에 글자들을 서로 결합하고 그것에 대해 명상하느라 열심히 사흘 밤을 보내고 있었다. 셋째 날 자정이 지났을 때 나는 손에 펜을 쥐고 무릎 위에 종이를 올려놓은 채 잠시 졸았다. 그러다 문득 초가 거의 타서 없어졌음을 알아차렸다. 그래서 깜박 잠든 사람들이 대개 그러듯 자리에서 일어나 초를 꺼버렸다. 하지만 나는 아직 빛이 남아 있다는 사실을 바로 깨달았다. 가까이서 살펴보니 그 빛은 마치 나한테서 나오는 것 같았기에 나는 무척 깜짝 놀랐다. 그리고 이렇게 말했다. '믿을 수 없군.' 나는 그 빛이 나와 함께 있음을 지켜보며 집 안을 이리저리 서성거렸다. 소파에 누워 몸을 덮으면서도 눈을 떼지 않았고, 그러는 동안에도 빛은 내내 나와 함께했다……"

조심스러운 서적상은 자기 고객의 개인적인 탐구에 공모했다는 혐의

바는, 유대교의 선지자 에스겔이 보았다는 신의 전차를 중요한 카발라로 이해했다. 이에 따르면 전차는 천상의 궁전과 인간을 이어주는 매개이다.

를 최대한 부정하기 위하여 슬며시 한구석에 서 있었다.

"룻코비츠 씨, 댁은 신비주의적인 황홀경이 물리적인 우세함을 가질 수 있다고 보시나요?" 히멜파르프가 물었다.

두 사람은 그다지 멀리 떨어져 있지 않았으나 서적상은 그의 해석을 계속 조심스럽게 외면하기로 마음먹은 모양이었다. 그는 대꾸하지 않았다.

히멜파르프는 계속해서 고서들과 필사본들을 훑어보았다. 이제 그는 도취되었다. 서적상은 그를 가만히 내버려두었다. 어쩌면 아예 사라져버렸는지도 모른다. 히멜파르프는 전등불과 먼지만이 남은 정적 속에서 글을 읽어나가며 스스로에게 귀를 기울였다.

> "마음속 기쁨과 온유 속에서, 그 영혼은 하느님의 사랑으로 가득하며 사랑의 줄로 엮여 있다. 자기 주인을 마지못해 섬기는 사람과 달리, 주님을 섬기는 사랑은 아무리 억제해도 그의 마음속에서 타오르며, 그는 창조주의 의지를 기꺼이 실현한다…… 하느님을 향한 경외를 영혼이 강렬히 생각해낼 때면, 진심 어린 불꽃이 즐거이 솟아오르고 미묘하기 그지없는 즐거운 환희가 마음속을 채우기 때문이다…… 그리고 사랑하는 자는 이 세상에서 아무런 이득도 꿈꾸지 않는다. 더 이상 그 아내를 부당하게 취하지 않고, 아들딸에게 과도한 자신감을 가지지도 않되, 오직 창조주의 의지를 준수하려 조심하고, 자기가 대접받길 원하는 대로 남을 대접하며, 하느님의 이름으로 끊임없이 죄를 씻는다. 그가 품는 모든 생각은 그분을 향한 사랑의 불길로 타오른다……"

히멜파르프는 서적상이 가게 아래쪽 책상에 별일 없었다는 듯 앉아 있는 모습을 발견했다. 하긴, 무슨 일이 있었겠는가? 서적상과 협의를 본 도첸트는 히브리어로 된 제법 흥미로운 고서 몇 권과 손상되어 떨어져 나온 양피지 한두 장을 가지고서 집으로 향했다.

"내가 말한 책은 찾았어?"

계단을 오르는 남편의 발소리를 듣고서 레하가 현관 쪽으로 나왔다.

"운이 없더군!" 그가 대답했다.

그녀는 전혀 문제없다는 기색으로 오히려 곧장 부엌을 돌아보며 소리쳤다. "마리헨, 오늘 밤에 사과 젤리를 만들기 시작하자. 예전 방식대로. 우리 박사님께서 책을 못 찾으셨다는군그래."

그녀는 오히려 안심한 것처럼 보일 정도였다.

히멜파르프는 곧장 위층으로 향했다. 자기가 산 물건들에 대해 아내에게도 이야기할지 잠시 고민했으나, 팔에 들린 책을 보고도 딱히 알은척하지 않았으니 그럴 필요가 없겠다는 결론에 도달했다.

이제 히멜파르프는 지도를 받으러 온 학생들에게 잘 가라고 인사하거나 쌓아놓은 에세이들을 수정한 다음에, 고서들과 함께 혼자 자기 방에 앉아 있을 때가 잦았다. 그는 멍하니, 무의식적으로, 읽거나, 앉아 있거나, 선을 그리거나, 다른 물건들을 만지작거리거나, 정적에 귀를 기울였으며, 가끔은 갈피를 잡지 못하고 넋을 잃은 듯했다.

한번은 아내가 끼어들었다.

"잠을 못 자겠어." 그녀가 불쑥 나타난 이유를 설명했다.

그러더니 묶은 머리칼을 풀어 빗었는데, 그 모습이 마치 얼키설키한 어둠과 불안정을 마주하며 반짝이는 빛 가운데 서 있는 것 같았다.

"내가 방해하는 건 아니지?" 그녀는 이렇게 물었다. "뭐라도 좀 읽고 싶은 기분 같기도 하고." 그리고 한숨을 내쉬었다. "짧은 걸로. 음악적이면서."

"뫼리케.[66]" 그가 권했다.

"그래." 그녀가 멍하니 동감했다. "뫼리케가 딱 좋겠네."

바람에 날린 그녀의 잠옷이 남편의 책상 위에 쌓인 종이들을 어질렀고, 그녀는 이렇게 묻지 않을 수 없었다. "이게 다 뭐야, 모르데카이? 당신이 그림도 그릴 줄 아는지는 몰랐는데."

"그냥 휘갈기던 거야." 그가 대답했다. "이건, 전차 같아 보이는군."

"아." 그녀가 시선을 거두며 나직이 외쳤다. 흥미를 잃은 듯싶기도 했다. "무슨 전차인데?" 그녀는 분명하게 물었으나 아마도 남편의 기분을 맞춰주려는 의도였을 것이다.

"뭐랄까, 잘 모르겠어." 그가 대답했다. "제대로 알아보긴 힘들어. 이해한 것 같다 싶은 순간에, 암시적으로 흔들리는 어떤 생생한 형태를 발견했어. 아주 많이. 예를 들면 하느님의 왕좌가 있었지. 온갖 금붙이, 녹옥수, 벽옥도 분명히 넘쳐났어. 그런 다음 구원의 전차가 보이더라. 훨씬 어슴푸레하고, 가슴에 사무치고, 개인적인 느낌인데. 그리고 기수들의 얼굴. 난 그 표정을 볼 엄두조차 나지 않았어."

그동안 레하는 책꽂이를 뒤지고 있었다.

"오래된 책들에 있던 거야?" 그녀가 물었다.

"몇 개는." 그가 인정했다. "이런저런 데서."

레하는 계속해서 책꽂이를 살폈다.

그녀가 하품했다. 그리고 부드럽게 웃음을 지었다.

"아무래도 나, 곯아떨어질 것 같아." 그녀가 말했다. "뫼리케를 찾기

---

66) Eduard Mörike(1804~1875): 독일의 문학가. 목가적인 분위기의 민요시와 소설을 두루 남겼다.

도 전에 말이야."

그러면서도 손으로는 책을 집어 들었다.

히멜파르프는 아내가 방에서 나가며 목덜미에 남기는 입맞춤을 느꼈다.

어쩌면 레하는 문이 닫힌 뒤에도 어딘지 비밀스럽게 좀더 가까이서 그를 지켜주려고 남아 있는 게 아니었을까? 그는 결코 확신할 수 없었다. 레하의 말과 행동에서 어느 정도의 통찰이 드러났는지, 혹은 내면의 길을 따라 그녀가 어디까지 그와 동행해왔는지.

이미 히멜파르프는 자기 내면의 길로 들어서버린 까닭이었다. 그는 침묵에 저항할 수 없었고, 저녁에 자기 방으로 일찍 들어가지 못하면 침울해졌다. 레하는 묵묵히 바느질이나 옷 수선을 하곤 했다. 그녀의 표정은 이의를 제기하지 않았다. 그리고 부드럽게 인정하는 듯 미소를 지었다. 하지만 무엇을 인정하는 것이냐 하면 결코 분명치 않았다.

오래된 책들 가운데 일부는 그가 감히 따를 수 없는 지시들로 가득했다. 그는 부러 회의적인 태도를 취했으며 행여 필요하다면 어설프기 그지없는 냉소적 입장도 마다하지 않았다. 하지만 결국에는, 원컨대 합리적 자아를 속여가며, 단속적으로 글자들을 결합하고 바꾸거나 신의 이름들을 숙고하기 시작했다.[67]

하지만 그것은 무엇보다 삭막하고도 지적인 접근이었다. 히멜파르프는 그 자신의 광야가 천상의 수분을 들이마시는 시원하고 생생한 황홀경 속으로 고양되기를 영적으로 갈망했는데도 말이다. 여전히 이마의 뼈

---

67) 카발라에서는 수의 상징적 의미를 중시하는데, 히브리어 글자들이 일정한 수치를 가진다고 보고 그것들의 치환과 조합을 통해 신의 이름들을 포함하여 깊은 의미들에 이를 수 있다고 본다.

와 살이 마치 강철을 달군 고리를 두른 것처럼 계속해서 타올랐다. 때때로 그는 정신의 냉혹한 추위에 사로잡혔고, 그의 영혼은 꼿꼿한 가죽 의자의 총체 속으로 빨려 들었으며, 그의 손마디는 떡갈나무를 조각해 만들어낸 것 같기도 했다.

그는 아마도 경험의 그릇이 모자란 탓에 어떤 수준을 넘지 못하기가 일쑤였고, 잠이 들었다가 첫닭이 울면 깨어나곤 했다. 그렇지만 한번은 어슴푸레한 시간에 잠에서 깨어나 어떤 얼굴을 알아볼 수 있었다. 그는 빛의 전달자를 받아들이기 위해, 혹은 어둠의 위선자에 저항하기 위해 일어섰다. 그리고 한순간 접결에 얼어붙었다. 그것은 히멜파르프 자신의 모습이지만 마치 불 속이나 물속에 있는 듯 요동치고 있었다. 그러므로 오래도록 기다렸던 순간은 기실 그 자신을 비추는 그림자에 불과했다. 왜곡된 거울 속에서. 그렇다면 대체 누가 구원을 바랄 수 있단 말인가? 다행히 그는 일시적으로 목소리를 빼앗겼기에 자기가 경험한 신성 모독을 소리 내어 뱉을 수 없었다. 그는 자신을 둘러싼, 영적인 기만의 망토를 뒤집어쓴 물질적인 형태들에 위해를 가해야 했으나 그마저도 불가능했다. 의지는 꼼짝달싹하지 못했고 손톱은 텁수룩한 매듭에 걸려 망가졌기 때문이다. 그는 그저 육체라는 기둥 안쪽에서 발버둥 치고 들썩일 따름이었다. 그러다 앞으로 고꾸라져 책상 모서리에 머리를 부딪힌 덕분에 더 큰 고통으로부터 벗어날 수 있었다.

레하 히멜파르프는 아침 일찍 남편을 발견했다. 그는 일종의 울혈성 발작을 일으킨 것처럼 의식을 거의 잃은 채, 여전히 쇠약한 상태로 혼란스러워하고 있었다. 그녀는 먼저 두려움을 떨쳐낸 다음, 남편의 차가운 손을 잡아 녹이면서, 반복적으로 입을 맞추고, 소리치고, 차가운 입술에 숨을 불어넣고, 달려가서 의사인 포겔 선생에게 전화했다. 진찰을 마친 의사는 도첸트 선생이 과로 때문에 탈진했다고 진단했다. 그는 환자에게 침대에서 쉬라고 지시했고 그로부터 2주일 동안 히멜파르프는 헌신적인 아내 말고는 아무도 만나지 않았다. 만족스러운 시간이었다. 그녀가 『에 피 브리스트』[68]를 끝까지 읽어주면, 그는 제대로 이야기를 따라가지는 않더라도 그 감동적이면서 어쩐지 맥 빠지는 일화들에 푹 빠져든 채 눈을 감고서 가만히 누워 있었다. 어쩌면 그가 가장 감사했던 것은 아내의 목소리, 단어 하나하나를 또박또박 읽어주던 그 따뜻하고 부드러운 현실의 목소리였는지도 모른다.

이들 부부는 추가로 허락받은 2주일의 휴가를 발트해의 조그마한 휴양지에서 보냈다. 히멜파르프가 보기에는 회색의 빛과 싸늘한 공기조차도 훌륭한 모래언덕과 하얀 목조 가옥에 목가적인 분위기만을 더해주는 것이었으리라. 만약 호텔에서 어떤 사건이 벌어지지만 않았더라면 말이다. 첫날 저녁에 히멜파르프 부부가 한산한 식당으로 일찌감치 내려가자 시큰둥한 수습 웨이터가 그들을 아무 테이블에나 앉혔다. 신중하게 옷차림과 표정을 바꿀 수 있는 특정 계급의 손님들이 이내 모여들기 시작했다. 주고받는 인사말에 차별은 섞여 있지 않았다. 침묵은 다가올 사건을 예기하고 있었다. 충격적일 정도는 아니어도 생각지 못했던 일이 그 순간에 일어났다. 어떤 퇴역 대령이 평소 그가 앉던 자리에 히멜파르프 부부가 먼저 와 앉아 있는 걸 보더니 성큼성큼 다가와서는, 관례상 손님의 냅킨을 보관해주는 종이봉투를 쥐고서 홀까지 멀어진 다음, 자기는 유대인과 같은 식탁에 앉는 습관 따위 없다며 안내 데스크에다 대고 버럭버럭 고함을 내지른 것이다.

---

68) 『Effi Briest』: 독일 작가 테오도어 폰타네가 1894년에 발표한 소설. 간통 사건을 소재로 19세기의 사회상을 그려냈다.

히멜파르프 부부는 한 번도 그런 일을 겪어본 적이 없었다. 당황한 나머지 몸이 부들부들 떨릴 정도였다. 킥킥거리는 이들도 한두 명 있었지만 주위의 손님들 대다수도 분명히 당황한 듯했다. 지배인이 열심히 사과했으나 상황이 상황이다 보니 호텔에 새로 온 이들 부부는 둘 다 식욕이 없어졌고, 멀건 수프를 몇 술 떠먹은 후 그대로 식당을 떠나버렸다. 밤사이 부부는 서로 그 사건을 굳이 언급하지 말아야겠다고 마음먹었음에도 뇌리에서는 기억을 지우지 못할 것 같아 두려웠다. 그러나 동쪽 해변의 공기는 마음을 누그러뜨렸다. 그들이 그곳에서 남은 시간을 보내는 동안 좀더 자유로운 손님들은 어쨌든 격식을 차려, 때에 따라서는 보란 듯이 인사를 보내왔다. 잘게 철썩거리는 파도가 끊임없이 금속성으로 번쩍였으며 바닷새의 울음소리는 내밀한 우울감을 마음 한구석으로 몰아내주었다.

어쨌든 히멜파르프 박사는 바닷바람과 부지런한 생활 습관 덕분에 건강을 회복했고, 앞으로의 일들에 착수할 체력을 비축하고서 비넨슈타트로 돌아왔다. 도첸트 선생이 이상하게 쇠약해졌다고 속닥거리던 사람들도 이제는 그가 승진해 앞서나가리라고 공공연하게 이야기했다. 실제로 그는 홀룬데르탈에서 연락을 받고서 면접까지 치렀다. 고향에 있는 대학에서 그에게 영문과 학장직을 제의했으며 그도 수락했다는 사실이 머지않아 주위에 알려졌다.

그래서 이들 부부는 바쁜 일들이 많아졌다.

"책들만 가지고도 큰일이라니깐!" 히멜파르프 부인은 이렇게 툴툴거릴 수 있어서 자랑스러웠다.

"책은 내가 확인할게." 그녀의 남편이 약속했다. "혹시 놓고 가는 게 있더라도 잃어버리지 않도록 숫자를 세어두는 게 좋겠어."

"에이, 난 불평하고 있는 게 아니야!" 아내는 속내를 분명히 했다.

"그렇다면……" 그가 질책보다는 애정을 담아 대답했다. "당신 말투는 늘 속마음을 제대로 전달하지 못하는군."

마침내 그들은 그럭저럭 물건을 죄다 꾸릴 수 있었다. 좁은 방들이 딸린 비넨슈타트 한구석의 집 안을 마지막으로 한번 쳐다보니 지푸라기 몇 가닥과 감상적인 미련만이 남아 있는 것 같았다.

모피 거래상이었던 모셰의 아들 히멜파르프 박사는 이제 개인 재산이 상당한 사람이기에 마음만 먹는다면 화려한 생활을 영위할 수도 있었다. 하지만 그럴 만한 열의도 없었고 어쩐지 역설적인 기분이 들기도 했다. 당연히 그들은 히멜파르프가 물려받은 홀츠그라벤의 집을 손봐서 보금자리로 삼았다. 그리스-독일풍으로 스투코 페디먼트와 카리아티드까지 갖춘 파사드[69]는 아무래도 납득하기 힘든 취향이었으나, 그 집의 내부는 모피 거래상의 풍족한 취향과 함께 부드러운 솜털 같은 기억들을 간직하고 있었다. 처음에 교수 부인은 자기가 자리 잡은 집과 그 환경에 종합적인 영향을 받느라 다소 기가 죽을 정도였다. 터무니없는 가구의 압박은 차치하고라도 그 집은 마을에서도 공개적인 장소에, 다시 말해 도시림이 무성한 공원 한쪽에 면해 있었다. 그렇다 보니 1층 창문가에 서서 말끔히 깎인 잔디와 완벽하게 깔린 자갈 너머로 바깥을 내다보면, 구근베고니아와 맨드라미 꽃밭을 지나 수수한 님프와 진지하게 원반을 던지는 사람의 조각들이 늘어선 좁아지는 보리수 길 아래로, 알아보기 힘든 형태로 깊고 불룩하게 밀집한 아름다운 숲까지 눈에 들어왔다.

이처럼 공개적인 위치는 그 점잖은 집의 가치와 중요성을 부차적으

---

69) 박공으로 장식한 정문에서 여인상으로 된 기둥에 이르기까지, 모두 그리스 신전 건축을 연상케 하는 화려한 외부 건축 양식들이다.

로나마 높여주었는데, 특히 숲에서 산책하다 돌아올 때면 히멜파르프 교수는 보리수 길의 끄트머리에서 공상적인 궁전처럼 우뚝 솟아 점차 확장되는, 그의 집인가 싶은 파사드와 마주치게 되었다. 비넨슈타트에서 건너온 뒤로도 몇 년이나 계속해서 견고함이라는 환상이 충족되는 것처럼 느껴졌고, 오직 역설적인 기분만이 교수를 그 같은 물질적 조건에 압도당하지 않도록 막아주었다.

그렇게 자기만족에 빠질 것 같은 위험에 처해 있자면, 상스러우면서도 반쯤 낭패 섞인 소리가 교수의 코에서 빠져나오는 것 같았다. 그럴 때 그는 자기도 모르게 고개를 돌려 등 뒤를 바라보았다가, 누가 그 소리를 들었을지도 모른다는 생각에 당황하는 한편 그 같은 생각만으로도 즐거워하곤 했다.

책임 있는 지위에 오른 그는 점차 머리칼이 하얘지고 살이 올랐으며 칼에 베인 듯 깊은 주름이 파였다. 강단에 선 그를 보는 사람들은 이따금 그의 말보다도, 거칠게 한 덩어리를 깎아낸 듯한 그의 겉모습을 미묘하게든 분명하게든 좀더 의식할 정도였다. 평소 그는 지팡이—아마도 물푸레나무였으리라—를 짚고 걸었으나 몸을 지탱한다기보다는 그냥 들고 다니는 셈이었고, 테켈[70]이라 불리는 조그맣고 비루먹은 개를 항상 끌고 다니다가 이따금 묵묵히 고개를 돌려 녀석에게 말을 걸었다. 그는 보통 올이 거친 옷을 입었는데 솔직히 말해 상당히 저급한 트위드 재질이었다. 하지만 방어적인 동시에 도발적인, 무어라 평가하기 힘든 어떤 표피가 그를 두르고 있었다. 그를 지나치는 사람들은 몸집이 비대하고 못나게 생긴 유대인을 쳐다보며 대체 그를 감싸고 있는 게 무엇일지 궁

---

70) Teckel: 허리가 길고 다리가 짧은 사냥개인 닥스훈트를 가리키는 독일어이기도 하다.

금해했다. 물론 그의 입지를 알아보고 반응을 보이는 사람들도 많았다. 차별이 고개를 드는 시기가 닥쳐오기 전까지는 유대인들뿐 아니라 독일 인들도 히멜파르프 교수와 악수를 나누는 모습을 연출하고 싶어 했다. 불량했던 그의 젊은 시절 일화를 떠올리는 게 분명한 기색으로 얼굴을 붉히고 치아를 드러내며 웃는 부인들도 있었다.

이제 교수 부인이 된 그의 아내는 어떤 이유로든 절대 그와 함께 숲을 산책하지 않았다. 다만 정원 바닥을 덮은 불그스름한 자갈 위로 어쩌다 남편과 함께 거니는 모습을 보였을 뿐이다. 엄격한 가정교육을 받았던 레하 히멜파르프는 밖을 나다니는 데 익숙하지 않았다. 다만 공인된 가게에 가서 물고기 모양의 청동 향료 통과 투명한 기름[71]의 빛을 받으며, 그녀가 전수받은 것의 신비를 기릴 때만큼은 예외였다. 중년의 레하는 남달리 명랑한 마음가짐을 유지했지만 안타깝게도 육중한 몸매가 되었다. 그녀는 낙심한 사람들을 여럿 일으켜 세웠다. 예를 들어 여자들끼리 앉아 너무 일찍 세상을 떠난 사람들의 수의를 짓고 있을 때, 젊은 여자들이 타크리킴[72] 위로 떨리는 손가락을 바늘로 찌를 때, 나이 든 여자들이 자신들의 기억을 괴롭히고 싶어질 때, 몇 마디 말이나 그저 존재 자체만으로 그들의 안정을 되찾아주는 사람이 바로 레하 히멜파르프였다. 무릎 위에 놓인 하얀 리넨 옷감들이 상기시키는 기억에도 불구하고, 여인들은 모든 것이 견고하고 완전하며 그들이 조금 더 참아야 하리라는 사실을 이해했다.

"뚱뚱한 사람들이 말라빠진 사람들보다 좋은 점도 있어요. 좀더 쉽사리 물에 뜨거든요." 교수 부인이 자기 능력을 설명할 때 하는 말이었다.

---

71) 모두 유대교의 의식에 사용되는 물품들이다.
72) 유대교의 장례식에서 시신에 입히는 수의.

이따금 그녀의 마음속에서도 의심과 두려움이 솟아났으나 그 사실을 아는 사람은 남편뿐이었으리라. 그가 산책에서 돌아오는 길에 보면 아내는 1층 창가에 가만히 서 있곤 했다. 바깥을 내다보면서 말이다. 이내 그가 돌아온 걸 알아차린 그녀는, 조금 전과 달리 행복과 안도감을 느끼는 듯한 모습으로 몸을 내밀고서 까무잡잡하고 통통한 손을 숨차게 흔들었다. 창문에서 길까지 떨어진 간격만큼을 사이에 둔 채 그러고 있자면 두 사람의 영혼은 어느 순간보다도 친밀하고 다정했다.

"오늘은 뭘 봤어?" 히멜파르프 부인은 이렇게 묻곤 했다.

"아무것도." 그녀의 남편은 대개 이렇게 대답했다.

그럼에도 그는 그때까지 그녀 역시 언어의 장막에 기만당하지 않는다고 생각했다. 말로 표현하자면 불투명할 따름인 모든 실체가 그즈음 몇 해에 걸쳐 점차 분명하게 투명해지고 있었다. 표정들에 대해 말하자면, 그는 자기가 보는 것 때문에 흔들리고 감동받고 놀라고 또 부끄러워했다.

학부 동료들과의 관계, 학생들을 대상으로 한 수업, 발표한 기고문들, 집필한 책들에서 드러나는 히멜파르프 교수의 모습은 이따금 꼼꼼하리만치 지적이면서 풍자적인 위트에 능할 때도 많은 솔직한 성격의 남자 같았다. 누구라도 도시림의 낙엽이나 잘 정비된 동네의 보도 위로 단조롭게 느릿느릿 발걸음을 옮기는 교수의 모습을 본다면 그가 병적인 경향에 이끌리며 부끄러운 열망을 품고 있다고는 의심하지 않았다. 실상 그는 이성의 선을 넘어서고자 하는 집요한 갈망에 시달리고 있었다. 두꺼운 거죽 같은 인간의 표정들 속에서 이따금 드러나는 불꽃들을 헤아리고자 하는 갈망, 나무와 돌이라는 형태 속에 갇힌 빛나는 불꽃들까지 파고들고자 하는 갈망 말이다. 히멜파르프는 사물들의 단편적인 본질을 알아차리면서도, 그 자신의 내면이 불완전했기에 그것을 재구성하는 거대한 과업은 수행하지 못했다. 따라서 이 불완전한 인간은 머뭇거리는 상태에 머물러 있을 수밖에 없었다. 그는 더 많은 증거를 찾기라도 하듯 언제까지고 덤불 속, 창문들, 눈동자들을 들여다보았으며, 지팡이로 돌의 두께를 확인하기도 했다. 그럴 때의 그는 스스로 그 존재를 알고 있으며 애초에 그것들이 떨어져 나온 신성한 불 속에 다시금 심어둔, 한없이 작은 불꽃의 낱알들을 주워 모으고 있는 게 분명했다.

그렇게 그는 자기가 아직도 제대로 준비되지 않았음을 깨달으며 집에 돌아와, 캐묻는 듯한 아내의 질문에 혼란스러운 태도로 대꾸하곤 했던 것이다. "아무것도. 아무것도 못 보고 아무것도 못 했어."

그러면 레하는 낙담해서 고개를 떨구었는데, 무언가를 숨기는 그의 태도에 대한 짜증 때문도 아니요 그녀가 이해하지 못하는 문제들이 있다는 생각 때문도 아니었으니, 다만 열망과 가망 사이의 간극을 느끼면서 어떤 식으로도 그를 도울 수 없다는 사실 때문이었다.

그럼에도 이들 부부는 아마도 두 사람의 인간이 함께 향유할 수 있도록 허락된, 아마도 가장 위대한 완벽함을 공유하는 사이였으리라. 히멜파르프 교수는 그 특유의 자세로 몸을 숙이고서 책을 읽거나 과제를 검사하고, 그의 아내는 주로 자기가 형편을 눈여겨보게 된 유대인 가족을 위해 바느질이나 뜨개질에 몰두하며, 홀츠그라벤의 집에 있는 서재에서 만족스러운 저녁 시간을 쭉 함께 보내곤 했다.

어느 날 저녁 시계조차 종소리를 억누를 정도로 조용한 분위기에 그들이 빠져들어 앉아 있는데, 레하 히멜파르프가 갑자기 뜨개바늘로 자기 머리를 긁더니—상스럽다고 할 사람도 많았겠으나 남편이 보기에는 자연스럽기만 했다—정적을 깨뜨렸다. 그녀로서는 평소답지 않은 행동이었다.

"모르데카이." 그녀는 이렇게 물었다. "그 오래된 책들은 어떻게 됐어?"

"책?"

두꺼운 안경알 너머로 아내를 돌아보는 그의 태도에 환멸이 깃들어 있었는지도 모른다.

"그 유대교 문헌."

그녀의 목소리가 부자연스러우리만치 명랑하게 들렸다. 그녀는 은밀한 이유로 환심을 사기 위해 남편의 남성성에 부응하려는 여자같이 굴고 있었다.

"레할라인, 당신은 늘 자기표현을 제대로 안 해."

그쯤 되자 히멜파르프도 짜증이 나서 이렇게 반응했다. 그는 질문에 대답하고 싶지 않았다.

"무슨 말인지 알잖아." 레하 히멜파르프가 말했다. "당신이 룻코비츠 씨네 서점에서 찾아낸, 오래된 카발라 문헌들이랑 히브리어 필사본들."

히멜파르프 교수는 읽던 책을 옆으로 치웠다. 그는 터무니없이 방해를 받았다.

"비넨슈타트에 두고 왔어." 그가 대꾸했다. "더 이상 쓸모가 없어서."

"그렇게 귀중한 책들을!"

"대단한 가치도 없는 책들이야. 끽해야 지적인 호기심이나 채워주고 말 것들."

레하 히멜파르프는 그런 남편의 말에 깜짝 놀랐다. 그리고 이렇게 묻고야 말았다. "당신은 계시를 통해 진실에 도달할 가능성을 안 믿어?"

히멜파르프의 목구멍이 바짝 말라붙었다.

"그러기는커녕……" 그가 말했다. "어떤 게 위아래인지 하는 문제로 씨름하는 게 올바르다고는 더 이상 믿지 않아. 그런 건 결국 자아 중심적 상태의 한 형태거든."

그의 손은 떨리고 있었다.

"마음을 어지럽힐 수도 있고."

하지만 히멜파르프는 밝고 온화한 기미를 보이려던 아내가 갑자기 어둡고 공격적인 태도로 돌변했음을 깨달았다.

"여보!" 그녀가 숨 막히게 소리쳤다. 절망적인 살기를 띠는 것처럼 보일 정도였다. "당신한테야 많은 것이 분명해지겠지! 그렇지만 우리들, 평범한 사람들은?"

"결국엔 다를 게 없어."

그는 아내의 손과 바늘과 털실이 이루어내는 끔찍하고 변칙적인 움직임을 더 이상 보고 있을 수가 없었다.

"때가 오면……" 그녀의 칙칙한 입술이 말을 내뱉기 시작했다. "당신은 그걸 감당할 수 있을 거야. 왜냐하면 당신의 눈은 더 멀리 볼 줄을 아니까. 그렇지만 나를 포함한 다른 사람들은, 마지막을 견뎌낼 수 있도록 무엇을 마음속에 품을 수 있을까?"

"이 테이블." 얌전히 손으로 테이블을 만지며 그가 대꾸했다.

그러자 그의 아내는 뜨개질거리를 내려놓았다.

"아, 모르데카이." 그녀가 속삭였다. "난 두려워. 테이블과 의자는 남아 있지도 않고 우리를 구해주지도 않을 거야."

"하느님은 계실 거야……" 그가 대답했다. "하느님은 이 테이블 안에 있어."

그녀는 울음을 터뜨렸다.

"그분의 이름에 집중하노라면 가장 끔찍한 고문조차 견딜 수 있는 사람도 있겠지." 그는 자기가 어느새 웅얼거리고 있음을 깨달았다.

그가 하는 말은 그저 설교처럼 들렸다. 사랑하는 아내를 위해 아무것도 해줄 수 없음을 그도 알았기 때문이다. 고작 자기 몸으로 아내를 감싸줄 수 있을 뿐이었다.

히멜파르프 교수는 평소처럼 수업 과정을 진행하며, 『정신의 양립 가능성: 19세기 말과 20세기 초 영국 문학과 독일 문학 사이의 친연성에 대한 연구』라는 책에 공을 들이고 있었다. 사람들은 그 책이 히멜파르프에게 학문적 명성을 가져다주리라 기대했으나, 개중에는 기존 정권의 지지를 받지 못하리라고 걱정하는 사람들도 있었다.

그즈음 많은 사건이 방향을 바꾸더니 좀처럼 감지하기 힘든 부분에서부터 깊고도 빠른 흐름을 이루기 시작했다. 많은 독일인이 마침내 자기가 유대인임을 자각하게 되었다. 부모 세대들이 해방을 확신하며 갈루트[73]를 형이상학적인 개념으로만 이해했다면 그 자녀들은 유배를 엄연한 사실로 받아들이는 것 같았다. 몇몇은 일찌감치 이를 수용했다. 그들은 미국으로 떠났고, 나일론의 꿈에 심취했으며, 그것의 속이 비치는 주름들은 할례의 흔적을 전혀 감추지 않았다. 이들은 그들의 잠자리에서 언제까지고 불편하게 뒤척이고 있었다. 일부는 팔레스타인으로 돌아갔으나—오, 그래, 돌아갔다. 달리 어떻게 추방이 끝날 수 있단 말인가?—그들의 회귀 감각에 필요한 셰키나[74]를 개별적으로 감지하지는 못했다. 이들이야말로 가장 철저하게 기만당한 이들이었으리라. 그 유약

---

73) 히브리어로 유배, 혹은 억류된 상태를 뜻한다.
74) 신의 현존을 뜻하는 히브리어.

하고도 다채로운 영혼들이 어떻게 한탄했던가! 오, 켐핀스키[75]에서의 저녁이여! 오, 헤링스도르프[76]에서의 오후여! 시온[77]의 돌들 위로 내몰린 다른 이들은, 말하자면 창조의 법칙에 따라 결국 고통스럽게 뿌리를 내렸다. 그들은 거칠고 매서운 줄기를 뻗으며 비바람에 저항했다. 그곳에서는 결국 그렇게 하는 것이 자연스러웠기 때문이다.

하지만 번잡한 저택들, 혼잡한 골목길의 빈약한 주거지들, 고상한 베이지색 아파트들의 유칼리나무 곁에는, 이런저런 이유로 유럽의 중추에서 떨어지지 못한 사람들이 아직 많았다. 몸이 그러기를 거부했거나, 자신들의 세간을 너무 아꼈거나, 남들이 분명 그들을 못 본 척해줄 것 같았거나, 키스에 취해 있었거나, 희생양이 되리라는 예감에 꼼짝하지 못했거나, 운명을 걸게 되리라고 믿기에는 너무 소심했거나, 설사 그렇게 믿더라도 신성한 길잡이를 마냥 기다렸던 사람들. 이런 사람들은 그대로 남았다. 그리고 분위기는 팽팽하게 긴장되고 있었다. 온갖 논평은 개중에 묵시적인 것들조차도 이들을 목표로 삼았다. 이들은 출입문들을 의심했고, 벽에다 혹은 망가지는 종이 장미들에다 납작하게 몸을 붙였으며, 자기 존재를 들키지 않으려 변기 양옆 부분에다 오줌을 누었다.

이 무질서한 시절 내내 모르데카이 히멜파르프는 탈출하기 위한 합리적 방책들을 마음속으로 더듬고만 있을 뿐이었다. 공적으로 낙인찍힌 그로서는 정상적인 활동이 불가능했음에도, 용인되는 한도 내에서는 생활을 유지하려 노력하고 있었다. 다행히 1차 대전 때 독일군으로 복무했

---

75) 1897년에 독일에서 설립된 이래 세계적으로 자리를 잡은 호텔 체인.
76) 발트해와 연한 해변으로 유명한 독일의 휴양지.
77) 솔로몬이 신전을 건립했다고 전하는 예루살렘의 언덕. 유대인의 성지이자 유대인 자체를 가리키기도 한다.

다는 기록이 남아 있었기에 아직 완전히 자기 지위를 잃지는 않은 상태였다. 그는 그 시점에 직무 몇 가지만 내려놓은 상태였고, 당황스럽거나 난감한 상황을 만나면 눈을 내리깐 채 외면했다. 전차와 버스에서는 불쾌한 상황에 맞닥뜨릴 수 있었기 때문에 전보다 자주 걸어 다니게 되었다. 그러자 골격이 겉으로 다시 드러나면서 전보다 옷이 헐렁거리기 시작했고, 배교한 아버지를 부끄럽게 하던 유대인의 전형성이 그의 얼굴에도 드러났다. 그는 여전히 규칙적으로 도시림을 산책했으며 이제 필요할 때면 언제든 노란 벤치에 앉아 쉬었다. 오고 가며, 이르거나 늦은 시간에, 얇거나 두꺼운 빛 속에서, 새와 고양이와 함께하며, 그는 자신이 태어난 마을의 슬픔과 각각의 돌 하나하나를 진심으로 이해했다고, 마침내 일그러진 세계의 가장 모호한 의미를 해독할 수 있게 되었다고 느꼈다.

물론 그는 아내의 안위를 위해서라도 실제적인 해결책을 강구하려 온갖 노력을 다 기울여야 했다. 친인척들은 에콰도르에서 편지를 보내왔다. 그들의 친족인 아리가 청년 대표단을 맡아 팔레스타인으로 떠난 다음 그 땅에 정착했다는 내용이었다. 오직 모르데카이만이 자기 역할이 무엇일지, 또 그가 행사할 것도 아닌 의지력을 얼마나 오랫동안 유예해야 할지 지침을 받지 못했다. 그는 자신이 감내해야 할 정신적 고통뿐 아니라 그의 육체를 위해 마련된 것이 무엇이든 간에 겁먹지 않겠다고 마음먹었다. 만일 아내의 모습이 끝없는 고문을 가하지만 않았어도 그는 무한정 체념해버렸을지도 모른다.

언젠가 동료 수학자인 외르텔이 그에게 다가와, 너무 늦기 전에 독일에서 탈출하는 일을 자기가 도울 수 있게 해달라고 호소했다. 키가 큰 이 아리아인은 그 문제 때문에 시달리다 결국 말라 죽을 지경에 이르렀던 것이다.

히멜파르프는 망설였다. 인간적 몸짓은 사마엘[78]의 치세에서 너무도 뭉클했으며, 한순간 그는 동료의 제안을 받아들일 만큼 마음이 약해졌다. 가능하다면 레하만이라도. 그러나 곧바로 떠오른 생각은, 그녀가 남편 없이는 떠나지 않으리라는 사실이었다.

"외르텔!" 그가 입을 열었다. "외르텔!" 그리고 겨우 말을 이을 수 있게 되자 이렇게 설명했다. "이스라엘의 죄악이 사마엘에게 일어설 다리를 주었지. 그래, 어떤 면에서는 스스로의 죄악을 속죄하는 것이 내 의무라네. 하지만 자네로서는 당연히 알 수가, 그럴 수가 없어! 이해할 수가 없다고!"

그가 제안을 물리치자 외르텔은 자기가 정말로 미칠 지경이라고 덧붙였다.

히멜파르프는 아내에게 돌아갔으며, 그녀를 너무도 깊이 사랑했기에 동료의 제안에 대해서도 털어놓았다. 그들은 아직 그리스-독일풍의 파사드가 있는 집에서 지낼 수 있었다. 머지않아 교수직을 박탈한다는 통지를 받은 후에도 집에서 쫓겨나지는 않았다. 하지만 상황은 위태로웠다. 이제 하녀들도 후회하며 혹은 그들을 위협하며 그 집을 떠났고 늙은 유대인 여자 혼자서 히멜파르프 부인의 집안일을 도왔다. 개인 재산이 있다는 점에서 그들은 운이 좋았으며 적어도 한동안은 근근이 생활을 이어갈 수 있었다. 어쩌다 신중하게 옷을 갖추어 입은—그녀는 늘 차림이 누추한 편이었는데—히멜파르프 부인이 최고급 골동품들을 파는 모습이 발견되기도 했다. 그렇게 그들은 버텨나갔다. 고요한 집 안의 방들은 결코 텅 비어 있는 것이 아니었다. 생각들이 그 안을 가득 채웠다. 위층

---

78) 유대교의 전승에 등장하는 타락한 천사. 기독교의 사탄과 동일시되는 경우가 많다.

창가에서 보면 정원 역시 결코 완전히 방치된 것은 아니었다. 구근베고니아의 잎살이 훌륭한 화단 위로 축 늘어진 채 마치 욕망의 전시장에 참여하려는 듯 때를 기다리고 있었다.

한번은 히멜파르프가 예전 친구인 육군 중령 슈타우퍼를 찾아간 적도 있었다. 들리는 바에 따르면 그는 도로 두세 개만을 사이에 둔 멀지 않은 곳에서 기행을 일삼으며 살고 있다고 했다. 셀룰로이드로 만든 오리들이 욕조에 떠 있다고도 했다.

중령은 레이스로 장식한 조그만 앞치마를 두르고서 현관 앞에 나타났다.

"위르겐!" 방문자가 먼저 입을 열었다.

하지만 그는 두 사람이 갈라지게 된 숲이 헤아릴 수 없을 만큼 자랐음을, 또 둘 중에 위르겐 쪽이 더 깊은 곳으로 멀어졌음을 곧바로 깨달았다.

골격 위로 불어난 살 아래 언뜻 남아 있는 듯한 중령의 얼굴은, 자신을 개인적으로 고문하러 현관 깔개 위에 나타난 혐오스러운 형상을 잠깐 동안 가만히 응시하고 있었다.

"대령님은 부재중이오." 마침내 그가 입을 열었다.

얼굴, 문, 말마디—모든 것이 조금씩 아른거렸다.

"그리고 유대인을 받아들이는 건 용납되지 않소. 어떤 이유로든."

그렇게 위르겐 슈타우퍼 앞에서 문이 닫혔다.

그 거리에서 바로 그때, 다시금 과거가 흘러들었다. 그 무렵 사람들에게 널리 알려져 있던, 위르겐의 형 콘라트가 나타난 것이다. 특히 그가 전시의 장병들에 대해 신랄하고 대담한 스타일로 발표한 소설 가운데 하나는 안 읽어본 사람이 없을 정도였다. 콘라트 슈타우퍼는 대담하고 충격적이었기에, 조심스러운 대중을 만족시키는 데—심지어 정권까지 만족시켰다는 이야기도 있었다—성공했다.

콘라트는 누구든 개의치 않고 알아볼 만한 여유가 있었다. 그가 이렇게 말을 걸어왔다. "이런, 히멜파르프! 거의 변하질 않았구나! 여기저기가 다 불어난 것만 빼면."

그러면서 소중한 지인의 팔꿈치를 붙들었다.

그의 손길에는 흔들림이 없었다. 말끔하게 바짝 면도한 후 화장 로션으로 마무리한 얼굴이 아침 햇빛을 반사했고, 덕분에 새살이 돋은 듯 산뜻해 보였다. 성공은 콘라트 슈타우퍼에게 값비싸면서도 무척 고상한 가죽의 윤기와 냄새를 제공했다. 그의 오만함에 호되게 당해본 적이 있는 사람들 다수는 콘라트를 혐오한다고 공언했으리라.

"네가 우리를 찾아왔으면 좋겠다."

그 태도에는 위험을 무릅쓴다는 기색도 없었다.

"우린 여기서 무척 가까운 데 살고 있어." 분명히 들으라는 듯, 그가 또박또박 천천히 자기 주소를 알려주었다. "아내가 널 만나면 좋아할 거야. 그렇지만 빨리 와라. 머지않아 집을 떠날 것 같거든."

여기까지 이야기한 그는 웃음을 지어 보였다.

콘라트 슈타우퍼의 비범한 인상을 보고도 히멜파르프는 무심하기만 했다. 헤어지는가 싶더니 곧바로 되돌아온 것으로 보아 슈타우퍼도 그러한 태도를 알아차린 게 분명했다. 그는 재차 다가오더니 유대인의 조끼 단추를 붙들었다. 자기 행동을 변명하고 있는 것 같기도 했다.

"그래도, 올 거지?" 그는 구슬리듯 물었다. "약속해줄래?"

시절이 그러할진대 누가 약속 따위를 한단 말인가? 이제 유대인 쪽에서 웃음을 지을 차례였다. 어쨌든 두 사람은 따스하다고 할 만한 분위기를 함께 이루었다.

그렇지만 히멜파르프로서는 콘라트 슈타우퍼를 과연 다시 볼 수 있을지 의심스러웠다. 인맥을 이용한다는 샛길이 아무리 매력적일 것 같다 해도, 스스로의 의지가 계속해서 작용하는 한 그는 존재의 좁은 길로만 내몰릴 뿐이었다. 게다가 집필 중이던 책들도 고려해야 했다. 책의 출간을 보게 되리라고는 더 이상 희망하지 않았으나 그것들을 불완전한 상태로 방치한다는 것은 더욱 고통스러울 터였기에, 그는 책을 수정하고 주석을 다는 데 대부분의 시간을 할애했다. 쉬는 시간에도 이전보다는 덜 걷게 되었는데, 사람들의 시선에 상처를 받아서가 아니라—그는 담담해졌다—잠시라도 아내와 떨어지고 싶지 않았기 때문이다.

부드럽고 사랑스럽지만 동시에 은밀하고 예측할 수 없는 레하가 그한테 얼마만큼이나 의지하고 있는지 히멜파르프로서는 헤아릴 수도 없었다. 그 대신 그는 그 자신도 그녀에게 의지하고 있음을 깨달았다. 그는 이따금 직접적이고 분명한 이유가 없더라도 그녀를 매만졌다. 만일 그녀를 찾을 수 없다면 부엌으로 나갔다. 대개 그녀는 그곳에서, 요리사랍시고 와 있던 망령 난 노파 대신 부엌일을 하고 있었다. 그러면 그는 자기가 여러 해 동안 익숙해진 일들에 대해 묻곤 했다.

"무슨 요리지?"

"다진 닭 간이야." 그렇게 당연한 것을 알아차리지 못한 히멜파르프가 오히려 이상해 보일 만큼 그녀는 흔들림 없이 차분한 목소리로 대답했다.

확실히 그녀는 남편과 함께 평범한 주방 그릇을 마치 의례에 굉장히 중요한 내용물이라도 담겨 있는 양 빤히 쳐다보곤 했다. 두 사람은 소박하고도 감동적인 의식을 통해 정신적 고뇌를, 그리고 이별의 가능성을 유예했다.

얼마 후 그들은 헤르츠 박사, 바일 부부, 노이만 부부가 사라졌다는 소식을 들었다. 멘델스존 박사 부인도 더 이상 병원에 나타나지 않았다. 멀리 있는 지인들만 우려하는 가운데 이러한 소식들은 무척 조용히 전달되었으며, 냉혹하고도 단조로운 생활이 계속되자 사람들은 그들이 사라졌다는 사실조차 인지하지 못했다. 히멜파르프 부부를 돕던 노파는 그저 도움이 안 되기만 하는 정도가 아니었다. 그녀는 잠을 이루지도 못했다. 이따금 히멜파르프 부인이 한밤중에 하녀를 위로하려 마지못해 침대에서 나와야 했다.

하지만 위로 따위를 구할 수 없는 밤이 찾아올 터였다. 강인한 인간들에게서조차 믿음은 톱밥처럼 새어 나올 터였다.

11월의 어느 저녁, 히멜파르프는 집에 가는 길이었다. 프리드리히 거리로 막 들어선 차였다. 그는 문득 걸음을 멈추었다. 더 이상 나아갈 수가 없었다.

황혼을 뚫고서 전차가 질주하고 있었다. 도로를 따라 나타나는 행인들의 초록빛 식물 같은 얼굴은 본능이 저녁의 꿈결을 따라 그들을 인도하리라고 믿고 있었다. 술집에선 머리를 바짝 깎은 이들이 늘 앉던 테이블에 자리 잡고 있었다. 그들은 안주로 놓인 절인 달걀들을 깨뜨렸다. 꽉 채운 술잔 위로 올라온 푹신한 거품에 사람들의 입술이 바짝 달라붙었다. 한 인간이 불현듯 스스로 어둠의 그물에 붙들렸다고 느껴야 할 이유는 없었다. 프리드리히 거리 한구석에서 자기 몸을 가누지 못할 이유도 없었다. 하지만 히멜파르프는 억누를 수 없는 공포를 경험했다. 그는 정말로 달리고 있었다. 내달려 도망치고 있었다. 몸을 짓누르는 나이의 무게와 도덕적인 품위조차 내던지고서 달리고 또 달렸다. 그가 지나치자 어둠 속에서 몇 사람이 욕을 내뱉었으나 그는 제대로 듣지 못했다. 적어도 아직까지는 평범하게 통제되는 그 밤에, 다른 누구도 아닌 자기 탓으로 남과 꽈당 부딪치는데도 신경 쓰지 않았다.

프리드리히 거리 아래로, 쾨니긴루이제 광장을 넘어, 비스마르크 거리로, 크뢰텐 골목을 따라, 그는 달렸다. 남부 공원에 닿을 때까지 필사적인 호흡으로 스스로를 지탱했다. 이 버림받은 인간은 이제 호의를 얻어야 한다는 사실을 느꼈다. 정확히는 무덤 이편의 현실을 버텨내려는 이들에게 **받아들여지기** 위하여.

콘라트 슈타우퍼 부부는 형태만 놓고 보면 수수한 회색빛 아파트에 살았다. 그렇지만 그 아파트는 일반적으로 임대료가 굉장히 높은 곳으로서, 열매와 꽃을 묘사한 콘크리트 장식과 화관이 군데군데 붙어 있었다. 그곳을 찾아온 유대인은 무척 괴롭게 안도하면서, 돋을새김된 형상들을 매만짐으로써 그 집의 번지수를 확인하는 것 같았다. 젊은이들이 어디든 도착했음을 알고 나면 좋든 싫든 자기도 모르게 그러듯 히멜파르프 역시 계단에 대고 양말을 끌어 올리기 시작했다. 자신을 도와줄 친구들의 벨을 울리기에 앞서 그는 인간의 모습을 한 가면을 되찾으려 애쓰며 정말이지 끔찍하게 싱긋거리고 있었다. 친구들이라니! 그의 **친구들**! 그것은 기적적인, 황동으로 된 견고한 펜촉과도 같다고, 가면 뒤의 히멜파르프는 전율하며 생각했다. 친구는 그 자신의 혈통보다도 안전하고, 최고의 추상인 하느님보다도 훨씬 가치 있었다. 그러하기에 남자의 두 손은 기대감으로 떨렸다. 그는 사교적인 상황과 거기에 **빠질** 수 없는 여송연과 코냑까지 마음속으로 미리 대비했다.

아마도 그의 장래를 위해 중요한 역할을 해줄, 아직은 흐릿하고 하얀 형체일 뿐인 누군가가 아파트 문을 열어주고 있었다.

안쪽에서는 슈타우퍼가 동양풍의 랜턴이 비추는 주황색 불빛을 받으며 수화기를 내려놓던 차였다.

그는 곧바로 현관을 향해 다가왔다.

"어렵사리 여기까지 찾아와줘서 정말, 진심으로 반갑다." 콘라트 슈타우퍼가 말문을 열었다.

"히멜파르프, 이쪽은 내 아내야." 마르고 꼿꼿한, 아까의 하얗고 흐릿했던 사람을 가리키며 그가 말을 이었다.

"친애하는 히멜파르프, 정말로 반가워." 그는 몇 번이나 이렇게 말했다. "우린 정말로 네 소식이 궁금했거든."

"늘 이야기 들으며 무척 궁금했어요." 그의 아내도 적절히 거들었다.

슈타우퍼 부부는 둘 다 상당히 어수선한 상태였다. 하지만 콘라트 슈타우퍼 쪽에서 먼저 조그만 사슬로 현관을 잠그더니 안쪽으로 손님을 인도할 만큼 균형 감각을 되찾았다. 서재처럼 보이는 곳이었는데, 첫눈에는 칙칙하기만 하던 동양풍의 카펫들이 점점 타오르듯 생생하게 눈에 들어왔다.

슈타우퍼 부인은 세공된 상자 쪽으로 곧장 다가가더니 담배에 불을 붙였다. 코로 연기를 내뿜는 모습으로 보건대 안달할 정도로 흡연을 즐기는 게 분명했다.

그러고서야 그녀는 불현듯 뭔가를 떠올렸다. 모든 게 너무도 갑작스러운 상황에서 고작 분위기를 누그러뜨리려는 몸짓들이라고는 해도, 손님한테 제공할 수 있는 것은 얼마든지 있었다.

"선생님도 이 해로운 물건에 사로잡히셨나 봐요?" 그녀가 이렇게 묻더니 어울리지 않게 함박웃음을 지어 보였다.

슈타우퍼 부인은 리큐어가 들어간 초콜릿을 접시에다 서둘러 그러모아서 가져왔다. 그렇듯 값비싼 브랜드의 수입 초콜릿은 경멸받는 인간의 삶에서는 진즉 사라진 것이었다. 은쟁반에 담긴 채 반짝이는 형태들은, 그의 처지에서 보기에는 마치 불길한 보석들처럼 반짝반짝 빛났다.

슈타우퍼 부인 자신은 어땠던가. 그들이 얽혀 든 긴장된 상황에서도, 어쩌면 그 같은 순간이 꼭 아니더라도, 모르데카이는 감각적인 젊은 시절이었더라면 아마도 그녀에게 자극받았으리라는 점을 의식했다. 갈색 살결 아래로 충분히 골격이 드러난 몸매는 투박한 실크 원피스에 완벽하게 어울렸다. 하지만 그날 밤 그녀는 감기인지 그 비슷한 뭔가를 앓고 있었다. 그녀는 낡은 카디건을 걸치고서 난방장치에 몸을 밀착하면서도 일종의 세심한 우아함, 베를린 악센트를 간직하고 있었다.

슈타우퍼 부부는 둘 다 손님이 찾아오리라 예상하고 있었다. 적어도 그들의 표정은 그래 보였다.

"오늘 밤에 여기 온 건······" 히멜파르프는 집주인이 당연하다는 듯 내놓은 코냑을 보고 싱긋 웃으며 이야기를 시작했다.

"그래? 그래서?"

콘라트 슈타우퍼는 너무 불안해하느라, 그의 아내는 너무 긴장하느라 제대로 보조를 맞추지 못했다. 실제로 그녀는 하녀의 동향에 귀를 기울이느라 두 번이나 문 쪽으로 향했다. 비록 그 하녀는 자기가 정말로 장화 한 짝을 찾으러 갔을 뿐이라고 설명했지만 말이다.

동시에 히멜파르프는 깨달았다. 그는 결코 갑작스럽게 날뛰던 심장을, 엉망이 되었던 맥박을, 익숙한 거리가 내뿜던 적대감을, 불합리한 공포의 뾰족하고도 날 선 악취를 그들에게 전달할 수 없을 터였다. 언어는 이성의 도구였기 때문이다.

"나는······" 히멜파르프가 짜임새 없이 툭툭 말을 내뱉고 있었다.

그는 아무것도 아닌 사람이었다.

그러자 그들 쪽에서 코냑을 또 한 잔 건넸다.

"그래, 그렇지. 이해해." 연민을 느낀 슈타우퍼 부부는 이렇게 중얼거렸다.

그들은 스스로 느끼는 거북함에 사로잡혀 있었다. 아마 그것을 오로지 머리로만 이해하고 있었을 것이다.

비참함을 느끼면서도 그들은 다시금 말이 없어진 방문자를 보조하기 위해 쇤베르크와 파울 클레, 브레히트[79]에 대해 이야기하기 시작했다. 그리고 진보적인 독일인으로서 리큐어 초콜릿과 코냑, 진짜 아바나산 여송연과 함께 그들의 정신을 제물로 바쳤다. 하지만 그들이 취했을 모든 몸짓은 세 사람 모두가 느끼기에도 상황 때문에 그저 위축되기만 했을 것이다.

슈타우퍼는 살짝 술에 취했다. 덕분에 그는 실천가처럼, 적어도 사보타주를 예찬하는 사람처럼 보였다. 아마도 그는 인생에서, 어쩌면 역사에서, 실천을 통해 변화를 낳을 수 있다는 가능성을 너무 뒤늦게 발견한 식자층 가운데 하나였으리라. 그는 설령 도덕적 불평등이라는 나무 전체를 부서뜨리지는 못한다 해도 기생뿌리 한두 개는 뽑아버리기 위해 무슨 일이든 실천하고 싶어 열이 올라 있었다. 지나치게 호화로운 장의자를 덮어놓은 카펫 위에 드러눕자 그의 양말 끝과 바지의 커프스 사이로 맨살이 드러났다. 덕분에 그는 더 어리고 더 진솔하고 어찌 보면 결국 무

---

79) 오스트리아의 작곡가인 아르놀트 쇤베르크(Arnold Schönberg, 1874~1951), 독일의 화가인 파울 클레(Paul Klee, 1879~1940), 독일의 극작가인 베르톨트 브레히트(Bertolt Brecht, 1898~1956)는 모두 나치스 독일로부터 탄압받았던 당대의 진보적 인사들이다.

능해 보였다.

슈타우퍼 부인은 잔털 없이 매끈한 팔을 길고 창백한 손톱으로 빗질하듯 긁고 있었다. 화장을 했다고는 하나 기름막만 덮인 그녀의 길쭉하고 날카로운 얼굴은 최소한 침착해야 한다는 점을 알고 있었다.

콘라트는 이런저런 지명들을 입에 올리는 중이었다. 모로코, 태평양, 갈라파고스. 하지만 화제는 결국 그가 더 잘 알고 있는 고향 주변으로 옮아갔다. 리비에라[80]에 대해서라면 모르는 게 없는 것 같았다. 자기 목숨과 연결 짓지는 못했으나, 히멜파르프는 그 모든 이야기를 모두 들어보았다.

"베른은……" 콘라트가 이야기를 이어나갔다. 마침내 무척 가까운 곳까지 도달했다. "따분하지만 괜찮은 도시야. 우리가 만나 점심을 함께 먹을 수도 있는 곳이지. 목요일에 말이야. 히멜파르프, 너만 마음을 먹으면. 그렇지만 칫솔보다 무거운 건 가져오지 말라고 충고해야 하겠군."

조용히 내리는 눈이, 불행히도 자취를 지우지는 못하면서, 유대인의 마음속에 떨어져 쌓이고 있었는지도 모른다.

그렇듯 막연한 약속은 그를 억지로 일으켜 세웠다.

"이제 가야겠어요." 히멜파르프가 말했다.

마침내, 숙명적으로. 모두가 알고 있었다.

"집에서 기다리는 아내한테 가야 해요. 개도 한 마리 있습니다. 이런 밤 시간에는 개가 자기를 산책시켜주는 줄 알죠."

"아내라고요?" 슈타우퍼 부인이 어찌나 날카롭게 숨을 들이마시는지, 누가 때리는 손을 피해 움찔하는 것 같았다.

---

80) 프랑스와 이탈리아에 걸쳐 있는 휴양지. 지중해와 연해 있으며 연중 기후가 온화하다.

그녀가 착용한 팔찌에 큼직하게 달려 있던 조야한 준보석들이 고통스럽게 투쟁하듯 한데 뒤엉켜 쩔그렁거렸다.

"제수씨가 있는 줄은 미처 몰랐는데." 콘라트 슈타우퍼도 이렇게 되뇌었다.

유대인은 정말로 웃고 있었다.

그는 매혹적인 입술 사이로 웃음을 터뜨렸으며, 그 입술은 섬뜩하고 두툼하게 불어났다. 하느님께서 몸소 최초의 혼돈 속으로 쭈그러져 자취를 감춘 그날 저녁의 어느 한 순간이 올 때까지, 어느 누구도 그한테 아내가 딸려 있을 가능성에 대해 상상조차 하지 못했기 때문이다.

"이거 아무래도……" 유대인이 말했다. "오늘 밤 내가 절대 씻지 못할 큰 죄를 짓지나 않았는지 싶군요."

그는 말하고, 또 말했다. "아무래도."

그 무너져버린 유대인이.

"아니, 아냐!" 슈타우퍼 부부가 매달렸다. "우리 잘못이야! 우리가 죄인들이라고!"

하찮은 성공을 거두었던 콘라트 슈타우퍼, 그리고 지나치게 단순해진 한편 지나치게 복잡해진 그의 아내는 아무리 사과를 해도 부족한 것만 같았다.

"우리들! 우리가!" 슈타우퍼 부부는 강조했다.

부인의 팔찌에 달린 부속들이 저절로 어찌나 대포를 쏘아대던가.

폭삭 삭아버린 것 같은 그 유대인은 현관 쪽으로 걸음을 옮겼다.

"**당신들**이 집단 판결에 포함되어서는 안 된다는 데에는 아마 그만한 이유들이 있을 겁니다." 그가 얌전히 자기 생각을 밝혔다. "**우리**는 절대 집단적 심판에서 빠져나갈 수 없어요. **우리**는 하나예요. 전체에 피해

없이 떨어져나가는 조각은 없을 겁니다. 두렵지만, 그게 내가 저질러버린 일이에요. 이성을 잃은 순간에. 오늘 밤."

그들은 현관으로 나가 동양풍의 랜턴이 비추는 주황색 불빛 속에서 있었다.

"그렇지만 이건 정말이지, 너무 끔찍한 일이구나!" 슈타우퍼가 소리치다시피 말했다.

그는 이미 개인적으로 이 문제에 연루되었다.

"우린 처음부터 알고 있었어. 네가 몸을 맡기러 여기 왔다는 걸." 그의 목소리가 메아리처럼 울렸다. "왜냐하면 오늘 밤에……" 계속해서 단어를 선택하느라 망설이지만 커다란 목소리였다. "사실 우리는 들어서 알았거든. 네가 막 도착했을 때, 전화로 말이다." 이제 그의 목소리는 쩌렁쩌렁하게 울렸다. "사람들이 유대인의 재산을 때려 부수고 있다고!"

"아, 콘라트!" 그의 아내가 탄식했으니, 그것은 진실에 대한 보다 격한 항의였는지도 모른다.

하지만 그녀의 남편이 털어놓은 사실을 소방차가 확인해주는 듯했다. 소방차는 독일인들이 사는 교외의 단단한 정적을 뚫고 달리며 시커먼 불안의 터널만을 그 뒤에 남겨놓았다.

놀라지 않은 사람은 히멜파르프 혼자인 모양이었다. 그는 심지어 웃음을 머금고 있었다. 이제 모든 것이 설명되었다. 이제 뜻밖의 일을 겪을 가능성은 사라졌다.

"너는 아무것도 모르고 있던 사이에…… 네 아내가!"

슈타우퍼는 이제 오히려 저 혼자 겁을 집어먹었다. 해적 놀이가 현실이 되었음을 깨달은 남자의 얼굴은 마치 어린 소년이 된 듯했다.

슈타우퍼 부인은 손님이 진품 아바나 여송연을 비벼 끌 수 있도록 재떨이를 붙들고 있었고, 그 기름진 얼굴 위로는 눈물이 흐르고 있었다.

문에 걸려 있던 조그맣고 허술한 사슬이 홈에서 밀려나면서 삐거거렸다.

그리고 히멜파르프는 멀어지고 있었다.

그는 벌써 그곳을 떠나며, 진정으로 친절했던 친구에 대해서도 잊었다. 마음 한구석에 그럴 여유만 있었다면 그를 감사와 사랑으로 기억했으리라.

주의를 기울여보아도 남부 공원은 고요했다. 절묘하게 응집된, 고통스러운 주황색의 장막이 마을의 실루엣으로부터 어둠을 분리하고 있는 것처럼 보였다. 긴장한 몸으로 외투를 펄럭펄럭 휘날리며 거리를 따라 걸음을 서두르는 인물이 희망하는 바와 달리, 한번 내팽개쳐진 삶을 그가 되찾을 가능성은 거의 없었다. 크뢰텐 골목에서는 깨진 유리가 반짝이는 가운데 한 무리의 유대인들이 서 있었다. 서럽게 흐느끼는 여자들의 울음소리가 그의 발걸음을 재촉했다. 비스마르크 거리에 있는 어떤 남자는 사람들이 주먹질을 할 때까지 목이 터져라 울부짖고 있었다. 조용한 가운데 이따금 쿵쾅거리는 소리가 들려오고 남자의 울음소리는 흑흑 흑흑 흑흑 흑흑 잦아들었다.

히멜파르프는 정확히 말해 뛰고 있는 상태라고도 할 수 없었다. 그는 조금이라도 빠르게 움직이고 싶은 마음에 오히려 땅에 닿을 정도로 무릎을 굽히고 있었다. 호흡은 더 이상 그 자신의 일부가 아니었다. 그는 자기 숨소리가 마치 따돌리려야 따돌릴 수 없는 달갑지 않은 동물처럼 곁에서 나란히 헐떡이는 소리를 들었다. 쾨니긴루이제 광장 한구석에서 불길이 확 치솟았다. 실러 거리에서는 시나고그가 불타고 있었다. 그 모습을 보자 좀더 정신이 들었다. 도로 경계석에 소방차들이 서 있었다.

소방관 몇 명은 원을 그리고 서 있었다. 현실적으로 그들이 대체 무슨 일을 할 수 있었겠는가? 추레하고 작달막하며 실제로도 낡은 건물이 불길 속에서 위로 솟으려 발버둥질하는 모습은, 어째서인지 고딕풍의 장중함마저 띠었다. 마침내 목소리들이 잦아든 그때쯤에는 모든 것이 속죄되었는지도 모를 일이었다.

히멜파르프는 칼에 찔리게 되리라 예상하며 홀츠그라벤에 들어서서 가느다랗게 목을 늘여 뺐고, 몸에서는 땀보다도 묵직한 물방울이 떨어지고 있었다. 그곳은 그가 살던 거리였다. 여전히 조용하고 훌륭한, 독일인들의 거리. 그러나 소란 통에 발생한 정전은 익숙한 것들을 어두운 꿈속으로 몰아넣었으며, 어둠을 뚫고서 자기가 살던 집으로 향한 그는 이미 예측해 알았던 현실을 그곳에서 확인했다.

문은 당연히 열려 있었다. 그리고 그가 자다가 보면 가끔 그랬듯 무척 살며시 흔들리고 있었다.

더 이상 멀쩡함을 가장하지 못하는 그 집은 공허한 껍데기였다. 비록 그는 집 안을 가득 채운 어둠과 정적 때문에 아직 그곳이 텅 비어 있음을 느낄 수 없었지만 말이다.

히멜파르프는 안으로 들어갔고 마치 그의 손가락처럼 경직되고 길쭉한 무언가가 발밑에서 느껴졌다. 어둠 속에서 그는 허리를 굽혀 작은 개의 몸을 만졌다. 죽음의 특혜인 평온을 거부하며 이빨까지 말려 올라간 입술만 빼면 무덤 위에 새긴 조각처럼 이미 뻣뻣해진 상태였다. 무엇보다도 끔찍했던 건, 만져보고서야 알아차린 혀의 감촉이었다.

그러자 유대인은 울부짖기 시작했다.

그가 소리쳐 불렀다. "레하! 레하!"

그 소리는 집 밖으로부터 되울렸다.

언제나 그는 자신의 구세주인 그녀가 가장 끔찍한 위기에서도 그에게 돌아오는 모습을, 그리고 그녀의 가슴에 머리를 가져다 대는 자신의 모습을 그려보았었다.

그래서 그는 소리치며 더듬더듬 나아갔다.

그는 하느님을 불렀고 그 소리는 창밖으로 헐벗은 나뭇가지를 통해 퍼져나갔으며, 그러자 길 건너편에 있던 한 무리의 사람들은 겁을 먹기에 앞서 웃음부터 터뜨렸다.

그는 한없이 집 안을 기어 올라가고 있었다. 아무리 단단한 피부라 해도 투명해 보이게 하던 신성한 촛불과 향신료 냄새가 이제는 간데없었다. 그 대신 벌어진 턱처럼 열린 유리 사이로, 층계참에 깔린 카펫 위로, 달빛이 들어와 그곳을 어지럽게 뒤흔들어놓았다. 차가운 달빛이.

아내를 찾느라 위층에 도달한 그는 늙은 하녀를 발견했다. 그녀는 세간붙이조차 자신을 적대하고 있다고 느꼈기에 그 모든 결과의 두려움을 못 이기고, 무엇보다도 제풀에 놀라 헐떡거리며 어느 때보다도 끔찍하게 소리쳐 울기 시작했다.

더 이상 확인할 필요도 없는 이야기를 그녀가 조금씩 털어놓았다.

그들이 왔다고, 히멜파르프 부부 때문에 그들이 왔었다고.

하지만 그가 직접 겪지도 못한 일을 그때 가서 그녀가 덧붙일 게 뭐가 있었겠는가?

그래서 히멜파르프는 그녀가 주절대도록 그냥 내버려두었다.

그는 흐느껴 울며 정처 없이 아래쪽 어딘가로, 삐걱거리는 어둠의 구덩이 속으로 향했다. 이미 그 목적을 다한 것 같은 이름을 부르면서. 그렇게 집 안을 지나 어둠 속으로 내려갔다. 놈들이 남기고 간 것은 그 자신뿐이었고, 그는 어둠 속에 앉았다. 어둠 속에 앉아 있었다.

6장

"전차라면……" 헤어 양은 한 사람의 인생을 연출하는 무대 위로 두꺼운 커튼처럼 일부러 드리웠던 정적을 감히 흩뜨려버렸다.

몸이 떨려왔으나 그래도 멈출 수 있었다. 그녀는 자기가 대화의 기본 원칙 가운데 하나로서 준수해야 한다고 배웠던 무언가를 어기고 있다고 생각했다. 개인적 차원의 관심은 그것이 아무리 중대하더라도 부차적인 문제라는 원칙 말이다.

"그럼, 당신은 전차에 대해 아는 거죠." 그녀는 참지 못했다.

하지만 그것은 속삭임이었다. 낮은 목소리로 무척이나 천천히 내뱉은 속삭임.

하나의 원형이 마침내 어떤 종류인지 판명되는 순간이나 다름없이 중대했다. 그럼에도 헤어 양은 자기 입장이 급박하다 해서 억지로 관심을 돌리지는 않았다. 남자의 인생 역정을 함께 견뎌내느라 풀칠한 듯 입이 딱 붙어버렸기 때문이다. 그리하여 그녀가 무모하게 내뱉은 말은 마치 환상 그 자체처럼 허공에 흔들리며 내걸렸고, 두번째 사람이 그 환상을 인식하면서 비로소 두 개의 환상은 하나가 되어야 했다.

"우리가 혹시 다시 보게 되면……" 마치 돌 같은 그 남자가 몸을 뒤척이며 입을 열었다.

그녀의 양쪽 손마디와 목에서 뛰는 맥박은, 그들의 만남이 그저 스치는 인연일 수도 있다는 가능성을 완강히 거부했다. 그렇지만 그녀로서는 당연히 이를 설명할 수가 없었고 그녀의 표정도 굳어버린 혀처럼 전혀 도움이 되지 않았다. 사실 그녀 스스로도 알고 있었듯, 긴장한 그녀의 얼굴은 마치 핏발 선 칠면조 같았으리라.

"만약 우리가 계속 만날 거라면 말입니다." 유대인이 말을 이었다. "난 내가 아내를, 그리고 우리 모두를 배반했던 순간으로 거슬러 올라갈 테고, 그 문제에 대해 당신은 나를 용서해야 합니다. 그건 언제나 내 마음의 이면에 있어요. 무엇을 담고 있느냐에 따라 일순간도 영원이 될 수 있기 때문이지요. 그러고 나면 난 아직도 내가 거리 아래로, 피란처였던 친구들의 집을 향해 도망치고 있음을 깨닫습니다. 여전히 난 언제까지고 감당할 여력이 없다면 뭐가 되었든 받아들이지 않습니다. 설령 모두가 나한테 믿음을 보내온다고 해도요. 그러니까, 사람들은 자기네 죄를 씻고자 누군가에게 의지하고 있었고, 그 대상이 그냥 나였던 거예요."

"난 사람들이 죄라고 말하는 게 뭔지 전혀 모르겠어요." 헤어 양은 혼란스러울 수밖에 없었다. "우리 집에 나이 든 하녀가 한 명 있었어요. 매번 나한테 뭔가 설명해주려고 했지만 난 이해를 못 했지요. 페그는 자꾸 자기가 죄인이라고 했는데 난 그렇지 않다는 걸 알았어요. 이 나무가 좋은 나무라는 걸 알듯이 알 수 있었단 말이에요. 그런 건 벌레 조금 먹은 과일만큼도 잘못이 아니에요. 다른 건 그냥 다 상상이야. 가끔 난 혼자서 상상했어요. 어, 그래, 그랬지요! 그러고 있자면 좋더라고요. 지켜줄 수 있는 만큼은 날 지켜주기도 하고. 아침이 오면 사라졌지만. 글쎄……" 부드럽게 흔들리는 잔풀을 가리키며 그녀가 말을 이었다. "여기 나무 밑에서 바깥을 내다보면서도, 어떻게 모든 게 좋다는 걸 모를 수가 있나요?"

그 순간은 심지어 그녀 자신도 자기 말을 믿을 정도였다. 상대를 위로하고 싶어 하는 그녀는 정말이지 바보 같았다.

"그럼 어떻게 악함을 설명하시겠습니까?" 유대인이 물었다.

그녀의 입술이 조금씩 말라붙었다.

"어, 그래요. 악한 것도 있지요!" 그녀는 주저하며 말을 이었다. "사람들은 악한 거에 사로잡혀요. 어떤 사람들은 다른 사람들보다 더 심하게!" 그리고 힘 있게 덧붙였다. "하지만 그런 건 저절로 불타 없어져요. 어떤 것들은 자기가 자기를 부서뜨릴 정도고요."

"자기 자신의 죄에 삼켜진다고!" 유대인이 웃음을 터뜨렸다.

"어, 그런 식으로 날 까발릴 수야 있겠지요!" 그녀가 소리쳤다. "난 똑똑하지 않으니까. 그래도 어느 정도는 알아요."

"그러면 누가 우리를 구원합니까?"

"난 불길이 지나간 뒤에도 풀들이 다시 자란다는 걸 알아요."

"속세적인 위로군요."

"그렇지만 이 세상은 경이로워요. 우리가 가진 건 그것뿐이에요. 땅이 나를 다시 일으켰어요. 그러지 않았다면 내가 죽어야 했을 때도."

유대인은 기묘한 시선을 숨길 수가 없었다.

"그러다 마지막에는? 땅이 당신을 더 이상 일으켜 세울 수 없게 되면?"

"난 그 안으로 가라앉을 거예요." 그녀가 대답했다. "그리고 풀들이

내 위로 자라나겠지요."

하지만 그렇게 슬픈 목소리로 말해서는 안 될 이야기였다.

"그리고 전차는……" 그가 물었다. "당신이 어느 순간엔가 따져보고 싶어 했던 그 전차는? 구원의 가능성은 인정하지 않을 겁니까?"

"아, 말들, 그런 말들!" 그녀는 주근깨투성이 손으로 그것들을 쓸어내며 소리쳤다. "그런 말들은 무슨 소린지 하나도 모르겠어. 그렇지만 전차는……" 그녀가 마지못한 기색으로 말을 이었다. "정말로 있어요. 난 봤어요. 그저 내가 아파서 그랬던 것뿐이라고 슬쩍 넘어가려는 사람이 있다고 해도요. 난 그걸 봤어요. 그리고 내가 믿고 의지하는 고드볼드 부인도 그걸 봤어요. 불쌍한 내 아버지도 봤는걸. 아버지는 나쁜, 정말 **나쁜** 사람이었는데, 난 아버지가 발견 못 하도록 숨겨진 그런 비밀이 있었다고는 의심하지 않았어요. 그리고 많이 배운 사람인 당신도 책들에서 전차를 찾아냈고, 앞으로 이야기하려는 것보다 더 많은 걸 알고 있잖아요."

"그렇지만 기수들은 아니에요! 나로서는 기수들을 그려볼 수도, 이해할 수도 없습니다."

"당신은 한눈에 모든 걸 죄다 보는 모양이죠? 우리 집에는 아직 발견되지 않고 가만히 기다리고 있는 것들이 가득해요. 하다못해 평범하기 짝이 없는 물건들도 때가 되어야 우리 앞에 나타나는 거라고요."

그 말에 유대인은 옷 속에서 몸을 뒤틀 정도로 즐거워졌다.

"숨겨진 차디크가 바로 당신일 줄이야!"

"뭐라고요?" 그녀가 물었다.

"각각의 세대마다 서른여섯 명의 차디크들이 있다고 합니다. 치유하고 해석하고 선행을 베풀면서 은밀하게 이 세상을 돌아다니는 신령한 사람들이지요."

그녀는 온몸이 천천히 빨갛게 물들었으나 아무 말도 하지 않았다. 그의 설명이 그녀의 가장 내밀한 부분을 건드렸음에도 전적으로 모든 걸 말해주지는 못했기 때문이다.

"이미 이야기된 바가 있습니다." 유대인이 풀을 어루만지며 설명을 이어나갔다. "하느님께서 내린 창조의 빛이 어떻게 차디크들에게 쏟아지는지 말이에요. 그러니까 그들이 바로 하느님의 전차라는 겁니다."

헤어 양의 내면에서 물결이 차오르고 있었기 때문에 그녀는 아래를 내려다보며 양손을 마주 쥐었다. 자기의 허연 손마디를 쳐다보며 평소 시달리곤 하는 발작 가운데 하나가 올라오지 않기를 바랐다. 누군가 자기를 그렇게까지 높이 북돋아준 순간에, 게다가 그녀는 그 사람이 자기를 계속해서 존중해주길 바라는데, 그녀의 신체적 문제를 들킨다는 건 용납할 수 없는 일이었다.

"오늘 아침을 기억하겠습니다." 히멜파르프가 말했다. "우리가 만나게 된 아침이기도 하지만, 꼭 그래서만은 아닙니다."

나무 밑에서 내다보니 확실히 빛이 전에 없이 강하게 세상에 내리쬐고 있는 것 같았다. 누그러진 푸른빛을 세계라는 보온 냄비에 빙 둘러 부어놓은 듯했다. 나른한 풀줄기들은 투명한 즐거움에 빠져 춤추었다. 벌들이 부르는 단순한 선율의 성가가 금으로 된 단단한 물방울이 되어 떨어졌다. 하필 그 순간에 갑자기 귀에 거슬리는 소리가 들려오며 그것들을 되밀지만 않았어도, 온갖 영혼이 찬양하고자 앞으로 나가 섰으리라.

"저게 뭘까요?" 히멜파르프가 물었다.

두 사람은 나뭇가지 밑에서 불안하게 밖을 내다보았다.

방치된 과수원의 깊숙한 곳에 흑백이 섞인 어떤 형상이 솟아 있었다. 그것은 기둥처럼 서 있지만 흔들리며 움직이고 있었다. 정적은 깨지고 초목의 성채도 이제는 아무것도 아니었다. 먼지와 씨앗이 솟아올랐다.

"여—보세요? 아—하! 거—기!" 뭔가 알아차린 듯한 목소리가 들려왔다.

헤어 양은 한층 더 창백해졌다.

"저 사람에 대해서는 나중에 이야기할 수 있을 줄 알았지요." 그녀가 곁에 있는 유대인에게 설명했다. "그렇지만 지금은 때가 아닌데."

졸리 부인은 계속 발을 구르며 소리를 질렀다. 그러나 친숙하지 않은 영역을 함부로 침범할지는 확실치 않았다.

"사악한 것들 가운데 하나가 저기 있네요!" 헤어 양은 많은 것을 분명히 밝히리라 마음먹고 손가락질했다. "어찌나 사악한지, 난 아직도 믿을 수 없을 정도예요. 그렇지만 저 여자는 또 다른 마귀 하나랑 어울려서 음모를 꾸며왔고, 그러다가 둘 다 파멸할 때까지 많은 사람을 괴롭힐 거예요."

히멜파르프는 그 말을 믿었을지도 모른다. 음모자들의 우두머리가 떠나갔건만, 다리를 펴려고 꿈지럭거리는 것으로 보아 자기가 이제 너무 오래 머물렀다고 느끼기 시작한 게 분명했다.

"날 그냥 두고 가지는 않겠지요." 헤어 양이 매달렸다. "난 안 갈 거예요. 아무한테도. 아마, 어두워질 때까지는."

"방치해둔 일들이 마음에 걸려서요." 유대인이 중얼거렸다.

"당신이 가버리면 방치되는 건 내가 될 테고요." 몸에 보석이라도 걸친 대단한 미녀라도 되는 양 그녀가 떼썼다. "게다가……" 그녀는 이렇게 덧붙였다. "당신 살아온 이야기를 아직 끝마치지도 않았잖아요."

그 말에 유대인은 한참 나이 들고 허약해진 기분이었다. 정말로 그녀가 그를 못 가게 붙잡을 생각이라 해도, 그한테 계속 머무를 기력이 있는지 의문이었다. 적어도 그녀가 이야기를 들을 심산이라면 말이다.

"나도 알아요." 헤어 양은 그녀답지 않게 얌전한 태도로 말했다. "아마도 최악의 대목을 이야기할 차례라는 거, 나도 안다고요. 그래도 내가 당신이랑 함께 견뎌낼 거예요. 둘은……" 그녀가 덧붙였다. "하나보다 강하니까."

그래서 유대인은 다시 자리에 앉았고 나무가 이룬 천막이 거친 땅바닥에 앉은 그들을 가까이서 둘러쌌다. 아름다운 나뭇가지들이 철판처럼 드리워 두 사람의 몸을 가두었으나 그들의 마음은 지옥의 끄트머리까지라도 거침없이 밀려갈 수 있었다.

7장

히멜파르프는 아내를 빼앗긴 후 자기가 홀츠그라벤의 집에 얼마나 머물렀는지도 정확히 헤아릴 수가 없었다. 그토록 고통스러운 상태에서는 소위 행동 계획이라 할 만한 것도 구상할 수가 없었다. 심지어 하녀 노릇을 하던 노파가 겁을 집어먹고서 좀더 으슥하고 안전한 골목에 처박히려고 떠난 뒤에도 그는 폐허가 된 썰렁한 집에 머물렀다. 그리고 발소리를 없애주지 못하는 카펫을 밟으며, 침탈당한 세간 사이로 방과 방 사이를 어슬렁거렸다. 필요하다면 언제든지 접시나 쟁반에 아직 남아 있는 음식들을 찾아서 시궁쥐처럼 깨지락거리며 먹었다. 원고 앞에 앉아 시간을 보낼 때가 많았고, 한번은 자기도 모르게 강의를 준비하고 있음을 깨달은 적도 있었다. 상황이 달랐다면 화요일 수업을 위해 대학에 가져갔을 자료들이었다.

이따금 아내의 친척이 야니나에서 사 왔다던 종이칼을 손에 쥐고서 가만히 책상에 앉아 있기도 했다. 그는 은빛 칼날에 매료되었다. 젊은 시절 레하 리프만은 그 날카로운 칼날이 편지를 열고 책장을 자르는 용도 이상을 함의한다고 말했었다. 만일 어떤 이유로든 두 번씩이나 죽을 동기를 찾을 수 있었더라면, 그는 회상에 잠긴 상태에서 갈비뼈 사이 작은 틈을 찾아낸 다음 심장 안쪽으로 칼을 밀어 넣었을 것이다.

이미 한 번 죽은 셈인, 어찌 보면 영혼이 엇나가버린 이 남자는, 쓸모없어진 칼을 옆에다 내려놓았다. 그는 생각할 힘도 없이 정신과 실체 사이의 상태에서 몇 시간 동안 떠돌았고, 합치를 이루는 데 실패할 뿐인 흐릿한 형체들 틈을 탐색하다가 결국은 그의 머릿속과 현실 세계로 되돌아왔다.

적어도 그 시점에는 사람들이 홀로 남은 유대인을 괴롭힐 것 같지 않았기에, 그즈음 그는 몇 차례 산책을 나가는 동안 계속해서 속죄의 문제를 해결할 방법을 찾으려 했다. 그런 그가 정말로 터무니없는 집착에 사로잡혀 있다고는 아무도 의심하지 않았었다. 그가 보리수 길을 덮은 깨끗한 자갈 위에 있는 경우에도, 혹은 도시림 사이로 난 불명확한 길들 위에 있어서 더욱 수상해 보이는 경우에도 말이다. 사람들은 또한 회색 외투를 걸치고 튼튼한 지팡이를 짚은 그 존재가 보기보다 견고하지 않다고, 사실상 그가 육체를 이탈하는 상태에 이르러 자기가 지나치는 얼굴들 속으로 빠져들기도 한다고는 짐작하지 못했었다.

이는 괴로워하는 유대인의 버릇이 되었으며, 특히 그런 일이 벌어진 후에 히멜파르프는 이러한 버릇을 통해 어느 정도의 위로를 얻었다. 모든 강이 마침내 형체 없는 바다로 섞여 들어야 하듯이, 그는 지정되지 않은 어떤 최후에 도달하기 위해 발버둥질하며 매달리는 사람들의 눈먼 영혼들을 형체가 없는 그 자신 안으로 받아들였는지도 모른다. 일단 이 같은 통찰력이 주어지자 그는 핏줄이나 도그마에 관계없이 아직도 이를 알아채지 못하는 얼굴들을 볼 때마다 더 이상 웃음을 주체할 수가 없었고, 그가 돕고 싶어 하는 이들에게 언제나 받아들여지지만은 않는다는 사실을 똑바로 납득하지 못했다. 그의 두 눈에 팬 동굴을 보게 된 둔감한 영혼들은 흔들리고 몸서리치고 움츠러들었는데도 말이다. 비명을 지르는 사람도 있었다. 어떤 이는 위협을 가해올 정도였다.

그럼에도 그들을 인도하려는 자는 꺾이지 않았다. 그는 그 어느 때보다도 자애심으로 가득했다. 다만 인간의 적의조차 축축한 길들로부터 흩어지듯 달아나버린 저물녘에만큼은 그 유대인도 자기 힘의 한도를 의심하기 시작하곤 했다. 그 겨울은 비록 혼돈과 정신적 붕괴의 시간이었으나, 전차에 대한 생각이 거의 그의 실제적인 이해력 속으로 떠밀려왔다. 사실 어떤 날 저녁이면 그는 앙상한 나뭇가지들을 거의 치우지 않은 어두운 옥상에서 전차의 형태를 알아보는 데 성공했다고 생각하기도 했으며, 그럴 때면 전차로부터 쏟아지는 빛에 흠뻑 젖은 채로 그것이 일으키는 바람을 느낄 수도 있었다. 그러고 나면 그는 썩어가는 낙엽들 위에 서서 기억의 흐름에 맞서 몸을 가누었다. 그리고 으슬으슬 떨리는 빈약한 옆구리를 보호하기 위해, 열이 오른 손으로 더욱 단단히 외투를 움켜쥐고서 끌어당겼다.

어느 날 히멜파르프는 아직 아침이 제대로 밝기도 전에 잠에서 깨어 벌떡 일어났다. 한기와 어둠에 짓눌린 게 분명한데도 간밤의 잠자리는 평소와 달리 무척 평안했다. 말하자면 그는, 자신이 격리되어 있다는 그 기이하리만치 부드럽고 따뜻한 경험을 포용한 것이었다. 비록 지난밤 꿈은 무엇 하나 기억나지 않았으나 이제 그는 어둠 속을 어슬렁거리며 자기가 잠들어 있는 동안 분명해졌다고 확신했으니, 언젠가 우연히 알게 된 겸손한 구두장이로서 아직 크뢰텐 골목에 살고 있는 어느 유대인과 함께할 준비를 해야만 했다. 그래서 서둘러 면도를 하고, 다가올 일을 생각하느라 들뜬 상태로 몇 군데 머리칼을 정리했다. 그는 기도하고 옷을 갖추어 입은 다음 도저히 두고 갈 수 없다고 생각한 소유물 몇 점을 여행 가방에 챙기기 시작했다. 아내의 물건이었던 상아 골무, 이제는 발표하지도 못하겠지만 쓸데없이 분량은 많은 원고, 아이러니하지만 결코 값을 따지지 못할 배교자 아버지의 선물들, 탈릿과 테필린[81]. 그런 다음 초인종이 울릴 때까지 얇은 빛 속에서 잠시나마 그냥 가만히 있었다. 어차피 아무도 오겠다고 응할 리 없다는 사실을 알았기에 택시를 부르려 전화한 적이 없었으나, 그는 완벽하게 시간을 맞춰 나타난 듯한 누군가에게 대답하면서 세속적인 물건들을 챙겨 내려갔다.

"아, 그러니까 준비가 되어 있었구나!" 콘라트 슈타우퍼가 말했다.

히멜파르프는 크뢰텐 골목에 사는 유대인 구두장이 라저의 집으로 가야 한다고 마음속에서 혹은 꿈속에서 벌써 결정했음에도, 실제로는 이 같은 상황에 전혀 놀라지 않았다.

이제 여행 가방을 누가 드느냐 하는 문제로 서로 손잡이를 쥐겠노라 실랑이를 벌이는 바람에 그의 차가운 손가락들이 상대의 따뜻한 손가락들과 기계적으로 얽히고설켰다.

"그냥 내가 가져가게 놔둬!" 슈타우퍼가 호소했다.

히멜파르프는 불쑥 가방을 내주었다. 그렇게 하는 쪽이 자연스럽게 느껴졌으니까.

그의 친구는 무른 가죽 재질의 반코트를 입었는데 그 냄새마저 히멜파르프를 취하게 할 것 같았다. 모든 것이 그를 주저앉히려 했다. 가만히

---

81) 『구약성경』의 몇 구절을 양피지에 적어서 담아놓는 작은 용기. 주로 상자를 가죽끈에 연결해서 이마나 팔 등에 착용한다.

망설이는 빛 속에서 최신식 자동차가 불을 반짝이기 시작했다. 슈타우퍼 부인이 난생처음 보는 것들을 발견했다는 표정으로, 그녀만이 완벽하게 현대적인 감각으로 소화할 수 있을 것 같은 시대착오적인 느낌의 토시를 두른 채 거기 서 있었다.

세 사람 모두 마치 어제 헤어진 사람들처럼 행동했다.

"정말로 우리를 기다리고 있더라!" 슈타우퍼는 이렇게 말했고, 위트 있다고도 할 수 있는 쾌활한 발언 중 하나에 웃음을 터뜨리기도 했다.

"뒤에 앉아야 해, 히멜파르프!" 그가 자리를 지정해주었다.

그리고 아내에게는 좀더 엄하게 지시했다. "들어가, 잉게보르크!"

그녀는 그 순간에 그랬듯 이전에도 분명히 남편의 신경을 건드렸을 법한 태도로 문을 쾅 닫으며 지시를 따랐다. 하지만 그녀가 자리에 앉으면서 남편을 가볍게 쓰다듬자 다시 평화가 찾아왔다. 슈타우퍼 부부는 이전에 보았을 때도 한 번씩 눈길을 주고받거나 머뭇거리듯 살을 맞붙이곤 했었다. 그런 모습으로 보아 그들은 여전히 남몰래 서로를 강렬히 원하는 게 분명했다. 히멜파르프가 만약 이를 기억해내지 못했더라면, 이날의 평화는 틀림없이 그저 억지스러운 겨울 아침의 평화에 그쳤을 것이다.

세 사람은 깨끗한 거리 위를 차로 달렸다.

"아마 식사를 거르셨을 것 같네요. 저희도 깜박했어요." 슈타우퍼 부인이 뒤를 돌아보며 말을 붙였다. "전 배가 도토리만 해서요. 그렇지만 거기 닿는 대로 커피를 한잔할 수 있을 거예요."

집들의 모습이 얇아지고 있었다. 둥그런 얼굴들은 기다랗고 흐릿한 형태가 되어 이어졌다.

"헤렌발다우로 널 데려가는 길이다." 슈타우퍼가 설명했다.

운전하는 동안 내내 그의 목소리는 무척이나 심각했다. 깎아낸 듯한 그의 목은 긴장되어 있었으나, 주름이 좀 있긴 해도 가죽 옷깃 위로 도드라진 매력을 발했다.

"전에 우리가 살다 나왔던 곳이야." 그가 말을 이었다. "요즘에는 나무들에 둘러싸여 지내는 쪽이 아무래도 더 마음 편하거든."

헤렌발다우는 슈타우퍼의 사유지로서 마을로부터 12킬로미터 정도 떨어져 있었다. 국립공원으로 귀속되어야 한다는 의견도 있던 땅을 그들이 어떻게 사들였는지 히멜파르프도 몇 해 전에 들은 적이 있었다. 본래는 17세기 말에 어느 공작부인이 자기 정부들을 좀더 편하게 맞아들이느라 조그만 성채와 커다란 저택 사이에 구축한 공간이었다. 건물의 실질적 소유자가 거주하기 위해 일부분을 개축했다고는 전해지지만 세월이 지나면서 거의 허물어진 상태였다.

히멜파르프는 그 자신의 향후 전망에 대한 정보든, 급히 지나가며 언뜻 본 풍경이든, 모든 것을 예민한 자세로 받아들였다. 자동차의 흔들림 덕분에 수치를 느낄 틈도 없었기에 망정이지 스스로도 의구심을 가질 법한 태도였다. 그는 부드럽고 안전하게 차체와 함께 흔들리면서 좌석 덮개가 슈타우퍼 부인의 피부색과 같은 색이라는 점을 인지했다. 차창 밖에서는 평소라면 소박해 보일 풍경을 이른 아침 햇살이 완연히 바꾸어놓았다. 순수한 푸른빛과 회색빛이 이룬 장막들 속에 하늘과 땅, 안개와 물이 함께 놓여 있었다. 서리가 모래에 반짝임을 더해주지 않았다면 척박해 보일 토양이었다.

슈타우퍼 부부는 뒤에 태운 유대인을 잊어버린 듯 친숙한 습관을 되풀이하고 있는 게 분명했지만—그들은 이따금 치즈나 파라핀에 대해 숙덕거렸다—결국 슈타우퍼 부인이 큰 소리로 얄밉게 툴툴거렸다. "글쎄!"[82]

　커다랗고 헐벗은 느릅나무는 까맣고 오래된 둥지들을 관처럼 얹은 채 마지막 조각만 남은 안개와 어우러졌으며, 그들은 그 느릅나무 아래로 돌로 된 문설주 사이를 차로 지났다.

　히멜파르프는 집주인들이 차를 대는 동안 직접 집 가까이 다가가서 살아 있는 이끼들이 뒤섞인 돌을 눈으로 확인했다. 히멜파르프가 보기에는 그러한 완전한 상실의 순간에야 그 이국적인 집의 차가움과 칙칙함, 무심하고 퇴락한 우아함이 비로소 감춰지는 듯했다. 이끼는 한데 섞이고 얼룩져 온통 보랏빛, 초록빛, 녹슨 것 같은 주황빛을 띠었다. 그곳은 이전에 존재하는지도 몰랐던 곳이고, 정확히 필요한 순간에 등장한 것일 텐데도 즉각적인 의미로 다가오지 않았다. 그러나 슈타우퍼 부인이 히멜파르프를 향해 숨 가쁘게 외쳤을 때, 그는 웃음을 짓고 있었다. "여기에는 아무도 없어요! 아무도, 한 사람도!"

　그녀는 관념만으로도 진정한 자유를 성취해낸 여자아이 같았다.

　"잉게보르크가 하는 말은 이런 뜻이야." 그녀의 남편이 설명했다. "정권이 노동력에 집착하게 된 이래로 우리가 아예 하인을 두지 않았다는 거지."

　콘라트는 차에서 기름 난로를 꺼내 오다가 머리를 부딪히고서도 얼굴을 찌푸리긴 했으나 오히려 즐거워하는 기색이었다.

　"그렇지만……" 그가 덧붙였다. "이 땅 일부를 세낸 농부가 한 사람 있긴 해. 소작료는 현물로 갚고, 마지못해 일을 좀 대신해줄 때도 있지. 그 사람 가족은, 그러니까 우리가 여기 없을 때, 오리나 닭한테 먹이

---

82) "Na!" 독일어로 초조함이나 의심 등을 표현하는 감탄사.

를 줘. 그리고 우리가 여기 있는 동안은 새알을 슬쩍하지. 우리는 어떻게 든 널 위해서 규칙적인 생활을 고안해둘 필요가 있어." 그가 결론지었다. "뒷날을 대비해서 말이다. 위험한 가능성에 맞닥뜨리는 일은 피해야지."

그러나 그런 가능성도 당장은 고려 대상이 아니었다. 세 사람의 공모 자는 꾸러미를 가득 든 광대들처럼 집으로 이어지는 길을 지났고, 거기에 서는 전반적인 세월의 냄새뿐 아니라 특이한 곰팡이 냄새가 풍겨왔다.

그들은 히멜파르프에게 방으로 쓸 공간을 보여주었다. 콘라트 슈타우 퍼의 설명에 따르면 상당히 최근에야 발견한 장소였다. 바깥쪽으로는 석제 난간이, 안쪽으로는 계단을 가로막은 판자가 그 방을 숨겨주고 있었는데, 애초에 색정광인 공작부인이 최대한 편의를 볼 수 있도록 준비된 공간이 었으리라. 현재의 집주인들은 그들이 맞아들일 손님을 위해 바퀴가 달린 침대, 한구석에 놓을 오래된 반신욕조, 소박한 궤짝을 서둘러 갖추어두었 으며, 바로 그날 기름 난로까지 가져다 놓았다. 그 밖에는 아무것도 없이 텅 비어 있다시피 한 방이었고 이는 유대인 스스로도 원하던 바였을 것이 다. 그는 사소한 집기들을 배치하다 문득 서글픈 확신과 함께 깨달았으니, 그 빈방은 이미 그의 방이었고 앞으로도 기약 없이 그럴 터였다.

그날 저녁 히멜파르프는 제대로 된 집에서 반짝이는 기다란 거울들 가운데 하나에 비친 자신의 모습을 보며 자기가 결코 그곳에 어울리지 못하리라는 사실을 받아들였다.

하지만 물건들을 치우고 할 일을 마친 후, 그들은 잉게보르크 슈타 우퍼가 고개를 누인 오크 재질의 홈집투성이 식탁에 앉아 맛좋은 음식 들을 먹어치웠다.

"헤렌발다우에 있더라도……" 그녀가 입을 열었다. 무언가를 예감 하는 말 같기도 했다. "나는 절대 완전히 마음을 놓지는 못할 거예요. 난 완벽함을 무너뜨릴지도 모르는 어떤 사건을 늘 내다보고 있거든요. 예를 들면, 정확히는 몰라도 뭔가 추저분한 목적으로 이 집이 징발될까 봐 걱정이에요. 지역 출신의 거드름 피우는 당 중진들이 의자에 발을 올리고 앉은 모습을 그려볼 수도 있어요. 그치들의 정부가 화장대 위에 쏟을 분내마저 맡을 수 있을 정도인걸."

"내 아내는 신경과민이야." 콘라트가 등을 돌린 채 장부를 살피거나 부재중에 도착한 편지들을 훑어보다가 불쑥 끼어들었다.

"그건 그래!" 잉게보르크도 인정하며 웃음을 터뜨렸다.

그녀는 벌떡 일어나 달려가더니, 조그만 유리잔들을 가지고 와서 불같이 독한 싸구려 코른[83]을 따라 마셨다. 이따금 만족감으로 환히 빛날 정도였다. 그리고 그저 그런 하프시코드에 앉아 제법 고약한 솜씨로 바흐를 연주했다.

"바흐와 히틀러 사이에서……" 콘라트가 말했다. "무언가 독일을 뒤틀리게 하고 있어. 우리는 바흐에게로 돌아가야 해. 바그너와 니체라는 쌍둥이 같은 수렁을 피해서, 바이마르[84]와 한자 동맹[85]을 보는 통찰력으로, 시인들의 목소리에도 귀를 기울이면서."

"그래도 당신은 나를 받아줘야 해, 트리스탄[86]." 그의 아내가 이렇게

---

83) 곡식을 뜻하는 독일어로, 밀이나 보리 등을 원료로 증류한 술을 가리키는 표현이기도 하다.
84) 바이마르 공국의 수도로서 학술과 문화를 꽃피웠을 뿐만 아니라 현대 헌법의 전형이 된 바이마르 헌법을 공포하면서 바이마르 공화국을 성립시키기도 했으나, 1933년 나치스 정권 수립과 함께 몰락했다.
85) 중세 말기 독일 북부와 발트해 연안에서 성립한 도시 연맹. 초기에는 상권 보호를 목적으로 했으나 전성기에는 초국가적 공동체로 기능하며 기존의 영주들과 전쟁을 벌이기도 했다.
86) 브르타뉴를 중심으로 전승된 전설 「트리스탄과 이졸데」의 주인공. 실수로 사랑의 묘약

말하며 다가가 남편의 어깨에 팔을 둘렀다.

촉촉하고 수수하면서도 우아한 그녀의 머리칼이 촛불을 받아 더욱 검게 보였다.

"그래. 트리스탄이라……" 그가 동의했다. "어쨌든 누구의 마음속에나 트리스탄은 존재하니까."

그녀가 무척 얌전하게 그의 목덜미 부드러운 뼈를 깨물었다.

그러자 그는 웃음 섞인 비명을 질렀다.

마치 그들에게 이제 잠자리에 들 시간이라는 사실을 상기시키는 듯했다.

그들은 며칠 동안 이런 식의 장난을 치며 지냈고 그동안 히멜파르프는 닫힌 방들과 방치된 정원을 망설이며 돌아보았다. 거칠게 자란 백리향 냄새가 발밑에서 올라오지만 않는다면, 관리되지 않은 정원의 회양목과 주목이 그의 움직임을 숨겨줄 것 같았다. 한두 번인가는 떨리는 초록빛 나뭇잎들만을 사이에 두고서 소작농의 딸들과 다른 시골뜨기들을 본 적도 있었다. 심부름을 온 듯한 딸들의 주근깨 가득한 얼굴은 의심이 많아 보였으며 털실 스타킹 위로 드러난 젖빛 무릎에는 살집이 움푹 파여 있었다. 한번은 슈타우퍼 부인이 좀더 중요한 사람을 맞아들이는 동안 히멜파르프가 아슬아슬하게 등을 숨긴 적도 있었다.

그날 저녁 집주인인 슈타우퍼 부부는 평소보다 조용히 생각에 잠겨 있었다. 그러자 히멜파르프도 알아서 아래로 내려가는 빈도를 줄였고, 자기가 그들의 의도를 제대로 해석하고 있다고 생각했다. 실제로 잉게보

을 마시고 금지된 사랑에 빠져 괴로워하는 한편, 강인한 용사로서 용을 제압하는 등 수많은 활약을 벌이기도 한다. 이 같은 이야기는 독일의 시인 슈트라스부르크나 작곡가 바그너에게 강한 영감을 주기도 했다.

르크 슈타우퍼가 마치 합의라도 한 듯 식사를 직접 가져다주기 시작했다. 물통들도 전달되었다. 이제 밤이면 음악을 들을 일도 드물었다. 아래층에서 침묵이 두꺼워졌다.

결국 잉게보르크가 설명하기를, 콘라트가 베를린에 갔다고 했다. 지역 당국에서 그 집을 징발할 수 있는지, 방이 몇 개나 되는지, 방문자들은 어떤 사람들인지 보고하라고 요구했기 때문이다. 그래서 콘라트는 상황을 조율하기 위해 떠났다. 그의 여동생은 저명인사로 통하는 사람의 친구인 각료와 결혼했기에 이들을 통해 접근하면 대부분의 문제를 조율할 수 있었다. 잉게보르크는 자기가 이겨내야 한다고 마음먹은 곤경에 대해 히멜파르프에게도 설명해주었으며, 이에 그는 그들 모두가 아슬아슬하게 서 있는 삶의 칼날에 대해 곰곰이 생각해보게 되었다.

히멜파르프는 오래전 그의 허리를 두르던 마우지 슈타우퍼의 타는 듯 뜨겁던 얇은 팔을 당장이라도 떠올릴 수 있었다. 언젠가 그녀는 주위의 이목 속에서 그를 거의 망가뜨릴 뻔했는데 이제는 자기도 모르게 분명 그를 끌어올리고 있었으니, 그 순간만큼은 그녀의 오빠가 만들어낸 데우스엑스마키나[87]인 셈이었다.

콘라트 슈타우퍼는 냉소적이면서도 충분히 만족한 태도로 돌아왔다.

"가끔 나 자신한테 이렇게 말해야 할 때가 있지. 아무리 받아들일 만한, 거의 완전하다 할 만한 성공이라 해도 아무런 뒤끝을 남기지 않는 경우는 없다고. 성공은 어쩔 수 없이 수치심의 그늘 같은 걸 남겨. 특혜를 받는 인간은 결국 조금 더 오염될 수밖에 없다 이거야." 콘라트가 이렇게 말했다. 그는 여분의 등불과 코냑 병을 가지고서 지붕 아래 있는

---

87) 갑자기 나타난 신이 복잡한 문제를 해결하는, 고대 그리스 연극의 무대 기법.

방으로 올라왔다. "난 궁금하다. 결백한 사람들은 노력해본 사람들이 아니라, 사실은 성공하지 못한 사람들이 아닌지 말이야. 히멜파르프, 너는 실패가 있었을 때라야 속죄도 가능할 것 같다고 생각해?"

"그렇다면 거기에 의문을 가져본 적도 없는 우리 가운데 많은 수가 구원을 받게 되는군요!" 유대인이 대답했다.

콘라트는 이미 너무 가쁘게 숨을 쉬고 있었으나 숨겨진 다락으로 올라오느라 그런 것은 아니었다.

"그래도 너는 믿음이 있는 사람이잖아." 그가 중얼거렸다.

"난 언제까지고 고작 풍뎅이일 뿐이야. 지난밤에 있었던 것 같은 자리에서 몇 단계나 미끄러져 되돌아간다는 사실을 매일같이 깨닫지. 그리고 북북 긁어대기만 계속하는 거야. 다만 내가 습관적인 벌레가 아니라 신념 있는 벌레라고 믿고 싶을 따름이다."

"풍뎅이든 뭐든, 아무것도 아닌 것보다야 낫습니다!"

사실 콘라트 슈타우퍼는 남자치고 굉장히 왜소한 체구였으며, 그렇기에 그의 존중 어린 태도는 상대를 더욱 감동케 했다. 히멜파르프는 친구의 사려 깊은 마음에 더욱 겸허함을 느꼈고 어떤 식으로든 감사하고 싶었으나 그럴 기회는 앞으로 결코 없을 것 같기도 했다.

왜냐하면 슈타우퍼가 헤렌발다우에 머무는 시간이 점점 짧아졌기 때문이다.

"또 베를린?" 언젠가 히멜파르프는 이렇게 물었다.

"베를린은 그냥 여러 목적지 중의 하나일 뿐이야." 콘라트가 대답했다.

그리고 다시 오고 가기를 계속했다.

그사이에는 기대치 못했을 만큼 규칙적으로 그의 아내가 히멜파르프를 보살폈다. 그때쯤 그녀는 겉보기에 다소 초라해졌으나 그럼에도 우아함을 잃지는 않았다. 그녀는 누구도 따라오길 원하지 않는 듯한 세계로 틀어박히면서 점차 앙상하게 말랐다.

히멜파르프 역시 텅 빈 자기 방에 틀어박히면서 그녀의 바람을 한결 더 존중해줄 수 있었다. 상자 같은 구석진 방에서도 좀처럼 무료해지지는 않았으나, 언젠가 염색업자가 말했듯 더욱 광대한 어둠을 밝힐 수도 있을 초연하고 고독하며 무심한 상태에는 미처 이르지 못했다.

히멜파르프는 무의식의 세계에 닿아 그것을 응시하고 싶다는 몸부림과 경합하면서, 라디오에서 나오는 목소리가 헛기침을 섞어가며 무언가를 알리고 권고하는 소리를 들었다. 잉게보르크가 올라와서 그가 의심하고 있던 문제에 대한 느낌을 분명히 해주기도 했다. 각각의 사건들이 하나로 이어지자 그 연결 고리들을 예측할 수 있게 되었기 때문이다. 그렇듯, 잉게보르크는 확인해줄 따름이었다.

어느 날 저녁 슈타우퍼가 돌아왔고 히멜파르프는 그의 친구가 사실은 자기보다 끽해야 두 살 많은 동년배임을 새삼 떠올렸다. 그 아내의 몸이 육체적인 초췌함을 더 이상 감추지 못하듯, 실없이 굴어도 용인되리만치 발랄하고 감각적이던 사내가 갑자기 나이를 먹어버린 것만 같았기 때문이다. 그때까지는 그저 겉보기에 초라해진 옷차림만이 그런 변화를 넌지시 드러냈을 뿐인데.

슈타우퍼는 영국이 독일에 선전포고를 했다고 전했다.

"그래서 우리는, 마침내, 정말이지 고맙게도, 꼼짝달싹 못 하게 된 거지." 그는 오히려 감정을 누그러뜨리며 말했다.

그 뒤로 히멜파르프는 친구를 다시 보지 못했고, 잉게보르크는 남편이 더 이상 헤렌발다우에 머물지 않는다는 느낌이 사실임을 확인해주었다.

"맞아요." 그녀는 유난히 강한 어조로 한 번 더 말했다. "그이가 떠나야 한다는 게 그나마 최선이에요. 설령 그이가 평소보다 오래 나가 있더라도, 그저 혼자 있는 데 익숙해지는 거지요. 다른 일들과 마찬가지로 습관이 될 수 있어요."

히멜파르프는 예컨대 접시를 치워주는 일처럼 그녀가 무의식적으로 익숙해져 베푸는 단순한 행동들에 매번 감동했다.

"저를 위해 해주신 이 모든 일들!" 그녀가 뜨거운 김이 올라오는 물을 허리 높이의 양철통에서 낡은 반신 욕조에 부어두었을 때, 그는 참지 못하고 감정을 토로할 수밖에 없었다.

"아." 그녀는 계단을 애써 오르느라 치친 숨을 헐떡이며 곧바로 소리쳤다. "이해 못 하겠어요? 이건 우리 스스로를 위한 일이기도 해요. 무엇보다도, 그 무엇보다도 불가피한 일이지요. 우리 자신을 넘어서. 우리들 모두를 위해."

그러더니 수치심에 얼굴을 찡그린 채 입술을 깨물고서 단숨에 나가버렸다.

몇 번인가 히멜파르프는 콘라트 슈타우퍼가 무슨 일을 하고 있는지 묻고 싶다는 충동을 느꼈으나, 잉게보르크는 그가 무례를 범하기 전에 나가버렸으며, 나중에 생각하면 이는 히멜파르프 쪽에서 오히려 고마워할 일이었다.

다만 한 번, 그녀가 이렇게 말한 적은 있었다. "알고 계시겠지만 콘라트는 당신이 비난할 만한 짓은 아무것도 저지르지 않을 거예요."

명백히 의도적으로 그녀는 점차 무심해졌다. 그날 밤 그들은 서로 다른 방에 누워서, 지상 방어 부대들이 발작적으로 저항하는 소리를 들었다. 영국 폭격기들이 처음으로 인접 지역에 폭탄을 투하하면서 선사시대의 지층까지 융기하고 신음하며 기침했으나 그녀는 나타나지 않았다. 하지만 다음 날 아침 그는 그녀가 머리를 뒤로 질끈 묶었고 평소처럼 내놓은 얼굴도 전보다 훨씬 무방비한 상태임을 알아차렸다.

그럼에도 속을 드러낸 것은 아니었다.

그녀가 비어 있는 컵을 비스듬히 들면서, 그리고 대용품 커피[88]의 회색 찌꺼기를 쳐다보면서 이렇게 선언했다. "나의 사랑스러운 수오리가 죽었어요. 나의 커다란 사향 오리가. 때로는 쉭쉭 소리를 내고 여느 남자들처럼 심술궂게 굴던 그이가. 그렇지만 그토록 강인하고, 당당하던 한 마리 새가."

히멜파르프는 그 수오리가 어떻게 사망했는지 물어보아야 할 것 같았다.

"누가 과연 그걸 알 수 있을까요?" 그녀가 온화하게 대답했다.

물론 죽음이라는 사실 자체에 비하면 중요치 않은 일이었다.

폭탄이 무척 가까이에 떨어지던 밤, 헤렌발다우에 있는 방들은 한순간 그 모습을 달리할 정도였다. 유대인은 다락 안에서 함께 뒤흔들리면서도 머릿속으로는 스스로 가장 친숙한 바에 매달리며 그 어느 때보다도 자기가 섬기는 하느님께 가까워졌음을 느꼈다. 폭격기의 날개가 검은 그림자로 달빛을 완전히 가리고 세상 모든 사악함이 이끼 낀 취약한 지붕을 목표로 삼았을 때, 그는 기적적으로 졸도할 수 있었다.

그가 이렇듯 형언할 수 없는 경험으로부터 돌아온 뒤 아래층도 더 이상 뒤틀리거나 쩔그렁 소리를 내지 않게 되었다. 그저 욱신거리고 윙윙거리는 소리가 잦아든다는 것만을 느끼고 있을 무렵 좁은 계단이 발소

---

88) 커피 배급이 제한된 상황에서 도토리 가루나 감자 전분 등을 이용해 만든 대체품.

리로 가득 차더니 잉게보르크 슈타우퍼가 방으로 들어왔다. 한때는 당당하고 우아했던 가슴에 부딪히지 않도록 그녀는 기다랗고 떨리는 손으로 조그만 등불을 보호하고 있었다.

"정말 끔찍하게 무서웠어요." 그녀는 혼란에 빠져 있었다.

"우리가 표적이었습니다." 그도 깨닫고서 말했다. "놈들만 알 만한 나름의 이유가 있었겠지만."

"정말로 너무, 너무나 무서웠다고요." 잉게보르크 슈타우퍼가 부들부들 떨며 되뇌었다.

공포 때문에 거듭 그녀의 인간적인 모습이 드러났음을, 또 처음으로 나이 든 모습이 드러났음을 히멜파르프는 알아볼 수 있었다.

그녀는 이제 소리 내어 울고 있었다.

그래서 그는 거의 벌거벗은 몸—그녀는 잠자리에 들려던 상태였기 때문이다—을 팔로 감싸며 그녀를 위로했다. 그녀를 달래고, 어루만지고, 용기를 불어넣어주었다. 덕분에 그녀는 이내 온기와 젊음을 되찾을 수 있었다. 히멜파르프 역시 육체적 힘과 혈기라고 할 만한 것을 되찾았다. 영혼과 육체를 잇는 짧은 간격 안에서, 그는 필요하다면 위대하기 그지없는 부정을 저지르며 그것을 위장할 수도 있었으리라 생각했다.

바로 그때, 히멜파르프는 은은한 등불을 받아 유리에 비친 그들의 얼굴을 보았다. 그리고 잉게보르크 슈타우퍼의 표정을 보았다. 그녀는 먼저 정신을 차린 상태였다. 그럴듯하게 숨기기에는 그녀의 혐오감이 너무도 분명했다. 히멜파르프 자신의 얼굴에 대해 말하자면, 그것은 늙고 꼴사나운 얼굴이었다. 혹은 유대인의 얼굴.

"이제 힘들어도 잠을 청해봐야죠." 그녀가 말했다.

그렇게 그를 떠나는 그녀의 목소리는 그 어느 때보다도 상냥하고 부드러웠다.

이튿날 아침, 아직 무척 이른 시간 같은데도 히멜파르프는 집 바깥에서 무엇인가가 다가오는 소리를 알아차렸다. 테이블 위로 올라가 조그만 채광창을 열고서 난간을 통해 목을 길게 빼고 내다보면, 텅 빈 하늘 아래로 정원과 나무들과 자갈 덮인 진입로를 알아볼 수 있었다. 잘못된 공습이 있고 나서 바로 다음 날 아침, 너무도 제한되어 있기에 소중한 그의 시야 안에서 이제 트럭 한 대가 멈추어 서 있었다. 그 트럭 안에서 남자들―그 가운데 한 명은 아무래도 하사관 같았는데―이 몇 사람 내리기 시작했다.

슈타우퍼 부인이 평소보다 훨씬 늦게 커피를 가지고서 잠시 올라오더니 바깥에 병력들이 머물고 있다고 전해주었다. 폭격의 피해와 성격을 조사하기 위해서라고 했다. 그녀는 이제 자연히 꼭 필요할 때만 히멜파르프 앞에 나타나게 되었다. 그는 잔을 비운 다음에야 그날 아침 커피가 거의 차갑게 식은 상태였음을 깨달았다.

동시에 히멜파르프의 방은 심각하게 취약해졌다. 아예 불필요해진 것 같은 느낌마저 들었다. 그는 자기를 보호하는 껍데기가 부서질지 모른다는 가능성에 대비하고 있었던가? 사실상 정적은 그 안에서 그가 힘을 기를 수 있도록 허락된 알껍데기 같은 것이었는지도 모른다. 사내들이 주고받는 목소리, 쇠붙이끼리 덜그럭대는 소리, 바깥에서 수행되는 알 수 없는 임무 때문에 뒤늦게 그 사실을 본능적으로 상기하게 될 때까지 말이다.

이제 정적은 더 이상 그에게 아무것도 제공하지 못하는 듯했다. 무척 부드러운 걸음이긴 했으나 그는 쉴 없이 습관적으로 서성거리고 있었다. 그리고 며칠이 지나 그를 지켜주던 여인의 발소리가 계단 쪽에서 평소처럼 다시 들려오는 것도 거의 알아차리지 못했다.

"군인들은 떠났어요." 잉게보르크는 이렇게 말했으나 그녀의 태도는 안도감을 가장하고 있었다.

사실 그들은 떠나지 않았으니까. 이제 그들은 절대 떠나지 않을 거라고, 그녀의 표정이 이야기하고 있었다. 진입로 아래로 사라지는 그들의 모습을 그녀가 지켜보았고, 그 소리를 그 역시 들었음에도.

히멜파르프는 헤렌발다우에 갇혀버린 그들이 다만 정신적 점령이라는 새로운 국면에 들어선 것임을 감지했다.

머지않아 잉게보르크 슈타우퍼가 그에게 다가와 말했다. "이제 난 콘라트가 절대 돌아오지 못하리라는 사실을 알아요."

그 말이 떨어지기 전까지 두 사람이 감히 함께 짊어지지 못했던 것은 그저 확신이었다는 점이 무척이나 분명하게 느껴졌다.

"그렇지만, 그런 소식을 전해 들은 겁니까?" 히멜파르프는 바보같이 이렇게 질문했다.

"새로운 소식은 없어요." 그녀가 어깨를 으쓱했다. "절대, 절대로 그런 소식을 전해 듣지는 못할 거예요. 콘라트를 살아서 다시 보지 못하리라는 걸, 그냥 알게 되는 것뿐이지."

히멜파르프는 잉게보르크가 일부러 **내 남편**이라는 표현──과거에 그녀는 무척 유창하고 요란하게 그 말을 입에 올렸었다──을 용납하지 않는다고 생각했으나, 이제 그녀는 그럴 기운도 없었다. 연민을 느낀 그는 애타게 그녀를 어루만지고 싶었다.

그녀는 살짝 마음을 연 표정이었다. 그리고 이렇게 말했다. "늘 정확히 이해하고 있던 일이라면 끔찍함도 덜한 법이에요. 그이도 스스로 예상하고 있던 일이고. 아, 나는 콘라트가 성공을 거두고도 공허한 사람이었다는 걸 알아요. 우리 둘 다 그 사실을 받아들였어요. 그이한테는 환상 같은 게 거의 없었지요. '내가 쓴 책들은 살아남을 거야.' 그이가 하던 말이에요. '얼추 나랑 비슷한 만큼은 오래도록 말이야.'"

비밀스럽고 불법적인 성격의 조직이 하나 있었다고 한다. 그녀로서는 그 조직에 대해 말할 수도 없고, 사실 거의 아는 것도 없었다. 히멜파르프는 슈타우퍼도 그 조직의 일원이었다는 사실을 알게 되었다. 하지만 그의 진짜 임무들은 끝내 밝혀지지 않을 터였다.

"어쨌든 이해하겠지요." 그녀는 이전에도 한 번 했던 말을 되풀이했다. "**당신**이 비난할 일이라면 그이는 아무것도 하지 않았을 거라고."

그때까지 자기가 알던 사실을 들려주던 그녀가 이제 팔꿈치를 감싸 안았다. 그리고 이렇게 외쳤다. "난 그이를 사랑했어요! 사랑했다고!"

평소처럼 대리석 같은 얼굴로 그녀는 남편을 잃은 여느 여인들처럼 신음하며 더듬거렸다.

"**누구보다 소중한 내 남편**을!" 그녀가 속마음을 털어놓았다.

그러고는 밖으로 나가버렸다.

이제 히멜파르프에게 헤렌발다우는 과거 어느 때보다도 그가 머물기에 어울리는 장소 같지 않았다. 어두울 때면 바닥에서 툭툭거리는 소리가 났다. 서까래 밑에서 검붉은 심장이 터져버릴 것만 같은 어느 밤이었다. 철제 침대가 점점 더 갑갑하고 고통스럽게 그의 옆구리를 조여왔다. 그러자 그의 아내가 나타나 그의 손을 잡았고, 그들은 함께 서서 어두운 구덩이를 내려다보았다. 구덩이 밑바닥에는 너무도 희미한 인광을 발하는 얼굴들이 있었다. 그는 레하 히멜파르프의 얼굴을 단 한 번만이라도 더 보길—오, 정말이지 견딜 수 없이—열망했다. 하지만 그녀는 미지의 얼굴을 한 타인들에게로 그의 시선을 유도하고, 그녀 자신은 식별할 수 없는 상태로 변해가는 것 같았다. 보이지 않는 두 눈에서 빠르게 눈물이 흘렀다. 그는 자신의 손등 위로 흐르는 피눈물을 보았다. 어둠의 목소리들은 점점 더 커졌다. 그러자 거대한 구덩이로부터 차오르는 연민의 석회가 선 자리에서 그를 삼켜버렸다. 이제 완전히 혼자였다. 레하 히멜파르프가 끌려가버렸으니까. 그들이 방금 함께 경험했던 일이 무엇을 뜻하는지 그녀는 이미 알았다.

히멜파르프는 꿈에서 벗어나 현실의 아침으로 빠져나왔다. 이른 시간이지만 주위가 이미 환했다. 어째서인지 그는 자기가 옷도 벗지 않고 완전히 준비된 차림으로 누워 있음을 자각했다. 그리고 이제 그의 예지에 부응하듯 바깥 세계가 다시금 헤렌발다우를 침범하기 시작했다. 테이블 위 채광창을 통해 난간 돌기둥 사이로 차 한 대를 관찰할 수 있었는데, 트럭에 앞서가던 그 차량은 잡초가 싹튼 자갈 위에서 덜컹거리다 멈추었다.

이번에는 장교 한 사람이 발을 딛고 내려왔다. 그냥 보기에도 분명히 영예로운 인물이었고, 이에 화답하듯 잉게보르크 슈타우퍼가 예의를 표하고자 이미 밖으로 나와 있었다. 그녀는 여전히 훌륭하게 재단한 단출한 옷을 입고 있었으나, 히멜파르프는 그녀의 옷깃을 따라 몇 번이나 밀기울 껍질을 발견한 적이 있었다. 이제 그녀는 겨울에 오리들에게 모이를 주러 나갈 때 신던 낡은 고무장화를 신은 채 거기 서서 가만히 기다렸다.

먼 거리였으나 이를 관찰하던 히멜파르프는 곧바로 알 수 있었다. 그는 결코 고상한 역사나 입증의 순간이 아니라, 일개인의 마음에 달린 상황에 놓여 있었다. 몇몇 졸병의 표정도 이를 알고 있었다. 하사관 한 명은 명령을 내리는 것도 잊었다. 장교는 기이한 임무를 수행하면서도 물론 남자다운 예의를 한껏 준수했다. 슈타우퍼 부인도 자기가 배운 것을 잊지 않았다. 사교적으로 굴 때면 언제나 더욱 가볍던 그녀의 목소리가 냉랭한 대기 위로 퍼졌다. 히멜파르프는 자연히 그 의례적인 웃음이 높아지는 소리밖에 듣지 못했다. 슈타우퍼 부인은 또한 커다란 금으로 고리를 이은 팔찌를 끼고 있었는데, 광택 없는 준보석들이 달린 그 팔찌는 움직일 때마다 서로 전투를 벌이며 그 어떤 심각한 대화든 멈추게 할 기세였다.

그렇듯 그녀는 이미 알고 있었고, 준비가 되어 있었다. 긴장된 침묵의 순간이 흘렀으며 히멜파르프는 그 안에서 섬뜩하기 그지없는 분열의 소리를 들었노라고 맹세할 수도 있었다. 그 소리는 재빨리 잦아들었으나 너무도 높고 너무도 명확하며 너무도 고통스러운 소리였다. 그때 슈타우퍼 부인이 알겠다는 듯 고개를 숙였다. 그녀는 차에 탈 때 한 손으로 가슴을 가렸으나, 이는 불가피한 무언가로부터 그것을 지키기 위해서가 아니라 그 불가피한 것을 우아한 수단으로 장식하기 위해서였다.

바퀴가 진입로에 고랑을 만들 정도로 다급하고 과격하게 차를 돌릴 때 히멜파르프는 언뜻 잉게보르크 슈타우퍼의 얼굴을 보았다. 황무지처럼 방치된 정원에서 무언가를 찾는 것 같았다. 그녀 역시 더 이상 어떤 식으로도 현실의 테두리 속에 머물지 못하는 듯했다. 따라서 그렇게 불쑥 바깥으로 밀려나는 데 저항할 이유가 없었다. 차에 탄 채로 멀어져가는 그녀의 얼굴은 모든 게 끝났다는 감정에 앞서 완전한 허무를 드러내고 있었다.

그와 동시에 하사관의 지시에 따라 군인들이 퍼져나가더니 헤렌발다우에 임시 숙소를 배정하기 시작했다. 웅성웅성 목소리들이 울렸다. 장비들도 절그럭거리는 소리를 냈다.

방 한쪽으로 다시 내려선 히멜파르프는 완전히 체념해서 이제 때가 왔음을 깨달았다. 서두르지는 않았다. 먼저 기도하고, 살며시 외투를 쓰다듬고, 변변찮은 소유물들을 죄다 여행 가방에 넣은 다음에야 그 집 한가운데로 내려갔다. 허술한 판자를 부서뜨리는 군홧발 소리며 오랫동안 눅눅하게 서린 정적을 비웃는 목소리 등등 활동적이라 할 만한 소음들이 그때쯤 집 안을 가득 채웠으나, 그가 들어서서 지나치는 방들은 그들이 맞을 운명으로부터 아직 조용하고 초연했다. 그의 존재에 대해 처음으로 질문을 던지는 군인에게 투항하리라 작정하고서 히멜파르프는 좀더 아래로 내려갔다. 손으로 매만지는 몇몇 사물이 비통하게 추억을 자극했다. 하지만 저 멀리 색 바랜 문장으로 덮인 천장을 보자니, 그가 태어난 마을을 앞으로 한 번이라도 더 볼 수 있을지 의문이었다.

집주인이 거실로 쓰던 기다란 홀은 아직 완전히 비워지지 않았고 고양이 몇 마리가 그곳에서 겨울 햇살 한 조각을 받으며 낮잠을 잤다. 라디오는 전쟁을 부르짖고 있었다. 바깥 테라스를 보니 시골 사람처럼 그을린 살색의 다부진 젊은이가 총을 들고 서서 코를 후비고 있었다. 히멜파르프는 그 소년병에게 말을 걸어볼까 잠시 생각했다. 그러다 그냥 웃음을 지어 보였다. 소년병이 보기에, 너무도 조심스러운 태도의 이 나이든 신사는 온정을 받으며 숨어 있다가 밖으로 걸어 나온 게 분명했다. 상대를 검문해야 할지 어째야 할지 판단할 수 없었다. 늘 모호하기만 하던 소년병 자신의 권한이 그 같은 상황에서는 한층 위축되었다. 총신이 흔들렸다. 그가 다소 어설프게 고개를 끄덕였다.

히멜파르프는 천천히 걸음을 옮겼다. 억누를 방법을 배우지 못한 유순한 성품 때문에 소년병의 심장이 얼마나 끔찍하게 뛰고 있을지 히멜파르프는 분명히 알았다.

하지만 그 기묘한 아침은 이미 밝아오고 있었다. 어느 누구라도 뜻밖의 상황에 맞부딪힐 수 있었을 아침이었다. 도망자는 까마귀 울음소리가 들려오는 헐벗은 느릅나무 아래로 조심스럽게 걸음을 옮겼다. 익숙해진 방에서 조금씩 받아들이게 되었던 자아는 이미 버리고 떠난 모양이었다. 침묵과 인내를 경험케 하고자 친구들이 그를 데려왔던—몇 달 전인지 몇 년 전인지, 그게 대체 언제였던가?—기다란 곧은길을 지나자니 다시금 겨울이 왔음을 분명히 알아볼 수 있었다. 겨울 공기 덕분에 그의 머릿속은 놀라우리만치 맑아졌다. 덕분에 자기도 모르게 주변을 관찰하고 있음을, 미세하기 짝이 없는 길가의 모래알에 사로잡혀 있음을 깨달았다. 일상에 매몰된 나머지 낯선 사람을 막아설 생각조차 하지 못하는 시골뜨기들과 아이들에게 고개를 숙여 인사할 때도 있었다. 두 다리가 인간의 나약함을 확인시켜주었기에 간간이 걸음을 쉬기도 했다.

유대인은 하루 중 가장 좋은 시간을 이용해 몇 킬로미터씩 걸어서 홀룬데르탈로 향했다. 시커먼 덩어리 같은 형체의 마을에 당도했을 때는 겨울 저녁이 다가오고 있었고, 그곳에서는 이미 야간 공습이 시작된 다음이었다. 깊어지는 하늘에는 하얗게 뻐끔뻐끔 내뿜은 듯 작고 우아한 연기, 매듭과 고리가 주황빛 테두리로 이어지며 내걸려 있었다. 불꽃의 준동이 벌어졌다. 까맣고 견고하던 건물들은 숨겨진 불의 원천을 드러내고 벌어지면서 전과 달리 한층 초월적인 성질을 가진 것처럼 보였다. 그때까지 멀쩡하리라고, 불변하리라고 믿었던 많은 것이 뒤바뀌었다. 두 마리의 은빛 물고기가 활활 타오르며 코발트 빛 바다로부터 아래쪽의 육지로 튀쳐나왔다.

마을에 들어선 히멜파르프는 샤이트니히 외곽의 공업단지가 그날 밤의 공습 목표라고 판단했다. 그가 걸어서 통과하는 죽음의 거리 위로 이따금 빗나간 폭탄이 무심하게 떨어지기도 했으나, 그의 당당함은 지극히 빛났고 몰입은 한없이 깊었다. 오래된 벽돌들이 내려앉으면서 그 속을 토해내는 소리가 탄식처럼 들려왔다. 포석이 남아 있지 않았다면 땅이 갈라져 열릴 뻔한 자리에서 히멜파르프 자신도 나자빠지기까지 했으며, 그의 여행 가방이 허망하게 덜거덩거리는 바람에 파멸의 효과는 다소 빛이 바래기도 했다.

좀더 마을 깊숙이 들어가자 바람이 거세지면서 외투 자락을 들추고 모자챙을 잡아챘다. 그 거리 위에서는 체계적으로 기능하는 것처럼 보이는 기계장치들이 인간의 변덕스러운 행동들을 완전히 대체한 것만 같았다. 엔진들이 우르릉거리고, 벨들이 울리고, 대공포가 응사했으며, 보이지 않는 단단한 파편들은 악의 없이 계속해서 쏟아졌다.

난리 통 사이로 유대인은 걸어갔다.

히멜파르프가 두려움을 느낄 만한 일은 벌어지지 않았다. 통제에 응하는 것이 그의 무의식적 기제였을지도 모른다. 한번은 연민이 그의 금속 같은 팔다리를 진정으로 가득 채워, 돌무덤에조차 들지 못한 어떤 남자의 눈을 감겨주기 위해 몸을 숙이기도 했다.

그때 바퀴 소리가 다가오고 있었다. 앰뷸런스? 아니면 소방차? 유대인은 기이하리만치 부자연스럽게 걸음을 옮겼다. 바퀴는 그 순간 마을의 검은 뼈대를 스치고 지나가는 중이었다. 산성을 띠는 듯한 초록빛의 하늘에 달려들며 말들이 히힝 울부짖고 있었다. 말들은 줄에 엉킨 목을 뻗었고, 그 콧구멍은 불타는 듯한 빛을 받아 놋쇠처럼 번들거렸다. 소스라치게 놀란 유대인이 아무런 피해도 없이 전차의 바퀴 아래를 걷고 있는 동안 말이다.

본래 그는 홀츠그라벤에 있는 자기 집을 다시 찾아갈 생각이었으나,

폭격과 분노한 사람들 때문에 스투코가 다 벗겨졌을 황량한 광경을 불현듯 예견했다. 그래서 집으로 가는 대신 도로텐 거리 한쪽에 있는 친숙한 경찰서로 향했다.

그렇게 히멜파르프가 경찰서 안으로 들어갔을 때, 근무 중인 남자는 이런저런 공문서들 위로 정신없이 손을 놀리고 있었다. 완전히 일에 빠져든 상태였다. 보아하니 거기 남겨진 사람은 그 남자뿐인 듯했다.

"놈들이 장갑 공장 외곽을 사정없이 갈겨대고 있습다." 근무 중인 남자가 낯선 방문자에게 설명해주었다. "맙소사! 장갑 공장이라니!"

남자의 제법 통통한 두 손은 공문서들 사이에서 기운을 잃지 않고 끊임없이 움직였다. 살이 눌린 자리를 보니 결혼반지가 있었다. 포동포동한 손이었다.

"누가 생각이나 했을까." 당직을 맡은 그 남자는 말을 이었다. "홀룬데르탈이 불탈 수도 있을 줄이야! 세상에!"

"내가 여기 온 건……" 히멜파르프는 신분을 확인하는 데 필요할지도 몰라서 지갑을 뒤적거리며 입을 열었다. 그날 밤에는 그게 특히 중요했으니까.

"말하자면 자수하려는 겁니다." 그가 이어 설명했다.

"지금은 난리뿐이외다!" 경찰은 투덜거릴 뿐이었다. "화분에 물을 줄 시간조차 없을 정도라니까."

커다랗고 열성적인 그의 두 손은 주체를 못 했다. 그리고 두껍고 노란 결혼반지.

상대를 올려다보고 있을 때도 그가 뜬 마음의 눈은 여전히 안을 향하고만 있었다.

"뭐요?" 그러나 그는 다시 물었다. "원하시는 게 뭐라고?"

"난 유대인입니다." 히멜파르프가 밝혔다.

그리고 증서를 내밀었다.

"응? 유대인?"

하지만 그 경찰은 다른 문서에 손조차 못 올릴 만큼 정신이 없었다.

"그럼……" 그가 투덜거렸다. "기다리셔야 하겠구먼. 유대인이라!" 불평이 그치지 않았다. "이런 야밤에! 그것도 하필 내 시간에!"

그래서 히멜파르프는 등을 벽에 기대고 장의자에 앉아 기다렸다. 사실 그는 남자의 말을 듣고서야 시간이 밤이라는 사실을 알았으며, 불타는 마을을 기적 같은 정적이 채우기 시작했음을 느꼈다.

어딘가에서 자신감과 망설임이 섞인 굵은 목소리가 이렇게 노래했다.

"전쟁과 평화는 오고 가나,

맥주와 키스는 여기 남아……"

불멸할 독일 민족의 목소리였다.

"맥주와 키스라! 백주에 쉬하는 소리!"[89] 경찰이 콧방귀를 뀌었다. "제 몸을 망치기 딱 좋지! 맥주와 키스는 인류를 위한 거라고."

그러더니 시선을 들었다.

"유대인이라고, 응?" 그가 말했다.

정적이 스며들면서 그는 다시금 자기가 맡은 일을 상기할 수 있었다.

히멜파르프는 자기가 홀룬데르탈에서 남동쪽을 향해 몇 마일 떨어

---

89) 원문은 요강을 뜻하는 "Beer and Kisses! Piss-pots!"로서, kiss와의 발음 유사성을 이용한 언어유희이다.

진 철도 조차장으로 이송되는 중이라고 들었다. 그곳이 전쟁에 쏟은 총력과 국가 차원의 생명력 면에서 중요한 타격 지점이었던지라 상당한 피해를 입었다는 이야기를, 이전에 잉게보르크 슈타우퍼에게서 전해 들은 적이 있었다. 이제 그는 그곳이 나라 안팎으로 유대인을 보내기 위한 집합소로 이용된다는 사실을 알게 되었다.

도착하자 그들은 히멜파르프에 대한 상세 사항을 기록하더니 여러 채의 커다란 헛간 가운데 하나로 곧장 그를 떠밀었다. 아직 밤인 데다 긴박한 전시 상태이다 보니 헛간 안은 완전히 어두컴컴했고, 그로서는 함께 수용된 사람들이 몇이나 되는지 파악할 수가 없었다. 그저 헛간이 꽉 차도록 많은 사람이 갇혀 있으며 군중의 정신 상태가 고통스럽게 위축되었다는 것만 알 수 있을 뿐이었다. 압도적인 어둠 속에서, 게다가 그런 상황을 부과한 게 또 다른 인간이라는 사실—어쩌면 하느님이 부과한 것일 수도 있었을까?—은 더욱이 참혹했기에, 갈 곳 잃은 영혼들은 서럽게 한탄하며 애초에 있을 수도 없는 이유를 짐작해보려 했다. 탄식하는 사람들의 목소리는 때때로 어린아이의 소리처럼 들리기도 했으나 이내 모호하고 격해졌다. 그러고 나면 나이 든 목소리들이 마치 역사의 구덩이에서 나오듯 올라왔다. 애통하게 울부짖는 소리였다. 이따금 상스러운 유대인들이 더 들어오면서 주먹질과 발길질이 오가기도 했다. 문쪽에서 어둠의 장막을 가르며 손전등 불빛이 뻗어와, 자기네가 가진 전부를 잃어버릴지도 모른다는 듯 소유물을 붙들고 있는 손이나 누르께한 살결을 조금씩 비추기도 했다. 경비병들은 언뜻 본 경멸스러운 장면에 소리 내어 웃었을지도 모르나, 대체로 그 집결지에 모인 관념적인 유대인 무리 전체를 증오하기 위해서는 차라리 어두운 편이 나은 모양이었다.

히멜파르프는 겨울인데도 덮개조차 없는 헛간 안으로 느릿하고도 차갑게 들어온 아침의 빛을 통해 개개인의 이목구비를 분간하기 시작했다. 마구 떠밀린 채 추위와 고통을 견디느라 곱송그리고 있기도 했지만, 그 자신과 같은 민족인 이들은 그야말로 떨거지들처럼 보였다. 아직 예법을 익히지 못한 게 분명한 사람들도 있었다. 나이 든 여자들의 살결에 드리운 잿빛 그림자 위로 여기저기서 하얀 분가루 무늬가 하나씩 보였다. 종교적인 이유 때문이 아니라 그저 추워서 숄을 두른 어느 늙은 유대인이 거기 달린 술에 입을 맞추기 전에 먼저 먼지를 떨어냈다. 그때까지만 해도 아직 악취가 피어오르지는 않았다. 아기가 똥오줌을 지려서 힘겹게 닦아낸 자리만 빼면 말이다. 그쪽 구석에서 똥 냄새를 무시하기란 불가능했다. 절망적인 칭얼거림을 무시할 수도 없었다. 얇은 빛줄기 속에서 한 남자의 목소리가 공공선을 위해 기도문을 외고 있었으나, 아이어머니는 더 이상 자기까지 구원받을 수 있으리라고는 믿지 않는다며 기도 소리에 맞서 목소리를 높였다. 끈적끈적한 절망이 처음으로 들러붙기 시작했다.

어느 황혼 녘에 유대인들은 각자 자세를 바꾸고, 팔다리를 쓸어내리고, 신선한 공기를 상상하며 호흡한 뒤 무거운 공기를 들이마시고, 그중 몇 사람은 아껴놓는 데 성공한 오래된 빵 덩이에서 귀중한 몇 조각을 떼어내고, 심지어 어떤 이는 마음속 화로에다 간단한 끼닛거리를 준비해보려고 하면서 기운을 북돋고 있었다. 이때 히멜파르프는 문득 자기가 어린 시절 알고 지냈던 염색업자의 모습을 보았다고 생각했고, 그로 인해 갈비뼈가 마비되는 듯한 감각을 느끼며 자세를 바로잡았다. 쏜살같이 빠져나가려는 지난날 모든 경험의 꼬리라도 불러내고 받아들이고 움켜쥐기 위해, 또한 부드럽고도 단단하게 그것들을 붙들고 있기 위해서였다. 하지만 그는 자기 몸을 어루만지며 분명히 그 염색업자가 벌써 몇 년 전에, 어쩌면 평안히 죽었으리라는 점을 깨달았다. 문득 염색업자가 자기 아이들을 보살펴주라는 이상한 임무를 그에게 남겼을지도 모르겠다는 생각이 들었다. 자기 차례가 되어 해방될 때까지 그들이 처해 있는 지독한 연옥에서 말이다.

그렇게 유지를 이어받게 된 히멜파르프는 미래를 위한 의무에 대해 고민하며 앉아 있었다. 그때 잡화상의 부인인 어떤 여자가 씩씩거리며 다가오더니 이 학식 있는 신사를 비난하기 시작했다. 그녀가 떠나올 때 챙겼던 치즈 껍데기를 먹으며 기운을 내리려던 차였는데 남자 쪽에서 그것을 훔쳐 갔다는 것이었다. 여자는 치즈가 그들 사이에 있는 오물 위에 떨어져 있음을 알아차릴 때까지 욕지거리를 그치지 않았다.

전직 교수라나 뭐라나 하는 이 신사는 여자에게 치즈를 집어 건네며 웃어 보였다. 하지만 그녀는 자기를 수치스럽게 한 남자를 계속해서 적대시했다.

가방과 꾸러미, 유품과 책, 소시지와 조리 기구 틈바구니에 사람들이 앉아 있는 가운데, 히멜파르프는 염색업자의 아이들을 받아들였다. 설령 그들 쪽에서는 그를 받아들이지 않았을지라도 말이다. 그는 몇 번인가 그들 사이로 다가갔고, 그럴 때면 그들은 자신들의 괴로움에 대해서는 얼마든지 시시콜콜 이야기할 준비가 되어 있었지만, 그가 내보이려는 영적인 솔직함에 대해서는 영혼의 내밀함을 침해당한다고 의심하며 수줍고 말 없는 태도로 반응했다. 거기 있는 대다수는 여전히 가족이나 친구 관계로 엮여 있었다. 그리고 그만큼 자신들이 안전하다고 믿었다. 낯선 남자는 다만 그들이 받아주기를 원했으나 그러한 상황에서 상대는 준비가 되어 있지 않았다.

그들과 히멜파르프는 복작복작한 헛간 안에 그렇게 계속 앉아 있었다. 한번은 인근 캠프에서 끌려온 유대인 한 무리가 새로 들어왔다. 머리는 삭발하고 눈빛은 희미하며 팔다리에 뼈만 남은 이 사람들은 간소한 줄무늬 옷을 입고서 함께 웅크렸는데, 그 모습은 더 이상 같은 민족과 말하거나 아예 섞일 수도 없다는 사실을 묵묵히 암시했으며, 대부분의 사람들은 이들이 고통이라는 소명을 받고서 계속 격리되어야 한다는 사실을 받아들이게 되었다. 그렇지만 적어도 헛간에 갇힌 이들은 모두 운명을 함께했고 이따금 모두의 목소리가 기도로 하나 될 때가 있었다.

"이는 당신의 뜻일진저, 오 주여 우리의 하느님이여 선조들의 하느님이여, 우리를 평화로 이끄소서, 우리의 발걸음을 평화로 인도하시고, 우리를 평화로이 하시고, 삶과 기쁨과 평화 속에서 우리가 대망하는 천당에 이르게 하소서……"

힐데스하임으로 유람을 떠나거나 프랑크푸르트에 있는 친지를 방문하는 입장이 당연히 아니건만, 확실히 한군데로 향하는 동안 여정을 위해 기도하는 유대인들의 목소리는 다 함께 높아졌다.

이해할 수 없이 장황한 기도를 들은 경비병들이 웃어댔다.

유대인들은 홀룬데르탈 변두리의 조차장에 있는 헛간에서 며칠 동안 방치되었다. 그들 자신을 넘어서는 문제에 대해서는 상상하기도 힘들었으나, 밖에서 전쟁이 격해지고 있다는 생각은 언뜻언뜻 떠올랐다. 밤에 위를 올려다보면 비행기들이 하늘을 종횡으로 통과하고 대공포가 쏘아 올린 음울한 폭죽이 어둠의 신부 위로 계속 쏟아져 내렸다. 셋째 날 밤, 탄약을 실은 열차에 폭탄이 떨어졌고 견고한 세계 전체가 완전히 뒤흔들렸다. 제정신을 되찾은 유대인들을 수용한 오두막 뒤에서도, 폭발하는 목표물 뒤에서도, 사이렌과 호각은 지칠 때까지 광란했고 수감자들은 바닥에 누운 채로 그들을 직접 겨냥하는 무언가 더 끔찍한 것에 각자 귀를 기울였다. 그들은 정말로 다른 목표가 있으리라고는 믿을 수가 없었다.

냉혹한 서리가 내린 어느 아침 마침내 유대인들은 밖으로 끌려 나갔다. 빠져나오는 행렬 위로 듣는 부슬비와 쉬쉬거리는 소리가 가까운 어딘가에 온기가 있다는 착각을 유발하지 않았더라면, 차가운 정적을 깨며 멀리서 조그맣게 들려오는 망치 소리 때문에 적막감은 더욱 심해졌으리라. 군인들은 여명이 채 밝지 않은 이 기묘한 시간에 알 수 없는 볼일 때문에 이리저리 오가고 있었다. 한 무리의 교대 근무자들이 발을 구르고 몸을 비비며 모여들더니, 그들이 잊었을지도 모르는 순전한 야만성을 조금이나마 불러일으키기 위해서 경비병들을 향해 고함쳤다. 하지만 따뜻한 침대에서 후끈하게 잠을 이루다가 나와 곧바로 유대인들을 끌어내는 작업에 직접 참여하게 된 이들은 굳이 분노를 자극할 필요도 없는 상태였다. 경비병들은 총검 끝으로 도발하듯 유대인들의 짐을 쿡쿡 찌르며 어느 정도 분노를 해소했다. 그중 한층 막돼먹은 군인 한 사람은 아직 자다 깬 붓기도 채 가시지 않았는데, 그저 위협당한 희생자의 비명을 듣기 위해 뚱뚱한 유대인의 비대한 엉덩이 사이로 칼날을 꽂았다. 자기가 지내던 헛간에 물건을 두고 왔다며 울부짖는 여자도 있었다. 마음속에서만 귀중해진 판자때기들과 잃어버린 양모 장갑 한 짝 때문에 그녀가 어찌나 소리를 질러대던지.

그러나 이동하고 있는 유대인 가운데 몇몇, 대개 젊은 사람들과 전직 대학교수라던 나이 든 남자 하나는 강철 같은 아침에 대면해서도 주눅 들지 않겠다고 마음먹었다. 뒤이어 어떤 일이 벌어지건 자신들의 예상보다는 나쁘지 않을 것이라 생각하기도 했다. 그러하기에 그들의 두 눈은 극히 가망 없는 광경들마저 희망적으로 바라볼 수 있었다. 시커멓고 기다란 지네처럼 서 있는 열차들, 뒤틀린 대들보들, 혹은 그저 빛이 안개로부터 빠져나오는 엄청난 장관. 이처럼 좀더 운이 좋은 이들은 적어도 눈에 비치는 것들을 통해 보호받는 기분을 누렸다. 가만히 서 있으면서, 얄팍하게 닳아버린 신발을 신고서, 으적거리는 서리 위에서, 값싸고 큼직한 여행 가방이나 서류 가방, 끈으로 묶은 소지품을 쥐고서 말이다. 그리고 기다렸다. 아니면 발을 질질 끌며 걸었다. 그리고 또 기다렸다. 아니면 다시 발을 끌며 걸었다.

뒤에서 밀어붙이는 힘이 슬며시 강해지고, 분위기가 들뜨고, 사람들을 통해 이야기가 퍼지면서, 이제 전방에 있는 이들이 열차에 탑승하라고 지시를 받고 있다는 사실이 알려졌다. 그리고 그 열차가 모두들 듣던대로 가축용 차량이 아니라 제대로 된 객실이 딸린 열차라는 사실도 분명해졌다. 정확히 말해 완전히 새 열차는 아니었지만—팔걸이 대다수에서 솜이 터져 나와 있었다—어쨌든 열차, 통로가 있고 열심히 애쓰면 창문도 열 수 있는 진짜 열차, 게다가 좌석에 하얀 덮개가 있는—다른 사람들이 머리를 올렸던 자리가 약간 더럽혀진 건 사실이지만—열차, 진짜 열차였다. 그래서 유대인들은 안으로 밀고 들어갔으며 몇몇은 대담하게 농담을 지껄이기도 했다. 복도 끝에는 정말로 화장실이 있었다. 세면대와 변기에서 물이 나오지 않는다는 사실을 알았을 때도 승객 가운데 누구 하나 불평할 생각을 하지 않았다. 그들은 그저 몹시 감사할 뿐이었다.

무슨 일이 일어난 걸까? 그들은 여전히 헐떡이며 한 무더기로, 겨울옷 속에서 땀을 흘리며 자리에 앉아 서로에게 물었다. 질문만 던질 뿐 누구도 굳이 답하려 들지 않았다. 신비로운 눈빛들이 희미한 아침 햇살을 채웠다. 좀 전까지만 해도 절멸할지도 모른다고 두려워하던 이 모든 사람의 불길이 갑자기 되살아났기 때문이다.

열차가 차량을 연결하느라 승객들을 한데 내던지고 천천히 덜컹거리며 움직이기 시작했을 때, 베일 뒤에서 아직 얼굴을 드러내지 않은 어떤 숙녀가 전직 대학교수에게 다 부스러지려는 소시지 쪼가리를 채운 브뢰첸 한 조각을 건넸다. 그리고 확신에 찬 목소리로 유대인 정책이 바뀐 게 분명하다고 설명했다. 그녀는 다 알고 있다는 듯 고개를 기울이며 자기가 분명히 그렇게 들었다고 주장했지만 정말로 그런 말을 전해 들었는지 그냥 짐작인지 밝힐 마음은 없는 모양이었다. 그 소식은 적잖이 달갑게 느껴졌는데, 그렇게 믿는 수밖에 다른 방도가 없어서 더욱 그럴듯하게 느껴졌기 때문이다. 객실은 이런저런 추측으로 술렁거렸고 숙녀는 세련된 상대와 대화를 이어나가기에 앞서 베일을 걷었다.

정작 그 전직 교수는 게걸스럽게 빵을 씹고 있었지만 말이다.

"그럴 수도 있겠군요." 그는 나직이 대답하며, 자세히 부연하고 싶지 않다는 뜻을 분명히 했다.

뭐라도 우적우적 먹을 수 있어 너무나 행복했기에 그의 두 눈은 내장 찌꺼기를 먹어치우는 들개의 눈처럼 붉거졌다. 그는 훌륭한 소시지 쪼가리에서 구린내가 나고 있으며 번지르르 우아하고 조그만 빵이 그때쯤 사실상 돌처럼 굳었다는 사실을 무시한 채 마냥 빵을 씹었다.

객실에는 물론 다른 사람들도 함께 있었다. 상당히 빽빽하게 들어차 있다고 해도 과언이 아니었다. 자꾸 똥오줌을 지리는 아기를 데리고 있는 어머니가 있었는데, 필요한 약이 없으면 아기를 치료할 수가 없는 상태였다. 검고 뻣뻣한 모자를 쓴 어느 홀아비는 목마 하나를 가지고 노는 두 남자아이의 아버지였다. 처음부터 손을 꼭 엮어 잡고 있던 젊은 남녀 한 쌍은 죽어도 그 손을 놓지 않을 것만 같았다. 그리고 훗날 히멜파르프가 암만해도 얼굴을 정확히 떠올릴 수 없을 만치 대수롭지 않던 두 사람이 더 있었다.

그렇게 열차는 독일을 가로질러, 어쩌면 유럽을 가로질러 나아갔다.

얼어붙은 풍경은 실제로 녹고 있었다. 헐벗은 너도밤나무 가지들의 강철 같은 채찍은 필시 매서웠을 터이나 이제 부드러운 머리칼이 이어지는 것처럼 보였다. 들판과 잡목림도 그 순간에는 겨울의 손아귀에서 벗어났다. 지저분하게 쌓인 눈 사이로 시커먼 물이 흘렀다. 그토록 기적적인 해방이라니. 경작지에서 몇몇 시골뜨기가 연기 나는 거름 무더기를 둘러싼 채 서서 웃고 있었다. 갓 싹튼 어린잎처럼 조그만 소녀가 앞치마를 쥐고서, 아마 그녀가 말할 수도 없을 무언가를 붙들고자 하며 목초지에서 춤추었다.

열차가 요동치며 유럽 대륙 깊숙이 들어가고, 히멜파르프에게 브뢰첸을 건넸던 숙녀는 덩굴 같은 머리칼을 어린아이처럼 까매진 손가락으로 이따금 둘둘 감았다. 머리칼은 붉은 빛깔이 생생했다. 체르노비츠[90] 출신이라고 스스로를 소개한 그녀는 자기가 물려받은 재산과 재능에 대해서까지 이야기를 풀어놓을 만큼 상냥했다. 그러나 피치 못할 사정 때문에, 아아, 그녀는 북부 유럽의 영광된 장면들로부터 떨어져 나왔다고 했다.

남자아이 둘이 색칠한 목마를 함께 붙들고서 위를 올려다보았다.

---

90) 합스부르크 왕가의 영토였던 부코비나의 옛 수도. 제2차 세계대전 때는 게토로 지정되어 많은 유대인이 피해를 입었다. 현재는 우크라이나 영토에 속하며 체르니우치라고 불린다.

"뭐, 글쎄."[91] 검고 뻣뻣한 모자를 쓴 아이아버지가 한숨을 내쉬었다.

그의 길고 처진 입술은 불안해 보였다.

밖에서는 감흥 없는 풍경이 흘러갔다. 완전히 장관을 이룬 하늘은 아니었으나 갈라진 구름 틈으로 그 화려한 모습을 짐작해볼 수 있었다. 안경알 뒤로 눈을 감은—완전히 지쳤다기보다는 누적된 피로 때문에—히멜파르프는 그것으로 충분했다. 어두운 하루하루가 지나더니 이번에는 너무도 많은 것이 너무도 빠르게 드러나버렸다. 그의 머릿속에는 그런 생각이 가득했다.

히멜파르프가 깜박 졸다 깨기를 반복하는데 다른 열차들의 냄새가 나면서 차량이 흔들렸다. 어머니가 애써서 어느 정도 깨끗이 닦아놓은 아픈 아기도 자고 있었다.

정책에 변화가 있는 거라고, 체르노비츠 출신의 숙녀는 물이 끊긴 화장실에서 돌아오더니 주장했다.

그녀는 마그데부르크의 랍비에게도 그 이야기를 했었고 스스로도 확신하고 있었다. 그녀의 설명에 따르면 유대인들을 태운 그 열차는 동부 유럽으로 이동하게 된 첫번째 열차였다. 나중에 중부 유럽의 모든 유대인이 부쿠레슈티로 이동하도록 도움을 받은 다음, 이스탄불에 도착해서 팔레스타인으로 가기 위해 승선하게 될 터였다. 중립국들이 개입했다고도 했다. 언제 열차가 멈춰 서든 분명히 저 멀리 아래쪽에서 웃음소리가 들려왔고, 통로에서 환호하며 노래하는 소리도 들려왔다. 모두들 다른 사람의 몸과 바구니에 밀려 너무나 숨이 꽉 막힌 상태였기에, 그렇게 떼

---

91) "Na, ja." 유보적인 입장을 표현하는 독일어.

지어 모인 이들한테 생기를 줄 수 있는 감정은 과연 즐거움뿐일 듯했다.

체르노비츠 출신의 숙녀는 자기가 전파한 정보 덕분에 희망으로 빛났고 무명의 영혼들은 하느님을 찬양할 따름이었다. 남자아이 둘의 아버지만이 혼자서 경직된 채 시선을 고정하고서 숨을 쉴 뿐이었다.

하얀 바탕 위로 회색빛을 펴놓는 황혼이 체르노비츠 출신의 숙녀에게 분처럼 내려앉기 시작했다. 그렇듯 신비감을 풍기는 데 집착하지 않았더라면 그녀는 얼룩덜룩한 모습을 내보이고 말았으리라. 하지만 여인은 재빠르게 그런 시간의 이점을 활용했다. 작은 유리병에서 덜어낸 무언가를 얼굴에 바르고, 샛별을 향해 중간 음역 대로 한두 마디 정도 살짝 노래를 불렀다.

숙녀의 설명에 따르면 그녀는 오스트리아 빈 최고의 선생들로부터 성악 훈련을 받았다. 그녀가 소화한 「마탄의 사수」[92]는 콘스탄차에서 호평을 받았다고 했다. 그라츠에서 선보인 「박쥐」[93] 역시! 최근에는 예외적으로 몇 사람의 제자를 받기로 마음먹었다고도 했다. 그녀는 젊은 공주와 함께 블레드[94]에 가서 신나고 알차게 유쾌한 한철을 보내기도 했다. 아, 엘레나 기카 공주[95]는 어찌나 특별하고 매력적이었던가! 아, 블레드에 있는 호수 곁에서 먹은 카스타니엔토르텐[96]!

---

92) 「Der Freischütz」: 독일의 작곡가인 카를 마리아 폰 베버가 1821년에 초연한 오페라. 중세 전설에서 소재를 차용한 낭만파 작품이다.

93) 「Die Fledermaus」: 오스트리아의 작곡가인 요한 슈트라우스 2세가 1874년에 초연한 오페레타. 흥겨운 왈츠와 폴카로 유명하다.

94) 알프스산맥에 연한 관광 도시. 현재는 슬로베니아에 속하지만, 1918년까지는 오스트리아·헝가리 제국에 속한 땅이었다.

95) Elena Ghica(1828~1888): 루마니아 왕가의 일원. 작가, 미술가, 산악인으로서 다재다능한 자취를 남겼다.

96) 밤을 재료로 해서 만든 독일식 쇼트케이크.

어린 형제 가운데 동생 쪽이 흐느끼기 시작했다. 아이는 더 이상 견딜 수가 없을 정도로 굶주렸다.

풍경만이 가득했다. 어둠은 골짜기를 따라 스미고 언덕 틈으로 엉겨붙었다. 검고 달콤한 어둠은 열차의 유리창에까지 끈끈하게 달라붙었다.

밤 시간은 분명코 더욱 구슬펐다.

그날 밤에 한 남자가 열차 안에서 죽었고, 그는 생전에 가본 적도 없었던 마을로 끌려 나갔다. 사람들은 남자의 신발 뒤축이 순식간에 제거되는 모습을 지켜보았다. 특히 서리가 다시 내리기 시작한 이래로 경비병들은 유대인이 죽어 나갈 때마다 짜증을 냈으며, 죽은 남자의 신발 뒤축은 다른 금속을 수송하는 열차로 옮겨졌다. 이어지는 여정 속에서 대낮에만 여섯 명이 더 사망했으나 그들의 시체는 영혼이 그들을 저버린 객실 바로 그 자리에 그대로 남겨졌다.

정권이 유대인 정책을 전환하면서 사망자를 간과했던 것은 아닐까? 그즈음부터 끔찍하게 악취를 풍기기 시작한 아기의 어머니가 이렇게 의문을 제기했다.

하지만 체르노비츠 출신의 숙녀는 고개를 돌려 외면했다. 그녀는 평범한 사람들이 넌지시 던지는 말을 무시하는 버릇이 있었다. 게다가 공적인 실책에 대해 어찌 **그녀**가 책임을 지겠는가? 솔직히 그녀는 음악과 대화에만 몰입할 뿐 나머지 일들을 지루하게 여겼다. 그녀의 피부가 눈에 띄게 많이 꺼칠해 보였다.

어쩌면 죽는 편이 낫겠다고, 아픈 아기의 어머니가 생각에 잠겨 중얼거렸다.

"죽음이라!" 체르노비츠 출신의 숙녀가 웃음을 터뜨리더니 단언했다. 먼저 이야기를 꺼낸 평범한 여인네를 특정한 것도 아니요, 객실에 있는 사람들을 향한 것도 아닌, 완벽하게 세련된 관계를 상정한 어떤 추상적 대상을 향한 말이었다. "오, 그래요! 죽음! 어마어마한 권태가 거기 뒤따른다고 의심하지 않았더라면 난 벌써 나의 소중한 청산가리 병을 사용했을 거예요. 오, 그렇고말고요! 오래전! 오래전에 말이에요! 그 독약 병 없이는 내가 한 걸음도 뗄 수 없다는 사실을 인정해야 하겠군요."

그녀는 분가루로 덮인 자기 가슴을 뚫어져라 내려다보았다. 그러더니 자기 몸을 쓰다듬었다. 그리고 웃었다. 혹은 그저 죽은 사람 같은 얼굴로 웃음기를 내보였다.

그녀는 그렇듯 계속해서 허물어지고 있었다.

오, 그 가슴앓이, 어수선한 동요, 그리고 의문들. 그들은 다시금 서로에게 묻기 시작했다. 왜 열차지? 어째서 열차야? 가축 차량이 아니라?

뻣뻣한 모자를 쓴 아이아버지가 급기야 더 이상 참지 못하고 소리쳤다. "모르겠어요? 놈들은 열차밖에 보유하고 있지 않아요. 트럭은 폭발했고. 수중에는 유대인이 너무도 많고. 다른 대안이 없다고요."

하지만 답을 안다고 마음이 꼭 편해지리라는 법은 없다. 아, 그들이 무어라도 열어젖히고서 그 안의 진실을 발견했더라면.

하다못해 서로에게만 약효를 발휘한다 해도 각자의 얼굴이 해독제를 담고 있는 한 쌍의 연인처럼.

어느 누구보다도 내면에 침잠한 전직 대학교수 역시 그 자리에 있었다. 죄의식에 사로잡힌 히멜파르프는 이따금 정신을 다시 차리면서, 자기가 진정으로 사랑하는 이들의 얼굴도 어느새 원망을 머금게 되었음을, 그리고 머지않아 여느 인간들처럼 증오에 이를지도 모름을 파악했다.

유대인들을 태운 열차는 그렇게 계속해서 요동치며 유럽을 가로질렀다. 매 순간이 허기진 이들의 배를 갉아먹었으나, 마침내 시간은 그들을 단단한 공허함으로 채웠다. 그들이 자리에 앉으면 그 발치에는 일말의 품위와 퀴퀴한 빵 부스러기가 흩어져 있었다.

한두 차례 공습이 있었다. 그럴 때 열차는 조용한 들판 어딘가에서 어둠 속에 숨어들곤 했다. 윙윙 울리는 컴컴한 열차간 안에서, 많은 사람이 이제 상황이 더 이상 나빠질 수는 없다는 듯 굳이 몸을 수그리지도 않았다. 미텔오이로파[97]가 유일하게 남긴 잔재였던 기름투성이 장식용 덮개에, 혹은 닳아 해진 플러시 천에 쓸린 그들의 살갗은 가죽처럼 질겨졌다.

열차는 미끄러지는 듯한 은빛 선로들의 신경절을 따라 중요해 보이는 분기점을 지난 뒤로 묵묵하고도 천천히, 분명한 목표를 향해 나아가고 있었다. 그리고 온화한 푸른빛과 깊고 축축한 초록빛이 어우러진 어느 날 아침, 반짝거리는 수석으로 포장한 제법 말끔한 측선에 무척 서서히 멈추어 섰으니, 그렇듯 평온한 분위기만 아니었더라면 새로 칠한 페인트가 공격적인 인상마저 풍겼으리라. 선로 양쪽에서는 초록빛에서 검은빛으로 숲이 솟아 있었다. 측선에 있는 표지로 보건대 프리덴스도르프[98]라는 곳이었다.

하지만 체르노비츠 출신의 숙녀가 주장한 바에 따르면 그들은 폴란드에 있는 게 분명했다. 그녀가 이전에 그냥 이해만 할 수 있을 정도로, 혹은 훈련 삼아 머리를 쓰느라 재밌거리로 어설프게나마 배운 적 있는 폴란드어를 분기점에서 몇 마디 얻어들었기 때문이다.

---

97) Mitteleuropa: 중부 유럽을 가리키는 독일어이나, 범게르만주의가 상상했던 통일 국가를 의미하기도 한다. 이 같은 기치에 따라 1882년에는 독일, 오스트리아, 이탈리아 간의 삼국 동맹이 이루어져, 제1차 세계대전의 발발에 영향을 끼치기도 했다.
98) Friedensdorf: 독일어로는 평화의 마을이라는 뜻이기도 하다.

물방울이 맺힌 숲 자락, 프리덴스도르프의 측선에 열차는 계속 정차해 있었다. 그리고 독일인들의 목소리가 들려왔다. 그들이 문을 비틀어 열었다. 또각또각 수석을 밟는 장화 소리가 들려오고, 무척 공식적인 소개가 이어졌다.

"환영한다! 환영한다!" 소리를 죽였으나 과장되게 격식을 차린 목소리가 흘러나왔다. "프리덴스도르프에 온 걸 환영한다!"

심지어 음악마저 들려왔다. 뾰족한 전나무들 위로 음악이 흘러나오는 철탑이 솟아 있었다. 들뜬 선율의 왈츠가 음반과 함께 매끄럽게 회전하고, 어쩌면 보이지 않는 포크 댄서들이 활기 없이 원을 그리고 있을 것 같기도 했다. 덕분에 많은 사람은 순진하게 맹신의 씨앗을 품었다.

보아하니 체르노비츠 출신의 숙녀를 포함해 승객 중에는 이를 믿을 준비가 된 사람들이 있었다. 그곳은 그 땅[99]으로 이주하는 데 참여할 사람들을 조직하기 위한 일종의 임시 수용소가 분명했다. 이들은 반대쪽 끝에서 오고 있을 열차를 기다리는 동안 식사를 제공받으며 쉴 수 있을 것 같았다.

상황을 어떻게 설명하든 승객들은 차량 밖으로 뛰어내리라는 지시를 받았다. 그리고 이전에 철로 옆 헛간에서 퇴거하지 않으려 저항했듯 이번에도 허물어지려는 열차 안에 꾸렸던 터전을 생각하며 아쉬워하는 소심한 이들이 존재했다. 하지만 이제 그들은 축축한 바깥 공기 속에서 밀려오는 솔잎 냄새를 맡으며 플랫폼에 서 있었다. 진동하는 그 냄새는 기

---

99) 이스라엘이 성립하기 이전의 팔레스타인 땅. 당시 팔레스타인을 위임통치하고 있던 영국은 정치적 이해관계 때문에 유대인 민족국가 성립을 우회적으로 지지했고, 이 때문에 팔레스타인의 유대인 인구가 급증했다. 이후 팔레스타인 이스라엘 문제는 유엔으로 이관되었고, 1948년 이스라엘의 성립과 동시에 중동전쟁이 발발했다.

껏해야 이 희생자들을 견딜 수 없는 향수의 동굴로 부유하듯 되돌아가게 할 뿐인 듯했다. 나이 든 사람들 가운데 몇몇은 여정을 소화하는 동안 굶주리며 고생하느라 지나치게 허약해진 나머지 더 이상 견딜 수 없는 게 분명했으며, 그 곁에 가까이 있는 사람들은 이들이 쓰러지면 부축해줄 채비를 하고 있었다. 하물며 병자들이나 어린아이들은 말할 것도 없었다. 알을 까고 나온 새 같은 표정으로 보건대 아이들은 불현듯 예전의 생활을 떠올린 모양이었다. 잊어버릴 시간이 있었던 대부분의 어른들과 달리 아이들은 눈앞의 이 수상한 혜택을 즐겼기에, 누런 배설물로 덕지덕지 덮인 땅이 여전히 단단하게 굳었는지 의심하면서도 대다수가 걸음을 떼었다.

이들 가운데서도 불안해하는 아이들이 있으면 어른들이 추어올려주었다. 경비병들이 대신 이를 해주기도 했다. 경비병 가운데 몇몇은 정말 좋은 사람들이었다. 히멜파르프는 숲속 빈터나 마을의 거리에서 정직한 얼굴의 독일인들과 나누던 실없는 농담들을 떠올릴 수 있었다. 그들의 목소리에는 대지와 그 열매들의 선하고도 투박한 날것 그대로의 모습이 담겨 있었다. 이제 새로 도착한 사람들을 결집시키는 그들의 치아는 쪼개놓은 사과처럼 하얀빛이었으며 그 입가는 신념이라는 과즙을 머금고 움직였다. 그럼에도 짐승 같은 기운이 느껴지는 순간들 역시 분명히 존재했다. 웅크린 짐승은 시종 존재했다. 머지않아 나타날 흉측한, 뻣뻣하게 털을 세운, 가까스로 억누른 천 밖으로 생식기가 튀어나온 바로 그 짐승. 경비병들 몇몇이 습성처럼 드러내는 그 모습 때문에 승객들은 차라리 잊고 싶었을 다른 순간들까지 떠올리게 되었다.

하지만 모두들 앞으로 나아갈 준비를 금방 마쳤고 실제로도 나아갔다. 그나마 뒤쪽에 있는 이들은 좀더 자발적이었다. 흐르는 음악 아래,

이리로 오라는 듯한 소나무들의 축축한 모습 사이로 그들은 떼를 지어 움직였다. 그것은 어쩌면 황폐하고 애처로운 광경이었는지도 모른다. 철탑에서 내보내는 바리톤의 목소리와 공식적인 명분은 프리덴스도르프를 방문한 이들에게 질서와 청결을 독려하는 것이었음에도, 무척이나 아리송하게 말이다. 하지만 병자들, 늙은이들, 손대기조차 싫은 이들—유대인들이 여기 나타났다. 돌돌 말린 스타킹 밖으로 뻣뻣한 다리를 드러낸 채 아들의 등에 업힌 노파들, 탈릿과 함께 세월의 냄새를 질질 끌고 오는 할아버지들, 아내의 배가 어디에든 눌리지 않도록 절박하게 보호하는 남편들, 서류 가방을 들고 똑같은 모자를 쓴 부르주아들. 그렇게 그들이 도착하자 차단 문이 위쪽에서부터 닫혔다. 따끔하고 번쩍거리는 철망이 내려왔다.

"아야.[100] 이봐요! 내 베일이 찢어졌어!"

체르노비츠 출신의 숙녀는 징징거리려다가, 검은 염소 가죽 장갑으로 동행하는 이의 팔을 잠시 붙들고서야 계속 앞으로 나갈 수 있었다.

"내가 장담하는데……" 그녀가 말했다. "우리는 여기 잠깐 머무는 동안 최고의 대우를 받을 거예요. 그리고 아무런 지장 없이 콘스탄차에 도착하겠지요. 어쩌면 이스탄불로 가게 될 수도 있으려나? 그렇지만 교수님, 우리 하던 대화로 돌아가서, 부코비나의 숲을 거니는 게 참으로 아름다운 일이라는 이야기를 해야겠네요. 거기서는 조그만 산딸기를 주울 수도 있고, 최고급 설탕과 엷은 사워크림을 곁들여 먹을 수도 있답니다."

체르노비츠 출신의 숙녀는 상당히 어수선한 가운데 마지막으로 바른 분 자국 밑의 살색이 연보랏빛으로 질렸음에도, 짙은 눈 화장 뒤에서

---

100) 'Ach.'

아직까지도 화려하게 빛을 발할 수 있었다. 어쩌면 그것은 또한 음악 덕분이었을지도 모른다. 그녀는 보다 열광적으로 음악에 반응하는 듯했고, 그때쯤에는 철탑으로부터 마치 과장된 주름 장식이 펄럭이듯 흘러나오는 레하르[101]의 작품을 따라 한 손으로 무언가를 풀어놓았다.

"주목! 주목!"[102] 따뜻한 바리톤에 가까운, 격식을 차린 목소리가 끼어들었다.

새로 도착한 사람들은 모두 목욕탕으로 인도될 것이다. 남자들은 왼쪽, 여자들은 오른쪽. 모두가 목욕을 하게 된다. 목욕. 남자들은 왼쪽. 완벽한 청결을 위해 승객들은 정례적인 소독을 받아야 할 것이다. 여자들은 오른쪽.

부자연스럽게 부드러운 목소리를 듣자, 떨리는 분위기 사이로 이별의 울음소리가 새어 나왔다. 격식을 차린 그 목소리는 왜 이리 비이성적인 반응을 보이느냐고 불만을 표했다. 하지만 이성에 기만당하지 않았던 자가 여기에 누가 있던가? 따라서 이 비이성적인 사람들은 급기야 몸을 맞붙이고서 떨어지지 않으려 했다. 그리고 대부분은 몸을 비트는 힘에 밀려 억지로 떨어져 나왔다. 옷가지와 머리칼을 붙들린 이들은 몸부림치며 끌려갔다.

"교수님, 선생 생각에는……" 체르노비츠 출신의 숙녀가 소리쳤다. "우리가 남들 앞에서 옷을 벗어야 할 것 같나요?"

"벌거벗은 모습은 부끄러워하지 맙시다." 히멜파르프가 조언했다.

하지만 그 숙녀는 갑자기 비명을 질러댔다.

---

101) Franz Lehár(1870~1948): 헝가리 출신의 작곡가로, 「명랑한 과부」 등의 오페레타 작품을 남겼다.
102) "Achtung! Achtung!" '주목', '차려'를 뜻하는 독일어.

"못 참겠어!" 그리고 계속해서 악을 썼다. "난 못 참아! 오, 아냐! 안 돼! 안 돼! 못 해!"

"우리를 위해 기도하겠습니다!" 그가 그녀 뒤에서 외쳤다. "우리 모두를 위해!"

양손으로는 무력하게 허공을 휘저으면서.

히멜파르프는 그들을 선지자로서 시험하는 것인지도 모를 그 상황을 극복해보려 애썼으나 숙녀는 그의 목소리를 듣지 못했다. 순종적이고 둔한 이들 혹은 좀더 냉철한 이들이 그녀의 히스테리에 자극을 받을까봐, 놈들이 그녀를 순식간에 사로잡아 목욕탕으로 떠밀었기 때문이다. 그때 히멜파르프가 본 그녀의 마지막 모습은 찢어진 검은 옷가지가 어지럽게 뭉친 모습뿐이었다.

남자들 역시 밧줄처럼 엮은 팔에 눌려, 어떤 때는 그냥 쇠붙이에 눌려 뻣뻣하게 뒤로 떠밀렸다. 거기 있는 남녀들은 다시 만나지 못할 것 같았고, 그러자 여자들 가운데 몇 사람이 비명을 질렀다. 애틋한 정분을 떠올린 어느 젊은 남자는 제풀에 목이 막힐 때까지 거친 목소리로 고함쳤다.

"주목! 주목!" 격식을 차린 목소리가 안내인지 경고인지 모를 말을 이으려 했다. "방문자들은 탈의를 마친 후 숫자가 적힌 옷걸이에 자기 옷을 걸도록 한다. 그런 다음 아래에 있는 긴 의자에다 그 밖의 소지품들을 모두 단정하게 쌓아놓는다. 나중에 모두 다 반환하……"

하지만 그때 기계에 문제가 생겼다.

"주목! 주…… 숫자가 써진 옷걸이에…… 반환하게…… 치익…… 치이익……"

이제 남자 목욕탕 문 안쪽까지 떠밀린 히멜파르프는 하느님의 손안에 스스로를 내맡겼다. 교수대 밧줄에 목을 건 꼴이었다. 그와 동행한 이들 대다수는, 그들이 태어나고 선거권을 행사했던 조국이 규율의 미덕을 강조하는 가운데, 본능적으로 방송의 요구를 따르고 있었다. 몸집이 크고 뚱뚱한 어떤 남자는 꿈결 같은 정신 속으로 빠져든 나머지 셔츠가 반쯤 머리까지 올라와 있었다. 히멜파르프로서는 악몽 속의 움직임 같은 이 광경을 가만히 지켜보고만 있을 따름이었다.

"오 주여, 당신의 손안으로……" 그의 입술이 스스로를 새로이 다잡고 있었다.

그때 무슨 일인가가 벌어졌다.

몸집이 크며 고분고분하고 건강하게 생긴, 금발의 어린 병사 하나가 사람들의 몸을 밀치며 들어온 것이다. 그는 다소 우물쭈물하며 여기저기에서 몇 사람을 추려냈다.

"자네는 옷을 벗지 않는다." 그가 히멜파르프에게 지시했다. "그리고 밖에서 수용소 노역을 나한테 보고한다."

그럴 만한 직무상의 까닭이야 있었겠으나, 그럼에도 경비병이 이 나이 든 남자를 지목한 건 다소 뜬금없어 보였다. 물론 히멜파르프는 여전히 눈에 띄는 모습이긴 했다. 키나 덩치는 경비병과 비슷했지만 두 눈은 병사의 눈보다 더욱 깊숙이 들어가 있었다. 병사는 연푸른 눈을 한 번씩 빠르게 깜박거리곤 하는 사람이었다. 그의 육체적으로 풍족한 젊음이, 정신적으로 좀더 우월해 보이는 히멜파르프의 비밀스러운 깊이를 의식적으로 원했는지도 모른다. 아니면 그저 자기도 모르게 그에게 이끌렸던 것이리라.

다양한 연령대의 다부진 유대인들이 넋 나간 듯 그 경비병을 따라가고 있었다.

바깥에 나오자 상대적으로 쌀쌀한 데다 공허한 모래밭 때문에 섬뜩한 기분마저 들었다. 엷은 안개가 나무들에서 빠져나와 땀에 젖은 옷가지들 사이사이로 스며들고 있었다. 선택을 받은 유대인들은 가슴속으로는 불안하게 흔들리면서도 둥그렇게 둘러섰다.

그러다가 그들은 그곳에 다른 사람들도 있음을 문득 알아차렸다. 되는대로 옷을 집어 입은, 아무래도 노예 처지의 사람들 여럿이 형태 아닌 형태를 이루고서 모여 있었다.

그들 가운데 한 사람이 마침 우연히 곁에 있게 된 히멜파르프에게 말을 붙여왔다.

"이제 곧 여자들이 안으로 들어가겠구려." 낯선 이가 어눌한 독일어로 불안하게 귀띔했다. "보통 여자들이 맨 먼저 가거든."

그 남자가 어떤 민족에 속한 사람인지는 분명치 않았다. 까무잡잡한 슬라브인, 어쩌면 폴란드 사람, 혹은 지중해 쪽 피가 섞인 사람이었을지도 모르지만, 어쨌든 열등한 혈통으로 낙인찍힌 사람인 건 분명했다.

"'들어간다'고요?" 히멜파르프가 물었다. "'들어간다'는 게 무슨 뜻입니까?"

"가스실 말이외다." 남자가 점잖고도 친근한 목소리로 설명했다.

동시에 괴기스러운 목소리였다. 히멜파르프는 식도암으로 죽어가던 동료의 모습을 갑작스럽게 떠올렸다.

"그렇다니간……" 이 새로운 친구가 속삭였다. "곧바로 가스가 쏟아진다고. 그게 끝나면, 우리가 구덩이로다가 몸뚱이들을 끌고 가는 거지."

지옥의 의식이 아니라 흡사 추수 의례에 대해 이야기하는 태도였다.

하지만 바로 그때, 끔찍이도 불운하게, 여자 목욕탕의 문이 벌컥 열리고 히멜파르프의 뇌리에서 영원히 떠나지 않을 광경이 눈앞에 펼쳐졌으니, 거기에서 체르노비츠 출신의 숙녀가 비틀거리고 있었다.

여인의 친구인 이 늙고 무력한, 지적인 유대인은 간절히 그녀에게 두 손을 뻗었다.

"하느님, 우리에게 보이소서!" 체르노비츠의 숙녀가 소리쳤다. "단 한 번! 이번 한 번만이라도!"

그렇듯 길게 이어지는, 가죽처럼 질긴 목소리로.

그녀는 잠시 문가에 서 있었고, 만일 더 머물 수 있었다면 그 자리에 쓰러지고 말았으리라. 불그스름한 머리칼이 나 있던 자리는 짧게 밀려 회색빛이 되어버렸다. 그녀의 한쪽 젖가슴은 다른 쪽 가슴을 대신하는 오래된 흉터 옆으로 늘어져 있었다. 배꼽이 이룬 작은 언덕으로부터 그녀의 배가 경사를 이루었다. 허벅지는 눈에 띄게 빈약했다. 하지만 계속해서 남은 것은 그녀의 목소리였다. 헐벗긴 목소리. 역사의 암흑으로부터 그를 부르는, 영원히, 영원히, 끝없이 계속되는 그 목소리.

그러자 이를 마주 본 히멜파르프는 갑작스럽게 힘이 풀려 무릎을 꿇은 채, 맹렬하게, 열렬하게, 자갈 위에서 깊은 구렁을 넘어 그녀를 부르며 뻣뻣한 입 구멍 사이로 외쳤다. "그분의 이름! 놈들이 그 이름을 앗아갈 수는 없다는 사실을 기억하십시오! 놈들이 우리 살갗을 찢어발길지라도 그건 그저 우리를 덮은 옷 조각일 뿐. 구원할지어다. 마침내."

곧이어 그녀는 안쪽으로 붙들려 돌아갔다.

그리고 히멜파르프는 스스로가, 그 자신의 인간적인 부분이, 무너지고 또 무너지고 있음을 깨달았다. 뺨이 돌에 부딪혔을 때, 천 개의 깔때기 주둥이들이 그를 향하더니 그가 분간하지도 못할 물질을 몸에다 쏟아부었다.

한 번 더 고개를 들 수 있게 되고서 히멜파르프는 자기가 인생에서 두번째로 졸도했음을, 혹은 하느님께서 자비롭게도 그를 육체에서 잠시 벗어나게 해주셨음을 깨달았다. 시간은 이제 저녁이었고 눈앞은 낯설었다. 아까까지는 무엇보다도 견고해 보이던 것들, 근래에 지어 올린 목욕탕들이나 철탑들이 안개 때문에 군데군데 희미해졌다. 프리덴스도르프라는 이름의 이 정교하게 계획된 시설은, 그가 누운 자리를 중심으로 신비하고 기괴한 고치로 몸을 감싼 번데기같이, 피처럼 붉고 흐릿한 형체 내지는 독특한 기운으로 둘러싸여 있었다. 분명히 구별할 수는 없으나 짐작건대 사람인 듯한 다른 모습들이 더 이상 진홍빛이 아니라 흐릿한 주황빛으로 퍼지는 똑같은 형체들 속에서 뭔가 불가해한 일들에 달려들고 있었다. 푸른빛의 윤곽을 두른 채로 말이다. 그는 언젠가 피워 물었던 값비싼 여송연의 기다랗고 평온하던 회청색 담뱃재를 갑자기 생생하게 떠올렸다. 동양적인 디자인의 조그만 랜턴에서 흘러나오던 주황색 불빛 옆에서 비벼 끄던 그 여송연. 그러자 자연스럽게 그의 친구 콘라트 슈타우퍼가 떠올랐다.

그러자 무뎌진 감각이 되돌아왔다.

바닥에 누워 있던 히멜파르프의 의식 안으로 주변 상황이 폭발하듯 흘러들었다. 그를 진정시키기 위해서였는지 모호하게만 보이던 것들이 이제는 혹독하리만치 구체적인 형상이 되었다. 그의 왼쪽 손에는 흉터가 벌어져 있었다. 검푸른 연기 돌풍이 그의 두 눈과 코로 밀려들었다. 사람들이 소리치고 있었다. 그는 주황빛으로 이글거리는 불의 숨결을 느낄 수 있었다. 폭발음이 그의 몸 밑에 있는 대지를 뒤흔들었다. 간간이 총알이 허공을 뚫고 지나갔다. 가장 눈에 띄는 것은 불길이었다. 프리덴스도르프가 불타고 있었다.

곧이어 히멜파르프는 자기가 안경을 잃어버렸음을 깨달았다. 화재보다도 끔찍한 사실이었다. 그는 고통에 사로잡힌 채 돌멩이, 뜨거운 쇠붙이, 끈적끈적한 웅덩이, 잔가지, 다시 돌, 계속해서 돌을 더듬으며 움직이기 시작했다. 아무것도 남지 않은 게 분명한 초토를 가로지르는 헛된 이동이었다.

안경을 찾아 바닥을 기면서.

혹은 존재하는 모든 것을 이미 습격하고 있는 것만 같은 흐릿한 주황색 형체를 올려다보면서. 왼쪽 어딘가에서 기관총이 불을 내뿜었다. 그의 입에선 호흡조차도 불로 이루어진 혓바닥이 되어 나왔다. 그는 울먹이고 헐떡였다. 샅샅이 뒤지면서. 만물의 복된 형태들에 다시금 초점을 맞출 수 있도록.

히멜파르프는 바닥 구석구석을 뒤졌으나 이제는 가망이 없는 듯했다. 안경이 있음 직한 곳을 넘어 한참 전에 길을 벗어나고서도 더듬고 매만지기를 계속했음에도 말이다. 그의 손이 철조망에 닿았다. 철사 가시에 양손이 찢어졌다. 같은 가시들에 걸린 면 재질의 넝마가 만져졌다. 이제 그는 허공을 더듬고 있었다. 면직물로 된 깃발인지 넝마인지의 한쪽 끝에서 갑작스럽게 그의 두 손은 부드러운 허공 말고 그 무엇에도 부딪히지 않았다. 철조망 한구석에 대단한 개선문이라도 난 게 아니라면, 정말로 그곳에 작고 삐죽빼죽한 틈이 있었다. 누군가 철조망을 그대로 절단해버린 것이었다.

그러자 그 유대인은 고개를 숙이고는 무릎으로 계속 땅을 짚으며 밖으로 나갔다. 어디서든, 혹은 그래야 할 것 같은 곳이라면 무릎을 질질 끌어 움직였다. 그리고 마치 불구자처럼 더듬거리며 돌바닥 위를 지났다. 무릎은 다 찢어져 있었다. 일어나야 한다는 사실을 알고 있었으나, 그 부자연스러운 자세를 잠시나마 당연하게 받아들이는 뻣뻣한 팔다리가 아니더라도, 그는 삶과 지옥을 갈라놓은 경계를 아직 건너지 못한 게 아닌가 의심하고 있었다. 그때 가시가 그의 이마를 찌르며 들어왔고, 그는 손을 뻗어 철사를 만지며 생생한 통증을 느끼면서도 놀라지 않았다. 그것은 분명히 바깥쪽 철조망이었다.

무감각한 상태로 넘어지지 않기 위해 떠밀리듯 손을 뻗어 새로운 곳을 디디려 하지 않았더라면, 히멜파르프는 그저 박해자가 신경 쓰지 않을 만한 곳으로 빠져나온 데 만족하며 거기 매달려 있었을는지도 모른다. 그는 다시 한 번 자기가 평온한 허공을 거침없이 휘젓고 있음을 깨달았다. 그리고 바로 그 부드러움 때문에 안달이 나서 거칠게 몸짓했다. 철조망의 손아귀에서 몸을 비틀어 떼어낼 때, 그의 모든 것―그의 살, 숨결, 옷을 이룬 직물―이 찢기고 있었다. 하지만 그는 자유의 몸이 되었고, 두번째 철조망을 가로지른 이들이 만들어놓은, 정말이지 너무도 비좁은 틈새를 통해 빠져나왔다.

땀과 피로 젖은 그의 이마에 부딪치는 공기가 정신없을 정도로 차가웠다. 히멜파르프로서는 그를 맞아주는 형체들이 사람들인지 나무들인지를 분간할 기운도 없었으나, 마침내 나무껍질에 손을 가져다 댈 수 있었다. 이제 그는 두 발로 몸을 일으켜 세웠다. 그리고 하나의 나무둥치에서 좀더 편한 나무둥치로, 숲속을 떠돌았다. 축축한 침엽이 살결에 섞여들었으며 그 내음은 그가 자유에 거의 취하다시피 할 때까지 두번째 미로, 즉 그의 머릿속을 따라 퍼져나갔다.

그는 앞으로 걸어갔고 상대적으로 트여 있는 빈터에 당도하지 않았더라면 기꺼이 걸음을 계속했을 것이다. 껍질이 무척 부드럽고 깨끗한, 사람의 손을 타지 않은 것 같은 나무들―아마 어린 자작나무였을 것이다—이 둘러선 곳이었다. 그는 거기에 기대 쓰러지더니 젖은 대지에 입을 대고서 흐느끼며 누워 있었다.

잠시 후 사람들이 도착했다. 그들의 생김새며 믿음이 어떠했든 간에 히멜파르프가 꿈쩍할 리 없었다. 사람들이 그를 둘러쌌다. 이야기가 오가고 있었다. 폴란드어였고, 그는 자기 마음에 남겨진 무언가를 타일러보았다. 그리고 수없이 많은 나무 사이로 사람들이 그를 옮겨 가는 동안 그들의 침묵과 그들의 호흡에 귀를 기울였다.

밀짚과 돼지의 악취가 풍기는 곳까지 히멜파르프를 데려간 그들은 어느 집 난롯가에 그를 내려놓았다. 그는 온기와 어둠을 떠나고 싶지 않았다. 그리고 비록 주님의 품에서 정말로 영면에 들지는 못했으나, 딱딱한 벽돌 같은 데에다 머리를 누였다. 여자들이 와서 상처에 붕대를 감아주었다. 가끔은 수프를 가지고 나타나기도 했다. 멀겋고 변변찮은 수프. 양배추에서 올라오는 김. 어떤 때는 수프 안에 경단이 들어 있어서 오히려 더 힘들었다.

히멜파르프가 셈하기로 이틀이 지났을 때 사람들이 그를 누군가에게 데려갔다. 상대는 독일어로 이야기하는 젊은 목소리의 남자였고, 프리덴스도르프에서 일어난 최근 사건들에 대해 그 시골뜨기들이 알고 있는 만큼은 그에게도 알려주었다.

가스실에서 시체를 비우고 캠프에서 노역을 하도록 독일인들이 살려둔 수감자들은 반란을 일으키기로 했고, 폴란드인들이 이들과 연대했다고 한다. 무기와 탄약을 구해서 숨기는 데만 몇 주가 걸렸으며, 유대인들을 태운 마지막 열차가 도착하고 나서야 이 공모자들은 계획을 행동에 옮길 만큼 힘을 모았다고 느꼈다. 이에 봉기한 노예들은 사령관과 수많은 경비병을 살해했고, 연료 창고를 폭파했으며, 일부 시설에 불을 질렀을 뿐만 아니라, 철조망을 절단했고, 그 시점에는 레지스탕스에 가담하러 가는 길이었다.

"그렇다면 다른 유대인들은 모두 어떻게?" 히멜파르프가 조심스럽게 물었다.

폴란드인은 그들 대다수가 죽었으리라 믿었다. 일부는 이미 가스실에서, 나머지는 프리덴스도르프를 불태운 화재에 휘말려서 말이다.

그가 웃으며 말했다.

"댁은 운이 좋은 사람이에요!"

자기가 어떻게 탈출했는지를 머릿속으로 곧잘 다시 그려보던 히멜파르프로서는 도대체 어떻게 그런 기적이 일어났는지 설명할 재간이 없었다.

그가 쉬면서 기운을 되찾자 사람들은 그에게 옷을 입히고 손을 붙들고서 데리고 다녔다. 반쯤 눈먼 무지렁이 꼴이 된 그는 발을 헛디디며 동쪽으로 향하는 동안 자기가 접촉한 손들을 헤아릴 수 없을 정도였다. 그는 한결같이 시야를 가리는, 그래서 어쩌면 다행이었을 안개 속을 헤치며 젖은 풀과 따뜻한 건초, 상처 난 순무, 소가 내뿜는 숨결의 냄새를 알게 되었다. 접촉을 동반하거나 노래로 감정을 표현하는 경우가 아니라면 그 뜻을 이해할 수 없는 목소리들을 듣는 데도 점차 익숙해졌다. 일상적인 소리들조차 전에는 한 번도 들어본 적이 없는 것처럼 느껴졌고, 그는 자기가 뜻밖에도 침묵의 장막들을 뚫고 들어가고 있음을 깨달았다. 무엇보다도 그는, 위험이 지나쳐 갈 때까지 사람들이 마치 동물처럼 가만히 기다리는 그 완벽한 정지 상태를 인식할 줄 알게 되었다.

히멜파르프 교수는 이스탄불에 도착한 뒤에야 안경과 그 자신의 정체성이라 할 무언가를 회복했다. 물은 어찌나 아른아른 빛나고, 나뭇잎들은 또 어떻게 떠오르던가. 새 안경을 끼고서 세상을 바라본 그는 그렇

듯 호사스러운 선물을 받았다는 사실이 부끄러운 나머지 눈을 내리깔아
야 했다.

그 후 히멜파르프는 여타 많은 이와는 달리 그 땅에 들어갈 수 있도
록 허락되어야 한다고 결정이 내려졌다.[103] 정작 그의 양심은 그 어떤 명
징한 증표도 인가도 없으니 자기한테는 그럴 자격이 없을 거라고 끊임없
이 의심했음에도 말이다.

상황이 그랬던지라 히멜파르프는 그들을 터키 해안에서 실은 상당
히 녹슨 화물선에서도 다른 유대인들과 어울려 목소리를 높이지 못하고
주저했다. 젊은 유대인들은 서로서로 팔을 두르고 노래를 부르며 선실
해치에 늘어져 있었다. 유럽의 똥거름에서 싹튼 그들은 하나같이 퉁퉁
하고 텁수룩한 청년들 아니면 피부가 풋풋한 처녀들이었으며, 이제 그들
의 숙명을 성취하는 데 성큼 다가와 있었다. 그 유대인들로서는 마침내
고향으로 돌아가는 셈이었다. 그들은 한 번도 본 적 없는 돌들을 알아볼
것이요, 가장 하찮은 돌조차 그들의 것이 될 터였다.

하지만 한때 교수였다고 하는 나이 든 남자의 모습만은 혼자 외떨어
진 채 사람들 사이에 끼지 못하는 것 같았다. 그는 끊임없이 갑판을 거
닐다가 조심스럽게 머뭇거리며 몸을 돌리곤 했다. 아무래도 너무 유행을
좇은 듯한 헌 신발에 아직 완전히 익숙해지지 않은 듯했다. 무언가에 정
신이 팔린 이 남자의 세대와 득의양양한 유대인 젊은이들의 세대 사이
에는 분명 막대한 격차가 있었다. 젊은이들 가운데 몇몇은 안락하고 즐
거운 분위기로 그를 불러들이거나 아예 친근하고 악의 없는 농담을 던지

---

103) 제2차 세계대전이 발발하자 영국은 아랍 민족의 협력을 얻기 위해 팔레스타인 땅으로
이주할 유대인의 수를 제한했다.

기도 했다. 하지만 그들은 이내 포기하고 눈을 돌렸다. 그러더니 이스탄불 부두에서 자선을 베푸는 그 지역 유대인 여자로부터 다른 위문품들과 함께 건네받았던 조그만 가방을 뒤져 땅콩을 찾아냈다. 그들은 만족에 젖어 알아서 잠잠해졌다. 그리고 처음에는 웅얼거리다 감정에 북받쳐 다시금 노래를 시작했다.

좀더 나이 든 유대인들 여럿이 자기네들도 얻은 기쁨의 몫을 챙겨보려고, 노래를 함께 부르려고 해보았으나, 결국 그들한테는 그럴 마음이 없다는 사실만을 확인했다. 바닷바람은 그들의 뺨에 건강한 기운을 새롭고도 분명히 불어넣었으며, 유서 깊은 물 위를 넘고 또 넘어 반복되는 상쾌한 작은 파도의 모습을 바라보는 그들의 눈은 의례적인 만족감으로 게슴츠레해졌다. 하지만 나이 든 얼굴 가운데 몇몇의 미소는, 살아온 세월의 황금빛 지표 가운데 하나로서 끼워 넣은 그들의 금니에 걸린 것처럼 다소 경직되어 보였다. 손에서 즐거움이 빠져나가는데도 그걸 알아차리지 못할까 봐 두려워서 일부러 손수건으로 입을 막는 사람들도 있었다. 어차피 그런 상황에 익숙한 사람은 아직 아무도 없었다. 그들이 이스탄불의 구호 조직으로부터 좀처럼 몸에도 맞지 않는 옷과 함께 전달받은 것은, 새롭고 제어하기 힘든 감정이었다.

선택받은 백성인 유대인들은 갑판에 서거나 앉아서, 혹은 난간에 기대고서, 믿어지지 않을 만큼 경이로운 바다를 바라보았다. 이와 달리 히멜파르프 교수는 서성거리다시피 걸음을 멈추지 않았고 마침내 주변 사람들도 그런 모습을 당연시하게 되었다. 예루살렘에 있는 대학을 통해 학계로 편입될 게 분명한 그 교양 넘치는 나이 든 피란민의 생각과 취향을 어떻게 해석해야 할지, 구호 위원회는 무척이나 고민이 많았었다. 그들은 최대한 그가 이전에 입고 다녔을 법한 옷을 갖추어주었다. 예컨대 유럽식으로 옷감을 재단해 만든 외투는 원래 예일 대학에 있던 철학 박사의 옷이었다. 이제 외투의 새로운 소유자는 색 짙고 큼직하지만 어딘지 숨 막히는 그 옷을 어색하게 걸치고서 혼잡한 갑판 위를 걸으며 상쾌한 바닷바람을 맞았다. 그 모습을 보고서 이 선택된 양반의 소유권에 의문을 품는 사람은 아무도 없었다. 박사 자신만 빼고는.

안내소에서도 그가 하도 오랫동안 외투를 손에 든 채 가만히 서 있는 바람에, 의복 배급을 감독하는 유대인 여자가 짜증을 내며 이렇게 물을 정도였다. "히멜파르프 교수님, 새로 받은 그 멋진 외투가 불만스러우신가 보네요?"

코 밑이 검은 그 숙녀는 실용적인 끈이 달린 손목시계를 차고 있었으며, 이전에 유치원에서 일한 적이 있는 사람이었다.

"아닙니다." 히멜파르프는 대답했다. **"마음에 들어요."**

그러면서도 그는 가만히 서 있었다.

"그럼, 이제 그만 외투를 챙겨주시겠어요?" 그녀가 친절하게 부탁했다. "그리고 저리 가서 다른 사람들과 함께 테이블에 앉아주세요. 잘티엘 부인이 항해에 필요한 물건들을 몇 개 나누어드릴 테니까요. 물건을 받은 다음에 커피도 한잔하실 수 있을 거예요."

그녀는 단호하게 그의 팔꿈치를 밀어냈다.

"그렇지만 이건 절대 온당치 않습니다." 그가 말했다. "받을 자격도 없는 물건을 받아야 하다니요."

"자격이야 당연히 있지요!" 감독관 여자는 미리 교육을 받았음에도 몹시 짜증이 난 데다 바쁘기까지 했던지라 이렇게 소리쳤다. "그리고 괴로움을 겪은 우리 동포들한테 보상을 제공하는 게 **우리**가 할 일이라고요." 그녀는 부드럽게 설명해보려 애썼다.

"보상해야 할 사람은 접니다." 그가 까다로운 어린아이처럼 버텼다.

"우리가 같은 동포라고 해서 각자의 의무까지 없어지게 해주는 건 아닌데, 그 점이 금방 잊혀버릴까 봐서요."

하지만 감독관 여자는 다른 유대인들이 보상을 더 기다리고 있는 테이블 쪽으로 히멜파르프를 데려갔다.

"제가 교수님이라면 무조건 외투를 가져갈 거예요." 그녀가 이렇게 충고했다. "그리고 이 문제에 대해 더 이상은 고민하지 않겠어요."

섬세한 양심을 존중하기에 그녀는 너무 지쳤다. 그녀의 거뭇거뭇한 코 밑에서 작은 땀구멍들이 분명히 드러났다.

그래서 히멜파르프는 그 훌륭한 외투의 소매 한쪽을 집어 들어 불편하게 가져갔고, 옷이 먼지 위로 질질 끌린다고 주의를 받아야 했다.

예루살렘에 들어섰음에도, 혹은 돌아왔음에도 그의 마음 상태는 똑같이 꺼림칙했다. 거리를 지나는 이들의 얼굴은 물론이요 돌멩이 하나마저 그를 괴롭혔고, 마치 히멜파르프 혼자서만 저 황금빛 도시의 자유를 거부해야 하는 것 같았다. 어느 날 저녁에 그는 바람이 은빛으로 쓸어놓은 돌무더기 산비탈에 누워 있었는데, 그의 영혼은 허락되지 않았을 터인데도 대지가 그의 몸을 받아들이기 위해 처음에는 부드럽게, 아주 부드럽게 활짝 열리는 것 같더니 어느새 그의 발을 잡고 끌어당겼다. 그가 외투 자락을 휘날리며 도망치는 통에, 혹은 아예 언덕 아래로 자빠지는 통에 아랍인 한 쌍이 웃음을 터뜨리고 영국인 하사관은 수상히 여길 정도였다. 하지만 언덕 기슭에서 그는 다시금 단정하게 차림새를 가다듬더니 흐릿한 저녁 불빛을 따라 결코 그의 자리가 아닌 것만 같은 도시로 이어지는 길을 택해 돌아갔다.

활달하게 인사를 던지는 사람부터 일부러 조심스럽게 인사를 던지는 사람까지, 그 거리에는 친숙한 사람들이 많았다. 킹조지 대로에서 히멜파르프는 이전에 예나 대학에 있던 물리학자 아펜첼러를 만났다. 그는 학생 시절부터 알고 지내던 사이로서 피부가 거칠고 털이 뻣뻣한 사람이었는데, 마주친 사람의 등을 찰싹 때림으로써 우위를 점하려 들곤 했었다.

아펜첼러는 유령을 믿지 않았다. 그는 이렇게 말문을 열었다. "음, 히멜파르프, 나로서야 놀랐다는 말은 못 하겠는걸. 자네는 언제나 너무 실재적이었어. 사람들이 자네를 보고 얼마나 멀리까지 올라갈지 이야기하던 것 기억하나? 그래, 정말로 거기까지 가버렸구먼!" 그는 자기 농담에 취해 자꾸만 웃어대면서 코언저리에서 땀을 흘렸다. "그래, 당연히 카노푸스[104]까지 도달했겠지. 아직은 아닌가? 음, 우린 기대하고 있을 거야. 자네가 우리한테 도움이 될 거란 말이지." 그리고 말을 맺었다. "누구한테나 자기 맡을 노릇은 있는 법이잖나."

히멜파르프는 아펜첼러가 강의실과 실험실 밖에 있을 때 어찌나 우둔했는지를 떠올렸다.

"나중에." 히멜파르프가 동료에게 멸시할 빌미를 줄 만치 과묵한 태도로 대꾸할 말은 그뿐이었다.

아펜첼러는 그의 대단한 친구가 이따금 거의 여자아이 같을 정도로 소심하게 주눅 들곤 했다는 사실을 상기했다. 이 물리학자는 내성적인 성격은 도덕적 약점을 보여주는 고무적인 징후라고 당연하게 생각하는 사람 가운데 하나였다.

"뭐랄까, 골몰하는 건 위험천만한 일이지." 그는 완전히 만족스러울 정도는 아니어도 최대한 깊이 상대의 눈을 들여다보며 조언했다. 그는 일

---

104) 용골자리의 일등성. 밤하늘에서 두번째로 밝은 별이며 지구로부터의 거리는 80광년이다.

종의 통쾌한 한 방을 날리기를 좋아했다. "게다가, 다른 사람들도 여럿이나 똑같이 시달리는 문제라면 더 이상 고급스러울 것도 없고."

언제나 모공이 두드러진 아펜첼러의 살갗에서 미끄러져 나오는 듯한 충고였다.

"난 하이파로 내려가려던 차야." 히멜파르프가 대꾸했다.

머뭇거리듯 꺼낸 대답에서 상처 입은 흔적이 전혀 느껴지지 않자, 먼저 도발한 물리학자는 낙심할 정도는 아니어도 놀라움을 느꼈다. 아펜첼러가 얼마나 단순한지는, 그가 좀처럼 괴로워할 줄 모른다는 사실로도 설명될 수 있었으리라.

"처가 쪽 식구가 거기 살거든." 멍하고 딱딱한 태도로 히멜파르프는 말을 이었다. "라마트다비드 근처에 있는 키부츠[105]에서 아내의 오빠를 찾을 수 있을 거라고 들었어."

"아, 식구라고!" 아펜첼러가 미소 지었다. "그런 이야기를 들어 기쁘구면."

그는 기침하며 킥킥거렸다.

"그럼, 우린 자네가 돌아오기를 기대하고 있겠네. 생기를 되찾아서. 자네도 여길 좋아하게 될 거야." 그가 덧붙였다. "너무 많은 유대인이 있다는 사실만 알아차리지 못한다면 말이지."

아펜첼러는 자기 딴에 농담을 마친 후 친근하게 작별 인사를 했고, 히멜파르프도 마음이 놓였다.

히멜파르프는 전쟁에 동원된 버스들과 군용 화물차들을 여러 차례 바꿔 타고서 하이파로 내려갔다. 라마트다비드로 향하는 길 몇 군데를

---

105) 유대인들의 자치적 생활 공동체. 개인 소유를 부정하며 생산, 소비뿐 아니라 육아에서 교육까지 공동으로 행하는 것을 목표로 한다.

따라 차를 탔지만, 레하의 오빠인 아리 리프만을 찾으려는 거주지 바로 앞에서는 걸어가고 싶었다. 작고 거친 언덕들 사이로 이어지는 길은 흙벽으로 이루어져 있어서, 걸음을 옮기며 바라보자니 마치 넓게 펼쳐진 키부츠의 벌판을 보호하는 것 같았다. 그는 한두 번 길바닥을 발로 찼다. 그 모든 것이 축성된 것이라니, 그로서는 자각하기 어려웠다. 한번은 대지를 만져보고 싶다는 갈망을 억누르지 못하고 길 한쪽에서 먼지 냄새를 맡으며 돌들 사이에 꿇어앉기도 했다.

키부츠의 유대인들은 모두가 생계를 위해 일하느라 여념이 없었다. 사무실에서 한 여인이 서류들을 살피다 일어나더니 벌판을 가리켰다. 그녀는 아리 리프만과 그의 아내가 거기 아래쪽 토마토 밭에 있다고 알려주었다.

히멜파르프의 기억 속에서 아리는 어딘지 표정이 풍부하고 활달한 젊은이였으나 이제는 남자답고 어두운 인상의 사람이 되어 있었다. 그는 상당히 야무졌고 먼지투성이였으며 머리칼이 희끗희끗했다. 두 남자는 서로를 껴안고서 울음을 터뜨렸고, 올리브 나무 아래로 가서 앉았다. 이제는 농부가 된 아리도 이 상황이 특별하다는 점을 인정할 수밖에 없었다.

"라헬!" 아리는 얼키설키 복잡하게 뻗어나간 토마토 밭을 가로질러 소리쳤다.

"저쪽은 내 아내야." 그가 대수롭지 않다는 듯 설명했다.

마지못한 기색으로 한 여인이 다가왔고, 그제야 모르데카이는 그녀가 그와 관계있는 사람임을 깨달았다. 아리의 아내는 솔방울 같은 몸매에 파란색 반바지를 입고 있었다. 허벅지와 엉덩이가 비대했으나 불쾌한 인상은 아니었다. 골격 속에 역사를 품은 얼굴이었다.

세 사람 모두 자리에 앉자 아리가 정리해주었다. "너도 우리와 함께 일하러 와야 해. 젊은 녀석들을 가르칠 수 있으니까. 여기 나와 있는 쪽이 너한테도 더 좋을 거야. 유대인은 본래의 자기 땅과 엮일 때라야 비로소 유대인이 되기 시작하는 법이라고."

아리와 그의 아내는 둘 다 손에 굳은살이 박여 있었다. 어린 토마토 싹들을 집어내느라 바빴던 그들의 손은 거기서 나온 즙 때문에 잔뜩 얼룩져 있었다.

"라헬은 이 땅에서 태어났어. 너한테 이야기해줄 거야. 자기가 사브라[106]라고." 아리가 설명했고 내외는 웃음을 지었다.

모르데카이는 이들이 완벽하게 충족감을 느낀다고 생각했다. 그들은 마치 돌들처럼, 혹은 그 자리에 서 있는 올리브 나무처럼 그들을 둘러싼 환경에 속해 있었다.

"그네 지식인들한테 긴요하지만도 않은 일들을 맡기게 될 만큼 유대인이 많아질 거야. 중요한 건 그거지." 공동체가 소유한 모든 것을 손으로 가리키며 아리가 과시하듯 말했다.

모르데카이가 보기에 아리는 위험하리만치 오만했다.

"그래요, 여기 와서 우리랑 지내요." 라헬도 거들었다. "예루살렘에는 언제든 풍요가 넘칠 테니까요."

그러자 히멜파르프가 대답했다. "예루살렘이든 형님이 사는 이 골짜기든, 내 생각에 만일 거기 남는 게 하느님의 뜻이라면, 형님은 내가 그곳에 머물 거라고 확신해도 좋습니다. 그렇지만 하느님께서는 그러길 원치 않으시는군요."

"아!" 아리가 소리쳤다. "하느님!"

---

106) 히브리어로 척박한 땅에서 자라나는 선인장에 비유해, 이스라엘 땅에서 태어난 유대인을 이르는 말.

그리고 막대기로 땅에 금을 긋기 시작했다.

"우리는 기도하곤 했었다!" 그는 한숨과 경탄을 섞어 말했다. "비넨 슈타트에서. 박공지붕 밑에서. 정신적으로야 좋은 일이었겠다만!" 그러더니 몸을 굽히며 웃음을 터뜨렸다. 어쩌면 가래를 뱉으려 했는지도 모른다. "내가 기억하기로 레하는 네가 메시아 노릇을 하게 되리라고 단정 내렸던 것 같은데."

두 사람 각자한테 그 모든 경험만 없었더라도 이 비난 섞인 한마디가 한층 무자비하게 들렸을 것이다. 그러나 실상은 달랐기에 모르데카이 히멜파르프는 그것이 과거를 배경으로 실루엣만을 드러내는 허수아비 같은 실체들 가운데 하나라고 생각했다.

그때 초록빛을 띤 단단한 진짜 올리브가 팔레스타인의 돌투성이 땅바닥에 떨어졌다.

"형님이 믿는 건 대체 무엇입니까?" 모르데카이는 이렇게 물을 수밖에 없었다.

"유대 민족을 믿는다." 그에게는 아내의 오라비인 아리가 대답했다. "민족의 보금자리[107]를 수립하는 일. 유대인 국가를 수호하는 일. 무엇이든 치유해낼 과업을 믿어."

"우리 동포들의 민족정신은요?"

"아, 정신이라!" 그는 무척 의심쩍다는 태도로 땅을 쿡쿡 찔렀다. "괜찮다면, 역사라고 하지."

라헬이 언덕바지 풍경을 내다보았다. 지루해 보였으나, 어쩌면 곤욕스러웠는지도 모른다.

---

107) 유대인들이 팔레스타인에 건립하려 한 유대인들만의 국가를 가리키던 말.

"역사는……" 히멜파르프가 말했다. "정신의 반영이지요."

농사일을 손에서 놓고 있자니 아리는 무척 심기가 불편했다. 그가 큼직한 엉덩이를 꿈지럭거렸다.

"그럼 우리는 계속 가만히 앉아 있어야 하나?" 그가 짧고 튼튼한 치아를 내보이며 말했다. "역사가 우리를 반영하도록 수수방관하고서 말이야. 너는 그런 말을 하고 싶은 것 같은데."

"전혀 그렇지 않아요." 모르데카이가 대답했다. "정신적인 믿음도 역시 활발한 동력이라는 걸 지적한 것뿐입니다. 행동가들이 아무리 매번 그걸 부서뜨리려고 해도 믿음은 이 세상에 뿌리내리고 있을 거예요."

"아직 말을 안 했는데……" 아리가 말을 가로막았다. "라헬과 나한테는 훌륭한 아이가 벌써 둘이나 있어."

"그래요, 아리." 모르데카이가 한숨지었다. "내가 보기에도 형님 내외는 충만합니다. 그렇지만 잠깐일 뿐인걸요. 아무것도, 아아, 영원하지는 않아요. 이 골짜기도 마찬가지예요. 우리의 땅도 마찬가지고요. 대지는 들고일어납니다. 언제든 새로운 돌들을 토해내겠지요. 그건 오늘 밤일 수도 있고 내일일 수도 있어요. 그리고 형님같이 선택받은 사람한테는 끊임없이 희생양이 필요할 겁니다. 우리 가운데 몇몇은 끌려가기를 기다리는 대신 계속해서 스스로 몸을 바치듯이 말입니다."

"그러면 너는 어디에서 추구할 생각이지? 뭐랄까, 그런 식의 이상주의를 말이야." 아리 리프만이 물었다.

이제 꼼짝없이 붙들린 건 히멜파르프 쪽인 듯했다.

"글쎄요." 그가 말문을 열었다. "예를 들자면……" 그는 머뭇거렸다. "어쩌면……" 그리고 마침내 말했다. "오스트레일리아가 될 수도 있겠지요."

전에는 한 번도 머릿속에 떠올린 적이 없었으나 이제 그 땅이 현실로서 그에게 다가왔다. 아마도 가장 멀고 가장 막막한 곳이기 때문이었으리라.

"오스트레일리아라고!" 아리는 그저 이렇게 소리칠 뿐이었다. 그리고 정신 나간 디아스포라[108]의 강박을 일축하기에는 그게 최선이라는 듯, 더는 말이 없었다.

라헬이 화제를 돌리려 했다.

"저희 집에서 묵고 가실 건가요?" 그녀는 이렇게 물었으나 동시에 그가 거절하길 바란다는 것도 분명히 했다.

"아닙니다." 히멜파르프가 대답했다.

그럴 만한 의미가 없는 곳에서 지체하고 싶지 않았기 때문이다.

그들은 정착지를 향해 걷기 시작했다.

"그래도 식사는 해야지." 아리 내외가 고집했다.

그 정도가 적당할 듯했다.

아직 밥때가 아니었으나 라헬은 부엌에서 먹을거리를 찾았고, 빵과 우유 한 컵, 채 썬 당근 한 접시를 마련했다. 그녀는 기다랗고 허전한 홀에서 그것들을 여행자에게 건넸다. 아리와 라헬이 식탁 맞은편에 앉아 미국산 식탁보 표면에 알 수 없는 모양을 그리는 동안 차가운 우유는 이내 히멜파르프의 입안으로 사라지고 있었다. 그를 바라보고 있지는 않았으나, 그들은 그가 우유와 함께 그들의 죄책감까지 단숨에 쉬이 삼켜버리기를 희망했을지도 모른다.

라헬이 천에 떨어진 부스러기들을 손바닥으로 쓸었다. 그리고 손목

---

108) 팔레스타인을 떠나 세계 곳곳에 흩어져 살면서 민족의 관습을 따르며 살아가는 유대인. 본래는 그리스어로 흩어진 존재를 뜻한다.

시계를 쳐다보기 시작했다. 아이들을 맡긴 탁아소로 내려갈 시간이 다가오고 있었다. 그녀의 입은 점점 더 바싹 타들어갔다.

저녁에 길을 따라 지나가는 버스가 한 대 있었기에, 더욱이 아리 내외는 차를 놓칠까 봐 히멜파르프를 재촉했다. 라헬은 계속해서 시계만 쳐다보고 있었다. 지당한 일이었다. 그녀가 현실적인 여인이라는 건 분명한 사실이었으니까.

한때는 소나무 숲이었던 메마른 덤불에 다 함께 앉아 있자니 멀리서 먼지가 일어나는 것으로 보아 마침내 버스가 다가오는 모양이었다.

"마잘토브!" 아리 리프만이 자기 매제의 손을 힘주어 꼭 붙들며 소리쳤다.

미묘하게도 비통함의 물결은 전보다 더욱 깊어져서 이번에 두 남자는 눈물을 흘리지 않았다. 땅에서 올라온 먼지가 두 명의 유대인 주변에 깔렸다. 빛이 사프란 속에서 그들을 감싸고 있었다. 버스가 모르데카이를 태우기도 전에, 첫번째 고뇌를 뒤로, 그는 여정의 다음 단계로 내던져졌다.

그날 이후 모르데카이 히멜파르프는 근원으로 향하는 흐름을 따라가는 동안 스스로의 꿈으로 인해 얼마나 흔들렸던가. 헌신적인 정신이 그의 육체에 함께했음을 생각하면 여정에서 줄곧 혼자였노라 말할 수는 없겠지만 말이다. 마침내 어느 여름날 아침 대척지에서 그는 공식적인 목적지에 당도했음을 알게 되었다.

"이제 시드니입니다." 승객들은 이렇게 안내받았다.

이주해 온 유대인 집단은 마중 나와 있는 게 분명해 보이는 사람들을 불안하게 찾고 있었다. 난처하다기보다는 **남다른** 행색의 승객 한 사람, 히멜파르프 씨라고 불리던 조금 이상해 보이는 사람만이, 칙칙하고 땀에 젖은 어색한 옷을 입고서 가만히 사람들과 외떨어진 채 마냥 서 있기만 했다. 사실 그 땅은 이미 그를 받아들였다. 뜨거운 열기가 타르머캐덤[109] 도로를 강타하면서 히멜파르프의 눈앞에 무척이나 또렷한 불기둥이 솟아올랐다.

여기서 그 유대인은 자기 이야기를 마쳤으며 벌써 날이 어둑해지려 하고 있었다. 처음에 자두나무는 그의 이야기로부터 보호막이 되어 줄 것 같았으나 결국엔 공동의 정신적인 아픔을 오히려 깊어지게 했다. 이제 다시금 자두나무 본연의 미묘한 형태와 소리가 느껴지기 시작했다. 나무가 만들어낸 양단 천막 안에 황갈색 빛으로 얼룩지고 줄이 난 그림자가 곱슬곱슬하고 육중한 동물처럼 드리워졌다. 그때쯤 꽃은 그보다 하얀 하늘을 배경으로 단정치 못하게 자수를 놓은 한편, 점점 늘어나는 움직임과 소리가 나뭇가지들의 축 처진 마디마디에 생기를 불어넣었다. 저녁 바람이 사스퍼릴러를 넘어 재너두까지 부드럽게 불어오고 있었기 때문이다. 고조되어 번져나가며, 더욱 숨 막히는 덤불을 따라 퍼지며, 나뭇잎들의 표면을 씻어내며, 마침내 나무뿌리 위에 앉아 있는 두 생존자의 살결을 휘감으며.

헤어 양의 몸이 고문대로부터 벗어난 지 얼마 안 되었기에 망정이지 그녀는 부들부들 몸서리칠 뻔했다. 그런 상황에서는 아무것도 아닌 움직임조차 고통스러웠다.

자리에서 일어난 그녀는 웅얼거렸다. "집에 가든지, 어떤 사람한테 가야겠어요. 그 사람 이름은 이야기 안 할 건데, 그러면 불안해질 테니깐."

---

109) 깨부순 돌 위에 타르를 입혀 굳게 다지는 포장 방식.

유대인 역시 두 다리가 말짱한지 움직여보며 힘겹게 몸을 일으켰다. 이야기를 들려준 그나 그것을 들은 그녀나, 그들이 함께 경험한 순간에 대해 이야기 나눌 생각이 없는 것 같았다. 두 사람은 다시 만나기를 기대했으나 어느 쪽도 먼저 그러자고 제안하지는 않았다.

"바로 가봐야 하겠습니다." 유대인이 태양을 다소 걱정스럽게 바라보며 말했다. "너무, 정말로 너무 늦었군요."

그렇게 두 사람은 부드러운 빛 속에서 헤어졌다. 멀어지는 그 형체들은 작아질수록 더욱 짓눌린 것처럼 보였다. 그들은 흔들리고 허우적대면서 저녁의 조류를 거슬러 헤엄쳤으며, 그 움직임은 불안감과 초목들 때문에 몹시 어지러웠다.

3부

8장

히멜파르프는 이제 사스퍼릴러에 있는 집으로 돌아갔고, 그곳은 그 자체로도 좋은 공간일뿐더러 눈에 띄지 않는 장점 또한 있는 곳이었다. 집을 이룬 판자들은 견고하게 결합해서 호기심에 찬 시선들을 막아주었다. 버드나무들이 집 주위를 둘러싸고 서 있었는데, 철망처럼 보이던 모습이 누그러지기 시작하는 봄에도 매력적이었고, 겨울이 되어 그 강철 같은 모습이 한결 소박한 사색의 분위기와 어울릴 때에는 더욱 훌륭하게 느껴졌다. 정원이라 불릴 만한 땅뙈기도 없었으니 그 밖에는 그 작은 집의 가치를 높여줄 만한 것이 거의 없었다. 완전히 무심한 상태로 그 어떤 자생적 체계조차 상상할 수 없었던 이 거주자로서는 나무 한 그루 심어야 하겠다는 생각을 할 겨를도 없었으리라. 그렇기 때문에 그는 저녁에 달리 할 일이 없을 때면 마치 그곳이 자기 땅도 아니라는 듯, 코를 찌르는 잡초 냄새를 감사히 들이마시며 베란다 끄트머리에 앉았다. 그렇게 앉아 있다가 황혼을 배경으로 푸른빛이 약동하는 시점이면 창백한 그의 얼굴은 더욱 어둡고 푸른 어떤 불길의 중심을 이루는 것만 같았다.

헤어 양과 헤어진 그날 저녁에 유대인은 서둘러 집으로 향하고 있었다. 먼지가 흩날리고 씨앗이 터져 나왔다. 가시와 쐐기풀이 그의 두 손등을 날카롭게 찔러댔다. 돌멩이들이 흩어졌다. 승리의 행진까지야 아니더라도 자신 있는 걸음으로 나아가고 있었으나, 점차 그의 호흡은 갑갑해지고 비탈을 오르는 동안 힘겹게 가르랑거리기 시작했다.

그가 도착하고서야.

문설주의 메주자[1])에 손을 대고서야.

이어서 그의 입술이 셰마[2])를 읊고서야, 히멜파르프는 다시금 허락되었다. 그는 속세의 벌레 먹은 현관만이 아니라, 영적이고 비밀스러운 문을 통해서 집 안으로 들어섰다.

유대인의 집에서 정적은 결코 정적이 아니었다. 나뭇가지들이 무언가를 긁는 극히 희미한 소리가 깊은 사색과 갈마들었다. 신앙심에서 우러난 소박함으로 가득한 방들 역시 텅 빈 것이 아니었다. 이제 그는 말라붙어 휘어지는 판자와 마지못해 꼭 필요한 물건들만 들여놓은 작은 방 사이로 일부러 바람을 불어오도록 하고서 생활했다. 거기 있는 물건들이라고는 노란 송판이나 조각 같은 하얀 도자기와 함께 시골 경매장을 채우곤 하는 침대, 의자, 옷걸이용 못, 세면대 따위가 전부였다. 그것들 말고 다른 물건은 없었다. 벽 한쪽 면에 창이 뚫려 있어서 이를 통해 나무들이 이룬 터널과 어둑한 진입로를 가만히 바라볼 수 있었을 뿐.

이 방, 혹은 자기 존재의 중심에 도착한 유대인은 망설이는 기색이었다. 그의 손과 입술은, 아마도 늘 그를 피해 갔을 어떤 겸허함을 구하고 있었다. 방금 전까지 조급하게 뛰느라 아직도 떨리는 무릎으로, 희망했

---

1) 유대인들이 셰마를 문설주에 종이나 서판 형태로 붙여놓는 것.
2) 「신명기」 6장 4절에서 9절까지에 해당하는 기도문. 테필린에 넣거나 메주자로 제작한다.

으나 이룰 수 없었던 완벽함이 부재하는 가운데, 그는 빛이 이룬 희미한 깃발들 위에 서서 마침내 관습대로 기도를 바치기 시작했다.

"복되신 당신, 오 주여 우리의 하느님이시여, 만물의 왕이시여⋯⋯"

그가 황혼 속으로 타래를 던졌다.

"당신의 말씀에서 저녁노을을 일으키는 분이시여, 천국의 문을 여는 지혜로, 시간을 변화케 하시고 계절을 다채롭게 하시며 하늘에 깨어 있는 별들을 조정하시는 지성으로, 당신의 뜻에 따라⋯⋯"

그렇게 그는 자신의 사다리가 굳건히 유지될 때까지 말들을 휘감고 엮었다.

"변치 않는 자애로움으로 당신은 이스라엘의 혈통을 사랑하시며⋯⋯"

한 호흡, 한 호흡, 그는 신앙의 가로대에 덧붙여나갔다.

"당신의 사랑을 저희로부터 결코 거두지 아니하시니라. 복되신 당신, 오 주여, 당신의 이스라엘 백성을 사랑하시는 이여."

밤이 찾아오고 상자처럼 허술한 방에서 의자와 침대가 어둠 속으로 녹아들 때쯤, 남자는 그 자신의 기도에 빠져 흩어져버렸고 오직 말씀만

이 실체의 증거로 남아 있었다.

히멜파르프가 스스로 선택한 나라에 도착했을 때, 그에게 후원과 조언을 제공하던 이들은 크게 충격을 받았다. 그들은 대학교수 출신이라면 당연히 자신의 지적인 재능에 걸맞은 자리에 지원하리라고 믿었기 때문이다. 그가 과연 그런 걸 받아들였을지도 의심스러운 문제이기는 했다. 그럼에도 하다못해 거절이라도 했더라면 그에게, 또한 그들에게 전쟁 중의 호사, 다시 말해 불평할 여지 정도는 남겼을 것이다.

그러나 히멜파르프는 아예 지원할 뜻이 없었다. 그의 해명은 단순했다. "지성은 우리를 저버렸습니다."

그와 같은 민족인 사람들은 그가 스스로의 지성과 계층으로부터 이탈했다는 점에 대해, 경멸받을 정도는 아니어도 기이한 처신이라고 생각했다. 그 밖의 다른 사람들에게는 나이 지긋하고 고상한 이 유대인이 전쟁까지 겪은 몸으로 아무런 이의 없이 노동 현장에 차출되기를 감수해야 한다는 사실이 그다지 흥미롭게 느껴지지 않았다. 어쨌든 그는 빌어먹을 이방인이었고 지랄 같은 망명 이주자였으며, 그저 살아갈 수 있게 허락받았다는 사실에 기뻐해야 할 사람이었으니까. 실상 그 역시 전적으로 그렇게 생각했고 그렇기 때문에 양돈장으로 출근하라는 소리를 들었을 때도 불평하지 않았다. 그곳에서 그는 발랄하고 활달한 짐승들에게 점차 애착을 느끼게 되었다. 그런 식의 노동에 필요한 기운이 더 이상 남아있지 않다는 사실이 점차 분명해짐에 따라 오히려 괴로워할 정도였다.

한바탕 앓고 난 후에 그는 자기가 환자로 있었던 병원에서 바닥 닦는 일을 맡았다. 군부대의 구내식당에서는 임시로 그릇을 닦았다. 공중변소를 청소하기도 했다.

그리고 그 같은 자비를 감사히 여겼다.

버래너글리에 있는 브라이타 자전거 램프사의 공장에서 일하게 된 후 히멜파르프에게는 평화가 찾아들었는데, 그 이유는 어찌 보면 부끄러울 수도 있는 것이었다. 금욕적이고 몰아적인 염원을 품은 이 남자는 자신의 이상에서 한참 멀리 빗나간 끝에 실제적인 은둔을 갈망하고 있었다. 그는 주말에 도시 변두리를 빙 둘러 돌아다니는 습관을 붙였으며, 그러던 중 사스퍼릴러의 풀밭 위에 텅 빈 채로 서 있는 갈색의 작은 집을 우연히 발견했다. 흰개미, 나무좀, 말라붙은 목재, 허술한 배관, 비가 새는 지붕 때문에 그 오두막집의 집값이 떨어졌으며 덕분에 자기 형편으로도 그 집을 손에 넣을 수 있다는 사실을 깨닫자, 조심스럽게 억눌려 있던 열망이 온통 머릿속을 사로잡으며 강렬한 불길을 내뿜었다. 그는 오로지 그 집밖에는 생각하지 못했고, 다른 이들이 행여 그 집의 솔깃한 매력을 발견할까 봐 불안해하며 항상 그곳으로 돌아가곤 했다. 점차 혈색이 나빠지고, 뼈가 앙상해지고, 눈이 퀭해지기까지 했다. 그 문제에 완전히 사로잡힌 나머지 그는 마침내 계약금을 지불하러 달려가기에 이르렀다. 그 버려진 집을 구입해야만 했던 것이다.

사스퍼릴러에 자리 잡은 히멜파르프는 마음속으로 귀중한 평화를 맹세했다. 그리고 필요하다고 생각한 가구들을 몇 점 모으고 며칠이 지나 즐거움과 흥분도 어느 정도 가라앉은 다음, 버래너글리 인근 마을에서 일자리를 찾아 나섰다.

그가 브라이타 자전거 램프사를 선택했다고 말할 수는 없겠다. 진실을 말하자면, 그곳이 그를 위해 선택되었다.

"브라이타 자전거 램프사는……" 고용 부서의 관리직 남자가 설명했다. "새로운 사업이지만, 뭐랄까, 확장 일로예요. 게다가 제도기라든가 머리핀 같은 다른 금속 라인들도 있고요. 단순노동 일자리가 여럿 남아 있습니다. **가만있자……,** **생각**해보니까 거기 공장 소유주는 **분명히** 외국 출신 신사라고 할 만한 사람이었던 것 같네요. 로즈트리 씨. 맞아. 그러니까 이런 **말씀**이 어떻게 들릴지 모르겠는데, 이건 딱 선생을 위한 일자리예요. 대륙 분위기가 나는."

"로즈트리 씨라고요." 히멜파르프가 남자의 말을 되풀이했다.

그러는 유대인의 눈은 정말로 열망 때문에 조금씩 촉촉해졌다. 해가 지는 담장 위로 키두시의 기도 소리가 울려오는 듯했다.

"정말 평판이 좋은 분이지요." 관리직 남자가 말을 이었다. "선생이 영어를 쓰는 데 어려움이 있더라도, 뭐, 로즈트리 씨가 현장에 있으니까요. 주위 어디에서도 여기만큼 선생한테 딱 맞는 곳은 못 찾을 겁니다."

히멜파르프는 그 자리가 자기한테 어울릴 것이라는 생각에 이의가 없었기에 흘러가는 대로 몸을 맡겼다. 스스로를 포기한다는 것은 결국 자기 앞에 펼쳐지는 길을 그대로 받아들인다는 뜻이다.

그래서 그는 브라이타 자전거 램프사를 찾아갔다. 마을 근교에 있는 초록빛 강을 옆에 끼고서 작업장을 가동하는 곳이었다.

면접을 보러 도착하자마자 히멜파르프는 가만히 앉아서 대기하라고 지시를 받았다. 확장 일로의 사업은 일단 강한 인상을 심어줄 필요가 있는 법이기에 그는 상당히 오랫동안 그 자리에 방치되었다. 그들은 이 지원자를 로즈트리의 세계 한가운데에 앉혀두었고, 거기서 눈에 비치는 공장의 모습은 정말로 인상적이었다. 양쪽 문으로 서로 다른 광경을 볼 수 있었기 때문이다. 한쪽 문을 통해 히멜파르프는 최소한의 손짓만으로 로즈트리의 통신문들을 휘갈겨 쓰는 두 명의 여인을 쳐다볼 수 있었다. 한 명은 통통하고 또 한 명은 마른 모습이었는데 둘 다 무척이나 꼿꼿하고 거만하며 단단히 합심한 모습이었다. 다른 한쪽 문으로는 소음이 가득한 가운데 철저히 무심하게 브라이타 램프를 절단하고 조립하는 지옥 같은 구덩이를 내려다볼 수 있었다. 기계는 엄청나게 세차게 두들기고 우르릉거리면서 멈춤 없이 회전하고 들락날락하며 오르락내리락했으나, 동시에 한쪽 구석에서는 은근슬쩍 미끄럽게 꾸물거리고 꿀렁거렸다. 좁고 눅눅한 콘크리트 작업장에서는 고무장화를 신고 거의 벌거벗다시피 한 청년이 경멸스럽다는 태도로 직무를 보고 있었으며, 기계는 그곳으로 이어지는 통로를 사이에 둔 채 흔들리는 시설 전체를 관통해 혐오감을 전달할 정도로 극심하게 한 번씩 씩씩거리고 삑삑거렸다. 그렇지만 일련의 활동을 산뜻하게 만들어주려는 음악이 흘렀다. 라디오가 한 대 있어서 시대에 뒤떨어진 콘트랄토[3] 톤의 목소리로 기계가 터져라 힘차게 노래를 부르고 있었던 것이다. "내가 찾고 있는 특벼얼한 특벼어얼한……" 목소리는 가장 멀리 떨어진 외딴 구석까지 가만히 남겨두지 않고 꽉 채웠다. 여자들은 조립대 앞에 앉아 그들이 수행해야 할 단조로운 동작을 얌전한 솜씨로 반복했다. 자기네 틀니를 헐겁게 할 때도 있었다. 이리저리 잇몸을 움직이기도 했다. 금요일 밤을 위해 머리에 잔뜩 꽂아둔 금속 핀들을 매만지는 이들도 있었다. 어린 소녀들은 피할 수 없는 괴로움에 부자연스럽게 꾸민 눈썹을 샐쭉하게 움직였다. 러닝셔츠 차림의 남자들은 엉덩이에 손을 얹고 서 있거나, 흐늘흐늘해 보이는 궐련을 말거나, 신문의 스포츠면을 들추어보곤 했다. 그들은 정말로 자신들이 필요할 때조차도 생색내듯 몸을 까닥거리며, 아직까지도 그들을 필요로 하는 일종의 기계적인 의례에 참여했다.

---

3) 여성이 내는 가장 낮은 음역 대의 목소리.

히멜파르프가 보고 있자니 작업장 한가운데에서 검은 살색의 사내가 허리를 굽히고 있었다. 남자의 일시적인 자세 때문에 등뼈가 마디마디 튀어나왔다. 자세를 바로잡자 그 몸은 마치 골격, 혈관, 얇고 탄력적인 힘줄로만 이루어진 듯 보였는데, 검은 얼굴에 떠오른 초연한 표정이 그 모든 것을 압도했다. 어찌 보면 하프카스트[4] 같기도 한 그 검둥이는 다시 집어 든 빗자루를 앞으로 밀고 나가며 작업대 사이를 이리저리 오갔다. 어떤 여자들은 그가 지나갈 때 눈을 내리깔았고, 다른 이들은 꼭 그를 쳐다보지는 않더라도 일부러 웃음을 지었다. 하지만 머릿속 세계에서 벌어지는 어떤 상황에 심취한 듯한 그 검둥이는 빗자루로 바닥을 쓰는 기계적인 몸짓에조차 무심한 상태였다. 그저 쓸고 또 쓸기만 할 뿐. 그의 노출된 갈비뼈 위를 팽팽하게 덮은 피부는 마치 기름이 숨겨진 색을 드러내는 것과도 같았다. 그는 비질을 계속했다. 마지못해 그냥 하는 일이었다. 그의 묵직한 머리와 제법 도도한 목울대가 그런 속내를 암시하는 듯싶었다.

히멜파르프는 문득 두 명의 타이피스트 가운데 통통한 쪽이 그의 관심을 돌리려 하고 있음을 알아차렸다. 사무실에 앉은 채로 그를 부르고 있는 모양이었다.

"로즈트리 씨께서……" 그녀는 이렇게 말하고 있었다. "이제 여유가 나서 선생님을 만나볼 수 있습니다."

두 명의 타이피스트 모두 움직임이 없었다. 좀더 마른 여자 쪽은 영락없이 털 빠진 하얀 거위를 닮은 팔 위로 고리처럼 늘어뜨린 사복 리본을 휙 끌어당기면서 자판을 향해 웃고 있었다.

---

4) 유색인종의 피가 2분지 1 섞인 혼혈인. 이들이 다시 백인과 관계를 맺어 낳은 아이를 쿼터카스트라고 부른다.

눈앞의 모든 광경에 사로잡힌 이 구직자는 몸을 움직이지 못했다.

"로즈트리 씨께서……" 통통한 여자가 외국인들에게 으레 그러듯 좀더 큰 목소리로 다시 한 번 말했다. "시간이 나셨다고요. 히멜페르프 씨." 이렇게 덧붙이는 그녀는 웃음을 터뜨리고 싶은 기색이었다.

그녀의 동료는 실제로 소리 죽여 웃기까지 했으나, 이내 의자 등받이에 늘어져 있던 섬세하게 수 놓인 개인용 수건을 정리하기 시작했다.

"이쪽 통로로 가시면 되니까……" 이 통통한 여신께서는 스펀지고무 위에다 땀을 흘리며 이제 거의 소리치다시피 했다.

상황이 이목을 끌고 있는 것 같아서 걱정스러웠던 것이다.

"감사합니다." 히멜파르프는 이렇게 대답하고, 문을 가리키는 손을 보면서 미소 지었다.

그녀는 자기가 받는 급여만큼만 의무를 다하는 사람이었기에 당연히 자리에서 일어나지 않았다. 그저 손을 거두었을 뿐이다.

히멜파르프는 로즈트리가 일하는 내실로 들어갔다.

"안녕하세요, 히멜파르프 씨." 로즈트리가 말했다. "편안히 앉으시지요." 그게 정말로 가능한 일인지는 굳이 고려하지 않으며 권하는 말이었다.

로즈트리 본인은 충분히 편안했다. 그는 일련의 둥그런 덩어리들로 구성된 것 같은 외양이었다. 담백하고 윤기가 흐르는 갖가지 델리카테센[5]—예컨대 브라트부르스트[6]—의 질감에 가깝기는 했으나, 전반적으로는 느슨한 탄력성이나 고무가 떠오르는 외모였다. 아무래도 손톱을 지금 막 다듬은 모양이었고, 아랫입술을 내밀고서 가까운 시일 안에 해결해

---

5) 독일에서 소시지나 치즈 등 간편하게 조제된 식품 등을 통칭하는 표현.
6) 독일식 소시지의 한 종류.

야 할 어떤 문제를 고민하느라 살집이 움푹한 손을 숨기는 것도 잊어버린 모양이었다.

로즈트리가 고민하는 문제가 바로 히멜파르프라고 짐작할 만한 단서는 없었다. 하지만 이 지원자는, 로즈트리가 입 밖으로 내뱉고 싶어하는 게 분명해진 그 나쁜 뒷맛의 원인이 자기가 아닐까 의심스러웠다.

"경력은 있나요? 없어요? 괜찮아요. 경력이 꼭 필요한 건 아니니까요. 의욕이 중요하지." 로즈트리는 가벼운 돌발 상황을 대비한 어조로 문답했다.

"다만 보수가 좀……" 그가 말을 이었다. "적을 거예요. 처음에는. 댁은 기술이 없으니까."

그가 합성수지 상자에다 고무지우개를 떨어뜨리자 상당히 거슬리는 소리가 툭 울렸다.

"그야 당연하지요." 히멜파르프가 대답하며 미소 지었다.

어째서인지 기쁨마저 느껴졌다.

이 사람은 현명한 건가 아니면 그냥 아둔한 건가? 로즈트리는 고민했다. 전자라면 노여움으로, 후자라면 그저 경멸로 대응할 일이었다. 하지만 당장은 확신할 수가 없었다. 갑자기 그는 그 문제를 비롯한 모든 의혹에 격하게 반발하고 싶었다. 불쾌감 때문에 끈적끈적한 기운이 느껴졌다.

히멜파르프는 내심 만족하던 차였으므로 아직 분위기의 변화를 의식하지 못했다.

"사장님은 이곳 출신이 아닙니까?" 그는 이렇게 물을 수밖에 없었으나 무척, 정말로 무척 조심스러운 태도였다. 상대가 스스로를 가장하고 있었기 때문이다.

"난 오스트레일리아 사람이에요." 로즈트리가 대꾸했다.

그러나 동시에 책상 위에 있는 물건 몇 가지를 다시 정리하는 쪽이 좋겠다고 생각했다.

"아." 히멜파르프는 한숨을 쉬며 말했다. "그냥 생각나서 여쭤본 것뿐입니다. 양해해주시겠습니까?"

"그래도 일신상의 이유로 여기 왔다는 점을 부인하진 않겠어요. 개인적인 사정 때문에." 로즈트리가 지우개를 허공에 던져 올렸으나 다시 붙잡는 데는 실패했다.

"캐묻기나 좋아하는 사람처럼 보일까 봐 조심스럽습니다만, 사장님이 혹시 폴란드 출신이 아닐까 했습니다."

로즈트리는 눈살을 찌푸리며 성가신 지우개를 구부려 접었다.

"글쎄요." 그가 말했다. "빈[7]이라고 해두면?"

"그럼, 우리 독일어로 이야기할까요?"[8]

"공장 안에서는 안 되죠. 이유가 어떻든 간에." 로즈트리가 황급히 대답했다. "우리는 이제 오스트레일리아 사람이에요."

그는 벗어나려 했으나 상황은 오히려 버려진 껌처럼 그에게 들러붙을 뿐이었다. 히멜파르프 쪽에서 점점 더 깊숙이 그들 사이의 모의에 빠져들고 있었기 때문이다.

히멜파르프가 목소리를 낮추며 앞으로 몸을 기울였다. 무척이나 부드럽게 다음 질문을 던질 때, 그는 지난한 과정을 지나 어떤 결론에 이

---

7) 오스트리아의 수도. 20세기 초까지 프로이센, 제정러시아, 오스트리아가 폴란드를 분할 지배했다.

8) "Also, sprechen wir zusammen Deutsch?" 동질감을 느낀 히멜파르프가 독일어로 묻고 있다.

른 상태였다. "사장님도 분명히 우리 민족 사람이시군요?"

"뭐라고요?"

로즈트리는 정신적으로도 괴로웠을 뿐만 아니라 육체적으로도 거북함을 느꼈다. 사타구니 주변에서 구겨졌는지 자꾸만 그를 못살게 구는 팬티를 떼어낼 수가 없었다.

"그러니까⋯⋯" 히멜파르프가 물러서지 않고 말을 이었다. "전 사장님이 당연히 우리 민족 사람이라 생각했습니다."

이에 로즈트리는 실체가 있는지 없는지도 모를 무언가를 스스로 떨쳐냈다. "지금 그렇게 변죽만 울리고 나서 종교 이야기를 하려는 거라면, 그리고 히멜파르프 씨, 이런 나라들에서 종교는 그렇게 중요한 문제도 아니니까 하는 말인데, 난 내가 성 앨로이시어스 가톨릭교회에 다닌다고 자신 있게 말할 수 있어요."

누구도 로즈트리를 위협하지는 못할 터였다.

"가톨릭교회 말입니다." 그는 강조했다. "파라다이스이스트에 있는."

"아!" 히멜파르프는 물러섰다. 그리고 기대어 앉았다.

바로 그때, 러닝셔츠를 걸친 남자가 안으로 들어왔다. 판자로 만든 사무실 벽이 그 덩치를 수용하느라 뒤로 밀려나는 것처럼 보일 정도였다.

"22규격이 없어요, 해리." 그가 설명했다. "하나도 안 남고 뚝 떨어졌지 뭐예요."

"22규격이 없다고?"

이제 로즈트리는 폭발할 빌미를 잡았다.

"그렇다니까요." 러닝셔츠 차림의 남자는 일단 안에 들어앉자 상당히 차분해져서 말했다. 그는 왼쪽 겨드랑이 털을 배배 꼬면서 거기 서서 입을 벌린 채로 숨을 쉬고 있었다.

"22규격이 떨어지다니!" 해리 로즈트리는 고함쳤다. "내가 이야기했던 그 녀석 말대로라면 벌써 어제 도착했어야 하는데!"

"그 자식이 우리를 엿 먹인 거겠지요." 온화한 남자가 자기 의견을 말했다.

달리 할 일이 없었기에 히멜파르프는 자리에 앉아서 면직 러닝셔츠 안쪽으로 보이는 남자의 배를 관찰했다. 인간의 배꼽이 자리 잡은 위치가 거의 완벽하게 필연적인 것처럼 보일 때가 있는 법이다.

"대체 어쩌자는 거지? 누가 제발 좀 알려준다면 좋겠는걸!" 로즈트리가 애걸하다시피 말했다.

그의 입에 침이 고이기 시작했다. 그는 전화번호부를 집어 들더니 책장이 흉측하게 일그러지도록 몇 움큼씩 움켜쥐었다.

"사람들 하는 짓이 다 그렇죠, 뭐. 정말이라니까요, 해리." 현장 감독이 이렇게 그를 달랬다.

그때 바깥쪽 사무실에 있던 두 여자 중 통통한 쪽이 문 앞에서 머리를 밀어 넣었다. 목 주변이 연한 자줏빛으로 변하고 있었다.

"로즈트리 씨, 저기, 실례합니다만, 로즈트리 부인께서 전화 걸어오셨습니다."

"젠장! 로즈트리 부인이라고?"

"제가 연결해드려도 될까요, 로즈트리 씨?"

"세상에, 위블리 양! 로즈트리 부인께서 나랑 어떤 사이인지는 얘길 안 해주셨나 봐?"

로즈트리는 남녀 관계로 농치기를 좋아하는 게 분명해 보였다.

이제 그는 전화를 받았다. 그리고 통화하기 시작했다. "그래, 여보. 물론이지. 그렇고말고! 아니, 여보, 그렇게까지 바쁜 건 절대 아냐. 어.

어. 어. 뭐! 애플파이를 만들기로 했다고? 그래도 난 토르테[9]가 더 좋은
데! 아치든 마지든 누구 때문이든 애플파이를 거기다 비할 수야 없는 노
릇이지. 날 좀 생각해서 해결해줘, 셜. 당연하지. 지금은 할 일이 있어."

로즈트리는 집안일에 젤리그나이트[10]를 던지고 나서 신바람이 난
기색이었다. 아직 다른 문제가 남아 있다는 사실을 떠올리기 전까지는
말이다. 물품 공급 관련자 모두와 관련된 위약 문제도 분명히 남아 있었
으나, 그보다도 더욱 미묘해서 포착하기 어려운 문제가 남아 있는 것 같
았다. 바로 이 사내, 히멜파르프 때문이었다.

그러자 해리 로즈트리는 한 번도 완벽하게 해소할 수 없었던 그 자
신의 잠재적 고통이, 이제껏 취약하게나마 보호받아왔던 사무실 안에서
마치 헐벗은 채 곪아가는 송장 무더기처럼 막대하게 쌓이기 시작했음을
깨달았다. 하마터면 그는 그 자리에서 속을 게워낼 뻔했다. 악취도 엄청
날뿐더러 그의 대단한 사업 수완으로도 그 송장 무더기는 절대 치우지
못할 노릇이었기 때문이다.

그래서 그는 앞에 앉아 있는 구직자에게 잠긴 목소리로 말했다. "월
요일에 오세요. 그때 시작하는 게 낫겠네요. 그렇지만 일은 단조로울 겁
니다. 미리 경고하지요. 지독하게 지루할 테니까. 아주 죽을 맛일 거예요."

"죽는 맛은 벌써 몇 번이나 봤습니다." 히멜파르프가 대답했다. "아
마도 그보다 더 고통스럽게 말입니다."

그리고 자리에서 일어났다.

유대인 식자 나부랭이들, 해리 로즈트리는 그들 다수를 지독하게 경
멸했다. 프로이트, 모차르트, 그리고 카페에서 농담이나 따먹고 앉아 있

---

9) 반죽 사이에 잼이나 크림을 샌드 하는 독일식 과자.
10) 젤라틴 상태의 니트로글리세린을 기제로 하는 다이너마이트.

는 온갖 족속! 만약 로즈트리가 계급을 넘어 인종 전체까지는 싸잡아 증오하지 않았다면, 이는 그가 근본적으로 자애로운 인간인 데다 오직 어린 시절에나 받을 수 있을 법한 그런 사랑을 여전히 갈망하기 때문이었다. 하지만 그의 어린 시절은 불타 사라졌고, 내면에서 여전히 울리고 있는 까무잡잡한 여자들의 목소리를 제외하면 아무런 자취 한 점 남지 않았다.

"해리, 무슨 일이에요?" 현장 감독이 물었다. 그의 이름은 어니 시어볼즈였다. "다리에 무슨 문제 있어요? 이렇게 아파 보인 적 없었는데."

"아무것도."

"절름거리잖아요."

"조금 저려서 그래."

해리 로즈트리는 자기 말을 입증하느라 발을 쿵쿵 굴렀다.

바깥쪽 사무실에 있는 두 여자는 그때쯤 죽어라 타자기를 두드리고 있었다.

히멜파르프라는 사내는 밖으로 나가 초록빛 강을 따라 걷고 있었다. 아직까지는 아무도 그 길을 걷는 사람이 눈에 띄지 않았다. 강물이 그의 눈앞에서 반짝였다. 아마도 제비인 듯싶은 새들이 수면 가까이로 낮게 날았고, 그는 그것들을 향해 손을 내밀었다. 새들은 물론 그에게 다가오지 않았으나 그는 그것들의 움직임이 만들어낸 반짝이는 활 모양을 건드렸다. 그 모습은 마치 줄지어 나는 새 떼가 그의 손가락에 매달려 있고 그가 윙윙 소리를 내며 그것들을 제어하는 것처럼 보였다.

잠시 후 히멜파르프는 앞으로 고용주가 될 사람에게 깜박 잊고 임금에 대해 묻지 못했다는 사실을 떠올렸다. 그러나 그에게서 흘러나오는 동시에 그를 감싸고 있는 초록빛의 광휘 속에서, 실수 때문에 마음을 어지럽히지는 않았다. 강물은 쉬지 않고 흘렀으며 삐죽삐죽한 가지들에 빛이 쏟아졌다. 허락되지 않은 힘을 감히 붙들려 했던 것은 아닐까, 한없이 미천한 주제에 빛과 강물의 은총까지 받아도 되는 것일까, 이러한 의문 때문에 한순간 숨이 막혔을 뿐 다른 무엇도 그를 방해하지 않았다.

히멜파르프는 약속한 월요일에 공장을 찾아갔다. 혹 불이 날 수도 있으니 집에 남겨두고 싶지 않았던 귀중품 한두 개를 도시락과 함께 갈색 섬유 가방에 챙겨 갔다. 버래너글리로 가는 버스를 탄 다음, 마을에 도착하기 전에 강둑에 있는 로즈트리 공장에서 하차했다. 공장에서는 그를 천공기 앞에 앉혔으며, 지시에 따라 그는 회전하는 강판에 구멍을 뚫고, 뚫고, 또 뚫어야 했다. 현장 감독인 어니 시어볼즈가 요령을 보여주면서 친근하게 농담도 한두 마디 던졌다. 히멜파르프는 조합원증을 받았으며, 그것으로 끝이었다.

공장이 쉬는 안식일—물론 일요일에도 쉬었다—이 될 때까지 매일 아침 히멜파르프는 버래너글리행 버스를 탔다. 그리고 미숙하던 자기 일에도 상당히 익숙해졌다. 강판을 잡아채는 데도 제 나름의 요령이 있었던 것이다. 천공기 앞에 한없이 앉아 있자면 그때까지 그가 당연히 여겼던 지난날의 태도들과 사건들이 떠올라서 괴로웠다. 예컨대 무명의 영국 소설가에 대한 논문에서, 정확히는 그의 평론들 전반에서 드러났던 논지와 문체의 오만함 같은 것들 말이다. 철없던 젊은 시절 그가 중얼거리던 이런 저런 기도문들의 이런저런 구절들이 마침내 그의 혀 위에서 되살아났다. 무엇보다도 자주 떠올리게 되는 건 그가 과거에 저버렸던 사람들이었다. 그의 아내 레하, 끔찍했던 염색업자, 체르노비츠 출신의 숙녀. 구멍을 뚫고 있을 때 이따금 천공기 드릴이 피부를 스치더라도 그는 감내했다.

동료들 가운데 몇몇은 그에게 작업장에서 통하는 진부한 농을 던져 볼 수도 있었겠지만 이상한 점을 느끼고 그만두었다. 그들 가운데 많은 수는 그런 얼굴을 한 번도 본 적이 없었다. 그 얼굴이 담고 있는 무언가를 탐색하러 들어간다는 것은, 누구도 착수할 마음이 없는 탐험이었다. 가끔 그 외국 출신의 남자가 말을 해야 할 경우 마치 터무니없는 일이 일어나는 것만 같았다. 유리 벽 반대편에서 물고기가 입을 벌리는데, 당연히 나와야 할 투명한 기포 대신 어렴풋이 알아들을 수 있는 말이 들리는 것 같았다고나 할까.

　그러니 틀니를 낀 여자들과 뚱뚱한 남자들은 작업대 위로 고개를 숙였다. 이 빠진 사내들이 내뱉듯 억지웃음을 흘렸으나, 젊은 여자들의 얼굴을 보건대 그네한테서 아무도 재미를 볼 수 없으리라는 점을 알 만했다.

　한두 번인가 검둥이가 유대인의 천공기 근처까지 와서는 규칙적으로 계속하던 비질을 잠시 멈추기도 했다.

　그때 히멜파르프는 마음먹었다. 결국엔, 아마도 내가 말하게 될 거야. 아직은 적절한 때가 아니지만.

　검둥이가 자리를 옮기기 전에 존재의 온기라 할 만한 것을 분명히 남기려 했다는 점을 제외하면 뭐가 되었든 친근감을 넘겨짚을 만한 근거는 없었다.

　그렇듯 일종의 상호 접근이 이루어졌을 때, 퍼런 머리의 노파 한 사람이 브라이타 램프를 조립하다 말고 손을 놓았다. 그녀는 양손을 내던지듯 쳐들더니만 이방인인 히멜파르프 쪽을 보며 기어이 이렇게 소리쳐 말을 붙였다. "더러워! 더럽다고!"

　기계가 잠시 멈추었다.

"저건 쓸모없는 검둥이 새끼야! 역겨운 놈이라니까!" 그녀는 새된 소리로 외쳤다.

정작 모욕당한 당사자가 그 말을 듣지 못했다 하더라도, 혹은 비난에 대해 아예 귀를 닫아버렸다 하더라도, 히멜파르프는 적당한 농담으로 응수해야 할 그 상황에서 심기가 불편해졌다.

어떤 남자는 히멜파르프가 무슨 뜻인지 이해하지 못해서 당혹스러워한다고 오해하고서는, 이 이방인의 귀에 대고 속삭였다. "저 여자 말은, 사람이 앓을 수 있는 온갖 질병이란 질병을 저 녀석이 죄다 가지고 있다는 뜻이외다. 불알 두 쪽부터 위로다가 싹."

히멜파르프가 여전히 아무런 대꾸도 하지 않자 남자는 가버렸다. 역시 이방인들이란, 그 남자가 보기엔 누가 되었든 역겨웠다.

그리고 기계가 다시 돌아갔다.

때때로 로즈트리의 신발이 통로를 디디며 지나가다 천공기 옆에서 머뭇거리는 것 같기도 했다. 그러나 이내 걸음을 옮기는 짧은 망설임일 뿐이었다. 히멜파르프는 면접을 본 아침 이후로 그의 고용주가 말을 걸어오지 않는다는 사실을 불쾌하게 받아들이지 않았다. 어지간히 중요한 사업가, 훌륭하게 가정을 꾸린 남편이자 아버지라면 당연히 그럴 만했다. 작업대에 앉아 있는 여자들이 대놓고 사장에 대한 이야기를 입에 올릴 때가 많았기 때문이다. 그들은 자기네가 거기 있는 게 아닌데도 그 집의 방들을 채운 바람직한 내용물들을 저절로 다 아는 것 같았다. 그렇다고 사장을 시샘하는 것도 아니었다. 이따금, 예컨대 월세를 낼 때가 되거나 세탁기 대금이 밀리거나 하는 때만큼은 예외였지만 말이다. 대체로 그들은 다른 사람이 보여주는 물질적 풍요의 표지를 동경했다.

로즈트리는 그렇듯 돋보였다.

이따금 그는 사무실에서 나와 경사로에 서서, 줄을 이뤄 자리 잡은 노동자들과 소란스럽고 단속적인 기계들을 찬찬히 살폈다. 그러면 여자들은 자기 일에 몰두한 것처럼 고개를 기울였고, 사내들 가운데 최악의 불평분자들이라 해도 설령 표적에 닿아봐야 생채기밖에 못 낼 뭉툭한 창끝을 겨눌 뿐이었다. 충분한 임금이 주어지자 그들 가운데 가장 냉소적인 이들조차도 그네들의 사장인 그 순박하고 가련한 멍청이에게 감정적인 소유욕을 느끼게 되었던 것이다.

천공기 앞에 앉은 히멜파르프로 말하자면, 굳이 눈을 들어 경사로 쪽을 바라보지 않더라도 그곳에 사장이 나타났다는 사실을 바로 알아차리게 되었다.

로즈트리 가족은 파라다이스이스트의 퍼시먼 거리 15번지에 있는, 벽돌 무늬를 살린 집에 살았다. 상수도 시설이 있고, 하수 설비는 없지만 정화조가 따로 딸린 집이었다. 당시에도 제법 좋은 입지인 데다 나중에 가치가 더 높아질 집이었지만, 그때쯤이면 로즈트리 가족도 부동산으로 수익을 얻기 위해 아마 이사할 터였다. 땅—험하고 모래투성이에 잡목만 무성한—이란 그저 투자 자산일 뿐 아니던가? 로즈트리 부인은 그 벽돌 무늬 집 사방에서 아침마다 유칼리나무가 쿵쿵 쓰러지는 소리를 들었다. 그리고 도처에 집들이 들어서고 있었다. 벽돌집들이.

해리 로즈트리는 자기가 꾸린 주거 환경을 무척이나 자랑스럽게 여겼다. 일요일마다 그는 살구색의 벽돌 무늬 집 바깥쪽에 서 있곤 했다. 직접 심은 값비싼 관목들이 그를 둘러싸고 있었다. 행여 이웃이 물어보면 그 특이한 이름들을 읊어줄 수 있도록 꼬리표도 붙여놓았었다. 누군들 만족감을 느끼지 않았겠는가? 종전 이후 처음으로 수입한 포드 커스

텀라인[11] 가운데 한 대까지 소유하고 있는데? 게다가 아이들도 있었다. 그는 응석을 다 받아주는 아버지였으나, 스티브와 로지는 또한 무척이나 많은 것을 재빠르게 배운, 충분히 자랑스러워할 만한 아이들이었다. 예컨대 그 아이들은 다른 어떤 오스트레일리아 아이들보다도 더 나쁜 말 하는 법을 잘 배웠고, 아이스크림과 감자튀김을 갈구하는 법을 배웠으며, 오래되어 새카매진 토마토소스가 구멍을 막고 있을 때도 그것을 병 밖으로 발사할 줄 알았다. 그러니 누구보다도 더 많이 배웠던 로즈트리 부인은 물론이요, 해리 로즈트리한테서도 감탄이 우러나왔을 수밖에.

로즈트리 부인은 대단한 권위를 담아 이렇게 말할 줄 알았다. 그건 오스트레일리아어가 아니라고. 그녀는 무언가에 동화되는 데 일종의 재능이 있었다. 그래서 누구보다도 언어를 잘 배웠다. 그리고 동으로 가장자리를 댄 것처럼 그것을 구사해서, 말마디들이 마치 오래된 동전들처럼 그녀한테서 쏟아져 나왔다. 벽돌 무늬 집, 유선형의 유리를 끼운 자동차, 고급스러운 관목들, 웨스트민스터 차임[12] 소리를 내는 대형 괘종시계, 호두나무 합판 전축, 세탁기, 믹스마스터[13] 등을 소유한 사람이 바로 셜 로즈트리였다. 차와 스콘을 즐기러 오라고 이웃들에게 청할 때마다 그녀가 직접 내뱉던 말들 덕분에 모두가 그 사실을 알고 있었다. **나의** 집, **나의** 아이들, **나의** 포드 커스텀라인. 그녀는 한 벌뿐이지만 모피 코트도 소유했으며, 상황이 괜찮을 때 또 한 벌을 구하려고 애쓰는 중이었다.

누가 그녀를 비난할 수 있었으랴? 셜 로즈트리는 몇 번인가 원치 않

---

11) 포드 자동차에서 1949년부터 생산하기 시작한 승용차 모델.
12) 네 개의 종과 망치를 이용한 네 개의 음으로 시간을 알리기 위해 사용되는 멜로디. 국내의 학교에서 수업 종소리로 널리 이용하는 멜로디이기도 하다.
13) 주방 용품 브랜드인 선빔에서 제작한 믹서 제품.

는 이주를 해야만 했다. 그녀는 보통 이렇게 말하곤 했다. 금으로 만들어놓으라고. 그러면 숨길 수 있다고. 그녀는 로텐투름 거리[14]를 떠나기 전에 작은 금 십자가 목걸이를 구입했으며 아직도 그것을 착용했다. 흥분할 때마다 목걸이가 이리저리 달그락거리며 가슴에 부딪혔으나, 그럼에도 십자가를 지닌다는 건 안심되는 일이었다. 예외도 있긴 했다. 마지 펜들버리가 이렇게 말한 적이 있었다. "로즈트리 부인, 난 당신네 내외가 가톨릭교도라고는 도저히 생각할 수가 없지 뭐예요. 여기서는 오로지 공무원들만 가톨릭교도거든. 어쨌든 뭐라도 된다는 정치인들이랑." 아직 완전히 흡수하지 못한 내용들을 받아들이느라 셜의 귀가 쫑긋 섰다. 마지는 말했다. "아치와 나는 감리교도예요. 교회에 나가지는 않지만요. 인생은 너무 짧으니까."

그러자 로텐투름 거리에서 구입했던 작은 십자가 목걸이가 다소 명랑하지 못하게 셜의 가슴에 부딪히며 흔들렸다.

그녀는 말했다. "그거 알아, 해리? 아치랑 마지는 감리교도래."

"그게 뭐 어때서?" 그녀의 남편이 되물었다.

"사람들이 다 그쪽 같아서."

그는 아내를 다독였다. 그녀는 포동포동한 여자였지만 늘 말랑하기만 한 것은 아니었다. 우거지상을 지으면 험악해지기도 했다.

그녀는 이렇게 소리칠 수도 있었다. "세상에, 이런 바보, 멍청이! 내가 항상 두 사람분의 상식을 가지고 있어야겠어?"[15]

그러나 셜 로즈트리는 파마한 머리를 남편 쪽에서 흩뜨리지 못하도

---

14) 오스트리아 빈의 중심가.

15) "Um Gottes Willen, du Trottel, du Wasserkopf! Muss ich immer Sechel für zwei haben?" 셜 로즈트리는 흥분했을 때 독일어를 내뱉는 습관이 있다.

록 뿌리치는 사이에 다시 고분고분해지곤 했다.

"나머지는 다 그쪽에 붙었다고." 그녀가 힘주어 말했다.

때때로 로즈트리 부부는 거의 무시무시한 열광에 한데 사로잡혔다. 벽돌 무늬 외벽 뒤쪽의 어둠 속에서, 귀중한 가전제품으로 둘러싸인 채, 셜 로즈트리와 해리 로즈트리는 철저하게 슐라미트 로젠바움과 하임 로젠바움으로 되돌아갔다. 아아,[16] 웨스트민스터 차임은 그런 때 어찌나 잔혹하게 홀 안에서 울려 퍼졌던가. 생쥐 한 마리가 한없이 미미한 힘으로 한 입 물기만 해도 생명줄을 끊어놓을 수 있을 정도였다. 이 구도자들은 과거로가 아니라면 그 어디에도 도달하지 못하면서도 어둠의 모래 언덕을 따라 계속해서 함께 내달렸고, 또 다른 기만을 선사할 잠에 들기 위하여 발을 빼곤 했다. 하임 로젠바움은 다시금 철물들을 팔러 쏘다녔고, 그만큼 빈번하게 잠 속의 마을들을 지나 떠밀리듯 달아나야 했다. 슐라미트 로젠바움은 작은 십자가가 지닌 그 모든 꿈결 같은 효력에도 불구하고, 수척하고 노래진 그녀의 할머니가 별들이 나타났다느니 안식일 신부가 벌써 들어왔다느니 커다랗게 외치며 여기저기 땅이 팬 거리 아래쪽 집으로 그녀를 불러대는 통에 시달렸다.

만일 햇빛이 빠르게 형체를 갖추지 못했다면 이 같은 심야의 박해를 견딜 수 없었으리라. 하지만 베니션블라인드가 달가닥거리는 소리와 함께 파라다이스이스트에도 아침이 찾아왔다. 세련된 주택들이 벽돌로 이루어진 모습들 그대로 그곳에 온전히 서 있었다. 회전식 빨랫줄들과 아연으로 도금한 쓰레기통들이 있었다.

로젠바움 부부는 해가 떠 있는 동안 이따금 서양고추냉이 소스를

---

16) Oÿ-yoÿ. 로즈트리 부부가 좀처럼 떨쳐내지 못하는 유대인으로서의 정체성을 보여주는 탄식.

곁들인 바인플라이슈[17)]에 대한 향수에 감히 빠져들었다. 그들은 빼앗길까 무섭다는 듯 그것을 입에다 쑤셔 넣곤 했다. 입술은 비곗살 덕분에 점점 반질반질해졌고 뺨은 녹켈른[18)]으로 가득 차 부풀었다.

그러다가 하임 로젠바움이 이렇게 묻기도 했다. "스티브, 네 몫으로 나온 고기를 왜 안 먹는 거냐?"

"엄마가 그거 다진 고기로 만들어준다고 그랬어요."

"바인플라이슈 위에다 여기 토마토소스를 좀 뿌려봐. 그러면 다진 고기로 요리한 것처럼 보일 테니까." 아버지는 조언해주었다.

그러나 스티브 로즈트리는 변칙이 싫었다.

"그딴 망할 외국 음식을 누가 먹는다고!"

"스티브, 난 네가 욕하는 거 용납 못 한다!" 어머니는 자신 있게 이렇게 말했다.

그녀는 바인플라이슈를 즐긴 후에 앉아서 완전히 새빨개진 손톱으로 마지막 토막들을 골라내는 게 좋았다. 그리고 지나간 쾌감을 곱씹었다.

한번은 셜 로즈트리가 생각난 김에 이렇게 물었다. "해리, 전에 우리한테 이야기한 적 있었는데, 공장에 있다는 그 나이 든 유대인은 어때?"

"늙은 유대인이 뭐?"

"그 사람 무슨 일을 해?"

"세상에! 이 나라로 들어오는 글러먹은 유대인 하나하나가 무슨 짓을 하는지 내가 알 게 뭐야?"

"그래도 그 사람은 내가 보기에, 음, 자기가 이야기하기로는, 제법 배운 사람 같던데."

---

17) 소의 뒷사태에 해당하는 부위를 가리키는 독일어.
18) 달걀과 밀가루를 주원료로 하는 오스트리아식 수제비.

"그 양반은 말을 잘해. 말을 너무 잘해서 아무도 알아들을 수가 없을 정도지."

해리 로즈트리는 트림을 해야 했다.

"정통파 냄새가 난다고." 그가 말을 이었다. "어떤 유대인들한테서는 말이야."

아내는 그 말을 듣고 웃음을 터뜨렸다.

"세상은 변한다니깐. 안 그래? 자기가 정통파 유대인 **냄새**를 맡아야 하다니!"

그럼에도 그녀는 여전히 봉헌절[19] 촛불에 손으로 불을 붙이는 장면을 지켜보는 게 좋았으리라. 밀랍으로 만든 듯한 몇몇 늙은 유대인의 얼굴은 두루마리 그 자체보다도 **빽빽**하게 많은 것을 기록하고 있었다.

"세상은 분명히 변하지." 그녀의 남편도 동의했다. "그렇지만 어째서 내가 이 땅에 오는 온갖 유대인의 행실에 대해 일기를 써야 하는지 이해를 못 하겠군!"

"그냥 넘어가자!" 아내가 말했다. 그리고 턱을 움직여 웃음 같기도 하고 하품 같기도 한 소리를 내다가 금니를 내보이는 것으로 마무리했다. 그러나 그녀는 곧바로 후회할 말을 내뱉었다. "해리, 자기는 거기에서 도망칠 수 없어. 그 피가 당신을 끌어당긴다고."

"그 피가 끌어당기고, 그 피가 흐르겠지!" 그녀의 남편이 보기 흉한 입 모양으로 말했다. "우리가 눈으로 보았고, 배우진 않았던가?"

"무슨 피요?" 나이 어린 딸이 물었다.

그 아이는 종종 부모가 나누는 대화에서 무언가를 느끼고서 안절부

---

19) 솔로몬이 예루살렘 성전을 지어 신에게 바친 데서 기원한 유대인들의 축제. 이 기간 동안에는 집이나 공공장소에서 초에 불을 밝혀둔다.

절못할 때가 있었다.

"아무것도 아냐, 얘야." 어머니가 말했다. "엄마랑 아빠가 그냥 상의할 게 있어서 그래."

"수녀원에는……" 로지 로즈트리는 말했다. "우리 주님의 조각상이 있는데, 아직도 피가 안 마른 것처럼 보여요." 아이는 기특한 감상들이 술술 흘러나올 수 있도록 입술을 작은 깔때기 모양으로 오므렸다. "그게 너무 생생해서 내가 부활절에 막 우니까, 수녀님들이 달래주셨어요. 아이, 수녀님들은 너무 다정해요. 나도 수녀님이 될래요, 엄마. 성녀가 되어서 장미[20]나 다른 것들도 환상으로 볼 거예요."

"거봐, 셜. 로지는 제대로 된 생각을 할 줄 안다고." 아버지가 미소 지었다. "그리고 로지는 이 아빠의 똑똑한 딸이니까, 로지의 환상들도 좀더 실제적인 게 될 거야. 장미 향기로 대박이 났다는 사람은 아직껏 아무도 없지."

셜 로즈트리는 한숨을 내쉬었다. 그리고 눈살을 찌푸렸다. 물론 그것은 진실이었다. 하지만 그 진실이란 것은 언제나 반쪽짜리 진실이었다. 바로 그 점 때문에 그녀는 일종의 신경과민 증세를 보였다. 그리고 베이클라이트[21]처럼 깨지기 쉬운 이 모든 가족 환경. 때때로 그녀는 자기가 혹시 심장병을 일으킬까 봐 두려웠고, 괜찮은 유럽 출신 의사들이 죄다 사기를 치는 것만 아니라면 그들 중 한 명에게 진찰을 받고 싶었다. 아니면 성직자에게라도. 하지만 그들에게 결코 모든 걸 완벽하게 털어놓을

---

20) 장미는 기독교를 상징하는 꽃으로 중요시된다. 성인으로 추앙받는 수녀 테레즈는 자신이 죽은 후 하늘에서 장미를 내리겠노라 말했다고 전하는데, 로지 로즈트리는 이러한 환상 체험을 갈망하고 있다.

21) 페놀수지 일반을 가리키는 말. 본래는 제품명이다.

수는 없다는 사실만을 깨닫게 될 뿐이었다. 하긴 성직자라 한들 거기다 대고 무슨 말을 해줄 수 있으랴? 아무것도. 그녀는 언제나 쓰린 가슴으로 고해실을 나설 수밖에 없었다. 고해실 안에는 악취를 풍기는 웬 늙은 남자가 한 명 있을 뿐.

이제 그녀는 정말로 심하게 가슴이 아렸다. 어쨌든 훌륭한 고추냉이 소스를 곁들인 바인플라이슈가 있었다. 그것 때문에 자기 얼굴이 분명히 노래지리라는 사실을 그녀도 알았다.

그래서 셜 로즈트리는 제법 힘차게 호흡을 가다듬더니 가슴골에 있는 작은 금 십자가를 만지작거리며 말했다. "바보 같은 대화는 이 정도로 충분한 것 같아. 아무 성과도 없을 그런 이야기라고. 난 그만 내려놓고, 볼만한 잡지라도 읽을래."

로즈트리 부부의 목소리를 들으면 낯선 이방인이 그들 사이에 끼어 있음을 분명히 알 수 있었다. 그들의 목소리가 조롱하기를 주저했다면 이는 신비주의적일 정도는 아니어도 유독 개인적인 이유 때문이었으며, 더욱이 누군가를 조롱한다는 건 로즈트리 부부가 극히 최근에야 겨우 즐길 자격을 얻어낸 호사인 탓이기도 했다. 장소를 바꾸어 사스퍼릴러에서는, 같은 주제를 놓고 그 어떤 거리낌도 없이 목소리가 오가고 있었다. 이들은 오히려 인간의 영혼을 함부로 재단하며 짜증 어린 비난에 탐닉할 권리를 당연히 여겼다.

"일이 이렇게 돌아갈 줄은 생각도 못 했다니까." 플랙 부인이 거듭 이야기했다. "외국인 이주자들은 우리 나라로 물밀듯이 쏟아져 들어오는데, 해외에 묘비를 세운 채 한없이 묻혀 있어야 할 사람들은 물론이요 우리 장병들 중에 아직도 돌아오지 못한 사람들이 수두룩해. 공약이며 총리에 대해서는 더 말할 것도 없지. 누가 우리를 다 먹여 살릴지 난 정말 궁금하더라. 우리 입도 많은데 거기에 외국인들 입까지. 정확한 숫자는 잊어버렸지만, 외국인들이 얼마나 많은지도 전에 어디서 읽어봤는데."

그러면 플랙 부인의 친구인 졸리 부인이 목을 가다듬고서 목소리를 더했다.

"그러게 정말이지 그 문제를 계속 생각하며 놀라게 돼요. 대체 누가 중요한 걸까요? 적어도 부인은 아닐 거라고요. 공무원이랑 정치인한테 뇌물이나 바치는 사람이 중요하겠지. 절대 부인 같은 사람 말고, 이 나라로 흘러드는 사람들."

"그렇다고 많은 공무원이 또 고결한 사람이 아니라고는 할 수 없어." 플랙 부인은 그 점을 분명히 해야 했다.

"그건 인정해야지요. 우리 사위도 그런 사람 중의 하나인 걸로 봐서 그건 맞는 말이에요. 우리 딸 머를을 데려간 앱스 말이에요."

"나는 정치인들도 집에서는 엄격하게 원칙들을 지키며 살리라는 걸 의심하지 않아."

"그래요, 집에서는! 오, 정치인이면서 가정적인 사람이라니. 그런 괴리가 생기는 건 다 아이들이 있기 때문이지요."

관념에 빠진 두 숙녀는 한껏 의기양양해져서, 서로를 굳이 쳐다보지도 않고 각기 자신의 무한한 지성에서 목화솜이 열리는 모습을 꿈꾸듯 가만히 응시했으리라.

어느 순간 플랙 부인의 시선이 한군데 고정된 것 같았다. 사실 그 시선이 향한 곳은 그녀가 갖고 있는 한 쌍의 석고 요정상으로서, 집 앞 잔디밭의 금빛 사이프러스 곁에서 라케날리아에 둘러싸여 있었다.

"사람들 말로는……" 그녀가 입을 열었다. "외국에서 온 유대인이 살고 있다더라." 그녀는 무언가를 삼키듯 말하고 있었다. "몬테벨로 대로에 있는 우체국 아래, 물막이 판자를 댄 집에 말이야." 여기서 플랙 부인은 핏기 없는 두 겹의 입술을 끌어당겼다. "흰개미들 때문에 구멍이 숭숭 뚫린 집이지. 건물 틀이 있어야 하는 자리에서 개미들이 쏟아 먹는 소리를 들을 수 있을 정도로."

"몬테벨로 대로라면……" 졸리 부인도 맞장구쳤다. "나도 봤어요. 그래, 그 우스꽝스럽게 생긴 신사. 아니, 신사까지는 아닌가. 외국에서 온 유대인이라던데. 거기 산 지 꽤 되었다고."

"그러니까, 그 집이 허름하긴 한데……" 플랙 부인이 이야기를 이어나갔다. "집을 가지고 집이 아니라고 할 수는 없잖아, 졸리 부인. 지붕 없이 사는 사람도 많고, 귀국한 사람도 많은 마당에."

"특별 대접이 미흡한 상태지요." 졸리 부인이 대답했다. "그런 대접을 받을 만한 사람들한테 말이에요."

"그게 무슨 뜻이야?" 플랙 부인은 물었다.

졸리 부인은 아무것도 제대로 확신하지 못했으므로 그 같은 질문이 끔찍하게 느껴졌다.

"글쎄……" 그녀는 더듬거렸다. "부인도 아시다시피 말이에요. 음, 그러니까 내 말은……" 그리고 말을 맺었다. "귀국한 사람은 귀국한 사람이라는 거죠."

"그건 그래."

플랙 부인은 누그러졌다.

하지만 졸리 부인은 이제 돌아가야겠다고 마음먹었다. 무릎 뒤쪽에서 거북하게 땀이 스며 나오고 있었다.

그때 플랙 부인이 폭탄을 던졌다.

"졸리 부인, 내가 길을 좀 걸으면 어떨 것 같아? 신선한 공기만큼 좋은 게 없잖아."

심장, 혈압, 정맥류뿐 아니라 건강 상태 전반이 허약한지라, 정말 꼭 필요할 때가 아니라면 플랙 부인이 절대, 무슨 일이 있어도 걷지 않는다는 점을 감안하면 이는 가히 혁명적인 제안이었다. 게다가 신선한 공기라니, 그녀의 누르께한 피부에 그런 건 사스퍼릴러에 정착한 유대인들만큼이나 어울리지 않았다.

"아무렴, 부인이 그래야 할 것 같다면 그래야지요." 졸리 부인은 결국 이렇게 대꾸해야 했다. "그렇지만 난 이제 서둘러야겠어요. 우리 마님이……" 이 단어를 입에 올린 그녀는 별수 없이 웃음을 터뜨렸다. "재너두에서 기다리고 있을 테니까."

"그냥 조금만." 플랙 부인이 고집스럽게 버텼다. "난 절대 아무한테도 거치적거린 적 없어. 몬테벨로 대로까지만 가자."

"아!" 졸리 부인은 키득거리는 웃음을 지었다.

연보랏빛 베일을 눈앞으로 내린 졸리 부인과, 먼지 앉은 코케이드[22]가 달린 검고 납작한 모자를 쓴 플랙 부인. 더 이상 무엇도 감추지 못하는 집들 앞을 지나쳐 함께 걷는 시간은 이들에게 틀림없이 매혹적이었다.

"여기에는……" 플랙 부인이 되도록 날카롭게 굴려고 애쓰며 말했다. "점잖은 이웃과 어울려 살아서는 절대 안 될 사람들이 살고 있어."

졸리 부인은 하마터면 목을 삐끗할 뻔했다.

"자세히 말해줄 수는 없어. 자기한테는 너무 소름 끼치는 이야기일 테니까." 실망스럽게도 플랙 부인이 이렇게 운을 떼었다. "아이아버지랑

---

22) 붉은색과 흰색이 섞인 동그란 꽃 모양의 모자표.

어린 여자아이 둘이서만 사는 집이야. 직설적으로 말하면 그 남자의 딸이지. 세 사람까지는 도저히 밀어 넣지도 못할 만큼 작은 자동차가 한 대 있고. 그 딸아이는 아무리 숨기려고 해도 늘 축축한 상태인 것 같은 블라우스를 입고 다닌다니까."

"저런!" 졸리 부인이 혀를 쯧쯧 찼다.

졸리 부인은 자기가 플랙 부인의 너그러운 마음씨 덕분에 별안간 온갖 정보를 다 습득하게 되었다고 생각할 수밖에 없었다. 그녀는 얼굴이 빨개졌지만 용감하게 걸어나갔다.

"저기가 우체국이야." 플랙 부인이 계속해 설명했다. "전에 이야기한 석든 부인이 있어."

"이야! 석든 부인!" 그녀는 이렇게 소리쳐야 했다. "오늘 어때요?"

석든 부인의 반응은 그냥 좋아요, 고마워요.

플랙 부인은 석든 부인이 싫었다. 왜냐하면 우체국장인 그녀를 살살 꾀어내 이런저런 이야기를 털어놓도록 할 길이 도통 보이지 않았기 때문이다.

두 사람의 숙녀는 몬테벨로 대로에 들어섰기에 더욱 조심스럽게 발걸음을 옮기기 시작했다. 돌밭 위에서 발목이 비틀리기 시작했다. 보도가 있어야 할 자리건만, 존재 자체만으로도 불쾌한 잡초들이 스타킹에 흠집을 내거나, 그러지 않더라도 검은 즙을 분비하며 몇 발자국 앞까지도 유난히 지저분한 꼴을 드러내려 하고 있었다.

"자기가 재너두에서 계속 지낼 정도로 정신이 나가지 않았다면 좋으련만!" 플랙 부인이 잡초들을 헤치며 소리쳤다.

평소라면 졸리 부인은 대답했으리라. 사람은 자기 원칙들을 지켜야 한다고. 그러나 오늘은 그녀의 삶을 장악하고 있는 친구 플랙 부인의 위력이 훨씬 더 세서 자신이 위축되었다는 사실을 인정해야만 했다. 그래서 그녀는 이렇게 대신했다. "빌어먹는 처지들이 찬밥 더운밥 가릴 수 있나요."

"**나까지** 거지 같네!" 플랙 부인은 다소 의외로 생각될 만큼 새된 소리를 질렀다.

참새피가 자라는 생소한 지역에 있자니 그녀는 부주의하게 굴고 있었다. 그녀의 밀랍 같은 피부가 마치 녹아내리는 것처럼 보이기 시작했다.

"저기!" 그녀가 갑자기 쉿 하는 소리를 내며 낮게 속삭이더니 친구의 치맛자락을 눌렀다.

그 모습은 노련한 사냥꾼이 약속된 사냥감 앞으로 의심 많은 풋내기를 마침내 데리고 온 것과도 같았다. 아직 사냥감 자체가 분명하게 눈에 들어오지는 않지만, 적어도 그 서식지에는 들어왔다고나 할까.

두 사람의 숙녀는 외국에서 온 유대인이 살고 있는 집을 관찰하기 위해 블랙베리 덤불 아래 몸을 숨기고 섰다. 조그만 갈색 집은 과연 터무니없게 궁상맞았다. 이전에 살던 이들이 겨울에 불을 때느라 마구잡이로 말뚝들을 뽑아낸 울타리 건너편으로 대걸레 같은 잡초가 솜 같은 머리를 흔들며 위협하고 있었다. 물론 버드나무가 있기는 했다. 전혀 돈이 되지 않으니 그 값어치가 의심스러울 뿐이지, 누구도 버드나무가 없다고 말할 수는 없었다. 그 버드나무들은 작고 누추한 집 주위로 고요한 초록빛 폭포수처럼 넘쳐흐르거나 목재로 된 가장자리를 평온하게 둘러쌌다. 많은 행인이 그 같은 위안의 깊은 곳으로 빠져들어 흠뻑 젖는 쪽을 택했을 터이나, 여기 있는 두 명의 관찰자는 그들의 영혼을 쥐어뜯을 무언가—말하자면 태아라든가, 토막 난 시체라든가—를 갈망하고 있었다. 그리고 아쉬운 대로 금방이라도 떨어지려는 홈통, 반짝반짝 깨끗하지만 레이스나 망사 커튼 같은 통상적인 요소마저 무시한 창문들을 쳐다보는 것으로 만족해야 했다.

"제라늄 한 그루도 없네." 플랙 부인이 분통 섞인 흡족함을 느끼며 말했다.

그때, 세상에나, 문이 열리더니 누군가 나오는데, 그 유대인이 아니라는 것만으로도 충분히 충격적이건만, 여자, 여자였다. 볼품없이 빛바랜 원피스 같은 것을 걸친 제법 두툼한 체형의 중년 여자. 보잘것없는 여자.

먼저 알아차린 쪽은 졸리 부인이었다. 정신력은 플랙 부인이 탁월할지 몰라도, 졸리 부인은 상당히 기민할 때가 많았다.

"저런……" 이제 졸리 부인이 외쳤다. "이럴 수가 있나! 저 사람, 고드볼드 부인이잖아!"

플랙 부인은 어안이 벙벙했으나 간신히 상황을 파악했다. "난 늘 고드볼드 부인이 정말로 음흉한 사람이라고 생각했지만, 그렇다고 얼마나 음흉한지까지는 어림도 못 했지 뭐야."

"굉장하군요." 졸리 부인이 말했다. "여자가 어디까지 바닥으로 치달을 수 있는지를 보자면."

집주인 자신도 이제 모습을 드러냈다. 그 유대인. 두 숙녀는 장갑 낀 손을 서로 꽉 붙잡았다. 지금껏 그렇게 저속하고 기이한 모습은 본 적이 없었다. 기이하다고? 아니, 끔찍, 끔찍한 모습! 이제 정숙한 코르셋이 힘겹게 받쳐주는 정숙한 가슴속에 소용돌이가 차오르고 있었다. 입안에 가래가 고이는 바람에 플랙 부인은 재빨리 침을 삼켜야 했다.

스스로 고백한 바 있듯 졸리 부인은 이전에도 재너두와 사스퍼릴러 사이를 오가던 중에 그 남자를 한두 번 볼 기회가 있었다. 하지만 이렇듯 불미스럽게 허물어진 용모, 무질서하게 거칠거칠한 수염, 크고 둥글

넓적한 머리, 실로 끔찍한 코를 제대로 관찰한 적은 없었다. 상황이 그 지경이다 보니 가냘픈 친구에게 사과해야 하겠다고 느낄 정도였다.

그러나 플랙 부인은 오히려 목을 길게 빼고 있었다.

"저 사람, 덩치가 상당하다." 촉촉한 치아 사이로 그녀가 말했다.

"작지는 않네요." 졸리 부인도 위시본[23] 모양의 다리로 몸을 지탱하고서 동감했다.

"누가 생각이나 했겠어." 플랙 부인이 또렷이 말했다. "고드볼드 부인이라니."

고드볼드 부인과 그 남자는 베란다 계단에 함께 서 있었다. 남자가 위쪽에 있었기에 고드볼드 부인은 남자의 얼굴과 저녁 햇빛을 향해 얼굴을 드러내며 올려다볼 수밖에 없었다.

평소 과묵해 보이던 고드볼드 부인의 납작한 얼굴이 어떤 은밀한 성격의 경험 때문에 느슨해져 있는 게 분명했으나, 어쩌면 그건 그냥 빛 때문이었을는지도 모른다. 표면을 금빛으로 반짝이게 하는, 삶이 남겨놓는 낙담과 의혹의 피막을 바래도록 하는, 의례적으로 땋은 머리를 풀어지도록 하는, 초자연적—이성은 그런 걸 용납하지 않을 테니—인 게 아니고서야 티끌이며 각다귀 따위의 배경으로나 어울릴 후광을 내려주는, 그러한 빛. 실제로 그 유대인은 가만히 서서 친구와 이야기하고 심지어 웃기까지 하는 동안, 빛으로 이루어진 외피 혹은 자궁 속에서 마치 광물과도 같은 광채를 스스로 얻기 시작했다. 그 두 사람이 모종의 중대한 사건을 겪고서 강해진 상태인지, 아니면 당장의 방어에 철저히 무심

---

23) 새의 목에서 가슴으로 이어지는 부분에 있는, 뒤집어진 Y 모양의 얇은 뼈. 서구에서 새 고기를 먹을 때 이 뼈의 양 끝을 두 사람이 잡아당겨 긴 쪽을 가지게 된 사람이 소원을 비는 데서 유래한 이름이다.

한 까닭에 약해진 상태인지, 이들을 바라보는 관찰자들은 미치도록 알고 싶었으나 그럴 수가, 분간할 수가 없었다. 졸리 부인과 플랙 부인은 모자를 쓴 채로 블랙베리 덤불 옆에서 그저 목을 길게 빼고 침이나 삼키면서 뭔가 불미스러운 일이 일어나기를 소망할 뿐이었다.

"졸리 부인, 저게 뭘까?" 마침내 플랙 부인이 물었다.

그러나 졸리 부인은 듣고 있지 않았다. 벌린 입 사이로 내쉬는 숨이 그르렁거렸다.

유대인 쪽에서 고드볼드 부인에게 무언가를 보여주기 시작했다. 정확히 무엇인지는 몰라도―꾸러미가 아니라면 새, 그럴 리는 없겠지만 하얀 새 같기도 했다―그들의 관심이 온통 거기에 쏠려 있었다.

"내 생각에는 남자가 손을 베인 것 같아요." 졸리 부인은 이렇게 판단했다. "고드볼드 부인이 손에다 붕대를 감아준 거지요. 음, 그렇게밖에는!"

플랙 부인은 의심스럽다는 듯 입속을 빨았다. 그녀는 이미 완전히 진이 빠져 있었다.

헤어질 시간을 맞은 사람들이 사라지려는 빛 속으로 친밀감 어린 공을 던져 올리면, 그 공은 그곳에 잠시 다정하고 선명한 모습으로 떠 있곤 한다. 유대인과 고드볼드 부인의 모습이 딱 그러했다. 거기에 금빛 구체가 걸려 있었다. 목젖을 드러내고 터뜨리는 웃음소리가 빠르게 치솟고 하나가 되어 맞부딪쳤다. 빛은 그들의 치아에 부딪혀 산산이 부서졌다. 어찌나 은밀하고 신비로우며 아름답던지, 심지어 이들을 지켜보는 불청객들조차 어안이 벙벙해 잠시나마 혐오감을 접을 정도였다.

완전히 제정신이 되돌아오자 졸리 부인이 동행인에게 물었다. "저 여자가 유대인을 자주 찾아오는 것 같아요?"

"모르겠는데." 분명히 그럴 것 같긴 했으나 플랙 부인은 애매하게 대꾸했다.

그리고 뱀처럼 잽싸게 덧붙였다. "쯧!"

고드볼드 부인은 몸을 돌린 후였다.

"교회에서 봐요!" 졸리 부인이 낮은 목소리로 말했다.

"교회에서 보자고!" 플랙 부인도 똑같이 인사를 받았다.

일요일 아침의 지표 위로 임할 그리스도의 모습을 찾아 그들의 두 눈이 잠시 실룩거렸다.

그리고 두 사람은 갈라졌다.

졸리 부인은 활달하면서도 조심스럽게 재너두를 향해 언덕 아래로 내려갔다. 그녀의 자존감을 부채질할 정도로 사납되 넉넉히 제압할 만큼 연약한 동물이 있다면 붙잡아 죽이고 싶을 정도였다. 하지만 잡목이 무성하긴 해도 이웃 주민들의 눈이 있는 데다 그런 짐승이 나타나 몸을 바칠 성싶지도 않았기 때문에, 그녀는 그저 인간의 영혼을 끊임없이 유린할 수 있을 것 같은 일련의 경로들을 꿈꾸듯 떠돌았다.

끝없이 연속되는 철판에다 끝없는 구멍들을 뚫던 천공기에 히멜파르프가 손을 깊이 베인 날 아침은, 더러운 노란빛과 금속성으로 가득한 그야말로 끝없는 싸움터였다. 물기 서린 채광창이나 통풍구를 통해 어디로든 칼날이 공격해올 수 있었다. 빛이 내리치면 이를 방어하는 강철 단검들은 무심하면서도 훌륭하게 되받아쳤다. 똑같이 상처를 입으면서 말이다. 러닝셔츠를 입은 사내들 여럿의 신랄한 혀와 목구멍을 통해 쏟아져 나오는 그들의 지난날 이야기가 무르익으면서 썩 나직하지만도 않게 분노가 배어 나올 정도였다. 점잖게 모습을 꾸민답시고 지독하리만치 허예진 몇몇 여자는 자기네가 복권에 당첨되거나 아니면 남편을 떠나보내거나 해야 한다고 잘라 말했다. 살갗이 되었든 금속이 되었든 그 모든 것의 표면 위로 습기가 얇은 피막을 덮어씌웠다. 기계장치는 계속해서 한층 법석거리는 소란을 일으키며 덜컹거리고 찍어대며 돌아갔다. 그것들은 더욱 매섭게 씩씩거리고 뻑뻑거리는데 그저 쇠붙이만이 아이러니에 장단을 맞춘 듯했다.

휴식 시간이 막 끝나고 자리에 앉았을 때 히멜파르프의 손이 조그만 천공기의 헤드를 스쳤다. 무척이나 순식간에, 또 무심결에. 사고가 일어나는 동안에도 침착하기만 했기 때문에 누구도 사태를 알아차리지 못했으리라. 다친 순간에는 거의 통증을 느끼지도 못했다. 그즈음 히멜파르프는 자신을 둘러싼 공장의 환경으로부터 완전히 거리를 두는 데 성공했기에, 정신적인 성격의 것은 물론이요 외부에서 입힐 수 있는 그런 상처들에 좀처럼 동요하지 않았다. 하지만 이제 그의 손에서는 피가 흐르고 있었다. 왼쪽 손바닥 가장자리를 따라 상당히 깊게 상처가 벌어져 있었다.

잠시 후 히멜파르프는 상처를 씻기 위해 조용히 세면장으로 향했다. 그는 검둥이가 거기 있다는 사실을 곧바로 눈치챘지만 다른 사람은 아무도 없었다. 검둥이는 거울에 비친 자기 모습을 들여다보고 있는 것 같기도 하고, 도피하기 위한 통로로 거울을 이용하고 있는 것 같기도 했다.

히멜파르프는 수도꼭지 밑에서 손을 헹구어냈다. 상처에서 흘러나온 피는 스르르 사라지는 기다란 베일이 되었다. 일순간 그 느낌은 기묘하고도 매혹적으로 아름다웠다.

그 모습이 검둥이의 눈에도 드러났던 걸까. 그가 호기심 때문인지 어떤 기억 때문인지 연민 때문인지 분간할 수 없는 태도로 피 흐르는 상처를 응시하고 있었다. 눈앞의 광경에 완전히 빠져드느라 능동적인 자아를 상실한 것처럼 보일 정도였다.

그때 통증이 히멜파르프를 꿰뚫기 시작했다. 그는 곁에 있는 사내가 처음으로 말을 붙여올까 봐, 그리고 자기가 상투적인 말들로밖에 대꾸할 수 없을까 봐 잠시 두려워했다.

그러나 히멜파르프는 위기를 면했다. 용케 빠져나갔다고 할까.

그 검둥이가 그냥 나가버리는 중이었기 때문이다. 그는 아직 반쯤 윤곽을 갖추었을 뿐인 어떤 환영을 뿌리치며, 또한 어떻게 내디뎌야 할지 모르거나 스스로 용납할 수 없었을 단 한 걸음을 옮기지 못하고 도망쳤다.

검둥이는 그렇게, 정말로 가버렸다. 그리고 히멜파르프는 깨끗한 편이었던 손수건으로 왼손을 둘둘 감은 다음 남은 노동 시간을 채우기 위해 천공기 앞으로 돌아갔다.

그날 밤 단조로운 꿈과 맹렬한 꿈이 번갈아 히멜파르프를 찾아왔다. 레하가 먼저 맛좋은 시나몬 사과 요리를, 곧이어 쌉쓸한 허브를 접시에 담아 내놓았다. 그 가운데 어디로도 그는 손을 제대로 뻗을 수 없었다. 여전히 기억하는 그녀의 은근하고 행복한 미소도 남편을 염두에 둔 것이 아니었다. 마침내 그녀는 몸을 돌리더니 또 다른 사람에게 사과를 건넸다. 접시를 받아 돌려야 할 이는 그 사람이었고, 이는 분명히 그녀가 뜻한 바이기도 했다.

그러나 히멜파르프는 죽은 아내가 나타났다는 사실에 위안을 얻기보다는, 오히려 자기가 그 접시를 받지 못했다는 사실에 절망하여 땀에 젖은 채 잠에서 깨어났다.

그는 비틀거리며 일어났지만, 숄을 정리하며, 이런저런 경험들을 떠올리는 가운데 그 검은 결들을 매만지며, 평상시처럼 기도할 준비를 했다. 파란색 줄무늬가 들어간 바르미츠바 탈릿—그것은 프리덴스도르프에서 소실되었다—이 아니라, 열정적으로 예루살렘을 찾아갔을 때 받아 온 이후 어느새 닳아 해진 숄이었다. 그러나 성구함들을 몸에 올리자면 왼쪽 팔을 따라 휘감아 내려야 할 가죽끈 때문에 너무 아파서 견디기 힘들었다. 그럼에도 그는 참았다. 그리고 기도를, 열여덟 가지 축복의 기도[24]를 올렸다. 달리 어떻게 하루를 시작할 수 있었겠는가? 그런 다음 그는 탈릿과 테필린—불안해서 도저히 빈집에다 방치할 수 없는 몇 안 되는 물건이었다—을 딱딱한 빵 조각, 치즈 조각과 함께 섬유 가방에 꽉 차도록 넣었다. 그리고 버래너글리로 향하는 버스를 타고서, 날씨 이야기만이 오가는 대화의 바다를 넘어 이교도들 사이를 흔들리며 나아갔다.

그날 아침 작업장은 소리와 열기, 활기로 거의 폭발할 지경이었다.

어니 시어볼즈가 다가오기 전까지는 말이다.

"무슨 일이에요, 믹?" 현장 감독이 물었다.

"아무것도 아닙니다." 유대인이 대답했다.

그러면서 손을 들어 올렸다.

"보십시오." 그는 말했다. "이렇게 된 것뿐입니다. 그냥 지나가는 상처예요."

시어볼즈는 상처를 살펴보더니—그는 노련할 뿐 아니라 너그럽기도 한 사내였다—한동안 깊이 생각에 잠겼다.

"집에 가요, 믹." 마침내 그가 권유했다. "손 상태가 나빠요. 사스퍼

---

24) 히브리어로는 서서 기도를 올린다는 뜻으로 '아미다'라 부르기도 한다. 유대교에서는 오전과 오후와 저녁에 한 번씩 이 기도를 올린다.

릴러에 있는 의사한테 가보고요. 의사가 뭐라고 하는지 들어봐요. 당연히 산재 보상도 받을 거예요."

"모를 일이라니까요." 나중에 어니 시어볼즈는 사장 앞에서 이렇게 말했다. "언제 이 새끼들 중의 한 놈이 돌아서서 고소할지 말이에요."

어쨌든 히멜파르프는 현장 감독의 말대로 섬유 가방을 집어 들고서는 공장을 나섰다. 그리고 허번 박사를 만났으며, 그 의사는 책에 적힌 대로 그를 치료하면서 일을 좀 쉬라고 권했다.

히멜파르프는 주사를 맞기 위해 매일 진료실을 찾았다. 병원에 가지 않을 때는 평화로운 초록빛의 버드나무들에 둘러싸인 채 앉아 있었다. 그 같은 고독은 더할 나위 없이 따뜻했다.

그는 욱신거리는 손 때문에 지치고 파도처럼 밀려드는 열 때문에 달뜬 채로, 다시금 자기가 그 같은 호의들을 받아도 되는 인간인지를 의심하기 시작했다. 그리고 불확실성에 시달리며 자기 비하라는, 실상은 하찮을뿐더러 우스꽝스럽기까지 한 그 거대한 시련에 빠져들었다. 그럼에도 약해진 육체가 몰아붙이는 대로 마음까지 무조건 순응해서야 절대 안 될 노릇이었다. 예컨대 그는 텅 비다시피 한 집을 깨끗이 문질러 닦으려고 애썼으며 어설프게나마 해내기도 했다. 청소만큼 성공적이지는 못했지만 더러운 리넨을 쌓아서 방치하는 대신 직접 세탁하려고도 해봤다. 한쪽 손과 고통스러운 손가락 끝을 이용해 옷가지를 휘저을 때는 너무 불편해서 포기할 뻔했으나 결국 어떻게든 빨랫감을 줄에다가 널 수 있었다.

어느 날 그가 거기서 그러고 있을 때였다. 오후를 지나는 동안 하늘은 보다 트여 있었다. 젖은 셔츠가 남쪽에서 불어온 찬바람 때문에 그의 얼굴을 때렸다. 차갑게 구겨진 면직물이 어깨에 들러붙어 떨어지지 않았다.

문득 어떤 사람이 풀밭을 지나서 다가와 그의 뒤에 섰다.

그는 뒤를 돌아보았고, 다가온 사람이 여자라는 사실을 알아차렸다.

그녀는 그의 품위를 위해서인지 곧바로 침묵을 깨지는 않았다.

"제가 해드릴 수도 있었는데요." 여자는 자기가 처신할 수 있는 가능성을 최대한 확대해본 다음에야 이렇게 말했다. "자질구레한 일들 아무거라도 좋으니까. 선생님이 저한테 주셨더라면 말이에요."

그녀의 두툼한 크림색 살 전체가 빨개졌다. 물기를 빨아들이는 압지 같기도 했다.

"오, 아닙니다." 그는 대답했다. "다 했는걸요." 그리고 백치처럼 웃었다. "아무것도 아닌 일입니다. 늘 조금씩 해두니까요. 그때그때."

히멜파르프는 마치 제 가지조차 가누지 못하는 비참하고 볼품없는 한 그루 나무처럼 그 바람 부는 언덕 위에서 자꾸만 나약해졌다. 그는 덜컹거리는 상태였다. 반면에 말본새나 행동거지가 하나같이 모자란 그 퉁퉁한 여자는 풀밭에 묵묵히 놓인 한 덩이 바위였다. 두 사람이 그렇게 서 있는 동안 바람이 남자를 가르고 지나가는가 싶더니 여자의 몸에 부딪혀 쪼개졌다.

그러자 히멜파르프는 진정으로 겸허해졌다. 그는 집 쪽을 향해 걷기 시작했다. 다소 휘청거리는 걸음이었다. 어깨 위에서 고개가 덜렁거렸다.

"궁금합니다만, 대체 어째서 저를 돕겠다는 겁니까?"

어쩌면 이는 그가 누리기를 갈구하던 사치가 아니었을까? 그럼에도 그는 질문해야 했다.

"그냥 당연한 거예요." 여자가 뒤따라오며 대답했다. "저는 누구에게든 그렇게 해줄 테니까요."

"그래도 저는 다릅니다. 전 유대인입니다." 그가 뒤돌아서서 말했다.

"그렇게들 이야기하더군요." 그녀도 대답했다.

말없이 앞뒤로 서서 걷는 동안 그는 그녀의 숨소리를 들을 수가 있었다. 풀이 흔들리는 소리까지 느껴졌다.

그때 그녀가 말했다. "전해 듣는 이야기들밖에 없어서 전 유대인들에 대해 잘 몰라요. 물론 성경에도 나오긴 하지요. 그야 그렇지만……" 어려운 이야기였기에 그녀는 잠시 망설였다. "그래도 저는 사람에 대해서는 알아요." 그리고 말을 이었다. "선하고 악하고가 문제지, 사람들 사이에 다른 차이 같은 건 없어요."

"그럼 당신한테도 역시, 신앙이 있군요."

"네?"

거의 순식간에 그녀가 자세를 바로잡더니 황급히 말을 이었다.

"오, 그럼요. 저는 믿어요. 예수님을 믿지요. 그러니까, 전 예배당에서 배웠어요. 고향에 있을 때요. 우리 모두 믿어요." 이렇게 덧붙였지만 말이다. "제 말은, 아이들이 그렇다고요."

어느새 두 사람은 황량한 집 안에 서 있게 되었고 한 번씩 무척이나 어색함을 느꼈다.

"그러니까 이게 유대인의 집이군요." 그녀로서는 이렇게 말할 수밖에 없었다.

마치 대단한 모험에 감동을 받았다는 듯 그녀의 눈이 반짝 빛났다. 그녀는 몇 개 안 되는 가구들을, 그리고 출입구 너머에 있는 침대 아래로 조그만 섬유 가방을 쳐다보았다.

"선생님." 결국 그녀 쪽에서 사과했다. "제가 선생님 일에 쓸데없이 끼어들었네요. 죄송해요." 그리고 말을 맺었다. "어쩌다 지나는 길에 다시 와서 빨랫감이 있으면 아무거나 가져갈게요."

그러더니 묵묵히 서둘러 멀어졌다. 출입문을 지나려면 그래야 할 것 같다는 듯 고개를 숙이고서 말이다.

"아 참." 벌써 계단까지 나간 그녀가 기억해냈다. "깜빡 잊고 말을 안 했네. 제 이름은 고드볼드라고 하고요, 남편이랑 다른 식구들과 같이 저기 오두막에서 살아요."

그녀는 집 쪽을 가리켰다.

"저는 히멜파르프라고 합니다." 유대인이 그 상황에 마땅한 엄숙한 태도로 대답했다.

"네." 그녀는 차분하게 말했다.

자기가 그 이름 때문에 당황한 것처럼 보이지 않도록 그녀는 미소만을 짓고서 떠나갔다.

이틀 뒤 그녀는 무척 이른 시간에 남자의 집을 다시 찾았는데, 창문을 통해 보았더니 그 유대인은 기도하는 중이었다. 그녀는 줄무늬 숄과 이마 위에 있는 성구함, 그리고 팔을 따라 붕대를 두른 손까지 내려오며 감겨 있는 물건을 경이롭다는 듯 쳐다보았다. 처음에는 깜짝 놀란 나머지 움직임을 멈춘 채 그저 유대인의 입술 사이로 기도문이 흘러나오는 동안 그 모습을 우두커니 지켜보기만 했다. 그렇게 멀찍이서 창문을 사이에 두고 보니 입에서 나오는 말조차도 견고해 보였다. 마침내 이 불청객은 창가에서 힘들게 발걸음을 떼었고, 예배를 드리는 유대인의 면전에서 벗어나 고개를 숙이고서 그저 걸어야 하겠다는 생각 말고는 아무것도 떠올릴 수 없었다.

유대인으로서도 자기가 거행하는 예배를 중단하고 싶다는 생각은 들지 않았다. 온화한 아침 공기에 그 자신을 드러내고 서 있자니 그날처럼 하느님의 품 안으로 깊이 인도된 적이 이전에는 없었던 것 같은 기분이었다.

나중에 밖으로 나온 그는 방금 부풀어 아직 따뜻한, 밀가루가 묻어 있는 빵 한 덩이를 발견했다. 그 여인이 구워내고 헝겊에 싸서 베란다 모서리에 기대어두고 간 게 틀림없었다.

고드볼드 부인은 조심스러운 마음에 곧바로 다시 나타나지 못했으나, 각기 키가 다른 여섯 명의 여자아이들이 그날 오후 유대인의 집에 나타났다. 몇몇은 언뜻 우아하게 걸음을 옮길 줄 알았고, 몇몇은 아직 걷는 게 힘겨웠으며, 한 명은 아예 안겨서 왔다. 멜빵 한 조각을 재활용한 것 같은 목줄을 맨 강아지도 한 마리 있었다. 나이가 어린 쪽 몇몇은 어째서인지 산만해 보였고, 쉬이 창피를 느낄 만큼 나이를 먹은 큰아이 쪽은 깐깐한 태도로 못마땅한 기색을 내보였다. 그래서 히멜파르프가 보기에는 이들이 제멋대로 키득거리며 말다툼에 빠져든 채로 다가오는 것 같았다.

유대인에게 푸릇한 풀 다발을 건넨 아이는 자매 가운데 셋째나 넷째쯤이었을 것이다.

"바보 같긴!" 큰아이가 낮게 내뱉었다.

그러고 나서 아이들 모두가 조용히, 그러나 당장이라도 웃음보를 터뜨릴 것 같은 상태로 기다렸다.

"나 주는 거니?" 유대인이 물었다. "친절하구나. 이게 뭐지?"

"카우이치.25)" 풀 다발을 건넸던 아이가 대답했다.

그러자 큰아이는 얼굴을 붉히며 찰싹 그 아이를 때렸고, 나머지 아이들 모두가 웃음을 터뜨렸다. 안겨 있던 아이가 얼굴을 숨겼다.

---

25) cowitch: 깍지에 난 털이 가려움증을 유발한다고 해서 부르는 이름이다. 콩과의 식물로 보라색 꽃을 피운다.

"아니지롱! 그건 코블러스페그즈[26]라고!" 한 아이가 악을 써댔다.

"그냥 아저씨 좋을 대로 생각하세요." 다발을 건네는 임무를 맡았던 아이가 소리쳤다. "나 좀 내버려둬, 엘스! 정말 죽겠네! 왜 맨날 **나**만 골라서 집적거려?"

"잡초때기들 같은 게!"

엘스는 종종 자기 여동생들이 얄미워질 때가 있었다.

"너희가 이렇게 알은척해주니 이거 감동이자 영광이구나." 히멜파르프가 진솔하게 응대했다.

"다음번엔 꽃을 가져올게요." 콧물을 흘리는 조그만 아이가 외쳤다.

"어디에서?" 다른 아이가 소리 질렀다.

"어디 울타리라도 넘어 훔칠 거야."

"그레이시—!" 불쾌해진 엘스가 투덜거렸다.

"우리가 집에다 정원을 못 꾸미니까." 누군가가 설명했다.

"엄마는 너무 바빠."

"아빠는 완전히 취했고."

"그나마 집에 계실 때면 말이지."

엘스가 살짝 울먹이면서도 빠르고 단호하게 이야기하기 시작했다. "엄마가 말씀하셨는데, 뭐든 빨랫감이 있을 때 아저씨가 저희한테 주시면, 엄마가 일찍 빨아서 내일 오후에는 돌려드린대요. 비가 안 내리면 말이지만, 아마 그러진 않을 거랬어요."

엘스는 날씬한 처녀였고, 방금 정리해놓은 머리칼이 제자리에 붙어 있지를 못했다.

---

26) cobbler's pegs: 구두 수선공이 쓰는 핀을 닮아서 부르는 이름이다. 도깨비바늘의 일종이다.

일이 그리된 마당에야 히멜파르프로서도 그저 들어가서 더러운 리넨을 가져올 수밖에 없었다. 그리고 그가 빨랫감을 뒤지는 동안 고드볼드 부인의 아이들은 썩은 베란다 기둥을 빙 돌아 고리를 만들면서, 상대가 비틀거리다 엉뚱한 자세를 취하도록 서로 밀치면서, 꽥꽥거리면서, 언제나처럼 당연히 웃음을 터뜨리면서, 일종의 의례적인 춤판을 벌이기 시작했다. 다만 엘스만이 콩깍지를 까거나 잎사귀와 그 신비로움을 관찰하면서 외따로 떨어져 서 있었다. 그녀는 잠시 길고 가느다란 목 위로 고개를 젖히더니, 눈앞에 거의 뚜렷이 그려 보일 수도 있는 어떤 얼굴을 덤불 사이로 떠올렸다. 아까 카우이치 다발을 건넸던 모디가 잠시 열광적인 춤을 멈추고는 큰언니에게 혀를 쏙 내밀었다.

"빙충이!" 모디가 빽빽 악을 썼다.

"여언애, 여언애, 여언애,
연애병 앓는 물떼새가 누구더라?"

케이트도 거듭 노래했다.

사실이 아니므로 암만해도 부당한 노릇이었다. 엘스 고드볼드는 입술을 깨물었다. 그녀는 사랑에 빠져 있지 않았으나, 그러고 싶기는 했다.

마침내 히멜파르프는 의복 꾸러미를 내놓았고 아이들이 떠나간 다음에도 분위기는 여전히 부산스러웠다. 얼마간 강렬하게 존재했던 물리적 형태라면 물러난 다음에도 잠시 동안 그 자취를 주변에 남기는 법이다. 그러하기에 황금빛의 고리들은 계속해서 되감기고, 황금빛의 원들은 계속해서 회전했으며, 비밀의 티끌은 계속해서 내려앉았다. 연두색으로 시들어가는 무성한 풀 다발조차도 히멜파르프에게는 감사하게 느껴졌다.

마치 우체국 아래의 갈색 집 주변에 선함의 씨앗이 흩뿌려진 듯했고, 그것은 사악한 힘들 때문에 납작하게 짓밟히지 않는 한 싹을 틔워 자라날 터였다. 고드볼드 부인의 아이들은 두세 명씩 모여서 왔지 절대 혼자서 따로 오지 않았다. 본능적으로 그러는지, 그러라고 배웠는지, 약속이라도 한 건지는 아무래도 분명치 않았다. 다만 아이어머니만큼은 따로 동행하는 사람 없이도 혼자 이웃을 방문하는 과분한 사치를 스스로에게 허락하곤 했다. 마치 그녀가 겪는 일에 더 나쁜 일이 닥칠 수는 없으리라는 듯. 어쩌면 그녀는 보호를 누렸는지도 모르지만.

플랙 부인과 그 친구인 졸리 부인이 블랙베리 덤불에서 멋대로 상황을 재단하던 날 저녁에도 고드볼드 부인은 평소처럼 유대인을 방문했었다. 그녀는 회복 중인 자기 이웃의 손을 깨끗하게 세척한 헝겊으로 더없이 팽팽하게 동여매며 무척 능숙하게 돌보아주었다. 그리고 빨랫비누 따위의 몇 가지 소소한 화제를 입에 올리며 힘을 북돋울 만한 대화를 이끌었다.

"전쟁 중에는……" 지나간 사건들을 꿈같은 기분으로 떠올리며 그녀가 말했다. "직접 끓여서 비누를 만들곤 했어요. 커다란 양철 냄비에다가요. 그런 다음에 그걸 네모나게 잘라냈지요."

히멜파르프는 노란 비누의 중요성과 가치를 곧바로 납득했고 그 과정은 전혀 까다롭지 않았다.

"뭐랄까." 심지어 이렇게 농담할 정도였다. "우리 유대인들은 한바탕 짜내진 적이 있어서, 그렇게 정제가 안 된 비누는 수상쩍어한답니다.[27]"

하지만 고드볼드 부인은 제대로 알아듣지 못한 것 같았다. 어쩌면

---

27) 제2차 세계대전 당시 나치스 독일이 수용소에서 죽은 유대인들의 몸에서 지방을 채취해 비누를 만든다는 광범위한 믿음이 유대인들 사이에 존재했다.

너무 뜬금없고 믿을 수 없는 이야기라서 이해하지 못했을지도 모른다. 그녀의 사고 체계 속에서 악이란, 정면으로 그 공격을 받아낼 때라야 비로소 악으로 규정될 수 있었을 것이다. 필요하다면 그녀는 눈앞으로 날아오는 주먹을 홀로 받아내며 비끼게 하곤 했고, 또 그래야만 했다. 히멜파르프는 어느 정도 이런 점을 감지했으나 그녀의 순진함을 비난할 수는 없었다. 그것이야말로 기독교도들의 공통된 악덕이 아닐까 의심스러울 정도였다.

그때쯤 두 사람은 앞쪽 베란다로 나와 있다가 갑작스럽게 밀려드는 석양을 맞닥뜨렸다. 뻣뻣하게 버티고 선 채로, 말하자면 견뎌내기 위해, 그들은 찡그리며 웃음을 터뜨렸다.

"오늘 밤에……" 고드볼드 부인이 이야기하기 시작했다. "우린 소금에 절인 양 가슴살을 먹기로 했어요. 남편이 제일 좋아하는 음식이지요. 오늘 밤에는 그이가 집에 있을 거예요."

그러더니 마치 인생의 너저분함에 대해 사과라도 하듯 조그맣게 웅얼거리는 소리를 냈다.

"저는 부인네 남편을 상상할 수가 없습니다." 히멜파르프는 고백해야 했다. "부인께서 이야기를 안 해주어서요."

"아." 그녀가 잠시 주저하더니 웃어 보였다. "까무잡잡한 사람이에요. 톰은 잘생겼지요. 선생님이라면 그이를 보고 팔방미인이라고 할지도 모르겠네요. 처음 만났을 때 남편은 얼음 장수였어요."

현관 앞 계단에 서 있는 그 두 사람은 저녁 빛이 이룬 단단한 호박석에 꼼짝없이 갇혔다. 여자는 아무래도 한 가지 생각에 사로잡혀 그것밖에 떠오르지 않는 상태가 된 듯했다.

"톰은 말이지요." 그녀가 투박하게 말을 이어갔다. "그러니까, 저희 문제가 선생님의 문제는 아니고, 저도 이러고 싶지는 않지만, 그래도 선생님께 이야기를 해야 할 것 같아서요. 어쨌든 제가 인정해야 하는 것이, 톰은 구제받아본 적이 없는 사람이에요."

그러자 유대인은 싸늘한 돌풍 속에서 자기가 하마터면 넘어서지 못할 뻔했던 몇몇 경계를 떠올렸다.

"물론……" 그녀가 어려운 이야기를 앞두고 입술을 적시며 말했다. "남편을 저버리지는 않을 거예요. 저는 고난을 겪을 때만 제 모습일 수 있어요." 그러더니 스스로를 위로하려는 듯 덧붙였다. "우리 자신이 잊어버린 무언가에 대해 용서받는 사람도 있을지 모르지요."

그럼에도 그녀는 잡히지 않는 구원의 바늘을 마음의 눈으로 계속해 찾고 있었다.

여전히 앞일이 불투명한 그 유대인이 조심스럽게 그녀를 현실로 데려올 때까지 말이다.

"그래도 부인께서는……" 그가 말을 꺼냈다. "제 왼손을 대단히 친절하고 꼼꼼하게 구제해주신 것 같습니다."

그녀로서는 웃음을 터뜨릴 수밖에 없었다. 두 사람 다 그랬다. 순간적으로 느낀 해방감이 너무도 완전해서, 소박한 기쁨의 일부가 반짝이는 빛을 발하며 솟아올랐다. 블랙베리 덤불 뒤에서 이들을 지켜보고 있던 두 여자가 완전히 당황할 정도로 말이다.

졸리 부인은 예정대로 그 주 일요일 예배가 끝난 후 자기 친구인 플랙 부인을 만났다. 하지만 예배를 마친 시점에 그 의심스러운 양파의 가장 의미심장한 마지막 껍질—다시 말해, 진실—을 완전히 벗긴다는 것은 전혀 비밀스럽지도 못하고, 있음 직하거나 바람직한 일도 아니었다.

그래서 이 친구들은 좀더 기다려보기로 했다.

며칠이 지난 뒤에야 졸리 부인은 플랙 부인네 집에 잠시 들를 기회를 잡았다. 혹시 **들른다**는 말이 진실을 깔끔하게 정리한다든가 하는 섬세한 작업과 관련되지 않는 무심한 행동처럼 느껴진다면, 고상한 숙녀들이 외려 게처럼—옆으로 움직여—폐물을 뒤지러 간다는 점을 우리는 기억해야 한다. 그래서 졸리 부인은 두번째로 좋은 옷을 꺼내 입고 있었다. 어쨌든 그 집에 있으려면 뭐랄까 우연하다는 느낌이 필요했기에 소지품을 챙겨도 장갑 두 짝만 챙기기로 했다. 따로 단장도 하지 않았으나—졸리 부인이 에나멜가죽 같은 차림새를 할 정도로 단장할 리도 없고—출발하기 직전에 립스틱 끄트머리를 아이스크림 핥듯 한번 바르긴 했다.

이내 그녀는 그 집에 가 있었다.

플랙 부인이 부러 놀란 시늉을 했다.

"그냥 잠깐 들른 거예요." 졸리 부인은 변명하면서도 미소 지었다.

플랙 부인이 주방 문을 닫더니 현관 쪽으로 건너왔다. 졸리 부인은 그런 행동에 따로 이유가 있다는 사실을 알아차렸다.

"그래, 어디······" 플랙 부인이 무척 메마른 어투로 말했다.

졸리 부인은 어느 정도 우정을 담아, 보다 정확히는 주방 문 너머에서 무슨 일이 일어나는지 알고 싶어서 미소를 지었다.

"저기, 차라도 마신 거예요?" 이야기를 나눈다는 명목으로 떠봐야 했다.

"내가 저녁은 절대 거하게 안 먹는다는 거, 자기도 알잖아." 언짢아진 플랙 부인이 이렇게 대꾸했다. "그랬다가는 잠들 때쯤 위장이 야단법석을 떨 테니까. 그래도 인정해야겠네. 방금 연하게 한잔했어."

"혹시 방해가 되었다면 미안해요." 졸리 부인이 웃음을 지어 보였다. "누가 찾아왔나 보네. 아마 친척이겠지요."

"아무것도 아냐." 플랙 부인은 친구를 거실 쪽으로 데려가며 말했다. "가끔 들르는 젊은 애가 온 김에 차를 한잔 내주려고. 젊은 사람들은 위장 건강에 무심하다니까."

"어릴 때부터 알던 아이인 모양이에요." 졸리 부인이 거들었다.

"맞아. 어린아이일 때부터 봐왔지." 플랙 부인은 대답했다. "실은 내 조카야."

이제 그들은 거실 창문 옆 **옹색한 자리**에 앉았다. 이날 졸리 부인은 평소라면 무시해서는 안 될, 집주인이 무척이나 자랑스러워하는 두 점의 석고 요정상도 의식하지 못했다.

"아." 졸리 부인은 계단을 기어오르면서, 말하자면 그런 걸음으로 기억의 회랑을 황급히 따라가면서 숨 가쁘게 말을 내뱉을 수밖에 없었다. "조카라고요." 그녀가 말을 이었다. "플랙 부인, 이전에 했던 이야기만 듣고서 난 부인이 정말로 부양할 사람 하나 없이 사는 줄 알았지 뭐예요."

그러자 플랙 부인은 상당히 침착하게, 누르께한 얼굴로, 다만 꽤 오랫동안 시선을 돌렸다.

"깜박 기억을 못 했던 모양이야." 마침내 그녀가 차분히 이야기를 시작했다. "누구라도 그럴 수 있잖아. 조카라고는 하지만……" 그리고 계속했다. "스테이크 한 점 잘 만들어주는 것 말고는 더 친밀할 것도 없는 사이고 보면, 엄밀히 말해 부양할 사람이라고 할 수는 없지. 어쨌든 내 생각에는 그렇거든."

졸리 부인은 측은한 마음이 들었다.

"그냥 어쩌다 한 번씩 친절을 베푸는 것뿐이야." 플랙 부인이 혼자서 결론지었다.

"그럼요. 부인은 정말 친절하다니까요." 졸리 부인도 인정해주었다.

그런 다음 그들은 자리에 앉아서 세간살이가 신호라도 보내주기를 기다렸다.

결국 먼저 질문을 던져야 했던 쪽은 졸리 부인이었다. "그나저나 더 들은 거라도 있어요? 왜, 있잖아요. 그 사람에 대해서."

플랙 부인이 눈을 감았다. 졸리 부인은 행여 중요한 규칙을 어겼나 싶어서 몸을 떨었다. 그러자 플랙 부인이 시계추처럼 좌우로 고개를 흔들기 시작했다. 이에 졸리 부인은 다시 안심했다. 마음속으로 그녀는 세발솥[28] 앞에 숙여 앉았다.

"대수롭다 할 만한 이야기는 아무것도." 무녀는 이렇게 대답했다. "하지만 진실은 언제나 드러나는 법이야."

"사람들은 늘 대가를 치러야 하고요." 졸리 부인이 연호했다.

그녀 자신은 당연히 열띤 신봉자였다. 그 점을 알아보는 사람만 늘 있었던 건 아니지만 말이다.

"대가를 치러야지." 플랙 부인도 그 말을 되풀이했다.

그러다가 그만 윈저궁전[29]을 모사한 그림이 그려진 조그만 재떨이를 떨어뜨려버렸다. 지금껏 아무도 사용한 적이 없는 물건 같았다. 윈저궁전은 반으로 쪼개졌다. 플랙 부인으로서는 남 탓을 하고 싶었겠지만 그럴 수도 없는 노릇이었다.

졸리 부인이 입속을 빨며 깨진 조각들을 집었다.

---

28) 그리스 델포이의 아폴론 신전에 있던 청동 가마솥. 무녀가 여기에 앉아 신탁을 전했다.

29) 11세기 말에 건설된 거대한 성채. 영국 버크셔주에 있으며, 오늘날까지도 영국 왕가의 공식 주거지 가운데 한 곳이다.

"늘 이렇게 순식간에 일이 벌어진다니까요." 그녀는 말했다. "그렇게 될 줄 알아도 소용없이."

"그러고 보니 생각나는 게 있다." 플랙 부인이 말을 받았다. "꿈이 생각나. 졸리 부인, 내가 꿈을 꿨는데, 사별했다는 자기 남편이 나왔지 뭐야."

졸리 부인은 온통 장밋빛으로 얼굴을 붉히며 망연자실했다.

"엉뚱하긴! 부인이 어째서!" 그녀가 소리쳤다. "대체 뭐 때문에 그런 걸 떠올린 거예요?"

"그건 중요하지 않아." 플랙 부인이 대꾸했다. "죽은 자기네 남편을 사람들이 들것으로 실어 나르고 있었어. 이해가 돼? 음, 자기가 이해해준 다면 말인데, 꿈에서는 내가 자기였던 것 같아."

플랙 부인의 얼굴이 분홍빛으로 물드는 반면 졸리 부인은 차차 완전 히 창백해졌다.

"뭐라고요!" 졸리 부인이 외쳤다. "어쩜 사람들은 그렇게 터무니없는 꿈을 꾸는지 몰라!"

"난 이렇게 말했어. '잘 가요, 졸리 씨.'" 플랙 부인은 꿈 이야기를 계 속했다.

이에 졸리 부인이 입 모양을 구겼다.

"그랬더니 자기 남편이 이렇게 말하더라. '키스해주지 않겠어?' 그러 고는 어떤 이름으로 날 불렀는데 지금은 기억이 잘 안 나. '티들스'였나? 어쨌든 그 사람이 계속 말했어. '내가 마지막 여행을 떠나기 전에 키스해 줘.' 나는, 아니, 어쩌면 자기는, 대답했지. '처음이자 마지막인데, 내 뜻 대로 그렇게 하겠어요.' 그 남자는 말했어. '누가 키스로 사람을 죽였지?' 그러더니 사람들이 자기 남편을 싣고 나가더라."

"그이는 사람들이 들것에 올리기 전에 벌써 죽어 있었어요! 자기 의자에서 죽었다고요! 내가 찻잔을 건넸던 바로 그때."

"꿈속에서 그랬다는 거야. 알았지?"

"웬 헛소리람! 키스로 사람을 죽인다니!"

플랙 부인은 산에서 내려다보이는 광경을 즐기는 사람이었으리라. 그건 정말 신나는 일이었고, 그녀는 이렇게 대꾸했다. "누가 누구를 죽였는지, 그런 걸 누가 판결하겠어? 요즘 남녀는 자기네 행실에 대해 아무것도 책임을 안 질 정도야. 바로 지난주에 몬테벨로 대로에서도 봤잖아."

졸리 부인은 점점 감정이 격앙되었다.

"그래서 그이한테 키스했어요?" 그녀가 물었다.

"기억이 안 나는걸." 플랙 부인이 대답하더니 치마를 매만졌다.

졸리 부인의 코에서 질척거리는 소리가 나면서 방을 울렸다.

"이게 뭐람." 그녀가 말했다. "부인네 조카는 부엌에 혼자 있고, 우리는 이런 이야기나 하고 있고."

실상은 전혀 다를 수도 있지만.

바로 그때 아무런 거리낌 없이 문이 열리더니 한 젊은이가 거기 서 있었다. 헐렁한 스웨터와 청바지를 입고 있었으나 졸리 부인은 각별히 훌륭한 그 몸매를 알아볼 수 있었다. 확실히 그의 육체는 옷을 걸치는 게 영 어색해 보일 정도였다. 졸리 부인 역시 조각상 같은 몸을 마주하기 어색하기는 마찬가지였다. 그녀는 코를 훌쩍거리며 다른 쪽을 바라보았다.

"오." 이제 자기 위치를 확고히 한 덕분에 나긋나긋해진 플랙 부인이 고개를 돌리며 소리쳤다. "스테이크는 어땠니?"

젊은이는 입을 열었다. 잇몸에 치아들이 제대로 남아 있었다면 찌꺼기를 뱉어내느라 무언극 배우처럼 입속까지 빨아댔으리라. 대신에 그는 그냥 툭 내뱉었다. "질깁디다!" 남아 있는 한 쌍의 송곳니 사이로 말이다.

젊은이의 몸매는 고전주의적이었을지 몰라도 그의 얼굴이 실망스럽다는 사실만큼은 부정할 수 없었다. 지나치게 팽팽하거나 반들거리는 부분 한 군데 없이 메마르며, 우둘투둘해서 우표딱지들 같은 느낌이 나는 피부. 최근에 그슬려 상한 게 아닌가 싶은 속눈썹. 짧고 까칠하지만 정말로 빨간 머리칼. 그는 무슨 말을 내뱉든 간에 항상 듣기 싫게 더듬거렸다.

"담에봅시다!" 젊은이가 말했다.

"어디간다냐?" 보아하니 조카의 말투를 숙달하는 데 성공한 듯한 플랙 부인이 물었다.

"걍빈둥거릴라요."

그가 밖으로 나가자 플랙 부인의 벽돌집이 부르르 흔들렸다.

졸리 부인은 생각에 잠긴 모습이었다.

"누이 쪽 아이? 아니면 남자 형제 쪽?" 그녀가 물었다.

플랙 부인 역시 생각에 잠겼는데, 마음 같아서는 가만히 그러고만 있고 싶었을 것이다.

"어." 그녀는 웅얼웅얼 대답했다. "여동생네 아들이야. 내 여동생."

하지만 딱 거기까지만.

"이름을 못 들었네요."

"블루라고 부르면 알아들어."

졸리 부인은 더 이상 깊이 파고들지 않기로 마음먹었다. 이미 파고든 지점만으로도 충분히 놀라웠다.

"재미있는 사실을 하나 알려줄게." 니들포인트[30] 쪽으로 몸을 다잡

---

30) 도안을 그려놓은 캔버스에 바늘을 이용해 수를 놓는 장식품.

은 플랙 부인이 갑자기 이렇게 말을 꺼냈다.

"블루는, 말하자면 도금 작업장을 **책임지고** 있어. 돈도 제법 잘 버는데, 버래너글리에 있는 로즈트리 공장에서 일하고 있단 말이지."

"로즈트리 공장요?"

"둔하게 굴긴!" 플랙 부인이 말했다. "고드볼드 씨네 부인이 되게 이상하게 굴던 그 유대인이 일하는 데잖아."

"설마!"

"정말이라니깐."

플랙 부인은 덧붙였다. "게다가 블루는 눈치가 있어서 내가 뭘 궁금해하는지 잘 알아. 머리까지 잘 굴리리라고는 기대하지 않을 거야. 블루는 절대 똑똑한 아이가 아니었으니까. 그래도 늘 최고로 고분고분한 아이지. 졸리 부인, 내 말 알아듣는지 모르겠는데, 블루는 감이 오는 대로 행동할 거고, 딱히 문제를 일으키지도 않을 거야. 물론 그 감이 올바른 감이고, 제대로 된 사람이 통제해주기만 하면 말이야."

졸리 부인은 고개를 들고 웃었다. 하지만 플랙 부인은 그 모습을 보고, 그녀의 점잖은 손에 들린 패가 얼마나 대단한지를 자기 친구가 과연 제대로 깨달았는지 의아해졌다.

"나도 뭘 좀 이야기해줘야겠다." 졸리 부인도 운을 떼었다. "우리 마님이 상습적으로 그 유대인을 만나더라고요. 오래된 나무 밑에서. 과수원에 있는 나무 말이에요. 거기서 요즘!"

그녀는 몸을 떨었으나 두려움 때문은 아니었다.

플랙 부인은 그녀 나름의 원칙상 타인한테서 어떤 이야기를 전해 들을 때면 유보적인 태도를 보여야만 했다. 그래서 입술을 적시더니 다만 이렇게 속을 드러냈을 뿐이다. "사람들이 대체 어쩌다 그 지경이 되는 걸까?"

하지만 목소리로는 부드럽고 오래된 새미 가죽을 의도했을지 몰라도, 그 속마음은 이미 강철로 된 칼을 내밀어보고 있었다.

졸리 부인의 몸은 온통 보랏빛으로 물들었다.

"플랙 부인." 걸쭉한 물줄기가 꿀렁거리는 듯한 목소리로 그녀가 되물었다. "누군가 불륜을 저지르는 건 옳지 않잖아요. 그렇다면 우리가 어떻게 해야 할까요?"

"어떻게 해야 하느냐고?" 플랙 부인은 주춤했다. "졸리 부인, 나는 신문하는 사람이 아닌걸. 내가 경찰관이야? 아니면 정부나 주 의회라도 돼? 성직자들도 행동해야 할 위치에 있는 사람들이지만 좀처럼 그러지를 않지. 우리 둘은 다만 품위를 지키는 평범한 숙녀들일 뿐이잖아. 직접 내 손을 더럽힐 생각은 꿈에도 없어. 게다가 자칫하면 태워 먹을 수가 있다고. 그래, 졸리 부인. 서둘러 요리하는 건 도움이 안 돼. 부글부글 끓도록 놔두다가, 말하자면, 상태 좋게 유지되도록 한 번씩 휘저어줘. 그러다가 준비가 끝나면 확신이 올 거야. 누군가 무척 즐겁게 들어와서 그걸 먹어치우리라고 말이지."

하지만 졸리 부인은 침 튀기며 말했다.

"그래도 그 여자! 그 여자가! 나무 아래서! 내가 지금껏 그렇게 눈을 가늘게 뜨고 본 광경이 또 없다니까요! 게다가 머리까지 돌아버린 여자인걸!"

플랙 부인은 친구의 증오에 불을 붙인 격정을 그저 제지하지 않을 따름이었다.

"그 여자 밑에서 고용살이만 안 할 수 있었더라면 나도 벌써 떠나버렸을 거예요. 플랙 부인, 부인은 침대에 누워서 집이 허물어지는 소리에 귀를 기울여본 적 있어요? 그리고 그럴 확률이 어떻든 간에, 부인도 덩달아 끝장날지 모르는데 그걸 그냥 무너지도록 내버려둘래요?"

"그렇게 형편없이 손봐놓은 지붕 밑에 나를 데려다 놓을 수는 절대 없지."

"여건상 다른 방도가 없다면요." 졸리 부인이 쏘아붙였다.

"사실 여건이라는 게 그렇게 불안하지만도 않아. 자꾸 그렇게 생각하고 싶어 하는 사람들이 있어서 그렇지." 플랙 부인은 대꾸했다. "자기가 그렇게 고집스럽지만 않아도, 우리 집 건넌방에서 파란 깃이불을 덮고 재키[31]처럼 안락하게 지낼 수 있다고."

졸리 부인은 따끔한 기분이 들었다. 달아오른 피부도 진정되었다.

"아직도 조금 망설여지는 거 있지요." 그녀가 흔들리는 치아 사이로 헛웃음을 지었다.

"자기가 굳이 한번 떠밀지 않아도 재너두는 무너질걸. 왜, 먼지에서 먼지로 돌아간다는 말도 있잖아."

"아, 그렇지만 그렇게 될까요? 그렇게 되는 걸까요? 하수 시설이랑 배수로랑 전화회선이 딸린, 말쑥한 벽돌집들을 내가 보게 될까요?" 졸리 부인은 홀린 듯 정신없이 말을 이었다. "온갖 미친 짓거리의 끝을, 그게 다 꿈에서의 일이었던 것처럼 사람들이 이야기하는 걸 내가 보게 되는 거예요? 누구도 광기에 굴해서야 안 되겠지만, 애초에 벽돌집들에 살면 그러고 싶어 하지도 않는다고요. 저렇게 낡은 대저택에서 빈둥거리는 사람들이나 머릿속 생각이 멋대로 나돌아도 수습을 못 하지. 난 내가 방들을 정리하느라고 아래층으로 내려가던 때를 기억해요. 산만한 생각들

---

31) 재커루, 수습 양치기를 이르는 오스트레일리아 방언.

이며 과일 껍질들까지 죄다 떠올릴 수 있어요. 그리고 위층에, 아일랜드
산 리넨 속에 도사리고 있는 것들. 꿈속에 잠긴 것들."

4부

9장

고드볼드 부인은 다림질하면서 노래 부르는 게 좋았다. 그녀의 목소리는 살짝 흔들리면서도 풍성한 중간 음역으로서, 큰딸인 엘스가 언젠가 했던 표현을 빌리자면 녹아내리는 초콜릿이 생각나는 목소리였다. 어머니가 노래할 때마다 딸아이들은 분명 그 구슬프고도 몽롱한 모습을 보며, 어쩌다 따뜻하고 부드러운 초콜릿을 먹었을 때 같은 느낌을 받았으리라. 고드볼드 부인은 노래를 부르면서 김이 자욱한 다리미를 길고 애처로운 동작으로 미끄러뜨렸다. 가끔은 노랫말 한 부분을 강조하느라 다리미로 다리미판을 탁탁 두드릴 때도 있었다. 그럴 때면 언제나 더욱 부드럽게, 트레몰로에 맞춰 까다로운 셔츠 한구석으로 다리미 끝을 움직이면서 말이다. 그러면 나이 든 딸들의 입가는 그들 앞에 준비된 피할 수 없는 어떤 극적 효과에 대한 경탄 때문에 느슨해졌고, 더 어린 동생들은 어머니의 크림색 피부 위로 열린 모공을 최면에 걸린 듯 쳐다보곤 했다. 하지만 정작 노래하는 사람은 자기가 부르는 노랫말에 취한 채 넋을 잃고서 노래만 계속했다.

고드볼드 부인은 죽음과 심판, 그리고 저세상에 대해 노래하는 게 좋았다. 가장 좋아하는 노래는 이런 노래였다.

나 깨어나고, 지하 감옥은 빛으로 타올랐다네,
내 사슬 떨어져나가고, 내 마음 자유로워졌다네,
나 일어나 앞으로 나아가며, 임을 뒤따랐다네.

물론 다음과 같은 노래도 무척 좋아했지만 말이다.

득의양양한 정복자 올라서는 모습 보라,
고귀한 위엄 지니신 왕을 보라
구름 속에서 그분의 전차를 모시니
천상의 궁전으로 통하는 궐문 향하노라.

그런 순간들이면 정말로 많은 이의 눈이 믿음 혹은 광휘를 납득하게 되었다. 고드볼드 가족이 사는 오두막의 불빛이 대개 언제나 부인의 노랫말에 부응하는 모습은 그야말로 대단한 광경이었다. 타는 듯한 불빛의 거대한 칼날들이 솜뭉치 같은 구름들을 가르고, 꽤나 음침한 창문을 뚫고 나갔으며, 너무도 개별적이며 연약해서 양심의 동요를 일으키고도 남을 정도인 표적들을 위태롭게 했다. 아니면 예언적 목소리와 겨울날 오후의 차갑고 창백한 심판이 합치를 이루었는지도 모른다. 그것은 그 무엇보다도 순전한 신비였으리라. 앞치마를 두른 이 여인은 충만한 빛의 천사가 되곤 했다. 공기가 차가워지고 김이 자욱할수록 천사의 심판은 더욱 온정을 머금었다. 부인의 남편인 고드볼드 씨가 처음부터 출입구를 비뚤어지게 손보아두는 바람에 안쪽에서도 내다보이는 바깥 자리에는 커다란 구리 솥이 있었다. 여자아이들은 그 밑에 계속해서 잔가지를 더하며 불을 땠고 반쯤 감추어진 석탄들 때문에 솥은 늘 붉게 빛나는 것처럼 보였다. 고드볼드 부인의 창가로부터 뻗어 나오는 빛 속에서, 음침하기 그지없는 구리 솥과 그 불기운은 더없이 무시무시해 보였을지도 모른다.

다만 여전히 회의적인 사람이 딱 한 명 있었으니, 마침 그럴 때 자리에 있다면 말이지만 바로 톰 고드볼드였다. 그나마 그는 집을 떠나 지낼 때가 잦았고, 그럴 때면 그 문제에 대해 그다지 생각하지 않았다. 고드볼드는 그 모든 것을 신경 쓸 겨를이 없었다. 그가 신경 쓰던 활동들을 다음과 같이 손쉽게 열거할 수 있겠다. 순서대로 맥주, 섹스, 속보 경마[1]. 정말로 맥주를 즐긴다기보다는 거기다 불행을 녹여 없애는 것뿐이었지만 말이다. 섹스 또한 임신과 매독의 위험이 뒤따르는 헛짓거리에 불과했으나, 그는 덧없는 성행위에 잠시나마 애써 탐닉하기도 했다. 경주마가 말 자체로 매력 있는 것 역시 아니었다. 다만 그 처절한 네 다리에 물질적인 보상——결국 중요한 건 그게 다였다——이 달려 있었을 뿐.

냉정한 정신으로 보면 당연히 피해야 할 인간이라고 한눈에 알아보겠건만, 정작 그는 어떤 개년한테 뒤쫓기고 있었다. 톰 고드볼드의 냉혹함을 좀더 맛보아야 할 그 여자, 다시 말해 그의 아내는 지난날을 떠올리기를 좋아했고, 자기 남편이 일종의 황폐한 멋 내지는 쓸쓸한 매력의 소유자임을 정말로 알아차리기 전까지 그녀 혼자서 믿고 있던 남편상을 기억해내고 싶어 했다. 매서운 시간이 청동을 부식시키며 그 표면을 거

---

1) 속보로 일인승 이륜마차를 끄는 말들이 경주를 벌이고 이에 돈을 거는 내기.

칠게 하고 이목구비를 흐릿하게 했다. 고드볼드의 몸은 이제 말라빠졌고 정맥이 다 드러났다. 하지만 그의 두 눈은 탐닉을 바라듯, 가끔은 애정마저 갈구하듯 빛났기에 아직도 논리와 분별력이라는 방패를 깨뜨릴 수 있었다. 그건 정말이지 멋지고 검은 눈이었다. 스스로 망가지기를 용납한 이들은, 맥주에 취한 그 칙칙한 흰자위가 보내오는 경고를 기꺼이 무시하고 거기 빠져들었다. 게다가 그는 한두 개, 적어도 그보다 많지는 않은 손가락을 거의 떨다시피 하면서 남의 맨 팔에 올리거나, 애원을 가장한 강요를 담아 점잖게 팔꿈치를 짓누르는 버릇이 있었다. 그럴 때면 그의 아내도 흔들리며 굴복하곤 했다. 그가 다락방에서 어떤 여자의 조심성을 찬찬히 벗겨낼 때는 여자 쪽에서 먼저 황급한 손으로 마지막 한 꺼풀을 몸소 벗어 던질 정도였다. 그들 모두는 나중에야 침대에서 일어나 앉아 톰 고드볼드의 비극적인 두 눈이 다만 그 자신의 내면만을 더욱 깊이 들여다보고 있었음을 깨달았다. 그에게 가장 최근에 정복당한 여자도 그렇게 자기를 보호할 옷을 황급히 주워 입은 다음 충동적인 실수를 두고두고 후회하게 되었다. 하지만 그의 아내만큼은, 물론, 자신의 천성 탓에 도망칠 기회를 잡지 못했다. 그녀는 고통받아야 했다. 생각은 조그맣고 괴롭게 파열하며 그 핏줄들을 뚫고 나가는 반면 영속성은 마치 돌처럼 그녀를 에워쌌고, 그녀는 욕정 속에서 자기가 또다시 임신했는지 궁금해하며 누워 있곤 했다. 강인한 사람의 눈에 그녀는 분명코 애처로우리만치 나약해 보였으리라. 아니면 순박하든가. 그녀는 빛이 옅어지면서 눈꺼풀에 부담이 덜 갈 때까지 거기 누워 있었다. 그리고 삐걱 소리를 내며 침대 밖으로 빠져나와 구리 솥에 불을 지폈다.

민음은 설령 불안하게 동요할지언정 가볍지 않은 동기로 작용한다. 그것은 오히려 자궁 안에서 팔딱거리는 아이처럼 살아 있는 것이 된다.

아침을 둘러싼 젤리 같은 회색빛 껍데기 속에서 고드볼드 부인의 신앙은 그렇게 끓어올랐다. 마침내 그것이 불같은 확신과 모든 영광으로 더불어 새로 태어날 때까지.

톰 고드볼드가 가장 증오하는 것은 아내의 신앙 중에서도 이렇듯 거의 생물학적인 측면이었다. 심지어 그는 그것의 아비도 아니었다. 그 점만큼은 솔직하게 실토할 수 있었다.

"그렇지만, 톰." 그녀는 부드럽고, 진지하고, 정말 짜증 나는 목소리로 말하곤 했다. "부활이라니, 그건 멋진 것 같아."

그러면 그는 이빨 사이로 내뱉었다. "내가 다시 태어나는 꼴을 볼 일은 절대 없을 거다. 지랄 맞은 네 인생에서는 말이야!"

톰 고드볼드는 그 모든 여자아이를 쳐다보았다. 가장 나중에 태어난 아이는 언제나 코르누코피아[2]에서 갓 쏟아져 나온 것 같았다. 항상 따뜻한 기저귀 냄새가 났고, 주름진 새 살 냄새가 영락없이 질책하듯 풍겨 왔다.

"세상에, 안 돼! 갓난아이라면 진절머리가 난다고!" 그는 분명히 선언하고서 밖으로 나가버리거나 신문의 스포츠면으로 손을 뻗었다.

고드볼드 부인이 이웃을 방문하는 모습을 목격당한 날 저녁에도 그들의 집에서는 그런 식의 말씨름이 오갔다. 톰 고드볼드는 일을 마치고 돌아와 있었다. 당시에는 장작 납품업자를 위해 트럭을 운전하고 있었으나, 일을 그만두고 닭똥 거름 사업을 시작할까 생각하던 차였다. 아버지는 신문을 들고 앉아 있고 어머니는 다림질감 사이에 서 있었다. 아이들은 눈을 들어 어머니를 바라보기도 했으나, 실은 아버지의 작업용 장화,

---

2) 그리스 신화에 등장하는 풍요의 뿔. 주인이 원하는 과일과 곡식을 얼마든지 내놓는 마법의 뿔이다.

거기에서도 모종삽 모양의 뻣뻣한 신발 혀와 거칠고 뭉툭한 앞부리를 습관적으로 쳐다보고 있었다.

고드볼드 부인은 감정을 고조시키지 않으려 조심하느라 다소 떨리는 중간 음역의 목소리를 부드럽고 여린 음으로 억제하며, 가장 좋아하는 노래를 부르기 시작했다. "나 깨어나고, 지하 감옥은 빛으로 타올랐다네……" 그때 꼬마 그레이시가 뛰어들었다.

"엄마아아아아!" 아이는 소리 질렀다. "내 말 좀 들어보래도요!"

그러면서 엄마의 얼굴 곁으로 자기 얼굴을 밀어붙였다. 거기서 스콘 냄새와 깨끗한 세탁물 냄새가 나리라는 사실을 그레이시는 알고 있었다.

"왜 그러니?" 고드볼드 부인은 이렇게 물으며 갑작스러운 참사에 맞섰다.

"난 예수님 덕분에 구원받았어요!" 그레이시가 외쳤다.

그러면서도 마치 엄마를 기쁘게 해주려는 듯 약간 핼쑥한 얼굴로, 자기에게 벅찰지도 모르는 무언가를 감당하고 있었다.

누구도 마냥 즐거워할 수만은 없었다.

"**무엇** 덕분에 구원받았다고?" 아버지가 물었다.

그가 보고 있던 신문지가 버스럭거렸다.

그레이시는 적당한 말을 찾을 수 없었다. 억센 아이지만 부러 가냘픈 모양새를 보이려고 애쓰며 서 있었다.

"너는 순 쓰레기 덕분에 구원받은 거다!" 아버지는 말했다.

그리고 다시 신문지를 집어 들었다.

"쓰레기! 쓰레기! 쓰레기!" 톰 고드볼드가 소리 질렀다.

그러더니 신문지로 아내의 머리를 때렸다. 우스워 보일 수도 있었겠으나 실은 전혀 그렇지 않았다.

고드볼드 부인은 고개를 숙였다. 눈꺼풀이 파르르 흔들렸다. 빛과 하얀 날개들이 퍼덕이고 너풀거리는 것 같았다. 그녀는 거의 멍해진 상태였다.

"내 의견은 그렇다 이거야." 그녀의 남편이자 아이들의 아버지가 고함쳤다. "여기서는 눈곱만치도 신경 쓰는 사람 없겠지만!"

그 순간 갑자기 신문지가 흩어지면서 그는 빈손이 되었다. 얼핏 자기 손을 쳐다본 그가 말했다. "이게 바로 땍땍거리는 온갖 기독교 놈에 대한 내 생각이다!"

그가 손을 반듯이 펴고서 아내의 귀를 후려갈겼고, 그 바람에 방 자체와 그 안에 있던 모두가, 특히 톰 고드볼드 자신이, 그녀 때문에 몸서리치고 요동쳤다.

"그리고 예수는⋯⋯" 그는 자기의 고통을 억누를 수 있을 때까지 밀어붙였다. "예수는 내 창자에 처박혀 있지! 아주 **단단히** 꼬라박혀 있다니까!"

실상 그는 아내의 복부에 주먹을 한 방 날려야 했고, 그녀가 테이블에 기대어 바닥으로 주저앉은 대가로 발길질까지 한두 번 더 가해야 했다.

텅 빈 정적만이 감돌던 곳에 이제 소란이 일었다. 누군가 새끼 새들이 잔뜩 있는 둥지를 막대기로 휘저어놓은 듯했다. 아이들이 한군데 뭉쳤고 울음소리가 울렸다. 갓난아이를 제외하면, 그리고 아직 돌아오지 않은 큰딸 엘스를 제외하면, 모두 다 떠밀리듯 찰싹 어머니한테 달라붙어 있었다.

아이아버지는 혐오와 흥분과 공포, 그리고 그를 압도하려 위협하는 걷잡을 수 없는 오만의 파도에 당장이라도 휩쓸릴 뻔했으나, 가까스로 그것을 억눌렀다.

"어때?" 그가 헐떡거리며 말했다. "응?"

그러나 아무도 대꾸하지 않았다. 아이들은 아버지한테서 멀찍이 떨어져 훌쩍훌쩍 울었다. 아내의 얼굴, 뭐가 닥쳐올지 모르는데도 여전히 그대로 드러낸 그 얼굴을 빼면, 모든 것이 돌아서 있었다.

그가 다시금 공포에 질려 목격했듯 그것이 바로 그녀의 본성 혹은 신앙이었다.

"이놈의 집구석에서 빠져나가야겠다!" 마침내 그는 선언했다. "그냥 떡이 되게 취해버려야지!"

고드볼드는 문을 쾅 닫고 나가 비틀비틀 언덕을 올라가면서 아내가 부르는 소리를 들었다. 하지만 아내 쪽에서 뭔지 모를 부당한 우위를 이용해 자기를 약해지게 할 수도 있다는 두려움 때문에 멈추지도 귀를 기울이지도 않았다. 언젠가 한번은 뒤에 남겨진 그녀가 그를 부르며 저녁으로 무얼 먹을지 물어봤는데, 그때 그는 뱃속 가득한 절망을 하마터면 죄다 토해버릴 뻔했다.

확실히 고드볼드 부인은 그렇게 갖은 애를 다 써볼 만큼 진지하고 재미없는 사람이었음에도 그 순간만큼은 메스꺼운 기분을 어쩔 수가 없었다. 그녀를 움켜쥐고 어루만지는 아이들 때문에 숨까지 막혀왔다. 아이들은 자기네가 확실한 것으로 믿는 무언가를 되살리려 애쓰고 있었으나, 그들이 두려워하는 것이 그들로부터 빠르고 분명하게 미끄러지듯 새어 나오고 있었다.

"괜찮아." 고드볼드 부인은 말했다. "그냥 숨을 좀 돌려야 한단다. 그렇지만 너희들 모두, 엄마를 놓아주렴. 아, 얘들아!" 그녀가 옆구리를 붙들며 소리쳤다.

하지만 이는 물론 과거에도 벌어진 일들이었다. 이 모든 일이 전에도 늘 똑같이 일어났다. 그러나 아이들한테는 달랐다. 그렇기 때문에 고드 볼드 부인의 아이들은 계속해서 울기만 했다.

어머니가 몸을 일으키자 상황은 좀더 나아졌다. 그녀가 말했다. "양 가슴살 절임을 잊어버리면 안 되지. 이리 오렴, 케이트. 오늘 밤은 네가 도울 차례잖아."

그제야 아이들은 그네들의 생활을 되찾을 수도 있겠다고 생각했다.

아이들의 어머니는 의자 끄트머리에나마 잠시 앉을 엄두를 냈다. 그 녀는 언젠가 구혼을 받았던 경험은 물론이요 그 땅으로의 이주와 유산 된 아이, 가장 괴로웠던 시간들에 대해서까지 자기 지난날을 누군가에게 이야기하고 싶었으리라. 이미 조각상이 되어버린 기억들 사이에서 꾸물 거리고픈 마음이 간절했다. 현재와 미래는 끝없이 흐름을 계속하는 끔찍 한 음악과도 같기에, 안개 속 어딘가에서 다른 물줄기로 언제나 연결되 는 합류점을 향해 요동치는 강줄기 곁 제방을 터덜터덜 걸어갈 때면 고 드볼드 부인의 용기 또한 가끔은 흔들리기도 했다. 그럴 때면 그녀는 어 깨 너머로 조각상들의 정원을 되돌아보며 그 사이를 거닐고자 했다. 그 렇듯 애타는 간격을 사이에 두고서 돌아보자면, 거기서는 더 이상 어떤 믿음도 필요치 않은 것만 같았다.

고드볼드 부인은 평탄한 소택지에서 태어났다. 다른 사람들이라면 단조롭다고만 할 그곳에서도, 그녀는 작은 변화들을 감지하고 기대할 줄 아는 아이로 성장했다. 회색빛의 시골이었다. 기억 속에서는 이따금 아 버지의 정원에 있던 접시꽃이 회색 담장을 배경으로 나풀거리거나, 장미 가 처마 위로 제멋대로 자라나고, 후텁지근한 여름이면 풍만한 느릅나무 가 들썩거리기도 했다. 하지만 그중에서도 그녀는 회색빛이 헤아릴 수 없이 넘치는 겨울을 가장 기분 좋게 떠올렸다. 회색의 길을 지나며 데걱거리는 장화. 겨울 소택지의 거울 같은 회색빛. 비늘구름이 덮인 하늘로 떼까마귀들을 던져 올리는 헐벗은 느릅나무들. 그리고 때때로 흩어졌다가 다시금 석조와 결합하곤 하는 구름 사이로 솟아오른, 그 무엇보다도 회색빛이며 모든 회색 가운데 가장 영속적인 대성당.

대성당은 역사적 명소이자 하나의 신비이기도 했다. 상류층 사람들은 거기에 헌신할 의무가 있었고, 실제로 일요일 저녁 식사 전에 어딘지 두려운 느낌의 의례를 느릿느릿 거행하며 충직함을 보였다. 어린 소녀는 그 모든 것을 알고 있었으나 아무것도 이해하지는 못했다. 그들 가문은 그녀의 할머니가 기억하는 한으로는 내내 성공회교도가 아니었기 때문이다. 물론 그녀의 아버지는 그런 걸 기억하지 않았다. 그러려고 애쓰지도 않았다. 그 같은 건 사내가 할 일이 아니었다. 어린 소녀는 금방 이해했다. 남자들은 행동하고 존재하는 반면 여자들은 기억한다는 사실을.

아버지는 구두 수선공이었다. 자기가 지켜야 할 모든 안식일을 준수한다는 점에서 그는 무척이나 독실한 남자였다. 그뿐만 아니라 그는 예배에 참여하면서 도움이 필요한 곳에 자기 능력껏 도움을 베풀었다. 마찬가지로 자기 아이들도 늘 넉넉히 부양했다. 비록 아이들이 진짜로 원하는 게 무엇일지를 고민하거나 속내를 들여다보려 하는 일은 전혀 없었지만 말이다. 아내가 죽은 뒤로 그는 더 이상 집에 들어갈 이유가 없다고 생각했던 모양이다. 그는 구두를 수선하며 밤중까지 가게에 남아 있곤 했다. 이따금 어린 소녀는 갓을 씌우지 않은 전등 아래로 아버지의 목덜미를 볼 수 있는 문간까지 다가갔다. 아버지의 손은 밀랍 같은 질감이 느껴지는 거친 손이었다. 그는 아마도 냉정한 사람이었을 것이다. 그럴지라도 어린 소녀는 어쨌든 그의 딸, 그의 여러 자식들 가운데 하나였고,

하느님에 대한 의무를 이행하고자 그도 그녀를 좋아하긴 했다. 다만 아이를 사랑하기가 어렵다는 사실을 깨달았던 것인지도 모른다.

소녀는 의무에 헌신하는 태도를 아버지로부터 물려받았으며, 그 밖에도 아버지가 결코 알지 못했던 환희에 사로잡혔다. 연기를 내뿜는 등유 난로 위로 더없이 즐거운 찬송가들이 그녀를 북돋웠다. 그녀의 허파를 부풀게 한 건 건강함뿐 아니라 일종의 황홀경이었다. 그래도 절대 분수를 망각하지는 않았다. 그녀는 비행을 경계하고 형제자매들에게 자리를 찾아주는 등, 결코 자기 길에서 벗어나지 않았다. 그리고 그 점을 자신의 의무로 받아들였다. 틀림없었다. 그녀는 큰딸이었으며, 사실상 어머니인 셈이었다.

어느 정도 나이가 차자 그 집 큰딸이 교사가 되려고 공부할 것이라는 이야기거 돌았으나, 이는 바보 같은 소문이었다. 그녀는 그 같은 가능성이 입에 오를 때마다 마치 불편한 농담이라도 된다는 듯 고개를 떨구었다. 그녀는 그 어떤 명예를 이룰 그릇이 아니었다. 스스로도 자기가 그다지 총명하지 않다는 사실을 얼마든지 인정할 수 있었고, 나중에 그 같은 화제가 시들시들해졌을 때에야 마음을 놓았다. 그녀는 에이블링이라는 노부인의 집에 보내져 일하게 될 뻔했다. 지진 피해자들을 위해 기금을 모으고자 열린 가든파티에서 사람들이 그 문제를 논의했다. 아버지가 그녀를 대신해 이런저런 질문에 답하는 동안 소녀는 가만히 양산 끄트머리를 쳐다보며 서 있었다. 그러는 동안에도 더할 나위 없이 멋진 젊은 숙녀들은 레이스가 달린 블라우스 차림으로, 정원사들이 여흥거리로 설치한 표적들에 화살을 쏘고 있었다. 정중한 태도마저도 어딘지 오만하게 느껴지는 젊은 미남자들이 소리를 내어 부르면 거기에 화답하기도 했다. 화살들은 체념에 빠진 그 뻣뻣한 소녀를 어찌나 꿰뚫어대던가. 대단한 숙녀의 영지에 일단 들어가고 나면 남겨질 **자기의** 아이들한테는 무슨 일이 생길지 생각하느라 소녀의 마음은 산란하기만 했다. 그러나 결국 그 계획은 이전에 교사 이야기가 그러했듯 흐지부지되었고, 그녀는 가사를 도우며, 사실상 그녀의 젊은 팔로 힘껏 가족을 지탱하며 자기 집에 남았다. 물론 할머니도 집에 있긴 했지만 병든 몸이어서, 햇빛이 조금이라도 들 때마다 구스베리 나무들 사이의 벽돌 길 위에 고리버들 의자를 놓고 앉아 끽해야 콩깍지 까는 일이나 거드는 게 전부였다. 사람들이 찾아오면 어릴 때부터 풀 먹인 하얀 앞치마를 착용하던 큰딸이 그들을 맞이했다. 그녀의 넓적한 얼굴은 고민 끝에 늘 답을 찾아내곤 했다.

그러나 노동과 의무도 그녀의 젊음을 억누르지는 못했다. 전혀. 오히려 소박한 즐거움들이 가득했다. 겨울에는 스케이트를 타거나 나무 열매를 주우러, 여름에는 건초를 만들러 형제자매 내지는 교구 신도들과 함께 원정을 나가기도 했다. 몇 번인가는 기나긴 오후 내내 산울타리 옆이나 물가에서 오래도록 비몽사몽간에 빈둥거리기도 했다.

한번은 롭—언제나 가장 대담하게 구는 동생이었는데—이 마음먹고서 이렇게 꼬드겼다. "우리 대성당으로 올라가서 노닥거리지 않을래? 밖은 너무 춥고 달리 할 일도 없잖아. 응? 어때, 누나?" 책임을 맡느라 늘 망설이는 데 익숙했던 그녀도 이번만큼은 마지못해 응했다. 나머지 아이들이 자꾸 지분거려서가 아니라 그녀 자신이 벌써 기대감으로 두근거리고 있었기 때문이다. 그때까지는 마을에 있는 그 대성당 안쪽을 몇 차례 힐끔거린 게 전부였다. 줄지은 아이들은 이제 숨 막히는 입구를 지나 온수관 냄새 속으로, 그들의 뻔뻔함을 나무랄 만큼의 관심도 없이 아예 그들을 완벽하게 무시하는 세계 속으로 순식간에 빨려 들어갔다. 고리 모양의 거대한 숲이 그들 주위로 솟아올랐고, 돌로 된 그 가지들은 머리 위에서 푸른빛과 진홍빛의 창공을 배경으로 아치형을 그렸으며, 거기에서는 빛 또는 음악이 어렴풋이 새어 나왔다. 처음에는 아이들도 경건하게 처신했다. 팔다리가 더 이상 자기 것 같지 않았다. 그들은 마치 조그맣고 괴상한 가면을 쓰듯 독실한 표정을 얼굴 위로 고정시켰다. 고인을 위한 명판처럼 재미없는 물건들을 보며 어쩐지 그래야 할 것 같은 기분으로 감탄하기도 했다. 그러다 가로누운 어느 귀부인이 데리고 있는 이탈리안그레이하운드의 석상을 발견했을 때는 그만 너무 크게 소리를 지르고 말았다. 그렇듯 진짜 같은 모습의 석상을 보고 나니 아이들의 타고난 기질도 천천히 녹아 나오기 시작했다. 아이들은 점차 자신만만해졌다. 누군가한테서 나는 냄새 때문에 어둠 속에서도 혈색 좋은 얼굴을 더욱 붉히고, 공연히 툭툭 건드리며 웃음을 터뜨리는가 하면 멀리서도 들릴 만큼 시끄럽게 굴었다. 그러고서 자기네를 인도하는 큰누나가 쉬쉬거리든 잡아채든 아랑곳없이 딸깍거리고 이리저리 흩어지고 웃음을 터뜨리면서 각기 다른 방향으로 한바탕 밀려갔다. 들뜬 분위기에 이미 빠져든 아이들을 붙드느니 차라리 갓 부화하는 송어들을 손짓해서든 위협해서든 제지하는 편이 더 쉬웠으리라. 그녀는 순식간에 아이들을 놓치고 말았다. 가지처럼 뻗은 석조 가운데 하나 위에서 자줏빛 성인들과 함께 롭이 몸을 삐죽 내밀고 있는지도 모를 일이었다.

그래도 그녀는 무력감 때문에 힘이 빠진 상태가 오히려 편하게 느껴졌다. 그리고 부드러운 엄숙함이 이루는 기류에 무방비로 휩쓸린 채로 잠시 거닐었다. 그러다 마침내 안정을 되찾고서 교회 음악을 감상하기 위해 자세를 잡으며 골풀로 바닥을 댄 의자에 앉았다. 오르간은 잠시도 연주를 멈추지 않았다. 계속해서 그 소리를 의식하고는 있었으나 제대로 듣기 시작한 건 그때부터였다. 집에 있는 풍금 소리의 힘과 견고함을 극단까지 끌어올린 듯한 음악. 그녀는 그러한 음악을 이전에 한 번도 들어본 적이 없었기에 처음에는 두려워서 그 같은 경험 자체를 받아들일 수가 없었다. 소리가 빛나는 발판을 쌓을 때까지 오르간은 여러 마디의 음악을 한데 엮었다. 금빛 사다리들이 불길로 된 창가에 닿을 듯 끝없이 뻗고 또 뻗으며 솟아올랐다. 하지만 그녀 스스로 천상의 발판에 기어오르면, 그리고 더 높은 곳에 이르고자 또 다른 사다리를 놓으면 거기에는 불 대신 오직 휘감기며 고조되는 천상의 기쁨이 있을 뿐이었다. 거침없이 허공으로 발을 디딘 다음 추락하는 성냥개비들 사이에서 곤두박질치거나, 아니면 보이지 않는 곳으로 끝없이 이끌려 올라가게 될 그 정점. 그곳에 이르기 전에 그녀의 용기는 꺾이고 말았다. 그녀는 한없이 상냥한 손가락들이 어루만지는 것을 느끼며 잠시 망설임의 구름 속을 떠다녔다.

마침내 오르간이 멈추었을 때 그녀는 멍해진 채 땀을 흘리고 있었다. 자신의 눈물, 그리고 새삼스레 느껴지는 창피함 때문에 바보 같은 기분이 들었다. 게다가 한 신사가 그녀를 쳐다보고 있었다.

"어떠니?" 남자는 진심 어린 기쁨과 흥미로 웃음 지으며, 그러나 잔뜩 가래 섞인 목소리로 물었다.

그녀가 얼굴을 붉혔다.

그는 분가루를 바른 듯 이상하게 생긴 사람이었다. 외투 단추가 어긋나 있었다. 어깨 위로는 비듬이 떨어져 있었다.

"무슨 생각을 했는지 물어보지는 않으마. 왜냐하면……" 그가 말했다. "아무래도 우스꽝스러운 질문이 될 테니까."

그녀는 한층 얼굴을 붉혔다. 걸어 나갈 곳이 없었다. 끔찍한 기분이었다.

"아무도 없단다." 그가 말했다. "매일같이 쏟아놓는 실없는 소리 따위로 음악의 정수를 설명하는 사람은, 또 그러려고 애쓰는 사람은 아무도 없어."

그녀는 자기 힘으로 벗어나려 애쓰기 시작했으나, 앉아 있던 의자가 포장도로 위를 긋는 석필처럼 날카로운 소리를 낼 뿐이었다.

"저건 위대한 작곡가의 음악이었어." 낯선 신사는 극도의 열정과 기관지를 틀어막은 무언가 때문에 힘들어하면서도 말을 이어나갔다.

한편으로 그런 이야기를 듣자니 남자가 좀더 친절한 사람처럼 느껴졌다.

"너는 오늘을 기억하게 될 거야. 나는 알 수 있지." 그가 말했다. "네가 다른 많은 것을 잊어버리더라도 말이다. 너는 아마 너 스스로 다가갔다고 생각하는 것보다도 훨씬 가까이 이끌렸을 거야."

그러더니 비듬투성이 어깨로 무언가를 물리치며 떠나갔다.

이때쯤 소녀는 다시금 울음이 터질 뻔했으나 이번에는 순전히 부끄러움 때문이었다. 그녀는 놓쳐버린 동생들을 챙기기 위해 세차게 밖으로 뛰어나갔고, 아이들을 모두 모아놓고서야 겨우 평상심을 되찾았다. 아이들은 충분히 진정된 상태로 집에 돌아갔다. 집에서는 푸짐하게 차려놓은 훈제 청어를 먹었으며, 그중에서도 큰언니가 가장 열심히 먹었다. 아직 어린 소녀이기에 그녀는 자신의 식욕을 감출 줄 몰랐을 것이다. 사람들한테 골고루 음식을 나누어주려면 자기가 조금만 먹어야 한다는 점을 알게 된 건 그보다 나중의 일이었다.

한창때의 기운으로 그녀는 게걸스럽게 먹고서 잠을 푹 자곤 했다. 심지어 얼키설키한 여러 가지 문제들을 한꺼번에 집어삼킬 만큼 불행한 일들을 겪은 뒤에도 풀썩 쓰러져 돼지처럼 잠잤다. 그녀의 왕성한 활동력은 도저히 부정할 수 없을 만큼 대단했다. 예컨대 건초를 모을 때도 그녀는 절대 휘청거리지 않았고 남자들처럼 들어 던져 쌓을 줄 알았다. 결국 다른 여자들과 아이들이 기진맥진해서 뜨거워진 몸을 어딘가 기댈 때조차 그녀는 마차에 한결같이 건초를 들어 던졌고, 평소라면 핏기 없이 평범해 보이던 피부가 오히려 그럴 때면 촉촉하고 투명한 들장미처럼 혈색을 드러내는 듯했다. 건초를 받기 위해 짐 위에 서 있는 일을 자청하는 동생은 주로 롭이었다. 롭은 항상 가장 높고 위태로운 자리, 당장이라도 쓰러질 듯 흔들거리는 칙칙한 빛깔의 건초라든가 마텐스필드의 염장업자가 소유한 짐수레 따위에 올라서야 했다. 어느 날 그녀가 위쪽을 올려다보았을 때, 삶이, 평소처럼 위험할 것 없이 느슨하게 돌돌 말린 그것이, 난생처음으로 그녀를 직접 겨냥하는 주먹이 되어 있었다. 그것이 그녀의 가슴팍을 때린 것 같았다. 느린 장면으로 이어지는 듯한 그 광경을 건초 만드는 사람들이 지켜보는 동안, 발을 헛디디고서 웃음을 터뜨리다가 주르르 미끄러진 롭은 완전히 팔다리가 뻣뻣해졌다. 롭이 눈꺼풀에 핏기를 잃은 채 땅바닥에 쓰러져 있었다. 그녀도 직접 보고 있었다. 찰나의 수레바퀴가 삐걱거리고 있을 때였다. 롭의 이빨이 군소리를 조금 뱉으려던 사이 그 입가는 웃음조차 채 마무리 짓지 못했다. 그 이빨들은 덜 익은 옥수수 낟알들이었던 것만 같았다. 짐수레 바퀴가 무겁게 구르다 기울어질 때였다. 이전에는 튼튼한 등으로 온 세상의 무게를 막아낼 수 있었던 소녀가 이제 쇠붙이를, 나무를, 까칠한 짧은 털을 잡아 뜯고 있었다. 그녀는 한때 남동생의 머리였던 으스러진 멜론을 받치고 있었다. 임종의 현장에서.

몇 사람이 도와주러 달려왔다. 이동하는 중에도 돕는 이들이 있었다. 하지만 남동생을 직접 옮겨야 할 사람은 당연히 그녀였다. 그녀는 모호한 입 모양으로 그다지 멀지 않다고 말했다. 그 들판에서. 마을 변두리까지. 그녀는 강인한 사람이었으나 남동생의 시체를 옮기는 동안 머릿속은 갈기갈기 찢어지고 있었다. 밤중에 친척들이 주위를 지키는 가운데 침대에서 숨을 거둔 어머니의 임종과는 달랐다. 사람들은 이내 아이들에게 무심해졌다. 머지않아 결국 몸집 큰 소녀 혼자서 그 일을 떠맡아야 했다. 그녀는 남동생을 힘겹게 이리저리 끌고 있었다. 남동생은 이제 그렇듯 그녀가 옮겨야 할 책임이었다. 그녀의 두 발이 포석 위를 질질 끌며 앞서 움직일 때 여자들은 손가락을 황급히 입으로 가져가더니 제라늄과 패랭이꽃을 밟아 뭉개면서 안쪽으로 달려 들어갔다. 회색빛 거리에는 석양이 지고 그 순간에 소녀는 거리를 피로 물들이며 죽은 소년을 옮기고 있는데도, 또 다른 여자들은 오두막에서 뛰어나와 입을 떡 벌리고 그 모습을 지켜보기만 했다.

그녀는 시체를 아버지에게 가져갔다. 그녀가 보기에 아버지는 그때, 혹은 이후로도 다시는, 그녀를 똑바로 쳐다보지 않았다. 아버지는 자신이 직접 만들었던, 피가 떨어진 그녀의 튼튼한 장화 두 짝만 이따금 쳐다보았을 뿐이다.

소녀는 위층으로 올라가 잠들었다. 동생들 가운데 몇몇은 형제가 죽어서가 아니라, 아무리 흔들어도 자기네 첫째가 무서운 잠에서 다시는 깨어나지 않을까 봐 두려워 울었다.

하지만 시간은 무척이나 빠르게 많은 것을 정리해주는 법이다.

여인이 기억하기로, 소녀는 갈색 벨벳 리본을 이용해 단정하고 맵시 있게 머리를 손질하는 새로운 방법을 알아냈다. 다른 이들처럼 머리칼을 자르는 건 거부했다. 자기가 바보 같다는 느낌을 받았던 것이리라. 어쩌면 그저 촌스러웠던 것이었는지도.

기억 속에서 그녀는 갈색 리본을 묶고서 스톡 꽃이 핀 뒤뜰 안쪽을 걷고 있었다. 때는 저녁이었고 스토브 위에는 차가 놓여 있었다. 아버지가 그녀 있는 쪽으로 나왔다. 언제나처럼 그는 딸의 어깨 너머 어딘가로 눈길을 던지며, 그럼에도 미소를 띠며 말했다. "안에 들어와서 제시 뉴섬 양을 만나보면 좋겠구나."

아버지가 몸까지 건드리기에 그녀는 움찔했다.

"제시 **누구**라고요?" 똑똑히 들었으면서도 그녀는 이렇게 물었다.

아버지는 딸이 당연히 제대로 알아들었다고 생각했는지, 하려던 이야기만 계속 이었다.

"선생님이야. 저 너머 브로턴에 사시는."

그녀는 아버지의 목울대를 의식하고 있었다. 그는 늘 그것 때문에 이야기에 더욱 어려움을 겪는 것 같았다.

그녀가 꽃봉오리를 떼어냈다. 연하고 기이한 초록빛이 그 안에 있었다.

그러자 아버지가 부드러우면서도 기죽은 목소리로 선언했다.

"너희 새엄마가 될 사람이지."

그러나 적어도 소녀 쪽에서는, 제시 뉴섬 양이 자기 어머니가 될 일은 절대 없다고 단단히 마음을 먹었다.

제시 뉴섬은 자기 솜씨에 자신감이 있어 보이는 친절하고 침착한 교사였다. 그 중요한 날 밤에 그녀는 카메오[3] 브로치와, 말하자면 떠밀리듯 내려야 했던 무거운 결단의 무게 때문에 축 늘어진 카디건을 입고 있었다. 애써 공을 들이는 쪽이 언제나 더 유리한 법이라는 믿음에 따라, 뉴섬 양은 예의 바르게 말하는 법을 익힌 바 있었다. 하지만 자신의 근

---

3) 여러 층의 색상이 중첩된 재료를 돋을새김해서 입체감을 살리는 장신구.

본 때문에 비밀스러운 찬장들을 자꾸만 떠올려야 했고 그 안의 내용물들 때문에 이따금 얼굴을 붉히기도 했다.[4]

그녀는 이렇게 말했다. "그러니까 이쪽이 루스군요. 네가 정말로 훌륭한 아이라는 이야기를 들었단다. 그러니까 루스, 어떤 식으로든 네가 나를 불청객이라고 생각하지 않았으면 좋겠어. 바라건대 우리가, 말하자면, 가정생활의 의무들을 나누어 가질 수 있을까?"

제시 뉴섬은 무척 신중했다.

하지만 소녀의 완벽하게 무표정한 얼굴에서는 이마밖에 분명히 드러나지 않았기에, 제시 뉴섬은 자기도 모르게 그 이마만을 쳐다보느라 우물쭈물하고 있었다.

루스 조이너는 제시 뉴섬이 훌륭한 아내이자 새어머니가 되었다는 이야기를 나중에 전해 들었다. 소녀의 처신에 충격을 받았던 사람들도, 소녀의 형제자매들도 다들 그렇게 이야기했다. 오래도록 떨어져 지내느라 관계가 느슨해지면서 그들의 편지도 점차 뜸해졌지만 말이다.

뉴섬 양이 나타나고 얼마 지나지 않아 큰딸은 아버지에게 다가가 선언했다. "이제 일자리를 찾기로 결정했어요."

이에 아버지가 대답했다. "루스, 네가 그러고 싶다면야. 근처에서 할 만한 일들을 찾을 수 있게 우리도 애써보마."

"이주하기로 벌써 마음먹었어요." 그녀는 말했다. "크리스 왓킨슨네 고모님이 전해 들었는데, 크리스가 시드니에서 잘 지내고 있대요. 시넷 부인한테서 필요한 정보는 다 얻었고, 아버지께서 도와주시면 통행 문서도 작성할 수 있을 거예요. 처음에 필요한 비용까지 포함해서요. 동생들

---

4) 그 안에 어떤 먹을거리가 있을지를 따져본다는 점에서, 찬장은 타산적인 사랑을 비유하는 표현이기도 하다.

때문에라도 당연히 돈은 갚을게요."

아버지는 목구멍으로 알아들을 수 없는 소리를 냈다. 그도 궁금했으니, 대체 뭐라고 위로의 말을 할 수 있단 말인가? 그 대신 그는 늘 하던 소리를 다시 들먹였다.

"용서하는 법을 배워야 한다, 루스. 우리가 배워온 게 바로 그거야."

하지만 그녀는 대답하지 않았다. 자기가 돌을 던진 게 아닐까 싶어 비참하게 두려워했다. 감히 손길을 보내지도 않았으니, 그녀 자신이 아버지의 갈라진 입술에 매장되었기 때문인지도, 하얗고 완고한 치아에 매달려 비틀렸기 때문인지도 모를 일이었다.

루스 조이너는 그렇게 떠났다. 아버지가 그녀에게 몇 안 되는 물건을 챙길 양철 상자를 주었다. 형제자매들은 연보랏빛 새틴으로 만든 손수건 주머니를 선물했고 거기에는 모서리를 가로질러 수가 놓여 있었다. '깨끗한 코는 사치가 아닙니다.' 그녀는 지독하게 뱃멀미를 하거나, 비참해했다. 담배에 불을 붙이고서 편한 자세로 능숙하게 다리를 꼬며 소위 김렛[5]이라는 것을 어떻게 청해야 하는지 아는 다른 젊은 여자들은 루스가 동석해도 신경조차 쓰지 않았다. 루스의 치마는 너무 길었고 그녀가 하는 이야기는 여자들의 인생 경험에 무엇 하나 더해주지 못했다. 그래서 그녀는 혼자 앉아 이제껏 한 번도 본 적이 없던 그 거대하고 거울처럼 잔잔한 바다를 지켜보았다. 희망봉을 지났을 때쯤 어딘가—고스퍼드라던가?—에서 사업을 한다는 나이 든 신사가 구혼해왔으나, 이를 수락한다면 그릇되었다고까지는 못 해도 멍청한 짓을 하는 셈이었으리라.

다른 젊은 여자들이 선미 갑판 위에서 유혹을 찾아다니는 밤에 그

---

5) 진을 베이스로 라임 주스를 넣은 칵테일.

녀는 기도문을 외움으로써 신비로우면서도 개인적인 차원의 위안을 얻었다. 견고한 육체로부터 해방된 그녀의 영혼은 자유롭게 자기 임무를 받아들이면서도 그 자체의 힘을 좀처럼 믿지 못했다. 그리고 커다란 파도들이 서로서로 부딪혀 섞여 든다는 사실을, 별들이 하나의 빛에서 나온 파편들이라는 사실을 알아차릴 때까지 광대한 넓이 속을 마냥 맴돌고 또 맴돌았다. 그러하기에 그녀는 자다가도 살짝 뒤척이며 확신으로 미소 짓곤 했다. 선실을 같이 쓰는 여자들 가운데 하나는 무정한 거울 조각을 들여다보며 소금기 가득한 엉킨 머리칼을 빗질하다가, 곁에서 잠자는 소녀의 얼굴에 떠오른 표정을 보고서 이따금 의문에 잠겼다.

시드니에 도착한 루스 조이너는, 친구인 크리스 왓킨스가 벌써 결혼했으며 다른 주에 건너가서 살게 되었다는 사실을 알게 되었다. 따라서 그곳에는 아무도 없었다. 그래도 그녀는 어느 간이식당에서 어렵지 않게 일자리를 찾았다. 그리고 한동안 그곳에서 두툼한 흰 컵, 길쭉한 과일 케이크나 마데이라[6] 조각 등을 쟁반에 담아 날랐다. 그녀는 주의 깊게 주문들을 받아쓴 다음 찌꺼기 냄새가 가시지 않는 찻주전자들이 있는 쪽으로 되돌아갔다.

손님들은 종종 미소를 지었고 때때로 그녀에게 편지에 있는 글귀를 읽어주기도 했으며 정맥류를 좀 살펴달라고 부탁하는 사람까지 있었으니, 루스로서는 모든 게 잘 돌아가는 것처럼 느껴졌다. 여자 관리인이 그녀를 불러 이렇게 말하기 전까지는 말이다. "이봐, 자기, 내 말 좀 들어 봐. 자기는 절대 웨이트리스로 성공하지 못할 거야. 너무 굼뜨거든. 자기

---

6) 와인과 함께 즐겨 먹는 일종의 파운드케이크.

를 위해 말해주는 거니까, 명심하라고."

정말로 그 여자 관리인은 친절한 사람이었다. 그래서 루스는 그저 오랫동안 잠자코 서 있었으며, 그러는 동안 검은 새틴의 솔기를 열기가 먹어 들어갔다.

그 뒤 루스 조이너는 가정부 일로 옮아갔다. 은퇴한 목축업자의 집에서 식모 자리를 잡은 것이다. 그녀는 모양을 내어 채소를 썰면서 앉아 있곤 했다. 가득 찬 싱크대 앞에 선 채로, 고향에서부터 기억해온 찬송가를 부르기도 했다. 가톨릭교도인 소녀들 말고는 누구와도 어울리는 데 익숙지 않은 조카딸을 코크[7]에서 데려온 그 집의 요리사가 문제를 제기하기 전까지는.

루스는 대저택들 몇 군데를 전전한 끝에 사실상 마지막 일터가 된 차머스로빈슨 부인의 집에 왔고, 그곳에서의 시간은 그녀가 혼자 살아가던 시기에서 가장 중요한 기억으로 남았다. 어째서 그렇게 중요한지 딱히 이유를 들기는 어려웠지만 말이다. 그곳에 있는 동안 그녀가 남편을 만났다는 점은 분명하다. 그 하얀 집이 커다랗고 견고했으며, 목련나무가 문 쪽에 서 있었다는 점도 분명하다. 그러나 차머스로빈슨 부인은 그야말로 얄팍한 여자였으며, 하녀가 된 루스 조이너는 차마 입지 못할 헌 옷가지 몇 점과 급료를 제외하면 여주인으로부터 아무런 금전적 혜택도 얻지 못했다. 그럼에도 차머스로빈슨 부부(그 집에는 남편도 있었으니까)의 집은 루스 조이너의 마음속에 중요한 의미로 남았다.

그녀는 직업소개소에서 그 일자리에 지원하라는 제안을 받았다. 시중을 드는 하녀 일을 하게 된다고 들었다.

_____

7) 아일랜드 남부의 항구 도시. 아일랜드 주민의 대다수는 가톨릭교도이다.

"그렇지만 그런 일은 경험이 없는데요." 소녀가 말을 꺼냈다.

"문제없습니다." 여자가 대답했다.

루스는 많은 일이 문제가 되지 않는다는 사실을 깨달아왔으나, 그 생생한 증거들을 하나하나 접할 때마다 미간을 찡그리며 괴로운 눈빛을 내보였다.

당시 차머스로빈슨 부인은 오찬 약속에 가던 차였는데, 무척이나 아름답던 사파이어 브로치에 대해 청구한 보험금을 최근에 받아내기도 했고, 여하튼 딱히 문제 될 게 없다고 생각하는 모양이었다.

"일단 시험 삼아 널 써볼 거야." 그녀는 말했다. "루스라고 했지? 진짜 재미있네! 루스라는 하녀를 둬본 적은 한 번도 없는데. 네가 마음에 들 것 같구나. 난 제법 무던한 사람이란다. 요리사도 따로 있고, 개인 몸종도 따로 있어. 정원사와 운전사도 신경 쓸 것 없다. 두 사람 다 밖에서 살면서 출퇴근하니까."

루스는 차머스로빈슨 부인을 바라보았다. 그토록 휘황찬란한, 혹은 그토록 단편적인 인상의 사람은 처음이었다.

"아, 깜박했는데, 남편은 사업을 하고 있어." 눈부신 숙녀가 덧붙일 말을 떠올렸다. "밖에 나가 있을 때가 많지."

차머스로빈슨 부인은 루스를 쳐다보면서 그 얼굴이 마치 대리석으로 만든 비석처럼 평평하다고 생각했다. 누가 무어라도 새겨주기만 기다리는 비석. (그녀는 애써 그 생각을 머릿속으로 붙들고 있다가 오찬 때 화젯거리 삼아 끄집어낼 생각이었다.) 하지만 그녀는 자기가 이 어린 소녀의 내면에서 진정으로 믿음직스럽고 견실한 무언가를 발견했노라 믿고 싶었다. (만약 차머스로빈슨 부인이 루스 조이너를 말 그대로 어떤 **대상**으로서 지켜보았다면, 이는 누르면 튕겨 나갈 인간의 영혼이 아니라 그녀 자신의 무게와 요구에도 무너지지 않을 대리석, 다시 말해 일종의 물질을 갈망했기 때문이다.)

이제 부인은 부러 다급한 척, 배고픈 척하며 몸을 일으켰다. "이제 형편없는 점심을 먹으러 날아가야겠다!"

그리고 새로 들인 하녀에게 칼로 베는 듯한 미소를 지어 보였다.

루스는 말했다. "네, 마님. 즐거운 시간 되시길 빕니다."

여주인에게는 별스럽게 들리는 인사였다. 감동적이면서도.

"오, 한번 두고 보자꾸나!" 그녀가 웃음을 터뜨렸다. "아무도 모를 일이니까!"

부인은 차 안에서 잠시 슬픔에 잠겨볼 요량이었으나 금세 쾌활하게 마음을 돌렸다.

머지않아 루스는 차머스로빈슨 집안에서 지내는 데 익숙해졌다. 차머스로빈슨 부인은 남편에게 루스가 아주 완벽하다고 평했다. 물론 완벽하다고 해서 결점이 전혀 없으라는 법은 없다. 루스가 굼뜨다는 점, 야채 요리가 담긴 접시를 돌릴 때 숨을 너무 씨근거린다는 점, 그리고 전화 받기를 꺼린다는 점은 인정해야 했다. 게다가 저녁때면 종종 거리 쪽을 내다보려는 듯 현관에 서 있기도 했다. 여주인은 그 문제를 짚고 넘어갈 작정이었으나 마음이 약해진 탓이었는지 애정 때문이었는지는 몰라도 어쨌든 그러지를 못했다. 덕분에 그 우람한 소녀는 문간에, 현관에, 목련 나무 옆에 계속해서 서 있었다. 풀 먹인 모자 끄트머리부터 백색 도료를 입힌 신발 앞코까지 저녁 속으로 녹아드는 옷차림과 몸 구석구석을 보자면, 소녀는 퍼덕거리며 크게 날아오르기에 앞서 목련 꽃잎 위에서 균형을 잡고 있는 일종의 나방, 혹은 수호 정령 같았다.

그녀는 그렇게나 부지런한 사람치고는 무척 조용하게 움직였으며,

그때까지 상당히 황폐한 분위기를 띠고 있던 집에도 어느 정도 성공적으로 스며들 수 있었다. 명함을 쌓아둔 쟁반이 놓인 상감세공 테이블 위에 커다랗고 누런 코티지로프[8]에 뿌리는 밀가루가 떨어졌다 해도, 이 새 하녀가 도착한 뒤로는 그다지 이상해 보이지 않았으리라.

한번은 차머스로빈슨 씨가 저물녘에 클럽에서 돌아오다가 현관에서 그녀와 살짝 부딪쳤다.

"죄송합니다, 주인님." 그녀가 말했다. "풀벌레 소리를 듣고 있었어요."

"오!" 그는 주춤 물러났다. "뭘 듣는다고? 아, 그래! 망할 벌레들이 사람들 고막을 죄다 터뜨릴 정도군!"

그는 정말로 궁금했는데, 하녀들한테 대체 무슨 말을 한단 말인가?

"오늘 밤에 들어오셔서 다행이에요, 주인님. 좋은 게 있거든요." 그녀가 알려주었다. "빵가루를 입힌 커틀릿과 디플로매틱푸딩[9]이 준비되어 있어요."

이에 그는 죄책감을 느끼기 시작했고, 자기가 집에서 외부인이 되어버렸음을 깨달았다.

차머스로빈슨 씨는 클럽들을 좋아했다. 사적인 관계에 말려들거나 무익한 시설품 따위에 신경 쓸 일 없이 자기 좋을 대로 드나들 수 있는 곳들 말이다. 그는 한 사람의 인간으로서 남을 대하는 게 아니라 상대의 성취나 공적인 삶을 염두에 두는 사람이라서, 여자들보다는 남자들을 더 좋아했다. 여자들은 모든 것을 너무 개인적인 차원으로 격하하는 경향이 있었고, 그 같은 차원에서는 그의 자부심이 불분명해지는 기분이

---

8) 큰 빵 위에 작은 빵을 얹어 마치 집 모양처럼 하나로 구워낸 빵.
9) 반죽 위에 견과류와 오렌지 등을 올려 구워낸 디저트.

들었다. 그는 그러한 상황을 불쾌하게 여기며 회피했으나 성욕 때문에 위험을 무릅쓰는 경우는 예외였다. 그럴 때만큼은 개인적인 것들조차 즐거움에 무언가를 더해주었고, 그는 여성 특유의 부정함에 넘어간 희생자인 양 좀더 분별력 있는 판단을 언제든 포기할 수 있었다. 맵시 있는 영국식 정장과 포마드, 여송연 냄새 덕분에 여자들은 그에게 매력을 느꼈으며 그는 그 가운데 몇몇의 호의를 받아주었다. 비록 그는 아내를 돈으로 산 이후에 더 이상 그녀에게서 매력을 발견할 수 없었지만, 한편으로는 궁지에서 빠져나갈 줄 아는 아내의 능력에 끊임없이 감탄했고, 아마도 그 같은 이유 때문에 이혼을 피했을 것이다.

E. K. 차머스로빈슨(그의 친구임을 자처하는 이들은 '백스'[10]라고 불렀다) 본인도 궁지를 빠져나가는 데는 아내 못지않게 명수였다. 방향을 트는 데 실패했던 경우도 한두 번 있었음을 인정해야 하겠지만 말이다. 그런 식의 경미한 충돌 사고 한 건 때문에, 루스 조이너가 나타나고 얼마 지나지 않아 그는 요트, 장래가 촉망되는 망아지, 세브르 도자기[11]로 구성된 식기 세트, 개인적으로 부리던 하녀를 잃게 되었다.

"남편은 사업 천재지만, 천재라고 뭐 하나 틀리지 않는 건 아냐." 차머스로빈슨 부인이 설명했다. "그리고 세브르 도자기는, 뭐 현실을 받아들여야지. 그저 약간 푸르뎅뎅한 물건일 뿐이잖아."

"그런 것 같아요, 마님." 루스도 맞장구쳤다.

그녀는 살아오는 동안 내내 어린아이들의 친구로 지냈기에 진정으로 기분을 맞추어주는 걸 좋아했다.

여주인이 말을 이었다.

---

10) Bags: 자루처럼 축 처진 물건이나 눈 밑 주름을 가리키기도 한다.
11) 프랑스의 세브르 지역에서 생산되는 고급 도자기.

"우리끼리 이야기지만, 워시번은 늘 골칫거리였단다. 난 그냥 담석증 때문에 그런 거라 믿고 싶었는데, 시간이 지날수록 그 여자가 이기적인 늙은이라는 결론을 내릴 수밖에 없더라고. 얘, 루스, 너한테 그 여자가 하던 일을 조금만 맡아달라고 부탁해야겠다. 내 옷들을 펴놓고, 옷을 입는 동안에는 옆에서 한두 가지 물건을 건네주면 돼. 틀림없이 너한테도 즐거운 일이 될 것 같구나."

"물론이죠, 마님." 루스가 대답했다.

그리고 이전에는 그 존재를 짐작해본 적도 없는 신비의 세계에 입회하게 되었다.

차머스로빈슨 부인이 당도한 사회 진화의 단계에서 몸치장은 더 이상 그 자체로 목적이 아니라 순교자적인 고난이었다. 한순간도 쉬지 않고 고문 틀을 담금질해야 했다. 그녀는 언제까지나 옷을 입었다가 벗어보고, 쓰다듬었다가 매만지고, 억지로 당겼다가 풀어보고, 희망에 차서 거울을 들여다보았다가 넌더리를 내며 물러났다. 때로는 지독하게, 정말이지 지독하게 스스로를 경멸하다가, 막판에는 혼자 녹초가 되긴 했어도 옆트임 몇 군데와 적절하게 고른 다이아몬드 덕분에 뜻밖의 승리를 거두곤 했다. 그러고서 여전히 자신 없는 입술을 깨물며 거울에 몸을 비추어보았다. 베이지색 옷을 입은 미네르바.

그녀는 숨차게 외쳤다. "빨리! 빨리! 옆에다 댈 것들 좀."

그러면 루스는 그 여신이 자동차를 타거나 오찬을 즐기는 동안 투구 아래 졸라매곤 하던 조그만 털 다발을 건네주었다.

하지만 그 같은 겉모습이 차머스로빈슨 부인의 전부는 아니었다. 단연코 그렇지 않고말고.

한번은 부인이 하녀에게 비밀을 털어놓았다. "루스, 적어도 넌 나한테 충직하고 따뜻하게 굴었으니까 나도 비밀을 하나 가르쳐주마. 사실 난 크리스천사이언스[12]에 가담할까 고민 중이야. 나한테 정말 괜찮을 것 같은 기분이 들거든."

"그게 만약 필요한 거라면요……" 굼뜬 하녀는 머뭇거리며 대답했다.

언젠가 여주인은 그녀를 바닷가까지 보낸 적도 있었다. 진주들을 위해 장난감 양동이에다 바닷물을 담아 오라는 것이었다. 그게 진주에 필요했으니까.

"오, 나한테 **필요한** 것이라!" 차머스로빈슨 부인이 한숨을 내쉬었다. "한때는 나도 로마로 건너갈까 진지하게 고민했더랬지. 너도 알겠지만, 난 정말로 아름다움과 화려함을 향한 갈망을 채울 수가 없는 사람이거든. 그래도 결국에는 그런 생각을 깨끗이 포기해야 했단다. 정말로 솔직하게는, 지인들을 마주 대할 엄두가 안 났던 거야."

"제가 믿는 건……" 루스가 입을 열었다.

하지만 차머스로빈슨 부인은 벌써 약속이 있다며 일어나느라 하녀가 무엇을 믿는다는 건지 듣지 않았다. 버벅거리기만 하는 말주변으로는 어차피 그 한없이 순박한 생각을 전달할 수도 없었을 테니 하녀 입장에서는 오히려 달가운 일이었다.

하녀는 혼자 집에 남아 있는 동안―요리사는 간이 나빠서 나태하게 틀어박혔고, 정원사는 누군가를 만나러 내려갔으며, 운전사는 여주인을 시내 구석구석으로 모시고 다니느라 대개는 집에 없었다―자신의 믿음을 표현하려 노력하곤 했다. 말이나 정통적인 예배 방식을 통해서가 아니라 소극적인 경배에 그녀 자신을 내맡김으로써 말이다. 그 같은

---

12) 19세기 말에 미국에서 창시된 기독교 계통의 신흥 종교. 예수의 치유 행위를 의학적으로 적용 가능하다고 본다.

상태로 그녀는 건장한 자기 몸이 공기와 빛, 목련꽃 향기, 비둘기가 부르는 찬송가의 아름다움 속으로 녹아들도록 내버려두었다. 하녀로서 그릇을 닦고 바닥을 청소하면서, 버려진 스타킹들을 수선하고 바닥에 떨어진 미끄러운 옷들을 그러모으면서, 카펫에서 좀을 찾고 모피에서 벌레 먹은 자리를 찾으면서, 아낌없는 찬양 속에서 자기 존재의 적극적인 정수를 바칠 수도 있었을 것이다. 그리고 아직은 거기까지 인도되지 못한 믿음을 장래에 표출하기 위해 여분을 남겨놓기도 했다. 초인종이 울릴 때마다 그녀는 자신이 증명할 것을 요구받는지 알아보고자 낯선 이들의 얼굴을 탐색하곤 했다. 언제나 그녀한테는 따로 내놓일 수 있도록 어느 정도의 힘이 남겨져 있는 것 같았다. 차머스로빈슨 부인을 위해서라면 어떤 식으로든 기꺼이 스스로를 희생할 의향이 있었겠지만, 정작 여주인은 산만한 정신 상태에서 빠져나와 하녀의 희생을 받아들일 리가 없었기 때문이다.

따라서 하녀의 그 같은 의향들은 유령처럼 집 안을 떠돌아다녔다. 빈방들의 카펫 위에 그것들이 거부당한 채 놓여 있었다.

물론 방들이 늘 비어 있지만은 않았다. 그곳에서 오찬과 만찬이 열리곤 했다. 만찬보다는 오찬이 선호되었는데, 이는 부인들이 남편을 동반하지 않고서 참여해 한결 쉬이 마음의 부담을 덜 수 있었기 때문이다. 멍청한 남편을 둔 아내들은 원하는 만큼 똑똑하게 굴 수 있는 입장인 반면, 멍청한 아내들은 이제 자기네 멍청함을 한껏, 최대한 유익하게 활용할 수 있었으리라.

당시는 안주인들이 요리법을 개발하고 식탁에 볼로방, 솔베로니크, 베녜오프로마주, 투르네도루루와티에 따위의 요리들[13]을 도입하는 통

---

13) 모두 당시의 오스트레일리아에서는 익숙지 않던 프랑스 요리들이다.

에, 싸구려 콘비프 구린내를 갈망하는 남편들이 클럽이나 호텔, 심지어 기차역으로 쫓겨나던 시기였다. 차머스로빈슨 부인은 특히 오찬을 즐겁게 차리기로 유명했고 여기에 목축업자—아주 무난한 사람들이었다—, 법정 변호사, 사무 변호사, 은행가, 의사, 해군—육군은 절대 안 되고—장교의 부인들을, 그리고 조심스럽게 상인의 부인들까지 맞아들였다. 그때쯤 상인 부인들 가운데 일부는 부유해지고 쓸모가 생겨서 상대해줄 만했기 때문이다. 여주인은 자기가 잘 모르는 숙녀들도 여러 명을 접대했고, 이들을 오히려 더 좋아하기까지 했다. 감히 편하게 이름을 부르는 사이가 될 엄두를 아직 내지 못한 사람들을 보며 그녀는 얼마나 눈을 번득였던가.

차머스로빈슨 부인은 마지라는 이름을 가지고 있었으나 이는 어쩌다 보니 지니라는 별명으로 발전했다. 사정을 잘 아는 사람들, 그녀가 그냥 **예뻐하는** 사람들, 그녀와 어느 정도 비밀을 공유하는 사람들은, 부인을 '지니 차머스'라고 부르곤 했다. 반면 그녀 쪽에서 접근을 차단하기로 마음먹은 이들은 그녀를 보며 마음속으로 '저놈의 주정꾼[14] 로빈슨'이라고 생각했다. 이는 합당치 않았다. 물론 부인은 자기가 피로감을 느낄 때 **뭔가**를 한잔했다는 사실을 부정하지 않았으나 사실은 그 맛을 **대단히** 혐오하기에 재빨리 들이켜곤 했던 것이다. 훗날 신경과민을 다스려야 하는 상황에 처했는데 크리스천사이언스가 늘 도움이 되지만은 않았을 때에야 꽃병 뒤에 술잔을 세워두는 습관을 붙이게 되었을 뿐.

그럼에도 오찬을 즐기기 전 차머스로빈슨 부인은 변함없이 눈부시게 빛났다. 그녀는 스푼이나 포크 일체를 식탁 위에다 옮겨놓으러 식당

---

14) Ginny: 지니Jinny라는 이름이 독한 술인 진Gin을 연상시킨다는 점에서 착안한 별명이다.

에 들어와서 각기 다른 브랜드의 담배로 가득 채운 조그만 무라노[15]산 그릇 두세 개를 더했다.

설령 얼굴을 찌푸리고 싶더라도 부인은 이를 용납하지 않았다. 오히려 이렇게 말했을 것이다. "나는 훌륭하고 조용한 그림 앞에 직접 앉아 있고, 그 옆에서 네가 시중을 들면서 뭔가 재미난 이야기를 들려주면 얼마나 좋을까. 그래도 루스, 네가 자랑스러워. 넌 완벽해 보이는 걸 죄다 가지고 있거든."

비록 그녀가 바라본 것은 자기 자신이 반영된 모습이요, 단 한 번—그 이상은 스스로 허락하지 않았다—의 손길도 그녀의 무정한 살결을 건드린 게 전부였지만. 그러고서 그녀는 반짝일 때까지 재빨리 입술을 축이고 마치 방금 잠에서 깬 것처럼 눈을 커다랗게 떴다. 그 두 눈은 여전히 무척이나 아름다웠으며 앞에 마주하면 두려움을 일으켰다. 그렇듯 푸르른 불꽃. 그것들이 기쁨을 주어야만 했거늘.

마침 그때 초인종이 울리기 시작했고, 루스가 달려 나가서 이제 막 도착하는 숙녀들을 집으로 들였다. 숙녀들은 온갖 위원회에 참석하고, 자선 무도회에서 춤을 추고, 물의를 일으킬 만한 옷을 입고서 경마 대회에 다녀들 오느라 완전히 진이 빠진 상태였다. 이들은 그 모든 일에 너무도 열심히 매달렸던 나머지 브랜디크러스터[16]를 손에 쥘 기운조차 제대로 남아 있지 않았다.

루스 조이너가 차머스로빈슨 집안에서 일을 시작했던 해에 숙녀들은 원숭이 모피를 걸치고 있었다. 처음에 그 교묘해 보이는 물건을 접했을 때 소녀는 오싹해졌다. 원숭이를 걸칠 생각이라니! 그때 그녀는 원숭

---

15) 베네치아와 다리로 연결되어 있는 일군의 섬. 전통적으로 유리 공예가 발달했다.
16) 나선형의 과일 껍질로 장식한 칵테일.

이 모피가 재미난 물건이라는 이야기를 들었고, 실제로도 그러한 모양이었다. 죽은 원숭이한테서 벗긴 그 살아 있는 것 같은 모피는 모자에서 스르르 빠져나와 억지로 물리치지 않는 한 사람들의 대화 속으로 흘러들었다. 응접실에서 화젯거리는 온통 모피와 사람들이었다. 담배 연기가 마치 원숭이의 손처럼 뻗어 나와 더듬거리는 동안 숙녀들은 감미로운 털다발을 쓰다듬으며 앉아 있었다.

루스 조이너로서는 당연히 기억할 이유가 있는 어느 오찬 전에 있었던 일이다. 좌중 모두가 알고 있는, 암으로 죽어가는 어떤 사람에 대한 소식을 한 숙녀가 전했다. 그런 이야기가 어울리는 시점은 아닌 듯했다. 숙녀들 가운데 여러 명이 칙칙한 모피 속으로 움츠러들었고 다른 이들은 술 장식을 배배 꼬아 묶기 시작했다. 어떤 사람은 브랜디크러스터를 쏟았고, 적어도 그 옆 사람은 그를 도와 술을 닦아낼 수 있었다. 잠시간 맥없이 늘어진 원숭이들의 악취가 감돌던 곳에서 대화가 다시금 제비꽃 향의 연기가 그리는 궤적을 되찾을 수 있을 때까지 말이다.

식당에서는 모두가 한결 기분이 나아졌다. 루스, 그리고 어쩌다 일손을 도우러 오던 메이라는 나이 든 여자가 뻣뻣한 흰옷을 입고서 재빠르게 움직이고 있었다.

차머스로빈슨 부인은 음식을 먹는 시늉을 하면서도 모두에게서 눈을 떼지 않았다. 그녀는 어떤 성격의 무리가 되었든 한데 짜 맞출 수 있었다. 그리고 떠도는 소문들을 포함해 모든 것을 들었다.

부인이 속삭였다. "루스, 뒤플레시 부인께 조그만 가자미 좀더 가져다드려. 아, 맞아, 매리언. 그 사람들은 너무 순박해서 거절도 못 한다니까!"

혹은, 아주, 아주 부드럽게. "메이, 설마 왼쪽이 어느 쪽인지 잊어버린 건 아니겠지?"

그래도 모두가 와인에 만족했다. 그리고 어느새 다시 담배를 피우기 시작했다. 새로 나온 제비꽃 향의 흐릿하고 파란 연기가 피어올랐을지도 모른다.

끝으로 스펀슈거[17]로 만든 백조를 대령하자 숙녀들은 반지 낀 손을 절그렁거리며 박수를 보냈다. 몹시 성공적인 작품이었다.

루스 자신도 요리사의 의기양양한 백조를 보며 기쁨을 느꼈다. 한 숙녀의 등 뒤로 지나가는 길에 참지 못하고 이렇게 말했을 정도니까. "있잖아요, 저거 만드느라 정말 골치가 아팠다니까요. 저 속에 폭탄이 담겨 있지 뭐예요."

방문객은 그 말을 우스꽝스러우면서도 미숙한 발언이라고 생각했다.

모피는 전혀 없이 물방울무늬 옷을 입은 그 숙녀는 유행을 못 따라갔다 뿐이지 상당히 중요한 인물이었다. 그녀는 영국 귀족의 딸이었고, 바로 그 사실 때문에 고상한 여자들은 그녀를 무시하는 대신 존경했다. 그녀 곁에는 법정 변호사의 부인이 앉아 있었다. 사람들이 매그더라고 부르는 여자였다. 교양 있는 사람들 중에는 매그더를 상스럽다고 여기는 이들도 있었지만, 그럼에도 그녀는 재미있는 사람인 모양이었다. 법정 변호사의 부인을 귀족 영애 옆에 앉힌 건 확실히 여주인의 대담한 판단이었겠으나, 지니 차머스는 언제나 그렇듯 담력 센 사람이었다.

점심 식사를 마친 매그더가 옷차림에서 신축성 있는 부분 몇 군데를 눈에 띄게 느슨히 풀더니, 자신의 여송연 가운데 하나에 불을 붙이기 시작했다. 몇몇 숙녀는 그 장면을 보며 짜릿한 흥분을 느꼈다.

---

17) 설탕을 녹인 다음 실처럼 가늘게 뽑아 모양을 만드는 기법.

"이놈의 연초 탓에 여러 번 이혼할 뻔했지요." 매그더는 옆자리에 있는 귀족 영애에게 고백했다. "당신도 제 남편처럼 그냥 참고 버티기로 마음먹는다면 좋겠네요."

매그더의 목소리는 단호하고도 낮았다. 이는 곁에 있던 몇몇의 숙녀 사이로 진동하며 퍼져나갔고 여송연 못지않게 그들을 흥분시켰다.

하지만 귀족의 딸은 고개를 젖히며 웃음을 터뜨렸다. 아직 어리다는 것 말고 별달리 뚜렷한 개성도 갖추지 못한 그녀는 착하게 굴기로 마음먹었던 것이다.

다른 숙녀들이 힐끔거리며 확인한 그녀의 피부는 하얗고 거의 꾸밈 없는 모습이었다. 반면 그들은 주황빛, 연보랏빛, 심지어 초록빛으로 얼굴을 감추었는데, 서로서로 주목을 끌기 위해서라기보다는 스스로를 대면할 용기를 내기 위해서였다.

매그더는 그때쯤 조금 남아 있던 와인을 단숨에 들이켜고 팔꿈치를 테이블에 단단히 세우고서 말했다. 어쩌면 여송연의 담뱃재를 향한 질문이었는지도 모른다. "연기를 피워 토끼들을 몰아낼 사람이 누구려나요?"

하지만 그녀는 재빨리 곁에 있는 귀족의 딸을 향해 몸을 돌리더니 흉금을 터놓았고, 귀족의 딸 쪽에서는 그녀가 그럴 만한 가치가 있기를 겸손하게 희망했다.

"아니면 우리가 이렇게 말해야 하려나요? 원숭이들이라고?" 매그더가 덧붙였다.

하지만 목소리의 현을 몹시도 꾹 눌러 막아놓은지라 다른 숙녀들은 아무리 귀를 기울여도 들을 수가 없었다.

"영애님은 한 번이라도……" 법정 변호사의 아내는 이제 눈살을 찌푸리고 있었다. "궁둥이가 한가득인 원숭이들을 본 적 있어요? 그러니까, 짜증 나는 원숭이 궁둥이들로 가득한 짐승 우리를?"

매그더로서는 아무리 매몰차게 내뱉어도 시원치 않았다.

"모피 바지를 입은 원숭이들을?"

그 저명한 손님 한 명을 제외하고 아무도 그 소리를 알아듣지 못했다는 사실은 주변을 술렁이게 했다. 더구나 귀족의 딸이 한껏 옹호하는 태도로 고개를 젖히면서 그녀 자신도 움찔할 정도로 이상한 소리를 흘렸을 때 말이다. 이는 귀족의 딸이 아직 어리던 시절 어느 추운 아침에, 만만한 새 한 마리를 못 잡았다며 사냥터 관리인이 그녀를 비웃었던 기억에서 비롯된 것이었다.

그 동물 같은 소리를 차단하느라 몇몇 숙녀는 그들의 양손을 쳐다보았고, 좀더 사려 깊은 이들은 아무 말이나 횡설수설해보려 했다. 하지만 식사 시중을 드는 하녀는 그녀도 마침내 원숭이 숙녀들 틈에서 즐거움을 느끼기 시작했다는 사실을 깨달으며, 그 중요한 손님에게 초콜릿 한 접시를 권했다. 물방울무늬 옷을 입은 귀족 영애는 떨리는 손가락으로 초콜릿을 받아 들고는 요란한 포장을 벗긴 후 입안에 던져 넣더니, 대담하게 바른 립글로스 자국 한쪽에 실수로 리큐어를 약간 흘리고 말았다.

귀족의 딸은 루스 조이너의 기억 속에 남았다. 그러나 식탁에 있던 그 손님이 나중에 응접실에서 이어진 사건과 어떤 식으로든 연결되었다는 이유 때문은 아니었다. 오히려 그녀는 대수롭지 않으면서도 일면 숙명적인 꿈속의 존재—실제로 루스는 한두 번 그녀가 등장하는 꿈을 꾸었다—로서, 가만히 닫힌 문에 자리 잡은 특색 없고 단조로운 돌과 같은 형상으로 남았다.

차머스로빈슨 부인으로서는 자기 오른편 끝에서 벌어진 소란이 마냥 마음에 들지는 않았으리라. 그것만 아니었더라면 원숭이들의 오찬은 성공적일 수도 있었다. 어쩌면 그녀는 한층 불리한 상황이 다가오고 있음을 감지했을는지도 모른다. 뒤로 비스듬히 의자를 밀어낸 뒤, 힘줄이 불거진 목으로 이렇게 말했으니 말이다. "응접실로 들어갑시다. 커피를 마신 다음 브리지 게임을 한판 벌이고 싶은 분들이 있을 거예요."

루스는 잠시 후 매그더가 안주인에게 사과하는 소리를 들었으나 무거운 은쟁반을 옮기느라 완전히 주의를 기울이지는 못했다. 다만 나중에 말뜻만을 알아들을 수 있었는데, 어딘가 이상하게 느껴지는 내용이었다.

"그래도 자기, 너무너무 유감이에요. 사정이 그래서야 말을 하지 말걸. 복합적인 계획들이 완전히 물거품이 되어가지고서는. 그런 잡음, 실제로 다른 사람들은 죄다 들어서 알고 있었죠. 그다음엔 덜컥 주 연합 법인이 들이닥치는 거고."

하녀는 꾸준히 몸을 들썩거리고 이따금 거꾸로 몸을 돌리며 쟁반을 들고서 춤추듯 시중을 들었다. 그녀의 풀 먹인 옷에서는 더 이상 탁탁거리는 정전기가 일지 않았으나, 숙녀들이 스푼 가득 커피를 퍼갈 때마다 돋을새김한 은식기 위에서는 조그만 커피 조각들이 쨍그렁거리며 흩어졌다.

차머스로빈슨 부인은 본래의 안색에 비해 눈에 띄게 창백해져 있었다.

"백스는 한 번도 이 문제를 입에 담은 적이 없는데." 그녀가 말했다. "애초에 이 집에 있지도 않았으니까."

방어 수단이라기에는 어정쩡한 고백이었다.

"방기하기까지? 그래도 자기, 아무래도 나는 잠옷을 가져와야 하겠네요. 아예 칫솔까지 가져와야지. 이런 일 비슷한 상황이 진짜 많았지만 난 거의 전문 대리인 수준이잖아. 그럭저럭 빠져나갈 구멍을 만들곤 했어요."

매그더는 혼자 신실함에 취해 눈을 깜박거렸다. 아니면 브랜디 때문에 눈꺼풀이 무거웠던 것이리라. 그녀의 피부는 마치 두꺼비 같은 적갈색이었다.

"하룻밤에 처리되어버리는 일이 어디 있어!" 차머스로빈슨 부인이 비통하게 웃었다.

"어떤 건 그러기도 해요!" 매그더가 눈을 깜박거렸다.

하녀는 춤추듯 사람들 사이를 누비며 움직였다. 그러다 이야기에 귀를 기울이느라 한두 걸음을 헛디뎠고 어떤 숙녀가 걸친 원숭이 모피의 허릿단에 부딪혔다. 어쨌든 그러면서도 더 잘 들을 수 있었다.

"그럼 우리는 망했구나!" 차머스로빈슨 부인이 웃음을 터뜨렸다.

이야기만 듣자면 마치 보온병을 깜박 두고 소풍을 나온 사람 같았다.

매그더는 아무래도 그녀가 자책할 수도 있겠다고 생각했다.

"자기." 그녀가 말했다. "나는 자기를 좋아하잖아. 해리가 준 카보숑 루비들을 저당 잡힐게요. 어차피 징그러운 종기처럼 달고 있던 것들이니까."

"커피 드릴까요, 마님?" 루스 조이너가 여주인에게 물었다.

그러나 차머스로빈슨 부인은 관심을 보이는 둥 마는 둥했다. 이 하녀는 자기가 머릿속으로만 미리 알던 진실, 즉 인간이 인간을 혐오할 수 있다는 것을 처음으로 몸소 깨달았다. 여주인은 루스를 들여다보고 있었으나 이는 마치 상대를 창문이라 여기는 듯했고, 그 시선이 그녀를 깨부수기 시작했다.

"괜찮아." 차머스로빈슨 부인이 창백하게 대답했다.

곧이어 그녀는 허리 아래로 폭삭 무너져 내리면서, 별 특색 없이 평범한 자기 소유의 카펫 위에 진이 빠진 채로 드러누웠다.

자연스러운 혼란 통에서 웨지우드[18] 커피 잔이 깨졌다. 보석들이 맞부딪히며 긁히고 연민과 모피 술 장식들이 서로 뒤엉켰다. 그 와중에 부대끼고 뒷걸음치며 몸을 숙였다 펴던 방문객들 가운데 한두 명은 현기증 때문에 무어라도 집어 먹어야 했다.

이런저런 조언이 오가고 세게 뺨을 때린 후에야 차머스로빈슨 부인은 몸을 꿈쩍하기 시작했다. 실제로 미소를 짓고는 있었으나 멀리서 보면 그 모습은 마치 심해의 밑바닥 같았을 것이다. 그녀는 망가진 머리칼을 쥐고서 바로 앉았다. 그리고 향락의 시절이 끝장나버렸음을 잊은 듯 계속해 웃음—한쪽 뺨의 보조개가 도움이 될 수 있었다—짓고 있었다.

부인은 이렇게 말을 이었다. "정말 미안해요. 체면이 말이 아니네요." 하지만 수면 위로 올라가지 못하도록 방해할 게 분명한 저류를 느끼자마자 말을 멈추었다. "어디에……" 그녀가 물었다. "루스는 어디에 있지?" 구제받을 수 있는 유일한 희망이 날아가버릴까 두렵다는 듯 카펫의 질감을 느끼면서. "여러분들 모두 이만 나가달라고 부탁드려야 하겠네요. 정말 미칠 것 같군요." 그녀의 웃음은 기분 나쁘게 킥킥거리는 소리로 가라앉고 있었다. "그나저나 루스, **루스**는 어디 있는 거야?"

하녀는 여러 명을 밀치고 나가 여주인 앞에 도착해서 그녀를 똑바로 붙들려 애썼다. 우아한 모습은 아니었으나 황망하게 움직인 끝에 결국은 그녀를 일으켜 세울 수 있었다. 여주인은 하녀의 허연 기둥 같은 몸에 기댄 채 부축을 받으며 계단을 올라갔다. 아마도 꼭대기까지 올라가, 흩어지는 방문객들과 나폴레옹처럼 작별하고 싶었을 것이다. 하지만 현실에

---

18) 1759년에 설립된 영국의 유서 깊은 도자기 회사.

압도당한 그녀는 헌신적인 몸종이 그녀를 데려가는 동안 몸을 구부리고 서 손수건으로 그 같은 현실의 무게를 억누르며 기침했다.

루스에게 그날 저녁은 끔찍한 기억으로 남을 수밖에 없었다. 그녀는 처음으로 여주인의 벌거벗은 모습을 보았다. 주인의 살결은 회색빛이었다. 실크로 숨기고 있던 자리에서는 기분 나쁘게 늘어진 거미 같은 몸뚱이가 스르르 드러났고, 만약 연민이 부족한 사람이라면 그 모습에 뒷걸음을 치고 말았으리라. 그러나 소녀는 떨어진 것들을 계속해서 집어 들었으며, 결국 차머스로빈슨 부인을 침대에 기대어놓은 다음 똑바로 다시 쳐다볼 수 있었다.

상당히 독한 브랜디 덕분에, 그리고 스스로 값을 치를망정 당연히 동정을 받으리라는 기대 덕분에, 여주인의 살빛은 분홍색을 되찾았다. 옷도 분홍색을 입고 있었다. 엷은 색이었다. 그녀가 얼마나 시들시들해졌는지는 애처롭고 고전적인 실내복이 가려줘서 잘 드러나지 않았다. 그녀는 금속 구슬로 장식한 머리띠 아래로 머리칼 옆쪽을 곱슬곱슬하게 말아놓는 것도 잊지 않았다.

"루스, 어떤 일이 일어나든……" 부인이 말했다. "자세한 사정을 이야기해줄 수가 없고, 나로서는 사실 짐작조차 못 하겠구나. 그래도 나는 절대, 절대 너를 포기하지 **못해**. 그러니까, 네가 이렇게 곤경에 처한 내 곁을 지켜준다면 말이다."

찬장을 열고서 정리하는 소녀의 모습은 무척 어색했다.

"아, 마님. 저는 누구를 저버리는 그런 사람이 아니에요!"

그녀는 자기 남동생의 죽은 몸을 짊어졌을 때의 무게를 기억했다.

차머스로빈슨 부인은 거침없이 고통받았다. 입에다 초콜릿을 꾸역꾸역 넣을 수만 있다면 무엇이든 내어줄 수 있었으리라. 그 대신 그녀는 열려 있는 옷장을 쳐다보았다. 구슬로 장식된 전등갓에서 간신히 새어 나오는 빛을 받아, 공허한 옷가지들이 더욱 비극적으로 보였다.

"저 어여쁜 것들이 죄다!" 그녀가 흐느껴 울기 시작했다.

루스 조이너는 힘겹게 호흡했다. 하지만 어떤 식으로든 도움이 될 수 있다면 더 심한 타격도 견딜 수 있었다.

"유리잔 좀 새로 채워주지 않을래?" 여주인이 애걸했다. "브랜디를 조금만 부어줘. 네가 대체 나를 어떻게 생각할까? 아, 이런. 그렇지만 내가 원래 이런 사람은 아닌데! 그냥 개인적인 물건들을 조금 잃어버릴지도 모른다는 거야. 극단까지 몰린 사람들이란, 정말로, 정말로 무자비하기 그지없거든."

루스가 파산의 기미를 느낀 건 이때가 처음이었다. 차머스로빈슨 부인은 자신이 아직 서명해도 좋다고 승인된 장소에 얼굴을 내밀 수 있도록 해줄 **어여쁜 것**들을 언제든 찾아낼 터였으나, 루스로서는 그 사실을 알 길이 없었다. 더 이상 현실적이지 않은 현실을 회피할 수단과 방법은 어떻게든 존재하는 법이다. 지니 차머스는 이미 뜯어놓은 애견 비스킷을 비상시에 대비해 포장 안에 감추어두는 주인 같았다. 다만 그녀 자신이 강아지의 주인인 동시에 바로 그 강아지였을 뿐.

그녀의 하녀는 나중에야 낡은 분홍빛 새틴 실내화 한 짝의 앞부리 안에서 뭔가를 우연히 발견하게 될 터였다. 충직한 아이라고, 부인은 말해야 했으리라.

"아, 그래." 차머스로빈슨 부인은 잠시 생각하다 무척이나 느릿하게 대답할 터였다. "그건 다이아몬드야. 게다가 제법 좋은 물건이기까지 하단다."

그러고는 그것을 가져가 마치 존재하지도 않는 물건이라는 듯 어딘가 다른 곳에 두었을 것이다.

하지만 이 당시에 루스 조이너는 비극이 톱밥으로 꽉꽉 채워질 수 있다는 사실을 아직 알지 못했다.

그녀가 말했다. "브랜디를 꽉 쥐고 계세요. 마님, 제가 따끈하고 맛있는 마실 거리를 가져다드릴게요."

이렇게까지 이야기할 정도였다. "하늘이 무너져도 솟아날 구멍은 있는 거래요."

루스는 낡아서 툭 터진 소파라도 무척 좋아했을 것이다. 그런 게 마침 그녀의 천성이었을 테니.

그녀는 뜨거운 물병 따위를 들고서 계단을 오르내리고 있었다.

열쇠로 문 여는 소리가 들려올 때까지 말이다.

차머스로빈슨 씨는 대략 10시쯤 들어왔다.

루스가 말했다. "마님은 그 문제를 무척 안 좋게 받아들이고 계세요, 주인님."

그는 웃음을 터뜨렸다. 그제야 루스는 주인의 양쪽 뺨에 그물처럼 얽혀 있는 작은 핏줄들을 알아보았다.

그는 계속 웃었다. 그리고 대꾸했다. "당연히 그러시겠지!"

하지만 그의 발걸음은 피로했다. 그래도 입고 있는 옷은 여전히 무척 잘 다림질되어 있었다. 커프스단추들이 어슴푸레한 층계 위에서 반짝였다.

"어째서인지 배가 아프군." 그가 말했다.

하녀에게 말을 붙이고 있었다는 사실도 잊어버린 채.

그녀는 어쩌면 그가 술에 취했을지도 모른다고 생각했다. 그리고 만일 그들이 식물원의 바나나 잎사귀 아래로 모래투성이 길을 함께 걷는 상황이었다면 과연 무엇에 대해 대화했을지 궁금해했다.

루스는 할 일을 하느라 드나들면서—그녀는 예컨대 그가 하룻밤 묵고 가기로 결정할지도 모른다고 생각했기에, 그가 옷 방에서 사용하던 침구를 정돈하러 갔다—계단참에서 언뜻언뜻 이야기를 엿듣지 않을 수가 없었다. 약간의 호기심이 동한 것도 사실이었다. 분명히 말해 일부러 귀를 기울인 건 아니었지만 말이다. 단지 조심성 없는 이들의 소리가 문 뒤에서 들려왔을 뿐.

백스 차머스로빈슨은 상황의 전말을, 혹은 그 가운데 알려주어도 괜찮은 이야기만을 아내에게 들려주고 있었다. 루스 조이너는 구슬 머리띠 아래로 여주인의 눈썹이 얼마나 침울해졌을지 머릿속으로 그려보았다. 상상이 되는가?

"합병 뒤에 있었던 일이야." 남편 쪽에서 이야기하고 있었다.

오, 아내는 냉소적으로 말했다. 금전적인 부분에서 천재가 아닌 그녀로서는, 늘 합병을 마친 뒤에는 편히 앉아 한숨을 돌리면 되는 줄로만 알았다고 말이다.

그러자 남편은, 자기가 아는 한 그녀야말로 무엇보다 비뚤어진 존재라고 대꾸했다.

"합병!" 그녀가 고집스럽게 외쳤다. "우리, 고통스러운 요점에서 벗어나지 말자고!"

그가 어찌나 웃어댔던가. 그는 그녀를 보고서 더럽기 짝이 없는 개년이라고 말했다.

"나야 언제나 소녀처럼 고결했지." 그녀는 대꾸했다. "단지 결혼이라는 실수를 저질렀을 뿐이야."

"결혼 덕분에 온갖 혜택은 다 누리면서!" 그도 덧붙였다.

그가 병에서 무언가를 따라 마시는 소리가 들렸다.

"하룻밤이면 사라질 것들." 그녀는 말했다.

그녀가 누운 자리, 혹은 다른 쪽으로 털썩 주저앉은 자리에서 매트리스가 삐걱거렸다.

하녀는 말다툼이 오가던 어느 시점에 여주인이 몸 주위로 어떻게 시트를 휘감을 수 있었을지도 알았다.

"이봐, 지니." 남편이 말했다. "당신이 나를 도와줄 수만 있다면, 우리가 전에 겪었던 다른 일들처럼 어떻게든 상황을 헤쳐나갈 수 있다고."

"내가!" 그녀는 웃어젖혔다. "글쎄! 나도 쓸모가 있다는 소리를 다 듣게 되다니, 이거 정말 충격적이군그래!"

"당신은 지적인 여자잖아."

그녀가 무척 짧게 끊어내듯 웃고 있었다.

"만약 누가 자기 남편을 혐오한다면, 그건 당연히 그치가 딱 그만한 대우를 받을 만한 멍청한 비렁뱅이라 그런 거야."

곧이어 다음 카드를 누가 만지작거리는지 알 길 없이 침묵이 흘렀다.

하녀는 하품하며 축 처지다가 결국 슬며시 잠들어버렸기 때문에 여주인의 남편이 떠나는 소리를 듣지 못했다. 잠결에 현관 걸쇠가 툭 닫히는 소리를 들은 것도 같았는데, 다음 날 아침에는 더 이상 차머스로빈슨 씨를 그 집에서 찾을 수 없었다. 그는 하녀가 정돈해둔 침대에서 잠을 자고 가지도 않았다.

이른 아침, 차를 한잔하고 있는 차머스로빈슨 부인은 각별히 기묘하고 몽롱해 보였다. 머리칼도 평소와는 약간 달리 곱슬곱슬하게 말아놓았다.

그녀가 말했다. "루스, 너는 너무 착해서 이해 못 할 거다. 사람들이 천성에 어긋나는 짓을 하도록 어떻게나 내몰리는지 말이야."

"그런 건 잘 모르겠어요." 하녀는 동의했으나, 동시에 의심했다.

그때 여주인이 갑자기 소녀의 손을 어루만졌다. 그것은 거의 알아챌 수 없을 정도로 무의식적인 움직임이었고, 루스 쪽에서 먼저 손을 빼냈다. 두 사람 모두 순간적으로 당황했으나 이내 그런 일이 벌어졌다는 사실을 잊어버렸다.

나중에 차머스로빈슨 부인이 이렇게 속내를 밝히긴 했다. "있잖니 루스, 나는 너랑 함께 있을 때만 행복한 것 같더라."

하지만 소녀는 다른 일로 바빴다.

오래 지나지 않아 처음 보는 남자가 얼음을 배달하러 왔다. 밤사이 돌아다닌 고양이들과 란타나[19] 냄새가 가실 만큼은 아니어도, 일찍 내린 비가 어느 정도 깨끗이 씻어낸 아침이었다. 그는 뒤쪽 계단을 덜컹거리며 내려왔다.

"저기, 안녕하십니까!" 새로 온 남자가 말했다. "이걸 어디에다가 가져다 놓을까요?"

에델은 이른 시간에, 특히 자기가 점심 식사로 뜨거운 음식을 담아내기로 한 날에는 항상 짜증을 부렸고, 이날도 남자 쪽을 올려다보는 대신 이렇게만 말했다. "네가 저 사람한테 보여줘. 알았지?"

"네." 루스가 말했다. "주방 저장고는 바로 여기를 따라가면 나와요. 식료품실 안쪽. 그다음에 통로를 지나서, 식기실 옆에 또 하나가 있고요. 그 대신 발밑을 조심하며 가셔야 할 거예요."

에델이 여자들만의 공간에 앉아 차 한 잔을 옆에 두고서 사회면 신문을 정독하는 동안 남자는 그곳을 가로질러 움직이고 있었다. 남자의 손에 얼음 두 덩어리 무게를 지탱하는 쇠갈고리가 들려 있었다. 마치 내

---

19) 화려하고 조그마한 꽃들이 빽빽이 피어나는 꽃이지만, 독이 있고 강한 냄새를 풍긴다.

리는 비가 그 안에 얼어 있는 것만 같았다.

그때 남자가 바닥에 얼음 한 덩어리를 떨어뜨리고 말았다. 갈색 리놀륨 바닥에 어찌나 요란하게 부딪치며 구석구석 얼음 조각을 날리던지. 에델은 그녀를 진정시키려 애쓰는 루스에게는 아랑곳없이 성질을 부렸다.

"괜찮아요, 에델. 제가 쓰레받기를 가져와서 눈 깜박할 사이에 치울 테니까."

남자는 이미 부서진 얼음 조각 가운데 큼직한 것들을 더듬어 찾고 있었다. 얼음을 너무 만진 손이 푸르뎅뎅하게 쪼그라들었다. 그러면서도 자기의 서투른 실수를 신경 쓰는 기색은 아니었다.

"우리 요리사님의 발가락까지 날아가지 않은 건 다행입니다!" 그가 농담을 던졌다.

하지만 에델은 전혀 재미있게 받아들이지 않았다.

"오, 그냥 하던 일이나 서두르시지!" 그녀는 시선 한번 보내는 일 없이, 읽고 있던 신문지를 두드리며 말했다.

루스는 흔연히 그 남자를 식기실에 있는 얼음 저장고로 안내했다.

남자는 길쭉하고 까무잡잡하게 탄 데다 너무 여윈 얼굴이었다. 루스는 그 모습을 보며 닳아빠진 동전을 떠올렸다. 그는 상당히 키가 크고 덩치도 있었으며 눈빛이 텅 빈 듯 공허해 보였다. 초록빛의 낡은 야전 상의를 걸치고 있었는데, 단추 하나가 대롱대롱 매달려 있어서 그녀는 그 단추를 바느질해 달아주고 싶었다.

"다 됐네요." 그녀가 저장고 뚜껑을 닫으며 말했다. "그리고 토요일에는 두 배로 가져오세요."

"내가 토요일까지 관두지 않는다면 말입니다." 남자가 대꾸했다.

"이제 막 시작하신 일인 줄 알았는데. 아니에요?"

"그렇다고 꼭 여기 눌러앉으리라는 법은 없으니까요." 그가 말했다. "얼음이라!"

"아." 그녀도 대답했다. "그건 그래요."

두 사람은 여자들이 쓰는 식당을 가로질렀다. 반쯤 녹은 얼음 조각들에서 온통 흘러나온 물이 어느새 웅덩이를 이루고 있었다.

"그래요." 루스 조이너가 했던 말을 되풀이했다. "그래도 당신이 오게 되면."

루스는 남자의 얼굴을 보기가 어쩐지 수줍었으나, 그래도 그의 얼굴을 한 번, 딱 한 번만 더 쳐다보아야 하겠다고 생각했다. 그 얼굴은 그녀 스스로 생각하는 자기 자신과는 완전히 다른, 칼과 버터 사이만큼이나 다른 무언가를 나타냈다. 그럼에도 그녀는 남자 쪽에서 난처해하지만 않았더라면 계속해서 그 얼굴을 쳐다보았을 것이다. 마음속으로 남자의 모자를 벗겨보기도 했다. 그녀는 자기가 남자들의 검은 머리칼을 좋아한다고 생각했다.

"비 오겠네." 얼음 배달원이 말했다.

"그러게요." 그녀가 대답했다. "그럴 것 같아요."

마치 하늘이 그 자리에 있다는 점을 지금 막 발견한 사람처럼 위를 올려다보며. 그래도, 흥미를 보여야지.

"맞습니다." 남자는 말했다. "엄청 괴상한 날씨라니까."

그녀도 그렇다고 맞장구쳤다.

"누가 알겠어요. 안 그래요?" 그녀가 물었다.

그러자 남자가 그녀 쪽으로 고개를 홱 돌렸다.

이 새로 등장한 얼음 배달원이 멀어지는 모습을 지켜보느라, 또 그의 낡은 겉옷 솔기 안쪽에서 너덜너덜 풀린 바늘땀들을 지켜보느라, 루스 조이너는 발걸음의 균형을 잃고 넘어질 뻔했다.

"네가 뭐라도 해서 이 엉망인 꼬락서니를 수습할 줄 알았는데." 요리사가 불평했다.

"그럼요." 하녀는 대답했다. "쓰레받기를 가져올게요."

"행주랑 양동이." 요리사가 말했다. "이제 그것들이 필요할 거야."

그날 저녁 루스 조이너는 여주인이 얼굴에 분을 다 바를 때까지 기다리면서 화장대 거울 쪽을 향해 설명했다. "오늘 새로 찾아온 얼음 배달원이 있었는데요."

"글쎄 루스, 난 지금 **기운**이 좀 났으면 하는데!" 차머스로빈슨 부인이 아쉬운 소리를 했다.

굳이 더 속상한 기분을 느낄 필요는 없었기 때문이다. 게다가 두통까지 있었다.

"내 말은……" 부인이 말을 이으며 눈살을 찌푸렸다. "그냥 근심을 좀 잊고 싶단 말이야."

그럴 때 그녀는 라메[20]로 장식되어 있어서 사람들의 관심을 받을 만한 그런 형태의 계단을 따라 내려가고 싶었다. 맨 팔에서 어지럽게 아른거리는 타조 깃털을 두르고서 말이다. 그녀의 두 다리는 여전히 훌륭했다. 불안하다면 그건 팔 때문이었다.

"나한테 아름다운 이야기를 들려주렴. 아니면 특이한 거. 처참한 이야기라도 괜찮아." 차머스로빈슨 부인이 한숨지었다.

동시에 그녀는 갑자기 자기가 우둔한 하녀의 기분에 상처를 준 게 아니기를 바랐다. 그녀로서는 자기가 줄 수 있는 최대한의 애정을 하녀

---

20) 금실, 은실 따위의 금속 실을 날실로 하고 면사, 인견사 따위를 씨실로 한 화려한 직물.

에게 품고 있었기 때문이다.

루스는 더 이상 아무 말도 하지 말아야겠다고 생각했다. 다만 미소지었을 뿐이다. 그녀는 얼음 배달원의 초록빛 외투 깃 위로 드러난 튼튼한 목을 눈으로 본 만큼 머릿속으로도 기억했다. 그 모습을 속으로 자꾸만 곱씹지 않은 것은, 그래서는 안 된다고 가정에서 교육을 받아왔기 때문이었다. 비록 그 모습은 이후로도 계속해서 깜박거리듯 떠올랐지만.

이튿날 아침에도 여주인의 기분이 나아지지 않았기에 하녀는 모퉁이에 있는 약국으로 심부름을 갔다. 그녀는 돌아와서 작은 약 꾸러미를 주인에게 건넨 다음, 참지 못하고 식기실 저장고를 들여다보았다. 토요일이라고 두 배로 가져다 놓은 신선한 얼음이 벌써 그 안에 있었다. 그래서 그녀 자신도 거기서 꼬박 이틀분의 덩어리 속에 단단하게 갇혀버렸다. 설령 소리칠 수 있다 해도 누구 하나 그녀의 목소리를 들을 수 없었으리라.

한번은 루스가 요리사 곁에 말벗이나 하러 다가가 서 있을 때였다. 그즈음 통 조용해진 요리사는 한창 사발 속을 기묘하게 휘젓고 있었다.

"그게 뭐예요?" 딱히 자세히 알고 싶은 건 아니지만 하녀가 먼저 이렇게 물었다.

"리에종[21]이라고 하는 거야." 에델은 아무래도 그 이상은 설명하지 않을 듯 쌀쌀맞게 우쭐거리며 대꾸했다.

일요일 저녁에 루스는 예배에 참석했다가 문득 슬픔을 느꼈고, 콧속이 축축해지면서 찬송가를 부르는 게 영 내키질 않더니만 결국 장갑 한 쪽을 잃어버린 채 돌아왔다.

월요일에 그녀는 새로이 풀 먹인 옷을 입고서 일찌감치 아래층으로

---

21) 소스를 걸쭉하게 만들어주는 재료나 그 과정.

부산스럽게 내려왔다. 소리를 들은 것 같았기 때문이다.

"안녕하십니까?" 얼음 배달원이 그녀를 불렀다.

"그래, 아직 당신이군요." 그녀가 답했다.

"내가 뭘 어쨌다고?"

"싫증 났을 줄 알았지요."

그는 웃음을 터뜨렸다.

"싫증이야 항상 나 있지만서도."

"말도 안 돼!" 그녀가 못 믿겠다는 듯 대꾸했다.

그때 그녀가 무언가를 알아차렸다. 그리고 말을 붙였다. "저번에 봤을 때 떨어질락 말락 하던 단추가 없어졌네요."

"아무럼 어떻다고!" 그는 말했다. "빌어먹을 단추 따위!"

"내가 달아줄 수도 있었는데. 간단히." 그녀가 말했다.

그러나 그는 얼음을 저장고에 넣어놓고 떠났다.

이제 루스는 굳이 애쓰지 않아도 거의 매일같이 얼음 배달원과 마주쳤다. 만남은 자연스럽게 이루어지는 것 같았다. 한번은 남자 쪽에서 도시와 근교 사이에서 운송 사업을 시작하는 친구한테서 받았다며 그녀에게 편지를 한 통 보여주었다. 그도 그 사업에 끼게 되는 걸까? 그녀는 봉투 겉면에 적힌 주소를 발견했고, 이에 따르면 남자의 이름은 T. 고드볼드였다.

언젠가 그가 물었다. "일요일에 쉬죠, 응? 나룻배 타러 갈까?"

루스는 큼직하고 약간 둥글넓적한 벨루어 모자를 쓰고 나갔다. 전에는 자랑스러워하던 모자였으나, 그녀는 이내 그것이 유행에 뒤처졌음을 깨달았다. 그들은 푸른 만 위쪽에 있는 돌투성이 벼랑 위에서 햇볕을 받으며, 사가지고 온 오렌지 몇 알을 껍질까지 빨아 먹었다. 그 근방에는 아직 집들이 별로 없었다. 다른 모든 사람을 향하던 친밀감이 그렇게 한 사람에게만 더 가까이 향하는 경험이 그녀로서는 처음인 것 같았다. 그렇다고 잘못된 노릇은 아니었다. 자연스러운 일일 뿐. 그래서 그녀는 햇빛을 향해 반쯤 눈을 감은 채 남자의 존재가 그녀에게 철썩철썩 밀려오도록 허락했다.

오래도록 내음을 남길 오렌지 껍질들을 치워버리고 이야기를 주고받던 중, 그녀는 남자가 문득 이렇게 말하고 있음을 깨달았다. "댁 같은 여자들과는 딱히 한 번도 얽힌 적이 없단 말이지. 말하자면 댁은 내 취향이 아니란 말이야."

"당신 취향은 어떻기에?" 그녀는 도금이 벗겨지면서 쇠붙이 색깔이 드러나기 시작한 손가방 입구를 쳐다보며 물었다.

"좀더 야한 여자랄까." 톰 고드볼드는 솔직히 대답했다.

"어쩌면 나도 그렇게 될 수 있었을 텐데." 그녀가 말했다.

그가 어쩌나 웃어대던지. 그의 젖혀진 목을 보며 그녀는 마음이 아팠다.

"댁 같은 여자를 가져본 적은 한 번도 없단 말이야!" 그는 웃으며 말했다.

"나는 당신 여자가 아니고." 그녀가 울적하게 바닷물을 쳐다보며 남자의 말을 바로잡았다.

그는 자기가 그녀의 속셈을 알아채기 시작했다고 믿었다.

"루스, 당신은 얌전한 사람이지."

그의 손이 서지[22] 재질로 덮인 그녀의 허벅지 위에 올라와 있음을,

---

22) 교복 등을 만드는 데 주로 사용하는, 실용적인 용도의 직물.

그녀도 이미 직접 보면서 친밀한 느낌으로 인지하고 있었다.

하지만 그녀는 어떤 사람들과의 관계 속에서 어쩔 수 없이 유지해야만 했던 거리감에 짓눌린 나머지 갑자기 자세를 바로 했다.

"독실하지는 않나?" 그가 물었다.

이제 그녀는 차라리 혼자 있는 거라면 좋겠다고 소망했다.

"당신이 독실하다고 하는 게 정확히 어떤 건지 모르겠네." 그녀가 대꾸했다. "다른 사람들이 어떤지 나는 몰라서."

이에 그는 침묵을 지켰다. 다행이었다. 그녀는 남자의 말이 자신의 가장 비밀스러운 부분을 건드리는 상황은 견딜 수 없었으리라.

그가 바다에 돌멩이들을 집어 던지기 시작했다. 그녀의 기분 탓인지는 몰라도, 곁눈질로는 그녀의 꺼끌꺼끌하고 후덥지근한 서지 재질 옷을 쳐다보는 것도 같았다.

이제 그는 정말로 자기가 왜 이렇게 멍청이 같은 여자한테 붙어볼 생각을 했나 싶어 아연해졌다. 심지어 그녀는 기꺼이 따라 나오지 않았던가. 일요일 오후에 저온 오븐에다 빵 한 덩이를 집어넣는 쪽보다 결코 좋을 게 없는데도.

그래서 그는 결국 화가 치밀었다. 그가 말했다. "이러다 나룻배를 놓치겠는걸."

"그러게." 그녀도 같은 생각이었다.

그는 계속 앉아서 얼굴을 찡그렸다. 팔로 무릎을 둘러 안고 엉덩이만 땅에 댄 채 앞뒤로 몸을 흔드는 모습이, 루스가 보기에는 그녀를 전혀 개의치 않는 듯했다. 그녀는 좀더 침착하게 기다렸다.

소녀가 지켜보고 있는 동안, 순간순간이 그 틈에서 마술처럼 만들어낼 수 있는 분명치 않은 위협들에 희생자가 된 쪽은 남자였다. 겉보기에 그는 산산이 부서지고 마는 날카로운 햇빛과 반짝이는 바닷물을 마주 보느라 눈을 가늘게 뜨고 있었으나, 사실은 스스로 머릿속 암흑으로 녹아들어 기억의 황무지를 가로지르며 초록빛 섬광처럼 부유하게 될까 봐 더욱 두려웠다.

소녀는 갑자기 움츠러든 남자를 보고서 용기가 생겨 말을 꺼냈다. "웃기는 사람이야. 배를 놓칠 것 같다고 이야기하던 중이었으면서."

또한 남자의 등에서 먼지를 털어주지 않을 수 없었다. 그것이 그녀로서는 가장 자연스러운 몸짓이었다.

"묵은 먼지랑 솔잎들, 지저분해!" 그녀가 혼잣말로 중얼거렸다.

그러자 남자가 그녀를 뿌리치더니 아직 그녀의 손길이 남아 있는데도 벌떡 일어섰다. 그는 언제나 가장 부드러운 것 앞에 몸서리쳤다. 이런저런 혼자만의 생각들로 그는 움찔했으며, 그렇듯 지독하게 느껴지는 손가락의 움직임이야말로 가장 분명하게 그를 위축시켰다. 딱지를 건드리고 먼지를 털며 자극하는, 염증 난 손마디 주위에 빵 반죽이 들러붙어 굳은 손가락.

그래도 그는 그녀와 함께 걷는 동안 제법 기운을 차렸다. 한두 번 그녀의 팔을 붙들고서, 제 눈에 흥미로운 요트나 새, 비틀린 나뭇가지 따위를 보여주기도 했다. 그녀의 얼굴을 여러 차례 들여다보기도 했으나, 어쩌면 그 스스로의 좀더 평화로운 생각들을 들여다보는 중이었을지도 모른다.

어쨌든 인상을 쓰고 있던 남자의 얼굴이 편안해졌다. 즐거운 기분으로 그녀가 먼저 고백했다. "난 다음에 또 나올 수도 있을 거야, 톰. 당신 쪽에서 먼저 청한다면 말이야. 그래주겠어?"

남자는 거기서 걸려들고 말았다. 그녀는 너무나 단순했던 것이다.

그래서 그는 그러겠노라 대답해야 했다. 비록 그 말을 어떻게 해석해야 할지는 틀림없이 그녀의 책임으로 남겨두었지만.

그러나 이상하게도 그녀는 불행하다는 기분이 들지 않았다. 그때쯤 햇볕은 견딜 만해졌고 그녀도 태양을 향해 미소 짓고 있었다. 아직도 오렌지 향기를 맡을 수가 있었다.

행진하듯 연달아 이어지는 아침들은 희망을 꺾고 우울로 향했다. 그리고 쾅 닫히는 얼음 저장고의 뚜껑. 한동안 소녀는 얼음 배달원을 맞으러 나가지 않았다.

"저놈의 얼음 배달원은 정말 짐승 같다니까." 한번은 요리사가 이렇게 말해야 할 정도였다.

하녀는 대답하지 않았다.

"안색이 안 좋아 보이는구나, 루스." 여주인도 말을 걸어왔다.

부인은 소파에 누워 책을 읽고 있었고, 하녀가 여느 때처럼 조지 왕조풍의 작은 쟁반에 커피를 올려 가져다주었다.

"정말로 나쁜 일이 있는 게 아니라면 좋겠다만?"

소녀는 인상을 썼다.

"별일 없는걸요." 그녀의 대답이었다.

하지만 그 턱에는 보기 흉한 뾰루지가 나 있었다.

"이거 하나는 알겠다. 네가 꼭 크리스천사이언스와 함께해봐야 할 것 같구나." 여주인이 말을 이었다. "정말 경이롭거든. 얼마나 위안이 되는지 몰라."

주변 사람들의 의견과 관심 때문에 풀죽은 소녀의 눈꺼풀이 미끄러지듯 내려앉았다. 그래도 루스는 사람들한테 제 나름의 생각이 있는 게 좋았다. 마치 그들의 복잡한 생각이 불가결하다는 점을 확인시키려는 듯 그녀는 부드럽게 미소 짓곤 했다.

"저는 못 배운 사람이에요." 상황을 모면하려 그녀가 말했다.

"이해만 할 수 있으면 돼." 차머스로빈슨 부인은 대답했다. "그리고 꼭 배워야 이해하는 건 아니지. 사실 정반대일 정도라니까."

하지만 루스는 여전히 열의가 없었다.

결국 여주인 쪽에서 이렇게 말할 수밖에 없었다. "너한테 뭘 좀 줘야겠다. 기분 나쁘다고 생각하면 안 돼."

그녀는 루스를 욕실로 데려가더니 조그마한 플라스크를 건넸다. 그녀의 설명에 따르면 그 안에는 진과 장뇌로 조제해서 뾰루지에 탁월한 약이 들어 있었다.

"이걸 그냥 뾰루지 난 데 문질러 바르면 돼. 꽤 힘껏 바르렴." 그녀는 조언해주었다. "내가 효험을 확인했단다."

그녀한테는 루스의 턱에 난 흉한 뾰루지가 정말로 신경 쓰이기 때문이었다.

"물론 네가 무슨 생각을 할지 알아. 적어도 내 경우에는 그런 효험을 크리스천사이언스 요법이 내주어야 하겠지." 여기서 차머스로빈슨 부인은 한숨을 내쉬었다. "그렇지만 너도 내 나이가 되면, 티끌이 모여야 태산이 된다는 사실을 알게 될 거다."

루스는 플라스크를 받아 들었으나 도움이 되리라 믿지는 않았다. 비록 여주인은 약이 소기의 성과를 내고 있다고 장담했지만 말이다.

확실히 얼마 지나지 않아 어느 날 아침에 루스의 피부가 갑자기 깨끗하게 되살아났다. 소녀는 차머스로빈슨 부인이 몹시 안타까워하던 그 떨리는 중간 음역의 목소리로 노래하기 시작했다. 구원을 이야기하는 찬송가였다.

"그렇게 찬송가를 부르고 있으면 행복하니?" 여주인은 이렇게 묻지 않을 수 없었다.

"오, 그럼요. 전 **행복**해요!" 루스가 브라소[23]를 몹시 조심스럽게 다루며 대답했다.

그녀는 그 주 일요일에 친구와 함께 본다이[24] 해변에 가기로 했다고 말했다.

차머스로빈슨 부인의 팔찌들이 달가닥거렸다.

"너한테 친구가 있다니 다행이구나." 부인이 물었다. "그 여자아이도 식모살이를 하느냐?"

소녀는 문고리에 광을 내느라 쥐고 있던 헝겊을 접었다.

"아뇨." 그녀가 대답했다. "그게, 제가 최근에, 얼음을 가져오는 남자랑 친해졌거든요."

"어머." 차머스로빈슨 부인이 말했다.

그리고 입을 일자로 다물었다.

일요일에 여주인은 무척 잘 차려입은 하녀를 보고서 다소 들뜬 듯 어느 때보다도 눈을 빛내는 것 같았다. 그녀는 입술까지 칠해놓았다. 경계를 정하려는 듯 조그맣고 세심하게 칠한 연자줏빛 선 안쪽으로 그 입술은 커다란 진홍빛 꽃처럼 피어나고 있었다.

"루스, 마음껏 놀다 오렴!" 그녀가 화사하고 발랄하게 소리쳤다.

그런 다음 크리스천사이언스의 교리로 빠져들었다.

"신은 비물질적이고……" 그녀가 읊기 시작했다. "거룩하고, 완전하며, 무한할지니, 마음, 정신, 영혼, 근원, 삶, 진실, 사랑."

---

23) 1905년부터 사용된 영국의 광택제 브랜드.
24) 해수욕장과 휴양 시설이 두루 갖추어진 시드니 인근의 해변.

차머스로빈슨 부인은 읽고 또 탐구했다. '가혹하고 무정한 생각들'을 바꾸기 위해, 또한 '새로운 존재'가 되기 위해.

공원 근처 모퉁이에서 루스는 기다렸다. 실용적인 뒤축이 달린 구두를 신고서도 더 이상 똑바로 몸을 가누기 힘들어질 때까지 기다렸다. 일요일이 되면 거리의 몇 안 되는 사람은 모두 누군가를 곁에 달고 있었다. 그들은 자기네 집과 다를 바 없는 집에 들어가 이른 저녁을 먹으러, 혹은 모래사장 위에서 손을 잡으러 나아가고 있었다. 가만히 서서 기다리던 이 소녀는 사람들이 앞을 지나쳐 갈 때마다 자기 역시 약속이 있다는 사실을 보여주기 위해 자꾸만 시계를 쳐다보았다.

마침내 톰이 나타났을 때는 꽤 늦은—두어 명의 친구를 만났다가 붙들리느라—시간이었으나 그녀는 그래도 기뻤다. 곧바로 행복감을 되찾은 표정이 될 정도로 말이다.

아, 그렇지만, 그녀는 그렇게 오래 기다릴 필요가 없었는데.

두 사람이 본다이 해변에 이르렀을 무렵에는 이미 해가 기울고 있었다. 그들은 간이식당에서 소시지와 감자튀김을 조금 먹었다. 루스는 톰한테서 살짝 맥주 냄새를 느꼈다.

"오늘 저녁엔 사실 아예 못 나올 뻔했어." 그가 고백했다. "그냥 거기남아서 배만 빵빵하게 불릴 뻔했단 말이지. 내가 만난 녀석들도 그러길 바랐고. 그놈들, 평생 마셔도 될 만큼 잔뜩 술을 쌓아놓았다니까."

"하필 나랑 약속을 잡아놔서 안됐네." 그녀는 냉소하거나 책망하는 기색 없이 무덤덤하게 말했다.

"뭐랄까, 빠져나갈 길이 없다고 생각했거든."

"차라리 안 나오는 편이 나았겠다."

"아, 나야 오고 싶었지." 그가 말했다. 그리고 잠시 머뭇거리더니 좀

더 부드럽게 되풀이했다. "오고 싶었다고."

"당신이 뭐든 솔직히 말해주었으면 좋겠어." 그녀가 말했다.

그 말을 듣자 그는 포크로 식탁보를 쿡쿡 찌르기 시작했다.

"뉘 집네 끔찍한 어머니 같은데!" 그는 여자가 그쪽을 쳐다보기 시작할 때까지 식탁보에 구멍을 팠다. "네 어머니가 그런 식으로 말하지 않던?"

"어머니는 내가 어릴 때 돌아가셨어." 루스가 대답했다. "그 대신 아버지가 계셨지. 인정하는데, 아버지는 우리를 엄하게 키우셨어. 난 그분을 사랑했어. 내가 떠난 이유도 거기에 있고."

"사랑해서 떠났다고?"

"어떤 사람을 지나치게 사랑하는 건 잘못이야. 어느 정도는 죄악이지."

"죄악이라!"

경멸감 때문에 그가 콧방귀를 뀌었고, 그녀는 그 콧구멍을 차마 쳐다보지 못하다가도—그것은 아름다웠다—다시 바라보았다.

남자의 경멸감은 순식간에 바닥났다. 그 이유가 그녀의 가장 큰 매력 때문임을 그도 알고 있었다. 확고부동한 심지. 동시에 그는 그것을 공격하고 싶은 유혹을 느꼈다.

입씨름이 오간 후 그가 계산대에 돈을 냈고 두 사람은 밖으로 나갔다. 그들은 어둠 속에서 더욱 어두운 형체들을 피하며, 빽빽해서 걸음을 둔하게 하는 모래사장을 헤치며, 바다 옆으로 난 좀더 단단한 길을 향해 걷기 시작했다.

"우리 신발이 젖겠다." 그녀가 주의를 주었다. "조심하지 않았다가는 말이야."

거품이 이는 바다는 항상 더 멀찍이 그 올가미를 던지고 있었으나, 그러한 움직임이 아무리 매력적일지라도 루스는 스스로를 매혹되도록 놓아둘 수가 없었다. 그녀는 다만 그 같은 처신이 얼마나 경솔한지를 알고 있을 따름이었다. 잠시나마 다른 이들, 즉 그녀의 남동생들과 여동생들, 혹은 아직 태어나지도 않은 그녀의 아이들을 인도하는 기분이었다.

톰도 그때쯤엔 어지간히 무심해져서 그녀가 다가와 팔을 붙들어도 가만히 있을 정도였다. 그들은 미적지근하게 우정의 의미로 팔짱을 긴 채 알아보기 힘든 모래사장을 따라 한동안 차분히 산책했다. 그러다 보니 어느새 피로가 밀려와 움직임이 처지기 시작했다. 두 사람의 다리가 마치 철사처럼 떨리는 것 같기도 했다. 그렇게까지 약해진 상태는 편안하면서도 어딘지 위험해서, 남자 쪽에서 앉아 쉬어야 하겠다고 말했을 때도 그녀는 가만히 서 있었다.

그러자 톰이 갑자기 무릎을 꿇었다. 그리고 그녀의 허벅지에 팔을 둘렀다. 처음으로 그녀는 그녀 자신의 몸에 맞서 스스로를 흐름에 내맡긴 남자가 필사적으로 흔들거리는 움직임을 경험했다. 만약 그녀 자신도 어둠 속에서 휘청거리고 있지 않았더라면 평소에 그렇게 거들먹거리던 남자의 머리가 코르크 마개만도 못해 보였으리라. 하지만 그 상황에서 그녀는 자신의 무게가 끌고 내려왔을지도 모르는 무언가로부터 구조받을 수 있으리라고는 감히 기대하지 않았을 것이다. 남자의 뻣뻣한 머리칼을 어루만지고 싶었음에도, 그것이 그녀의 손가락들을 휘감고 그녀를 파멸로 이끌까 봐 욕망을 억눌렀거니와.

그 대신 그녀는 저항의 뜻으로 조심스럽게 소리를 지르기 시작했다. 그녀의 입술이 두툼하게 부풀며 일그러졌다. 그녀는 기운을 되찾은 다리로 두 사람분의 무게를 견디고 있었다. 하지만 얼마나 더 그러고 있어야 할는지는 생각하고 싶지 않았다.

"아, 안 돼! 톰! 톰!" 그녀가 나직이 속삭였다. 껍데기 속에서 나오는 목소리 같았다.

어둠이 입을 열어 그녀를 집어삼켰을 때, 억눌려 있던 또 다른 목소리가 그 욕정의 유희로부터 저 깊숙한 곳에서 웃음을 터뜨렸다. 바닥 위에서 접혔다 펼쳐지기를 반복하는 물결 소리가 소용돌이처럼 빙빙 말리는 귓속으로 들려왔다.

그때 모래가 그녀의 등에 거세게 부딪혔다. 뻑뻑한 모래 역시 소극적이고 무심할지언정 분명히 그녀의 몸 밑에서 얽혀 들었다. 두 사람이 버둥거리며 씨름하는 동안 모래는 그저 차갑게 버스러지면서 표면에서만 모습을 바꾸고 있었다. 소녀는 온 힘을 다해 남자의 머리를 멀찍이 떼어 놓으려 애썼으나 오히려 젖가슴 속으로 파묻게 될 뿐이었다. 고통에 사로잡힌 그녀는 모래가 부드럽게 부딪혀오는 가운데 희열에 들뜬 채로 울부짖었다.

"당신이랑 결혼하겠어, 톰!" 그녀가 헐떡이며 말했다.

"그건 처음 듣는 소린데!" 톰 고드볼드가 성난 듯한 목소리로 신음했다.

그럼에도 그는 알고 있었다. 많은 여자를 알고 있었다.

그녀가 내뱉은 이 같은 선언 덕분에, 그는 성공하지 못했다는 사실을 인정하지 않고도 그만둘 빌미를 잡을 수 있었다.

"넌 그랬다가 무엇을 떠맡게 될지도 모르잖아." 말을 할 수 있게 되자 그는 곧바로 이렇게 중얼거렸다.

"그런 건 기꺼이 떠맡을 거야." 그녀도 물러나지 않았다.

다시금 그는 그녀의 탁월한 기질 가운데 하나인 그 솔직한 태도에 중압감을 느끼기 시작했다. 그리고 훗날에 역시 그러했듯, 이때도 그런 그녀가 자기를 위협할 수는 없으리라는 점을 분명히 해두려고 애썼다.

그는 무척 다정하게 손을 뻗었으며, 그 살결로 온갖 부정한 수단을 다 동원해, 그를 발끈하도록 하는 그 중심에 이르려 했다. 마침내 그녀가 그의 손을 붙들고서 그녀의 불타는 뺨에 올려놓을 때까지 말이다.

그녀는 말했다. "그렇지만 뭐가 문제지, 톰? 내가 당신을 사랑하지 않는다면 또 모를까."

그때쯤 그는 자기가 정말로 완전히 지쳐버렸음을 깨달았다. 그가 그녀를 무겁게 내리눌렀다. 그리고 그녀의 목덜미에 머리를 기댔다. 더 이상 쓰라린 아픔을 견디기에는 너무 진이 빠져버린 모양이었다.

그제야 그녀는 관계를 허락했고, 보다 농익은 그녀의 상대에 비하면 이는 기껏해야 머뭇거리는 행위요 나쁘게 말하자면 수치스러운 짓이었다. 그녀의 애인은 그녀가 가슴으로 그의 몸을 받치도록 했다. 그녀가 그 어두컴컴한 바다 위로 그를 띄웠다. 감히 해결하려 나설 수조차 없을 수수께끼가 그를 달래어주는 가운데, 남자는 그곳을, 사람의 몸을 부유했다.

나중에 그는 바닥에 누운 채 여자의 관자놀이로부터 젖은 머리를 떼어내며 말했다. "어쩌면 루스, 네가 이겼을지도. 난 어떻게 해야 할지 모르겠어."

그가 메마르고 거친 손으로 그녀의 촉촉이 젖은 피부를 쓰다듬는 동안에도 루스는 움직이지 않았다.

"결혼을 생각해본 적은 없었지만, 그거야 뭐, 할 수 있을 거야." 그가 말을 이었다. "고달픈 일이 되더라도. 우리 둘 모두한테."

그녀가 손등에 입을 맞추기 시작하기에 그는 손을 빼내야 했다.

"너를 정식 아내로 맞는 거지!" 그가 웃음을 터뜨렸다. "네 말대로라면 이건 죄악일 테니까. 응?"

"우리 둘 다 죄를 지었지." 그녀는 꿈꾸듯 부드러운 목소리로 대답했으나, 이는 동시에 그녀 자신을 두려움으로 가득 채웠다.

일어나 앉자 작은 구슬땀들이 피부와 슈미즈를 지나 깊게 파인 양심의 가책 속으로 흘러내렸다. 그녀는 자세를 바로 고쳤고 뒤편의 어둠은 단단한 신도석의 등받이와도 같았다. 그녀의 기억 속에서 비난들이 들려왔다. 자신은 구원받으리라고 확신하는 늙은이들의 목소리였다.

"우리 둘 다! 두 사람 다!" 그녀는 볼품없는 입으로 몇 번이나 외쳤다.

하지만 그로서는 전혀 문제가 되지 않았을지도 모른다.

"난 아닌데!" 그가 웃음을 터뜨렸다.

또다시 그는 그녀의 허벅지를 더듬었다. 끔찍하면서도 멋진 점은, 그녀도 이제 그를 허락했다는 사실이었다. 그녀가 그에게 머리를 기댔다. 그녀의 눈물조차도 관능적인 충족의 감각이었다.

"그래도 톰, 필요하다면 난 당신의 모든 죄악을 감당하겠어. 그래, 내가 그것들을 짊어질 거야." 그녀는 말했다. "그 이상도."

그 말을 듣자 그는 움직임을 멈추었다. 자기가 그녀한테 대체 어떤 의미인지를 생각하자니 겁이 날 지경이었다.

"이해를 못 하겠군." 그가 투덜거렸다. "어째서 그렇게 떠맡겠다고 하는 건지. 원하는 상황도 아니라면."

하지만 그로서는 당연히 그녀가 상실해온 것이 무엇인지 알 길이 없었다.

"아니." 그녀가 말했다. "떠맡겠다는 말이 아니야. 어쨌든 이제 그만 가야겠다. 나 좀 일으켜줘."

일찌감치 그녀는 자신의 사랑이 두 개의 차원 위에 있음을 감지했고, 둘 중 하나는 그가 결코 도달할 수 없을지도 모르는 차원이었다.

그들은 걸어서 돌아가기 시작했다. 한두 번인가 그녀는 가득 찬 목에서 치미는 무언가를 억눌러야 했고, 다시 한두 번은 행여 별들이 글자를 이루어 판결을 내려주지 않을까 반쯤 기대하며 조심스럽게 하늘을 올려다보았다.

머지않아 하녀는 요리사에게 자기가 결혼하게 될 거라고—어차피 영원히 피할 수도 없는 일이었다—고백했다.

"그 얼음 배달원, 톰 고드볼드하고요." 그녀는 솔직히 말해야 했다.

"글쎄……" 에델이 대꾸했다. "**두고 볼 일이지!**"

요리사의 예상과는 달리 얼음 배달원 본인도 자기가 한 것으로 되어 있는 약속을 곧잘 입에 올리곤 했다.

"그럼 그치가 얼음을 배달하는 급료로 두 사람을 먹여 살리게 되나?" 요리사가 자신의 머릿속에 떠오르는 비참한 생계에 선명한 색을 더해줄 대답을 원하며 장래의 신부에게 물었다.

"어머, 아니에요." 루스는 대답했다. "그 사람은 하던 일을 정리하고 있어요. 저희는 사스퍼릴러라는 동네에 가서 살려고요. 교외에 있는 곳이에요. 톰은 운송업자인 친구랑 동업하고요."

"친구라는 작자들!" 에델이 소리쳤다.

그러나 모든 일이 자리를 잡아가는 듯했고 여주인에게도 이야기해야 했다. 물론 부인은 이미 알고 있었다.

근래에 차머스로빈슨 부인은 친구들에게 일어날지도 모를 일에 직감을 발휘할 수 있는 온갖 기회를 즐기고 있었다. 남편이 재정난에 처한 이래로 대부분의 사람들은 일부러 자리를 피함으로써 그녀의 감정 상태를 존중했다. 지인들 사이에서도 그녀가 방문을 맞아주기에는 상태가 너무 안 좋다는 의견이 지배적인 듯했다. 재치 있는 선율 같은 가벼운 우정을 위기에 알맞은 가락으로 바꾸자면 진실성 내지는 어떤 재능이 필요했다. 하지만 그 같은 미덕이나 재능이 없는 숙녀들은, 그들을 곤혹스럽게 하는 여자가 다가오는 것을 보고서 길을 건너버리거나 진열장 유리를 골똘히 들여다보곤 했다. 지니 차머스는 입술을 더욱 붉게 칠하고 크리스천사이언스 교리를 연구했다. 한두 번은 남편과 함께 값비싼 식당들에서 식사하는 모습을 보여주기도 했으나, 인생 경험이 있는 이들이라면 모두가 그 모습을 어떻게 해석해야 할지 잘 알았다. 차머스로빈슨 부부는 말하자면 일종의 회합을 가지고 있었다. 상호 간의 비난으로부터 어느 정도 보호받을 수 있는 공공장소에서, 앞으로 벌어질 일들을 숙고하면서 말이다.

그러나 법이 허용한 교묘한 속임수 덕분에 지켜낼 수 있었던 저택 안, 현저하게 줄어든 실내장식 사이에서 차머스로빈슨 부인은 보통 혼자 있는 모습으로 발견되었다. 그 같은 속임수는 무척이나 복잡하고 소모적인 짓이었다. 어느 정도 마무리가 되었기에 부인은 많은 시간을 소파에 누운 채 쉬다가 이윽고 친구들의 삶에 멀리로부터 들어서는 법을 깨우쳤다. 알고 보니 그녀는 자기가 그때까지 막연히 생각했던 것보다 훨씬 더 많은 것을 알고 있었다. 그녀가 사랑할 줄 아는 사람이었더라면 연민의 감정이 그 같은 통찰을 보완해주었을지도 모른다. 당시 그녀는 거기에 대해 거의 넌더리를 내거나 겁을 먹고 있었지만 말이다.

하녀인 루스 조이너의 경우는 예외였다. 직감이 가르쳐준 바로 그것이 이제 여주인을 단련시켰다. 부인은 그 하녀를 보며 애정 때문에 괴로워하기도 했으나, 한편으로는 간접적으로 경험한 관능이 욕구를 풀어주었는지도 모른다.

결혼을 앞두었다고 털어놓는 하녀 앞에서 여주인은 이렇게 대답했다. "네가 아주아주 행복했으면 좋겠다, 루스."

달리 그녀가 무어라 말했겠는가? 그녀의 대답은 무감각했으나 그 정서적인 모양과 색채는 마치 수국처럼 흠잡을 데가 없었다. 그녀 같은 숙녀들이 애지중지하며 우묵한 병에 가지런히 꽂아놓는, 꽃이라기보다는 허울에 가까운, 시들기 직전의 연둣빛 수국.

"전 여기서 행복하게 지냈습니다." 루스가 솔직하게 말했다.

"나도 네가 잘 지냈다고 생각하고 싶구나." 여주인도 말했다. "적어도 너한테 박정하게 군 사람은 아무도 없었잖아."

그럼에도 부인은, 적당한 순간이 와서 껍질을 벗기지 않는 한 아무도 순무를 박정하게 대하지 않는다는 생각을 떨칠 수가 없었다.

그래서 그녀는 과감하게 나가야 했다.

"궁금한 게, 네 남편 말이다. 그 남자가 너한테 험하게 굴지는 않을까?"

칼날이 들어갈 때 그녀도 분명히 아픔을 느꼈다.

루스는 주저했다. 그녀가 입을 열었을 때 그 목소리는 상당히 잠긴 듯했다.

"저도 그 사람이 그러리라는 걸 알아요." 그녀가 천천히 말을 이었다. "쉬운 길은 기대하지 않아요."

그 정도면 차머스로빈슨 부인으로서도 만족할 만했다. 덕분에 그녀는 다른 식으로는 이어질 수 없었을 소녀와 이어질 수 있었다. 땀구멍이 눈에 띄는 이 하얗고 훌륭한 소녀. 그러자 고독이 되살아났다. 그녀는 풀 먹인 옷을 입은 이 하녀만큼 재미있고 평범한 그 어떤 사람의 가슴에도 안길 수가 없었을 터이므로.

이제 부인은 스스로를 물질로 구슬리기 시작했다.

"너한테 뭐라도 줘야겠다." 그녀가 말했다. "뭘 줄지 생각해봐야 하겠는걸."

"어머, 아니에요, 마님!" 루스는 반발하며 얼굴을 붉혔다. "선물이라니 생각도 안 하고 있었는걸요."

루스가 이해하기로 빈곤은 결코 이론이 아닌 실제였으니까.

여주인은 미소 지었다. 소녀의 선량함 덕분에 마음이 넉넉해졌다.

"차차 생각해보자꾸나." 점차 진부해지는 상황을 끝맺기 위해 책을 집어 들며 그녀가 말했다.

루스 조이너는 문을 닫으면서 순수한 동기에서 비롯된 자신의 행동이 사람들에게서 최악의 일면을 끌어내는 건 아닐까 의심했다. 상처받을 수 있는 부분을 자기가 어떻게 포기했는지 무슨 수로든 설명했더라면 모두들 그렇게까지 애먹지는 않았을지도 모른다. 그러나 그런 것을 설명하기에 자기가 너무도 무능하다는 사실을 그녀도 알고 있었다.

그래서 그 집은 표적을 물색하는 비수로 시종 가득했다.

요리사는 말했다. "루스, 언제 한번 내가 결혼할 뻔했던 남자에 대해 이야기해줄게."

그리고 덧붙였다. "짐을 떠안는 건 자식들이지. 자식들이라고."

"제 자식들은 훌륭하게 클 거예요." 루스 조이너는 용기를 내어 자기 생각을 말했다. "세상 그 무엇도 두려워하지 않을 거고요. 그럴 수 있도록 제가 보살펴줄 거예요."

요리사는 소녀를 쳐다보며 그 말이 정말로 실현되지나 않을까 염려했다.

그 뒤로 두어 밤이 지났을 때 차머스로빈슨 부인의 방에서 벨이 울렸다. 그녀는 수란을 먹은 다음 일찍 잠자리에 들러 가 있었다. 그래서 루스는 여주인의 방으로 올라갔고, 이제 주인과 헤어지게 되었음을 실감했다.

"루스." 차머스로빈슨 부인이 입을 열었다. "정말로 솔직히 말하자면 난 불행하단다. 내 마음속에 뭔가가, 아니, 이렇게 말하면 너무 낮잡는 셈일 테고, 내 마음속엔 모든 것이 다 들어 있어. 왜 하필 내가 딱 찍혔을 것 같니? 선택되어서? 찍혀서! 내가 떠밀리듯 짐을 짊어지는 사람이 절대 아니라는 건 너도 알 거야."

부인은 머리칼을 느슨하게 풀었으나 가르마에 손질이 필요하다는 사실만 확인하게 되었을 뿐이다.

차머스로빈슨 부인이 살짝 취할 만큼 술을 마셨다는 점은 분명했다.

"좀 앉을래?" 그녀가 먼저 권했다. 그런 게 으레 하는 말이니까.

하지만 루스는 그대로 서 있었다. 그녀는 늘 두 다리로 선 채로만 높은 신분의 사람들을 마주했다.

"루스." 여주인이 말했다. "크리스천사이언스 말이다. 뭐랄까, 이건 극비 사항이긴 한데, 난 크리스천사이언스가 다소 실망스럽다는 걸 알게 됐어. 네가 이해할지 모르겠다만, 그건 **나한테**, **개인적으로** 나한테 말을 걸지 않아."

여기서 그녀는 아직 남아 있던 반지를 낀 손으로 가슴을 두드렸다. 빛을 받은 살결이 고운 회색 먼지로 덮인 것처럼 보였다.

"나한테는 개인적인 것이 있어야 해. 이 모든 신앙생활에서! 무엇이 되었든 내가 만질 수 있는 것! 사람들이 앗아갈 수 있는 것 말고. 진주들 말고. 오, 맙소사, 안 돼! 진주들이야말로 맨 먼저 빼앗기게 되는 물건이지. 남자들도 마찬가지야. 있잖니, 루스, 남자들은 누가 건드리는 걸 좋아하지 않아. 자기네 쪽에서 건드려야 하지. 이런 건 심지어 비밀도 아니다. 손을 줘보렴, 애야."

"아스피린이랑 진한 블랙커피를 드시면 도움이 좀 될 거예요." 하녀 쪽에서 거의 엄격한 태도로 조언했다.

"난 분명히 병들 거다. 이미 충분히 병들었고." 차머스로빈슨 부인이 몸서리쳤다.

그녀의 입가는 창백하고 주름진 모양으로 처지고 쭈그러들었다.

"루스, 네가 믿는 건 뭐지?" 그녀가 물었다.

듣고 싶은 건 아니었다. 단지 알고 싶었다.

"오, 이런, 마님." 소녀가 소리쳤다. "자기가 무엇을 믿는지를 말로 설명할 수는 없어요!"

그리고 유감스럽지만 손을 비틀어 빼낼 수밖에 없었다.

속을 엿보기 위해서라면 무엇이든 내줄 기세로 침대 위에 누워 있던 여주인은, 이 백색의 성채 또한 그녀에게 속을 걸어 잠그고 있음을 그제야 깨달았다.

그래서 그녀는 이를 드러낸 채 울기 시작했다.

비록 카펫 위로 단단히 붙박여 있었음에도 하녀의 하얀 형체가 흔들리고 있는 것 같았다. 그녀의 반짝이는 커프스에서 빛이 비치고 있었다. 하지만 더 이상 누그러뜨려주는 빛이 아니었다. 그것은 날카롭게 베며 눈멀게 했다.

"제가 이야기하게 되더라도⋯⋯" 보잘것없는 소녀 쪽에서 설명해보려 했다. "마님이 그걸 이해할 수 있는 건 아니에요. 사람들은 저마다 다른 걸 보잖아요. 마님도 그저 직접 확인하셔야만 한다고요." 그녀는 마침내 무력하게 찢어내듯 그 말을 내뱉으며 울었다.

"말해줘, 루스. 말해!" 여주인이 애걸했다.

부인은 이제 별수 없이 상당히 감상적인 상태가 되었고, 다른 이를 통해 스스로에게 굴욕을 안길 준비마저 되어 있었다.

"말해보렴!" 그녀는 축축이 젖은 입으로 구슬렸다.

한쪽 젖가슴이 옆으로 삐져나와 있었다.

"제발, 그만!" 소녀는 외쳤다. "이건 우리 스스로를 고문하는 거예요!"

"어디서 그런!" 여주인이 갑작스레 격노해서 소리 질렀다. "네가 고통에 대해 뭘 알길래?"

소녀는 놀라움을 삼켰다.

"그렇지만, 이런 식으로 마님이 괴로워하는 모습을 보고, 어떻게 손 써볼 도리도 없으니까!"

너무나 분명히도.

"세상에! 엄연한 성인들께서 우리를 저버리신들!"

이따금 그녀의 드러난 치아가 무척이나 추하게 보일 때가 있었다.

"저는 분명히 무식한 아이예요." 하녀가 인정했다. "손으로 하는 일을 빼면 무능하기까지 하지요. 그게 마님께서 돌려 말씀하시는 이야기라면, 저는 부끄럽습니다. 우리 두 사람 모두가요."

정말로 그녀는 한결같은 불길과 함께 나부꼈고 그 불길은 그녀의 얼굴 면면을 더욱 또렷하게 밝혔다.

여주인은 상대를 굴복시키지도 욕보이지도 못했다는 사실을 깨닫고서 뒤로 쓰러지더니 볼품없이 흐느껴 울었다. 약이라도 복용한 듯 단단히, 정말로 단단히 눈을 찡그리고 있었으나 그녀가 꺼내는 말들은 그저 느슨하게 풀어진 채 마지못해 산발적으로 흘러나왔고, 이는 그녀가 제정신이 아니라면 어떤 이유로든 일어날 수 있는 일이었으리라.

"어서!" 그녀가 말했다. "나가!" 그리고 말을 이었다. "난 감당할 수 없어. 오, 하느님, 빙빙 돌고 있다고!"

그러더니 뜨거운 베개에 머리를 부딪치기 시작했다. 똑바로 들이받지도 못했다.

"진정하세요, 마님." 루스 조이너가 말했다. 그녀는 명령에 따를 준비가 되어 있었다. "아마 마님은 이 상황을 반도 기억하시지 못할 거예요. 그렇게 되면 우리가 계속 좋은 사이로 남지 못할 이유도 없을 테고요. 아시겠죠?" 그녀에게서 풀 먹인 옷 냄새가 풍겼다. "한숨 푹 주무신 다음에 말이에요."

그녀는 나가기 전에 측은한 마음으로 여주인을 한번 만져주어야 했다.

루스 조이너가 고용주와 이 같은 사건을 겪은 이후 톰 고드볼드와 결혼하기까지 놓였던 짧은 기간 사이에, 차머스로빈슨 부인은 명백하게 공식적인 대화에만 그녀를 끌어들였다. 여주인은 대개 다음과 같은 명령들까지만 스스로 허용했다. "루스, **회색** 장갑을 가져다주렴. 설마 수선해 놓는 걸 또 잊어버린 건 아니겠지! 가끔 난 너 같은 여자아이들이 무슨 생각을 하며 시간을 허비하는지 궁금하다니까."

아니면 이런 식이었다. "자, 나 좀 보렴. 완전히 노랑 일색이지. 끔찍하기 그지없는 꼴 좀 봐. 뭐, 이제 와서 어쩔꼬. 택시나 부르거라."

이는 차머스로빈슨 부인이 어떤 회사에 만남이 있어 가는 길에 했던 말이다. 남편이 곤경에 빠질 무렵 설립된 회사의 상무이사 자리에 앉혀진 사람들을 만나는 자리였다. 하지만 루스는 당연히 그런 일을 전혀 이해하지 못했다.

집안이 무너진 이래 딱 한 번 하녀는 여주인의 남편과 마주쳤다. 그는 공공장소에 서서 봉지에 든 땅콩을 바삐 집어 먹고 있었다. 옷차림에 신경을 쓴 건 분명했으나 그 모습도 예전만큼 훌륭하지는 않았다. 그는 우습게 씰룩거리는 버릇이 몸에 붙었다. 그녀가 입술 위에서 준비하는 단어들을 그 쪽에서 눈으로 볼 수 있을 만큼 가까이 다가갔는데도 그는 그녀를 알아차리지 못했다. 어지간히 긴장이 풀린 상태였다. 그가 혀 위에서 허옇게 덩어리 진 찌꺼기 사이로 땅콩 껍질 비슷한 쪼가리를 뱉어냈다. 그러면서 낯선 이들을 관통해 그들 너머를 계속 쳐다보고 있었다. 그래서 소녀는 언뜻 보면 잠든 이들이나 죽은 이들을 대하며 취했을 법한 연민과 존중을 담아 조심스럽게 제 갈 길을 갔다.

그리고 어느덧, 루스는 못난 모자를 쓴 채 응접실에서 여주인 앞에 서 있었다. 짐은 그날 아침에 실어 보냈다. 다음 날 이른 오후에 예식이 열릴 예정이었다.

분명히 차머스로빈슨 부인은 작별의 순간을 위해 우아한 모습을 보이기로 결심했고, 상당한 금액의 수표는 안 되겠지만 적어도 아름다운 기억을 하녀에게 안겨 보내기로 했다. 또한 음울하고 조그만 교회에서 열리는 의식에는 참가하지 않겠노라고 단호하게 뜻을 밝혔다. 아무리 새 틴을 씌워놓는다 한들 결혼식만 보면 그녀는 우울해졌다. 그래도 그녀는 예쁘장하고 편안한 원피스를 입은 채로 몸을 일으켜 세우더니 앞에 있는 둔감한 신부에게 감상적이면서도 품위 있는 축복의 말을 아끼지 않았다. 루스는 여주인이 사랑스러운 향기를 풍겼었노라고 기억해야 할 것 같았다. 여주인은 루이 15세풍의 안락의자에 앉아 하녀로부터 인사를 받았는데, 자신감 덕분인지 무심함 덕분인지 원래의 안색을 되찾은 것처럼 보였다. 한낮의 숨김없는 햇빛 아래에서도 그녀의 가르마는 흠잡을 곳 없이—가장 하얗고, 곧고, 결연하게—완벽했다. 그뿐만 아니라 그녀의 눈빛에 대해 말하자면, 사람들은 지니 차머스의 저택을 꾸미고 있던 실내 장식, 그녀의 파산, 이혼, 말년에 앓았던 질병 따위 등 시시콜콜한 사항들을 잊어버린 후에도, 오래도록 그 푸른빛의 광휘를 묘사하려 애쓰게 될 것이었다.

이제 그녀는 하얀 손을 느릿느릿 이끌며 말했다. "내가 보기에 너는 거의 들뜨지도 않는 것 같구나."

그리고 언젠가 그 나라를 순회했던 어느 영국 여배우를 보고서 익힌 명랑한 가락으로 웃음을 터뜨렸다.

루스도 킥킥거렸다. 그렇듯 많은 관심이 고맙게 느껴졌으나 뻣뻣하고 답답한 새 코르셋이 어색했다.

"끝난 다음에 후회하지 않을 거예요." 그녀는 솔직하게 말해야 했다.

"오, 너무 서두르진 말고! 그러지 마!" 차머스로빈슨 부인이 호소했다. "어차피 금방 끝날 테니까."

그리고 입술을 촉촉하게 적시며 말했다. "너 같은 여자아이들이 이 집에 있다가 얼마나 많이들 시집을 갔는데! 앞다퉈서! 그게 자연스러운 일이라고들 하지만서도."

누가 보면 몹시도 우스꽝스럽게 느껴질 만한 광경이었다.

하지만 루스로서는 슬픈 기억들을 떠올리지 않을 길이 없었다. 비참한 심경을 숨기려 애쓰며 아버지의 집 앞으로 난 벽돌 길을 따라 목서나무 한구석으로 물러났던 지난날을 그녀는 기억했다. 사람들이 손수건을 흔들고 또 그 안에 얼굴을 묻고 울면서 작별의 인사를 보내올 때, 그러한 슬픔이 그녀의 코에서 얼마나 감미롭고 또 얼마나 참을 수 없게 치솟았는지도.

"아, 마님." 그녀는 어설픈 말들을 허둥지둥 내뱉었다. "다 잘되기를 바랍니다. 바이얼릿이 잘 맡아서 살핀다면 좋겠네요."

"그 여자는 난시가 있더라." 차머스로빈슨 부인이 침울하게 밝혔다.

"우유는 얼음 위에 있어요. 빵은 통 안에 있고요. 혹시 에델이 돌아오지 않으면요. 마님이 직접 샌드위치를 자르고 싶으시면요."

만약, 정말로.

마침내 쐐기가 박혔다. 루스는 자기가 입안 가득 머리카락을 물고 있음을 깨달았다. 모자를 쓰지 않으면 늘 그렇게 단정치 못했다.

차머스로빈슨 부인은 뻣뻣하게 장갑 긴 하녀의 두 손을 구슬리듯 부드러운 손으로 한데 잡았다.

"잘 가렴, 루스." 그녀가 말했다. "작별하는 시간을 질질 끌지는 말자. 우스워질지도 모르니까."

그런 이유로, 또한 격한 감정을 못 이기고 표정까지 어지러워지는 바람에, 그녀는 떠나는 하녀에게 입맞춤하지도 못했다. 상황이 조금만 달랐더라면 그럴 수 있었으리라고 느꼈을 뿐이다.

"그래요." 루스가 대답했다. "사람들이 기다리고 있을 거예요. 네. 저는 이제 가보는 게 좋겠습니다."

그녀도 자기 미소가 정말 멍청하다는 걸 알았으나, 최소한 그녀가 붙들 것이라고는 그뿐이었다. 그래서 그 미소는 여전히 부담을 짊어진 채로 그녀에게 달라붙어 있었다. 그녀는 마루를 가로지르는 동안 신발 밑에서 번갈아가며 삐걱거리는 소리에 귀 기울였다. 바로 전날, 거의 그녀 자신의 머릿속 생각까지 비칠 정도로 마루에 공들여 광을 냈다. 마지막으로 응접실을 나오며 배웠던 방식대로 문을 닫기 직전에, 빛과 양단과 크리스털로 어우러진 불꽃이 폭포처럼 머리 위에 쏟아졌다.

그렇게 루스 조이너는 저택을 나와 그날 오후에 결혼한 후, 아마도 임시로 머물게 될 사스퍼릴러의 오두막에 들어가 살았으며, 아이들을 낳기 시작했고, 세탁 일을 맡아 했다. 그리고 하느님을 찬양했다. 가장 단순한 행위야말로 그분의 빛 안에서 명쾌하고 불변하며 심지어 영광스러운 것이 아니던가?

임시로 지내기 시작했으나 결국 그때까지 계속해서 살게 된 그 오두막에서 고드볼드 부인은 의자 끝에 앉아 있었다. 아이들 몇 명이 계속해서 그네들의 어머니한테 매달려 있었다. 아이들은 어머니의 육체적 실재를 통해 누그러지고 그 사색적인 마음의 물결 위에서 잠잠해졌다. 케이트 혼자서만 기운차게 쏘다니고 있었다. 그 아이는 다양한 용도로 사용할 이파리들을 모아놓으면서 찻주전자를 헹궜다. 그리고 소금에 절인 가슴살을 쇠숟가락으로 한두 차례 위엄 있게 때렸다. 굼뜨게 타오르는 석탄 위에서 갓 딴 나뭇가지가 타닥타닥 소리를 내며 불을 되살리자마자, 냄비와 입에서는 냄새와 한숨이 슬며시 빠져나오고 있었다. 거의 다 완성된 음식 냄새란 도취할 수밖에 없는 경험이었고 이 같은 진실을 두 눈으로는 숨길 수 없었다.

시간의 조각상들 사이에 언제까지고 뿌리박혔다고 느꼈던 고드볼드 부인조차도 몹시 조심스럽게 꿈쩍이며 삐거덕거리는 소리를 내고 기침하기 시작했다. 격노한 남편의 주먹을 거의 다 받아낸 갈비뼈에 무리가 갈까 두려웠기 때문이다. 그녀는 진정으로 벗어날 수 있을 거라고 믿어봐야 부질없는 숱한 의무들과 다시금 씨름하기 위해 당장이라도 마땅히 일어나려는 것 같았다. 그때 큰딸인 엘스가 들어왔다.

엘스 고드볼드는 이제 저녁 늦게 집에 들어올 때가 잦았다. 비서로 일하는 게 천직이라는 점이 분명해진 이래로 그녀는 사무용 통신문을 후다닥 써내는 방법을 익혔으며, 올바른 철자가 아니라 속도를 가지고 맞붙자면 어떤 여자라도 상대할 수 있었다. 속기 솜씨 역시 나아지는 중이었다. 받아쓰기 작업을 업신여기면서도 받아들였고 가끔은 성공적으로 자기의 결과물을 읽어내기까지 했다. 일하는 요령이 붙은 그녀는 분홍색이나 파란색 옷에 플라스틱 액세서리들을 걸치고서, 점심 도시락을 챙겨 매일 아침 8시 15분에 버래너글리행 버스를 잡아탔다. 직장에 다니는 다른 젊은 숙녀들처럼 엘스도 입술을 칠하기 시작했다. 성가실 것 같은 상황에 처하더라도 너무 딱딱한 분위기만 아니라면, 그녀는 신발 뒤축으로 교묘하게 균형을 잡은 채 치마와 페티코트를 들썩여 가볍게 털어낼 줄 알았다. 여동생들만 주변에 없다면 엘스 고드볼드는 무척 인상적인 처녀였다.

이제 그녀는 그게 문을 닫을 수 있는 유일한 방법이기에 오두막 문을 쾅 닫아버리고서, 늘 신발이 없어야 더 행복하기에 신발을 벗어 던지고서, 어머니 가까이로 다가가더니 말했다. "엄마, 나 할 말이 있는데, 방금 아빠를 봤어."

극적일 정도는 아니지만 숨이 꽤 뜨거웠다.

"어." 어머니는 천천히, 별다른 열의 없이 대꾸했다.

고드볼드 부인은 큰딸을 아무리 살펴보아도 질리지를 않았다. 이제 립스틱이 거의 다 입에 들어가 지워진 엘스의 모습은 이슬에 젖은 듯하면서도 따뜻했기 때문에, 부인은 자기 앞에서 다시금 산울타리가 솟아오르는 광경을 보는 듯했다. 그 안으로는 작고 신비로운 꽃나무들과 선명한 산딸기들이, 그 위로는 수많은 꽃잎과 산뜻한 과일들이 가득한 산

478

울타리.

"그래." 그녀는 말을 잇느라 목을 가다듬었다. "너희 아빠는 방금 전에 나갔어."

"그리고 지독히 취해 있더라고." 엘스가 낮은 목소리로 말했다. "벌써부터!"

모두가 알다시피 고드볼드 가족의 오두막에서 무슨 일이 되었든 돌려서 말하는 건 실없는 짓이었다.

고드볼드 부인이 버릇대로 콧구멍을 꾹 눌렀다.

"해결사 젠슨네 집에서 나오고 있더라." 전령 노릇을 하는 엘스는 물러나지 않을 기세였다.

"아마 버스를 잡아타고 있을 것 같구나." 고드볼드 부인이 자기 생각을 말했다. "너희 아버지는 기분이 별로 안 좋았어. 내 생각엔 분명히 시내 쪽으로 갈 것 같다. 그래, 그렇겠네! 자기 일도 좀 볼 겸!"

"그런 거 아니야!" 엘스는 이렇게 말하더니, 시간은 낭비하라고 있는 게 아니라는 사실을 배운 사람치고는 잠시 주저했다. 그리고 얼굴을 붉히며 마치 어머니를 어루만지려는 것처럼 살짝 몸을 기울였다. "그런 거 아니라고!" 그녀가 했던 말을 되풀이했다. "아빠는……" 그리고 말을 이었다. "칼릴 부인네로 가고 있었단 말이야!"

마침내 엘스는 갑작스럽게 울음을 터뜨렸다.

비서로 일하는 젊은 처녀가 여느 여자아이들처럼 굴어야 한다니, 엘스가 우는 소리는 너무 자연스러워서 더욱 괴롭게 느껴졌다.

고드볼드 부인은 더 이상 갈비뼈의 상태에 개의치 않고 일어나야 했다.

"칼릴 부인네 집에 갔단 말이지." 그녀가 말했다. "해결사 젠슨을 만나고 나와서."

꼬마들 가운데 가장 어린 녀석도 자기 아버지가 바닥 중에서도 맨 밑바닥에 떨어졌다는 걸 알았다.

엘스는 직장용 옷을 입은 채 열이 나서 빨개진 상태로 들썩거리며 흐느껴 울었다. 다른 아이들 몇몇까지 언니와 함께 우는 쪽이 좋겠다고 생각했다.

아이들은 언니가 느끼는 수치심을 어떻게 나누어 가져야 할지 몰랐지만.

"가만있자." 어머니는 혼란스러워할 계제가 아니었음에도 상당히 당황해서 말했다. "케이트, 넌 양고기에 신경 써야지. 양배추도 데워야 한다는 거 잊지 마. 엘스! 엘스! 히스테리를 부리기에 우리 집은 너무 좁잖니. 그레이스, 넌 아기를 잘 좀 돌봐주렴. 쟤는 대체 저 지저분한 손톱으로 뭘 하는 거람?"

날은 따뜻하다 못해 후텁지근할 정도였으나, 고드볼드 부인은 체면상 코트를 입고 도의상 그나마 상태가 나은 검은색 모자를 썼다.

그녀가 갖춘 채비야말로 딸들의 눈에는 가장 대단해 보였다.

"엄마는 이제 나갈 거야." 그녀가 설명했다. "시간이 좀 걸릴지도 모르겠다. 그래, 우리 아가씨들이 알아서 얌전히 처신해주면 좋겠구나. 엘스! 엘스! 기운 차리고 나면 잘 돌봐줄 거지?"

엉망이 된 얼굴을 한 엘스가 알 수 없는 소리로 대꾸했다.

곧이어 아이들의 어머니는 집을 나섰다.

고드볼드 부인은 사람들이 발로 밟아 다진 길을 따라서 언덕을 올라 도로 쪽으로 향했다. 타고나길 잘 넘어지는 그녀는 블랙베리 덤불에 붙들리기 일쑤였으나, 필요하다면 어둠까지 밀어뜨리며 나아갈 작정이었기에 계속해서 비틀비틀 길을 헤치고 빠져나갔다. 주위는 이미 깜깜했다. 그녀는 뭔가를 밟고서 주르륵 미끄러지기도 했는데, 좀처럼 사라지지 않는 생생한 냄새를 맡고서야 그게 쇠똥임을 알아차렸다. 녹슨 깡통에 발목까지 빠뜨린 적도 있었다. 빈 병들끼리 마구 쟁가당거렸고, 부드러우면서도 따끔따끔한 어둠이 내내 그녀의 얼굴 위로 해결사 젠슨과 몰리 칼릴의 이름을 흔들어댔다. 그러자 희생자가 된 이 여인의 무릎은 하늘의 별들처럼 후들후들 떨렸다.

　그렇게까지 세속을 등지고 지내오지 않았더라면 불안도 덜했을 터이나, 말하자면 이제 그녀는 달의 이면으로 원정에 나선 셈이었다. 야트막한 악덕의 웅덩이에서 물장구치는 것을 미덕이라고 믿어 의심치 않는 그곳 주민들 사이에서조차, 해결사 젠슨은 당연히 농담처럼 입에 오르는 이름이었다. "해결사한테 가보는 게 좋겠군." 예고 없던 술판이나 사라진 물건들, 혹은 너무 때늦게 우승 후보가 된 경주마와 얽힌 문제라면, 사스퍼릴러 주변 어디서든 사람들은 이렇게 말하며 웃곤 했다. 해결사는 잠시 코를 후비며 자기 능력을 부인한 다음, 정말로 무엇이든 해결할 줄을 알았다. 지역사회를 위해 봉사하고, 불구인 어린이들을 지원하며, 그냥 좋아서 카나리아를 기르는 사람의 행실이 약간 불미스럽다 해서 누가 그걸 눈감아주지 못하겠는가? 그렇지만 몇몇 유머 감각 없는 멍청이들과 분위기 깨는 치들은, 싹싹한 데다 대체로 점잖기까지 한 이 사기꾼을 올바르게 평가해주지 못했다. 대체 어째서냐고, 그들은 물었다. 어째서 젠슨이 규정을 따르도록 법을 적용해 조치하지 않는단 말인가? 그들은 그저 무지하거나 심지어 우둔하기까지 했던 것이리라. 왜냐하면 적어도 두 명의 지방의원이 해결사의 도움을 받았다는 사실이 공공연하게 알려져 있었으니까. 더욱이 다른 이도 아닌 맥패컷 순경의 부인이 언제든 술을 얻을 수 있다는 점 때문에 그한테 의지하고 있었는데, 그녀는 독한 술 없이는 남편이 하는 짓들을 눈감아줄 수 없었을 것이다. 따라서 해결사 젠슨 같은 사람이 꼭 필요할 뿐 아니라 합법적이기까지 하다는 점, 또한 자기가 곤경에 빠졌음을 알아차린 사람들에게 그가 계속해서 도움을 베풀리라는 점은 명백했다. 포트와인 몇 병을 챙긴 수녀들부터, 인형용 유모차를 가져온 여자아이들에 이르기까지, 젠슨이 있는 곳으로 숱한 이가 찾아드는 모습이 눈에 띄곤 했다. 저기 총각들을 위한 시설의 운영에 기여하는 포도나무 사이로, 일이 끝난 뒤부터 부인들이 자기 권리를 내세우기 전까지, 사내들의 목소리가 쾌활하고 명랑한 노래와 어우러져 거의 매일 저녁마다 흘러나오는 동안에 말이다.

고드볼드 부인도 경험으로든 소문으로든 이 같은 사실을 대부분 알고 있었으며, 이제 엉망이 되었을 남편의 모습을 마음속으로 그려보고 있었다. 노래도 잘하고 감정도 풍부한, 냉소적인 동시에 통이 큰, 마치 돌에다가 가차 없이 들이박듯 자기 머리를 언제든 여자의 가슴에다 올릴 수 있는 그의 모습. 그녀는 해결사 젠슨의 집에서 흐리멍덩하게 비틀거리며 나오는 그의 셔츠를 붙잡을 수만 있었더라면 이 모든 것뿐 아니라 그 이상이라도 감내했을 것이다. 하지만 엘스가 전해준 이야기에 따르면, 톰은 또 다른 토끼, 그것도 상당히 다른 종류의 토끼를 잡으러 가버렸다.

앨리스 대로 모퉁이를 돌던 고드볼드 부인은 혼자만의 생각에 빠져 있느라 발을 헛디뎌 넘어질 뻔했으나 이내 균형을 되찾더니, 좀처럼 확고해지지 않는 믿음을 다잡기 위해 결혼반지를 빙글빙글 돌리며 계속 나아갔다. 대낮에 사람들이 있는 곳에서라면 절대 그러지 않았을 텐데 살짝 훌쩍거리며 혼잣말하기까지 했다. 사스퍼릴러의 밤거리에서 그녀는 아내이자 어머니라기보다는 그저 검은 모자를 쓴 하나의 일시적 기분에 불과했다.

그녀는 그런 상태로 칼릴 부인의 집에 도착했다.

그리고 뜻밖에도 분별력을 되찾았다.

언제라도 일어날 법한 일이니까 말이지만, 만약 그녀가 대문을 열었는데 문이 한 부분 떨어져나갔더라면. 혹은 진홍빛 플러시 천, 말에게 덮어주는 체크무늬 담요, 갈색 마포, 심지어 주인들이 남의 눈을 피하느라 쳐놓은 모양인 낡은 면 속바지 한 벌 등 갖가지 물건들이 월식처럼 일부분을 가린 가운데 지울 수 없는 노란빛의 창문만 남기고서 집 자체가 사라져버렸더라면. 그렇지만 칼릴 부인네 집에서는 모든 것이 조용했다. 그래서 방문자가 문을 두드리자 주먹 소리가 크게 울렸고, 그 바람에 그녀는 신발 속에서조차 좀더 바닥으로 가라앉았다.

슬리퍼 소리가 다가왔는데 상당히 짜증 난 기색이 느껴졌다.

"거기 뭔 일이래요?" 가리개를 친 문 위에 난 구멍 틈으로 목소리가 들려왔다.

"고드볼드 부인입니다." 어둠 쪽에서 대답했다. "남편을 데리러 왔어요. 분명히 여기 있을 텐데."

"어마." 그 목소리—여자 목소리였다—는 이렇게 대꾸했다. "고드볼드 부인이시라고."

긴 정적이 흐르는 동안 숨소리와 모깃소리가 들렸다. 두 사람 모두 다른 쪽이 먼저 행동하기를 기다리고 있었다.

"이봐요, 부인." 마침내 구멍을 통해 여자가 말했다. "어쩌겠다고 여기까지 와서!"

"남편을 찾으러 왔다니까요." 방문자는 물러서지 않았다.

그건 무척 단순한 일이었다.

하지만 현관문은 시끄럽게 끽끽거리고 있었다.

"아무도……" 안에서 여자가 말했다. "남편을 찾으러 온 적 없어요. 단 한 사람도."

경우에 어긋나게 처신하는 게 아닐까 고민하는 모양이었다. 어떻게 해야 할지 몰라 갈등하는 통에 문은 삐걱거리고 슬리퍼는 껄끄럽게 이리 저리 움직였다.

"댁이 칼릴 부인이신가요?" 고드볼드 부인이 물었다.

"맞아요." 여자가 잠시 머뭇거리다 대꾸했다.

끈적거리는 재스민 향내가 외부인들의 마음을 흔들며 낮게 깔려 있 었다. 붙임성 있는 고양이들이 치맛자락에 몸을 밀어붙였다.

"어휴." 칼릴 부인이 불평했다. "어쩌자고 이런 짓이람?"

칼릴 부인은 예의를 아는 부류의 사람이었는지도 모른다. 그녀가 문 을 흔들어 열자, 어쨌든 그녀의 고양이들은 먹이를 먹게 되었다.

"안으로 들어오는 게 낫겠네요." 그녀는 말했다. "고드볼드 부인. 댁이 랑 뭘 어째야 하는지는 모르겠는데. 여하튼 들와요. 내 책임 아니에요. 여태껏 나한테 이런 사람 아무도 없어."

달리 뭐라고 대꾸해야 할지 몰라서 고드볼드 부인은 헛기침했고, 새 로이 알게 된 상대 여자가 터벅터벅 질질 슬리퍼를 끄는 대로 통로를 내 려가 노란 빛이 비추는 혼란스러운 공간까지 따라갔다.

"어쨌든, 이제 됐어요." 칼릴 부인은 이렇게 말하더니 금니를 보이며 미소 지었다.

몰리 칼릴은 전혀 나쁜 부류의 인간이 아니었다. 그녀가 아일랜드인 이라 해도, 그게 대체 누구의 잘못이란 말인가? 게다가 그런 건 무척이 나 오래전으로 거슬러 올라가는 일이거늘. 그녀를 보고서 문란한 여자라고 하는 사람들이 사스퍼릴러에는 많았고 어쩌면 그들이 옳았을지도 모른다. 하지만 그녀는 솔직한 여자이기도 했다. 다른 사람들과 마찬가지로 자기 할 일을 하는 사람인 동시에. 그녀는 어떤 시리아 남자와 사실상 동거했었으나, 그치가 떠나가버린 후에는 다른 쪽으로 발을 들여, 소방서 뒤에서 눈에 띄지 않게 매음하기 시작했다. 그리고 이제는 더 이상 직접 남자들에게 몸을 팔지 않고, 진 한 잔과 함께 위안거리를 제공했다. 그녀의 두 딸 루린과 재니스는 둘 다 나이가 찼으며, 필요할 때면 일을 거들어주기 위해 오번에서 찾아오는 여자도 한 사람 있었다.

"그냥 편안하게 있죠." 칼릴 부인은 이제 이렇게 말했다. "우리 여자들끼리!" 그리고 웃으며 말을 이었다. "자기, 그러고 싶으면 모자도 벗든가."

하지만 고드볼드 부인은 벗지 않았다.

칼릴 부인은 기발한 모양의 가운을 헐렁하게 입고 있었다. 아무래도 부엌처럼 보이는 공간을 그녀가 돌아다니는 동안 가운 안에서는 자유롭게 몸이 끄러졌다.

그녀가 소개했다. "고드볼드 부인, 이쪽은 우리 작은딸인 재니스."

그리고 아이의 곱슬곱슬한 머리칼을, 마치 독자적으로 자라나는 무언가를 매만지는 것처럼 쓰다듬었다.

재니스는 자기 어머니가 성경이라고 부르던 물건을 훑어보고 있었다. 위쪽을 올려다보지도 않고, 다만 턱을 쑥 내밀고서 눈살을 찌푸릴 뿐이었다. 그녀는 시프트원피스를 입고 앉아 있었다. 마치 어린아이처럼 드러낸 발가락을 계속 꼼지락거렸다.

"앉아요, 자기." 칼릴 부인이 방문객에게 권하고는, 의자에서 개인적인 물건을 치웠다.

저쪽 구석에 아직 소개받지 못한 신사가 한 사람 있었다.

"이쪽은 호깃 씨." 그녀가 말했다. "대기 중이에요."

호깃은 뭐라고 말해야 할지 모르고 다만 상반신을 가린 러닝셔츠 안쪽에서 못마땅한 소리를 냈다.

고드볼드 부인은 등받이가 꼿꼿한 의자에 앉았다. 애정 문제로 찾아온 그녀의 용건은 여전히 엄숙한 것이었으나, 그때쯤 그녀는 그 문제를 설명할 수 없으리라는 사실을 깨달았다.

재니스는 냉소적으로 엄지를 핥으며 성경의 책장을 넘기고 있었다. 그녀는 흑인의 피가 섞여 있었으나 자신의 몸값조차 모를 정도는 아니었다.

"까놓자면……" 작은딸의 존재를 나타내는 그 허상을 몽환적으로 응시하며 칼릴 부인이 말했다. "자기가 와서 노크했을 때 우린 이야기판 비스름한 걸 벌이던 차였지요. 나는 죽음도 딴것들이나 매한가지라고 이야기했고요. 거기 이르려고 애쓰는 거랄까나. 어찌 뜨느냐의 문제라는 거지. 그렇지만 호깃 씨랑 재니스는 아직 자기 생각을 말 안 했어요."

호깃은 그 같은 상황을 전혀 대비하지 못했다. 그가 머리를 옆으로 돌렸다. 그리고 러닝셔츠 밑으로 배꼽을 긁었다.

"호깃 씨는 부인과 사별했지요." 칼릴 부인이 이렇게 말하더니 꿈꾸는 듯한 미소를 지었다.

"뭐야! 집어치워!" 호깃은 자신의 권리를 지켜야 했다. "이러겠답시고 여기 온 거 아니라고. 집에 있으면서 라디오나 들을 수도 있는데."

그가 비난의 눈길로 주변을 둘러보았고, 무엇보다도 부당한 건 무고한 고드볼드 부인을 향한 시선이었다.

그러자 뚜쟁이 여자도 험악하게 굴기 시작했다. 그녀는 성냥을 몇 개비 그었으나 모두 부러졌다.

"말했지, 안 그래? 여지없이 분명히 말했어. 재니스는 예약이 있다고. 꼭 이렇게 메스껍게 구는 치들이 있다니까!"

그러나 그녀는 마침내 무사히 담배에 불을 붙였다. 그리고 연기를 위로 내뿜으며 몸에 걸친 옷 안에서 흐느적거리기 시작했다. 제법 덩치가 있는 호깃은 러닝셔츠를 입은 채 불룩한 배로 존재감을 표현하며 마냥 앉아 있었다. 유리 덮개가 달리고 양고기 비계가 들어 있는 낡은 가스스토브, 접시들, 바구니들, 여자 속옷 더미, 고양이 몇 마리 등등이 칼릴 부인의 부엌을 이미 가득 채우지 않았더라면, 호깃은 더욱 크게 불어났을지도 모른다.

"자기, 혹시 소란이 좀 벌어져도 양해 좀 부탁해요." 칼릴 부인이 고드볼드 부인에게 사과했다.

고드볼드 부인은 어쩐지 그래야 할 것 같은 기분이라 미소를 지었다. 하지만 그 표정은 그녀의 얼굴에 어울리지 않았다. 다른 누군가가 처한 상황에서 빠져나온 미소가 그 자리에서 겉돌 뿐이었다. 그녀가 앉아 있는 의자는 너무 꼿꼿해서 제대로 몸이 들어맞지 않았다. 아니더라도 어떻게든 조치가 필요했다.

더욱이 그녀가 이해할 수 없는 일들이 너무 많았다. 그 때문에 그녀는 몹시 서글퍼 보였다.

"제가 밖에서 기다려도 되는데." 이제 그녀는 이렇게 말했다.

그녀의 목적들은, 그런 게 언제 생기기라도 했다면 말이지만, 결국 쓸모없어졌기 때문이다.

"오, 자기, 그러지 마요!" 칼릴 부인은 말리고 들었다. "밤공기는 아무한테도 좋을 거 없어."

그래서 고드볼드 부인은 조각상이 되어 의자를 벗어나지 않았으며, 그녀가 자기 입장 때문에 어리둥절했듯 조각가의 목적 역시 그것을 지켜보는 이에게는 모호하기만 했다.

끔찍하게 공기가 탁한 부엌 안에는 부풀어 오른 형체들이 있었다. 예컨대 호깃은 감정을 너무 소진해버린 상태였다. 이제 그가 잇몸이 드러나도록 갑자기 웃음을 터뜨린 것도 어쩌면 당연한 권리였다. 그는 탐스러운 허벅지를 손바닥으로 철썩 때리더니, 재니스를 건너다보며 물었다. "아가야, 재밌게 읽고 있냐?"

"아니올시다만." 재니스가 대꾸했다.

손톱을 손질한 이래로 시간이 좀 지났고 이제는 코팅이 조각조각 떨어져나가고 있었다. 그녀가 손가락으로 따라가며 읽는 내용은 심각한 내용을 다루고 있는 게 명백했다.

"거봐!" 그녀가 외쳤다. "엄마야, 내가 뭐랬어! 목요일은 좋지 않다니까. 우리가 토성의 영향을 받고 있다고. 알겠어?"

그러고는 퍽 하고 책을 닫아버렸다.

"에이, 씨!" 그녀가 소리쳤다.

재니스는 벽으로 다가가 창문을 위로 올려 달빛과 재스민 향기를 안으로 들였다. 엄청나게 고집스러운 회색 고양이와 함께, 하얗고 끈적끈적한 밤의 물결이 쏟아져 들어왔다.

"진짜……" 재니스가 말했다. "내가 뭔 일이든 일으킬 수 있다면 좋겠다니까!"

"나라면 꿈도 꾸지 않을 일이구나." 그녀의 어머니는 이렇게 단언했다.

그러더니 담배 연기를 코로 내뿜어 나팔 모양을 만들었다.

뒤편의 집에서는 나무로 된 칸들 안에서 사람들의 목소리가 한데 뭉쳤다. 그 소리들은 때로 사포처럼 거슬리는 소리를 내거나 염소 가죽 장갑처럼 포개지곤 했다.

고드볼드 부인은 순간순간에 귀를 기울였다. 그리고 턱을 치켜들었다. 창문에 다가간 그녀의 옆얼굴은 공격적으로 비치는 전깃불에도 불구하고 무척 희미하게 달빛에 젖어 있었다. 한차례 물이 튄 듯, 간신히 알아볼 정도로 어렴풋이 말이다.

뭔가 할 일이 생겼는지 갑자기 몸을 숙인 그녀가 희뿌연 고양이를 손으로 잡았다. 그리고 녀석을 볼에다 대고 눕히면서 물었다. "뭘 찾아서 왔니, 응?"

상당히 나직하게. 하지만 곁에까지는 들릴 정도의 소리였다.

칼릴 부인은 자지러질 듯 웃었다. 그녀가 대꾸해주었다. "내 짐작에는, 애정이에요. 다른 사람들처럼."

그리고 고드볼드 부인은 그 말이 진실임을 깨달아야 했다. 어쩌면 끔찍한 일면이었으리라. 이제 그녀는 자기가 정말로 거의 모든 것을 이해했다고 생각했으며, 그러한 이해가 그녀 스스로를 오염시키지 않기만을 기도했다.

호깃이 앉아 있던 의자가 삐걱거렸다. 그는 무척 무거웠다. 몸에서는 터럭이 불쑥불쑥 솟아 있었다.

"열차를 타고 어딘가로 떠나가버리고 싶어." 재니스가 이렇게 말하며 급히 몸을 돌렸다. "엄마야." 그녀는 말했다. "나 옷을 입게 해줘. 어서!" 그리고 구슬렸다. "나갈래. 아무 데라도."

"어떻게 합의됐는지 알면서." 어머니가 대답했다.

소녀는 반항하느라 몸을 꼬기 시작했다. 시프트원피스를 받쳐 입은 재니스는 아주 예뻤다.

고드볼드 부인은 대리석 조각이 된 그녀 자신이 결코 벗어나지 못할 꿈속에 앉아 있었고, 그 안에서 재스민 꽃잎이 떨어지는 것을 느낄 수 있었다. 스스로를 보호하기 위해 그녀는 어쩌면 오두막이라고 해야 할 자기 집, 그리고 달빛만큼 순수하지는 않아도 그보다 깨끗한 다림질 테이블의 하얀 표면, 세탁물에 물을 뿌리느라 테이블에 올려놓은 사발을 떠올리기 시작했다. 그녀는 자기 마음을 남편이 아니라 그렇듯 평평한 표면들이며 안전한 물건들에 걸어놓아야 하는 사람이었다. 남편은 그녀의 가장 심각한 약점이었다.

그래서 그녀는 칼릴 부인네 부엌 바닥, 여기저기가 움푹 파인 그 얼룩무늬 리놀륨에 시선을 고정했다.

칼릴 부인은 달빛이 고드볼드 부인을 어루만지는 모습을 보았고, 잠시나마 그 억세지만 순수해 보이는 목젖에 솔직한 심정으로 반했다. 비록 이 뚱쟁이는, 뭐랄까, 남자들과 여자들, 그들의 뜨거운 숨결, 허튼소리, 나른한 육체, 특히나 다급한 욕구 따위에는 신물이 났지만 말이다. 그녀는 허리께에 고양이를 붙여둔 채 일요일 자 신문을 들고서 한가로이 퍼져 있는 게 가장 좋았다.

고드볼드 부인은 거지반 만족스러워하는 잿빛 고양이의 털 안쪽에서 손을 저었다. 더 이상 전적으로 남편을 탓하지만도 않았다. 오히려 그를 이해하는 자기 자신을 탓했다. 진짜로 발을 뺄 수만 있었더라면 그곳에서 떠났으리라. 그러나 달빛이 끈끈한 웅덩이에 내리비쳤다. 눈에 보이지도 않는, 그리고 재스민 향기와 남자의 퀴퀴한 체취가 나는 웅덩이.

그때 한바탕 난리가 이는 통에 나무로 된 집이 거의 옆으로 무너질 뻔했다.

"설마!" 칼릴 부인은 소리쳤다. "그 빌어먹을 원주민 자식은 아니겠지!"

"아아, 엄마야!" 재니스가 선을 그어야 했다.

"원주민이라니, 웬?" 곧바로 호깃이 물었다.

그들이 그한테 제대로 제동을 걸어놓지 못한 모양이었다.

"한 명 있지. 우리의 귀염둥이가." 칼릴 부인이 신음했다. "쫓아버리면, 꼭 빨래하는 날처럼 다시 찾아온다니까."

"아, 엄마야, 싫어!"

재니스는 복통마저 느끼는 것 같기도 했다.

"그놈이 맞아?" 호깃은 어지간히 땀을 흘리고 있었다.

그러나 이제 누구도 호깃의 말에 귀를 기울이지 않았다.

장막을 내려둔 문이 고통스럽게 비명을 지르듯 시끄럽게 울리고 있었기 때문이다. 집을 두른 판자들이 망가지면서 신음하고 움츠러드는 듯했다.

남자가 들어왔다. 누렇던 이마를 어딘가에 부딪혔는지 자줏빛 멍이 들어 있었다. 그때쯤엔 이미 가누지도 못하는 몸을 놀라운 의지로 추스르고 있었다.

"야, 이 더러운 주정뱅이 잡놈아!" 칼릴 부인이 소리쳤다. "더 이상 네깟 놈 방문은 안 받아주겠다고 내가 말하지 않았더냐?"

그는 가만히 서 있었고 만면에 미소가 번져 있었다.

뚱쟁이 여자는 검둥이들을 보면 깨진 조각이라도 하나 집어 던지고 싶었으나, 자기가 그들 가운데 한 사람과 서류만 기입하지 않았을 뿐 사실상 결혼했었다는 사실을 희미하게 떠올렸다.

"방문이 아닌데요. 사명이지." 그 원주민이 선언했다.

너무도 당황한 나머지 고드볼드 부인은 그쪽을 올려다보았다. 행여 감당할 수 없을 만큼 지독한 수모를 목격하게 될까 봐 리놀륨 바닥에 단단히 시선을 고정하기로 반쯤 각오했었는데도.

"사명?" 칼릴 부인은 소리 질렀다. "뭔 놈의 사명인지, 나도 알고 싶네?"

"사랑의 사명." 원주민이 대꾸했다.

그리고 행복하게 웃기 시작했다.

"사랑이라고!" 칼릴 부인이 소리쳤다. "헛꿈에 빠졌구나. 분명히! 여기는 고상한 곳이라고. 검둥이들을 위한 사랑 따위 없다!"

재니스는 점차 킥킥거리며 웃기 시작했다. 손톱에 바른 빨간 칠을 깨물어 뜯어내고 혼자서 긁어내고 있었다.

검둥이는 잠시 동안 웃음을 멈추지 않았다. 아직 기운이 떨어지지도 않았고, 웃고 있자니 방 안 가득히 동요하는 것들에 맞서고픈 기분이 들었기 때문이다.

이어 그는 심각해졌다. 그리고 이렇게 말했다. "좋아요, 칼릴 부인. 그 대신 당신을 위해 노래하고 춤춰야 하겠습니다. 허락하신다면 말이에요." 그는 무척이나 분별 있는 태도로 덧붙였다. "설령 당신이 발끈 들고 일어나더라도 소용없어요. 나로서는 어쩔 도리가 없으니까."

대부분은 어디서 빌려온 표현들이었으나, 그것들은 사실 더 조잡하게 들릴 수도 있었으리라. 그는 근엄하리만치 고상한 어조와 교양 있는 구절을 쉬이 조합해 말하는 모양이었다. 그가 몸을 흔들 때도, 두툼한 혀가 여기저기서 말마디에 걸려 주춤할 때도, 타는 듯한 숨이 그를 태워 버릴 기세일 때도, 가구에 기대 몸을 바로 세웠을 때도, 그의 시선은 어딘가 아득한 곳에 떨어져 있는 정직성과 정확성이라는 기준에 강박적으로 고정되어 있었다. 그는 절대 이를 외면하지 않을 터였고—그 자신이 분명히 보여주었다—그 사실이야말로 그를 지켜보는 몇 사람을 발끈하게 했다. 예컨대 호깃은 도덕적인 입장과 그 원주민의 바지에 묻어 있는 게 분명한 토사물 자국을 공히 이유로 내세워 역겨움을 느끼는 척했다. 하지만 정말로 그가 분노한 건, 자기로서는 절대 선택해 쓸 엄두도 내지 못할 원주민의 어휘와 어조 때문이었다.

"어디서 저런 걸 배운 거야, 응?" 호깃이 물었다. "대단하구먼! 엄청난 연기력이야! 이런 개 같은!"

자신의 연기에 필요한 태도며 마음가짐을 진지하게 준비하고 있었던 검둥이는, 막대기만큼이나 길고 곧고 절도 있는 목소리로 그 말에 대답하느라 잠시 숨을 돌렸다. "모든 게 티머시 칼데론 신부님과 그 여동생 패스크 부인 덕분입니다."

"뭐래!" 칼릴 부인은 웃음을 터뜨렸다.

절대 그러지 않으리라 결심했는데도 도저히 웃음을 참을 수가 없었던 것이다.

마침내 균형 있게 태도를 다잡는 데 성공한 검둥이가 노래하기 시작했다.

"이봐 자네, 이봐 자네,
우리 삼촌은 더 크다네.
우리 아버지보다도 커다래,
아무리 커다래봐야
금요일 밤만큼 크겠냐마는

금요일은 야단법석 걸판진 잔치,
멋쟁이들 멋 부리기 시작할 때면

가엾은 아주머닌 의아심 품으시지.

이봐 자네, 이봐 자네,
달에는 방아쇠가 있다네,
애새끼들을 쏘아 자빠뜨리지,
놈들이 한 방 맞고 싶어 하든
미—적—거—리—고 싶어 하든……"

"작작 해둬!" 칼릴 부인이 노래를 끊었다. "우리 집에서는 상스러운 말 용납 못 해. 고객들이 그러면 안 된다고. 내가 별수 없이 그런 말을 내뱉어도, 그건 도저히 다른 방법이 없어서 그러는 거야."

"저런 자식을 왜 가둬놓지 않는 거야?" 호깃이 툴툴거렸다.

"왜냐고?" 칼릴 부인이 되묻더니 간단히 대답했다. "왜냐면 순경 나리가 앞쪽 객실에, 늘 그렇듯 우리 루린과 함께 계시거든."

이때쯤 온화하게 손으로 씨를 뿌리는 건지 다른 청중에게 내주기 위해 자기 심장을 꺼내놓는 건지, 나른하고 신실한 태도로 그저 늘어지고 휘청거리기 시작한 이 검둥이는 점차 핏발이 서기 시작했다. 그의 몸은 온통 칙칙해지다 못해 심지어 자줏빛이 되고 있었다. 고무창 운동화가 한층 빠른 박자를 두드리기 시작했다. 찌르듯 절도 있는 동작들은 다른 누구가 아니라 안쪽으로, 스스로의 가슴을 조준했다.

그는 발을 구르며 더 빨리 노래했다.

"이봐 자네, 이봐 자네,
못질을 해! 못질을 해!

피 나도록 차이에다 못질을 해!

그게 바로 차이잖아, 그게 바로 차이.

끝내주게 피가 날 거야.

양귀비는 빨갛지, 붉은 덩굴장미도,

그래도 가장 빨—간 건 사내놈들

피 흘릴 때야.

피 흘리게 해! 피 흘리게 해!

피 흘리게……"

그는 노래하며 발을 굴렀고, 고양이 한두 마리를 밟는 바람에 녀석들이 번갈아가며 야옹거렸다. 오랫동안 햇볕을 받아 소금에 절인 생선 조각처럼 딱딱하게 굳은 란제리가 담긴 바구니들이 쓰러졌다. 원주민이 뛰어오르고 난동을 부리는 동안 몰리 칼릴 또한 뛰어오르기 시작한 모양이었다. 적어도 그녀의 가슴은 꽃무늬 가운 속에서 끓어오르는 듯했다.

"저놈 자식 붙잡아, 제발! 누가 좀! 호깃 씨, 신사 노릇 좀 해보시지!"

상황을 수습해보느라 그녀는 어떻게든 기운을 되찾았으며, 이제 손으로 옆머리를 쥐고 있느라 축축하고 흑백이 뚜렷한 겨드랑이로부터 옷소매가 흘러내렸다.

"나한테 그러면 안 되지!" 그녀의 손님은 이렇게 대꾸했다. "할 일이 있으니까 여기 온 거라고. 같잖은 난장판에 끼려고 온 게 아니라."

"그렇지만 순경이 와 있잖아!" 그녀는 항변해야 했다. "저 자식이 순경 나리를 방해할 거라고."

"데이지는 괜찮아······"

　원주민은 노래했다. 미친 듯 발을 구르고 있었다. 나무를 베고 있었다. 나뭇가지들을 분지르거나.

　　"맥휘터 부인은 괜찮아······"

　원주민은 계속 노래하며 발을 굴렀다.

　　"······ 오피클 순경도,
　　브라이타 램프사도,
　　함께 보자면,
　　보고 보고 또 보자면,
　　함께하자면······"

　바로 그때 루린이 들어왔다. 난장판을 이룬 법석이 채워져야 할 심연을 남기고서 잦아든 어느 순간에, 그녀가 맨발로 리놀륨 바닥 위를 자박자박 밟는 소리가 들렸다. 루린은 여동생보다 훨씬 농익은 처녀였다. 그녀는 바나나가 갈변하고 있다고 말을 꺼냈다. 상태가 꽤나 엉망이었다. 눈꺼풀에는 멍이 나 있었고, 분홍빛 리본 비슷한 더러운 물건으로 토실토실한 어깨에 간신히 슬립을 고정해두었다.
　　"신물이 나!" 루린이 말했다. "저 남자 머릿속엔 딱 한 가지 생각밖에 없다니까."
　　"뭘 기대했는데? 라틴어로 말이라도 붙여올까 봐서?"

"아니, 그냥 대화. 자기네들 마누라에 대해 이야기할 수 있잖아. 그런 게 가장 좋아. 조져볼 수라도 있지."

"그 사람이 돈은 냈니?" 뚱쟁이 여자가 물었다. "설마 또! 외상으로 달아놓으라고 한 건 아니겠지!" 그녀는 소리쳤다.

"나 배고파. 엄마, 냉장고에 뭐 있어?" 루린은 이렇게 물었으나 대답에는 신경 쓰지 않았다.

그리고 냉장고로 다가가더니 차갑게 식어서 비계가 얼룩덜룩 퍼레진 소시지를 먹기 시작했다.

"만토바니²⁵⁾나 들어야겠다." 그녀가 이렇게 말하고는 음악을 걸려고 했다.

"어휴, 만토바니는 싫어!" 재니스는 원하지 않았다.

그녀는 발버둥질하며 반항하려다가, 반창고 신세를 져야 할 거라는 으름장에 부딪혀 포기했다.

루린이 음악을 걸었다. 두어 군데 멍든 자국을 빼면 살결이 정말로 꿀빛이었다.

그때 막 누군가가 안으로 들어서고 있었다.

"이게 누구야. 해결사인가?" 호깃이 웃음을 터뜨렸다.

마침내 그도 즐기고 있었다. 작은딸 쪽에서는 이미 그의 옆구리에 찰싹 들러붙기로 마음먹었다. 면직 러닝셔츠 안쪽에서 그의 복부가 화답하느라 약동하고 있었다.

---

25) Annunzio Paolo Mantovani(1905~1980): 이탈리아 출신의 지휘자로 영국에서 활동했다. 현악기를 중심으로 한 악단을 이끌었고, 클래식을 현대적인 장르에 접목하여 감상하기 편안하게 편곡하는 데 능했다.

"양털 깎는 헛간 위로 태양은 떠올랐고,
유칼리나무들은 줄을 지어 서 있었네.
어머니는 소 치는 목장에 앉아 계시며,
신부님 다가오시는 소리를 들었다네……"

원주민이 낭송했다. 그는 더 이상 노래하고 싶은 기분이 아니었기에 자기가 있던 방에서 멀찌감치 물러섰다.

"아아, 젠슨 씨." 낡은 안락의자의 용수철 위에서 최대한 기운을 되찾은 뚱쟁이 여자가 소리쳤다. "이 원주민 자식 좀 처리해줘요." 그녀는 부탁했다. "그래준다면 자기는 내가 여태껏 생각했던 것보다 훨씬 괜찮은 남자일 거야!"

그러나 키 크고 마른 체구의 해결사 젠슨은 평소처럼 서서 코를 후비고 있었다. 몸은 퍼티 같은 빛깔이었고 오밀조밀하게 박힌 검은 점들이 주름살을 이루고 있었다. 그는, 물론, 어떤 영감을 얻을 필요가 있었던 것이다.

그가 고드볼드 부인을 쳐다보았다. 안면이 있는 사이는 아니었다. 다만 방 안에서 조각상과 마주치게 되리라고는 도저히 예상하지 못했을 뿐.

조각상 하나가 거기 앉아 있었다.

해결사는 물었다. "뭐 한다고 이런 데 와 있답니까? 파티라도 벌이려고?"

그러고서 웃기 시작했다.

"딱 순경 양반만 있으면 되겠구먼!" 그는 계속해서 웃었다.

루린이 입을 삐쭉 내밀었다.

"순경님은 집에 가버렸어요." 그녀는 말을 거들더니, 이제 분홍색

슬립을 걸친 채 반주에 맞추어 자기 몸을 어루만지며 빙글빙글 돌고 있었다.

"장사는 재미 좋고? 응?" 해결사가 물었다.

"이태리 젖소 년이 개업한 뒤로는 그렇지도 않아요." 칼릴 부인은 딱딱거렸다. "사업이 뎅 하고 뒤통수를 맞았지."

그때 갑자기 원주민이 쓰러졌다.

그는 얼룩무늬 리놀륨 바닥 위로 자빠져 있었다.

입에서 자줏빛의 약한 핏줄기를 아주 조용히 뿜고 있었다.

"저 녀석, 어디 병나 있는 거야." 칼릴 부인은 축 늘어진 안락의자보다도 훌쩍 멀리 물러난 곳에서 말했다.

"놀랍지도 않지!" 해결사 젠슨이 웃었다. "이런 집에서라면!"

"젠슨 씨, **제발 좀!**" 집주인도 웃음을 터뜨렸다. "저 녀석은 어디가 진짜로 아픈 거라도요." 그것은 그녀 자신한테도 일어날 수 있는 일이었기에, 칼릴 부인은 심각하게 이야기했다. 그 비슷한 온갖 질환에 대해 어디서 읽은 적이 있었다. 그녀가 자기 가슴 주변을 꾹꾹 누르기 시작했다.

원주민은 여전히 얼룩무늬 리놀륨 바닥 위에 자빠져 있었다.

바로 그 자리에서 수년의 시간만큼을 성장하고 있던 고드볼드 부인이 원피스 가슴 밑에 지니고 있던 손수건을 꺼내더니, 허리를 굽혀 피를 닦아주었다.

"집에 돌아가야 해." 그녀는 목소리를 바꾸어 말했다. 그러한 목소리를 내는 것도 오래간만이었지만 말이다. "어디에 살아?"

"강변에 있는 신부님네 집에서요." 그가 대답했다. 그러나 정신을 차리고 되물었다. "무슨 말씀이셨죠? 지금 어디 사느냐고요?"

"당연하지." 그녀는 그 자체로 자명하게 조심스레 피를 닦아주며 말했다.

"저기, 버래너글리에 있어요. 스미스 거리 끄트머리에서 누넌 부인한테 방을 얻었어요."

"편하니?" 그녀가 물었다. "그러니까, 집에서 지내기에 말이야."

마치 그가 인간이라는 듯.

그는 리놀륨 바닥 위에서 머리를 움직거렸다. 대답할 수가 없었다.

다른 모든 사람의 얼굴 위로 음악은 끈적끈적하며 길고 가느다란 조각들처럼 들러붙었다. 마치 그것 없이는 그들이 언제라도 부서질 것처럼 말이다. 몇 사람은 졸음을 느꼈다. 몇 사람은 누그러졌다. 그럼에도 망치가 있다면 그들 가운데 누구든 깨부술 수 있었으리라.

"이름이 뭐야?" 고드볼드 부인이 물었다.

원주민은 질문을 듣고 있는 것 같지 않았다.

그가 무언가를 쳐다보고 있었으나 검은 모자를 쓴 다정한 여인을 보는 건지 그 너머를 보는 건지는 알아보기 힘들었다. 그는 가로막기 위해서가 아니라 더 잘 보기 위해서, 얼굴을 절반쯤 가로질러 팔을 들고 있었다.

그가 말했다. "나는 이런 방식으로 보고 싶어요. 얼굴들은 반쯤 가려질 게 분명하지만, 그렇더라도 사람들은 그 숨겨진 부분에 뭐가 있는지를 알아봐야 해요. 이래야 난 제대로 보는 것 같아요. 어느새 모든 걸 파악할 거고요."

그 목소리가 너무도 몽롱하고 확신에 차 있었기에, 루스 조이너는 다시금 고향의 대성당 안에 앉아 있었다. 음악의 발판이 쌓이는 정교하리만치 복잡한 과정에 그녀 자신이 참여하고 그것을 지켜보면서 말이다. 오래전 대성당에서 낯선 신사가 바로 그 음악에 대해 이야기했던 이래로, 그녀는 누구의 입에서도 그렇듯 분명하고 엄연한 목소리가 나오는 것을 들어본 적이 없었다. 이제 칼릴 부인네 집 마룻바닥에 쓰러진 원주민이 그렇게 말하고 있었다.

그가 이야기하고, 그녀는 다시 듣기 시작했다. "혹한이 끝나면 칼데론 신부님이 우리를 데리고서 강가를 따라 내려가고, 패스크 부인은 바구니를 챙겨 오곤 했어요. 함께 강둑에서 소풍을 즐겼지요. 그렇지만 얼마 지나지 않아 그 사람들은 어째서 소풍을 나왔던 건지 모르겠다며 이상해했어요. 상관없다는 걸 나는 알 수 있었어요. 패스크 부인은 문득 수선화들을 생각해내곤 했고요. 나는 이른 봄의 그날들을 무엇이든 꿰뚫어볼 수 있었어요. 백인들과 앉아 있는 데 지치자 혼자서 이리저리 돌아다녔어요. 땅속 구덩이를 들여다보기도 하고. 생생한 나뭇잎들을 다시 느껴보기도 하고. 한번은 빨간 말벌들이 모인 벌집에 맞닥뜨렸어요. 하!" 그가 웃음을 터뜨렸다. "난 날개가 돋친 것처럼 쏜살같이 달렸지요! 시뻘겋게 달아오른 침에 일곱 방이나 쏘였다니까요!"

웃음을 그치고 나서 그는 덧붙였다. "이런 것까지 떠올리게 되다니 재미있네요."

"네가 그때 가장 행복했기 때문이야." 그녀가 자기 생각을 밝혔다.

"사람들이 제일 선명하게 기억하는 건 그런 게 아니잖아요." 그는 다소 격하게 반박했다. "다른 것들이지."

"내 생각엔 그렇단다."

그녀는 원주민의 마음을 평화롭게 다독이고 싶었기에 자기가 적어도 반쯤은 진실이라 믿고 있는 바를 받아들였다.

"그래도……" 그녀가 머뭇거리며 말을 꺼냈다. "내가 고향을 생각하면 가장 분명히 기억나는 건 역시 겨울이야. 우리 같은 어린애들은 겨울

이 가장 행복했거든. 겨울이면 우린 서로한테 더욱 의지했어. 다른 계절
이면 사방팔방으로 뛰어다녔지. 알아서 이것저것을 찾아보면서 말이야.
겨울에는 손에 손을 잡고, 단단한 길을 따라 함께 걸었단다. 아직도 그
아이들이 떠들던 소리를 들을 수 있을 정도야." 그녀의 눈이 빛나고 있
었다. "아니면 우린 밤을 먹고 쑥덕거리느라 불가에서 함께 웅크리고 있
었어. 겨울엔 그 어느 때보다 서로를 사랑했던 거야. 우리 사이를 갈라놓
을 것은 아무것도 없고."

그때 방 안 가득한 음악과 사람들 틈에서 요란한 소동이 벌어졌다.
호깃이 몹시도 탐냈던 재니스, 그리고 칼릴 부인 사이에서 일어난 문제
였다. 호깃은 젊은 육체야말로 결국 유일한 만병통치약이라고 믿어 의심
치 않았다. 하지만 칼릴 부인의 의견은 전혀 달랐다.

"내 몸부터 밟고 가시지!" 그녀가 악썼다.

분명히 보여주기 위해 그 몸을 부르르 떨 수도 있었다.

"당신이 상관할 바 아니잖아." 호깃도 고함치고 있었다.

"내가 아니면 누가 상관할지, 거 궁금하네?"

챙을 내린 퍼티 빛깔의 모자를 쓴 해결사 젠슨은 고개를 젖히고서
껄껄거리는 중이었다. 그로서는 그럴 만한 여유가 있었다. 해결사가 열을
낸다고 생각하는 사람은 아무도 없었다. 하지만 뚜쟁이의 작은딸은 한
층 더 미묘한 성격의 초연함에 빠져 있었다. 그녀가 갑자기 고양이처럼
훌쩍 뛰어오르더니 호깃의 귓속에 뾰족한 혀끝을 찔러 넣었다. 애정 문
제에 대해서라면 재니스의 태도는 가히 악랄할 정도였다. 그녀는 고양이
놀음 하듯 뛰어오르고 획획 방향을 틀었으며, 어느 순간 껑충 올라서자
밑에 깔린 의자가 형편없이 무너져버렸다. 그러자 그녀는 미친 듯이 소리
를 지르기 시작했다.

원주민과 세탁부는 자기들만의 섬에 틀어박혔고, 그들만의 생각에 빠져 있느라 주위를 전혀 경계하지도 않았다. 두 사람에게 간섭하기에는 모두들 너무 정신이 없었다.

"너 기독교도니?" 고드볼드 부인은 분명히 해두기 위해 빠르게 물었다.

그러나 그 말이 자신의 의도를 대변하지 못한다는 걸 알고서 움츠러들었다.

"아뇨." 원주민이 대답했다. "기독교도가 되도록 교육을 받긴 했어요. 그렇지만 그걸 저버리고 말았지요. 사실, 꽤나 일찌감치요. 그러는 편이 나을 수도 있다는 걸 깨달았을 때요. 그러니까……" 그는 웅얼거리며 말을 이었다. "사람은 자기가 가진 걸 활용할 줄 알아야 해요. 맨발로 더 잘 걸을 수 있다면, 마을까지 걸어가겠답시고 장화를 신는 건 의미가 없단 말이에요."

고드볼드 부인은 그 말을 듣고 미소를 지어 보였다. 산뜻하게 김을 내며 번들거리는 기다란 시트들을 다림질하는 솜씨와 달리 그녀의 말주변은 어설프기만 했으나, 원주민은 사실을 이야기했다.

"그래." 그녀는 한 번 더 아름답게 웃음 지었다. 그녀의 살결이 신선한 푸딩 표면 같았다.

하지만 그는 콜록거리며 기침했다.

그러자 그녀가 손수건으로 그의 입가를 다시금 토닥거려주었다. 이는 그녀의 예술적 작업이자 헌신적 행위였으리라.

그렇지만 현실에서 벌어지고 있는 별별 소란이 그들의 귓속에서 끊임없이 요동쳤다. 자기네 명예를 내세우는 여자들, 자기네 권리를 요구하는 남자들. 거기다 닫혀 있던 문들까지 열리기 시작했다. 그러자 고드볼드 부인은 뭉쳐진 그녀의 손수건을 쳐다보았다. 그리고 곧 이번에는 자기가 피 흘릴 차례라는 사실을 깨달았다.

한 여자가 거의 진격해 오다시피 방 안으로 들어왔다. 살빛과 비슷한 셔닐사 옷 때문에 피부가 더욱 회색빛으로 느껴졌는데, 황동 사슬로 된 손목시계를 차고 핏줄이 들여다보이는 팔이 옷으로부터 늘어져 있었다.

"진짜 정신이 하나도 없군요." 그녀가 선언했다. "버스나 잡아타야겠네."

더 이상 어떤 면에서도 두드러지지 않는 여자였다. 그녀는 한 조각의 파편이었을지도 모른다. 파편치고는 꽤나 날카로운.

"호깃 씨가 저기 있어." 뚜쟁이가 자포자기한 채로 지적했다. "지금껏 기다리고 있었다고."

하지만 여자 쪽에서는 목청을 가다듬고 있었다.

"감기에 걸렸다고 전해줘요. 알아서 때우시라지." 그녀가 대꾸했다.

그녀는 오번에서 온 숙녀 양반으로서 조노 부인이라고도 불렸다.

칼릴 부인은 졸도하기 직전이었다. 사내들을 위해 봉사하다 보면 그런 식으로 뒤통수를 맞기 마련이었다.

"저렇게나 저속한 년들도 있다니까." 그녀가 툴툴거렸다. "사내들만 보고서 놀랄 것도 없어."

그러더니 호응을 기대하며 고드볼드 부인을 바라보았다.

하지만 상대 쪽에서는 더 이상 맞춰줄 수가 없었다. 그녀는 일어나 있었다. 그리고 기대를 저버린 잘못을 인정한다는 듯 미소를 보냈다. 하지만 그녀 나름의 방편들을 조심스럽게 아껴두어야 했다. 방이 오그라들었다. 이제 톰이 그 자리에 있었기 때문이다.

톰 고드볼드가 조노 부인을 따라 들어오더니, 뚜쟁이 여자에게 대금으로 지폐를 건네고 있었다. 돈으로 구원을 얻을 수 있다고 생각했다면 톰의 부인은 그보다 더 많은 돈을 지불했을 뿐만 아니라 작고 예쁜 브로치까지 떼어주었으리라. 그러고서 남편의 손을 잡았을 테고, 그들은 덤불 사이로, 부러지는 나뭇가지들 너머로, 불빛에 도달하고자 함께 언덕을 뛰어올랐으리라.

그 대신, 일단 뚜쟁이가 지폐를 구겨서 호주머니에 넣자 톰 고드볼드는 아내 쪽으로 다가와 말했다. "루스, 함께하는 동안 나를 엿 먹이려고 퍽도 많은 일을 했지. 이번에야말로 네 덕택에 내가 이 짓거리들을 때려치우게 됐지만 말이야."

그녀는 꼴사나운 모자와 길고 튼튼한 외투를 걸치고서 굳어버린 다리로 남편 앞에 서 있었다. 그녀의 겉모습과 속마음 사이에는 그저 얇은 막 한 장이 팽팽하게 걸려 있을 뿐이었다. 이전처럼 그가 그녀를 발로 걷어차버렸다면 차라리 친절한 행동이었을 것이다.

"이리 와." 톰이 말했다. "원하던 건 얻었어. 딱 하나 생각 못 한 게 바로 너다."

그들이 떠나자 창녀들도 일을 마무리하는 것 같았다. 뚜쟁이의 작은 딸은 어딘가로 사라졌다. 창밖은 아까보다 더 캄캄해졌고 재스민이 부드럽게 창틀을 움켜쥔 부분은 아까보다 더 하얘졌다. 호깃이 욕구를 풀 수 있었는지는 이제 아무도 모를 일이 된 모양이었다. 어쨌든 그는 전에 다른 내용물이 담겨 있던 병에다가 음료를 따라 마시고 있었다. 덕분에 그의 호흡은 더욱 가쁘게 빨라졌다. 칼릴 부인이 인생지사가 얼마나 뜻밖인지를 개탄하고, 조노 부인이 스타킹에 발을 밀어 넣으며 거기 난 구멍을 엉망으로 찢어놓는 동안 말이다.

고드볼드 부부는 밖으로 나가 멀어지고 있었다. 그녀는 당연하다는 듯 그를 따라갔다. 두 사람의 발에 걸려 바스러진 나뭇잎 냄새가 덤불에서 올라왔다. 부슬비가 내렸었다. 꽤 쌀쌀했다.

사스퍼릴러 언저리에 있는 반쯤 정비하다 만 거리의 등불 아래 섰을 때, 그녀는 톰의 머리 가죽이 어느새 상당히 쭈글쭈글 주름졌음을 알아보았다.

"내가 잘못했어, 톰." 고드볼드 부인이 말했다. "나도 알아. **내가 잘못한 거야. 그래!**" 그녀는 마지막으로 그를 납득시키려 절박하게 손짓하며 말을 이었다. "필요하다면 지옥까지라도 당신을 따라갈 거야."

톰 고드볼드는 아내가 밀어붙이는 최대치의 사랑을 견뎌낼 만큼 자기가 강인한지 확인하겠답시고 기다려준다거나 하지 않았다.

"더는 따라올 필요 없어." 그가 이렇게 내뱉더니, 도로를 포장하느라 부수어놓은 청회색 사암 무더기 사이로 조심히 발길을 옮기기 시작했다.

그는 신중하게 정신을 집중하느라 오히려 스스로를 똑바로 통제하지 못하는 듯했다. 술기운보다도 가차 없는 세월의 무게가 또한 그의 어깨 위에서 고삐를 쥐고 있는 것 같았다. 아내는 그런 남편의 모습을 지켜보며 깨달았다. 그녀는 더 이상 그를 위해 해줄 수 있는 게 아무것도 없었고, 그녀 자신이 절반으로 깎여 나갔음을 받아들여야만 했다.

몇 년 후 가족으로서의 책임 때문에 소환된 고드볼드 부인은 자기가 잃어버린 절반의 징표를 되찾았다. 그곳에서 사람들은, 죽어가는 이들의 오줌과 고름으로 얼룩진 얇은 담요 밑에 있는 사람, 그들의 설명에 따르면 톰 고드볼드였던 사람을 그녀가 침상 옆에 앉아 확인할 수 있도록 허락했다. 질병과 방종이 그를 앗아가기 전에 그녀가 알았던 남편의 모습은 기억의 도움을 받지 않는 한 아무것도 남아 있지 않았다.

"고작 반 시간쯤 전이었습니다." 친절한 간호사가 설명했다. "삶은 계란을 드신 다음이었고요. 마지막까지 맛있게 드셨어요. 그리고 부인에 대해 이야기하시더라고요."

방금 사망한 이 남자의 아내는, 남편이 임종 때 남긴 말에 대해 감히 세세하게 캐물을 엄두를 내지 못했다. 더욱이 간호사는 바빴다. 주름 잡힌 가리개 사이로 젊은 여자 몇 명이 살아 있는 사람들의 몸을 너무 주저주저 씻기면서 킥킥거리는 모습이 눈에 띄었다. 간호사는 눈살을 찌푸리더니 어떻게 해야 남편 잃은 이 부인을 세심하게 배려할 수 있을지 고민했다. 그리고 더 이상 예의고 뭐고 없이 행동했다. 직무 태만을 좌시할 수는 없었다.

하얀 가리개 뒤쪽의 좁은 공간에 남겨진 과부는 스스로를 정말로 잘 억눌렀다. 어쩌면 남편을 마음에 두지 않았는지도 모른다. 어쨌든, 젊고 번지르르한 어느 견습생이 마침내 슬쩍 안을 들여다보았을 때 부인은 이미 사라진 뒤였다. 그래도 그녀는 아래층에 지침을 남기고 갔다.

최근에 칠해 반짝거리는 페인트 덕분에 사각의 커다란 빌딩은 마치 얼음 덩어리처럼 희미하게 빛났다. 고드볼드 부인은 얼음 덩어리 중심에 박혀 있는 톱을 남겨둔 채 떠났다. 그녀는 잠시간 걸었다. 매서운 빛이 저물녘 도시에 쏟아지며, 넘쳐나는 사람들의 얼굴을 삼켰다. 그럼에도 그녀는 살아남았다. 일찍이 사람들이 그녀를 보면 떠올리게 된 바로 그 옷차림을 하고서 걸음을 옮겼다. 놀리거나 모욕하기 위해서가 아니라면 누구도 주목하지 않을 옷차림, 누가 결국 그녀에게 새것이라도 장만해주지 않는 한 절대 바뀌지 않을 옷차림이었다.

고드볼드 부인은 이른 저녁의 푸르스름한 빛을 받으며 걸었다. 전차한 대가 갈색 플란넬 같은 터널 속으로 보랏빛 불꽃을 내뿜었다. 그 커브에 가까스로 달라붙은 금속이 끼익하고 시대에 뒤처진 소리를 냈다.

하지만 끊임없이 이어지며 엇갈려 휘도는 차량들을 지켜보며 건널목에서 신호를 기다리고 있을 때, 고드볼드 부인은 비로소 밀려오는 절망감에 사로잡히더니 그 자리에서 울기 시작했다. 강둑에 옹송그린 한 무리의 사람들을 무시하는 것은 자동차들이라기보다는, 한길을 따라 힘차게 범람하는 시간 같았다. 거기 그대로 멈춘 채로 소심하게 발가락을 담갔다가 물러나는 그 흐릿한 사람들은, 그네의 동류들이 비슷하거나 어쩌면 더 나쁜 상황에 처해 있음에 남몰래 안도했다. 여기에 스스로의 고통을 숨길 수 없는 여인이 있었으므로.

몸집 큰 그 여자는 가만히 서서 울고 있었다. 눈물이 흘러나와 푸딩 같은 살빛의 얼굴을 타고 떨어졌다. 처음에 그 모습은 눈길을 끌었으나, 기다리고 있는 다른 사람들에게 점차 불안감을 안기기 시작했다. 그들은 타인들의 자기 노출을 지켜보는 호사를 즐겨본 적이 거의 없었다. 그러나 그녀는 몸도 떨지 않고 울었다. 눈물은 이름 모를 여인의 눈구멍에서 부드럽고도 끊임없이 줄줄 흘러나왔다. 마치 차분한 비애를 순수하게 정제한 관념과도 같았다.

진실은 이러했다. 고드볼드 부인 자신은 이미 죽었고, 그래서 그녀가 그냥 두고 온 남편의 유해 속에 놓인 자신의 일부분 때문에 울 수는 없었다. 그녀는 오히려 인간의 조건 때문에, 육체라는 감옥 속에 자리 잡고 앉아 있던 아버지부터 아직 세상 앞에 얼떨떨한 병아리 떼 같은 딸아이들까지 그녀가 열렬히 혹은 경원시하며 사랑했던 모든 이들 때문에, 항상 옷단을 꼭 움켜쥐고 있다가 흘리고서야 알아차리던 옛 여주인 때문에, 그녀와 마찬가지로 비밀에 발을 들인 사스퍼릴러의 유대인과 미쳐버린 여자 때문에, 심지어 칼릴 부인의 집에서 만난 이후로는 그녀의 생각이 꿈과 한데 만나지 않는 한 결코 다시 볼 수 없었던 검둥이 때문에 울었다. 마침내 그녀는 곁에 있는 거리의 사람들 때문에도 울었으니, 말로써 그들의 의혹을 풀어줄 길은 없었으나 그녀가 겪은 경험을 통해서라면 이해는 시킬 수도 있었으리라.

그때 건널목에서 기다리던 사람들이 갑자기 한 덩이 파도처럼 밀려가면서 고드볼드 부인도 한데 묻혀 실려갔다. 늘 끈질기기만 한 삶을 재개하느라 나머지 사람들은 몹시도 서두르고 있었다. 하지만 검은 모자를 쓴 이 여인만큼은 거기에 떠밀리지 않고 가만히 표류했다. 그녀의 인생에서 처음으로, 분명히 잠시뿐이겠지만, 시간의 물줄기를 초월해 휘둘리지 않을 수 있었다. 그래서 그녀는 맞은편에 도달한 뒤 잠시 저절로 미끄러지듯 움직였다. 비록 모조리 눈물을 쏟아냈음에도 그 눈은 여전히 저 깊은 눈구멍 안에서 반짝거렸다. 초록빛 진홍빛으로 반짝이는 네온들이 경쟁이라도 하듯 손가락을 뻗쳐 여느 때처럼 투실한 그녀의 얼굴을 차지하려 씨름했다. 빛과 어둠은 이따금 푸르스름한 자줏빛을 짜내며 서로 부딪혔고, 그 빛이 검은 옷을 입은 저 느릿느릿한 형체를 흠뻑 적셨다.

(2권에 계속)